CHRISTIAN ENDRES

DIE PRINZESSINNEN

FÜNF GEGEN DIE FINSTERNIS

cross cult

Die Originalausgabe von DIE PRINZESSINNEN: FÜNF GEGEN DIE FINSTERNIS
wird herausgegeben von Cross Cult / Inh. Andreas Mergenthaler, Teinacher Straße 72,
71634 Ludwigsburg. Verlagsleitung: Luciana Bawidamann; Programmleitung Romane/Sachbücher:
Markus Rohde; Lektorat: Karen Eifler; Korrektorat: André Piotrowski; Satz: Rowan Rüster;
Leitung Vertrieb: Peter Sowade; Marketing: Jana Rahders;
Printausgabe gedruckt von CPI books GmbH. Printed in Germany.

Umschlag-Illustration & Layout: Alice Claire Coleman | www.onecuriouschip.com

ISBN: 978-3-98666-305-6 (April 2023)
E-Book ISBN: 978-3-98666-306-3 (April 2023)

WWW.CROSS-CULT.DE

FÜNF GEGEN DIE FINSTERNIS

NARVILA

Gleich werden die *Prinzessinnen* die Lichtung in Blut und Eingeweide tränken.

Doch der Reihe nach.

Zunächst einmal: Solche Königstöchter hat Narvila noch nie gesehen. Und Narvila weiß ziemlich genau, wie eine Prinzessin aussieht, schließlich ist sie selbst eine. Aber ihr käme es nie in den Sinn, derbe Stiefel, eine Hose aus schwarzem Leder, einen dazu passenden Harnisch, diverse andere Rüstungsteile oder sogar Waffen zu tragen.

Dennoch bezeichnet einer von Narvilas Entführern die vier dergestalt ausstaffierten Frauen, die auf die Waldlichtung treten, mit einer seltsamen Betonung des Wortes als *Prinzessinnen.*

Klingt beinah ehrfürchtig.

Es ist das erste Mal, dass Narvila die Männer nervös erlebt.

Vor drei Tagen haben diese Mistkerle sie in den Wald verschleppt und hier mit einem Strick an die alte Eiche gebunden.

Die verkrampfte Sitzhaltung bereitet Narvila Schmerzen, die Fesseln scheuern ihre helle Haut blutig. Sie wird immer nur kurz losgemacht, sodass sie ein paar zähe Stückchen Wild mit den Fingern essen, einen Schluck abgestandenes Wasser trinken oder sich unter der demütigenden Aufsicht zweier Strolche hinter einem Busch erleichtern kann. Ihr gelbes Lieblingskleid ist bereits vollkommen ruiniert.

»Von den Wachen kam nich mal ne Warnung«, sagt einer ihrer Peiniger, der einen Dolch in der bleichen Hand hält, gerade angespannt. »Vielleicht sollten wir lieber abhauen?«

Der hünenhafte, rotgesichtige Anführer der Gesetzlosen spuckt verächtlich aus. »Wer sich verpisst, kriegt von mir aufs Maul. Wir sind mehr als doppelt so viele und das da nur *Weiber*. Die Schlampen machen wir fertig! Los, mir nach!« Er reißt seine stattliche Keule in die Luft und prescht brüllend zum Waldrand.

Seine Männer lassen sich von so viel selbstsicherer Aggressivität anstecken und folgen ihm grölend.

Die gerüsteten Frauen bewegen sich trotz der heranstürmenden Meute nicht.

Narvila fragt sich, ob sie vor Angst erstarrt sein mögen, denn so würde es ihr ergehen. Dann aber teilen sich die vier auf und treten ihren Angreifern gelassen entgegen.

Eine dieser angeblichen *Prinzessinnen* besteht nur aus Muskeln, Rundungen, verfilzten roten Zöpfen und lauter Tätowierungen auf den nackten weißen Armen und Schultern. Sie fängt den ungestümen Keulenhieb des Anführers mit dem Schaft ihrer beidhändig emporgerissenen Streitaxt ab. Mehr noch, sie stößt den massigen Mann von sich, der jetzt zurücktaumelt und seinerseits ihre harten Schläge abwehren muss.

Narvila würde diese Axt nicht einmal heben können.

Die schlanke Kriegerin daneben ist stark gebräunt. Ihr wallendes Haar, von einem Stirnband gehalten, hat die Farbe sommerlichen Weizens. Neben dem Harnisch trägt sie hohe Stulpenstiefel, Handschuhe und ein langärmeliges Hemd. Zwei Halunken empfängt sie mit spöttischem Grinsen. Ihr Schwert zeichnet ein blitzendes Muster. Daraufhin starrt ein Ganove seinen Armstumpf an, aus dem eine Blutfontäne spritzt. Derweil versucht der andere Kerl, die aus seinem Bauch quellenden Innereien festzuhalten.

Narvila wird übel.

Unterdessen schleudert die *Prinzessin*, die als Einzige einen Kapuzenumhang anhat, den Entführern aus fingerlosen Handschuhen mehrere flache Wurfmesser entgegen. Sie bohren sich in Augen und Kehlen – die Schmerzensschreie der Getroffenen klingen furchtbar. Bloß ein Messer wird wohl mehr durch Zufall von einem Beil abgewehrt. Die Frau im Umhang zieht einen breiten, geschwungenen Säbel und biegt die Sache gerade, indem sie ihren Widersacher glattweg enthauptet. Dabei rutscht ihre Kapuze nach hinten, enthüllt tiefbraune, sanft schimmernde Haut, hohe Wangenknochen und eine schwarze Mähne.

Die vierte Kriegerin hat kaum Narvilas Größe und Statur, stürzt sich aber auf vier Schufte. Sie muss aus dem Norden stammen, denn ihr kurzes, an den Seiten abrasiertes Haar ist weiß wie Schnee, dasselbe gilt für ihre Haut. In den bandagierten Händen hält sie zwei lange Dolche, die sie so herumwirbelt wie ihren knochigen Körper. Ihre Gegner schlagen grunzend ins Leere, sie lässt lautlos Blut und Leben entströmen.

Kurz darauf steht nur noch der Anführer der Gesetzlosen aufrecht. Der Schlagabtausch mit der Axtkämpferin setzt sich fort. Als ein brachialer Tritt knirschend seine Kniescheibe zertrümmert, brüllt er wie am Spieß und bricht zusammen. Seine kräftige Gegnerin holt weit aus, ihre roten Zöpfe tanzen, und ihre Axt …

Narvila kneift die Augen zu, doch der Klang von Metall, das Fleisch, Knochen und Sehnen durchtrennt und das Gebrüll des Mannes abrupt beendet, ist zu viel.

Sie muss kotzen.

Während Narvila Wildbret hochwürgt, schreiten die Nordländerin und die Frau mit dem Umhang über die Lichtung und geben den Verwundeten emotionslos den Rest. Die beiden anderen kommen zur Eiche. Die blutige Axt wird dazu benutzt, Narvilas Fesseln zu lösen. Aus der Nähe bemerkt Narvila nicht nur den Geruch nach Schweiß, Pferd und zu vielen Tagen ohne ein Bad, sondern auch die rauen Hände mit abgebrochenen, schmutzigen Fingernägeln sowie all die Schrammen überall dort, wo Haut zu sehen ist.

Das Grinsen der Schwertkämpferin etwa setzt sich dank einer langen Narbe vom Mundwinkel aus bis zum Ohr fort, als sie heiter fragt:

»Na, Hoheit? Noch alles frisch und jungfräulich?«

Auf der Suche nach einem Lagerplatz, der weit genug vom Festschmaus der Fliegen, Krähen und Wölfe entfernt ist, reiten sie durch den Wald. Narvila sitzt hinter der Frau mit dem Kapuzenumhang auf einem grauen Pferd.

»Haltet Euch ruhig an mir fest«, sagt die Fremde mit melodisch-exotischer Betonung mancher Silben, als sie über einen umgestürzten Baumstamm steigen müssen.

»Hat Euch mein Vater geschickt?«, fragt Narvila.

»Aye«, antwortet die Rothaarige von ihrem stattlichen Braunen herab. »Hat er.«

»Dann seid Ihr … Söldnerinnen?«

»Schon wieder richtig«, erwidert diesmal die Kriegerin mit dem Schwert auf dem Rücken. Sie reitet einen Falben.

Die Nordländerin, die einen Rappen lenkt und deren Nacken eckige dunkle Schriftzeichen zieren, schweigt.

Auch die anderen sagen nicht mehr viel.

Erst als sie in der Dämmerung auf einem baumbestandenen Hügel um ein Feuer sitzen und sich Brot, Käse und Äpfel teilen, erkennt Narvila erneut Gesprächsbereitschaft bei den Söldnerinnen, die bloß ein paar Jahre älter sein können als sie, obwohl ihre Augen, ihre Körperhaltung und ihre gesamte Ausstrahlung etwas anderes sagen.

Narvila, die sich unter ihnen wohler fühlt als erwartet, fasst sich ein Herz. »Wieso nennt man Euch die *Prinzessinnen*?«, fragt sie zwischen zwei Happen.

»Weil wir genau das sind«, sagt die Schwertkämpferin, die Narvila gegenübersitzt, ihre Beine übereinandergeschlagen hat und einen Apfel verputzt. »Oder zumindest mal waren. Schaut nicht so ungläubig. Gestatten?« Sie wedelt mit der freien Hand auf Höhe ihrer Narbe herum und neigt ironisch das Haupt. »Mefandrele von Atogesien.«

Die Söldnerin mit dem Umhang kichert. »So hat dich aber lang niemand mehr genannt, Mef.«

»Ich hatte wenigstens mal einen Titel, Decanra von Garnichts.«

»Fangt nicht schon wieder an«, geht die Rothaarige dazwischen. Wenn Narvila es richtig mitbekommen hat, heißt sie Aiby und ist die Anführerin der Truppe. »Erspart's mir. Nur einen Abend.«

»Ja, Aibhilyn, Herrin aller Hochländer«, sagt Mef in gespielter Demut und beißt knackend in den Apfel.

Aiby rollt mit den Augen, verschlingt ihr letztes Stück Brot und widmet sich fortan vor allem dem Weinschlauch.

Narvila, die zwischen Aiby und Decanra sitzt, wirft einen Blick auf die weißhaarige Söldnerin neben Mef, die bislang keinen Ton gesagt hat und deren Namen sie noch immer nicht kennt. Narvila hat nie einen Menschen mit so stechend hellblauen Augen gesehen.

»Fragt Ihr Euch, ob sie sprechen kann?«, liest Mef Narvilas Gedanken. Sie grinst breit.

Narvila spürt, wie ihr die Röte ins Gesicht steigt. »Ich wüsste nur gern die Namen all meiner heldenhaften Retterinnen.«

»*Heldenhafte Retterinnen*!«, wiederholt Mef, den Mund voller Apfel. Einige Stückchen spuckt sie aus. »Bei so viel Bewunderung ist vielleicht ein Zuschlag drin, was meint Ihr?«

Von solchen Angelegenheiten weiß Narvila nichts. »Mein Vater ... das heißt ... ich ... normalerweise ...«

»Ich heiße Cinnascesczi«, erlöst sie die schmächtige Söldnerin, die weiter in die Flammen starrt. Ihr Akzent klingt fremd und hart.

»Versucht gar nicht erst, es richtig auszusprechen«, sagt Mef leichthin. »Wir sagen einfach Cinn.«

Cinn knurrt – ob missfallend oder zustimmend, vermag Narvila nicht zu sagen.

Das Gespräch droht wieder zu versiegen.

»Rettet Ihr viele Prinzessinnen?«, fragt Narvila übereifrig.

»Aye«, sagt Aiby. »Das ist gewissermaßen unser Fachgebiet.«

Narvila nickt und wendet sich Decanra zu. »Wo habt Ihr gelernt, ein Messer so zu werfen?«

»Ha!«, kommt Mef auch Decanra zuvor. »Sie ist schon mit einem Messer auf die Welt gekommen. Oder war es ein Würgedraht? Außerdem kann sie Euch unbemerkt vergiften.«

»Oh?«, macht Narvila verwirrt und denkt daran, dass sie ihr Abendbrot von Decanra entgegengenommen hat.

Die tätschelt ihr beruhigend das Knie. »Mef versucht Euch auf ihre unnachahmliche Art schonend beizubringen, dass ich zur Meuchlerin ausgebildet wurde. Aber vermutlich haben sich mehr Männer und Frauen wegen Mef die Köpfe eingeschlagen, als ich jemals vergiften könnte.«

»Nur keinen Neid bitte«, sagt Mef.

»Und wenn ich eine Giftmischerin bin, bist du natürlich eine Piratin. Oder wie war das mit der Mannschaft, die dich aus der Verbannung auf einer einsamen Insel gerettet hat?«

»Ihr tut es schon wieder«, seufzt Aiby und erleichtert den Weinschlauch um so einiges.

»'tschuldigung«, sagt Mef unaufrichtig.

»Wie wird man denn Anführerin einer solchen Truppe?«, will Narvila wissen.

Aiby nimmt noch einen ordentlichen Schluck und wischt sich mit dem Handrücken über den Mund. Im Feuerschein erwachen die Monster, Totenschädel, Ornamente und Schriftzeichen auf ihren Armen zum Leben. Auch Aibys Handrücken, Finger und Hals sind tätowiert. Die Tintenzeichnungen kriechen unter ihren Harnisch und setzen sich dort wohl fort, schätzt Narvila.

»Ich hab meine Axt in einen Baumstumpf gerammt, um den wir uns alle aufgestellt haben. Dann haben wir bis drei gezählt und es mit den Fäusten ausgetragen. Ich stand als Letzte, hab die Axt aus dem Holz gezogen und seitdem das Sagen.«

»Wirklich?«, haucht Narvila beeindruckt.

Aiby lacht gutmütig, Mef glockenhell. Decanra schmunzelt. Selbst Cinns Lippen kräuseln sich leicht.

»Nein«, sagt Aiby. »Es war meine Idee, uns zusammenzutun. Also musste ich auch dafür sorgen, dass es läuft. So, genug gelabert. Ruhen wir uns etwas aus. Mef, du hast die erste Wache …«

Die *Prinzessinnen* liefern Narvila, zum Glück nur ihrer Würde beraubt, zu Hause ab. Die Freude im Thronsaal des Schlosses, von dem aus König Narvos das kleine Waldkönigreich Besgios mit Narvilas Mutter Hesavil an seiner Seite regiert, ist groß. Bereitwillig zahlt der sogenannte Holzkönig den vereinbarten Sold, wenngleich auch kein Zuschlag zur Sprache kommt, wie Narvila bemerkt, und auch kein Fest angekündigt wird, um ihre Heimkehr zu feiern.

Als die Söldnerinnen sich verabschieden, ist Narvila von Geschwistern, Höflingen und Zofen umringt. Alle plappern aufgeregt durcheinander, wollen erfahren, wie es ihr ergangen ist, wie genau man sie gerettet hat, ihr Mitleid und ihre Freude bekunden, bevor es jemand anderes tun kann.

Narvila löst sich ungewohnt energisch aus dieser Belagerung höfischer Sinnlosigkeit, rafft ihre zerschlissenen Röcke zusammen, schiebt die Sehnsucht nach einem heißen Bad beiseite und eilt den *Prinzessinnen* hinterher. »Wartet!«, ruft sie durch den von Bogenfenstern, Wandteppichen und Fackeln gesäumten Gang, in dem die Wachsoldaten aus Prinzip stur geradeaus starren.

Die Söldnerinnen halten inne und drehen sich zu Narvila um.

»Hoheit?«, fragt Aiby freundlich.

»Nehmt mich mit!«, sagt Narvila leidenschaftlich und könnte schwören, dass einem der Wächter bei diesen Worten doch die Kinnlade runterklappt. Es ist ihr egal. »Ich wurde jetzt schon zweimal entführt. Zwei Mal! Und spätestens nächsten Herbst werde ich mit irgendeinem verwitweten König oder einfältigen Prinzen verheiratet, damit er für die Aussicht auf einen Erben den Zoll an einem dämlichen Flussarm senkt.«

»Das tut mir leid«, sagt Aiby ernst. »Und ich versteh Euch. Das tun wir alle.« Mef und Decanra nicken. Cinn betrachtet Narvila durchdringend. Aiby fährt indessen fort: »Aber Ihr seid eine Prinzessin. So sind eben die Regeln.«

»Nicht für Euch!«, sagt Narvila mit bebender Stimme.

»Aye, und dafür haben wir alle einen hohen Preis bezahlt. Wie auch immer. Für Euch, hier und jetzt, gelten diese Regeln nun mal. Gebt auf Euch acht, Hoheit.«

Nach diesen Worten ihrer Anführerin wenden sich die Söldnerinnen geschlossen ab.

Narvila zittert vor Kummer, Enttäuschung, Wut und Hilflosigkeit. Noch nie hat sie ihren Gefühlen und Gedanken Luft gemacht und frei ausgesprochen, was sie wirklich denkt und will, oder vielmehr, was sie nicht will.

Und nun das. Die *Prinzessinnen* werden aus ihrem Leben verschwinden, das genau so verlaufen wird, wie sie immer befürchtet hat – mit dem einzigen Unterschied, dass die Soldaten und Bediensteten sich jetzt auch noch das Maul über ihre Naivität zerreißen werden, sobald sich diese Szene herumgesprochen hat.

Hoffnungslosigkeit droht Narvila zu übermannen.

In diesem Moment wendet sich Mef über die Schulter nach hinten und sagt zwinkernd: »Nur weil das die verfickten

Regeln sind, heißt das natürlich nicht, dass Ihr auch nach ihnen spielen müsst …«

Am nächsten Morgen treibt Narvila ihr Pferd durch den Dunst und über die Straße. Das Schloss ihrer Familie bleibt immer weiter hinter ihr zurück. Sie erwischt die *Prinzessinnen* vor der Herberge, in der die Söldnerinnen genächtigt haben. Aiby unterhält sich mit dem Wirt. Mef flüstert einer jungen Schankmagd etwas ins Ohr, die kichert und rot wird. Cinn und Decanra prüfen Sättel und Gepäck ihrer Rösser.

Narvila zügelt ihr Reittier – den besten Schimmel ihrer Mutter, für dessen Diebstahl sie sich in ihrem Abschiedsbrief ebenso entschuldigt hat wie für den mitgenommenen Schmuck und ganz allgemein die Flucht aus dem ihr vorbestimmten Leben in Besgios. Ihre Zofe Galmwa hat Narvila heimlich einen Beutel mit Proviant zurechtgemacht und sie unter Tränen zu einem fast vergessenen Portal in der Burgmauer geführt, wo niemand mehr Wache hält. Außerdem wird Galmwa erst später am Vormittag schockiert verkünden, dass Prinzessin Narvila fort ist, und ihren Eltern dabei den Brief überreichen.

»Welch angenehme Überraschung so früh am Morgen«, sagt Mef, woraufhin die Wirtstochter Narvila einen vernichtenden Blick zuwirft.

»Ihr habt gesagt, ich muss nicht nach den Regeln spielen«, platzt es aus Narvila heraus, während sie vom Rücken ihres Pferdes klettert. Sie trägt Hemd, Hose, Kappe und Stiefel eines Pagen, alles ebenfalls von Galmwa organisiert. Jeder Knochen tut ihr weh, da sie noch nie so hart geritten ist. Aber der

Schmerz ist gut, zeigt er doch, dass Narvila etwas eigenmächtig entschieden und in die Tat umgesetzt hat, ihr Leben endlich selbst in die Hand nimmt. »Dann darf ich mit Euch kommen?«

Aiby schickt den neugierigen Wirt und dessen eifersüchtige Tochter nach drinnen. »Ihr scheint mir wild entschlossen zu sein. Wieso also nicht? Aber bedenkt, was ich bereits gestern sagte. Für dieses Leben zahlt man einen hohen Preis. Und meistens fällt er höher aus als erwartet.«

»Ich weiß«, sagt Narvila. »Ich habe meinen Schmuck mitgebracht. Er gehört Euch.«

»Aiby meint, dass Ihr nie mehr Prinzessin Narvila von Besgios sein werdet«, erklärt Decanra sanft. »Und das ist nur der Anfang. Dieses Leben ...«

»Dieses Leben ist hart«, sagt Cinn knapp.

»Und kein bisschen romantisch«, ergänzt Aiby. »Keine Geschichte, keine Ballade, kein Theaterstück. Und Ihr habt keinerlei Erfahrung damit, außerhalb eines Schlosses zu leben, für Euren Lebensunterhalt arbeiten zu müssen. Oder zu kämpfen.«

»Deshalb werdet Ihr erst mal meine Dienerin sein«, wirft Mef fröhlich ein. »Und alles tun, was ich sage.« Weil Aiby schnaubt, fügt sie hinzu: »Na schön. *Unsere* Dienerin.«

Narvila blickt die Söldnerinnen der Reihe nach an. Sie hat sich ihre Entscheidung nicht leicht gemacht, und das schlechte Gewissen gegenüber ihrer Familie nagt gehörig an ihr. Aber sie will weder ein weiteres Mal entführt werden noch aus politischen oder finanziellen Gründen einen Hohlkopf heiraten, dessen Familie dringend der Inzucht entkommen muss. Sie will selbst über ihr Schicksal bestimmen, und das geht hier in Besgios, als Prinzessin Narvila und Tochter von König Narvos und Königin Hesavil, einfach nicht.

»Gebt mir einen Eurer Dolche«, sagt Narvila und streckt Cinn gebieterisch die Hand hin. Mit der anderen streift sie die Kappe ab, darunter kommt ihr langes braunes Haar zum Vorschein.

Die zierliche Nordländerin schüttelt bloß den Kopf. Ihre blauen Augen blitzen feindselig auf.

»Was habt Ihr vor?«, fragt Decanra und reicht Narvila aus den endlosen Tiefen ihres Umhangs einen ihrer Dolche. »Ihr müsst keinen Blutschwur leisten.«

Narvila dreht ihre glänzende Haarpracht zu einem Zopf – und säbelt ihn mit einiger Mühe weit oben ab.

»Ich bin mir sicher«, sagt sie feierlich. »Mein altes Leben ist vorbei. Ich will eine von Euch sein. Wenn Ihr mir eine Chance und die Zeit gebt, es zu lernen. Ich werde alles tun, was Ihr von mir verlangt.«

Ihr Haarschopf fällt zu Boden. Einige der verbliebenen, schief abgeschnittenen Strähnen reichen ihr nun auf einer Seite noch etwa bis zum Kinn, auf der anderen hängen sie ein wenig länger herab. Es fühlt sich ungewohnt an, aber auch befreiend.

Alle betrachten das Haarbündel im Dreck der Straße, die aus Besgios hinausführt.

»Soll uns das jetzt beeindrucken?«, fragt Cinn und schwingt sich mühelos in den Sattel ihres Rappen.

»Es wird noch weit mehr nötig sein als das.« Aiby zieht sich auf den Rücken ihres Braunen. »Und behaltet das Geld und den Schmuck. Oder zahlt die nächsten Betten und Mahlzeiten. Oh, und aye, Ihr werdet auf das hören und tun, was wir sagen.«

»Sonst werde ich zurückgeschickt?«, fragt Narvila bang.

»Sonst sterbt Ihr«, sagt Aiby im Vorbeireiten. »Egal wie Eure Haare aussehen.«

Narvila nickt beklommen und will Decanra ihren Dolch zurückgeben. »Der gehört jetzt Euch«, sagt diese und steigt behände auf ihren Grauen. »Ihr werdet ihn sicher brauchen.«

»Also, mir gefällt's«, sagt Mef grinsend und streicht über Narvilas Haar. »Willkommen bei den *Prinzessinnen*, Prinzessin! Wenn Ihr Glück habt, überlebt Ihr die Erfahrung sogar.«

EINST

Wenn wir dich hier zurücklassen, stirbst du«, sagte Mef und ignorierte die Horde Monster, die sich ihnen über den pechschwarzen Sand näherte. »Also vergiss es.«

»Und wenn ihr bei mir bleibt oder wir zusammen weiterreiten, sterben wir alle«, antwortete Sacipha. Die Zauberin in den Reihen der *Prinzessinnen* strich sich eine dunkle Haarsträhne aus dem Gesicht. Ihre feine hellbraune Haut war von Schweiß und Staub bedeckt. »Das ist ihr Revier. Sie würden uns am Ende einholen. Aber ich kann sie lang genug aufhalten. Euch genug Zeit erkaufen.«

Mef schüttelte den Kopf. »Ich lass nicht zu, dass du in diesem Drecksloch die Heldin spielst und dabei draufgehst.«

Sacipha lächelte traurig. »Wie kommst du auf die Idee, dass das deine Entscheidung ist?«

Aiby, Cinn und Decanra folgten dem Austausch ihrer Gefährtinnen besorgt. Außerdem warfen sie immer wieder abschätzende Blicke zu der Rotte aus bizarren Bestien, die sich der Ruine in einer dunklen Staubwolke näherte.

»Dieser verfickte Ort«, knurrte Cinn.

Sie alle wussten, dass das Retten von Prinzessinnen aus Zauberer-Türmen, Drachen-Höhlen, Oger-Lagern, Nekromanten-Verliesen, und Satyrn-Orgien ihr Kerngeschäft war, dem sie einen Großteil ihres Rufes verdankten. Aber nicht immer war eine Tochter hoheitlicher oder sonst wie wohlhabender Eltern in Nöten. In solchen Zeiten übernahmen die *Prinzessinnen* alle möglichen Arten von Aufträgen, wie jede andere Truppe auch.

Selbst wenn es sie in die Verwüstung führte.

Während der Zauberkriege vor fünfhundert Jahren war mitten im Königreich Lirgoden dieser verfluchte Ort entstanden. Ein ganzer Landstrich wurde zur Einöde aus schwarzem Sand, Fels und Glas – und das Gefüge der Magie in diesem Teil der Welt komplett verändert. Es gab immer weniger Zauberer, und die meisten von ihnen brauchten Artefakte als Quellen, aus denen sie ihre magische Kraft schöpften. In Lirgoden und dem Nachbarland Valahmes war Magie seither sogar weitgehend verboten.

Kein Wunder: Die Verwüstung klaffte wie eine mahnende Wunde in der Welt. Ein Hoheitsgebiet des Unlebens, in dem grässliche Schimären und garstige Schrecken hausten. Monster und Mutanten aller Art und vor allem die Verwüsteten – entfernt menschenähnliche Wesen aus schwarzem Sand, die mit ihren spitzen Zähnen und Klauen nach allem Lebendigen schnappten, das sich in die Verwüstung wagte.

Etwa die *Prinzessinnen*, die hierhergekommen waren, um für einen Zauberkundigen den legendären Stab von Tuszisha zu suchen.

»Ich hab noch nie gehört, dass sich so viele Verwüstete zusammentun«, sagte Decanra. »Oder sich mit welchen von den großen Biestern verbünden.«

»Drauf geschissen«, beschied Aiby. »Und auf den Stab und die Belohnung. Wir müssen hier verschwinden.«

»Nicht ohne Sacipha«, sagte Mef kategorisch.

»Mef«, beschwichtigte die Zauberin sie. »Was auch immer an diesem Ort begraben wurde, ist alt und sehr, sehr mächtig. Ich fühle, wie mich eine Kraft durchdringt, die ich noch nie zuvor gespürt habe. Ich kann sie beschäftigen.«

»Aber nicht besiegen.« Mef sah Sacipha, von der sie vor Jahren ganz ohne Magie verzaubert worden war, durchdringend an. »Oder?«

»Nein. Das wohl nicht. Dafür sind es dann doch zu viele.«

Mef schüttelte den Kopf. »Mir ist egal, was ihr tut«, wandte sie sich an Decanra, Cinn und Aiby. »Ich bleib hier.«

Auch Sacipha drehte sich nun zu den anderen um. »Du weißt, dass es die einzige Lösung ist«, sagte sie zu Aiby. »Ein Leben gegen vier. Erinnerst du dich an das, was du mir mal versprochen hast, als wir genau über so eine Situation gesprochen haben?«

»Aye«, sagte Aiby düster. »Tu ich.«

»Gut.« Sacipha trat an Mef heran und küsste sie lange. »Verzeih mir«, sagte sie, als sie sich wieder von ihr löste. »Ich liebe dich.«

»Ich dich ...«, begann Mef, doch da traf sie schon Aibys Fausthieb und ließ ihren Kopf herumrucken. Mef ging wie ein gefällter Baum zu Boden. Cinn und Decanra schnappten nach Luft. Aiby verzog das Gesicht und schüttelte ihre Hand aus.

»Danke«, sagte Sacipha traurig.

»Versprochen ist versprochen.« Aiby hob die bewusstlose Mef auf den Rücken ihres Pferdes und zurrte sie sicher fest.

Sacipha umarmte in der Zwischenzeit die anderen.

»Mef hat recht«, sagte nun auch Decanra. »Wir sollten gemeinsam kämpfen.«

»Bis zum letzten Atemzug«, bekräftigte Cinn.

»Aye«, machte Aiby, als sie zu ihnen kam. »Das fühlt sich falsch an, Sacipha.«

»Ich weiß, dass ihr das denkt«, antwortete die Magierin. »Darum müsst ihr gehen.« Sie zog Aiby an sich. »Pass gut auf sie auf. Vor allem auf die Dämonin da hinten.«

Nachdem sie sich von allen verabschiedet hatte, stellte sie sich mit unerschrockenem Gesichtsausdruck der anstürmenden Horde.

Sacipha schloss die Augen und konzentrierte sich auf das, was im schwarzen Sand der Verwüstung begraben war.

»Ihr müsst jetzt gehen«, sagte sie mit einem Beben in der Stimme. Blitze zuckten um ihren Körper. Ihre Haare schwebten nach oben. Sie breitete die Arme aus. »Reitet, so schnell ihr könnt. Und schaut nicht zurück …«

NARVILA

Das Schwert erwischt Narvila an den Rippen.

Es ist nur ein Übungsschwert, genau genommen bloß ein zurechtgestutzter Ast. Aber es tut trotzdem tierisch weh. Narvila lässt ihr eigenes Stockschwert fallen, hält sich die Seite, ringt nach Luft und blinzelt die Tränen fort.

»Du musst meinen Körper im Auge behalten, nicht die Waffe anstarren«, rügt Mef sie. »Und der ist ja wohl sehr anschauenswert.« Mef setzt ihre eigene Übungswaffe unter Narvilas Kinn und übt Druck aus, bis die neueste *Prinzessin* den Kopf hebt. »Und niemals, niemals, niemals dein Schwert loslassen, Süße.« Mef seufzt. »Genug für heute. Ich ertrag es nicht, dir länger wehzutun. Nicht so jedenfalls.« Kurz huscht ein Grinsen über ihr Gesicht, und ihre Narbe zuckt. »Inzwischen bezweifle ich ehrlich gesagt, dass du jemals ein echtes Schwert schwingen wirst. Nicht ohne ein Wunder, göttlichen Beistand, Magie oder einen Pakt mit einem Dämon.«

Nach dieser Einschätzung bleibt die bekümmerte Narvila mit ihrer Frustration und ihrer Scham allein.

Aiby lehnt mit dem Rücken an einem großen, moosbewachsenen Felsen und schleift ihre Axt mit einem Wetzstein; Decanra schärft ihre Treffsicherheit an einem Baum; Cinn kontrolliert im Wald ihre Fallen auf Beute; Mef verschwindet ebenfalls zwischen den Bäumen, vermutlich, um dem Ruf der Natur zu folgen.

Narvila staunt noch immer, wie selbstverständlich so ein Gedanke inzwischen für sie ist.

Sieben Wochen ist es nun her, dass die Söldnerinnen auf einer Lichtung ähnlich dieser in Narvilas Leben getreten sind und sie Besgios verlassen hat.

In dieser Zeit hat Narvila gelernt, ohne Zofen und Diener, feste Mahlzeiten, ein weiches Bett, heiße Bäder, stundenlanges Kämmen, schicke Kleider und vieles mehr zu leben.

Die ersten Tage ist sie ständig von der Angst übermannt worden, einen schrecklichen Fehler begangen zu haben. Unter freiem Himmel schlafen, jedem Wetter ausgesetzt sein, sich gegen wilde Tiere und andere Räuber absichern, nicht wissen, wann und woher die nächste Mahlzeit kommt: Das alles ist ihr zunächst wie blanker Wahnsinn erschienen. Doch man gewöhnt sich an so gut wie alles und an vieles überraschend schnell, wie Narvila festgestellt hat – umso schneller, wenn niemand einem jeden Wunsch von den Augen abliest, nur weil man die Tochter von König Narvos und Königin Hesavil ist, man selbst schauen muss, wo man bleibt und dass es einem halbwegs gut geht.

Narvila hat sich wahrlich an vieles gewöhnt: an lange Tage im Sattel, nach denen ihr die Knochen und Muskeln wehtun und sie an Stellen wund ist, über die sie nicht sprechen will.

An den Druck der Stoffbahnen um ihren Oberkörper, damit beim Reiten und Kämpfen alles straff sitzt. An die Schwielen an ihren zarten Händen, die von den Übungskämpfen und all den anderen ungewohnten Tätigkeiten stammen. Daran, auch mit üblen Kopf- und Bauchschmerzen zu reiten, wenn wieder einmal vier Wochen um sind und sie nur einen bitteren Tee gegen das vermaledeite Schaukeln des Pferdes und die Krämpfe im Unterleib bekommt. An Gebüsche, Straßengräben und Wiesen, um sich zu erleichtern, während die anderen ungeduldig auf sie warten oder wenig hilfreiche Kommentare rufen. An den Geruch von Pferd und Schweiß und Staub, den sie nie mehr loswird, weil man sich als Söldnerin oft bloß flüchtig in einem kalten Fluss wäscht, wenn überhaupt, und Seife und Duftwasser der Vergangenheit angehören.

Keine Frage: Narvilas Leben hat sich grundlegend verändert.

Etwas, woran sich Narvila jedoch einfach nicht gewöhnen kann, ist der Geschmack des Versagens in dieser harschen Realität, in der sie sich so dringend beweisen will. An ihre Unfähigkeit, mit einer Waffe Fortschritte zu machen, ja, auch nur die für sie passende Waffe zu finden. Was sie wiederum davon abhält, mehr zu werden als ein Anhängsel, das die anderen gutmütig dulden und mitschleppen.

Fragt sich nur, wie lange.

Bisher hat Aiby dahingehend keine Ansage gemacht. Sie beteiligt sich aber ohnehin selten an den Waffenübungen mit Narvila. Dafür lässt sie Narvila Liegestütze machen und Steine stemmen, damit sie kräftiger wird. Außerdem hat Aiby ihr gleich am ersten Tag gezeigt, wie man Pferde unterwegs versorgt, und weil Narvila schon immer ein Händchen für Tiere gehabt hat, sind die Rösser der *Prinzessinnen* seither ihre Hauptaufgabe.

Cinn bringt Narvila derweil mit knappen Erklärungen das Fährtenlesen und das Jagen bei, weist sie auf essbare Pilze, Beeren, Flechten und Wurzeln hin – Narvilas Würgen und Kotzen hat diese Lektion beendet, bevor sie mit den Schnecken und Larven durch gewesen sind. Am liebsten lässt Narvila sich von Decanra verklickern, wie man sich in der Wildnis orientiert, das Moos an Bäumen, die Sonne oder die Sterne zur Bestimmung der eigenen Position und der Himmelsrichtung nutzt. Und während Mef bisher ohne Erfolg versucht, in Narvila die Schwertkämpferin zu wecken oder überhaupt bloß zu finden, vermitteln ihr Cinn und Decanra grundlegende Kenntnisse in Bezug auf Schläge, Tritte, Würgegriffe, Hebelwürfe, Augenkratzer und den Kampf mit dem Dolch – die eine geduldig und aufmunternd, die andere wortkarg und eisern.

Cinn hat es am Anfang außerdem übernommen, Narvila ohne erkennbare Genugtuung mit ihren von besonders viel Stoff umwickelten Fäusten ins Gesicht und in den Bauch zu schlagen, um ihr die Angst vor Hieben zu nehmen, sodass Narvila auf Schmerz nicht sofort mit Zusammenbruch oder Flucht reagiert, sondern mit kontrollierter Angriffswut.

Obgleich sie im waffenlosen Kampf – trotz Muskelkater, Nasenbluten, aufgeplatzter Lippe und blauer Flecken – schon besser geworden ist, hält irgendetwas Narvila davon ab, zu einer passablen Schwertkämpferin zu werden, die nicht beim ersten Streich eines Gegners stirbt oder sich bei einem Abwehrversuch selbst ins Bein hackt.

Narvila weiß nicht, woran es liegt, aber sie achtet stets auf genau die falschen Dinge, macht exakt den denkbar schlechtesten Schritt zur ungünstigsten Zeit, verlagert ihr Gewicht nicht richtig, ja, blickt oder atmet sogar falsch. Und keine Erklärung, kein Zeigen, kein Vormachen, kein Schimpfen hilft.

Schlechte Voraussetzungen, wenn man bedenkt, dass eine Waffe ein essenzieller Bestandteil ihres neuen Daseins ist, irgendwann über ihr Leben und Sterben entscheiden kann und wird.

Zumal Narvila klar ist, dass die anderen nicht ewig nur Aufträge annehmen werden, die drei oder zwei von ihnen erledigen können, damit jemand bei ihr bleiben kann – oder solche, bei denen Narvila mit einigem Abstand ungefährdet zusieht, während die anderen Kobolde verjagen, die Bauern schikanieren, Baumdrachen erlegen, die sich an Nutzvieh gütlich tun, oder einer Schattenkatze das grau-schwarz gefleckte Fell über die Ohren ziehen, bevor sie sich noch einen Dorfbewohner holt.

Niemand macht ihr einen Vorwurf, dennoch hasst Narvila das Gefühl, nutzloser Ballast und eine Enttäuschung zu sein. Umso mehr, weil sie die anderen Dinge ihres neuen Lebens eben mit jedem Tag ein bisschen besser meistert, ein wenig besser wegsteckt. Weil das Gefühl, einen Fehler begangen zu haben, sie oft stundenlang nicht in Ruhe lässt. Weil sie die weite Welt, die ohne Schlossmauern auf sie einstürzt, nicht mehr in Panik versetzt, sondern sie eher lockt und erfreut.

Frustriert lässt sich Narvila ins Gras plumpsen und sieht Decanra bei ihren Wurfübungen zu. Decanra strahlt eine andere, freundlichere Ruhe als Cinn aus, und manchmal braucht Narvila genau das. Erst recht, wenn sie wieder einmal mit dem Stockschwert versagt hat. Mef gibt sich zwar alle Mühe, hat jedoch kein Interesse daran, Narvila hinterher aufzubauen. Schon gar nicht, wie sie selbst sagt, solange sie angezogen sind. Narvila seufzt und fängt an, Grashalme auszurupfen.

»Kopf hoch«, sagt Decanra, während sie den Blick auf den Baum gerichtet hält und zwei Wurfmesser gleichzeitig losschickt, die sich überschlagen und in den zwölf Schritt entfernten Stamm bohren. »Du kennst doch den Spruch, dass Übung den Meister macht.«

»Und noch kein Meister vom Himmel gefallen ist, jaja.« Narvila lässt die ausgerissenen Halme zu Boden segeln. »Was für eine verfickte Scheiße!«

»Immerhin klingst du schon wie eine echte *Prinzessin.*« Decanra dreht sich einmal um die eigene Achse und schleudert zwei weitere Messer, die sie vorher buchstäblich aus den Ärmeln schüttelt – zwei Volltreffer. »Und hey, mit der Nadel bist du wirklich gut.«

Leider meint Decanra damit kein schlankes Stilett, sondern Narvilas Geschick, eine Wunde zu nähen. Doch es stimmt: Wenn sie Fleisch und Blut übersieht, kann Narvila dank ihrer Erfahrung in Sachen Handarbeit für wunderbar feine Stiche sorgen. Sie hat noch nie gesehen, dass sich geistig gesunde Menschen über eine Naht und demnach eine künftige Narbe so freuen wie etwa Cinn, der sie nach dem Angriff eines Sägemauls den Oberarm geflickt hat.

»Mit einer Nadel kann ich aber nicht kämpfen«, sagt Narvila.

»Theoretisch geht das schon.« Decanra schreitet zum Baum, zieht ihre Wurfmesser heraus und kommt wieder zurück. Sie lässt sich mit der ihr eigenen lautlosen Eleganz im Schneidersitz neben Narvila nieder. »Aber es ist schwer. Du musst genau das Auge treffen und die Nadel ganz tief reinrammen. Am besten mit dem Handballen draufhauen.« Sie macht es in der Luft vor. »Ungefähr so.«

Narvila verzieht das Gesicht. »Urghs.«

Decanra stupst sie mit der Schulter an. »Ich hab ja nicht behauptet, dass es appetitlich ist.«

»Hast du das schon mal gemacht?«

»Willst du's wirklich wissen?«

»Wahrscheinlich nicht.«

Eine Weile sitzen sie schweigend da, ist lediglich das schabende Geräusch von Aibys Wetzstein an ihrer Axt zu hören.

Schließlich fragt Narvila, die in den letzten Wochen viel über unverblümtes Benehmen gelernt und noch mehr von ihrer anerzogenen Zurückhaltung abgelegt hat: »Wieso habt ihr mich überhaupt mitgenommen?«

»Willst du ...«

»Ja. Will ich.«

Decanra drückt mit einer Wellenbewegung der Schultern ihr Unbehagen aus. »Das ist schwer zu erklären. Die Zeit war einfach reif für eine neue *Prinzessin.*«

»Wie meinst du das?«

»Bis vor einigen Jahren waren wir lange zu fünft.«

An Decanras Tonfall erkennt Narvila, dass hinter dieser Aussage eine traurige Geschichte steckt. »Wie hieß sie?«

»Sacipha. Und nein, ich möchte im Moment nicht über sie reden. Oder wieso sie nicht mehr bei uns ist. Und wenn du schlau bist, fragst du auch die anderen nicht. Vor allem nicht Mef.« Jetzt zwirbelt Decanra Grashalme zwischen ihren Fingern. »Wir haben schon seit einiger Zeit darüber gesprochen, dass wir jemand Neues brauchen. Damit wir bei Entscheidungen wieder ein eindeutiges Ergebnis haben. Manchmal diskutieren wir ewig, und nicht mal Abstimmen hilft.«

»Ach komm.« Das kauft Narvila ihr nicht ab. »Selbst wenn das der Grund wäre. Dann hättet ihr immer noch jemand ... Tauglicheres als mich finden können.«

»Was willst du hören, Narvila? Dass Cinn dich dabeihaben wollte, damit sie nicht mehr die Schmächtigste ist? Dass Aiby und ich gewettet haben, dich nach einer Nacht im Freien ohnehin zurück zum Schloss deines Vaters davonreiten zu sehen? Oder dass Mef scharf auf deinen Knackarsch ist?«

Narvila schluckt alle Antworten runter, die ihr auf der Zunge liegen. »Du versuchst, mich wütend zu machen. Um abzulenken. Das klappt nicht. Dafür hast du mir schon zu viel beigebracht.« Sie atmet tief durch. »Das waren alles glaubhafte Gründe. Selbst der mit Mef.« Narvila spürt, wie die Röte ihren Hals hinauf und ihre Wangen entlang wandert. »Und doch weiß ich, dass der wahre Grund noch immer nicht dabei war.«

»Na schön.« Decanra blickt kurz hinüber zu Aiby, die nach wie vor an dem Stein lehnt und ihre Axt bearbeitet. »Nicht lange vor unserer ersten Begegnung haben wir eine andere Prinzessin aus einer ähnlichen Lage gerettet. Sie wollte wie du mit uns kommen. Eine von uns werden. Ihrem Leben im goldenen Käfig entfliehen. Wir haben sie nicht mitgenommen. Kurz hinter der Grenze, als wir uns länger in einer Stadt aufhielten, erreichte uns die Nachricht, dass die Prinzessin sich umgebracht hat.«

»Wie hat sie …?«

»Sie hat sich von einem Turm gestürzt.« Unwirsch wirft Decanra einen Halm auf den grünen Haufen. »Ich weiß, das war nicht unsere Schuld. Trotzdem … Aiby trank danach mehr als sonst, Cinn sprach noch weniger und prügelte sich öfter in Tavernen, Mef vögelte wilder herum denn je, und ich hätte am liebsten jedem, der lachte oder pfiff, ein Messer reingerammt. Und dann bist du gekommen und hast genau das gesagt, was wir schon einmal gehört und ignoriert hatten …«

»Ihr habt mich also aus Mitleid mitgenommen«, folgert Narvila. »Und wegen eurer Schuldgefühle.«

»Tja.« Decanra zuckt mit den Schultern. »Du wolltest es ja unbedingt wissen. Außerdem haben wir seit Saciphas Tod schon viel zu lange …«

Decanra verstummt abrupt und hebt den Blick.

Erst jetzt bemerkt Narvila, dass das rhythmische Schaben des Schleifsteins verstummt ist und Aiby sie düster ansieht.

Mef wählt genau diesen Augenblick, um auf die Lichtung zurückzukehren. Sie nestelt noch an ihrem Gürtel. »Wir sollten nicht mehr in Tannenwäldern haltmachen. Hier gibt's so gut wie keine Blätter, um sich den Arsch abzuwischen.« Sie hält inne, blickt reihum. »Oh. Wer ist gestorben?«

Narvila hat schnell durchschaut, dass das Herumziehen ein elementarer Bestandteil des Söldnerhandwerks ist. Als sie Aiby unterwegs einmal darauf anspricht, erklärt diese es so: »Manche Truppen hocken immer in derselben Stadt und demselben Gasthaus, bis jemand kommt und sie für eine Aufgabe oder eine Schlacht anwirbt. Dazwischen saufen und huren sie.«

»Klingt herrlich.« Mef reitet auf der anderen Seite neben Narvila – die erfahrenen Söldnerinnen nehmen sie als neueste *Prinzessin* absichtlich stets in die Mitte, vermutet Narvila. »Wieso können wir keine solche Truppe sein, Aiby?«

»Weil wir es uns nicht leisten könnten, dich ständig aus Schwierigkeiten mit Wirten, Eheleuten, Priestern, Eltern und Stadtwächtern rauszukaufen, Mef. Und weil wir dauernd aus den Gasthöfen und Tavernen fliegen würden, in denen du deine Techtelmechtel hättest.«

Mef lacht. »Hast du gerade *Techtelmechtel* gesagt?«

Aiby schnaubt nur.

»Techtelmechtel!«, grinst Mef und treibt ihr Pferd an, um zu Decanra und Cinn aufzuschließen. »Hey, Cinn, Aiby hat gerade *Techtelmechtel* gesagt!«

Aiby schüttelt den Kopf. »Wo war ich? Und sag jetzt nicht Techtelmechtel, sonst tret ich dich vom Pferd.«

»Saufen und huren«, wiederholt Narvila pflichtbewusst.

»Aye. So machen einige Truppen das.«

»Aber ihr nicht«, sagt Narvila.

»Wir.«

»Was?«

»Wir. Du hast *ihr* gesagt. Aber du musst *wir* sagen.«

»Das sagst du nur, weil ich mich neulich bei Decanra ausgeheult hab.«

Aiby geht nicht auf den Vorwurf ein. »Deine Zweifel sind ganz normal. Ich würd mir viel mehr Sorgen machen, wenn du keine hättest. Wir finden schon noch die passende Waffe für dich. Du bist nun Teil dieser Truppe. Eine *Prinzessin auf Probe*, aber eine *Prinzessin.*« Aiby tätschelt ihrem Braunen den Hals – Narvila schwebt bei ihren Worten schier über dem Sattel. »Jedenfalls bleiben wir nie lange an einem Ort. Wir ziehen umher, immer in Bewegung, immer dem Auftrag, dem Gegner, dem Schicksal, dem Abenteuer entgegen. An nichts und niemanden gebunden außer an uns selbst.«

»Aber wäre ein Zuhause nicht auch schön?« Als Narvila die Worte ausspricht, packt sie sofort das Heimweh nach Besgios, und ihr Hochgefühl ist wie weggeblasen.

»Ein Gasthaus ist kein Zuhause«, erwidert Aiby. »Und wir alle haben unser Zuhause schon vor langer Zeit verloren.«

»Ich hab meins freiwillig aufgegeben«, sagt Narvila. »Und ich könnte wahrscheinlich jederzeit wieder zurück, wenn ihr mich satthabt.«

»Davor hast du Angst?«, fragt Decanra. Sie und die anderen beiden haben sich inzwischen nach hinten fallen lassen, sodass sie nun in einer Reihe nebeneinander über die Straße reiten. »Dass wir dich zurückschicken?«

»Na ja.« Narvila druckst herum. »Schon. Ich frag mich bei jedem Übungskampf, den ich vermassle, ob es das jetzt für mich war. Bei jeder Lektion von dir oder Cinn, die ich nicht schnell genug kapier.«

»Vielleicht sollten wir dich schon für diesen eklatanten Mangel an Selbstvertrauen auf der Stelle nach Hause schicken«, überlegt Mef und schafft es, dabei todernst zu klingen.

»Haha«, macht Narvila gar nicht amüsiert.

»So schnell geben wir dich nicht auf«, versichert Aiby ihr.

»Da jagen wir vorher Mef davon«, wirft Decanra ein.

»Wir sollten eine Frist vereinbaren«, sagt Cinn nüchtern.

Narvila runzelt die Stirn. »Eine Gnadenfrist?«

»Nein.« Cinn sieht sie an. »Eine Frist, bis wann wir alle uns entschieden haben müssen, ob dieses Leben das Richtige für dich ist. Du. Wir.«

»Das ist gar keine so üble Idee«, meint Aiby.

»Ich weiß«, sagt Cinn ungerührt.

»Irgendwelche Vorschläge, wie lange wir uns das Elend anschauen wollen?«, erkundigt sich Mef.

»Wann hast du Geburtstag?«, fragt Aiby Narvila.

»Ich hatte in der Woche, bevor ich entführt wurde und wir uns kennenlernten. Dauert also noch fast ein Jahr.«

»Zu lang«, befindet Decanra. »Welchen Gott verehrt deine Familie, und wann ist sein höchster Feiertag?«

»Meine Familie glaubt wie die meisten in Besgios an …«

»Lassen wir die Götter da raus«, sagt Cinn. »Die müssen sich nicht auch noch einmischen.«

Soweit Narvila weiß, beten Cinn, Aiby und Mef nicht – Aiby kennt jedoch alle möglichen Flüche. Nur Decanra kniet einmal am Tag nieder, leert etwas Sand aus einem Beutel in ihre Handfläche, lässt ihn zu Boden rieseln und murmelt dabei mit geschlossenen Augen leise in einer anderen Sprache vor sich hin.

»Wie wär's mit der Hochzeit aller Hochzeiten?«, schlägt Mef vor.

»Welcher Hochzeit aller Hochzeiten?«, fragt Narvila.

»Also bitte. Prinzessin Filryn von Lirgoden heiratet demnächst Prinz Jurova von Valahmes. Damit zwischen den größten Königreichen in diesem Teil der Welt endlich Frieden herrscht. Das wird die ausschweifendste Prinzessinnen-Traumhochzeit, die man sich nur vorstellen kann.«

»Widerlich«, sagt Cinn.

»Ja. Aber für uns perfekt.« Mef nickt in Narvilas Richtung. »Die obszöne Sause steigt in fünf oder sechs Monaten, soweit ich weiß. Mit der Marke sollten wir alle leben können.«

Narvila weiß nicht so recht. »Am Tag einer großen Prinzessinnen-Traumhochzeit darüber entscheiden, ob ich zur Söldnerin tauge oder zurück in mein altes Leben muss? Das ist schon ziemlich makaber, oder?«

»Aye«, stimmt Aiby zu. »Also genau richtig für uns. Da hast du deine Frist. Bis dahin kannst du dich nun entspannen.«

»Und dir in dem Versuch, uns zu beeindrucken, den Arsch aufreißen«, fügt Mef heiter hinzu.

Daran, wie sich die Haltung ihrer Gefährtinnen im Sattel verändert und sie mit kleinen Gesten die Position ihrer Waffen prüfen, erkennt Narvila, dass etwas nicht stimmt.

Der Bauernhof vor ihnen liegt einen halben Tagesritt vom nächsten Dorf entfernt. Hinter dem Hof, seinem Garten, einer Weide und ein paar Feldern breitet sich ein Wald mit hohen Tannen und Fichten aus.

»Was ist los?«, fragt Narvila Cinn, die zu ihrer Linken reitet.

»Krähen«, antwortet Cinn, und jetzt nimmt auch Narvila das Krächzen aus Richtung Bauernhof wahr, wo weitere große Bäume stehen, in denen die schwarzen Vögel sitzen.

Die *Prinzessinnen* reiten wachsam auf den Hof, die Hände an den Waffen. Selbst Narvila legt die Finger um das Heft des Dolches, den Decanra ihr in Besgios geschenkt hat und sie seitdem am Gürtel über dem nicht mehr ganz so weißen Leinenhemd trägt.

Aus der Nähe sehen sie, dass von einem Stall aus verwittertem Holz bloß noch ein Teil der Fassade steht. Ein Großteil des Daches, der Balken und der Wände ist eingerissen worden. Vor den Holztrümmern liegen die Kadaver von sechs Hunden.

Narvila zieht scharf die Luft ein, als sie begreift, dass es nur *drei* große Hofhunde gewesen sind, die jemand oder wohl eher etwas entzweigerissen hat.

Die Krähen in den Bäumen bedenken sie mit durchdringenden Rufen. Sie wollen die blutigen Hundekadaver für sich.

Da öffnet sich die Tür des Bauernhauses. Eine dünne Frau mit heller Haut, verhärmtem Gesicht und grau gesträhntem, zu einem Knoten hochgebundenem Haar tritt nach draußen.

»Ihr seid früh dran«, sagt sie voller Bitterkeit.

»Ich hätte ja gesagt, dass wir zu spät kommen«, gibt Mef unbeeindruckt zurück.

Die Frau schnaubt so abfällig, wie es nicht einmal Aiby hinbekommen würde. »Erst die Krähen, dann die Söldner. So ist es immer. Aber sonst dauert's ein paar Tage, bis Euresgleichen aufkreuzt. Um uns auch noch das letzte bisschen zu nehmen, was uns geblieben ist, und trotz großer Versprechungen nichts zu bewirken und nie wiederzukommen.«

Sie lässt offen, ob das heißt, dass die Söldner getötet werden oder sich einfach aus dem Staub machen.

»Was ist passiert?«, fragt Aiby.

»Riese«, murmelt Cinn, die sich den Boden vom Rücken ihres Pferds aus ansieht.

»Ein Riese«, sagt die Bäuerin. »Heute Morgen. Er lebt seit dem letzten Jahr im Wald. Kein Gigant, aber groß genug. Die meiste Zeit lässt er uns in Ruhe. Frisst Wildschweine, säuft aus dem Bach. Aber wenn's ihn nach Rindfleisch oder Milch verlangt ... muss einer der Höfe dran glauben. Dann kommt er und bedient sich.«

»Habt Ihr versucht, ihn zu vertreiben?«, will Aiby wissen. »Viele Riesen sind Feiglinge, weil sie selten kämpfen müssen. Wenn sie Gegenwehr spüren, suchen sie sich lieber ein anderes Revier.«

Die Bäuerin lächelt garstig. »Mein Mann liegt da hinten begraben. Was von ihm übrig war. Vergangenen Herbst haben sich die Männer von den Höfen in der Umgebung zusammengetan und sind bewaffnet in den Wald gegangen. Nur die Hälfte von ihnen ist zurückgekehrt. Mein Mann auch, doch er war so schwer verletzt, dass er noch in derselben Nacht starb. Da drüben in unserer Scheune, wohin sie alle Verwundeten gebracht haben.«

Kurz herrscht auf dem Hof Schweigen, das jedoch von mehreren Krähen durchbrochen wird, die allmählich ungeduldig werden. Narvila würde am liebsten in die Hände klatschen, damit sie abzischen.

»Wir haben lange keinen Riesen mehr gejagt«, sagt Cinn, und den Mienen der anderen nach spricht sie aus, was alle denken.

»Ich hab kein Geld«, greift die Bauersfrau vor und sieht sie noch finsterer an. »Ich weiß auch so schon nicht, wie meine Töchter und ich den Winter überstehen sollen.«

»Aye.« Aiby hält dem Blick der Witwe mühelos stand. »Ein Vorschlag: Wenn wir Euer Riesenproblem gelöst haben, sprecht Ihr mit Euren Nachbarn. Ihr werdet sicher genug zusammenbekommen.«

»Ein paar Vorräte«, präzisiert Decanra. »Kein Geld.«

»Abgemacht?«, fragt Aiby.

Narvila sieht der Frau ihre Vorsicht an und dass sie gegenüber jedem Anflug von Hoffnung abgeneigt ist.

Eine der Krähen oben im Baum krächzt laut, doch nur Narvila zuckt zusammen.

»Abgemacht«, presst die Bäuerin hervor.

Zum ersten Mal lassen die anderen Narvila allein zurück.

Vermutlich halten sie den Hof für sicher genug und wollen im Kampf gegen einen Riesen niemanden entbehren. Niemanden außer Narvila heißt das, doch das kann sie ihnen kaum verübeln.

Während Aiby, Cinn, Decanra und Mef also im Wald auf Riesenjagd gehen, hilft Narvila der Bäuerin und deren vier Töchtern beim Aufräumen. Die Mädchen sind etwa genauso alt wie Narvila, und doch gewinnt sie den Eindruck, nichts mit ihnen gemein zu haben und umgekehrt. Ihr altes Leben als Prinzessin war grundlegend anders, und ihr neues Leben als *Prinzessin* ist es ebenfalls.

Narvilas Unterstützung ist dennoch willkommen. Mit vereinten Kräften tragen sie Holztrümmer weg und sammeln die Bretter auf zwei Haufen, je nachdem, ob sie noch für irgendetwas zu gebrauchen sind oder ob sie nur noch als Brennholz taugen. Die Bäuerin und zwei ihrer Töchter schaffen zudem die Kadaver der Hunde fort, weshalb die Krähen laut schimpfen. Narvila hört eines der Mädchen schluchzen.

Die Sonne zieht am Himmel entlang. Narvila ist schweißgebadet. Arme, Beine, Rücken und Hintern schmerzen ihr vom Heben und Schleppen. Ihre Gedanken wandern außerdem immer wieder zu den anderen. Obwohl keine von ihnen bei ihr geblieben ist, spürt Narvila die Verbundenheit, die über die letzten Wochen immer stärker geworden ist.

Einmal glaubt Narvila, ein fernes Krachen wie von einem gefällten Baum zu hören, doch das bildet sie sich wahrscheinlich nur ein – pure Ungeduld, blanke Fantasie.

Sie braucht mehr Ablenkung. »Werdet ihr einen neuen Stall bauen?«, fragt sie Jaskdis, die jüngste Tochter der Bäuerin.

Das Mädchen überlegt kurz. »Wer keine Kühe hat, braucht erst mal keinen Stall, denk ich.«

Narvilas Familie ist nicht reich, aber auch nicht arm. Es hat ihr an nichts gefehlt, selbst in schlechten Jahren nicht, wenn Holzkäfer oder Stürme die Wälder in Besgios gelichtet haben. Sie will lieber nicht wissen, was Menschen wie die Witwe und ihre Kinder dazu sagen würden, dass Narvila ihr Dasein als Königstochter hinter sich gelassen hat, um jetzt *das hier* zu tun.

»Wohin soll das Holz, mit dem man noch was ausbessern kann?«, fragt Narvila, den Stapel Bruchstücke vor sich betrachtend. »In die Scheune da drüben?«

Jaskdis schüttelt den Kopf. »Da gehen wir nicht mehr rein, seit mein Vater gestorben ist. Da drin ist etwas ... Unheimliches.«

Narvila, die gerade nach einem geborstenen Brett greifen will, hält mitten in der Bewegung inne. »Wie meinst du das?«

»Mutter sagt, wir dürfen nicht in die Scheune. Weil da etwas ist, das wir in Ruhe lassen sollen.«

»Und du hast nie nachgesehen?«

»Hab mich nicht getraut.«

»Hm.« Narvila schaut nachdenklich zur Scheune, die auf der anderen Seite des Hofes steht – und deren Ausstrahlung sich durch Jaskdis' Worte komplett verändert hat.

Was beherbergt sie? Es kann nichts sein, was man gern in seiner Scheune hat, aber auch nichts, weswegen man sich größere Sorgen machen muss, solange man es nicht provoziert. Narvila ruft sich ins Gedächtnis, was für Wesen die *Prinzessinnen* – manchmal mit ihr als Zuschauerin, manchmal nicht – in den letzten Wochen aus Hütten, Häusern, Tempeln, Schreinen, Scheunen und Ställen vertrieben haben: Heuhunde, Kobolde, Waldschrate, Sumpfkreischer, Gnome, Ziegenzwicker, Rettichfeen. Aber nichts davon würde man in der Nähe seiner Familie dulden – nicht einmal die kleinen Gnome, deren Krallen hässliche Wunden reißen können, oder die bissigen Rettichfeen, die voller Hingabe nach Nasen schnappen.

Was also ist in dieser Scheune? Und vor allem: Ist es etwas, womit Narvila es aufnehmen kann, damit die Bäuerin und ihre Töchter sehen, dass sie zwar noch keine erfahrene Vollblutsöldnerin sein mag, jedoch zu Recht mit den anderen *Prinzessinnen* reitet? Denen sie dann wiederum zeigen könnte, dass sie definitiv die richtige Einstellung und den nötigen Biss hat,

Schwert hin oder her, und es verdient, bei ihnen zu bleiben, nicht zurückgeschickt zu werden?

Und man muss ja nicht mit einem Riesen anfangen.

»Ich seh mir das mal an«, verkündet Narvila und ignoriert, dass Jaskdis vor lauter Schuldbewusstsein und Panik den Kopf samt Zopf noch vehementer schüttelt.

Narvila geht zur Scheune, betrachtet das große, mit einem rostigen Haken verriegelte Tor. Ihr ist bewusst, dass sie irrational handelt. Hinter sich vernimmt sie aufgeregte Stimmen. Vermutlich petzt Jaskdis gerade bei ihrer Mutter, und die will Narvila sicher von ihrem Vorhaben abbringen, das aufzuscheuchen, was in dem Holzgebäude wohnt.

Jetzt oder nie. Narvila hebt den Haken an, öffnet das klemmende Scheunentor ein Stück und tritt durch den Spalt in die muffige Düsternis. Nur ein schmaler Lichtstrahl dringt ins Innere, doch er reicht, um eine Reaktion hervorzurufen. Sofort stürzt sich lebendig gewordene Schwärze mit schrillem Kreischen auf Narvila, schlägt nach ihrem Gesicht, ihrem Hals und ihren hochgerissenen Armen. Hektisch sucht Narvila, die ein wenig taumelt und die Orientierung verliert, ihren Dolch – erst jetzt erinnert sie sich daran, ihn vorhin abgelegt zu haben, da er ihr beim Heben und Tragen ständig in die Quere gekommen ist. Ängstlich weicht sie vor dem kreischenden, krallenden Ansturm zurück und prallt mit dem Rücken gegen die Scheunenwand. Ihre Hände, die in Dunkelheit und Bedrängnis ein Eigenleben entwickeln, ertasten eine Stange aus Holz, die an der Wand lehnt. Narvilas Finger schließen sich darum, und ehe sie genau weiß, was sie da tut, stellt sie sich brüllend und wild um sich schlagend der Finsternis, die über sie herfällt. Es fühlt sich an, als würde sie einige Treffer landen, obwohl auch sie noch einiges einstecken muss.

Dann ist es mit einem Mal vorbei.

Kratzer brennen auf ihrer Haut. Ihr Herz wummert. Das Blut rauscht ihr in den Ohren. Ihre Hände umklammern noch immer die hölzerne Stange. Schwer atmend steht Narvila in der Dunkelheit neben dem Lichtstreifen.

Schließlich öffnet jemand das Tor ganz, und Licht flutet die Scheune. Narvila dreht sich um, kneift die Augen zusammen.

Die übrigen *Prinzessinnen* stehen im Eingang. Sie sind über und über mit Blut besudelt und werden von Fliegen umschwirrt, doch es scheint ihnen gut zu gehen.

Die Gesichter unter den roten Masken grinsen.

»Sieht aus, als hättest du deinen Spaß hier«, sagt Decanra.

»Und eine Waffe gefunden«, ergänzt Aiby.

»Endlich«, meint Cinn.

»Und es ist kein Schwert«, fügt Mef hinzu. »Zum Glück.«

»Die gehörte meinem Mann«, sagt die Bäuerin, die mit ihren Töchtern hinter den *Prinzessinnen* steht.

Verwirrt betrachtet Narvila das, was sie hält: einen langen Holzschaft, an dem ein Sensenblatt befestigt ist, das spitz und scharf nach oben ragt.

Auf der Klinge ist außerdem eine Fledermaus aufgespießt.

Weitere Tiere, die Narvila mit einem ihrer blindwütigen Schläge getroffen haben muss, liegen auf dem Lehmboden. Nicht alle kriechen verwirrt über das Stroh, einige zucken nur noch schwach oder rühren sich nicht mehr.

»Wenn der Baron zu den Waffen rief, schnappte sich mein Mann diese Kriegssense«, erzählt die Witwe. »Er hat sie auch mit in den Wald genommen, um den Riesen zu stellen. Ihr könnt sie haben, wenn Ihr wollt. Als Teil der Bezahlung für den Riesen.«

»Sind wir nur wegen den Fledermäusen nicht hier rein?«, fragt Jaskdis ihre Mutter.

Diese blickt in die Scheune, als sei sie eine Ewigkeit nicht darin gewesen, und Narvila lernt etwas über die Natur des Unheimlichen, des Ungeheuren und des Verlustes.

Die Bäuerin schweigt. Sie will ihren Töchtern nicht erklären, dass der Schmerz nach dem Tod des Vaters in der Scheune fortgelebt hat.

Narvila vermutet, dass sie etwas sagen sollte, ihr fällt jedoch rein gar nichts ein.

Mef schon. Weder Blut noch Narbe können ihrem Lächeln die Schönheit nehmen, als sie sagt: »Wenn anderen der Mut fehlt, sich ihren Monstern zu stellen, braucht es eben eine echte *Prinzessin.*«

Nicht dass das Narvila gerade allzu angemessen scheint.

Aber es macht sie wahnsinnig stolz und glücklich.

Es gibt ein schlichtes Abendessen aus Brot und einer dünnen Rüben-Zwiebel-Suppe mit Kräutern aus dem Garten. Die *Prinzessinnen* verwenden ihr eigenes Reisegeschirr. Aiby und die anderen haben sich an einem Regenfass gewaschen und müssen nun bei Tisch erzählen, wie es mit dem Riesen im Wald gelaufen ist. Narvila ist auf diese Geschichte genauso scharf wie die Töchter der Bäuerin, gleichwohl lässt sie es sich nicht anmerken.

»Als wir in den Wald kamen«, berichtet Mef, »hat er sich schon über die Kühe hergemacht. Hat sie roh gefressen.«

»War er groß?«, will Jaskdis wissen.

Narvila fragt sich, wo die Familie den Angriff des Riesen ausgesessen haben mag – ob sie einfach weggerannt ist, als seine stapfenden Schritte den Riesen näher und näher gebracht haben.

»Er war ungefähr doppelt so groß wie ein normaler Mann«, sagt Decanra.

»Und hässlich, meine Güte!«, ruft Mef. »Was für ein Gesicht! Ein riesiger Zinken. Eiterpickel so groß wie Kirschen ...«

Die Bäuerin, die weniger Suppe als alle anderen in ihrer Holzschale hat, verzieht das Gesicht. Ihre Töchter geben halb angeekelte, halb vergnügte Quietschlaute von sich.

»Wie seid ihr vorgegangen?«, fragt Narvila, die sich seit ihrem Tanz mit den Fledermäusen weit mehr wie eine *Prinzessin* fühlt, viel selbstbewusster und kriegerischer.

Mef antwortet: »Aiby hat ihn vor die Wahl gestellt. Erzähl ihnen, was du ihm gesagt hast, Aiby!«

Aiby, der Mefs Theatralik schon wieder auf die Nerven geht, wie Narvila deutlich sehen kann, hält mit dem Löffel auf halbem Weg zum Mund inne. »Ich hab ihm gesagt, dass ich ihm die Sehnen in seinen Beinen durchhacke, Mef ihm seine schrumpeligen Eier abschneidet und Decanra einen ihrer Dolche in seinem Auge versenkt, wenn er sich nicht aus diesem Wald verzieht.«

»Und was hat er geantwortet?«, fragt Doslena, die älteste Tochter der Bäuerin. Mefs interessierter Blick bringt sie zum Erröten und dazu, schnell wieder auf ihre Schüssel zu schauen.

Aiby zuckt mit den tätowierten Schultern. »Er hat sich zu seiner ganzen beeindruckenden Größe aufgebaut, seinen Riesenlümmel rausgeholt und auf mich, Decanra und Mef gepisst.«

Die Bäuerin und ihre Töchter ziehen scharf die Luft ein.

»Konnten gerade so ausweichen«, sagt Decanra.

»Will keiner fragen, wie riesig er war?«, witzelt Mef.

»Was ist dann passiert?«, haucht Jaskdis.

Aiby löffelt ihre Suppe weiter. »Cinn, die in der Zwischenzeit auf den höchsten Baum über dem großen Trottel geklettert war, sprang aus ihrem Versteck und trieb diesem Ficker einen ihrer Dolche durch die Schädeldecke. Genau ins Hirn.«

Die Witwe und ihre Kinder gaffen die schmächtige, blasse Cinn an, die arglos auf ihren Löffel pustet, um die Suppe zu kühlen.

Cinn bemerkt es, hebt den Kopf und blickt zurück, ohne zu blinzeln oder etwas zu sagen.

»Er ist mit dem Schwanz in der Hand verreckt«, vermeldet Mef dafür genüsslich. »Pissend wie alle.« Sie haut auf die Tischplatte, und Doslena zuckt leicht zusammen – Narvila nicht. »Ist wie ein Baum zu Boden gekracht.«

»Hab ich gehört. Oder gespürt«, sagt Narvila.

»Vielleicht waren die Fledermäuse deshalb so aufgebracht«, überlegt Aiby. »Nicht nur wegen dem Licht.«

Narvila geht etwas anderes durch den Kopf. »Wenn Cinn ihn ausgeschaltet hat … wieso wart ihr dann alle blutbesudelt?«

»Weil wir sichergehen mussten«, erklärt Decanra. »Riesen sind zäh. Niemand will, dass so einer vor Schmerz halb wahnsinnig durch die Gegend tobt und in seiner Raserei alles niederreißt. Wir haben für die Aasfresser angerichtet, wenn du so willst.«

»Ich wär gern dabei gewesen«, seufzt Narvila.

»Und wir hätten dich gern dabeigehabt«, sagt Mef.

»Du hättest ihm mit der Sense das Gelege abrasieren können«, meint Cinn.

»Oder sein Hirn aus dem Ohr zerren«, bringt Decanra ein.

»Beim nächsten Mal«, verspricht Aiby.

»Ich kann es kaum erwarten«, sagt Narvila lächelnd.

Erst jetzt merken die *Prinzessinnen*, dass die Bäuerin und ihre Töchter sie anstarren.

»Was?«, fragt Mef lachend.

»Ihr seid seltsame Frauen«, sagt die Mutter voller Respekt, aber auch Befremdung. »Doch ich bin froh, dass Ihr uns von unseren Monstern befreit habt.«

Dabei schaut sie Narvila direkt an, die ihr zunickt.

»Ob Jungfrauen oder Riesenlümmel«, sagt Mef mit einem Blick auf Doslena, »wir helfen bei jedem Problem.«

Sie schlafen nicht im Haus, in dem es viel zu eng und warm ist, sondern auf der schiefen Veranda. Narvila hat die erste Wache – egal wo sie sind, die *Prinzessinnen* legen sich nie alle zur selben Zeit hin. Das hat Narvila früh eingeschärft bekommen, und schnell ist sie Teil der nächtlichen Rotation geworden. Sie sitzt auf der untersten Stufe der Veranda und blickt über den Hof, in die Nacht, zur Scheune, zum Waldrand. Die Kriegssense lehnt neben ihr an einem Holzpfosten, der das Dach stützt. Fledermäuse, die aus der Scheune stammen mögen oder auch nicht, flattern jagend durch die Nacht. Ein Fuchs nutzt die Abwesenheit der Hofhunde und sieht sich neugierig um. Der Räuber wirft Narvila einen entrüsteten Blick zu, als sei ihre Gegenwart eine Beleidigung seiner nächtlichen Herrschaft.

Narvila hat gelernt, den Stand des Mondes zu lesen, laut dem sie nicht mehr lange durchhalten muss, bevor sie Decanra für die nächste Schicht wecken und sich selbst etwas hinlegen kann.

Entsprechend überrascht ist sie, als Aiby vorher aufsteht und zu ihr kommt.

»Der Wein will raus.« Aiby klingt etwas angeschlagen – die *Prinzessinnen* und die Bauersfrauen haben ihren Sieg über den Riesen mit Wein aus dem Vorrat der Söldnerinnen gefeiert. Wie so oft hat Aiby am meisten getrunken und Narvila am wenigsten. Als Aiby zurückkehrt, setzt sie sich neben Narvila auf die Verandastufe. »Haben sich Mef und das Mädchen schon davongeschlichen, um es im Garten zu treiben?«, fragt sie leise.

»Noch nicht.«

In der Düsternis neben ihr ertönt Aibys Schnauben. »Morgen schauen wir mal, was wir aus dir und deiner Sense machen können.«

»Denkst du, das ist die richtige Waffe für mich?«

»Wer weiß? Aber es ist das erste Mal, dass du was getroffen hast, oder? Darauf sollte man aufbauen.« Narvila spürt das Lächeln, das diese Worte begleitet. »Wir werden sehen. Die Idee ist nicht schlecht. Das Schwert war nichts für dich, aber mach dir nix draus. Ich kann mit den Dingern auch nichts anfangen. Mef denkt zwar, das Schwert ist die einzige Waffe, die zählt, doch das ist nur Mefs Meinung. So, wie ich immer auf die Axt schwören würde. Für dich ist es vielleicht wieder etwas anderes. Bleib fürs Erste dabei. Wir finden dann bestimmt noch etwas Besseres als die Sense eines toten Bauern. Ich weiß auch schon, wo.«

»Das heißt, ich muss ab morgen erst mal einen längeren Stock als bisher festhalten, während Mef mich verprügelt?«

»Aye.«

Aiby quittiert Narvilas Grunzen mit einem erstickten Kichern und einem langen Gähnen.

Nach einer Weile fragt Narvila: »Das mit den Kühen ... das ging dir nahe, nicht wahr?«

Damit überrascht sie Aiby vollkommen. »Was?«

»Ich hab dein Gesicht gesehen, als du gehört hast, dass der Riese sich ihre Kühe geholt hat. Und als Mef erzählte, dass er sie im Wald roh gefressen hat. Ich denke nicht, dass das Schicksal genau dieser Tiere dich berührt hat, aber …«

Narvila hat keinen Schimmer, ob sie eine erhellende Antwort erwartet oder lediglich ein unwirsches Brummen. So lange, wie Aiby braucht, um sich zu entscheiden, weiß sie es selbst nicht.

»Kühe erinnern mich an daheim«, sagt die sonst so laute Aiby dann auffallend sanft.

»Ans Hochland?« Narvila hat endlose grüne Hügel und schroffe Berge im Osten vor Augen.

»Aye.« Aiby streicht sich über ihre Zöpfe und schlingt mehrere davon abwesend um ihr Handgelenk. »Riesen, die sich an den Herden bedienen, sind im Hochland seit jeher ein Ärgernis.« Sie runzelt die Stirn. »Waren. Na, sind sie sicher immer noch. Nur dass ich nicht mehr da bin.« Aiby klingt, als könne sie schon wieder einen Schluck Wein vertragen. »Mein Vater war der Häuptling aller Häuptlinge. Der Anführer aller Stämme des Hochlands. Es gab eine Zeit, da sagte er, ich wäre die Nächste in der Reihe.« Aiby klingt unendlich stolz und unendlich traurig zugleich. »Aber du siehst ja, dass daraus nichts wurde. Die Kühe und der Riese haben mich an all das erinnert, schätz ich.« Sie erhebt sich. »Ich leg mich wieder hin.«

»Mich erinnern auch hundert Kleinigkeiten an zu Hause«, sagt Narvila hastig. »Jeden Tag. Manchmal halt ich es fast nicht aus.«

Aiby legt Narvila eine Hand auf die Schulter, drückt sie kurz und geht zurück zu ihrem Lager.

EINST

Aiby hatte ihren Vater Ebalarg, Häuptling aller Häuptlinge des Hochlands, schon einige Male zu den Treffen der mächtigsten Stammesführer, klügsten Ratgeber und größten Krieger begleitet, doch diesmal war etwas anders.

»Vergiss nicht, wie wichtig diese Versammlung für uns ist, Aibhilyn«, schärfte Ebalarg seiner Tochter auf dem Weg zum Hügel der Häuptlinge ein. »Bei der nächsten Sonnenwende werd ich dich ernennen.«

Ebalarg, dessen Frau seit Aibys Geburt keine Kinder mehr bekommen konnte, würde also verkünden, dass Aiby seine Nachfolgerin werden sollte – etwas, das es im Hochland seit Hunderten von Jahren nicht mehr gegeben hatte, und die Bärenkönigin Watalju war eher eine ferne Legende, über die viel Gras gewachsen, viele Männer und andere Rindviecher getrampelt waren.

»Je mehr Eindruck du in den nächsten Tagen machst, desto weniger Widerstand wird es beim Treffen zur Wintersonnenwende und bei deiner Ernennung geben«, sagte Ebalarg. »Und täusch dich nicht, Aibhilyn, wir werden auch so genügend Gegenwind zu spüren bekommen. Du musst dich von deiner besten Seite zeigen, hörst du? Stark und unbeirrbar, klug und einsichtig. Stolz, aber nicht eitel. Traditionsbewusst und doch nach vorne schauend. Du darfst nie vergessen, dass die Stärke eines Anführers nicht allein von dem Arm bestimmt wird, mit dem er seine Axt schwingt.«

»Ich weiß, Vater«, erwiderte Aiby, die ihren kurzen Lieblingsrock aus Leder und ihr bestes Hemd trug. Ihre Haare fielen ihr bis auf den Rücken. »Ich werde allen zeigen, dass ich Ebalargs Tochter bin und eines Tages eine würdige Nachfolgerin und Anführerin sein werde.«

Ihr Vater drückte Aiby fest an sich, und sie spürte seine Kraft, die auch ein Teil von ihr war. »Das wirst du, meine Tochter.«

Das Treffen, das auf einem großen grünen Hügel im Nordwesten des Hochlands abgehalten wurde, bestimmte die Politik und den Handel der Stämme untereinander sowie mit dem Rest der Welt. Diesmal sollte es nicht zuletzt um einen Feldzug gegen die Riesen gehen, die sich immer mehr Frechheiten herausnahmen und viel zu viele Rinder aus den großen Herden der Hochländer rissen. Zugleich war die Zusammenkunft der Häuptlinge ein rauschendes Fest, das sich über den gesamten Hügel ausbreitete. Neben den Sitzungen und Abstimmungen, in denen Probleme, Gesetze, Streitigkeiten und Fehden zur Sprache gebracht wurden, gab es alles, was man von einem Fest erwartete: Wettkämpfe, Viehschauen, Musik, Tanz, Geschichtenerzähler und reichlich Speis und Trank. Ochsen, Wildschweine, Murmeltiere und Hähnchen wurden am Spieß über offenem Feuer gebraten, Bier, Met, Wein und

Schnaps in rauen Mengen ausgeschenkt. Man maß sich im Armdrücken, beim Ringen, im Gewichtheben, beim Weitwurf von Steinen und Baumstämmen, in Holzfällerwettbewerben, im Bogenschießen, beim Wettessen, beim Rindereinfangen und in einem Frage-Antwort-Spiel zu Historie und Traditionen des Hochlands.

Aiby tat, wie ihr Vater geheißen hatte, und zeigte sich von ihrer besten Seite, was im Hochland manchmal etwas anderes bedeutete denn woanders. Als Mädchen einen gestandenen Krieger unter den Tisch zu trinken, wurde in den Hügeln als Leistung anerkannt. Aiby kam beim Frage-Antwort-Spiel unter die ersten Drei und beim Armdrücken sowie beim Axt-Wettbewerb als einzige Frau unter die besten Zehn.

Trotz aller Beflissenheit und allem Verantwortungsbewusstsein stromerte Aiby auch stundenlang mit Gleichaltrigen umher. Einerseits tobten und alberten sie ausgelassen herum wie deutlich jüngere Kinder und spielten sogar plötzlich wieder Fangen, andererseits kamen sie sich erwachsener vor, als sie es letztlich waren, und schwangen große Reden zum Stand der Dinge im Hochland und über den Krieg gegen die Riesen, wobei sie oft nur wiederholten, was ihre Väter oder deren Vertraute sagten.

Alles lief gut – bis Aiby am zweiten Abend der Zusammenkunft erstmals das Lied hörte. Es handelte von *Aibhilyn, der stattlichsten Kuh des Hochlands, deren Euter so prächtig wackeln und die keinem zuckenden Bullenschwanz widerstehen kann.* Aiby war außer sich und verfolgte das Lied mit Drohungen und Schlägen bis zu dessen Urheber zurück. Der Dichter entpuppte sich als Nayrik, Sohn von Gulgion, der wohl Häuptling aller Häuptlinge gewesen wäre, hätte es Aibys Vater nicht gegeben. Aiby hatte Nayrik immer gemocht und fand ihn seit dem letzten Sommer, da er obenherum breiter und an den Armen kräftiger geworden war, sogar ziemlich anziehend. Sie wusste nicht, ob sein Lied bedeutete, dass er sie im Gegenzug nicht mehr leiden konnte, oder ob er ihr auf seltsame Jungenart sagen wollte, dass er sie sogar sehr gut leiden konnte und sie ihm ebenfalls gefiel.

Das ging Aiby im Moment allerdings am Arsch vorbei, denn sie kochte vor Zorn. Sie wusste, dass sie keines dieser dürren Mädchen war und nie eine schlanke, zarte Frau sein würde. Wollte sie auch gar nicht – ihr war es lieber, die Axt schon jetzt besser schwingen zu können als die meisten Jungen und oft auch Männer. Trotzdem konnte und wollte Aiby Nayriks Beleidigung durch das von ihm gedichtete und in Umlauf gebrachte Schmählied nicht auf sich sitzen lassen. Bald sollte sie als Nachfolgerin ihres Vaters vorgestellt werden, da musste sie angesichts einer solchen Unverschämtheit ja wohl eine Grenze ziehen, oder? Was würde das denn sonst über sie, ihre Familie und ihre Zukunft als Anführerin sagen?

Nayrik und seine Freunde saßen etwas abseits der Festivitäten und Ratssitzungen, auf ein paar Steinquadern am südlichen Abhang des Hügels. Sie strotzten vor Selbstsicherheit und Überheblichkeit. Auch andere Jungen und Mädchen waren da.

Aiby marschierte wütend auf Nayrik und seine Kumpels zu.

»Schaut euch diese Euter an!«, raunte Nayrik so, dass alle auf der Wiese es hören konnten und lachten.

Wahrscheinlich war das der Grund dafür, dass Aiby ihn nicht mit Worten, sondern gleich mit der Faust attackierte. Nayrik wurde von seinem Steinsitz geworfen. Er spuckte Blut und landete im Gras, rappelte sich jedoch sogleich mit finsterer Miene auf und hob seinerseits die Fäuste. Er und Aiby krachten wie Hirtenhunde zusammen, schenkten sich nichts und wollten einander richtig wehtun. Alle Anwesenden spürten von Anfang an, dass das hier kein Spaß war. Nicht das übliche Gerangel, keine Rauferei unter Heranwachsenden.

Ein erbitterter, erwachsener und entschlossener Zweikampf.

Niemand feuerte sie an. Die anderen Jugendlichen verfolgten den Kampf in gebanntem Schweigen. Manche schlichen sich davon.

Fäuste trafen klatschend auf Gesichter.

Noch mehr Blut floss.

Aiby und Nayrik merkten nicht einmal, wie sie dem Rand des Hügels immer näher kamen.

Bis es zu spät war.

Aibys Faust krachte erneut auf Nayriks blutverschmiertes Gesicht, woraufhin er eine halbe Drehung vollführte. Doch diesmal fiel er nicht der Länge nach ins Gras wie zwei, drei Mal davor, sondern trat in die Leere des Abgrunds und der Schlucht.

Entsetzen machte sich breit.

Aiby wollte noch nach Nayrik greifen und ihn festhalten, aber war es zu spät. Ihre Finger bekamen ihn nicht zu fassen.

Nayrik verschwand im Abgrund.

Inzwischen hatten ein paar der anderen, denen es schon vorher zu weit gegangen war, einige Erwachsene geholt. Rufe wurden laut. Immer mehr Hochländer kamen herbei, unter ihnen auch Aibys Vater, dessen Blick erst puren Schrecken, dann blanke Wut und schließlich reine Traurigkeit zeigte.

Die besten Kletterer mehrerer Stämme seilten sich ab, konnten allerdings nur Nayriks Leichnam bergen – Nayrik hatte sich beim Aufprall alle Knochen gebrochen. Dass er wohl nicht gelitten hatte, war nur ein schwacher Trost.

Aibys Vater hatte gar keine Wahl. Um den Tod seiner Tochter, aber auch einen Krieg mit Nayriks Stamm zu verhindern, der das gesamte Hochland in eine blutige Fehde gestürzt hätte, konnte er nur eines tun. »Aibhilyn vom Stamm der Axt«, sagte der Häuptling aller Häuptlinge mit seiner dröhnenden Stimme, die trotz dessen, was er sagen musste, fest wie immer klang. Auf dem Hügel war es still wie in einem Ahnengrab. »Du bist nicht länger die Tochter von Ebalarg, Sohn des Margafog. Das Hochland ist nicht länger deine Heimat. Hiermit verbanne ich dich. Du bist von nun an eine Ausgestoßene und darfst nie wieder in diese Hügel zurückkehren.«

Aiby, die Nayriks Tod am lautesten beweint hatte, hätte zu gern gesagt, dass es ein schrecklicher Unfall gewesen war, sie all dies zutiefst bereute und bedauerte. Allerdings wusste sie, dass einige der Anwesenden nur auf genau so etwas lauerten und sie sich und ihren Vater damit unnötig quälen würde, weil es ohnehin nichts änderte.

Schweigende Männer mit langen Bärten und harten Augen verpassten Aiby die schwarzblauen Streifen und Runen an beiden Schultern, die Aibys Verbannung für jeden Hochländer offensichtlich und sie den heiligen Gesetzen ihres Volks nach zu Freiwild machten, sollte sie je in die Hügel zurückkehren.

Ebalarg verabschiedete sich nicht von Aiby – was keineswegs bloß daran lag, dass er mit Nayriks Vater über eine Entschädigung verhandeln musste, bei der sie beide das Gesicht wahrten, damit es vor dem Krieg der Hochländer gegen die Riesen nicht zum Krieg zwischen den Stämmen kam. Aiby würde auch keine Gelegenheit haben, noch einmal nach Hause zu gehen und ihrer Mutter Lebewohl zu sagen.

Alle sahen in die andere Richtung, als Aiby an ihnen vorüberging. Langjährige Freunde und Spielkameraden, mit denen sie vor wenigen Stunden noch gescherzt und gelacht hatte, genauso wie Verbündete ihres Vaters, auf deren Knien sie früher gesessen und die sie den Umgang mit der Axt gelehrt hatten, wandten sich ab. Manche brummten lediglich einen Fluch, die wenigsten einen Segen. Viele spuckten aus.

Aiby war nun eine Ausgestoßene.

Als sie mit brennendem Herzen, brennenden Schultern und brennenden Augen am Fuß des großen Hügels ankam, von dem aus ihr Abstieg aus dem Hochland und ihrem bisherigen Leben begann, sah sie die Axt. Sie lehnte an einem unübersehbaren Baum am Wegesrand. Es war die große Streitaxt ihres Vaters, der sie von seinem Vater bekommen hatte. Einer von Ebalargs flinksten und treusten Kriegern musste sie hierhergebracht und bis zu Aibys Auftauchen bewacht haben. Sie nahm die Axt, schulterte sie, suchte das Unterholz ab, ohne jemanden zu erspähen, drehte sich ein letztes Mal zum Hügel um, nahm noch einmal alles in sich auf – und verließ ihre Heimat.

In den nächsten Jahren schloss sich Aiby verschiedenen Söldnertruppen an, die ihre Kraft und ihre Axt gebrauchen konnten, und zog durch viele Länder. Jagte Bestien und Monster, von denen man im Hochland bestenfalls in Geschichten oder Märchen gehört hatte, sah riesige Städte, endlose Ozeane und gewaltige Wüsten aus Sand, Stein oder Eis, wie man sie in den Hügeln nicht kannte, und riskierte in großen und kleinen Schlachten, die niemanden im Hochland einen Kuhfladen scherten, ihr Leben.

Manche ihrer neuen Kameraden behandelten sie anständig, andere schlecht – die wenigen Frauen, denen sie in verschiedenen Truppen begegnete, verhielten sich oft am schlimmsten, weil sie um ihren eigenen Status unter den Söldnern fürchteten. Ob Scheißkerl oder Miststück, Aiby belehrte sie alle eines Besseren, woraufhin sie entweder in der Hackordnung aufstieg oder sich eine neue Truppe suchen musste. Wichtig war, sich nichts gefallen zu lassen. Was sollte ihr schon passieren, das schlimmer sein könnte als die Verbannung aus ihrer Heimat, der Verlust ihrer Familie?

Wohin sie auch kam, ließ Aiby ihren Körper mit Nadel und Tinte in der Art der Hochlandstämme weiter verzieren. Die Zeichen der Verbannung auf ihren Schultern blieben natürlich unangetastet; doch auf dem Rest ihres Körpers, vom Hals bis zu den Beinen, folgten andere Runen und Muster, Schriftzeichen und Symbole aus aller Welt, Totenschädel und immer mehr Abbilder der Kreaturen, die sie mit der Axt ihres Vaters erschlug. Auf ihrem Rücken erstreckten sich sogar die Umrisse der Hügel, die sie so vermisste.

Traf Aiby bei seltener Gelegenheit einen anderen Hochländer, der aus welchen Gründen auch immer fern der Heimat wandelte, wurde sie aufgrund der Runen auf ihren Schultern mit Verachtung gestraft – oder angespuckt und geschlagen. Beides musste sie über sich ergehen lassen. Trotzdem trug sie die meiste Zeit, wenn das Wetter es zuließ, den Gepflogenheiten der Stämme entsprechend ärmellose Harnische oder Hemden, als wollte sie die ganze Welt und das ganze Hochland herausfordern.

Nur einmal traf sie einen Bekannten von früher, einen Vetter zweiten Grades. Nach dem Zerwürfnis mit ihrer letzten Truppe saß Aiby seit Tagen in einer Wüstenkaschemme, denkbar weit weg von den grünen Hügeln des Hochlands, und hoffte auf Arbeit als Karawanenwächterin, die sie ihrer auf ewig unerreichbaren Heimat zumindest wieder etwas näherbringen würde. Ihr reiselustiger Weggefährte aus einem anderen Leben, von dem Treffen in der Kaschemme am Rande der Wüste genauso überrascht wie Aiby, strafte sie nicht mit Verachtung.

Sein Mitleid war noch schlimmer.

Er erzählte Aiby zudem, dass Ebalarg, Häuptling aller Häuptlinge, nach der Verbannung seiner Tochter nie mehr ganz derselbe gewesen war. Und dass ihn vor drei Wintern jenes grässliche Fieber dahingerafft hatte, das im Anschluss an den Krieg gegen die Riesen in den Hügeln wütete und viele Leben nahm.

NARVILA

Sawlinesk liegt nur ein paar Tagesritte vom Hof der Bauernfamilie entfernt. Eine hohe Mauer aus Sandsteinen umgibt die von Handel und Handwerk dominierte Stadt am Fluss Grebiim. Die zumeist zwei- bis dreistöckigen Häuser sind aus Stein und Holz erbaut, ihre Dächer mit Stroh oder Schindeln gedeckt. Die Kamine der Werkstätten und die Masten der Schiffe ragen vor allem in Flussnähe gen Himmel. Narvila fühlt sich an ähnlich kleine, aber brummende Städte in Besgios erinnert – auch Sawlinesk ist ein wichtiger Handelsplatz, an dem viele Menschen aus allen Himmelsrichtungen zusammenkommen, und dank der Bemühungen von Gilden und Stadtwache relativ sauber und sicher.

In Sawlinesk besuchen die *Prinzessinnen* einen alten Freund von Aiby. Caramek, ein Hüne mit schwarzer Haut, einem hellgrauen Vollbart und militärisch kurz rasiertem Haar in derselben Farbe, hat nur einen Arm. Er besitzt einen Laden, der mit allen möglichen Waffen und Dingen vollgestopft ist:

Schwertern, Dolchen, Spießen, Lanzen, Äxten, Bogen, Armbrüsten, Morgensternen, Dreizacken, Helmen, Harnischen, Armschienen und sonstigen Rüstungsteilen sowie den verschiedensten Utensilien zur Pflege all dessen.

Der Veteran begrüßt Aiby mit einer bärigen Umarmung, die bei zwei Armen möglicherweise ihren Tod bedeutet hätte. »Aiby! Schön, dich zu sehen! Euch alle. Oh, und ihr habt Zuwachs bekommen! Was braucht ihr? Ich hab gerade ein paar Dolche aus den Juwelenstädten reinbekommen«, fügt er an Decanra und Cinn gewandt hinzu.

»Geschäftstüchtig wie immer«, sagt Aiby und lächelt auf eine Art, die Narvila überlegen lässt, ob die Hochländerin und Caramek einst mehr gewesen sein mögen als Kampfgefährten.

»Ich bin Narvila«, stellt sie sich obendrein vor, weil sie inzwischen gelernt hat, dass die anderen das nicht für sie übernehmen und es peinlicher wird, je länger sie damit wartet.

Caramek schüttelt ihre Hand, die in seiner Pranke verschwindet und enthusiastisch gequetscht wird. »Hat dir Aiby erzählt, wie ich meinen Arm verloren hab?«

Da Narvila versucht, nicht auf den zugenähten Hemdsärmel zu gaffen, kommt ihr Carameks Offenheit entgegen. »Bisher nicht. Aber ich würde die Geschichte zu gern hören.«

Aiby schnaubt. »Nicht schon wieder.«

»Ah, das war eine Schlacht!«, sagt Caramek schwärmerisch. »Ein herrliches Gemetzel. Gegner und Tod überall. Man konnte es sich aussuchen, wen man als Erstes niedermacht. Wundervoll. Bis ich unter dem gepanzerten Pferd eines verfickten Ritters begraben wurde, das auf mich stürzte und dummerweise auf mir verreckte. Und wie jeder weiß, überlebt man nicht lange, wenn man auf dem Schlachtfeld unter einem Gaul rumliegt. Zum Glück war Aiby zur Stelle. Sie hinderte ein paar vorwitzige Arschlöcher daran, mich abzustechen. Doch das konnte ja nicht den ganzen Tag so gehen. Weil niemand Lust hatte, mit ihr das Pferd zur Seite zu wuchten, brüllte ich Aiby an, dass sie meinen Arm abhacken soll.« Er hebt vielsagend die Schulter an der entsprechenden Seite. »Wie man sieht, tat sie genau das. Sie kauterisierte die Wunde noch an Ort und Stelle mit einem Brandpfeil und schleifte meinen bewusstlosen Arsch hinter unsere Linie und ins Zelt der Feldscher. Als ich zu mir kam, sagte man mir, Aiby hätte mich abgeliefert und sich anschließend gleich wieder in die Schlacht gestürzt. So ist sie, unsere Aiby!«

Narvila hat nicht den Hauch einer Ahnung, wie man die Geschichte über den Verlust des eigenen Arms mit einem solch verklärten Lächeln erzählen kann, aber Caramek klingt, als würde er über den besten Tag seines Lebens sprechen. Narvila ist sich nun außerdem sicher, dass er und Aiby etwas miteinander hatten, entweder vor oder nach der Sache mit dem Arm.

»Nun ja, genug in alten Zeiten geschwelgt«, sagt Caramek. »Ihr seid sicher nicht hergekommen, um einem armseligen Haudegen beim Schwadronieren zuzuhören. *Armselig*, kapiert?« Er gluckst vor sich hin. »Was braucht ihr, verehrte *Prinzessinnen*?«

Aiby erzählt Caramek von Narvilas Schwierigkeiten und wie sie nach einer Waffe gesucht und am Ende eine Sense gefunden hat. Narvila muss eine weitere Runde Bauernwaffenspott über sich ergehen lassen. Decanra, Cinn, Mef und Aiby wiederholen eigentlich nur, was sie seit dem Hof täglich gesagt haben, und Caramek kann auch nicht wirklich etwas Neues beisteuern. Die Möglichkeiten, sich über eine Söldnerin mit einer bäuerlichen Kriegssense lustig zu machen, scheinen zum Glück begrenzt.

Doch Caramek lässt sich die Sache schließlich ernsthaft durch den Kopf gehen und läuft mit Narvila hierhin und dorthin, von Regal zu Regal, Gestell zu Gestell, Fass zu Fass, Ständer zu Ständer, um ihr ein paar Möglichkeiten aufzuzeigen.

»Ich liebe diesen Laden«, murmelt Decanra, während sie und Cinn eine Reihe sichelartiger Waffen in Augenschein nehmen, an denen ihr Interesse zwischenzeitlich hängen geblieben ist.

Mef steht irgendwann mit kritischem Blick vor einem Holzregal, auf dem sich Schwertpolituren in Tontiegeln aufreihen, liest die handgeschriebenen Etiketten und wirkt nicht überzeugt. »Geldmacherei«, brummt sie, behält allerdings einen der Tiegel in der Hand.

Danach gesellt sie sich zu Aiby, die kopfschüttelnd einen Kettenhemd-Büstenhalter und ein dazu passendes knappes Unterteil an einer rudimentär weiblichen Strohpuppe betrachtet. »Ob das außer Tavernen-Tänzerinnen wirklich jemand kauft?«, fragt Aiby. »Ich glaube, Caramek hat das nur hier stehen, um die Kerle anzulocken.«

»Das Teil muss überall zwicken«, meint Mef nachdenklich. »Und ich meine wirklich: *überall.*«

Weil sie an der Waffenfront nicht weiterkommen, stattet Caramek Narvila unterdessen erst einmal mit einer robusten Hose, einem langen Kapuzenhemd und einem Schuppenpanzer aus dunklem Echsenleder aus. Der steife, feste Harnisch ist nicht zu schwer, Narvila kann sich darin fast so gut bewegen wie ohne, und Caramek stellt ein paar Änderungen für noch mehr Tragekomfort und Polsterung in Aussicht, die er von seinem Gehilfen zu einem Bruchteil des üblichen Preises ausführen lassen wird, wie er verspricht.

»Jetzt siehst du endlich wie eine echte *Prinzessin* aus«, sagt Mef.

Die passende Waffe für Narvila zu finden, bleibt trotz oder gerade wegen des Überangebots eine komplizierte, nervenaufreibende Angelegenheit – nicht zuletzt, weil die übrigen *Prinzessinnen* Narvila mit mehr Ratschlägen und Fundstücken bedrängen als Caramek. Selbst ein Söldner aus Rnisk in der Nähe von Cinns Heimat, der sich bis dahin schweigend Langschwerter angeschaut hat, mischt sich in die Debatte ein. Narvila kommt sich wie ein Pferd oder Schaf auf einem Viehmarkt vor, derweil die anderen über ihre geringe Körpergröße, ihre unzureichende Kraft oder ihren Mangel an Erfahrung reden, wenn sie Argumente für ihren jeweiligen Waffenvorschlag aufführen oder einen fremden Favoriten mit entsprechenden Begründungen schlechtmachen.

Am Ende wird es eine Schwertlanze, wie sie vor allem im Süden seit Jahrhunderten eingesetzt wird. Der metallene Schaft reicht Narvila fast bis zum Scheitel. An ihn schließt sich eine schwertähnliche Klinge an. Mit einem Geschirr oder einer Schlaufe kann man die Stangenwaffe diagonal hinter sich tragen.

»Die Schwertlanze kommt der Kriegssense vom Prinzip her ganz nahe«, versichert ihr Caramek. »Und doch ist sie für eine Kriegerin eine wesentlich elegantere Waffe. Du wirst sehen, ihr beide werdet prima zurechtkommen. Diese Schwertlanze stellt übrigens ein besonders feines Stück Schmiedekunst dar, wie ich noch anmerken möchte. Unten im Süden verstehen sie was von Stahl.«

Narvila schämt sich bei ihren ersten unsicheren, halbherzigen Schwüngen und Stößen, da alle in Carameks Geschäft sie kritisch beobachten. Sie stacheln Narvila an, und letztlich räumt sie ein Regal mit Morgensternen ab. Caramek lacht nur. Und Narvila spürt tatsächlich schnell, dass die Schwertlanze wirklich viel besser in der Hand liegt und eine ganz andere Aura als die Waffe eines Bauern hat. Zumal die Schwertlanze Narvila auch an das Fangkorb-Spiel erinnert, das sie früher mit ihren Hofdamen und Geschwistern im Garten des Schlosses gespielt hat – Narvila ist immer ziemlich gut darin gewesen, in dem Körbchen am Ende einer Holzstange den kleinen, durch die Luft geworfenen Federball zu fangen.

Für die Schwertlanze, den Harnisch, die Änderungsarbeiten, die Hose, das Hemd und ein neues Paar Stiefel muss Narvila mehr hinblättern, als sie gedacht hätte. Aiby betont, dass Caramek ihr einen echten Freundschaftspreis macht, und Cinn merkt an, dass eine gute Waffe einen niemals zu viel kostet, eine schlechte allerdings leicht das Leben. Caramek erbietet sich sogar, ein Treffen zwischen Narvila und einem weiteren ehemaligen Söldner aus der Vergangenheit des Waffenhändlers zu vereinbaren, der Narvila vielleicht unterrichten würde.

Nach diesem Einkaufsbummel im Reich des Schlachtens und Tötens mieten sich die *Prinzessinnen* ein Zimmer im *Kunstvollen Weber*, bringen ihre Pferde und Sachen unter und lassen sich eine Platte mit hellem Brot und kaltem Braten auftischen, was sie mit Bier oder Wein runterspülen.

Am Nachmittag trifft sich Narvila im Beisein der anderen zum ersten Mal mit Carameks Kumpel Lafehz, einem drahtigen Mann, dessen kurzes dunkles Haar an den braunen Schläfen bereits ergraut. Lafehz hat früher selbst lange eine Schwertlanze im Kampf geführt. Seit er sich in Sawlinesk als Stadtwächter niedergelassen hat, greift er beruflich meist zur Hellebarde.

»Ich kann es dir beibringen«, sagt er, nachdem er Narvila entsetzlich lange gemustert und sich ein paar ihrer ungestümen Schläge mit der neuen Waffe angesehen hat.

Also wird Lafehz Narvilas Lehrer, was sie weitere Reserven kostet. Ihre Gefährtinnen strecken ihr etwas vom Soldanteil für künftige Aufträge vor, damit sie nicht die Ringe ihrer Urgroßmutter einschmelzen lassen muss.

Lafehz steckt Narvilas Geld ein und sie dafür reichlich Hiebe.

Im Hinterhof zwischen Carameks Waffengeschäft und den Nachbargebäuden, wo staubige Erde über trockenes Gras triumphiert, geht Narvila an den ersten Tagen mit neuer Waffe und neuem Mentor noch öfter zu Boden als beim Üben mit Cinn, Mef, Aiby oder Decanra. Doch den anderen *Prinzessinnen* gefällt, was Lafehz da tut. Sie bleiben acht Wochen in Sawlinesk, damit er Narvila in vielen anstrengenden, schmerzhaften Stunden wesentlich mehr als die Grundlagen im Umgang mit der Schwertlanze beibringen kann. Sie üben jeden Tag drei Stunden zusammen, und Narvila hängt oft noch doppelt so viel Zeit allein oder mit einer ihrer Freundinnen dran.

Narvila lernt klassische Angriffs- und Verteidigungsfiguren, die meistens nach Tieren oder dem Wetter benannt sind, und den einen oder anderen Veteranentrick. Lafehz ist ein wortkarger Mann und vielleicht deshalb ein so guter Lehrer, der Narvila mehr zeigt als sagt – jemand, der Verachtung oder Zufriedenheit allein dadurch ausdrücken kann, dass er an seinem Ohrläppchen zupft oder den Kopf wie ein Vogel zur Seite legt. Umso wertvoller ist jedes ausgesprochene Lob, das sich Narvila im Staub des Hinterhofs mit Schweiß und Blut verdient.

An vielen Tagen haben sie Zuschauer, meistens Kinder aus der Nachbarschaft. Decanra, Cinn, Mef und Aiby sehen regelmäßig vorbei, feuern Narvila lautstark an, applaudieren ihr und lachen sie aus. Und sie passen auf, damit sie Narvila später bei ihren Übungen ohne Lafehz unterstützen können.

Lafehz lehrt Narvila, wann sie schlagen und wann sie stechen muss – und ihre Lanze kurz oder lang zu packen, je nachdem, ob sie ihren Gegner auf Abstand halten oder nahe an sich heranlocken will. Und er zeigt ihr, dass der Schaft und das hintere Ende der Lanze eine ebenso effektive, überraschende Komponente eines Angriffs sein können, mit denen man Schaden anrichten und ein Duell entscheiden kann.

Die Wochen vergehen, Narvilas Publikum schrumpft.

Aiby ist viel bei Caramek im Laden, um den Nektar der Nostalgie zu kosten – und vielleicht mehr, wie Narvila mutmaßt, wenn sie zwischen Lafehz' Unterweisungen und Angriffen überhaupt zum Denken kommt. Sie träumt schon von ihrer Schwertlanze, den Figuren und Positionen.

Auch Decanra glänzt häufig durch Abwesenheit. Narvila spricht Cinn einmal darauf an, ihre einzige Zuschauerin an diesem regnerischen Nachmittag – nicht dass schlechtes Wetter Lafehz davon abhalten würde, sie zu schleifen. Diese Woche treffen sie sich allerdings später, weil sein Schichtplan gewechselt hat. Die Stunden bis zu seinem Erscheinen hat Narvila allein ihre Figuren geübt und sich ein paar waffenlose Runden mit Cinn geliefert.

»Decanra hat sich einen Obsthändler angelacht«, sagt diese gerade. »Sie verbringen viel Zeit miteinander.«

»Oh. Das ist schön für sie.«

»Bestimmt. Für die Frau des Obsthändlers aber wohl weniger.«

»Hm. Ja. Vermutlich.«

»Das ist alles Mefs Einfluss. Pass bloß auf.«

»Ich werd's mir merken. Und Mef?«

»Wahrscheinlich die Tochter des Obsthändlers. Oder seine Frau.«

»Ha. Warte, du meinst das ernst, oder?«

Obwohl sie ihre Gefährtinnen seltener sieht als bisher, hat Narvila das Gefühl, ihnen näherzukommen. Ihre Disziplin und ihr Wille, sich zu schinden, werden nicht allein von Lafehz wohlwollend registriert, sondern verschaffen ihr, wie sie glaubt, auch bei den anderen *Prinzessinnen* mehr Respekt.

Und sie lernt mehr, als nur die Schwertlanze zu schwingen.

Eines Tages, auf dem Weg vom *Weber* zu ihrer Stunde mit Lafehz, schlendert Narvila über einen Markt, auf dem alle möglichen Sachen angeboten werden: Ponys, Pflaumen, Kaninchen, Karotten, Waffen, Werkzeuge, Kuchen, Kupferschmuck, Brot, Beile, Lammkeulen, Lederarmbänder, Strohhüte, Streitkolben und was nicht noch alles. Sie kauft sich eine gelbe Frucht, deren Namen sie in Besgios nie gehört hat und deren rotes Fleisch süßer schmeckt als alles, was sie jemals gegessen hat. Narvila kommt kauend an einem Pferch voller Ziegen vorbei und betrachtet die meckernden Tiere. Plötzlich legt ihr jemand die Hand auf den Hintern und drückt kräftig zu, als würde er ein Stück Obst prüfen.

Narvila trägt nur ihr Kapuzenhemd und ihren Gürtel mit Decanras Dolch über der Hose, da ihre Lederrüstung nochmals angepasst werden muss und sie ihre Schwertlanze, die sie gestern ums Verrecken nicht mehr hätte tragen können, bei Caramek gelassen hat.

Doch Narvila braucht inzwischen weder ihre Rüstung noch ihre Lanze, um sich in so einer Situation zu behaupten. Sie packt das zu den Fingern an ihrem Arsch gehörende Handgelenk und nutzt dabei Druckpunkte, die Decanra ihr vor einer Weile gezeigt hat. Der Mann mit dem fahlen Gesicht, seinen Kleidern nach ein Händler, reißt vor Überraschung und Schmerz die Augen auf – und die Hand fort. »Blöde Hure!«, zischt er, zieht sich aber in die Menge zurück, wobei er fluchend sein Gelenk reibt.

»Dämlicher Ficker!«, ruft Narvila, die in ihrem früheren Leben als Königstochter nie hat erfahren müssen, wie viele Dreckschweine herumlaufen. Aber seit sie immer mal wieder allein in Sawlinesk unterwegs ist, häufen sich die schlechten Erfahrungen, muss sie immer wieder Hände von ihrem Hintern, ihren Brüsten und sogar zwischen ihren Beinen vertreiben und mit einem Decanra-Griff, einem Cinn-Tritt, einer Mef-Beleidigung oder einem Aiby-Fluch vergelten.

Ihre neu gefundene Stärke und Selbstsicherheit bezahlt sie damit, an den meisten Tagen von Lafehz mit einem Holzstab oder dessen eigener Schwertlanze verdroschen zu werden. Hin und wieder quälen sie auch Cinn, Mef und Aiby, ab und an sogar die häufig anderweitig beschäftigte Decanra. Üben, üben, üben heißt es, bis Narvila sich abends schwankend zurück in die Taverne schleppt, wo die anderen noch ewig lange zechen, derweil Narvila fix und fertig auf ihre Strohmatratze fällt und sofort einschläft, insofern sie nicht zu erschöpft für den dringend benötigten Schlaf ist.

Und das alles nur, um eins mit der Waffe zu werden, sie als Teil ihres Körpers zu fühlen und im Angriff wie in der Verteidigung zu führen, ohne darüber nachzudenken.

Narvila wird immer besser. Auch ihre Ausdauer und ihre Muskeln profitieren von den langen, anstrengenden Stunden im Hinterhof des Waffengeschäfts.

Schließlich nimmt Cinn sie nach Rücksprache mit Lafehz regelmäßig mit hinaus aus der Stadt, an einen Nebenfluss oder in den Wald. Denn Narvila muss als Nächstes ihre Skrupel und ihren Ekel ablegen und lernen, die Klinge am Ende ihrer Lanze zielsicher in ein Lebewesen zu stoßen – angefangen bei Fischen im Wasser und Wild im Forst.

Das alles hat Narvila auf diesen Augenblick vorbereiten sollen, und doch hält sie sich im Angesicht des Drachen krampfhaft mit beiden Händen an ihrer Schwertlanze fest und fürchtet, dass ihre Knie jeden Moment nachgeben oder sie vor Aufregung kotzen muss.

Die *Prinzessinnen* befinden sich in einem Weizenfeld außerhalb von Sawlinesk. Der gelb und braun geschuppte Korndrache, der zwischen den Ähren sitzt, reißt sein Echsenmaul auf, faucht aggressiv, verpestet die Welt mit seinem fauligen Atem und zeigt mehrere Reihen dolchartiger Zähne sowie eine hellblaue Schlangenzunge. Wenngleich er nicht größer als ein Fuchs ist, nur kümmerliche Pseudoflügel hat, kein Feuer spuckt und von Mef abfällig als Feldwurm bezeichnet wird, hat Narvila Schiss.

Der Druck ist groß. Zum ersten Mal führt sie die Jagd auf eine Kreatur an, für deren Beseitigung man ihnen Geld zahlen wird, steht sie mit ihrer Schwertlanze an vorderster Front, Aug in Aug mit der Bestie, so klein diese auch sein mag.

Narvila ist sich sehr wohl darüber im Klaren, dass Aiby das Erlegen des schuppigen kleinen Fickers eigens für ihre Feuertaufe ausgewählt hat. Umso größer ist ihr Bestreben, die anderen nicht zu enttäuschen und die Sache nicht zu vermasseln.

Dem Korndrachen gegenüberzustehen, der einem Erntehelfer eine Hand abgebissen hat, ist trotzdem … Narvila würde gern sagen, dass es erregend und erfüllend ist, doch dann würde sie lügen.

Es macht ihr in erster Linie eine Scheißangst.

Dass Aiby, Mef, Decanra und Cinn direkt hinter ihr stehen und ihre eigenen Waffen bereithalten, um notfalls einzugreifen, hilft nicht. Im Gegenteil.

Sie will, sie *darf* nicht versagen.

»Nun mach schon«, sagt Mef ungeduldig. »Er bettelt ja geradezu darum, so, wie er dich anfaucht.«

»Hetz sie nicht«, versetzt Decanra. »Sie muss es auf ihre Weise tun.«

»Aber da stehen wir ja heute Abend noch hier.«

»Dann ist das eben so.«

»Seid still«, brummt Aiby. »Sie kriegt das hin.«

Aibys Zuversicht tut Narvila gut, allerdings ist es Cinn, die das Entscheidende beiträgt: »Denk an den Fluss«, sagt sie und meint damit, dass Narvila sich an die vielen Male erinnern soll, da sie den Fisch im Wasser nicht mehr als Lebewesen gesehen hat, sondern als einen Punkt – als Ziel für einen Treffer.

Sonnenstrahlen streichen über ihre Lanze. Schweiß tropft von ihrer Nase. Eine Biene summt an ihr vorbei. Das Korn bewegt sich im warmen Wind. Die anderen reden weiterhin. Der Drache, dessen einzelne Schuppen sie zählen könnte, zischt und faucht.

Die kleine Bestie wird zum Mittelpunkt von Narvilas Universum. Das Ziel ihrer Gedanken und ihres Körpers, zu dem die Lanze gehört.

Endlich stößt sie zu, fest und entschlossen.

Obwohl Narvila auf die Brust zielt, dringt die Klinge ihrer Schwertlanze in das weit aufgerissene Maul des Korndrachen – und kommt mit einem schmatzenden Geräusch, einem

Blutschwall, Gehirnmasse und Knochensplittern an der Rückseite seines Schädels wieder heraus. Der kleine Drache zischt ein letztes Mal und sackt dann leblos zusammen, nur noch gehalten von Narvilas Lanze, die sie vor Schreck erst einmal loslässt. Waffe und Drache gehen zu Boden.

Narvila starrt ihr Werk an. Sie ist so überwältigt, dass sie sogar die Übelkeit ignoriert, die in ihr aufsteigt.

»Wohoo!«, macht Mef, rammt ihr Schwert in die Erde, schlingt Narvila von hinten stürmisch die Arme um den Hals und drückt ihr einen Kuss auf die Schläfe. »Gut gemacht, Süße!«

Als Mef von ihr ablässt, dreht sich die frischgebackene Monsterschlächterin mit weichen Knien zu den anderen um.

Decanra hält ihr die Faust zum Anstoßen hin. »Mit nur einem Streich. Drachen dieser Welt, nehmt euch vor der Sensenfrau in Acht!«

Zu Narvilas Überraschung zieht Cinn sie in eine Umarmung, die wie sie selbst ist: kurz, hart und kompromisslos.

Aiby legt Narvila einen Arm um die Schultern. »Ich bin stolz auf dich.« Dann flüstert sie so, dass nur Narvila es verstehen kann: »Doch ab jetzt tret ich dir jedes Mal in den Arsch, wenn du deine Waffe loslässt. Verstanden?«

»Was gibt's da zu tuscheln?«, will Mef wissen.

»Eine Abmachung unter Damen«, sagt Narvila aufgekratzt. »Also nichts, was dich betrifft.«

Mef bleibt der Mund offen stehen.

Als die *Prinzessinnen* einen Herzschlag später reihum in Gelächter ausbrechen, ist Mef von allen die lauteste.

Narvila strahlt und macht sich daran, den erschlafften Korndrachen, dem die hellblaue Zunge aus dem Maul baumelt, mit dem Stiefel von ihrer Lanze abzustreifen.

»Örks«, sagt sie und muss nun doch würgen.

»Weißt du schon, wohin du ihn willst?«, fragt Aiby.

Narvila nimmt die Ablenkung von ihrem Brechreiz gern an. »Wohin ich ihn will?«

Aiby klopft auf ihre verzierten Arme. »Dein erstes erlegtes Untier musst du dir stechen lassen. Als Erinnerung.«

Narvila ist skeptisch. »Auf den Arm?«

»Die linke Arschbacke geht auch«, sagt Mef gönnerhaft.

»Oder wie wär's mit einem hübschen Korndrachen-Arschgeweih?«, wirft Decanra in die Runde.

»Gefällt dir mein Arschgeweih etwa nicht?«, empört sich Mef.

»Hättet ihr mir das vorher gesagt, hätt ich mir ein hübscheres Vieh ausgesucht«, sinniert Narvila. »Am besten einen Monsterschmetterling.«

»Sei froh, dass es kein Kobold war«, sagt Cinn.

»Oder ein Waldschrat«, überlegt Aiby.

»Oder ein Oger«, meint Decanra. »So eine Fratze willst du nicht auf dem Arm oder deinem Rücken.«

»Nicht mal über dem Arsch«, bestätigt Mef.

Durchbohrt zu werden, ist keine schöne Erfahrung.

Ihre kleine Drachentätowierung gefällt Narvila allerdings gut. Als sie am nächsten Tag mit einer sehr empfindlichen Schulter zu ihrer Übungseinheit erscheint, belohnt Lafehz sie mit der Lektion, dass die meisten Gegner Schwachstellen sofort erkennen und gnadenlos ausnutzen.

Zwischen weiteren Hinterhofstunden, Mußestunden und Schäferstündchen, die in Narvilas Augen sehr ungleich verteilt sind, nehmen die *Prinzessinnen* in Sawlinesk ein paar Aufträge an. Narvila macht sich auf einer Baustelle im Kampf gegen ein Schlammbiest verdient, hilft bei der Rettung der Tochter eines Flusskahnkapitäns aus den Fängen eines Wassertrolls und führt mit ihrer Schwertlanze den entscheidenden Streich gegen eine Riesenratte, die mehrere Kornspeicher am Hafen unsicher macht.

Schließlich ist es an der Zeit, sich von Caramek und Lafehz zu verabschieden, Decanras Obsthändler wieder dessen Frau anzuvertrauen und weiterzuziehen. Aiby hat allerdings eine Überraschung für Narvila und die anderen, denn die *Prinzessinnen* werden nicht allein reisen.

»Ich hab gestern Abend etwas klargemacht. Bis Dretvik begleiten wir eine fahrende Theatertruppe.«

Mef strahlt. »Sind die Schauspielerinnen hübsch?«

»Aye. Finger weg. Zumindest ein paar Tage.«

»Seit wann lass ich mir von dir was vorschreiben?«

Aiby schnaubt. »Jetzt, wo Narvila kampfbereit ist, sollten wir dich einfach hierlassen.«

»Du würdest mich viel zu sehr vermissen.«

»Aye«, macht Aiby, klingt aber kein bisschen überzeugt.

Die Theatergruppe besteht aus gut drei Dutzend Menschen. Ihre neuen Klienten leben in neun kastenförmigen Wohnwagen. Sie und die zwei Planwagen mit Ausrüstung und Proviant werden von Pferden gezogen.

»Das ist Fleiber«, stellt Aiby den übrigen *Prinzessinnen* einen kleinwüchsigen, dicklichen Mann mit dunkelbrauner Haut und freundlichen Gesichtszügen vor. Hosen und Jacke sind etwas abgetragen, das schwarze Haar reicht bis zu den Schultern, an seinem breitkrempigen Schlapphut wippt eine lange grüne Feder. »Der Direktor der Gruppe.«

»Es ist mir eine Ehre, meine Damen.« Fleiber verbeugt sich und zieht den Hut samt Feder durch den Staub.

»Reist Ihr immer mit Begleitschutz?«, fragt Cinn brüsk.

»Nein. Doch es sind raue Zeiten. Auf den Straßen treiben sich viele Monster herum, und nicht alle von ihnen haben Reißzähne, Flügel und Klauen. Nun. Ihr wisst schon.«

»Und wieso fahrt Ihr dann durch die Weltgeschichte, wenn es so gefährlich ist?«, fragt Narvila.

»Wir haben keine Wahl«, antwortet Fleiber. »Das ist, was wir sind. Wir können nicht einfach damit aufhören. Auf diesen Wagen ist unser gesamtes Leben verstaut. Wir sind völlig unabhängig. Wir brauchen nicht mal ein Theater zum Auftreten. Wo wir hinkommen, bauen wir selbst eine Bühne auf und erwecken dort dann die Epen über die alten Helden und Götter zum Leben! Ich schreibe die Dramen übrigens selbst.« Fleiber hält kurz inne, als würde er auf eine beeindruckte Reaktion warten. »Es gibt sicher leichtere Leben, keine Frage. Aber wir lieben dieses Leben. Selbst wenn es uns in Gefahr bringt.«

Narvila kann das nach ihrer bisherigen Zeit mit den *Prinzessinnen* bereits gut verstehen. Außerdem hat sie es stets geliebt, wenn Schausteller oder Schauspieler nach Besgios und in das Schloss ihrer Familie gekommen sind, um für Spaß, Unterhaltung und Abwechslung zu sorgen.

Fleiber beobachtet indes mit nachdenklicher Miene mehrere Kinder, die vor den großen Radscheiben eines Wohnwagens spielen. Er runzelt die Stirn und lächelt dann. »Aber nun werden wir ja beschützt, nicht wahr?«

»Ihr haltet unterwegs öfters an, nehme ich an?«, fragt Decanra. »Um aufzutreten?«

»Oh ja. So oft wie möglich.« Beim Gedanken daran wird Fleibers Lächeln breiter. »Auf diese Weise werden wir mindestens drei Monate unterwegs sein. Unser Ziel ist Dretvik, wo wir kurz vor der Hochzeit von Prinzessin Filryn ankommen wollen. Ihr habt davon gehört, nehme ich an?«

Aiby wirft Narvila einen kurzen, bedeutungsvollen Blick zu.

Darum hat sie diesen Auftrag also akzeptiert.

Er passt zu ihrem Ziel und ihrer Frist.

»Werdet Ihr dort ein Stück aufführen?«, fragt Narvila den Direktor.

»Gebucht hat man uns nicht. Aber wer weiß? Vielleicht wird unser Ruf Dretvik ja vor uns erreichen. Die Wege der Götter sind unvorhersehbar. Oder es ergibt sich spontan etwas in der Hauptstadt. Als Künstler muss man etwas wagen, sonst bringt man es nicht weit. Aber nun kommt, ich stelle Euch die Truppe erst mal vor.«

Junge und alte Schauspieler und Schauspielerinnen gehören dazu, oft ganze Familien, teilweise zwei bis drei Generationen derselben Sippe; Handwerker, die sich um Aufbau und Instandhaltung der Bühne kümmern; drei Schneider für die Kostüme, alle Ausbesserungen und Änderungen; ein paar Maler für die Bühnenbilder und einige Musiker, die Fleibers Inszenierungen auf ihren Instrumenten oder als Chor begleiten.

Am blauen, mit Sonnenblumen bemalten Wohnwagen des verwitweten Harfenspielers Becliso, der wirre schwarze Haare, Krähenfüße um die Augen und braune Haut hat, verweilen Narvila und die anderen länger. Denn die Kinder des Mannes sind von den *Prinzessinnen* unübersehbar fasziniert. Beclisos älteste Tochter Aclarsi ist die Gehilfin eines Schneiders der Truppe; ihr Bruder Ilfyng, ungefähr in Narvilas Alter, der Lehrling eines Tischlers, der selbst nur einen Sohn hat;

die Zwillinge Goscenna und Goscian sind noch jünger und spielen höchstens mal eine kleine Rolle in einem witzigen Stück.

Alle vier Geschwister bestaunen die Rüstungen und Waffen der *Prinzessinnen*. Es wäre gelogen, wenn Narvila behaupten würde, dass ihr diese Art von Bewunderung nicht gefällt. Besonders die Blicke von Ilfyng, der vergebens versucht, nicht auf Narvilas wie angegossen passende Lederrüstung, ihr abgesäbeltes Haar und die hinter ihrem Rücken hervorlugende Schwertlanze zu gaffen.

»Und ihr seid echte Prinzessinnen?«, fragt Goscenna, die in der offenen Tür des Wohnwagens sitzt und die Füße über die kleine Trittleiter baumeln lässt. »Ihr seht nicht aus wie Prinzessinnen. Ihr tragt gar keine hübschen Kleider.«

»Und keine Kronen«, sagt der neben seiner Zwillingsschwester hockende Goscian enttäuscht.

»Benehmt euch, ihr zwei«, ermahnt Ilfyng sie streng, schenkt Narvila ein Lächeln – und errötet.

»Schon in Ordnung.« Mef wendet sich den Zwillingen zu. »Nicht alle Prinzessinnen sehen so aus oder tragen Kronen, wisst ihr?«

»Aber wenn ihr echte Prinzessinnen seid, verwandelt ein Kuss von euch einen Frosch in einen Prinzen, oder?«, fragt Goscian.

Mef tritt an den Knaben heran, beugt sich nach vorn und gibt ihm einen übertrieben lauten Schmatzer auf den Mund.

Der Knirps blinzelt verwirrt.

»Hm«, sagt Mef, als sie sich wieder aufrichtet und zu ihrem gesattelten Falben schlendert. »Scheint nicht zu funktionieren. Anscheinend sind wir doch keine echten Prinzessinnen. So was.«

Prinzessinnen und Theaterleute lachen zusammen, und das überbrückt die Kluft zwischen ihnen.

»Jetzt bist du froh, dass du mich dabeihast, was?«, sagt Mef leise zu Aiby, als diese sich auf ihren Braunen zieht.

Ross und Reiterin schnauben im Einklang. »Wollen wir los?«, ruft Aiby schließlich.

Fleiber, der auf dem Kutschbock des vorderen Karrens sitzt, nickt. »Die Straße ruft«, sagt er feierlich.

Dieser Satz gefällt Narvila, denn er drückt aus, was sie selbst fühlt. Nach der langen Zeit in Sawlinesk ist sie bereit, sich mit ihrer Schwertlanze und ihren neuen Fähigkeiten wieder ins Abenteuer zu stürzen, um sich bis Dretvik – bis zu Prinzessin Filryns gigantischer Hochzeit – als Söldnerin zu bewähren.

Um allen zu zeigen, was sie draufhat.

Stolz reitet sie neben Aiby und Decanra an der Spitze ihrer bunten Reisegesellschaft in Richtung Stadttor und genießt sowohl das Kribbeln des Aufbruchs als auch Ilfyngs Aufmerksamkeit.

Die Kinder der Theatergruppe lieben es, wenn Narvila jede Rast am Tag oder im Halbrund der für die Nacht abgestellten Wagen zur Verfeinerung ihrer Kampfkünste nutzt. Auch einige der Erwachsenen sehen ihren gemieteten Beschützerinnen gern bei deren Übungsgefechten zu. Ein paar derjenigen, die bei ihren Aufführungen auf der Bühne stumpfe Schwerter, Lanzen und Dolche schwingen, lassen sich sogar dazu hinreißen, Anmerkungen zu machen und über Strategien und Techniken zu fachsimpeln.

Ein paar Einwürfe sind gar nicht mal schlecht. »Vielleicht hätte Seceylan mich mit dem Schwert ausbilden sollen«, sagt Narvila einmal zu Mef, während sie kämpfen. »Er scheint zu wissen, wovon er redet.«

»Jetzt hast du deinen Riesenzahnstocher, also halt die Klappe«, lautet die von einem seitlichen Schwertstreich gefolgte Antwort, den Narvila gerade so parieren kann.

Mef und Decanra gehen mit Narvila bei jeder Gelegenheit Bewegungsabläufe durch, die sie Lafehz abgeguckt haben: Fußstellungen, Finten und Folgen, die Narvila noch mehr in Fleisch und Blut übergehen müssen. Jeder Halt beginnt oder endet wie selbstverständlich mit einem Übungskampf gegen eine oder mehrere ihrer Freundinnen, und Narvila landet lange nicht mehr so oft und schon gar nicht ohne Gegenwehr auf dem Boden.

Cinn achtet zudem darauf, dass sich auch Narvilas Fähigkeiten ohne Waffe weiter verbessern. Bleiben Lanze und Dolch außen vor, gibt es das volle Programm aus Tritten, Schlägen, Knie- und Kopfstößen, Würfen, Fußstampfern, Würge- und Haltegriffen, Augenstechern und vielem mehr.

Aiby bringt Narvila bei, unter den ausgefallensten Bedingungen den Schaft ihrer Schwertlanze sicher zu greifen, etwa in einem Fluss oder mit kalten Händen. Einmal schmiert Aiby Schweinefett auf die Lanze und sieht zu, wie Narvila sich abmüht, Decanras Säbelangriffe abzuwehren, ohne dass die Waffe Narvilas Fingern entgleitet. Ilfyng, Aclarsi, die Zwillinge und ein paar andere amüsieren sich königlich.

Obendrein versuchen Aiby und Mef, Narvila ein grobes Verständnis dafür zu vermitteln, was es zu beachten gilt, wenn sie vom Rücken ihres Pferdes kämpfen muss. Es hilft, dass Narvila seit ihrer Kindheit eine mehr als passable Reiterin ist.

Narvilas Übungen mit den anderen *Prinzessinnen* werden von Tag zu Tag rauer – immer öfter kämpfen sie mit Klingen, die nicht von Stoff umhüllt sind. Narvilas Körper, der ihr selbst weniger weich und zart vorkommt, ist von Schnitten, Blutergüssen und Striemen übersät. Sie hat noch nie dermaßen viel Schorf und so viele blaue, gelbe oder lila Flecken am Leib gehabt.

»Nur so lernst du's«, bemerkt Aiby, als Narvila gerade eine Blutung an der Augenbraue zu stillen versucht, die ihr ein Schlag von Aibys Axtgriff eingebracht hat.

»Das Bluten?«

»Aye. Auch das will gelernt sein.«

Es stellt sich als ungeheuer befriedigend heraus, als Narvila bei einem Duell im Schatten der Bäume erstmals Mef entwaffnet, sie rücklings zu Boden zwingt und ihr die Lanzenklinge an den Hals setzt. Das ist ihr bisher noch nie gelungen.

Die Kinder und Erwachsenen aus Fleibers Truppe, aber auch Aiby, Decanra und Cinn johlen, pfeifen und klatschen. Narvila verneigt sich übertrieben, als würde sie auf der Bühne stehen.

Anschließend zieht sie Mef auf die Beine.

»Gut gemacht.« Mef blickt über Narvilas Schulter zu ihrem Publikum. »Scheint, als hättest du einen Bewunderer.«

»Goscian?«, fragt Narvila möglichst arglos, weil der Junge am lautesten kreischt und klatscht.

»Der mag dich auch, ja.« Mef hebt ihr Schwert auf und betrachtet es philosophisch. »Aber ich mein eigentlich seinen großen Bruder.«

»Ach ja? Ist mir gar nicht aufgefallen.«

»Natürlich nicht.« Mef grinst. »Fragst du dich nachts schon, wie Ilfyng mit *seiner* Lanze umgehen kann?«

»Mef! Lass das!«

»Er schaut schon wieder her. Oder immer noch? Er kann wahrscheinlich gar nicht mehr aufhören. Was für ein Hundeblick. Steht völlig unter deinem Bann. Wedelt quasi mit dem Schwanz.«

»*Mef!*«

»Was denn? Ich beobachte lediglich. Hm.«

»Was?«

»Wenn er abends seine Lanze poliert, denkt er sicher nur an dich ...«

»Ich hau dich gleich noch mal um.«

Narvila wird klar, was sie da gerade gesagt hat, und so flüchtet sie sich in ein schiefes Lächeln.

Mefs Narbe spannt sich an, ihr Grinsen verändert sich, wird katzenhafter. Leise sagt sie: »Sei froh, dass ich dich für den Spruch nicht vor deinem Verehrer nach Strich und Faden vermöbel.« Im Vorbeigehen tätschelt sie Narvila die Wange. »Nicht übermütig werden, *Prinzessin.*«

Narvila weiß nicht mal, wieso sie daraufhin noch breiter lächeln muss. Als sie sich nach Ilfyng umdreht, tut der schnell so, als würde er ein Vorderrad am Wagen seiner Familie kritisch begutachten und geschäftig daran herumkratzen müssen.

Narvila zuckt mit den Schultern und hilft den anderen, alles für die Weiterfahrt klarzumachen.

Ihre kleine Kolonne zieht an ausgedehnten Feldern und Weiden voller Vieh vorbei, passiert Städtchen, Dörfer und Weiler, durchquert Wälder, Flüsse und Hügellandschaften.

Ist eine Ortschaft groß genug, bauen Fleiber und seine Truppe ihre kleine oder, wenn sich die Mühe zu lohnen verspricht, sogar die große, überdachte Bühne auf. Narvila ist beeindruckt, wie schnell das Freilichttheater jedes Mal entsteht und hinterher wieder in den Wagen verschwindet. Innerhalb der Theatergruppe sitzen die Handgriffe genauso gut wie unter den *Prinzessinnen.* Am häufigsten spielt sie das Stück über den letzten Götterkrieg und den großen Helden Prytos. Das finden die Menschen überall gut. Aus Jux übernehmen Narvila und Aiby sogar mal zwei Nebenrollen, wofür sie von Cinn, Decanra und Mef stehenden Beifall erhalten. Auch Ilfyng klatscht eifrig und lächelt Narvila an. Sie wirft ihm daraufhin einen Handkuss zu, bei dem der Tischlerlehrling errötet.

In der Wildnis zwischen den kleinen Städten und größeren Dörfern hüten die *Prinzessinnen* die Wagen wie Hirtenhunde: Sie sind auf allen Seiten und immer in Bewegung, haben das Davor und das Dahinter ebenso im Auge wie die Umgebung, jeden einzelnen Karren und Menschen. Hin und wieder bleiben sie eine Weile neben einem Kutschbock oder hinter einem Wagen und unterhalten sich mit ihren Schutzbefohlenen. Narvila macht sich einen Spaß daraus, regelmäßig am Wohnwagen von Ilfyngs Familie vorbeizureiten, was den Jungen jedes Mal sichtlich aus der Fassung bringt.

An einem sonnigen Tag trübt jedoch ein verstörender Anblick die gute Stimmung ihrer Reisegesellschaft. Vor ihnen auf der von Bäumen gesäumten Straße durch den Wald liegt ein umgestoßener Kastenwagen, den Fuhrwerken der Theatertruppe nicht unähnlich. Um den Wagen herum sind Dutzende Köpfe und Gliedmaßen verstreut – von Marionetten aus Holz und Stoff. Nur ein enthaupteter Körper und ein abgetrennter Kopf stammen von einem Menschen, vermutlich dem Puppenmacher und Marionettenspieler.

Narvila wird schlecht.

Wer auch immer dafür verantwortlich gewesen sein mag, hat seine Arbeit mit einem merkwürdigen Zeichen aus Blut auf dem Dach des umgestürzten Karrens signiert, sodass es alle Vorbeikommenden direkt anblickt: eine stilisierte Krone, deren ungleichmäßige Zacken an zuckende Schlangen erinnern.

»Sagt Euch das was?«, fragt Aiby Fleiber, der mit bangem Gesicht auf dem Kutschbock sitzt.

»Nun«, druckst der Direktor herum. »Also ...«

»Spuckt's aus«, fordert Aiby. »Wir haben Euch durch unsere bloße Anwesenheit schon fünf Räuberbanden vom Hals gehalten. Ihr habt nicht mal mitbekommen, wenn Cinn und Decanra ein paar Späher ausgeschaltet haben. Oder als Narvila und ich die Schattenkatze vertrieben haben. Ihr seid es uns schuldig, ehrlich zu sein. Wir müssen wissen, wenn Euch und uns Gefahr droht.«

Fleiber nimmt den Hut ab und wischt sich seufzend über die Stirn. »Das waren wahrscheinlich diese Tentakel-Kronen-Spinner«, sagt er schließlich. »Mal wieder.«

Aiby runzelt die Stirn. »Was für Tentakel-Kronen-Spinner?«

Fleiber seufzt erneut. »Irgendein religiöser Kult, der seit Kurzem auf dem Vormarsch ist. Seine Anhänger sind der Meinung, dass die Welt komplett in Finsternis gestürzt werden muss, damit in der Dunkelheit ein neues Zeitalter der Magie geboren werden kann. In dem sie dann herrschen, versteht sich. Die Anhänger der Tentakel-Krone hassen Leute wie uns, die das Licht der Kunst und der Hoffnung zu den Menschen bringen. Deshalb überfallen sie mit Vorliebe Schauspieler, Geschichtenerzähler, Barden, Gaukler oder eben auch Puppenspieler – und richten uns hin.« Er schüttelt bekümmert den Kopf. »Das sind richtige Fanatiker. Ihr Zeichen, das sie besonders gern mit Ruß und Blut hinterlassen, ist die Krone mit den

Zacken aus Tentakeln. Hat etwas mit ihrer Gottheit zu tun, die ihnen die herbeigesehnte Finsternis bringen soll, glaub ich. Sie tragen sie manchmal sogar auf ihren Hemden oder ihren Masken. Oder der Haut. Fanatiker, wie schon gesagt.«

»Niemand mag Fanatiker«, sagt Cinn voller Abscheu.

Aiby fixiert Fleiber. »Ihr habt uns also nicht bloß wegen der üblichen Räuber und Untiere angeheuert.«

»Na ja. Sie rauben auch Leben, und sie sind ebenfalls Unmenschen, sprich Untiere. Von daher ...«

»Ich kann ihre Verstimmung gegenüber Schauspielern gerade sehr gut nachvollziehen«, sagt Aiby, und Fleiber verstummt.

Im nächsten Dorf weiß man nichts von Tentakel-Kronen-Spinnern, und in den Tagen nach dem grausigen Fund des toten Puppenmachers kreuzen auch keine mörderischen Kultisten ihren Weg.

Allerdings begegnet ihnen fortan mancherorts das eingeritzte, aufgemalte oder eingebrannte Zeichen der Tentakel-Krone: auf einem Wegweiser, einem Brückenpfeiler, einer Mauer, einer Hauswand oder einer Palisade.

»Seht Ihr?«, sagt Fleiber bei einer solchen Markierung, die sie dazu zwingt, eine kleine Stadt zu umfahren und anders als geplant im Freien zu übernachten. »Es breitet sich aus.«

»Seid froh, dass sie diese Zeichen anbringen«, entgegnet Decanra. »Das hilft uns, Ärger zu vermeiden.«

Doch der Ärger findet sie sechs Tage später auch so.

Cinn und Narvila bilden an diesem Spätnachmittag, da kaum noch jemand an den Marionettenspieler denkt, wie üblich mit Fleibers Wohnwagen die Spitze. Als das Licht allmählich der Dämmerung weicht und sie nach einem guten Platz für ein Nachtlager Ausschau halten, hört Narvila am Ende der

Kolonne plötzlich schnelles Hufgetrappel, aufgeregte Schreie und einen lauten Hochlandfluch von Aiby.

»Los!«, sagt Cinn zu Narvila. Sie selbst bleibt vorn, denn man weiß ja nie, wo noch Probleme oder Angreifer auftauchen werden.

Narvila reißt ihren Schimmel herum und prescht nach hinten, wobei sie sieht, dass die Theaterleute ihrerseits Messer, Dolche, Knüppel oder Äxte hervorgeholt haben. Decanra, die in der Mitte des Wagenzugs auf der anderen Seite geritten ist, klettert auf das Dach eines Karrens, um sich eine bessere Übersicht zu verschaffen. Narvila braucht nur kurz, doch als sie am Ende der Kolonne ankommt, ist schon alles vorbei. Aiby und Mef schwingen sich gerade aus dem Sattel. Narvila tut es ihnen gleich.

»Satyrn«, setzt Aiby sie ins Bild. »Vielleicht ein Dutzend. Eher weniger. Sie sind dort ungebremst aus dem Unterholz gebrochen und wie Hirsche über den Weg und zwischen den Wagen durchgesprungen. Haben sich geschnappt, was nicht niet- und nagelfest war, ohne langsamer zu werden.«

»Ja, so machen die das«, sagt Mef. »Schnelle Ficker.«

Aiby hält ihre Axt hoch, von der dunkles Blut tropft. »Nicht schnell genug. Einen hab ich erwischt.«

Sie gehen zum Waldrand, und da, in einem Dornenbusch, liegt ein toter Satyr: nackter Oberkörper und Kopf wie ein Mann mit Ziegenbart und Hörnern, untenrum alles wie bei einem Bock, was fellbedeckte krumme Beine, Hufe und das Gehänge mit einschließt.

Sie sind die menschenähnlichsten Kreaturen, mit denen es die *Prinzessinnen* in Narvilas Beisein bisher zu tun bekommen haben. Wenn Narvila den Unterleib und die Hörner ausblendet, könnte Aiby auch einen jungen Mann getötet haben.

Narvila wird schlecht, doch sie versucht es zu verbergen.

Auch weil Nolfbet, einer der Bühnenmaler, auf einmal ruft: »Meine Frau! Sie haben Kurfinda entführt!«

Aiby flucht. »Decanra, du und Cinn bleibt bei den Wagen!«, befiehlt sie dann scharf. »Mef, Narvila – auf die Pferde und hinterher!«

Narvila ist unendlich aufgeregt, dass Aiby sie, ohne zu zögern, für die Verfolgung der Satyrn einteilt. Ihre Fortschritte bleiben also nicht unbemerkt, obwohl noch viele Wochen bis Prinzessin Filryns Hochzeit vergehen werden, an der sich Narvilas Zukunft entscheidet.

Doch jetzt geht es erst einmal um Kurfindas Schicksal.

Den Hufabdrücken der Satyrn können sie auch ohne Cinns überragende Fähigkeiten beim Spurenlesen folgen. Das Waldstück, in dem die kleine Horde nach ihrem Blitzüberfall verschwunden ist, öffnet sich bald zu einer hügeligen Landschaft, einer Art Vorgebirge.

»Da vorn sind sie!«, schreit Mef, die auf ihrem Falben vorangaloppiert.

Sie, Aiby und Narvila werden von Hirtenhunden, die ihre Herde bewachen, zu einem Wolfsrudel, das seine Beute hetzt.

Als den Satyrn klar wird, dass Flucht keinen Zweck mehr hat, stellen sie sich dem Kampf. Sie tragen lange Messer und kurze Wurfspeere. Aiby und Mef metzeln mehrere der Banditen aus dem Sattel nieder, trennen Hände, Hörner und Hälse ab. Narvila macht jedoch die Menschenähnlichkeit der Satyrn große Schwierigkeiten. Sie zögert merklich und trifft keinen der Räuber.

»Narvila!«, ruft Aiby dann allerdings. »Da haut einer ab! Mit Kurfinda! Wenn er den Steilhang da vorne erreicht, kriegen wir ihn nicht mehr! Die Pferde kommen da nicht hoch! Schnapp ihn dir!«

Narvila bleibt keine andere Wahl, als dem Satyr mit Kurfinda nachzugaloppieren, dessen kräftige Beine ihn trotz der Frau über seinen Schultern schnell auf den felsigen Hang zu tragen.

Kurz bevor der Satyr die Felswand erreicht und mit seinen starken Bockbeinen erklimmen kann, erwischt ihn Narvilas Schwertlanze von hinten am Kopf. Die Klinge trifft ungünstig seitlich aufs Horn, dennoch geht der Satyr durch den Hieb zu Boden und lässt Kurfinda fallen, die sich mehrfach überschlägt. Narvila hat noch nicht oft aus dem Sattel gekämpft, und das hier ist der falsche Zeitpunkt für Experimente. Sie gleitet von ihrem Schimmel und stößt dem Entführer, der sich zu ihr umdreht, ihre Lanze in den Unterleib, was sich weich und schrecklich anfühlt. Mit der Klinge ihrer Waffe zerrt Narvila lilafarbene Gedärme heraus, die sich in einer stinkenden Lache dunklen Blutes und anderer *Dinge* auf den Boden ergießen. Sie sieht das Licht in den so menschlichen Augen des Satyrs erlöschen.

Aiby kommt herbei und kümmert sich um Kurfinda, die durchgeschüttelt und schockiert, aber unverletzt scheint. Narvila geht es schlechter. Sie kotzt sich neben dem Kadaver des Satyrs die Seele aus dem Leib.

Die anderen tun so, als würden sie es nicht bemerken.

Als Narvila fertig ist, reiten sie zum Wagenzug zurück. Die Frau des Bühnenmalers, die ihnen schon so manches leckere Abendessen spendiert hat, sitzt hinter Mef im Sattel. »Danke«, sagt sie zu ihnen. Außerdem fragt sie: »Was wollten die mit mir?«

»Besser, du weißt es nicht«, sagt Aiby grimmig.

»Das sind notgeile Ficker.« Mef knurrt. »In einem bestimmten Alter werden die jungen Böcke aus ihren Herden geworfen und schließen sich zu solchen Banden zusammen.

Ihnen geht es nur darum, sich die Hörner abzustoßen. Für sie tut's auch eine Menschenfrau.«

Nolfbet erwartet sie bereits. Kurfinda rutscht von Mefs Pferd, rennt auf ihren Mann zu und wirft sich in seine Arme. Beide weinen. Auch andere Theaterleute kommen zu ihnen, tätscheln den wiedervereinten Eheleuten den Rücken.

Fleiber schüttelt Aiby, Mef und Narvila die Hand. »Ich danke Euch.«

»Narvila hat gekotzt«, sagt Mef fröhlich zu Decanra und Cinn – und allen, die es noch hören können, darunter Ilfyng.

»Wie lang werd ich mir das jetzt anhören müssen?«, stöhnt Narvila und tut möglichst gelangweilt.

»So lange, bis ich dir nach dem Kämpfen nicht mehr beim Kotzen zuschauen muss.«

Obwohl es lustig gemeint ist, die anderen lachen und spötteln, und es dabei hilft, den Überfall durch die Satyrn zu verarbeiten, macht Narvila sich Sorgen.

Hat sie gerade eine Prüfung bestanden oder vermasselt?

In dieser Nacht unter dem Himmelszelt halten sie immer zu dritt Wache und patrouillieren um die Wagen. Nicht weil sie einen Satyr-Wiedergänger-Angriff befürchten, sondern um Fleibers Gruppe ein gutes Gefühl zu geben.

Die nächsten anderthalb Wochen verlaufen ereignislos.

Narvila lässt Ilfyngs kleine Schwester Goscenna immer mal ein Stück vor sich im Sattel reiten und verspricht ihr, dass sie auch so eine Frisur haben darf, wenn sie etwas älter ist.

In einem Dorf, in dem sie ihre Reit- und Zugtiere zwei Tage ausruhen lassen, führt Fleiber eine fremde Frau mit heller Haut und rotbraunen Locken zu den *Prinzessinnen*.

»Das ist Pfiocha, die Dorfvorsteherin«, stellt er sie vor. »Sie würde Euch gern anheuern. Hier hinter der Palisade sind wir in Sicherheit. Wenn Ihr diesen Menschen helfen wollt, hätte ich nichts dagegen.«

Aiby nickt sarkastisch-staunend. »Euch ist aber schon klar, dass Ihr zwar für unseren Geleitschutz zahlt, wir Euch deshalb aber noch lange nicht gehören, oder?«

»Selbstverständlich!«, beeilt sich Fleiber zu versichern. »So war das nicht gemeint!«

»Natürlich nicht«, brummt Aiby und nimmt einen Schluck aus ihrem Weinschlauch. Sie sieht den Theaterdirektor noch einen Moment an, dann wendet sie sich an Pfiocha. »Was können wir für Euch tun?«

Das Dorf lebt in Furcht und Hass, weil jenseits der Palisade eine Hexe haust. Laut Pfiocha baut die Vettel die Giftäpfel für alle Hexen in der Gegend an – pralle rote Äpfel, die unfruchtbar machen und sogar zum Tod führen können.

Aiby und Pfiocha einigen sich auf einen Preis, und am nächsten Morgen reiten die *Prinzessinnen* in voller Stärke los.

Das Holzhaus der Hexe, von Moos und Flechten bedeckt, steht am Waldrand. Auf einer Wiese vor der Haustür wächst ein alter Apfelbaum. Eine rundliche grauhaarige Frau kommt aus dem Haus, noch bevor Narvila und die anderen sie rausschleifen müssen. Die Alte sieht verärgert aus, greift die *Prinzessinnen* aber nicht mit ihrer Hexenmagie an.

Den Grund dafür nennt sie selbst. »Ich bin keine Hexe«, sagt sie. »Ich versorg die Hexen nur mit Äpfeln. Wie eine Bäuerin.«

»Giftigen Hexenäpfeln«, sagt Aiby. »Die unfruchtbar machen. Oder töten.«

»Das können sie«, gibt die Frau zu. »Aber sie retten auch viele Frauen, die ihr nächstes Kind nicht überleben würden. Die Absicht und die Dosis machen das Gift.«

»Dennoch treibt Ihr mit Hexen Handel.«

Die Frau zuckt mit den Schultern. »Nicht nur, aber auch. Und als mein Mann noch lebte, hat das keinen von denen, die Euch geschickt haben, gestört. Wieso auch? Viele Mädchen und Frauen kamen zu uns, baten um einen Apfel. Manche bedienen sich noch heute einfach so. Aber die Dörfler mochten nur meinen Mann, der von hier stammt, mich konnten sie nie leiden. Ich bin immer eine Fremde mit zu roter Haut geblieben. Und was heißt *Hexen* überhaupt?« Die Frau winkt ab. »Kräuterfrauen? Heilerinnen? Einsiedlerinnen? Dämonengespielinnen? Welche Art von Hexen meint Ihr, wenn ihr dieses Wort benutzt?«

Narvila will schon anmerken, dass es auch mehrere Definitionen für Prinzessinnen gibt, als Aiby unerbittlich sagt: »Wir sind nicht zum Diskutieren hier.«

Die alte Frau nickt resigniert. »Das dachte ich mir schon. Ich geh freiwillig, wenn Ihr mich lasst. Hab mir das lange genug angetan. Mich hält hier nichts mehr.«

Die *Prinzessinnen* erlauben ihr, ein Bündel zu packen und gebeugt in den Wald zu schlurfen, ehe Aiby den Apfelbaum so fällt, dass er auf das angebliche Hexenhaus kracht und es unter sich begräbt.

»Was?«, fragt Aiby, als sie Narvilas Blick bemerkt. »Die Alte kommt gut davon. Wir hätten sie auch erschlagen können.«

»Aber sie war keine Hexe«, wirft Narvila ein.

»Aye, eben.« Aiby fährt sich mit der Hand über ihre Zöpfe. »Manchmal braucht man Fingerspitzengefühl. Deshalb durfte sie ja gehen. Und leben.«

Narvila verkneift sich den Satz, dass die anderen *Prinzessinnen* nach all den Jahren jede Menge Hornhaut an ihren

Fingern haben müssen. »Wohin ist sie eigentlich so schnell verschwunden? Eben humpelte sie noch über den Pfad. Jetzt kann ich sie schon nicht mehr sehen.«

Aiby sieht flüchtig in Richtung des Hohlwegs, der durch den düsteren Wald führt. »Vielleicht hat sie sich aus Sorge, dass wir es uns anders überlegen könnten, in die Büsche geschlagen.«

»Ich würd sie trotzdem finden«, versichert Cinn ihnen.

»Oder sie war doch eine Hexe«, sagt Decanra leichthin. »Eine, die sich in ein Tier verwandeln kann.«

In diesem Moment erblickt Narvila die Eule, die auf einem nahen Baum sitzt und sie beobachtet. Narvila glaubt, in den großen runden Eulenaugen Verachtung erkennen zu können.

Bei ihrer Rückkehr sind die Menschen im Dorf ganz aus dem Häuschen. Pfiocha schüttelt den *Prinzessinnen* die Hand, andere Männer und Frauen folgen ihrem Beispiel. Narvila ist es unangenehm. Auch die Bewunderung in Ilfyngs Augen gefällt ihr heute kein bisschen – oder dass Goscenna und Goscian mit dünnen Ästen als Waffen nachspielen, wie man eine böse Hexe tötet.

Nicht nur die Erinnerung an die alte Frau folgt Narvila in den nächsten Tagen auf der Straße. Sie wird das Gefühl nicht los, dass die Eule sie verfolgt. Stets vernimmt Narvila ein Flattern hinter oder neben dem Wagenzug, sieht sie einen Schemen von Baum zu Baum gleiten. Nachts leuchten in der Dunkelheit große Augen und hört Narvila die unheimlichen, anklagenden Rufe des Vogels. Schließlich vertraut sie sich bei einem Wachwechsel am nächtlichen Lagerfeuer Cinn an – vielleicht, weil die Nordländerin die stärkste Bindung zur Natur hat oder ihre Häme mit weniger Worten ausdrücken würde.

»Es gibt mehr als eine Eule auf der Welt«, antwortet Cinn auf Narvilas Eröffnung hin.

»Aber nur eine, die dabei zugesehen hat, wie wir das Haus der Alten zerstört haben.«

Cinn wirkt wenig beunruhigt. »Solang sie sich nur in eine Eule verwandelt ...«

In dieser Nacht hört Narvila den Vogel noch oft rufen. Nachdem sie endlich eingeschlafen ist, träumt sie von einer riesigen Eulenfrau, die am Boden Goscenna und Goscian zerhackt, den blutigen Schnabel hebt, sie aus riesigen Augen direkt anstarrt und *Nar-vi-la* sagt.

»Narvila.«

Sie schlägt die Augen auf. Cinn kniet neben ihrem Lager und rüttelt sie wach. Es ist bereits Morgen. Ringsum zwitschern, gurren und trällern die Vögel. Keine Eule weit und breit. Die anderen machen sich für Frühstück und Weiterfahrt fertig. »Ich will dir was zeigen«, sagt Cinn und führt Narvila, die nach ihrem Albtraum nicht allzu erholt ist, zu einem Baum in der Nähe. Unter diesem liegen mehrere lange, dunkle Federn, außerdem kann man in der aufgewühlten Erde Blut ausmachen. »Eulenfedern«, sagt Cinn für den Fall, dass Narvila es nicht erkennen oder vom Schlaf noch halb benommen sein sollte.

»Was war das?«, will Narvila wissen.

»Wahrscheinlich eine Feuerschwinge. Oder ein kleiner Baumdrache.«

»Die Arme«, sagt Narvila.

»Was jetzt? Die arme Eule oder die arme Frau?« Cinn sieht sie eulenhaft an. »Egal. Nun bist du sie los.«

Den Rest des Tages ist Narvila wortkarg, hängt sie ihren Gedanken nach. Was, wenn nicht Cinn, Aiby, Decanra und

Mef als Erste erkennen, dass sie für dieses Leben ungeeignet ist, sondern Narvila selbst das vor ihnen einsehen muss? Bisher hat sie sich nicht schlecht geschlagen, aber das Abschlachten der Satyrn mit den Menschengesichtern ist ihr nicht leichtgefallen, und die angebliche Hexe hängt ihr echt nach.

Beim Übungskampf am Mittag ist sie noch immer mit diesen Zweifeln beschäftigt – und bekommt von Cinn eine ordentliche Tracht Prügel verpasst. Nach einem Sprungtritt, der sie am Kinn erwischt, geht Narvila hart zu Boden. Fleiber, Ilfyng, Aclarsi, Mef, Kurfinda und andere, die den Kampf verfolgen, raunen alle gleichzeitig. Narvila schließt die Augen und bleibt mit ausgestreckten Gliedern im Gras liegen. Ihr Kinn pocht übel.

»Steh auf«, sagt Cinn unbarmherzig. »Du bist härter. Und besser.«

Narvila versteht, dass Cinn nicht ihren Kampf meint, rollt sich ächzend auf die Seite und rappelt sich auf.

Sie kann diese Runde nicht mehr gewinnen, aber sie holt sich ein Stück Gewissheit zurück.

Und ihre Selbstachtung.

Nach dem Kampf ruht sie sich unter einem Baum aus.

Ilfyng kommt zu ihr. »Hier«, sagt er und reicht Narvila einen Lappen. »Für dein Gesicht. Hab ihn im Fluss nass gemacht. Er ist schön kalt.«

»Danke.« Narvila greift nach dem feuchten Tuch. Ihre Finger berühren sich kurz. »Das ist nett von dir«, sagt sie und presst sich den kalten Lappen gegen Kinn und Mund.

»Tut's arg weh?«, fragt Ilfyng, der stehen bleibt und nicht zu wissen scheint, was er mit seinen Händen machen soll.

»Hab schon Schlimmeres einstecken müssen«, antwortet Narvila, und es ist keineswegs bloß Aufschneiderei.

Ilfyng gibt sich einen Ruck und setzt sich neben sie – nicht zu nah und nicht zu weit weg. »Dein hübsches Gesicht.«

Narvila dreht den Kopf wie eine Eule zu ihm. »Mh?«

»Dein armes Gesicht, mein ich.«

»Halb so wild. Der Lappen hilft. Danke noch mal.«

Ilfyng lächelt. Narvila auch – bis ihr klar wird, dass er das hinter der Kompresse nicht sehen kann.

Mef und Decanra schlendern zu ihnen hinüber. Goscenna, Goscian und Aclarsi sind bei ihnen. Sie setzen sich, und was auch immer da gerade zwischen Narvila und Ilfyng gewesen ist, löst sich in der Gesellschaft von Freundinnen und Geschwistern auf.

»Würdet ihr ein Einhorn jagen?«, fragt Goscenna die *Prinzessinnen* übergangslos, wie sie das gern tut, wenn ihr ein Gedanke durch den Kopf schießt.

»Wieso?« Decanra kitzelt die Kleine, bis sie kichert. »Willst du Einhornsuppe zu Abend?«

»Nee. Aber würdet ihr eines jagen?«

»Nein«, antwortet Decanra. »Keine Einhörner.«

»Aber ihr habt doch auch schon Oger, Drachen und Basilisken gejagt, oder?«, fragt Aclarsi.

»Stimmt«, sagt Mef. »Trotzdem. Keine Einhörner.«

»Es gibt Truppen, die auf Einhornpirsch gehen«, sagt Decanra. »Wir nicht.«

»Was unterscheidet einen Drachen von einem Einhorn?«, will Aclarsi wissen.

»Außer der Schwanzgröße?« Mef lacht.

Aclarsi errötet leicht. Ilfyng grinst, sieht Narvila an und tut es seiner Schwester gleich.

»Ist es, weil ihr so ein edles Wesen nicht töten wollt?«, fragt Aclarsi.

Decanra schüttelt den Kopf. »Auch Drachen sind edel. Na ja. Manche von ihnen.«

»So, wie manche Einhörner echte Drecksbiester sein können«, führt Mef das weiter aus. »Unberechenbar und launisch. Ich hab Elfenkinder gesehen, die durchbohrt wurden, weil aus Spiel ohne Vorwarnung oder Erklärung plötzlich Ernst wurde.«

Goscenna und Goscian machen große Augen.

»Mef«, mahnt Decanra reflexartig. Den anderen erklärt sie: »Wir haben einfach irgendwann mal für uns entschieden: keine Einhörner.«

»Obwohl wir jetzt ja wieder einen geeigneten Köder für die altbewährte Methode hätten«, überlegt Mef laut. »In Narvilas reinen Schoß würde so ein Tier sein Horn sicher sofort betten. Und nicht nur ein Einhorn.« Mef blickt Ilfyng grinsend an, der aussieht, als würde sein Kopf gleich platzen. »Aber das wär's dann auch schon wieder mit dem perfekten Köder.«

Narvila schnaubt wie Aiby – oder ein Einhorn. »Ich fürchte, allein durch dein Gerede hast du mich schon zu sehr befleckt«, sagt sie und wirft Mef den nassen Lappen ins Gesicht.

Alle lachen.

Die nächste Woche verbringen die *Prinzessinnen* und die Theaterleute oft am Rand oder auf Festwiesen von Dörfern, meist kommt die kleine Bühne zum Einsatz. Auf der Straße, das hat Narvila schon früh begriffen, darf man nicht zu wählerisch sein, was Gelegenheiten angeht.

Ob Ilfyng für sie eine Gelegenheit darstellt, sich noch weiter von ihrem alten Lebensweg zu entfernen und eine weitere Erfahrung zu machen, hat sie noch nicht entschieden.

In der Zwischenzeit tut sich eine andere Gelegenheit auf.

Nach einer Aufführung zur Mittagszeit im nächsten Ort kommt der Dorfälteste zu ihnen. Sein Name ist Orhwag, und er geht am Stock. »Eine Räuberbande macht die Gegend unsicher«, klagt er. »Söldner kommen hier leider nicht so oft durch, sonst hätten wir sie schon angeheuert. Doch nun seid Ihr hier, den Göttern sei Dank! Wir können Euch bezahlen. Und wir wissen sogar, wo sich das Dreckspack versteckt.«

»Wieso erledigt ihr sie dann nicht selbst?«, fragt Cinn.

Der alte Mann lächelt sie mit einem Mund voller Zahnlücken an. »Habt Ihr Euch mal umgesehen, Mädchen? Vor den Räubern und bevor wir den Wall um unser Dorf errichteten, haben uns die Kobolde und die Waldschrate heimgesucht. Sogar Oger. Viele Männer starben. Sollen Kinder, Greise und Frauen losziehen und bewaffnete Räuber angreifen?«

Cinn starrt ihn an. Narvila fragt sich, ob sie Orhwag zuerst zurechtweisen wird, weil er sie Mädchen genannt hat oder weil er Frauen den Kampf nicht zutraut.

Aiby geht vorher dazwischen. »Was zahlt Ihr?«

»Wie viel verlangt Ihr?«, fragt Orhwag.

Das Feilschen zwischen Aiby und dem Dorfältesten dauert länger als das Finden der Höhle im Wald, in der sich die Räuber einquartiert haben. Decanra schleicht los und schaltet die Wache am Höhleneingang lautlos aus. Die übrigen Gesetzlosen drinnen haben dem Überraschungsangriff der *Prinzessinnen* nicht viel entgegenzusetzen. Dass es mehr sind, als Orhwag gesagt hat, bringt ihnen nichts.

Narvila schlägt sich ordentlich und hat ihre Nervosität gut im Griff, obwohl sie lieber gegen Bestien als gegen andere Menschen kämpft, wie sie rasch erkennt – nicht dass sie diese Erkenntnis nach den Satyrn sonderlich überraschen würde. Klinge und Schaft ihrer Schwertlanze treffen stets ihr Ziel, lassen Blut fließen, schicken Gegner bewusstlos zu Boden und sorgen für Stichverletzungen, die kampfunfähig machen. Bei Menschen allerdings scheut sie vor dem endgültigen, tödlichen Streich zurück. Darauf hat sie kein Übungskampf und kein Aufeinandertreffen mit Korndrachen, Schlammbiestern, Trollen, Riesenratten oder Satyrn vorbereitet.

Ihr Zögern kostet Narvila fast das Leben.

Ein Scheißkerl, dem sie Gnade erweist, kommt schneller als gedacht wieder zu sich, hebt das Messer eines Kameraden auf, springt auf die Füße und will Narvila hinterrücks erstechen. Cinn ist zum Glück zur Stelle und rammt ihm brachial ihre Dolche von beiden Seiten gleichzeitig in den Hals, woraufhin der Mann in einer Blutfontäne stirbt, die auch Narvilas Gesicht bespritzt.

Sie kotzt noch in der Höhle.

Auf dem Rückweg ins Dorf – Aiby und Mef haben je einen Sack voller blutiger Köpfe als Beweis ihrer vollbrachten Tat am Sattel hängen – schweigen die *Prinzessinnen.*

Es ist kein gutes Schweigen, wie Narvila weiß.

Im Dorf explodiert zu ihrer Überraschung dann nicht Aiby, sondern Decanra. Was es noch schlimmer macht. »So geht das nicht!«, braust Decanra auf, streift ihre Kapuze zurück und verpasst Narvila einen Stoß. »Du darfst nicht zaudern! Damit bringst du dich und uns alle in Gefahr!«

»Tut mir leid«, sagt Narvila zerknirscht.

Keine der anderen kommt ihr zu Hilfe, alle gucken nur. Leider auch Ilfyng, seine Geschwister, Fleiber und weitere Theaterleute, die das Geschrei angelockt hat. Jetzt wünscht sich Narvila, Decanra hätte sie schon im Wald zusammengestaucht.

»Was ist los mit dir?«, fragt Decanra aufgebracht. Sie bemerkt ihr Publikum nicht einmal.

»Ich hab noch nie einen Menschen getötet!«, entgegnet Narvila wütend. Sie fühlt sich unendlich gedemütigt und nutzlos. Wie eine überführte Hochstaplerin, die man jeden Moment nach Hause schickt, um wieder eine kleine dumme Prinzessin zu sein.

»Einmal ist immer das erste Mal«, kommentiert Mef wenig hilfreich. »Und wir kämpfen ja nicht gegen Nonnen. Obwohl das auch ganz schöne Miststücke sein können.«

»Ich …« Narvila weiß nicht, was sie sagen soll. Sie ist wütend auf sich selbst. Sie hat so viel dafür getan, sich in dieses Leben einzufinden. Dafür, dass die anderen ihre Entscheidung, sie mitzunehmen, nicht bereuen oder gar rückgängig machen. Decanras Wut, hinter der Narvila Enttäuschung und Sorge spürt, und Ilfyngs mitleidiger Blick schmerzen sie. »Ach, verfickte Scheiße! Es tut mir leid.«

»Das hast du schon gesagt« Decanras Augen sprühen vor Zorn. »Und es hilft einen Dreck. Uns allen wird es leidtun, wenn wegen deinem Zögern jemand von uns einen Kampf nicht überlebt.«

»Es ist meine Schuld«, sagt Aiby da zu Narvilas Erstaunen. »Wir hätten ihr diese Skrupel schon viel früher austreiben müssen. Das werden wir nachholen. So bald wie möglich.«

Das war's, mehr gibt es nicht zu bereden.

Die Menge zerstreut sich. Die Dörfler richten für die *Prinzessinnen* eine kleine Feier aus. Fleibers Orchester spielt für alle auf. Es wird getrunken, gelacht, gesungen, getanzt. Narvila, der so gar nicht nach Feiern zumute ist, sitzt abseits, brütet und schmollt. Einmal schleicht Ilfyng um sie herum, kommt dann aber doch nicht näher. Narvila ist daraufhin noch niedergeschlagener.

Dafür gesellt sich Mef irgendwann zu ihr. »Puh, junge Dorfschönheiten sind ja so anstrengend! Na, du? Immer noch am Grübeln?«

»Was meinst du?«

»Ach komm, Süße.« Mef lässt sich neben Narvila nieder und streckt die Beine aus. »Dein Gesicht spricht Bände.«

Narvila seufzt. »Es ist nur ... Das waren Menschen. Keine Monster.«

»Da würden dir einige, Tote wie Hinterbliebene, sicher widersprechen.« Mef öffnet ihren Pferdeschwanz und kämmt mit den Fingern das Haar durch. »Es hat mir kein bisschen leidgetan, diese Ficker abzumurksen. Und es war immer noch gnädiger, als sie lebend zu fangen.«

»Wie meinst du das?«

»Was denkst du denn, was die Leute aus dem Dorf mit den Räubern angestellt hätten, wenn sie noch am Leben gewesen wären? Die hätten denen alle Löcher mit der Mistgabel liebkost. Und hinterher wären sich die Dörfler noch schlimmer vorgekommen. Wie Monster, um bei deinem Vergleich zu bleiben.«

Narvila umschlingt ihre Knie mit beiden Armen und legt das Kinn auf die Hände. »Es ist trotzdem was anderes, wenn man Ungeheuer zur Strecke bringt.«

»Ungeheuer kommen in vielerlei Gestalt daher«, sagt Mef. »Und können einen auf vielerlei Arten verfolgen.«

»Wann gewöhnt man sich daran?«

»Woran?«

»An alles.«

»Uff. Große Sinnkrise, was? Fragst du mich gleich, ob wir dich schon vor Prinzessin Filryns Hochzeit nach Hause schicken wollen?«

»Nein. Aber ja, große Krise. Tut mir leid.« Sie schielt zu Mef rüber. »Schlimm?«

»Ach was. Passiert den Besten von uns.«

»Dir auch?«

»So weit würd ich jetzt nicht gehen.« Mef grinst. »Soll ich dir noch eine Weile Gesellschaft leisten?«

»Das wär schön.«

Mef rutscht näher und legt einen Arm um Narvila. »Morgen erzähl ich den andern, dass wir beim Fest rumgemacht haben und du die Finger gar nicht von mir lassen konntest.«

Narvila lächelt leicht. »Tu, was du nicht lassen kannst«, sagt sie und lehnt ihren Kopf seitlich gegen Mefs.

Später geht Mef wieder, und Narvila glaubt, noch einmal Ilfyng zu erspähen, der sie aber erneut bloß anschaut, was ein bisschen unheimlich ist – und frustrierend, weil er auch diesmal nicht zu ihr kommt. Ebenso hätten Cinn, Aiby oder eine wieder ruhige Decanra gern vorbeischauen können.

In dieser Nacht erwacht sie und hört, wie sich die anderen *Prinzessinnen* leise unterhalten. Sie gibt acht, dass ihre Atmung sie nicht verrät, und belauscht ihre Gefährtinnen.

»Denkt ihr, sie kriegt das auf die Reihe?«, fragt Decanra wispernd. »Ständig muss sie kotzen, wenn's hässlich wird. Jetzt das Zögern im Kampf gegen diese Kerle. Wie lange können wir da noch zuschauen? Ich will nicht, dass sie stirbt.«

»Ich geb sie nicht mehr her«, sagt Mef, und Narvila spürt die Wärme, die diese Worte in ihr hervorrufen.

»Es geht leider nicht darum, wie sehr wir Narvila mögen«, kontert Aiby. »Oder vielleicht doch. Denn wenn sie weiter im falschen Moment zaudert, wird sie sterben. Oder sie zerbricht an den Vorwürfen, wenn es eine von uns erwischt, weil sie gezögert hat.«

»In der Gefahr zu sterben leben wir alle«, knurrt Cinn. »Ständig.«

»Aye. Aber wir haben nie Hemmungen, eine Bedrohung aus der Welt zu schaffen. Auch wenn sie keine Bockbeine, Schuppen, Pelze oder Klauen hat. Und Menschen können genauso gefährlich sein.«

Damit scheint erst einmal alles gesagt.

Narvila kämpft gegen den Drang an, sich in den Schlaf zu weinen.

»Goscian ist verschwunden.«

Ilfyngs Worte, nach Einbruch der Nacht ausgesprochen, jagen Narvila einen Schauer über den Rücken.

»Was ist passiert?«, fragt Aiby.

Ilfyng atmet tief durch. »Goscenna sagt, sie haben Glühwürmchen gejagt. Goscian ist einem in den Sumpf gefolgt. Goscenna hatte zu viel Angst und kam zurück. Er nicht.«

Aiby schnaubt. »Wir haben euch gesagt, dass niemand dem Sumpf zu nahe kommen darf. Da drinnen wimmelt es vor Waldschraten, Sumpfelementaren, Morastdrachen und Schattenkatzen. Vielleicht sogar Kobolden.« Narvila weiß, dass sie lieber woanders gelagert hätten, doch zum Weiterfahren auf der tückischen Straße in dieser mondlosen Nacht ist es einfach zu dunkel gewesen. »Dann suchen wir ihn mal«, seufzt Aiby.

»Ich komm mit«, sagt Ilfyng. »Er ist mein Bruder.«

»Vergiss es.« Aiby hält ihn zurück. »Es reicht, wenn wir einen törichten Jungen aus deiner Familie retten müssen.«

»Falls er noch lebt«, sagt Cinn.

»Cinn«, macht Narvila, weil sie das Entsetzen und den Kummer in Ilfyngs Gesicht sieht. Sie würde ihn am liebsten in den Arm nehmen.

»Und sag den anderen nichts«, weist Aiby Ilfyng an. »Sonst rennen sie kreuz und quer durch die Nacht und ebenfalls in den Sumpf, und alles wird noch schlimmer.«

Ilfyng nickt unglücklich. Als die *Prinzessinnen* die Wagenburg zu Fuß verlassen, berührt Narvila ihn an der Schulter.

»Wir finden ihn. Ich versprech's.«

»Danke«, sagt Ilfyng mit brüchiger Stimme.

Angeleitet von Cinn und einer Laterne, überqueren sie eine feuchte Wiese, die zu einem Gehölz führt. Im Sumpf wirkt die Dunkelheit dieser nebeligen Nacht noch dichter, außerdem gurgelt, quakt, blubbert, quiekt, zirpt, knackst und faucht es ständig irgendwo. Augenpaare leuchten im Unterholz und im Dreckwasser.

»Der reinste Koboldpuff«, urteilt Mef.

»Irgendwelche Spuren, die zu dem Jungen gehören?«, wendet sich Aiby an Cinn.

Cinn kniet am Boden. »Nein. Aber eine große Schattenkatze schleicht hier rum.«

»Na wunderbar«, murmelt Aiby.

»Seht mal«, sagt Decanra da jedoch erstaunt und deutet nach vorn.

Narvila folgt Decanras ausgestrecktem Arm und sieht mehrere nussgroße, strahlend weiße Lichtkugeln, die im Dunkel des Sumpfes zwischen den Wurzeln und Bäumen umherschießen – nicht geschmeidig und hypnotisch, sondern zackig und aggressiv, schnell und schneidend.

»Glühwürmchen am Arsch«, sagt Aiby. »Das sind Irrlichter.«

»Ja, aber schau genau hin«, verlangt Decanra.

»Was machen die da?«, fragt Narvila. »Tanzen?«

»Oder ficken?« Dieser Vorschlag stammt von Mef. »Hm. Ficken Irrlichter überhaupt?«

»Sieht aus, als würden sie kämpfen«, findet Cinn.

»Ich denke, sie ficken«, beharrt Mef.

Tatsächlich wirkt es, als würden vier der Irrlichter ein anderes attackieren, das jedoch nicht flieht und seinerseits austeilt, so gut es das gegen diese Überzahl vermag.

»Da stimmt was nicht«, sagt Decanra und marschiert zielstrebig auf die Irrlichter zu.

»Ich misch mich nicht bei fickenden Irrlichtern ein«, mault Mef, folgt Decanra jedoch als Erste.

Die Irrlichter bemerken die *Prinzessinnen* gar nicht, so sehr sind sie in ihr Treiben vertieft. Dafür sieht Narvila eine Gestalt, die sich hinter, eigentlich mehr unter einer großen Baumwurzel versteckt.

Goscian.

Decanra blickt zwischen dem Kampf und dem Kind hin und her. »Spinn ich oder beschützt das eine Irrlicht da den Jungen?«

»Du spinnst«, sagt Mef sofort, klingt aber nicht überzeugt.

Decanra zieht ihren Säbel und drischt auf die vier Irrlichter ein, von denen sie denkt, dass sie eine Fraktion bilden. Sie erwischt eines, das daraufhin wie ausgepustet erlischt, ehe sein Körper in einen Tümpel klatscht. Die anderen drei zischen davon und sind bald schon nicht mehr im Sumpf auszumachen. Ihr einzelner Gegner torkelt erschöpft dem Boden entgegen und landet in einer Schlammpfütze. Sein Leuchten ist nur noch ein Glimmen. Decanra schiebt das Irrlicht vorsichtig auf ihre Handfläche. Seine Flügel hängen schlaff zur Seite.

Narvila hat unterdessen Goscian auf den Arm genommen und setzt ihn sich auf die Hüfte. »Alles in Ordnung, kleiner Mann? Dein Bruder macht sich schon Sorgen um dich.«

»Das Glühwürmchen hat mich gerettet«, sagt Goscian fröhlich und steckt sich einen dreckigen Finger in den Mund.

Aiby runzelt die Stirn. »Ich hab noch nie gehört, dass Irrlichter wen retten.«

Decanra betrachtet das geflügelte Wesen auf ihrem fingerlosen Handschuh. »Hin und wieder berichten Reisende von Irrlichtern, die anders als ihre Artgenossen sind. Die einen Wanderer nicht ins Verderben führen, sondern in Sicherheit bringen wollen.«

»Na klar«, knurrt Cinn.

»Gerade wir sollten wissen, dass es immer Ausnahmen von der Regel gibt«, sagt Decanra.

»Und?«, fragt Mef in verändertem Ton. »Hat unser irrlichternder Held überlebt?«

Doch das Irrlicht in Decanras Hand ist mittlerweile ganz erloschen.

»In manchen Geschichten ist nur Platz für ein glückliches Ende«, sagt Decanra und bettet das tote Irrlicht in ein Astloch.

Im Sumpf faucht eine Schattenkatze. Sie klingt ziemlich groß.

»Komm doch, wenn du dich traust!«, ruft Mef.

Ilfyng ist überglücklich, als sie seinen kleinen Bruder schmutzig, jedoch wohlbehalten ins Lager zurückbringen. »Ich danke dir«, sagt er zu Narvila und küsst sie auf die Wange, wobei er in der Dunkelheit und im Überschwang halb ihren Mund erwischt.

»Wir haben auch geholfen«, beschwert sich Mef.

Am nächsten Morgen kommt Ilfyng zu Narvila, trotzt den Blicken und dem Grinsen der anderen. Er fragt, ob sie einen kleinen Spaziergang mit ihm machen will.

»So nennen das die jungen Leute heute also«, feixt Aiby.

»Ob Aclarsi Lust auf einen Spaziergang mit mir hat?«, überlegt Mef.

»Ihr seid schrecklich«, lässt Narvila ihre Freundinnen wissen und geht mit Ilfyng. Schweigend trotten sie über die Wiese, die zum Gehölz und zum Sumpf führt. Der Wind streicht durch Halme und Haare. Nach einer Weile greift Ilfyng nach Narvilas Hand. Sie lässt es geschehen. So laufen sie noch ein ganzes Stück am Rand des Sumpfes entlang, bevor einer von ihnen etwas sagt.

»Wie ist das, eine Söldnerin zu sein?«, fragt Ilfyng schließlich.

»Anstrengend«, spricht Narvila das Erste aus, was ihr in den Sinn kommt. »Und aufregend. Aber ich wollte es ja so.«

»Du siehst auch aufregend aus, wenn du kämpfst.«

Narvila schielt zu Ilfyng. »Nur wenn ich kämpfe?«

Er grinst. »Immer.«

Narvila lächelt und bleibt stehen. Sie streift sich die Haare auf der Seite zurück, wo sie länger sind – Narvila ist seit ihrer Abreise aus Besgios bei ihrem ungleichen Schnitt geblieben, er gefällt ihr inzwischen. »Schon mal überlegt, wie ich aussehen würde, wenn du mich küsst?«

Der Satz ist einfach da, und sie spricht ihn so aus wie die Antwort eben.

»Oft«, sagt Ilfyng leise, beugt sich zu Narvila vor und küsst sie, erst vorsichtig und zurückhaltend, dann mit mehr Nachdruck und Verlangen. Narvila mag den Geschmack seiner Lippen und das Gefühl seiner Zunge in ihrem Mund.

Sie weiß nicht, wie lange sie schon so auf der Wiese stehen, knutschen und einander befummeln, als sie im Augenwinkel eine Bewegung ausmacht und Ilfyng grob von sich stößt.

Narvila hat keine Zeit, sich um das Entsetzen und den Schmerz in seinem Blick zu kümmern, sondern zieht ihre Lanze vom Rücken und wehrt die dunkelgraue, schwarz gefleckte Schattenkatze ab, die sich im hohen Gras an sie herangeschlichen hat – und nach einem Kuss von Narvilas Klinge fauchend wieder in den Sumpf rennt.

»Jetzt hast du auch mir noch das Leben gerettet«, sagt Ilfyng bewundernd. »Du bist der Wahnsinn.«

Narvilas Herz pocht aus vielerlei Gründen heftig. Sie hilft Ilfyng auf und küsst ihn gleich wieder, leidenschaftlicher als zuvor, eine Hand fest an seinem Hinterkopf.

Schließlich schlendern sie ins Lager zurück.

»Wie war euer *Spaziergang*?«, will Mef wissen.

»Hast du so gefaucht?«, fragt Aiby Narvila. »Wenn ja, müssen wir ein ernsthaftes Gespräch über deine Absichten führen, Ilf.«

»Nur ne Schattenkatze«, sagt Narvila mit einer wegwerfenden Handbewegung. »Hab sie verscheucht. Kein Ding.«

»Steht dir, das Selbstvertrauen«, sagt Aiby anerkennend.

Decanra hüstelt. »Solange es keine menschlichen Raubtiere sind, was?«

Der Dämpfer sitzt. Narvilas Hochgefühl erlischt wie ein sterbendes Irrlicht.

Doch wann immer sie und Ilfyng sich in den nächsten Tagen davonstehlen, um Zeit miteinander zu verbringen, zu knutschen, ganz außer Atem rumzumachen, im Gras oder in einem Wagen zu schmusen oder lange über ihre Familien, die

Götter und sonst alles Mögliche zu reden, stellt sich das gute Gefühl rasch wieder ein.

Narvila fühlt sich so lebendig wie nie zuvor.

Sie erreichen eine Siedlung, die von einer hohen Palisade aus angespitzten Baumstämmen umgeben ist. Die Bewohner lagern jedoch in behelfsmäßigen Verschlägen außerhalb des Holzwalls.

»Was ist denn hier los?«, fragt Narvila.

»Sieht nach einer Tragödie aus«, sagt Fleiber, ganz der Fachmann. Er klettert von seinem Kutschbock herunter und geht zu ein paar Einheimischen, um sich mit ihnen zu unterhalten. »Eine Seuche«, erklärt er bei seiner Rückkehr kurz darauf. »Sie haben einem Rattenfänger nicht das bezahlt, was vereinbart war. Daraufhin hat er im Dorf einige Nager mit einer ansteckenden Krankheit ausgesetzt. Sie lässt Mensch und Vieh elendig krepieren, bevor die Gestorbenen fast umgehend als Untote zurückkehren.« Fleiber nimmt den Hut ab und fährt sich durchs lichter werdende Haar. »Die Gesunden sind nach draußen geflohen und haben die Wiedergänger innerhalb des Walls eingesperrt.«

»Das ist perfekt«, sagt Aiby. Als sie die schiefen Blicke von Fleiber, Narvila, Decanra, Mef und selbst Cinn bemerkt, fügt sie hinzu: »Aye! Es ist die Gelegenheit, Narvila ihre Hemmungen auszutreiben. Die dort drin sehen noch menschlich aus, sind aber keine Menschen mehr.«

»Ihr wollt da reingehen?«, ruft Fleiber ungläubig. »Und wenn Ihr Euch ansteckt – und danach uns?« Als käme ihm der Gedanke erst jetzt, ergänzt er: »Oder wenn Ihr getötet werdet?«

Aiby sieht ihn an. »Dass wir getötet werden können, hat Euch bisher auch nicht groß gekümmert, wenn es um Eure Sicherheit ging.«

»Das ist nicht wahr«, protestiert Fleiber. »Ich mag Euch. Ich möchte nicht, dass Euch etwas passiert.«

»Schön zu wissen«, sagt Aiby. »Trotzdem ist das hier genau das, was Narvila braucht. Und wir werden uns schützen.«

»Wir gehen echt rein?« Mef streckt angeekelt die Zunge raus. »Kotz!«

»Aye. Du wolltest Narvila unbedingt mitnehmen. Jetzt müssen wir dafür sorgen, dass sie sich und uns nicht umbringt.«

Narvila winkt sarkastisch. »Ich bin übrigens auch hier.«

»Und das wird dir gleich sehr leidtun«, verspricht ihr Decanra. »Und uns auch.«

Aiby sucht einen Bürgermeister oder Ortssprecher, um die Bezahlung für ihre Dienste auszuhandeln. Da trauernde Angehörige anderes im Sinn haben, geht das schnell. Die *Prinzessinnen* helfen einander, ihre Halstücher so fest hinter dem Kopf festzubinden, dass Mund und Nase immer bedeckt sind und der Stoff nicht gleich verrutscht, sobald sie sich etwas zu sehr bewegen.

»Pass auf dich auf.« Ilfyng greift nach Narvilas Hand und drückt sie.

»Mach ich.« Narvilas Stimme klingt gedämpft hinter dem Tuch. »Zu spät für einen Kuss«, sagt sie außerdem bedauernd.

Ilfyng küsst sie trotz des Tuchs, auf den Stoff. Er sieht aus, als wolle er noch etwas sagen, doch fehlen ihm anscheinend die richtigen Worte. Narvila sieht die Sorge in seinem Blick und fürchtet, dass in ihrem etwas Ähnliches liegt. Die bevorstehende Aufgabe macht ihr Angst. Ihre Knie sind weich, und ihr ist übel.

Einige Männer aus dem Dorf öffnen das Tor in der Palisade. Narvila und ihre Gefährtinnen gehen mit gezückten Waffen durch, und sogleich wird das Portal hinter ihnen wieder geschlossen.

Sofort stürzt ihnen eine Handvoll Untoter entgegen, die sich in der Nähe herumgedrückt haben, angezogen von den Geräuschen des Lebens auf der anderen Seite: die gelblichgrauen Gesichter verzerrt, die Augen ohne Glanz, die Hände zu Klauen gebogen, die Bewegungen seltsam ruckartig, aber schnell und aggressiv. Männer, Frauen, Ältere und Jüngere. Sie sprechen nicht, knurren und gurgeln nur.

Aiby, Mef und Decanra gehen auf die Wiedergänger los, immer darauf bedacht, beim ersten Hieb den Kopf vom Leib zu trennen, damit der Schrecken ein rasches Ende nimmt. Zwischendurch hacken sie aber auch rabiat Arme und Beine ab oder treten beherzt zu, um sich Zeit und Platz zu verschaffen. Narvila und Cinn sichern sie, damit ihnen kein Wiedergänger in den Rücken fällt.

»Nun hast du gesehen, wie's geht«, sagt Aiby nach Niedermachen dieser ersten Welle zu Narvila. »Komm nach vorn, zwischen mich und Mef. Decanra, nach hinten zu Cinn.«

In rautenförmiger Angriffsformation, die jedem genug Raum zum Hauen und Hacken lässt, bewegen sie sich durch das stille Dorf. Da stürzt ein untotes Schwein zwischen zwei Häusern hervor.

»Narvila!«, ruft Aiby nur.

Also springt Narvila nach vorn und trennt der armen Sau mit ihrer Schwertlanze den Kopf ab. Der Laut, den das Tier von sich gibt, klingt wie die dämonische Perversion eines Quiekens. Übelkeit steigt in Narvila hoch, doch sie erinnert sich an das Gespräch der anderen neulich und reißt sich zusammen.

Aiby bekommt ihre Probleme trotzdem mit. »Denk dran, dass du die Maske unter keinen Umständen abnehmen darfst. Sonst können wir dir nicht mehr helfen. Klar?«

Narvila nickt und kämpft gegen die Furcht an, zu kotzen und zu ersticken oder sich die Krankheit einzufangen und selbst eine Untote zu werden.

Die nächsten Wiedergänger, die sie angreifen, tun das erneut auf zwei Beinen. Narvila hat den Eindruck, die anderen halten sich auf eines von Aibys dezenten Handzeichen hin zurück, während Narvila einen älteren Mann, zwei jüngere Frauen und einen vor Kurzem noch stattlichen Burschen erlöst. Hinter ihrem Tuch würgt sie, hat sie einen bitteren Geschmack im Mund. Auch untote Ratten, Katzen, Hunde und sogar ein Esel gehen auf sie los. Richtig grotesk wird es, als eine Gruppe untoter Hühner heranflattert und sie wie wild auf die Vögel eindreschen müssen.

Danach nähern sich ihnen weitere einst menschliche Kreaturen.

»Nach dir«, sagt Aiby zu Narvila, die seufzt, den fahlen Gestalten jedoch entgegenrennt und ihre Schwertlanze umherwirbeln lässt.

Die größte Herausforderung steht ihr indessen noch bevor.

Ein kleines Mädchen mit geflochtenen Zöpfen und leeren Augen kommt wie ein Straßenköter zähnefletschend und knurrend auf sie zu.

»Ich kümmer mich drum«, sagt Mef.

»Wag es nicht!«, zischt Aiby.

»Was wurde aus eine für alle, alle für eine?«

»Sie muss es lernen. Narvila. Los!«

Obwohl sie sich körperlich und seelisch völlig erschöpft fühlt und hinter der Maske kaum noch atmen oder klar denken kann, tritt Narvila vor. Sie weiß, warum sie das hier tun muss. Dass es darum geht, eine vollwertige *Prinzessin* zu werden. Von den anderen nicht zurückgeschickt zu werden. Sie täuscht links an, zieht rechts an dem nach ihr schnappenden Mädchen vorbei, schwingt die Lanze und enthauptet das Kind. Der kleine Kopf rollt davon, der zierliche Körper bricht zusammen.

Narvila braucht all ihre Willenskraft, um nicht in ihre Maske zu kübeln – und merkt erst, dass ihr Tränen übers Gesicht laufen, als Cinn ihr Handgelenk festhält, weil sie sich über die Augen wischen will.

Die *Prinzessinnen* machen einen letzten Gang durchs Dorf.

»Verbrennen könnt Ihr sie selber«, sagt Aiby draußen zu den Männern und Frauen, die bei ihrer Rückkehr nicht gerade in Jubel ausbrechen. »Gut gemacht«, lobt Aiby außerdem Narvila. »Wenn du dir jetzt noch das Kotzen verkneifen kannst ... und da geht's schon wieder los.«

Narvila hat sich die Maske heruntergerissen und reihert, als gäbe es kein Morgen mehr.

»Klingt wie ein Oger beim Ficken«, hört sie Mef sagen.

»Will gar nicht wissen, woher du das weißt«, meint Aiby.

»Ich muss auch gleich kotzen«, erwidert Decanra.

Cinn schweigt, spuckt lediglich verächtlich aus.

Danach hört Narvila bloß noch ihr eigenes Würgen.

Der Gestank der Feuergrube, in der die Dörfler ihre Angehörigen und Tiere verbrannt haben, hängt Narvila tagelang in der Nase.

Das Duftwasser des fahrenden Händlers Verfizos, der sich ihrem Wagenzug vorübergehend anschließt, riecht allerdings nur unwesentlich besser. Dabei verkauft Verfizos in den Flaschen seines Karrens mit hocklappbaren Seitenwänden gar kein Duftwasser, sondern ein Wundermittel, das *jeden Zauberstab wieder flottmachen* soll, wie er verspricht.

Aiby und Mef haben sich vor Lachen gar nicht mehr eingekriegt.

Narvila kommt mit allen in Fleibers Truppe klar. Manche kennt sie besser als andere, doch sie weiß, dass kein fauler Apfel dabei ist. Verfizos aber ist ein Schwein. Nicht nur Cinn geht ihm ein paarmal fast an die Gurgel, weil er jede Mahlzeit zu einem Angebot an eine der *Prinzessinnen* nutzt, die Nacht in seinem Wagen zu verbringen und sich von der Wirkung seines Wundermittels zu überzeugen. Außerdem kann er seine feingliedrigen weißen Hände nicht bei sich lassen, wie die Schauspielerinnen und alle anderen Frauen aus Fleibers Theatergruppe beklagen.

Als Verfizos während einer Rast um die Mittagszeit Aclarsi heftig bedrängt, platzt Narvila der Kragen. Sie unterbricht ihre Figurenübungen, geht zu den beiden hin und bohrt ihre Lanze knapp über Verfizos' Arm in die wurmstichige Wand seines Händlerwagens, vor dem sie stehen.

»Verschwindet!«, faucht Narvila. »Sonst ist als nächstes Eure Hand dran. Oder was anderes.«

»Eifersüchtig, meine Kleine?« Verfizos grinst widerwärtig. »Keine Sorge, es ist genug für alle da.«

Narvila zieht ihre Klinge aus dem Holz und kommt dem Gesicht des Händlers damit ganz nahe.

Verfizos weicht zurück und macht sich brummelnd vom Acker.

»Tut mir leid«, sagt Narvila zu Aiby, die den hitzigen Austausch mitbekommen hat und zu ihnen getreten ist.

»Was? Wieso leid?«

»Weil er ein Kunde ist?«

»Aye. Aber vor allem ist er ein Arschloch. Ich bin froh, dass du's gemacht hast. Ich warte schon die ganze Zeit drauf, dass Mef ihm das Maul mit ihrem Schlagring stopft. Und Cinn hätt ihm vermutlich ohne Vorwarnung gleich die Hand abgehackt. Keine Sorge also. Das hast du gut gemacht.«

Und in der Tat lässt Verfizos Aclarsi und die anderen Frauen nach Narvilas Warnung in Ruhe. Weitere Übernachtungsangebote bleiben gleichfalls aus. Narvila ist stolz auf sich.

Zwei Tage später leiten die *Prinzessinnen* die Theatergruppe und den Wundermittelhändler eine Stunde lang durch eine enge Schlucht aus roten Felsen.

»Von hier aus komm ich allein klar!«, erklärt Verfizos unmittelbar nach Verlassen der Schlucht vom Kutschbock seines Karrens, vor dem sich ein einziger Gaul abmüht. »Lebt wohl!«

»Und unser Sold?«, fragt Aiby.

»Wofür?«, lacht der Kaufmann. »Wir haben gesagt, ich bezahle Euch, damit Ihr mich verteidigt, falls wir angegriffen werden. *Falls.* Doch es gab keinen Angriff. Also ...«

»So läuft das nicht«, sagt Aiby feindselig.

»Nun, in meiner Welt schon, Herzchen. Wenn Ihr etwas anderes wolltet, hättet Ihr einen Vertrag abschließen sollen.« Er grinst selbstzufrieden und lässt die Peitsche knallen.

Narvila, Aiby und die anderen sehen seinem Wagen nach.

»Ich schlitz ihn auf«, sagt Cinn.

Decanra hat wie durch Zauberhand drei Wurfmesser zwischen den Fingern. »Du kriegst, was ich von ihm übrig lass.«

»Verlockend«, stimmt Aiby ihnen zu. »Ist er aber nicht wert. Er kannte den Wirt damals in dem Gasthaus und hat allen dort erzählt, dass er jetzt mit den *Prinzessinnen* unterwegs ist. Ich weiß, das klang, als würde er sich über uns lustig machen. Aber die Leute haben es gehört, und jemand würde sich vielleicht erinnern.«

»Schlauer Ficker«, murmelt Mef.

»Dann lasst Ihr ihn einfach so ziehen?«, fragt Fleiber verwundert.

Aibys Gesicht verdüstert sich weiter. »Aye. Aber kommt Ihr mir nicht auf dumme Gedanken. Ihr schuldet uns wesentlich mehr. *Das* wäre mir einigen Ärger wert.«

»Würde mir nicht mal im Traum einfallen, Verehrteste«, beeilt sich Fleiber zu versichern.

»Verfizos kommt auch nicht davon«, sagt Narvila, als der Karren des Händlers keine fünfzig Pferdelängen weit gefahren ist.

Vier geflügelte Schatten gleiten über die *Prinzessinnen*, die Theaterleute und den roten Sand vor den Felsen hinweg, genau auf Verfizos' Wagen zu. Ein Kreischen zerreißt die Luft. Der Kaufmann wirft einen Blick zurück, flucht und treibt sein Pferd mit der Peitsche an. Der Klepper gibt alles, doch die Harpyien sind schneller. Die geflügelten Bestien sehen aus, als hätten ein Geier und ein Felsendrache Nachwuchs bekommen. Es sind riesige Vögel mit gewaltigen dunklen Schwingen, rot-schwarzem Gefieder und mächtigen gebogenen Schnäbeln.

»Ich wusste, dass da oben etwas ist und uns beobachtet«, sagt Decanra schaudernd.

»An eine Gruppe haben sie sich nicht rangetraut«, meint Cinn. »Aber sobald sich ein Trottel von der Herde trennt ...«

»Was sind das für Hühner?«, fragt Narvila.

»Harpyien«, antwortet Cinn.

»Haben die nicht Frauenköpfe? Und Brüste?«

»Nur in den Legenden.« Mef zieht ihr Schwert. »Das sind einfach verfickt große Raubvögel.«

Die Harpyien stürzen kreischend aus dem Himmel, Verfizos' Pferd dreht durch und bricht aus. Der Karren stellt sich quer und kippt auf die Seite, wobei es auch den armen Gaul umreißt. Sie können das Klirren der berstenden Flaschen im Inneren des Wagens bis hierher hören. Eine rote Staubwolke hängt in der Luft, die von den Schwingen der Harpyien durchschnitten wird und in der ihre Schreie widerhallen. Verfizos hat sich erstaunlicherweise schon wieder aufgerappelt und versucht, den Klauen der Vögel auszuweichen, während er die Peitsche knallen lässt, um die Harpyien fernzuhalten.

»Helft mir!«, ruft Verfizos zudem verzweifelt. »Bitte!«

»Helfen wir ihm?«, fragt Narvila.

»Wart's ab«, sagt Aiby mit einem dünnen Lächeln. Sie legt die Hände an den Mund. »Unser Preis hat sich gerade verdoppelt! Braucht Ihr einen Vertrag?«

Die Harpyien kümmert der Austausch zwischen den Menschen nicht, sie konzentrieren sich auf den Mann und das Pferd, das nach dem Sturz liegen geblieben ist und erbärmlich wiehert.

»Was immer Ihr wollt!«, brüllt Verfizos zwischen zwei Peitschenhieben. »Aber helft mir, bei allem, was heilig ist!«

»Ihr habt ihn gehört«, sagt Aiby. Sie sieht Narvila an. »Das sind fiese Biester. Kommst du zurecht?«

»Klar«, antwortet Narvila angesichts ihrer Nervosität so entschlossen, wie sie kann. Das Herz schlägt ihr bis zum Hals, ihr ganzer Körper zittert vor Anspannung von innen heraus.

So ist es noch immer vor jedem Kampf.

Wird es womöglich immer sein.

Muss es vielleicht auch.

»Jetzt bereust du es, dass du dich nie für einen Bogen oder eine Armbrust interessiert hast, was?«, witzelt Mef.

»Du kannst ja mal versuchen, dein Schwert zu werfen«, schießt Narvila zurück.

»Hühner köpft man«, sagt Aiby so entschieden wie ein Fallbeil. »Ihr wartet hier«, weist sie Fleiber und die anderen Theaterleute an. Auf ein Zeichen von ihr preschen die *Prinzessinnen* los und wirbeln noch mehr roten Staub auf.

Auf einmal interessieren sich die Harpyien sehr wohl für sie, und Narvila merkt schnell, dass Gegner, die über den Vorteil der Lufthoheit verfügen, etwas anderes sind und das Kampfgeschehen um eine Dimension erweitern, die in ihrer bisherigen Ausbildung so gut wie keine Rolle gespielt hat. Aber ihre Gefährtinnen haben es schon mit einigen geflügelten Bestien aufgenommen und wissen, wie man ihnen beikommt, sowieso, wenn sie kein Feuer speien und kein Gift spucken. Decanra wirft ihre Messer; Cinn, Mef und Aiby schlagen, hauen und stoßen nach oben.

Narvila tut es ihnen gleich, sie hat schließlich die beste Waffe dafür. Sie ist allerdings so darauf konzentriert, einen der hässlichen Vögel über sich zu erwischen, dass sie die andere Harpyie im tiefen Anflug erst bemerkt, als deren Krallen ihren Brustpanzer treffen und sie aus dem Sattel fegen. Narvila kommt hart auf dem Boden auf. Aiby lenkt ihren Braunen sofort zwischen sie und die Harpyien. Derweil Narvila benommen auf der roten Erde liegt, gelingt es Decanra, Mef und Cinn, die monströsen Vögel so weit zu entmutigen, dass sie sich zu den kargen Bäumen über der Schlucht zurückziehen.

Narvila setzt sich stöhnend auf. Sie bekommt schlecht Luft, alles tut ihr weh, und sie hat sich beim Sturz auf die Zunge gebissen, doch ansonsten scheint sie mit dem

Schrecken davongekommen zu sein. »Mir geht's gut«, wiegelt sie entnervt ab, woraufhin Aiby und Decanra losgehen und sicherstellen, dass Verfizos diesmal zahlt, und Cinn sein Pferd erlöst.

Mef lässt sich vor Narvila auf ein Knie nieder und betastet prüfend ihre Lederrüstung.

»Glückwunsch!«, sagt sie und klopft mit den Fingerknöcheln auf die Krallenspuren, die den Harnisch wie Furchen durchziehen, jedoch nicht bis zu den Bandagen reichen. »Du wurdest soeben entjungfert.«

Narvila verzieht das Gesicht. »Sehr witzig.«

»Nicht wahr? Aber es könnte schlimmer sein.«

»Ach ja?«

»Klar.« Mef zwinkert ihr zu, während sie sich wieder aufrichtet und ihre rot gepuderten Hemdsärmel und Handschuhe abklopft. »Hätt auch ins Auge gehen können.«

Narvila lässt sich in den Staub zurückfallen und lauscht dem Pochen ihres Herzens, das die Harpyien-Krallen nur knapp verfehlt haben. Das ist wirklich eng gewesen. Sie könnte jetzt schon tot sein, schwer verletzt, entstellt. Narvila fragt sich, ob die Erfahrung und Selbstsicherheit der anderen sie zur Leichtfertigkeit verleiten, ihr gelegentlich ein falsches Gefühl von Stärke oder gar Unbesiegbarkeit geben. Was bescheuert ist, denn sie hat auch Mef und Decanra schon nach einem Kampf bluten sehen, Cinns und Aibys Wunden genäht.

Sie muss einfach noch besser aufpassen.

Da drängt sich ihr eine weitere Frage auf. Ob die anderen diesen Schnitzer als einen weiteren Fehlschlag zu ihren Ungunsten werten, der ihre *Prinzessinnen*-Karriere am Tag von Filryns großer Traumhochzeit in Dretvik beenden könnte? Ein weiteres Minus in ihrem Kassenbuch?

»Ilfyng würd sicher gern nachsehen, ob unter deinem Panzer alles in Ordnung ist«, sagt Mef und hilft Narvila auf.

Ihre um einen Wagen geschrumpfte Kolonne zieht weiter. Verfizos fährt bei Fleiber mit. Die nächste Stunde sehen sie alle immer wieder zu den Felsen zurück. Narvila erwartet fast, dass sich zwanzig Harpyien erheben und wie ein Sturm aus Schnäbeln und Krallen über sie hinwegfegen. Aber dieser Sturm bleibt aus.

Der mit Regen, Blitz, Donner und Hagel erwischt sie gegen Abend dafür voll. Sie flüchten in eine Herberge am Wegesrand, in der Verfizos so tut, als kenne er sie nicht, was freilich niemanden stört. Fleiber kann den Wirt davon überzeugen, dass eine improvisierte Aufführung seiner Theatergruppe im Schankraum Stellplätze, Kost und Unterkunft wert ist. Die *Prinzessinnen* sitzen in einer Nische, wo sich Narvila wegen der Harpyien noch ein paar Sprüche anhören muss. Doch sie ist abgelenkt, hört kaum hin. Sie denkt über ihr gefährliches neues Leben nach, über Dinge, die sie noch tun will, und über Ilfyng.

»Narvila?«, fragt Aiby irgendwann, weil sie wohl auf etwas, das gesagt wird, reagieren müsste. »Alles gut?«

»Ja. Aber ich glaub, ich muss mal an die frische Luft.«

Mef durchschaut sie mühelos. »Zu deinem kleinen Tischlerlehrling, meinst du.«

Decanra stupst Narvila mit der Schulter an. »Hast du eigentlich schon mal …?«

Narvila seufzt schwer. »Es gab da mal einen Küchenjungen. Aber mein Vater hätte ihn auspeitschen lassen, wenn das zu weit gegangen wäre. Und nein danke, ich brauch keine Einführung. Meine Zofe Galmwa hat sechs Kinder – und mit mir über alles gesprochen. Außerdem genieß ich Mefs Gesellschaft nun schon lange genug.«

»Dann weißt du ja, wie's geht«, sagt Mef. »Also schnapp dir deinen kleinen Hammermann. Ist das Beste, um so einen Rums wie heute abzuschütteln.«

»Aye«, stimmt Aiby ihr ausnahmsweise zu. »Und Ilf ist sicher sehr dankbar, nachdem du seinen kleinen Bruder gerettet hast.«

»Und ihn hast du ja praktisch auch schon aus dem Maul einer Schattenkatze gezogen«, erinnert sie Decanra.

Narvila rollt mit den Augen. »Ich hab sie vertrieben, bevor es heikel werden konnte.«

Decanra grinst. »Aber die Größe von dem Biest war ziemlich beeindruckend, oder?«

»Ob Narvila das morgen früh auch sagen wird?«, fragt Cinn ernst.

»Und steck ihm, dass er ihn bloß rechtzeitig rausziehen soll«, betont Aiby. »Sonst werd ich ihm seinen ...«

»Ich geh jetzt besser«, sagt Narvila und zieht ihrerseits los, um Ilfyng zu suchen.

Eine der Schauspielerinnen schickt sie raus in Sturm und Regen, zu den Stallungen. Sie rennt hinüber zu dem flachen Gebäude, an dessen knarzendem Dach der Wind zerrt und in dem Ilfyng ihrer aller Pferde versorgt.

»Sollte das nicht einer der Stallburschen von dem Laden machen?«, fragt Narvila.

»Fleiber spart, wo er kann«, murrt Ilfyng.

»Hm.« Sie nähert sich Ilfyng. »Sei froh.«

»Wieso?«, fragt er immer noch angefressen und ohne sie anzusehen.

Narvila tritt an den perplexen Ilfyng heran, dreht ihn zu sich um und küsst ihn, und zwar nicht auf die sanfte Art. »Nun. Dank Fleibers Geiz bist du jetzt hier«, sagt sie zwischen zwei heißen Küssen. »Mit mir. Allein. Und wir haben alle Heuhaufen dieser Welt, die man sich nur wünschen kann ...«

Sie drängt Ilfyng in eine leere Stallbox, schubst ihn in einen der besagten Heuhaufen, setzt sich rittlings auf ihn und küsst seinen Hals.

Nicht das Gerede der anderen stachelt sie zu diesem Schritt an, sondern die Begegnung mit den Harpyien. Die Erkenntnis, wie schnell es vorbei sein kann, hat in Narvila einen ganz neuen Lebenshunger entfacht.

Vom heulenden Wind und den krachenden Blitzen bekommen Ilfyng und sie den Rest der Nacht nicht mehr viel mit.

Am nächsten Morgen ist das Unwetter vorübergezogen.

Narvila erwacht von Ilfyngs Schnarchen und dem Schnauben der Pferde. Sie fühlt sich müde, ausgelaugt und fantastisch zugleich. Da ist das Brennen, ja, aber auch ein neues *Brennen*, ein Lodern.

»Seht nur, wer da ist«, sagt Mef, als eine verschlafene Narvila in den Gastraum der Herberge schleicht, wo die anderen *Prinzessinnen* ein Frühstück aus Brot, Butter und Räucherfisch zu sich nehmen. »War's gut? Wusste er, was er tun muss? Hat er dich ordentlich behandelt? Muss ich ihm wehtun?«

»Mef«, mahnt Decanra lächelnd.

»Was denn? Ich will nur sichergehen, dass sich der Kleine mit der Holzlatte ordentlich benommen hat.«

Narvila versucht, ihre Verlegenheit hinter übertriebenem Gähnen und Rekeln zu verbergen.

»Ich glaub, ich hab euch beide letzte Nacht gehört«, sagt Aiby, die Butter auf ein Stück Brot streicht.

»Was? Kam das Kreischen nicht vom Sturm?«, fragt Decanra, als wäre sie überrascht.

»Ich dachte, das waren zwei Baumdrachen«, sagt Cinn.

»Gnah.« Narvila setzt sich neben Cinn und legt die Hände vors Gesicht. »Können wir bitte aufhören, über letzte Nacht zu reden?«

»Warum?« Mef merkt sofort auf. »War's so übel?«

»Nein!«, faucht Narvila. »Es war schön! Na ja. Am Anfang nicht so, aber dann … und …« Ihr wird vor Scham ganz heiß – allerdings ist es kein so heißes Prickeln wie vergangene Nacht, und es beschränkt sich auf ihren Oberkörper und ihr Gesicht. »Ach, haltet doch die Klappe!«

Sie hat die Nacht mit Ilfyng genossen, und obwohl sie weiß, dass das albern ist und es nicht davon abhängig sein sollte, fühlt sie sich wieder ein Stück reifer und selbstbestimmter. Wieder ein Stück weniger wie die Prinzessin, die sie nicht mehr hat sein wollen.

»Und, wie dankbar war er jetzt?«, fragt Decanra kauend.

»Schau doch, wie sie strahlt«, sagt Aiby.

»Ich hasse euch.« Narvila kann jedoch nicht verhindern, dass sie grinsen muss, als sie hinzufügt: »Sehr dankbar.«

Sie machen es wie der Sturm und ziehen weiter.

Während Fleibers Truppe die Bühne abbaut und in den Karren verschwinden lässt, muss Narvila an den liebestollen Holzfäller denken, den sie gestern vor einer grün-braunen Dryade gerettet haben. Die ist von seinem Heiratsantrag nicht gerade erbaut gewesen – wohl auch, weil der selbst ernannte Bräutigam vorgesehen hat, ihre Lieblingseiche zu fällen und daraus ein Haus für ihrer beider Eheglück zu bauen.

»Was war eigentlich der seltsamste Auftrag, den ihr je übernommen habt?«, fragt Narvila.

»Die Bergziegen-Prinzessin«, sagen Aiby, Cinn und Decanra wie aus einem Mund.

»Die Meerjungfrauen-Orgie«, sagt Mef, stutzt kurz und korrigiert sich sogleich: »Oh, klar. Die Bergziegen-Prinzessin.«

»Bergziegen-Prinzessin? Ihr wollt mich wohl verarschen.«

»Ich wünschte, dem wär so«, sagt Decanra.

»Ich soll euch glauben, dass ihr mal einen Auftrag hattet, bei dem es um eine Bergziegen-Prinzessin ging?«

»Ja«, entgegnet Cinn schlicht.

»Aha. Dann erzählt mir doch, was es mit dieser Bergziege auf sich hatte.« Narvila prustet. »Verzeiht. Dieser Bergziegen-Prinzessin.«

»Nein«, sagt abermals Cinn.

»Nein?«

»Wir haben geschworen, nie wieder darüber zu sprechen«, übersetzt Decanra Cinns Knurrigkeit.

»Natürlich nicht«, sagt Narvila, die keineswegs vorhat, sich für dumm verkaufen zu lassen. »Weil es nie passiert ist. Bergziegen-Prinzessin. Für wie dämlich haltet ihr mich?«

»Glaub, was du willst«, sagt Aiby schulterzuckend. »Wir reden nicht darüber, und dabei bleibt es.«

»Der Tag wird kommen, an dem dir eine Bergziegen-Prinzessin nicht mehr so unvorstellbar erscheint«, orakelt Decanra.

Sieht man von einem gebrochenen Rad und einem weiteren sommerlichen Unwetter ab, sind die nächsten Tage ziemlich angenehm, und das bleibt zwei Wochen lang so. Die Truppe kommt ohne Zwischenfälle voran, keine Tentakel-Kronen-Zeichen weit und breit, dafür frenetischer Beifall für die Stücke, die Fleiber und seine Leute in den Ortschaften entlang ihres Weges nach Dretvik aufführen. Das größte Problem ist ein Eifersuchtsdrama um Mef, eine verheiratete Schauspielerin und deren Mann, der Mef und seine Holde im Wohnwagen der Familie erwischt. Aiby und Fleiber müssen die Wogen glätten.

Wenn sie wegen Hochwasser oder eines Erdrutsches mal nicht weiterkommen und einer anderen Route folgen müssen, stört das niemanden ernstlich, am allerwenigsten Narvila. Sie genießt die Zeit mit Ilfyng und erträgt dafür tapfer die Kommentare der anderen. Die von Leidenschaft bestimmten Nächte unter den Sternen, die jeden Tag krönen, sind süß und unbeschwert. An die Frist, Prinzessin Filryns Hochzeit und die Entscheidung über ihre Zukunft denkt Narvila kaum.

Das Leben ist gut, reicht das nicht?

Dass sie nur ein paar Kobolde einschüchtern müssen, die Cinn entdeckt, bevor sie ihr Nachtlager angreifen können, und ein Rudel Wölfe zu vertreiben haben, hilft Narvila ebenfalls dabei, den Sonnenschein in ihrem neuen Leben zu genießen. Bei ihren Übungskämpfen behauptet sie sich immer öfter gegen die anderen *Prinzessinnen.* Sie staunt selbst darüber, wie weit sie auf diesem Pfad gekommen ist. Es tut ihrem Selbstvertrauen gut, genauso wie die nächtlichen Nahkampfübungen. Narvila merkt, dass sie mit jedem Tag und jeder Nacht weiter aufblüht.

Einmal packt sie der Übermut, vermutlich weil sie auch Ilfyng imponieren will. Sie fordert Cinn zu einem Duell auf einem Brückengeländer mitten über einem Fluss heraus. Es endet damit, dass Narvila im Wasser landet. »Ich hätt dir gleich sagen können, dass das eine miese Idee ist«, sagt Aiby.

Mef bereitet es einen Heidenspaß, der jammernden Narvila die Blutegel vom Arsch zu klauben.

Davon abgesehen verläuft die Reise in diesen Wochen ruhig, schaut Narvila nicht zurück und erst recht nicht zu weit nach vorn.

Sie lebt im Augenblick, im Hier und Jetzt.

Eines Nachmittags durchqueren die *Prinzessinnen* und die Theatergruppe gemächlich einen Wald. Das Licht dringt in goldenen Speeren durch das Blätterdach, die Vögel zwitschern, der Wind säuselt in den Blättern, es wird geredet, gelacht und gesungen. Es ist herrlich, so lebendig und solch frohen Mutes zu sein, unterwegs mit genau den Menschen, die einem die Welt bedeuten.

Narvila reitet neben dem Wagen von Ilfyngs Familie und unterhält sich mit Aclarsi über ein neues, von Fleiber geschriebenes Stück, das die Truppe gerade nebenher probt.

»Ich wär auch gern eine Heldin«, sagt Aclarsi. »Aber dann würd ich mir einen hübschen Prinzen suchen. Nicht so einen Doofsack wie meinen Bruder.«

»Unterwegs muss man nehmen, was man kriegen kann«, zitiert Narvila ihre Gefährtinnen.

»Ey«, beschwert sich Ilfyng, der gelangweilt die Zügel hält.

Alle drei lachen.

Auf einmal werden sie ohne Vorwarnung angegriffen.

Mindestens fünfzehn Bewaffnete stürzen zu beiden Seiten des Weges aus dem Wald und attackieren die Pferde, die Wagen und die Theaterleute, und natürlich die *Prinzessinnen* auf ihren Rössern.

»Tentakel-Krone!«, ruft Fleiber panisch, und da sieht auch Narvila das Symbol auf Hemden und Wämsern, und sogar aufgemalt auf einigen Gesichtern. Es handelt sich also um Kultisten.

Die Stelle ist perfekt für einen Hinterhalt. Auf dem Waldweg können sie die Wagen nicht wenden oder in eine besser zu verteidigende Formation bringen. Außerdem steigt die Straße durch den Forst bereits steil an, sodass die schweren Karren ihren Angreifern nicht einfach davonfahren können.

Die Kultisten sind mit einem Sammelsurium aus Dolchen, Schwertern, Knüppeln, Speeren und Keulen bewaffnet.

»*In die Finsternis!*«, brandet ihr Schlachtruf durch den Wald, genauso wie ein Narvila fremdes Wort: »*Belre-Ka! Belre-Ka!*«

An vier, fünf Punkten entlang ihres Wagenzuges brechen erbitterte Kämpfe aus. Metall trifft auf Metall, Holz, Stoff und Fleisch. Menschen brüllen, springen auf Wagen, fallen von Kutschböcken, treten, schlagen, hauen und stechen. Blut spritzt. Schreie enden abrupt.

Narvila ist hin- und hergerissen zwischen dem Verlangen, den anderen *Prinzessinnen* beizustehen, und dem Drang, vor allem Ilfyng und seine Familie zu beschützen.

Aiby nimmt ihr die Entscheidung ab. »Narvila! Nach hinten!«

»Geht in den Wagen«, sagt Narvila zu Ilfyng und Aclarsi und sprengt ans Ende der Kolonne. Im Vorbeireiten entlastet sie einige Schauspieler, Handwerker und Musiker, die sich der Fanatiker erwehren müssen: Vom Sattel aus tritt sie einen Kultisten mit Schwert – sie spürt seine Nase unter ihrem Stiefel brechen. Außerdem erwischt sie einen bulligen Kerl, der eine Keule schwingt, am Arm. Einem anderen Kultisten drischt sie den Schaft ihrer Waffe genau gegen die grüne Krone in seinem Gesicht.

Narvila versucht, die chaotische Situation auf dem Waldweg zu überblicken. Mef und Aiby nehmen es jeweils mit zwei Angreifern auf; um Cinn stapeln sich bereits mehrere verletzte oder tote Kultisten; Decanras Säbel bewegt sich ohne Unterlass in einem blutigen Wirbel. Doch es sind noch immer viele Feinde, weil weitere aus den Büschen drängen.

»*Narvila!*«

Aclarsis Kreischen lässt sie im Sattel herumfahren.

Mehrere Fanatiker bedrängen den Wohnwagen von Ilfyngs Familie. Sie haben die Seitentür aufgerissen. Ilfyng und sein Vater versuchen, sie mit einem Jagdspeer und einem Messer in Schach zu halten, aber das wird nicht mehr lange gut gehen.

Narvila hört die Zwillinge drinnen kreischen.

Zwischen ihr und dem blauen Wohnwagen mit den Sonnenblumen befinden sich zu viele Angreifer, außerdem Aiby, Cinn und Mef, die Rücken an Rücken kämpfen, und Decanra, die über die Deichsel eines weiteren Wagens schnellt und auf beiden Seiten des Zuges Gegner niedermacht.

Also klettert Narvila vom Rücken ihres Pferdes auf den Karren neben sich und springt von Gefährt zu Gefährt – bis sie nur noch zwei Tiere von Ilfyngs Fuhrwerk trennen. Narvila wird nicht langsamer, als das Ende des Wagendaches näher kommt. Sie hebt ab, dreht die Schwertlanze in der Luft zwischen den Händen und landet mit einem gewaltigen Hieb auf dem Pfad. Dabei spaltet ihre Waffe den Kopf und den Hals eines Kerls bis zum Brustbein.

Blut regnet förmlich auf sie herab. Narvila schmeckt es genauso wie die Galle in ihrem Mund. Dennoch erhebt sie sich und lässt ihre Lanze herumzischen, um einem weiteren Gegner den Arm oberhalb des Ellenbogens abzuschneiden. Die Figur, die Lafehz ihr beigebracht hat, endet damit, dass sie ihre Klinge in der Brust des Mannes versenkt, was seinen markerschütternden Schreien rasch ein Ende bereitet. Gurgelnd haucht er sein Leben auf der Erde aus.

Narvila steht schwer atmend über den Leichen der ersten beiden Männer, die sie jemals getötet hat. Vor ihren Augen liegt ein roter Schleier. In ihren Ohren dröhnt es, und sie kriegt nicht mehr viel mit.

Zum Glück ziehen sich die letzten Angreifer, die das noch aus eigener Kraft können, zurück. Entmutigt und dezimiert, schlagen sie sich in den Wald, ein paar rennen über die Straße davon. Die *Prinzessinnen* verfolgen sie nicht. Sie kümmern sich um ihre Schutzbefohlenen.

»Haben wir jemanden verloren?«, ruft Aiby.

Narvila hört es nur wie aus weiter Ferne.

»Du hast uns gerettet!« Ilfyng kommt aus dem Karren und eilt zu ihr. Sie nimmt ihn kaum wahr, und er schreckt vor ihrem blutigen Gesicht und ihrem Blick zurück. »Narvila?«

Sie geht an ihm vorbei, lässt ihre Lanze fallen, sackt neben der Straße auf Knie und Hände und muss kotzen. Außerdem laufen ihr Tränen über die Wangen.

Als ihre Freundinnen das bemerken, kommen sie sofort zu ihr.

»Was ist los?«, fragt Mef besorgt.

»Ihr erstes Mal«, sagt Cinn und nickt zu den Leichen der Männer hin, die Narvila getötet hat.

»Oh.« Mefs Gesicht verdüstert sich. »Verstehe.«

»Aye ...«, macht Aiby gedehnt.

»Ruhig«, sagt Decanra mitfühlend und legt eine Hand auf Narvilas Rücken. »Tief durchatmen.«

»Kann ich etwas ...?«, setzt Ilfyng an, doch vier dolchartige Blicke lassen ihn zu dem Schluss kommen, dass er hier eh nichts tun kann und besser nach seinen Geschwistern sowie seinem Vater sehen sollte, der am Handgelenk verletzt ist und gerade von Fleiber verbunden wird.

All das scheint in einer anderen Welt zu passieren. Narvilas Kosmos besteht im Moment nur aus Schwindel, Reue, Ekel, Kotze, Tränen, Rotz und den Gesichtern der toten Männer, die sie eigenhändig umgebracht hat und die da jetzt in ihrem Blut liegen und darauf warten, dass die Aasfresser sie holen.

Zwei Menschen, deren Leben sie eigenhändig beendet hat.

Es ist hundertmal schlimmer als bei einem Korndrachen, einer Schattenkatze, einem Satyr oder einem Wiedergänger.

Decanra führt sie schließlich zum Wagen von Ilfyngs Familie, wo Narvila sich zwischen die schniefenden Zwillinge setzt, die Beine an die Brust zieht und ins Leere starrt. Es interessiert sie kein Stück, dass Cinn ihre Schwertlanze zum Karren bringt, Ilfyng Blut aus ihrem Gesicht wischt oder Aiby und Fleiber die Ordnung wiederherstellen und die Weiterfahrt einleiten, damit sie besseres Gelände erreichen, sollten die Tentakel-Kronen-Anhänger mit Verstärkung zurückkommen. Für Narvila macht es keinen Unterschied, wo sie ist, wohin es geht. Sie hat die Augen geschlossen und fühlt zwar das Rumpeln des Wohnwagens, doch sie bleibt an der Stelle im Wald, wo sie zwei Menschenleben ausgelöscht hat, mordlüsterne Fanatiker hin oder her.

Den Rest des Tages spricht Narvila mit niemandem. Sie lebt in einer seltsamen Schattenwelt der Benommenheit und des Leids, egal ob im Wohnwagen oder außerhalb des blauen, blumenverzierten Gefährts. Alle Versuche, mit ihr zu reden, verpuffen. Sie hilft nicht beim Versorgen der Pferde oder beim Errichten des Nachtlagers. Isst nichts, trinkt nichts. Sitzt nur da, starrt ins Leere oder ins Feuer. Die Theaterleute beäugen sie irritiert. Ilfyng, Aclarsi, Decanra, Mef, Aiby und selbst Cinn versuchen immer wieder, sie in ein belangloses, harmloses Gespräch zu verwickeln, doch ohne Erfolg. Irgendwann erhebt sich Narvila wortlos, schlurft durch die Dämmerung zu ihrem Schlafplatz, den irgendjemand ihr hergerichtet hat, wickelt sich in ihre Decke und schließt die Augen.

Die Gesichter der Männer, die sie getötet hat, verschwinden deshalb nicht.

Narvila zieht die Decke über den Kopf und weint.

Im Lager, von den Karren geschützt und von den anderen *Prinzessinnen* bewacht, wird es langsam ruhig.

Narvilas Elend hingegen kennt kein Ende, lässt sie nicht ruhen.

Nach einiger Zeit kommt jemand und schlüpft zu ihr unter die Decke.

Es ist nicht Ilfyng, sondern Mef, die sich von hinten an Narvila schmiegt, den Arm um sie legt. Sie reagiert nicht, doch Mefs Nähe zeigt Wirkung: Narvilas Körper gibt endlich der Erschöpfung nach und erlaubt ihr, in Mefs Wärme und Trost für eine Weile zu schlafen und zu vergessen.

Am darauffolgenden Morgen erwacht die Erinnerung an die ersten Menschen, die Narvila getötet hat, mit ihr, sticht sie wie eine frische Wunde. Aber Narvila kann ihren Gefühlen heute bereits ihren Verstand entgegensetzen, sie besser einordnen und ertragen.

»Danke«, sagt sie zu Mef, während sie beim Abbrechen des Lagers mithilft, und umarmt ihre Freundin fest.

»Nicht dafür, Süße.«

Ilfyng beobachtet sie, und in seiner Miene liest Narvila Erleichterung, Sorge und sogar etwas Eifersucht. Trotzdem weicht er ihr den ganzen Tag nicht von der Seite und schenkt ihr nun, da sie es zulässt, so viel Nähe und Aufmerksamkeit wie möglich. Sie fährt eine Weile bei Ilf auf dem Kutschbock mit, um sich an ihn zu lehnen. Heute reißt niemand Witze über ihre Verliebtheit.

Am nächsten Abend sucht Narvila bei der ersten Wache am Feuer das Gespräch mit Decanra. »Siehst du dich selbst als Mörderin?«

»Holla, gar kein Vorgeplänkel?«

»Heute nicht.«

»Hm.« Decanra denkt so lange über ihre Frage nach, dass Narvila schon fürchtet, sie beleidigt zu haben. »Nein«, sagt Decanra dann leise. »Nicht mehr. Meine Lehrmeisterin zeigte mir, dass das nicht gesund ist. Wir tun, was wir tun. Nun, so seh ich das heute. Aber ganz am Anfang ... Ich war noch so jung, als ich meinen ersten Menschen vergiftet habe. Meinem ersten Menschen die Kehle durchgeschnitten habe. Jünger als du.« Trotz der Kapuze spürt Narvila den düsteren Sog von Decanras Vergangenheit und Augen. »Die *Prinzessinnen* werden meistens dafür bezahlt, Menschen aus den Fängen von Verbrechern oder Monstern zu befreien. Das kann man leichter vor sich selbst rechtfertigen als einen politischen Auftragsmord.«

Narvila starrt in die Flammen. »Daran muss ich mich wohl langsam gewöhnen.«

»Oh ja. Und manche sagen, dass du etwas für immer verloren hast, wenn du dich dran gewöhnst oder es dir irgendwann zu leicht fällt. Machen wir uns nichts vor. Am Ende ist das Töten natürlich immer genau das: Morden. Ein Leben beenden. Wir könnten bis in alle Ewigkeiten diskutieren. Es durchkauen und schönreden. Arschlöcher sind Arschlöcher, Ungeheuer sind Ungeheuer. Doch es ist und bleibt, was es ist. Manchen tut es gut, sich das gelegentlich vor Augen zu führen, andere ignorieren diese Tatsache lieber.«

»Denkst du, ich komm damit klar?«

»Du bist stärker, als du glaubst. Das hast du schon an dem Tag in Besgios bewiesen, an dem du dein altes Leben aufgegeben hast. Und seitdem immer wieder.«

Narvila nickt. »Ich dreh eine Runde ums Lager«, sagt sie, steht auf und tritt in die Dunkelheit – und hofft, dass sich

Decanra am Tag von Prinzessin Filryns Traumhochzeit, wenn Narvilas Schicksal als *Prinzessin* auf dem Spiel steht, an ihre eigenen Worte erinnert und noch genauso denken wird.

Auch nach einer Woche träumt Narvila noch von den beiden Kerlen mit der Krone, die durch ihre Hand gestorben sind. Sie fährt aus dem Schlaf hoch und liegt im Stall, wo sie mit gewohnt viel Ilfyng und ungewohnt viel Alkohol erfolglos zu vergessen versucht hat.

Narvila reibt sich übers Gesicht und sieht sich um. Dem Licht nach ist es schon spät am Morgen, eher Mittag. Ilfyng und alle anderen glänzen durch Abwesenheit. Die Wagen und Reittiere, die ihr in den letzten Monaten ein vertrauter Anblick geworden sind, scheinen fort zu sein. Auch die anderen *Prinzessinnen.* Nur Narvilas Schimmel ist da und begrüßt sie schnaubend.

Sie schält sich aus ihrem Bett im Stroh, tätschelt dem Pferd die Nüstern und versucht, ihre kreisenden Gedanken im Zaum zu halten. Natürlich fürchtet sie, Aiby, Decanra, Cinn und Mef haben sie trotz aller Beteuerungen aufgegeben und zurückgelassen, weil sie einmal zu oft gezeigt hat, dass sie zu zartbesaitet für dieses Leben ist und nie eine richtige *Prinzessin* sein wird.

Aber langsam. Erst mal schauen.

Narvila legt ihre Rüstung an, denn gerade kann sie jeden Panzer gebrauchen, und geht rüber in die Herberge, in der kurz vor Mittag hektischer Betrieb herrscht. Die Wirtin, die zusammen mit drei Bedienungen zwischen Tresen, Schankraum und Küche rotiert, ignoriert Narvila geflissentlich.

Narvila ist sicher, dass sie das weder mit Aiby noch Mef, Decanra oder Cinn machen würde. Außerdem hat sie das Gefühl, dass einige der vielen Männer und wenigen Frauen im Raum genau beobachten, wie sie gerade mit sich umspringen lässt.

Als die Gastwirtin das nächste Mal aus der Küche eilt, tritt Narvila ihr so jäh in den Weg, dass die stämmige Frau mit den roten Locken und den vielen Sommersprossen beinah das Tablett mit Geschirr, Wurst, Käse und Brot fallen lässt.

»Die Schauspieler und meine Gefährtinnen«, sagt Narvila. »Haben sie mir eine Nachricht hinterlegt?«

»Nein«, sagt die Wirtin gereizt. »Sie sind kurz nach Sonnenaufgang fort. Mehr weiß ich nicht.«

Narvila lässt sie vorbei.

»Wenn du einsam bist, Schätzchen, setz dich doch zu uns!«, ruft ein gut gekleideter Mann mit heller Haut und weizenfarbenem Haar in der Nähe. An seinem Tisch sitzen vier weitere Männer, vermutlich Kaufleute, die auf ihr Mittagessen warten.

Es erfüllt Narvila mit einer gewissen Genugtuung, dass ihr finsterer Blick den vorlauten Kerl dazu bringt, über ihren Aufzug und die Waffe auf ihrem Rücken nachzudenken – woraufhin er verstummt und seine Tischgenossen das Grinsen einstellen, sie alle lieber woandershin sehen.

Narvila verlässt das Gasthaus an der Straße. Der Regen der letzten Nacht hat viele Pfützen und noch mehr Schlamm gebracht.

Narvilas Gedanken rasen. Die anderen haben sie wirklich zurückgelassen. Ausgemustert und ausgestoßen. Aber ohne ein Wort des Abschieds, ohne eine Erklärung? Das tut weh. Vielleicht halten sie es für eine Art Gnade, ihr nicht ins Gesicht zu sagen, dass Narvila als *Prinzessin* untauglich, das Abenteuer vorbei ist.

Dass sie von allein darauf kommen soll, was nun zu tun ist, und mit eingezogenem Schwanz nach Besgios, in das Schloss ihrer Eltern und in ihr altes Leben, zurückkehren kann.

Oder soll sie sich einer anderen Truppe anschließen?

Nein. Was für eine lächerliche Vorstellung. Das würde sich falsch anfühlen.

Andererseits fühlt sich gerade nichts hiervon richtig an.

Wut und Angst verdrängen ihre Unsicherheit. Narvila ist sauer, dass ihre Gefährtinnen sie trotz der gemeinsam verbrachten Zeit, der Freundschaft und des gegenseitigen Vertrauens so behandeln.

Und was ist mit Ilfyng, verfickt noch mal? Haben sie ihn überreden müssen, oder ist er heilfroh gewesen, sie los zu sein, nachdem er eine weitere Kerbe in sein Holz gemacht hat, bereit für die nächste Liebschaft?

Inzwischen ist Narvila stocksauer.

So wird dieses Abenteuer nicht enden! Wenn sie schon zurückmuss, dann wenigstens mit hocherhobenem Haupt und nicht wie eine in jederlei Hinsicht abservierte Geliebte.

Sie sattelt ihr Pferd und spürt heiße Verzweiflung, weil sich im weichen Boden vor der Herberge so viele Wagen- und Hufspuren kreuzen. Es ist ein einziges Durcheinander. Die Karren der Theatergruppe wird sie darin unmöglich ausmachen können. Aber da erinnert sie sich an etwas. Mefs Reittier hat seit einigen Tagen mit einem Huf Probleme. Nichts Ernstes und bald wieder vorbei, haben Aiby und Cinn einstimmig gesagt, doch das Tier hinkt leicht. Narvila sucht den matschigen Boden ab und versucht sich alles ins Gedächtnis zu rufen, was Cinn ihr je über das Spurenlesen beigebracht hat.

Da. Die ungleichmäßigen Hufabdrücke im weichen Boden, die immer wieder zwischen Radfurchen und anderen Spuren auftauchen, stammen sicher von Mefs Reittier. Natürlich könnte ein anderes Pferd ein ähnliches Problem haben, doch wie wahrscheinlich ist das? Außerdem, welche Wahl hat sie gerade? Narvila schwingt sich in den Sattel und folgt der Fährte, den Blick immer wieder auf den Boden richtend. Mehr als einmal muss sie anhalten und die Abdrücke von Neuem suchen, entweder weil andere sie überlagern oder eine Pfütze die Straße wie ein Burggraben zerteilt. Doch ihre Wut verleiht Narvila Entschlossenheit, sie gibt nicht auf, reitet zur Not ein Stück zurück und sucht auf einem anderen Weg.

Die Spur von Mefs hinkendem Falben reißt zwischen den vielen Pfützen nie ganz ab.

Gegen Nachmittag, mittlerweile hat es wieder zu regnen begonnen, sind Narvila und ihr Schimmel nass bis auf die Knochen und schlammbespritzt, aber sie holt die anderen ein.

Die bunten Wagen der Theatergruppe stehen im Halbkreis um einen verlassenen, halb zerfallenen Tempel, von dem nur noch ein paar Säulen, Stufen und Teile eines Flachdaches vorhanden sind. Aiby, Decanra, Mef und Cinn sitzen gut gegen das Wetter geschützt unter einem Vordach. Sie trinken dampfenden Tee.

»Ein Mistwetter, was?«, fragt Mef arglos, als Narvila tropfend aus dem Regen tritt.

»Aye«, meint Aiby. »Beinah wie im Hochland.«

»Wir könnten später das Kämpfen bei nassem Untergrund üben«, schlägt Decanra vor. »Eine kleine Schlammschlacht zwischendurch. Wenn du Lust hast.«

»Oder das Spurenlesen?«, sagt Cinn, ohne mit der Wimper zu zucken.

Narvila ist nunmehr klar, dass sie eine Prüfung bestanden hat.

Vermutlich gehört ihre Reaktion noch dazu, damit die anderen sehen, inwieweit sie ihre Gefühle im Griff hat. Innerlich kocht und tobt sie. Aber nach außen hin? Da ist sie so ruhig, gleichmäßig und kühl wie der Regen. »Sicher«, sagt sie jovial, schlägt die Kapuze ihres Oberteils zurück und setzt sich zwischen Cinn und Decanra, die sie dabei nass spritzt. »Gibt's noch Tee?«

Kurz darauf läuft sie mit ihrem dampfenden Becher zwischen den noch immer leicht zitternden Händen durch den Tempel. Ihr Kater ist jetzt, da ihre Wut abzieht, stärker als am Morgen.

Sie wird nie wieder so viel trinken.

Ilfyng kommt zu ihr, und ihm brennt sichtlich etwas auf der Seele. »Ich durft dich nicht wecken. Aiby hat gesagt, dass es wichtig ist. Für deinen weiteren Weg. Tut mir leid.«

Narvila wäre gern wütend auf ihn, denn an ihm könnte sie es auslassen, doch das wäre ungerecht.

»Du kannst es heute Abend wiedergutmachen«, sagt sie zu ihm.

»Indem ich den Drachen küsse?«, gibt Ilfyng lächelnd zurück.

»Ja, aber nicht nur den auf meiner Schulter«, sagt Narvila und sieht befriedigt, dass sie dem armen Jungen damit den Atem raubt.

Ein paar Tage später verkündet Fleiber, dass er und seine Truppe für zwei oder drei Wochen in Vifenthi bleiben wollen, einer der letzten größeren Städte vor Dretvik.

»Hier kommen massig Reisende durch. Wir werden viele gut besuchte Vorstellungen haben. Vielleicht eilt uns unser Ruf dadurch nach Dretvik voraus. Damit die Hauptstadt heiß auf uns ist. Unsere Vereinbarung würde dann hier enden, wenn das für Euch in Ordnung ist? Die Straßen dürften so nahe an Dretvik sicher sein. Wahrscheinlich reisen wir nicht alleine weiter, sondern in einer großen Karawane, die zur Hochzeit will.«

»Aye«, sagt Aiby. »Dann steht heute Abend das Abschiedsgelage an?«

»Wir trinken, bis wir umfallen«, bestätigt Fleiber. »Nach der Aufführung. Würdet Ihr uns noch einmal die Ehre erweisen und in die Rolle der Stadtwächter schlüpfen? Als Abschiedsvorstellung?«

Und so geschieht es.

Später sitzen Narvila und Ilfyng mit den anderen zusammen, essen, trinken und scherzen sie eine Weile mit dem Rest der beiden Truppen. Schließlich ziehen die beiden sich in einen leeren Wohnwagen zurück und feiern das Ende ihrer gemeinsamen Reise auf sehr persönliche Weise.

Der Karren wackelt sogar ein bisschen, glaubt Narvila.

Hinterher liegen sie nackt und verschwitzt beisammen.

»Du könntest bei uns bleiben«, sagt Ilfyng auf einmal. »Als Wächterin. Als Schauspielerin. Als meine ... bei mir. Mit mir.«

»Hm«, sagt Narvila und fragt sich, wie oft Mef wohl schon solche Gespräche geführt hat. »Ich hab die Zeit mit euch genossen. Mit dir. Aber ich bin aus Besgios fortgegangen, um frei zu sein und als unabhängige *Prinzessin* umherzuziehen.«

»Wir ziehen auch frei durchs Land und sind von niemandem abhängig«, argumentiert Ilfyng in seinem Stolz verletzt. »Außerdem bist du noch keine echte *Prinzessin.* Nur auf Probe, oder?«

Narvila rückt von ihm ab. »Das war jetzt unnötig«, sagt sie ernüchtert, steht auf und sucht ihre Sachen zusammen. »Und es hat bei mehr als einer Gelegenheit gereicht, um dir und deiner Familie das Leben zu retten.«

»Ich hab's nicht so gemeint«, gibt sich Ilfyng reumütig. »Ich wollt nur sagen, dass du noch nicht so tief in diesem Leben drinsteckst.« Er seufzt und setzt sich halb auf, streckt den Arm nach ihr aus. »Komm wieder her. Das ist unser letzter Abend, wenn du wirklich gehst. Lass ihn uns nicht verderben.«

»Das hast du ganz allein geschafft«, sagt Narvila, schlüpft in ihre Hosen, ihr Hemd und ihre Stiefel, schließt den Gürtel und klettert aus dem Wohnwagen.

»Ach komm schon!«, klagt Ilfyng.

Draußen läuft Narvila der stockbesoffenen Aiby in die Arme.

»Willst du zu mir?«, lallt diese. »Dachte, du bist bei deinem Kerl.«

»War ich. Wir haben uns gestritten.«

»Wieso?«

»Weil er ein Idiot ist.«

»Ach so. Na ja. Das sind die Besten.«

Sie gehen ein Stück durch die Dunkelheit. Narvila hakt sich bei Aiby unter, damit ihre Freundin nicht so arg wankt. »Denkst du, dass dieses Leben etwas für mich wäre, Aiby? Mit Fleibers Theatergruppe reisen?«

»Nä.« Aiby versucht, ihre von Wein und Schnaps getrübten Gedanken einzufangen. »Nä«, wiederholt sie mit schwerer Zunge. »Du bist doch eine *Prinzessin.* Und jetzt muss ich dringend pissen ...«

Erst Ilfyngs Arschigkeit, jetzt Aibys Nettigkeit – Narvila könnte lachen, heulen und schreien.

So steht sie, innerlich hin und her gerissen von Gefühlen, im Dunkeln, lauscht dem Treiben der Feiernden, wacht über

Aiby und hofft, dass man ihr nichts anmerken wird, wenn sie gleich zurück zu den anderen gehen.

Die *Prinzessinnen* rasten unter einem großen Apfelbaum, der mitten auf der Straße eine Insel aus Schatten schafft. Wobei Rasten ein viel zu idyllisches Bild von dem Elend vermittelt, das sich unter dem Baum entfaltet. Aiby, Mef, Cinn und Decanra sind heftig verkatert und liegen stöhnend in den Schattenflecken herum. Nur Narvila geht es gut, weil sie am Abend nicht so viel getrunken hat.

»Ich hab euch gleich gesagt, dass es Fleibers Fusel in sich hat«, sagt Decanra gequält. »Hättet ihr mal auf mich gehört.«

»Nicht so laut«, nuschelt Cinn, einen Arm über ihre Augenpartie gelegt. »Red am besten gar nicht.«

»Und wieso hast du dann genauso viel gesoffen wie wir?«, fragt Aiby, die vor Kurzem noch ihr Innerstes rausgekotzt hat und dabei beinah von ihrem Braunen gefallen wäre.

»Ich ertrag die besoffene Mef nicht nüchtern«, erwidert Decanra kummervoll.

Mef macht mit der rechten Hand eine rüde Geste, während ihre linke unaufhörlich ihre Schläfe massiert.

»Ich könnt schon wieder kotzen«, sagt Aiby zu niemand Bestimmtem.

Wenn es ihren Freundinnen nicht so beschissen ginge, würde Narvila es sogar lustig finden, dass es zur Abwechslung mal die anderen sind, die sich übergeben müssen.

»Ich weiß gar nicht, was ihr habt«, schmunzelt sie.

»Ach, halt die Fresse«, mault Mef. »Du hast bloß weniger gesoffen, damit du deinen Tischlerlehrling reiten kannst.

Glück gehabt. Aber ein Abschiedsfick macht dich nicht zur größten Heldin aller Zeiten.«

»Ich fühl mich jedenfalls heldenhafter als du heute. Lust auf einen kleinen Kampf?«

»Fick. Dich.«

Narvila lächelt in sich hinein – und versucht, nicht zu sehr an Ilfyng und daran zu denken, wie sie gestern Abend auseinander gegangen sind. Und obwohl sie genau dort ist, wo sie sein soll und will, fehlt ihr das, was sie und Ilfyng in den letzten Wochen miteinander geteilt haben. Seine Abwesenheit fühlt sich wie ein körperlicher Schmerz an, der sich mit Vernunft nur bedingt kurieren lässt. Auch seine Geschwister, Fleiber und noch ein paar andere aus der fahrenden Theatergruppe vermisst Narvila.

Da ihre Begleiterinnen damit beschäftigt sind, sich in ihrem Elend zu suhlen, passt Narvila auf die Pferde und die Straße auf.

»Da hinten kommt wer«, sagt sie nach einer Weile, in der sie misstrauisch eine Staubwolke am Horizont beobachtet hat, die immer größer geworden ist. »Berittene. Viele. Schnell.« Narvila greift nach ihrer Schwertlanze, die am Apfelbaum lehnt, und schirmt die Augen mit der Hand ab. Nicht mehr lange, und sie kann Einzelheiten erkennen. »Sie tragen Rüstungen und Waffen.«

»Wie sehen sie aus?«, will Aiby wissen und zieht sich am Stamm nach oben.

»Nicht wie Soldaten. Eher wie wir.«

Nun rappeln sich auch Cinn, Decanra und Mef stöhnend und schwankend auf und vergewissern sich mit fahrigen Bewegungen, dass sie ihre Waffen nicht vergessen haben, als sie das letzte Mal zum Reihern auf der anderen Seite des Baums verschwunden sind.

Aiby tritt neben Narvila und kneift die Augen zusammen. »Definitiv Söldner«, sagt sie und klingt dabei so geringschätzig wie immer, wenn es um andere Truppen geht.

»Ganz schön viele«, meint Decanra, die ihre Kapuze tief ins Gesicht gezogen hat.

»Und diese verfickten Pferdehufe sind so laut«, jammert Mef.

Schließlich erreichen die Berittenen den Apfelbaum.

Narvila zählt ungefähr fünfundzwanzig Berufskrieger in Rüstungen aus Leder und Metall. Die Fremden umschwärmen ihren inselartigen Lagerplatz auf schnaubenden, schnappenden und wiehernden Rössern und wirbeln jede Menge Staub auf.

Die *Prinzessinnen* sind umzingelt.

Anders kann man es nicht ausdrücken.

Das wirkt nicht wie eine zufällige Begegnung auf der Straße.

Langsam bringen die Neuankömmlinge ihre Reittiere zur Ruhe. Ein schwarzhaariger Mann mit einem buschigen Backenbart und markanten Wangenknochen unter der hellen Haut ergreift das Wort. Seine Stimme ist rau, aber volltönend. »Ich bin Werolius. Das ist meine Truppe, die *Famose Metzelei.* Und Ihr seid die *Prinzessinnen.*«

»Und was wollt Ihr von uns?«, schnarrt Mef, die der Restalkohol noch streitlustiger macht – und die trotz des Umstands, dass sie nicht mal aufrecht stehen kann, ihr Revier markieren will. »Lasst mich raten«, fährt sie mit schwerer Zunge fort. »Wir haben Euch euren Lieblingsrastplatz weggenommen? Bitte, Ihr könnt ihn haben, aber tretet nicht in die Kotze. Die war übrigens schon da, als wir hier angekommen sind.«

Aiby ignoriert Mef. »Haben wir ein Problem miteinander?«, will sie vom Anführer der anderen Truppe wissen.

»Das liegt an Euch«, versetzt Werolius und zieht ein paar zusammengerollte und zerknitterte, an den Seiten eingerissene Pergamente aus seiner Satteltasche und hält sie den *Prinzessinnen* auffordernd entgegen. »Wenn Ihr so freundlich wärt, Prinzessin Narvila?«

Ihren Namen aus dem Mund dieses fremden Söldners zu hören, trifft Narvila wie ein Schwall eiskaltes Wasser. Mit einem unguten Gefühl tritt sie nach vorn und nimmt die Papiere entgegen.

Narvila entrollt die rauen gelben Blätter, während die anderen sich um sie scharen, ohne die *Famose Metzelei* dabei je ganz aus den Augen zu lassen. Narvila bemerkt vor lauter Anspannung die heftigen Alkoholfahnen der anderen kaum. Dafür stockt ihr beim Betrachten der steckbriefartigen Federzeichnungen auf den Blättern der Atem. Sie zeigen Gesichter, die entfernt an Narvila sowie die anderen *Prinzessinnen* erinnern.

»König Narvos schickt uns«, erläutert Werolius unterdessen. »Er hat gehofft, dass Prinzessin Narvila von sich aus zurückkommen wird. Als ihm klar wurde, dass dies nicht geschehen wird, heuerte er uns an, um Euch zu finden – um Euch, und ich zitiere, aus den Fängen der hexenhaften Mannweiber zu befreien, die Euch dazu angestiftet haben, Besgios mit dem guten Ruf der Familie und einem Teil Eurer Aussteuer zu verlassen.«

»Hexenhafte Mannweiber?«, wiederholt Mef.

»Angestiftet?«, knurrt Cinn.

»Wie nett«, murmelt Decanra.

»Aye«, sagt Aiby grollend. »Nett.«

»Das tut mir so leid.« Narvila hat sofort das Gefühl, es sei ihre Schuld. »Ich wusste nicht, dass mein Vater so reagieren würde.«

»Lasst mich Euch einen Vorschlag machen«, sagt Werolius, die Hände auf dem Sattelknauf. »Wir wussten, wer Ihr seid, als wir den Auftrag angenommen haben. In Gekburg haben wir sogar auf derselben Seite gekämpft, damals, gegen den Nekromanten. Deshalb mein Angebot: Prinzessin Narvila kommt freiwillig mit uns, wir bringen sie zu ihrer Familie zurück und streichen unseren Sold ein, und niemandem wird auch nur ein Haar gekrümmt. König Narvos wird nicht auf Eure Köpfe bestehen, wenn er seine Tochter zurückhat. Er scheint mir ein vernünftiger Mann zu sein.«

»Damit ich das richtig versteh«, sagt Mef, vor Alkohol und Zorn rasend. »Ihr habt Schiss, dass wir Euch den Arsch aufreißen, also schlagt Ihr uns vor, ohne Kampf klein beizugeben?«

»Zählt vielleicht einfach noch mal durch, bevor Ihr etwas sagt, das Ihr bereut«, gibt Werolius ruhig zurück. »Ihr dürft auch die Finger dazu nehmen.«

»Pfff!« Mef tätschelt ihr Schwert. »Die Hälfte von dem Haufen da mach ich allein fertig, wenn's drauf ankommt.«

Sie schwankt leicht, was ihren Auftritt etwas abschwächt.

»Das würd ich zu gern sehen«, sagt ein drahtig wirkender Söldner mit blank rasiertem schwarzen Schädel neben Werolius, der auf einem Schecken sitzt. »Ich würd sogar dafür bezahlen, um's zu sehen.«

»Bereit, wenn du's bist, Süßer«, lockt Mef und grinst humorlos. Als eine Welle aus Übelkeit und Kopfschmerz sie heimsucht, verwandelt es sich allerdings in etwas anderes.

»Das ist übrigens Eshyri, mein Stellvertreter«, sagt Werolius und betrachtet die *Prinzessinnen* der Reihe nach. »Ihr wählt also die hässliche Variante?«

»Worauf Ihr Euren Arsch verwetten könnt«, sagt Aiby.

Sie hebt ihre Axt, und wahrscheinlich fällt nicht nur Narvila auf, dass die Bewegung eher ungelenk wirkt. Decanra zieht ihren Säbel und bleibt fast in ihrem Umhang hängen; Cinns Dolche kommen nicht wie sonst als schimmernde Blitze aus dem Futter geschossen; Mef taumelt noch immer beim Zücken ihrer Klinge.

»Nun gut.« Werolius nickt bedauernd. »Ich hätte eine andere Lösung bevorzugt. Aus Respekt für unsere Vergangenheit auf dem Schlachtfeld.«

»Das einzige Schlachtfeld, um das Ihr Euch Gedanken machen müsst, ist gleich das hier«, giftet Mef.

»So sei es.« Werolius zieht sein eigenes Schwert.

Seine Leute tun es ihm gleich. Das Schaben der Klingen durchdringt die Luft und kratzt an Narvilas Nerven. Mef und Decanra unterdrücken ein gepeinigtes Stöhnen.

Narvila kann das alles immer noch nicht fassen.

Was hat ihr Vater nur getan? Was für Ereignisse in Gang gesetzt?

Voller Entsetzen stellt sie sich vor, wie ein Kampf zwischen ihren immer noch sturzbetrunkenen, sichtlich angeschlagenen Freundinnen und der kampferprobten Übermacht im Auftrag ihres Vaters ausgehen mag.

»Wartet!«, ruft sie daher eilig, löst sich von ihren Gefährtinnen und tritt zwischen die waffenstarrenden Parteien. Ihre Schwertlanze wirft sie für alle gut sichtbar in den Staub und hebt die Arme. Ihr Blick sucht den von Werolius. »Wartet und hört mich an! Ich will das nicht. Das ist Wahnsinn.«

»Was?«, fragen Aiby und Decanra gleichzeitig.

»Dass ihr kämpfen wollt«, erklärt Narvila ihnen über die Schulter hinweg.

»Wir kämpfen doch dauernd«, sagt Mef irritiert.

»Nicht meinetwegen«, entgegnet Narvila und dreht sich um. »Und nicht in diesem Zustand«, fügt sie leiser hinzu.

»Pfff!«, macht Mef erneut und wankt abermals heftig. »Zustand. Für die Ficker da reicht's.«

»Wir kämpfen, weil wir uns von niemandem bedrohen lassen«, stellt Aiby klar.

»Komm wieder her«, sagt Decanra streng zu Narvila. »Mit oder ohne deine Lanze. Aber. Komm. Her. Sofort!«

»Oder geh wenigstens aus dem Weg«, knurrt Cinn.

»Nein.« Narvilas Herz und Gedanken rasen. »Das hier geht auf meinen Vater zurück. Auf meine Entscheidung, mein altes Leben aufzugeben. Einfach abzuhauen, um eine von euch zu werden. Wenn euch jetzt etwas passiert, bin ich schuld. Kein Riese, keine Satyrn, keine Schattenkatze, keine Tentakel-Kronen-Spinner, kein Auftrag. Sondern ich allein. Mein Wunsch. Das würd ich mir niemals verzeihen.«

»Hört lieber auf sie«, sagt Werolius, der seiner großen, disziplinierten Truppe per Handzeichen zu verstehen gegeben hat, erst einmal abzuwarten.

»Was schlägst du dann vor, Narvila?« Aibys Worte klingen schwerfällig und undeutlich, aber eindringlich. »Dass wir dich ihnen einfach ausliefern und du zu deiner Familie zurückgehst, als hätte es die letzten Monate nicht gegeben? Als wäre egal, was du willst? Was wir wollen?«

Nein, will Narvila schreien, natürlich nicht.

Aber sie kann nicht zulassen, dass sich die anderen in diesen Kampf stürzen, den sie in ihrem Zustand unmöglich gewinnen, vielleicht nicht einmal überleben werden.

Sie bringt die Worte, bei denen ihr Herz schier brechen will, kaum heraus. »Ja, genau das schlage ich vor.«

Es auszusprechen ist furchtbar, doch noch schlimmer ist die Vorstellung, dass die anderen allein ihretwegen getötet werden und in einer Blutlache auf dieser Straße enden.

»Prinzessin Narvila hat mehr Grips als der Rest von Euch zusammen«, sagt Werolius, aber keine von ihnen achtet auf ihn.

»Narvila.« Aiby sieht ihr in die Augen, als wären sie allein – ihre sind gerötet und blutunterlaufen. »Du bist eine von uns. Um das zu wissen, müssen wir nicht bis Dretvik oder bis zu Filryns Hochzeit warten. Du gehörst zu uns. Wir kämpfen für dich und nehmen gern jedes Risiko auf uns. Das tun Gefährtinnen füreinander. Freundinnen. Schwestern. *Prinzessinnen.*«

»Jederzeit«, bestätigt Cinn.

»Immer«, sagt Decanra.

»Sofort«, unterstreicht Mef.

»Ich weiß, und dafür danke ich euch«, sagt Narvila kummervoll. »Dafür liebe ich euch.« Tränen laufen ihr über die Wangen. »Aber genau deshalb muss *ich* nun *euch* beschützen, versteht ihr denn nicht? Ich könnte es mir nie verzeihen, wenn einer von euch etwas passiert, nur weil ich von zu Hause weggerannt bin und mein Vater das nicht länger hinnehmen will.«

»Wer sagt, dass das deine Entscheidung ist?«, braust Mef auf und zuckt zusammen, da ihr Kopf das gar nicht gut findet.

»Du bist zu uns gekommen, um kein Opfer mehr zu sein«, erinnert Aiby Narvila. »Um selbst über dich zu bestimmen. Dann mach dich jetzt nicht wieder freiwillig zum Opfer.«

»Mach ich nicht«, sagt Narvila und zieht die Nase hoch. »Ich weiß zu schätzen, was ihr für mich getan habt … und was ihr für mich zu tun bereit seid. Doch ich kann euch das nicht machen lassen. Das hier ist meine Art, euch zu beschützen.«

Sie bemüht sich um ein tapferes Lächeln. »Und vielleicht kann ich meinen Vater ja überzeugen, dass das hier mein Weg ist, und dann … dann komm ich zurück. Ich finde euch schon. Ich muss nur der Spur gebrochener Herzen folgen, die Mef hinterlässt.«

Narvila weiß selbst, wie unwahrscheinlich das alles klingt und dass es vielmehr auf einen Abschied für immer hinausläuft. Doch wenigstens ist dann keine ihrer Freundinnen gestorben, bloß weil Narvila etwas sein will, das sie nicht sein soll, nicht sein darf, vielleicht nie ganz sein würde.

Aiby, Cinn, Decanra und Mef stehen mit ihren Waffen da und sind bereit, es für Narvila trotz ihrer miserablen Verfassung mit einem überlegenen, ausgeruhten und erfahrenen Gegner aufzunehmen.

»Bist du sicher?«, fragt Aiby schließlich.

Nein. Narvila schluckt schwer. »Ja.«

»Aiby!«, sagt Mef entsetzt. »Sie weiß nicht, was sie da labert. Das ist der Schwanz-Entzug. Hör nicht auf sie. Wir machen die fertig, und dann vergessen wir das und weiter geht's.«

»So besoffen sind wir gar nicht«, ergänzt Cinn.

»Die schaffen wir«, stimmt Decanra ihr zu.

Doch Aiby senkt ihre Axt ein Stück. »Du hast recht, Narvila. Es ist deine Entscheidung.«

»Was?«, zischt Mef. »Aiby …«

»Sei still, Mef. Es ist Narvilas Entscheidung. Sonst sind wir nicht besser als alle anderen.«

Narvilas Magen schlägt einen Salto; sie denkt, dass sie gleich auf der Stelle in Ohnmacht fällt oder doch noch wie die anderen vorhin kotzen muss.

Das ist es also.

Ihr Weg als *Prinzessin* endet hier, kaum dass er so richtig begonnen hat.

Narvila empfindet Schmerz und Verlust wie noch nie in ihrem bisherigen Leben – so schlimm ist nicht einmal die Flucht aus dem Schloss ihrer Familie gewesen, die sie nun auf unerwartete, brutale Weise einholt. Und schon gar nicht der Abschied von Ilfyng.

»Danke«, sagt Narvila schniefend.

Der Reihe nach umarmt Narvila die anderen. Deren finstere Gesichter machen deutlich, dass sie sich nicht der Überzahl der *Famosen Metzelei* gebeugt haben, sondern Narvilas Bitte.

»Wir werden dich vermissen«, sagt Aiby mühsam beherrscht, ihre Umarmung so fest, dass es wehtut.

Narvila erwidert sie innig. »Ich euch auch.«

Mef weint lautlos und erwürgt sie fast, als sie Narvila drückt. »Ich bring sie alle um, wenn du mich nur lässt«, flüstert sie nicht allzu leise.

Narvila schluchzt. »Ich weiß.«

Decanra nimmt sie in den Arm und bringt kein Wort heraus; Narvila wünscht sich, Decanras Umhang wäre ein Paar verzauberter Rabenflügel, das sie alle hier wegbringen könnte.

»Du wirst mir fehlen.«

»Du mir auch.«

Narvila geht zu Cinn.

»Das ist die falsche Entscheidung«, sagt diese, als sie Narvila ruppig und hart an sich zieht.

»Manchmal gibt es nur falsche Entscheidungen«, erwidert Narvila.

»Dann ist diese besonders falsch«, meint Cinn.

»So weit waren wir schon mal«, murmelt Mef mit belegter Stimme vor sich hin.

Schließlich stehen sie zu fünft da, ein Gewirr aus Umarmungen, Flüchen und Schwüren.

»Dauert das noch lange?«, ruft Werolius' Stellvertreter Eshyri, und die anderen Söldner der Truppe lachen gehässig.

»*Halt die Fresse!*«, rufen die *Prinzessinnen* wie eine Frau.

Irgendwann, sie weiß gar nicht genau, wie es zugegangen ist, sitzt Narvila auf ihrem Schimmel, neben Werolius und umgeben von der *Famosen Metzelei* – und alles, aber wirklich alles daran fühlt sich surreal und verkehrt an.

»Was, wenn sie uns folgen?«, fragt Eshyri. »Ich will nicht den ganzen Tag über die Schulter blicken müssen.«

»Das werden sie nicht«, sagt Narvila mit tränenerstickter Stimme. »Ihr habt mein Wort. Als Prinzessin.« Sie sieht ihre Freundinnen an. »Und als *Prinzessin*.«

»Außerdem schneide ich Prinzessin Narvila die Kehle durch, sobald ich eine der anderen in unserer Nähe oder auch nur hinter uns herreiten sehe«, sagt Werolius leidenschaftslos. »Wenn ich König Narvos dann die Leiche seiner Tochter bringe, erkläre ich ihm, das seien ihre Entführerinnen gewesen, weil sie bei unserem Auftauchen durchgedreht sind. Vor allem die blonde Hexe mit dem Schwert.«

Aiby und Decanra müssen Mef zurückhalten, die sich bei diesen Worten prompt in Bewegung setzen und auf Werolius stürzen will.

Der Anführer der *Metzelei* gibt indes ein weiteres Zeichen, und seine Truppe formiert sich um ihn, Eshyri und Narvila, die vor lauter Reitern, Pferden und Staub in der Luft nicht einmal mehr einen letzten Blick auf die anderen erhaschen kann.

Nicht nur der Staub ist schuld daran, dass ihr erneut die Tränen kommen.

EINST

»Was soll ich nur mit dir machen, Mefandrele?« König Leaviraz von Atogesien sah aus dem Burgfenster, als läge unten am Strand oder im weiten grauen Ozean dahinter die Antwort auf seine Frage. »Erst die Frau von Baron Hardecont, dann seine Mätresse. Deine Harfenlehrerin. Die Schneiderin, die dir das Kleid für die Hochzeit deines Vetters nähte. Jetzt die Tochter des Stallmeisters. Und generell mehr Zofen und Dienstmädchen, als aufzuzählen und zu benennen ich bereit bin.«

»Ich kann mich auch nicht an jeden Namen erinnern«, sagte Mef, die sich grinsend auf dem Sofa in ihrem Gemach rekelte und die Beine über einer Armlehne baumeln ließ. Sie war barfuß und trug nur ein grünes Sommerkleid.

König Leaviraz warf seiner Tochter einen Blick zu, in dem sich derzeit nur wenig väterliche Geduld oder Liebe widerspiegelten. »Du findest das spaßig, mh?«

»Also, *Spaß* hatte ich auf jeden Fall, falls Ihr Euch deswegen Sorgen macht.«

»Mefandrele. Du bist schön und klug. Die Freier stehen Schlange! Du könntest längst eine gute Partie gemacht haben. Für das Königreich. Für deine Familie. Für dich. Und doch vergraulst du jeden Kandidaten, und stattdessen ...«

»Vielleicht ist es Euch entgangen, Vater, aber ich spiele nicht gern mit Männern. Oder Jungs. Oder alten Böcken. Oder ...« Sie wedelte mit einer Hand. »Ich mag süße Muschis lieber als schwanzwedelnde Hunde.«

König Leaviraz seufzte. »Ich hatte immer gehofft, dass das nur ... eine Laune sei.« Mef hätte viel zu dieser Einschätzung sagen können, schwieg jedoch ausnahmsweise. »Ich und deine Mutter waren vermutlich zu nachsichtig«, redete ihr Vater auch ohne Mefs Zutun weiter.

»Ihr seid mit Euren Grenzscharmützeln und Euren Huren beschäftigt, Mutter mit ihren Liebhabern. Die Tochter des Stallmeisters wusste so einiges über *ihren* Vater und unsere werte Frau Mutter zu berichten. Da wurde sogar ich rot, und ich erröte nicht so leicht, wie Ihr Euch vorstellen ...«

»*Das reicht jetzt!*« Leaviraz schäumte vor Wut. »Wir werden eine ordentliche Prinzessin aus dir machen! Tugendhaft. Unschuldig. Sittsam. Wie es sein soll.«

Mef lächelte. »Dafür ist es vermutlich etwas zu spät.«

»Das werden wir ja sehen«, sagte ihr Vater grimmig.

Falls das verfickte Eiland einen Namen hatte, interessierte er Mef einen Scheißdreck. Fünf Monate saß sie nun schon auf dieser elenden Insel vor der Küste Atogesiens fest, auf der es nur das langweilige Kloster, die gestrengen Nonnen, nistende Seevögel und ein paar Ziegen gab. An den meisten Tagen sah

Mef, der man eines der steifen, kratzigen Ordensgewänder und eine Haube aufgedrückt hatte, die nah gelegene Küste nicht einmal: entweder weil das Wetter zu schlecht war oder weil sie für eine ihrer vermeintlichen Verfehlungen in einer Zelle wie in Einzelhaft saß und nichts anderes zu tun hatte, als dem Donnern der Brandung an den Klippen und den Schreien der Möwen zu lauschen. König Leaviraz hatte den fiesen Nonnen seinen Segen gegeben, mit Mef zu verfahren, wie sie es für richtig hielten, solange es die Prinzessin nur auf den Pfad der Tugend zurückbrächte. Wann immer Mef also mit ihrer spitzen Zunge auf die eine oder andere Weise die jüngeren Novizinnen oder Schwestern verführte, landete sie in der nasskalten, einsamen Zelle unten im Keller.

In deren Düsternis verbrachte sie mehr Zeit als irgendwo sonst auf dieser Gefängnisinsel.

Schließlich hatte Mef die Schnauze voll. Sie riss sich zusammen, erduldete die siegessichere Tyrannei der frömmlerischen Haubenlerchen genauso wie ihre quälende Enthaltsamkeit. Doch sie musste bereit sein, durfte nicht wieder in der Zelle sitzen, wenn es so weit wäre. Dann endlich kam der Fischer, der per Segelboot und mithilfe seines jungen Sohnes alle paar Wochen Nahrungsmittel, Holz und andere Vorräte auf die karge, freudlose Insel brachte. Mef, der körperliche Arbeit auf ihrer Reise der Reinigung helfen sollte, musste beim Entladen des Bootes mit anpacken und vom Strand über die Klippenstufen schwere Säcke rauf zum Kloster schleppen.

Weit weniger schwer fiel es Mef, Kelvonek, dem Sohn des Fischers, den braun gebrannten Kopf zu verdrehen – und ihn schon beim nächsten Besuch dazu anzustiften, sie in einer mondlosen Nacht bald von der Insel fortzubringen und mit ihr durchzubrennen.

Kelvonek sehnte die Nacht ihrer Flucht vermutlich genauso herbei wie Mef, obwohl sie vom Danach sehr unterschiedliche Vorstellungen hatten.

Es war eine ihrer leichtesten Übungen, zweieinhalb Wochen später nach Mitternacht aus dem totenstillen Kloster zu schleichen. Die vom Nebel glitschige Treppe, die über die Klippen hinab zum Wasser führte, hatte im Dunkeln zugegebenermaßen ihre Tücken, doch Mef meisterte sie mit der Erfahrung vieler nächtlicher Unternehmungen im Schloss ihres Vaters.

Kelvonek erwartete sie wie abgemacht mit einem kleineren Ruderboot zwischen den Felsen, und Mef konnte seine Geilheit fühlen – auch weil er sie in seine Arme schloss und seinen *Mast* an sie drückte, nicht ahnend, wie wenig von der erwünschten Wirkung das auf sie hatte. »Nicht so stürmisch, Seemann«, sagte Mef, die das ungestüme Gefummel und Gepike nur kurz ertrug, ehe sie ins Boot stieg. »Bring uns erst mal von dieser Insel fort, bevor du deine Angelrute rausholst.«

Später vermochte Mef nicht zu sagen, ob Kelvoneks Lüsternheit oder die dichten Schwaden ihm die Sinne vernebelt hatten. Jedenfalls ruderte der notgeile Ficker sie beide in dieser Nacht nicht in Richtung Küste, sondern weit aufs offene Meer hinaus.

»Kann jedem mal passieren«, sagte Kelvonek mürrisch, als der Nebel sich unter der Sonne lichtete. Ringsum lag nichts als Wasser. Selbst die Klosterinsel war nun so weit weg, dass sie ganz klein erschien, und die Küste sah man gleich gar nicht mehr. »Du bist eben eine zu große Ablenkung, meine Schöne.«

»Jetzt ist es also meine Schuld?«

»Das wollte ich damit nicht sagen. Ich wollte nur ... nett sein.«

»Aha. Nett. Und? Ruderst du uns jetzt *nett* zurück?«

»Gleich.« Kelvonek kam auf Händen und Knien zu Mef gekrochen, die im Heck des schwankenden Ruderboots saß. »Ich glaub, ich brauch einen kleinen Ansporn, damit mir das Rudern leichterfällt.«

»Erst die Arbeit, dann das Vergnügen«, sagte Mef mit einem bemühten Lächeln.

»Du hältst mich schon lang genug hin, Meffy«, klagte Kelvonek, und bei der Art, wie er es sagte und sich ihren Namen aneignete, gab Mef ihr Lächeln endgültig auf. »Aber du hast recht. Das Meer ist nicht der richtige Ort für große Verrenkungen.«

Mef atmete erleichtert auf. »Danke?«

»Aber ein bisschen Lutschen sollte schon drin sein.«

»Was? Träum weiter, du Möchtegernseemann.«

»Ich hab dich gerettet!«, empörte sich Kelvonek und stand so ruckartig auf, dass das Boot heftig von einer Seite zur anderen schaukelte. »Und ich riskier hier Kopf und Kragen!«

»Ja? Hast du Angst, dass die Nonnen dich erwischen?«

»Ich red von meinem Vater!«

»Hm.« Mef grinste gemein. »Vielleicht hätte ich ihn fragen sollen? Den ganzen Mann statt die halbe Portion? *Er* hätte uns vermutlich nicht sackdämlich aufs Meer rausgerudert.«

»Du Sirene! Die halbe Portion gibt dir gleich mehr, als du schlucken kannst!« Kelvonek packte Mef an den Haaren, dass es schmerzte, und zerrte sie hoch.

Vielleicht wollte er sie schlagen, vielleicht grob küssen, vielleicht beides, vielleicht etwas völlig anderes tun – Mef hatte nicht vor, es herauszufinden. Sie verpasste Kelvonek einen Aufwärtshaken, auf den die Schwester des Jahrmarktfaustkämpfers, die ihn Mef beigebracht hatte, sicher stolz gewesen wäre. Doch anstatt nach hinten zu fallen und seine

Dummheit zu bereuen, klatschte Kelvonek bewusstlos über Bord, trat dabei die Ruder ins Wasser, ging unter wie ein Stein und tauchte nicht wieder auf.

»Verdammt, nein!«, schrie Mef. »Kommt zurück!«

Zumindest den Rudern wäre sie gern nachgesprungen, hätte sie damals schon schwimmen gekonnt – doch so etwas lernte eine sittsame Prinzessin *natürlich* nicht, selbst wenn ihr Königreich an der Küste und am verfickten Ozean lag. Zu unprinzessinnenhaft.

So trieb Mef in der Nussschale zwei Tage lang immer weiter aufs Meer hinaus. Vor Durst, Hunger und Sonnenglut hatte sie bereits Wahnvorstellungen. Als vor ihren verklebten, halb geschlossenen Augen ein großes Schiff direkt neben ihr aufzutauchen schien und seinen Schatten auf sie warf, hielt sie es für ein Trugbild.

»Hoffentlich keine Nonnen …«, murmelte Mef schwach, bevor ihr die Sinne ganz und gar schwanden.

Mef kam in einem bequemen Bett mit dicken Daunenkissen zu sich. Eine große Decke verhüllte, dass sie nicht viel am Leib trug. Dem Schaukeln nach befand sie sich auf einem Schiff – der Einrichtung nach vermutlich in der Kapitänskabine. Weit und breit waren keine nörgelnden Nonnen oder notgeilen Fischersöhnchen zu sehen, das war schon mal gut. Nur ein Mann mit wettergegerbtem Gesicht, kurzem weißen Haar und Vollbart, einer schwarzen Jacke, einem hellen Leinenhemd darunter, einer grauen Hose, Stiefeln sowie einer Pfeife in der Hand.

»Habt Ihr Durst?«, fragte er. Seine ruhige, tiefe Stimme verlieh jedem Wort Besonnenheit und Bedeutung. Mef nickte, und er reichte ihr von einem Tisch in der Nähe einen Becher Wasser. »Ihr habt meine Mannschaft in helle Aufregung versetzt. Die Schiffbrüchigen, die wir sonst aus dem Meer fischen, sind stinkende Kerle mit faulen Zähnen, die nur Durchfall und Läuse an Bord bringen.«

»Lecker«, sagte Mef zwischen den gierigen Schlucken, mit denen sie den Becher leerte.

»Wollt Ihr mir erzählen, wie Ihr in Eurem kleinen Boot auf dem Meer gelandet seid? Ich bin übrigens Kapitän Atuso Baxjemon, und Ihr befindet Euch auf meinem Schiff, der *Wassertänzerin*. Weshalb ich in naher Zukunft darüber entscheiden muss, wie wir weiter mit Euch verfahren werden.«

»Weil Frauen auf einem Schiff Unglück bringen?«, fragte Mef, die Krallen gewohnheitsgemäß ausgefahren.

»Seid nicht albern.« Kapitän Baxjemon zog an seiner Pfeife, deren Rauch eine fruchtige Note verströmte. »Es gibt etwa ein Dutzend Frauen an Bord.«

Danach wartete er, und schließlich begann Mef, von sich zu erzählen – ausführlicher und erschöpfender, als sie es vorgehabt oder je einem anderen Menschen gegenüber getan hatte. Kapitän Baxjemon hatte so eine Art, dass man sich ihm einfach anvertrauen *wollte*.

Als Mefs Redefluss versiegte, sah der Kapitän sie eine Weile nachdenklich paffend an, während derer beide den Wogen des Ozeans, dem Knarren des Schiffes und den Rufen der Mannschaft oben an Deck lauschten. »Ich habe eine Tochter in Eurem Alter«, sagte der Kapitän schließlich.

»Ist sie hübsch?«, fragte Mef.

»Sehr hübsch«, antwortete Baxjemon. »Und zum Glück weit weg von allen, die ihr das Herz brechen könnten.«

Mef zog eine Grimasse und trank noch einen Schluck.

»Ihr bringt mich in eine noch schwierigere Lage als angenommen«, fuhr Baxjemon fort. »Der Gedanke, umzudrehen und Euch bei den Nonnen oder Eurem Vater abzuliefern, hätte mir mit Blick auf meine eigentliche Aufgabe und den dazugehörigen Zeitplan ohnehin nicht allzu behagt. Jetzt, da Ihr mir Eure Geschichte in aller Offenheit dargelegt habt, gefällt mir dieser Gedanke noch weniger. Was machen wir also mit Euch, Mefandrele?«

»Einfach nur Mef.« Sie lehnte sich in die Kissen zurück, schloss die Augen und genoss die Geräuschkulisse von Meer und Schiff. »Wohin fahrt Ihr eigentlich?«

»Ich bringe eine Expeditionstruppe der Universität von Halvepo nach Calijar. Die Wissenschaftler wollen die Ruinen in den Dschungeln untersuchen. Die eben erwähnten Frauen gehören zu den Forschern. Außerdem sind einige Glücksritter an Bord, wie Calijar sie seit jeher anzieht. Da der König und die Königin die Reise finanzieren, hat man uns außerdem Soldaten und Offiziere mitgeschickt, denen der Ablauf und die Sicherheit der gesamten Expedition obliegen, sobald die Forscher mein Schiff verlassen. Es wurde schon jetzt viel in diese Angelegenheit investiert. Wegen einer Schiffbrüchigen umkehren, damit sie von Nonnen in einen Kerker gesteckt werden kann? Nun, ich glaube, es liegt in unser aller Interesse, nach vorn zu blicken, was meint Ihr?«

Mef sah dem Kapitän in die Augen. »Ich wollte Calijar immer schon mal sehen«, sagte sie, und dann: »Wie sind diese Forscherinnen so? So hübsch wie Eure Tochter?«

»Auf seinem Schiff hat ein Kapitän das Recht, jeden über die Planke zu schicken, der für Unfrieden in der Mannschaft oder unter den Passagieren sorgt, wusstet Ihr das?«

»Nein«, sagte Mef und zog sich die Decke bis zum Kinn hoch. »Aber da hätte ich ja gleich im Kloster bleiben können.«

Mef fand sich rasch auf der *Wassertänzerin* zurecht, und einige der Soldaten brachten ihr aus Langeweile und um die Zeit totzuschlagen, die Grundlagen des Schwertkampfes bei. Weil Mef sich mit der langen Klinge äußerst geschickt anstellte, wurde für alle Beteiligten aus einer lustig gemeinten Beschäftigung bald ein ernsthaftes, von beidseitigem Ehrgeiz angestacheltes Unterfangen – eines, das aus Mef, die auf Deck stundenlang mit einigen ausgezeichneten Schwertkämpfern der Armee übte, in den Monaten der Seereise eine vielversprechende Fechterin machte. Wahrscheinlich erhoffte sich der eine oder andere ihrer Lehrmeister, die sie als Naturtalent bezeichneten, eine gewisse Form der Dankbarkeit, aber sie mussten sich alle mit Mefs lebensfrohem Lachen begnügen, das oft über Deck schallte, weil ihr das Kreuzen der Klingen im rauen Wind und der Gischt pure Freude bereitete.

Nur Taselaya, eine Forschungsgehilfin mit Sommersprossen auf Schultern und Rücken, bekam für ihr Interesse an Mef mehr, soweit es die begrenzte Privatsphäre des Schiffes zuließ. Einmal vergnügten sie sich bei Nacht im Krähennest des Hauptmastes unter den Sternen und im Rhythmus des Meeres – ein unvergessliches Abenteuer.

Ihre Übungen mit dem Schwert vernachlässigte Mef jedoch nie. Bald schon konnte sie mit gestandenen Veteranen und ehrgeizigen jungen Offizieren mithalten. Beim Angriff eines Riesenkraken gehörte sie zu jenen, die mit dem Schwert auf die Fangarme einhackten, die so dick wie der Körper eines

Mannes waren und sich über das Deck wanden, Menschen schnappten und Dinge zerstörten. Und als Piraten die *Wassertänzerin* attackierten, beschützte Mef die geschockten Leute von der Universität und tötete zwei der Seeräuber, die es im Kampfgetümmel unter Deck geschafft hatten.

An der Erkundung der Ruinen im Regenwald in Calijar nahm Mef allerdings nicht teil, da Taselaya und sie sich wenige Tage vor Erreichen des Hafens zerstritten hatten. Mef verabschiedete sich von Kapitän Baxjemon und den Soldaten und reiste mit einer kleinen Schar der Glücksritter über den fremden Kontinent. Sie erschlug Männer und Monster, feierte Eroberungen, brach Herzen, lernte Schwimmen und Tauchen, fand und verlor einen Schatz, saß im Kerker eines Herrschers, wurde von dessen Tochter befreit, derentwegen sie überhaupt erst dort gelandet war, und kehrte schließlich auf die andere Seite des Ozeans zurück.

Nach Atogesien ging sie nie mehr.

NARVILA

Die *Famose Metzelei* walzt seit Stunden in einer Staubwolke über Straßen und durch Wälder, vorbei an Wiesen, Feldern, Weiden und Seen, durch Flüsse und über Brücken. Manche Wegmarken erkennt Narvila wieder, andere nicht, worin eine gewisse Gnade liegt. Werolius und seine Leute behalten sie ständig in der Mitte, umgeben sie mit einem Wall aus Reitern. An Flucht wäre nicht einmal zu denken, wenn sie einen klaren Gedanken fassen könnte. Angesichts der Ereignisse und ihrer Machtlosigkeit, ihrer Trauer und ihres Verlusts ist sie aber eh wie betäubt. Wenn man ihr nicht kurz angebunden sagt, was sie tun soll, wird Narvila angeschwiegen, und weder beim Essen noch beim Pissen oder Kacken lässt man sie aus den Augen. Es ist fast wie damals, als die Gesetzlosen sie entführt haben, woraufhin die *Prinzessinnen* in Narvilas Leben getreten sind.

In Besgios, dem sie wohl nicht entkommen kann.

Mehr als einmal blickt Narvila unauffällig nach hinten. Halb fürchtet, halb hofft sie, dass ihre Freundinnen in einer kleineren, irgendwie helleren Staubwolke angerast kommen. Doch das geschieht nicht, und letztlich ist Narvila genauso erleichtert wie niedergeschlagen, dass Aiby, Cinn, Decanra und Mef ihre Entscheidung wohl wirklich respektieren.

Die Stimmung innerhalb der *Metzelei* ist eine ganz andere, alles wirkt viel militärischer und disziplinierter, sicher wegen der Größe von Werolius' Truppe. Auch seine Leute bauen ihr Lager routiniert auf. Pferde werden versorgt, Feuer entzündet, Rationen verteilt; keiner kocht, weder Tee noch etwas zu essen. Narvila bekommt Brot und Dörrfleisch, dazu ein paar Schlucke verdünnten Wein, mehr gibt es für die Söldner ebenfalls nicht. Die fremden Krieger spielen Karten und unterhalten sich leise, ehe sie sich zum Schlafen hinlegen. Vier von ihnen halten an verschiedenen Feuern Wache.

Am ersten Abend kann Narvila erst ewig nicht einschlafen, da die Leere in ihrem Kopf und der Kummer in ihrem Herzen sie wach halten. Werolius' rechte Hand Eshyri bewacht sie. Irgendwann schläft Narvila doch ein und schreckt später aus einem quälenden Albtraum hoch, in dem sie durch das Schloss ihrer Familie in Besgios rennt und rufend nach den anderen *Prinzessinnen* sucht, doch nimmt der Gang nie ein Ende und führt sie immer wieder zum Anfang und zum Thronsaal ihres Vaters zurück.

Narvila liegt schwitzend unter ihrer Decke und ringt mit Verzweiflung und Traurigkeit. Sie erkennt, dass Eshyri fort ist. An seiner statt sitzt Werolius am Feuer und starrt Narvila an wie ein Rätsel, das er nicht lösen kann. »Ihr habt im Schlaf gesprochen«, sagt er zu ihr.

»Und wenn schon.« Narvila setzt sich auf. »Was schert es Euch?«

»Ich bin kein Monster.«

»Es gibt viele Arten von Monstern«, zitiert Narvila ihre Freundinnen. »Ihr schleift mich zu meinem Vater zurück.«

»Was ist daran so schlimm? Ehrlich gesagt, frag ich mich das schon die ganze Zeit.«

»So sehr, dass Ihr nicht schlafen könnt?«

»Ich schlafe seit Jahren schlecht.« Er tippt sich an seine Schläfe. »Zu viele Dinge, die ich getan und gesehen habe.«

»Es ist unheimlich, schlafende Menschen anzustarren.«

»Ihr habt meine Frage noch nicht beantwortet. Was ist an einem Leben als Prinzessin so schlecht, dass Ihr davonlaufen musstet? Als Tochter eines Königs war Euch ein sorgenfreies Leben vorherbestimmt. Und das wolltet Ihr aufgeben für … ja, wofür eigentlich? Das würde mich brennend interessieren. Vielleicht übersehe ich ja etwas.«

»Freiheit«, antwortet Narvila sofort.

»*Freiheit*? Sonst nichts? Mh. Na ja. Immerhin, schätz ich. Trotzdem, das Leben als Söldner ist beschwerlich. Ich hätte es nicht gegen ein Dasein als Prinzessin eingetauscht. Besgios ist nicht der Nabel der Welt, sicher, aber man kann es da aushalten, vor allem wenn man hochgeboren ist. Bei den Göttern, ich würd mir die Eier abschneiden und den Bart abrasieren, um dort wie eine Prinzessin zu leben! Ihr könnt von Glück reden, dass Euer Vater Euch zurückhaben will. Luxus *und* Liebe? Das ist selten, glaubt mir. Ich bin der fünfte Sohn eines unbedeutenden Grafen. Mir blieb nichts anderes übrig, als dieses Leben zu wählen, nachdem ich mich mit meiner Familie zerstritten hatte und später wegen einer Dummheit aus der Armee geflogen bin. Aber Ihr? Hat Euch etwas vertrieben?

Habt Ihr etwas nicht mehr ausgehalten? Zu viel Badeschaum? Zu viele Diener? Zu viel Kuchen?«

»Bedeutungslosigkeit«, sagt Narvila verächtlich. »Ein Leben im Käfig und als etwas, das andere erringen, verhökern, rauben, heiraten oder schwängern wollen.«

Werolius sieht sie nachdenklich an. »Schätze, wir haben alle unser Päckchen zu tragen, wie?« Er streicht sich in einer Geste, die Narvila an Aiby erinnert, über das Haar. »Schlaft noch etwas. Wenn Ihr morgen vor Müdigkeit vom Pferd kippt, muss ich Eurem Vater sonst nämlich erklären, woher die Verletzungen stammen ...«

Am dritten Tag nach ihrem folgenschweren Zusammentreffen auf der Straße nach Dretvik reiten Narvila und die *Famose Metzelei* am Rand eines dunklen Waldes entlang, dessen grünblaue Färbung Narvila entweder nicht mehr erkennt oder noch nie zuvor gesehen hat. Wieder ist sie von vielen fremden Söldnern eingekesselt.

Auf einmal rennt eine Wildschweinrotte grunzend und quiekend aus dem Wald, genau zwischen den Söldnern hindurch. Menschen schreien, Pferde scheuen und steigen auf die Hinterhand, einige Reiter werden abgeworfen. Auch Narvila hat Mühe, ihren Schimmel zu halten.

Ist das ihre Chance zur Flucht?

Doch die Wildschweine sind gerade erst weg und Narvila noch am Ausloten der Lage, als ein halbes Dutzend massiger grauer Gestalten krachend aus dem Unterholz bricht.

Oger.

Sie sind so groß wie Trolle und haben ähnliche Hauer in ihren breiten Mäulern, allerdings leben und jagen Oger in Stämmen und gelten als hinterlistiger, um nicht zu sagen: intelligenter.

Menschenfleisch schmeckt ihnen außerdem genauso gut wie das jedes Waldbewohners. Die kräftigen Oger, die ihre eigentliche Beute davonrennen sehen, stürzen sich ohne Zögern auf die Söldner, egal ob diese am Boden liegen oder noch auf dem Rücken ihres panischen Pferdes sitzen.

Jetzt entpuppt es sich als Glücksfall, dass man Narvila stets in die Mitte genommen hat, denn so befinden sich genug Berittene zwischen ihr und den Ogern. Sie kann die Monster aber riechen, die schon mühelos die Flanken der Söldnerformation eindrücken. Werolius und Eshyri brüllen Befehle. Die *Famose Metzelei* versucht, den wuchtigen Angriff der Oger, die roh behauene Keulen und grobe Speere schwingen und obendrein ihre großen Körper und starken Hände einsetzen, mit Stahl zurückzuschlagen.

Aber dafür ist es wohl zu spät.

Narvila sieht entsetzt dabei zu, wie der Keulenhieb eines Ogers den Kopf eines Söldners gleich einer überreifen Frucht platzen lässt. Blut und Gehirn spritzen in alle Richtungen. Ein anderer Oger springt auf ein gestürztes Pferd samt Reiter und zerquetscht beide unter seinem Gewicht. Die Schreie von Mensch und Tier vermischen sich auf grauenvolle Weise und enden dann abrupt. Eine andere Bestie hebt ein herrenloses Pferd hoch und schleudert das strampelnde Tier auf zwei andere Rösser und deren Reiter. Das Ergebnis ist verheerend und mündet in vielen gebrochenen Hälsen und verdrehten Körpern.

Narvila kommt sich ohne ihre Schwertlanze und ihren Dolch, die sie auf Eshyris Anweisung hin bei den anderen

Prinzessinnen zurückgelassen hat, völlig schutzlos vor. Hektisch blickt sie sich um, versucht sie das Kampfgeschehen zu lesen. Überall ringen Söldner und Ungeheuer miteinander. Flucht scheint ihr nun mehr denn je die sinnvollste Entscheidung, aber da trampelt ein Stück die Straße rauf eine weitere Handvoll Oger aus dem Wald, die wohl bei der Wildschweinhatz geholfen haben. Sie versperren Narvila den Fluchtweg und gehen auf die *Famose Metzelei* los, die nun noch heftiger eingekeilt und bedrängt wird.

Werolius hat keine schlechte Truppe. Der Überraschungsangriff der Oger hat einigen von ihnen das Leben gekostet, aber jetzt zeigt die *Metzelei*, aus welchem Holz sie geschnitzt ist, und mehr als ein Oger stirbt durch die Schwerter der Söldner. Dennoch stehen immer weniger Krieger zu vielen, zu starken und zu wilden, vermutlich auch zu hungrigen Ogern gegenüber.

Narvila ist aus dem Sattel geglitten, um eine möglichst kleine Zielscheibe zu bieten. Außerdem angelt sie sich einen zerbrochenen Oger-Speer, der ganz anders in der Hand liegt als ihre Schwertlanze, jedoch immer noch besser ist als nichts. Mit dem unhandlichen, rauen Speer in den Händen gelingt es ihr, sich einen Oger solang vom Leib zu halten, bis Werolius sein Schwert beidhändig von der Seite in den Hals des Kolosses stoßen kann.

»Wollt Ihr nicht lieber ein Schwert?«, fragt Werolius, außer Atem und mit Oger-Blut bespritzt.

»Ich bleib bei dem hier«, sagt Narvila und sticht nach einem weiteren Oger. Gemeinsam halten sie und der Anführer der *Famosen Metzelei* das Biest davon ab, einen bewusstlosen Mann am Boden zu töten. Vielleicht beschützen sie aber auch nur seinen Leichnam.

Neben ihnen rammt Eshyri sein Schwert durch ein plattes Oger-Ohr in einen grauen Kopf – und mit Hirn, Knochen und Blut zum andern wieder hinaus. Aber Narvila lässt sich nicht täuschen, sie werden dieses Aufeinandertreffen nicht überstehen, die Überzahl und die brachiale Gewalt der Oger sind einfach zu viel. Es erscheint ihr wie eine bittere Ironie des Schicksals, dass sie nun doch umringt von Söldnern, im Kampf gegen nicht menschliche Ungeheuer, sterben soll.

Ein Oger hält ihren Speer fest und reißt ihn ihr aus den Fingern.

»Ficker!«, keucht Narvila.

Der Oger zerbricht den Speer mühelos und baut sich drohend vor ihr auf.

All das Brüllen und Schreien und Kreischen sorgt dafür, dass Narvila das Donnern der Hufe erst hört, als vier Berittene direkt in das Getümmel auf der Straße hineingaloppieren.

Mehrere Oger werden nun ihrerseits von der Wucht eines unerwarteten Angriffs getroffen.

Sie fallen durch Axt, Säbel, Schwert und Dolche.

Mit dem Eintreffen der restlichen *Prinzessinnen* wendet sich das Blatt des Gefechts auf Anhieb zugunsten der Menschen.

Cinn wirft Narvila ihre Schwertlanze zu. Sie fängt ihre Waffe aus der Luft, um sie mittels einer schwungvollen Figur umgehend gegen ihren Gegner zu führen, dessen Augenhöhle sie durchbohrt. Narvila zerrt die Lanze zurück, der Oger brüllt noch lauter, und sie rammt die Klinge von unten in das weit aufgerissene Maul ihres Widersachers, bis sie auf Knochen trifft. Dunkles Blut regnet auf sie herab. Der Oger kippt vornüber, und Narvila muss aufpassen, nicht begraben zu werden.

Die grauen Bestien, die nach dem harten Angriff der *Prinzessinnen* noch leben, stapfen in den Wald zurück. Ein paar ziehen verletzte Artgenossen, tote Söldner oder ausgerissene Pferdebeine mit sich ins Unterholz.

Narvila wischt sich das Gesicht mit dem Ärmel ab und geht los, um ihren Schimmel einzufangen, der dem Chaos entkommen ist. Werolius, Eshyri und ein paar andere aus den Reihen der *Metzelei* sehen nach ihren verwundeten Kameraden sowie nach denen, für die man nicht mehr tun kann, als sie von ihrem Leid zu erlösen. Die anderen *Prinzessinnen* steigen von ihren Pferden, doch kommt keine angestürmt, um Narvila zu umarmen.

Dafür machen sie auf eine Geste von Aiby hin Werolius und die anderen Überlebenden der *Famosen Metzelei* gnadenlos nieder. Aiby versenkt ihre Axt in Werolius' Hals, als wäre er ein Oger. Decanra, Mef und Cinn jagen ihre Klingen ebenfalls in menschliche Leiber.

»*Was tut ihr da?*«, ruft Narvila entsetzt.

Mef zieht ihr Schwert aus Eshyris Brustpanzer; ein Schwall Blut quillt aus dem Mund des auf dem Rücken liegenden Söldners, der mit einem überraschten Ausdruck im Gesicht stirbt.

»Die Sache zu Ende bringen«, sagt Mef kalt.

»Wir haben drei Tage lang auf eine Gelegenheit gewartet«, sagt Decanra. »Nicht dass ein Oger-Angriff das wäre, was ich unter einer idealen Gelegenheit verstehe. Aber ...« Sie zuckt mit den Schultern. »Jetzt haben wir sie.«

Narvila ist fassungslos. »Das hättet ihr nicht tun müssen«, sagt sie. Die Erleichterung und das Hochgefühl, die sie eben noch beim Anblick ihrer Freundinnen und der fliehenden Oger empfunden hat, lösen sich in Rauch auf.

Oder eher: in Blut.

»Ach ja?« Aiby sieht Narvila mit gerunzelter Stirn an. Werolius' Lebenssaft hat ihr Gesicht rot gesprenkelt. »Wenn ich mich recht erinnere, haben die dich gezwungen, mit ihnen zu gehen. Uns bedroht. Uns entzweigerissen. Sie waren der Feind. Daran ändern auch ein paar zufällig angreifende Oger nichts. Oder?«

»Vielleicht hätten wir uns jetzt, nachdem wir Seite an Seite gekämpft haben, irgendwie einigen können«, versetzt Narvila.

Sie fühlt Decanras, Cinns und Mefs Blicke, die sich geradezu in sie hineinbrennen. Sie haben Dankbarkeit erwartet, keine Vorwürfe.

»Aye«, sagt Aiby sarkastisch. »Wir hätten zwischen all den Leichen ja ein kleines Teekränzchen abhalten können, da hast du natürlich recht. Mein Fehler.« Sie spuckt aus, und es ist sicher kein Versehen, dass der Schleimbatzen vor Narvilas Stiefeln landet. »Das hier ist kein Märchen, und wir sind keine Heldinnen in irgendeiner Geschichte. Wir tun, was getan werden muss, und wir ergreifen eine Gelegenheit, wenn sie sich uns bietet. So, wie ich das sehe, haben wir eine offene Rechnung beglichen und unsere Feinde, die uns etwas Kostbares nehmen wollten, in einem günstigen Moment erledigt – und dich gerade ein zweites Mal vor einem Schicksal gerettet, dem du unbedingt entkommen wolltest.«

Narvila weiß nicht, was sie darauf erwidern soll.

»Gern geschehen«, fügt Aiby gehässig hinzu.

Damit lässt sie Narvila zwischen Werolius' enthauptetem Leichnam und einem toten Oger stehen, dessen abgehackter Kopf nur noch an ein paar Sehnen baumelt.

EINST

»Sacipha hätte das Grünzeug einfach abgefackelt«, klagte Mef.

Aiby drosch mit ihrer Axt auf die fetten grünen Ranken ein, die ihnen wie eine Mauer den Zugang zum Turm der in Tiefschlaf versetzten Königstochter verwehrten. »Weniger maulen, mehr hacken.«

»Ich vermiss Sacipha eben«, sagte Mef, während ihre Klinge armdicke Dornenranken durchschnitt. »Du nicht? Ein Jahr her, alles vergessen? Dass sie sich für uns geopfert hat? Dass wir abgehauen sind?«

Aiby trieb ihre Axt so tief in eine Pflanze, dass sie von allein stehen blieb, als Aiby den Schaft losließ und die Hände auf die Hüften stützte. »Ich hab's satt«, sagte sie in einem Ton, der Cinn und Decanra von ihrer eigenen Schneide- und Säbelarbeit an der dornigen grünen Wand aufblicken ließ.

Mef bohrte ihr Schwert in einen fetten Rankenarm, sodass die feststeckende Klinge aufrecht darin stand und Mef sich Aiby Nase an Nase entgegenstellen konnte.

»Was genau hast du denn satt, Aiby? Dass ich es wage, Saciphas Namen auszusprechen? Oder dass ich sie vermisse? Oder dass ich sage, dass sie sich für uns geopfert hat?«

»Ich kann die Vergangenheit nicht ungeschehen machen«, sagte Aiby gepresst. »Und ja, ich geb's zu: Ich hasse es, dass du uns allen jedes Mal wehtust, wenn du ihren Namen nennst. Man kann nicht in der Vergangenheit leben, Mef. Das wissen wir doch alle zur Genüge.«

»Du kannst mir nicht verbieten, mich an sie zu erinnern.« Mef sprach gefährlich leise. »Oder sie zu vermissen. Oder über sie zu reden. Oder es zu bereuen.«

»Finden wir doch raus, ob ich's kann.«

»Das reicht.« Cinn zwängte sich zwischen die beiden. »Wir müssen hinter diese Mauer kommen, schon vergessen?« Sie drängte Mef zurück.

Decanra trat ebenfalls dazu und legte Aiby eine Hand aufs Brustbein. »Sie hat sie geliebt.«

»Aye, das hab ich auch!«, polterte Aiby viel zu laut.

»Aber nicht so wie sie«, versetzte Decanra sanft.

»Ich weiß, bei allen Hügeln!«, knurrte Aiby. »Und ich wünschte, Sacipha wär hier und würde dieses Gemüse mit Magie wegbrennen. Es wär mir auch recht, wenn sie und Mef nur auf einer Ranke hocken und knutschen würden. Solange Sacipha nur da wäre! Aber ist sie nicht! Sie ist tot! Und ich kann's nicht ändern!«

Mef, die nur langsam zurückwich, verzog die Lippen zu einem hässlichen Grinsen. »Hättest du damals nur auch so viel Feuer an den Tag gelegt. Dann wäre Sacipha jetzt vielleicht noch hier. Aber du musstest mich ja bewusstlos schlagen. Ich wär lieber neben ihr gestorben. Für sie gestorben. Du hast mir alles genommen, Aiby.«

Aiby schubste Decanra zur Seite und stürmte auf Mef los, die ihrerseits um Cinn herumfegte.

Die beiden prallten zusammen und deckten einander mit Schlägen ein.

»Lass sie«, sagte Cinn kopfschüttelnd zu Decanra, die wieder eingreifen wollte.

»Das wird tagelang für schlechte Stimmung sorgen.«

»Ja. Trotzdem. Lieber jetzt, als wenn sie einander wirklich brauchen und jedes noch so kleine Zögern den Tod bedeutet.«

Als es so aussah, als hätte Aiby die Oberhand, konterte Mef, indem sie nach den Augen ihrer Gegnerin krallte und einen Aufwärtshaken hinterherschickte, der Aibys Kopf samt Zöpfen herumrucken ließ. Aiby verpasste ihr dafür einen Schwinger, infolge dessen Mef Blut spuckte und rücklings auf einen Haufen abgeschnittener Ranken fiel – und da Mef angesichts der Hitze und der Plackerei wie sie alle ihren Harnisch ausgezogen hatte, bohrten die Dornen und Widerhaken sich in ihren Rücken, sodass sie aufschrie und verkrampft das Kreuz durchbog.

»Hast du genug?«, fragte Aiby und wischte sich Blut und Schweiß vom Gesicht.

Mef rollte von den Pflanzen herab, kam auf die Füße, spuckte blutigen Rotz, griff in ihre Hosentasche und zog ihren Schlagring hervor.

»So leicht kommst du mir nicht davon, Aibhilyn«, höhnte sie und grinste ein humorloses, rot verschmiertes Grinsen.

»Ich bin hier.« Aiby winkte sie zu sich und hob die Fäuste.

Mef zeigte ihr den Schlagring und lockerte die Schultern.

Nun gingen ihre Freundinnen doch dazwischen.

»Schluss!« Decanra baute sich vor Aiby auf. »Schluss, hab ich gesagt!«

Cinn stellte sich Mef in den Weg. »Gib mir den Schlagring.«

Mef starrte sie hasserfüllt an, riss sich den Ring aber von den Fingern und klatschte ihn Cinn fester als nötig auf die Handfläche. Cinn verzog keine Miene. Mef spuckte erneut Blut, machte auf dem Absatz kehrt und ging zu der Riesenranke, in der ihr Schwert steckte, und zog es aus der Pflanze. Aiby, Decanra und Cinn machten sich auf alles gefasst, doch Mef nahm ihre Waffe, schulterte sie, ging ein ganzes Stück an der grünen Wand entlang und begann schließlich, mit wütenden Schreien auf die Pflanzenmauer einzuschlagen.

»Du gehst in die andere Richtung«, sagte Decanra zu Aiby.

»Tu ich das?«, fragte Aiby, ohne den Blick von Mef abzuwenden.

»Ja«, sagte Decanra. Sie schob Aiby zu ihrer Axt. »Tust du.«

»Dann tu ich das mal«, knurrte Aiby.

Decanra sah zwischen Mef und Aiby, die wild auf die Ranken einhackten, hin und her.

»Wir alle vermissen dich, Sacipha«, flüsterte sie traurig. »Allen voran die beiden, wie du siehst …«

NARVILA

Die anderen *Prinzessinnen* reden tagelang kaum ein Wort mit Narvila.

Das Schweigen hat eine andere Güte als das der *Famosen Metzelei*, an deren Ende Narvila lieber nicht denken möchte.

Dass sie weiß, wie es vorher zwischen ihnen gewesen ist, macht es wesentlich schlimmer.

Narvila ist besorgt ob des Risses, den sie in ihrer Einheit und Freundschaft spürt. Auch, weil die anderen ihr das Gefühl geben, dass er von ihr ausgeht, ihre Schuld ist.

Aber was soll sie tun?

Sich dafür entschuldigen, es nicht gut zu finden, dass sie die anderen Söldner abgeschlachtet haben?

Narvila will auf keinen Fall undankbar erscheinen, und sie ist unendlich froh darüber, wieder hier zu sein statt auf dem Weg nach Besgios und in ihr altes Leben als Königstochter.

Doch was ihre Gefährtinnen getan haben, war falsch.

Oder?

»Bist du sauer auf mich?«, fragt Narvila Mef, als die beiden ihre Pferde einen felsigen Abhang hinab an einen Bach führen, der leise vor sich hin murmelt.

»Ich bin vor allem froh, dass du wieder bei uns bist, Süße«, antwortet Mef, die in keiner noch so unangenehmen Situation den Blickkontakt meidet.

»Aber du bist sauer.«

Mef kratzt sich an ihrer Narbe. »Es war eine seltsame Reaktion auf unser Erscheinen. *Sehr* seltsam. Aber nein, ich bin nicht sauer auf dich. Einfach nur froh, dass du wieder da bist, wie gesagt. Reicht das nicht?«

Zwei, drei Tage später sind Narvila und Cinn allein, weil sie in der Dämmerung jagen gehen. »Du bist so schweigsam«, versucht es Narvila mit schwarzem Humor. »Liegt es an mir oder an dir?«

»Manchmal ist es besser, nichts zu sagen«, erwidert Cinn.

»Ich verstehe«, sagt Narvila gedrückt.

»Bist du dir da sicher?«, fragt Cinn. Ihr Blick streift durch den Wald. »Hast du wirklich verstanden, dass das Leben ein einziger Kampf ist? Ich dachte, du hättest es schon vor einer Weile kapiert. Aber vielleicht schnallst du es jetzt endlich. Und jetzt sei still, du vertreibst das Wild.«

Eine Woche nach dem Angriff der Oger sitzt Narvila abends im Schneidersitz am Ufer eines Sees unweit ihres Nachtlagers und wirft Steine ins Wasser. Decanra taucht wie immer so lautlos neben Narvila auf, dass diese aufschreckt.

»Wie geht's dir?«, fragt Decanra und betrachtet den in sein spiegelndes Abendkleid gehüllten See.

»Sicher, dass es dich interessiert?« Narvila hat es schwer zugesetzt, dass ausgerechnet Decanra so lange einen Bogen um sie gemacht hat, nicht nur Aiby mit ihrem Hochland-Stolz.

»Sonst hätte ich nicht gefragt«, sagt Decanra. Sie setzt sich mit übergeschlagenen Beinen auf den Boden.

»Hm.« Frustriert wirft Narvila einen Stein ins Wasser.

Decanra blickt dem Stein nach, der mit einem Platschen plump untergeht. »Kannst du sie so werfen, dass sie übers Wasser hüpfen?«

»Das hat mir nie jemand beigebracht. Ich war lange nur eine dumme Prinzessin, die nicht versteht, wie es im Leben läuft. Bin ich wahrscheinlich immer noch, wenn es nach euch geht.«

»Du brauchst einen flachen Stein«, sagt Decanra ungerührt. »Und dann kommt es auf die Drehung aus dem Handgelenk an. Warte … der könnte gehen. Und dann wirfst du ihn *so.*«

Decanras Stein springt fünf-, sechsmal übers Wasser.

Narvila versucht es mit einem flachen Stein, doch der versinkt genauso trostlos wie sein Vorgänger.

»Manche Steine sind eben nicht dafür gemacht, übers Wasser zu springen«, sagt sie. »Egal wie sehr man es will.«

»Jetzt ist aber mal gut. Aiby ist noch sauer, na schön, aber von uns anderen trägt dir keine was nach.«

»Und wieso reden wir dann erst jetzt wieder miteinander?«

Decanra seufzt. »Ich musste über das nachdenken, was du gesagt hast.«

»Nicht, weil du es mir vorwirfst?«

»Nein. Es ist immer in Ordnung zu sagen, was man fühlt oder denkt. Besonders denen, die einem nahestehen. Denen man vertraut.«

»Aber ihr gebt mir nicht recht«, sagt Narvila.

»Kommt es darauf an? Ich verstehe dich, und das ist mindestens genauso wichtig. Ich kann dir nicht sagen, ob ich es rückblickend anders machen würde. Oder wie ich es beim nächsten Mal machen werde. Doch wir lernen voneinander. Dazu gehören auch andere Sichtweisen, die einen nicht über Nacht verändern.«

Narvila grunzt ogermäßig. »Und was ist mit Aiby?«

»Ihr zwei braucht nur noch etwas Zeit, mehr nicht«, sagt Decanra zuversichtlich. »Zwei dickköpfige, sture *Prinzessinnen.* Das wird schon.«

»Und dann ist alles wieder so wie früher?«

»Sicher. So läuft das in Familien. Man fetzt sich, man geht sich an die Gurgel, sagt ein paar hässliche Sachen zueinander, alle schmollen und lecken ihre Wunden, weichen den anderen eine Weile aus, und dann renkt es sich wieder ein. Schade, dass wir gerade eine Durststrecke haben, was Monster angeht. Nichts schweißt einen besser zusammen, als ein paar Kobolde oder ein Rudel Werwölfe zu jagen.«

»Was gäb ich jetzt für ein Rudel Werwölfe«, sagt Narvila.

»Hab Geduld.«

»Wegen den Werwölfen?«

Decanra schmunzelt. »Wegen Aiby und dir.« Sie lässt einen Stein übers Wasser springen, der viermal weiterhüpft, ehe er versinkt. Danach erhebt sie sich und streicht Narvila übers Haar, das diese kürzlich erst wieder ungleichmäßig nachgeschnitten hat, weil es sie an ihre Entscheidung und Wünsche an jenem Morgen in Besgios erinnert. »Das wird schon wieder. Ich bitte die Götter der Wüste um Gelassenheit für dich und Aiby.«

»Ich wollte dich eh schon mal fragen, was es mit dem Sand auf sich hat, den du aus dem Beutel nimmst und durch die Hand rieseln lässt. Wenn der eh nicht aus deiner Heimat stammt ...«

»Es geht nicht darum, woher der Sand kommt. Sondern um das Ritual. Die Aufmerksamkeit. Das Innehalten. Das bewusste Erinnern an die Wüste und die Dinge, für die sie und ihre Götter stehen.« Decanra wendet sich ab. »Oh, fast vergessen: Du hast heute Abend die erste Wache, soll ich dir von Aiby ausrichten.«

»Klar hab ich das.«

Nach ein paar Tagen wechseln Narvila und Aiby, wenn der Alltag auf und neben der Straße es verlangt, erstmals ein paar steife Worte miteinander. Völlig banales Zeug. Doch sie reden. Es herrscht oft noch angespanntes Lauern zwischen ihnen, aber jeden Tag wird es besser und natürlicher, weniger seltsam, weniger verlegen, weniger fremd. Der Riss zwischen ihnen schließt sich wieder. Es ist, als würde das Wesen, das alle *Prinzessinnen* zusammen formen, erleichtert ausatmen, sich nun wieder frei und ungezwungen bewegen.

So, wie es sein soll.

Bei einer Rast kurze Zeit später – Narvila sucht inzwischen bei jeder Gelegenheit den Horizont besorgt nach Staubwolken ab – ist es, als wäre nie etwas gewesen. Mef und Decanra kabbeln sich, Narvila wird in den Schlagabtausch hineingezogen, Cinn rollt mit den Augen, Aiby schnaubt genervt, und am Ende lachen sie alle miteinander.

»Ich hab's dir doch gesagt«, flüstert Decanra Narvila zu, als sie ihren Weg fortsetzen. »So läuft das in einer Familie. Jedenfalls in den guten. Und das sind nicht immer die, in die man geboren wird.«

»Du hast nie viel von deiner erzählt«, sagt Narvila, damit sie verbergen kann, wie glücklich sie ist.

»Netter Versuch.« Decanra zieht sich die Kapuze tiefer in die Stirn. »Überleg dir lieber, was du deinem Vater schreibst, damit er uns nicht noch mehr Söldner auf den Hals hetzt.«

EINST

»Wie viele müsste ich umbringen, damit ich selbst den Thron besteigen könnte?«, fragte die neunjährige Decanra beiläufig.

Sie stand an einer Werkbank im Labor und bereitete mit einem Mörser in einer alten Kupferschale ein Gift zu, das für einen Kaufmann bestimmt war, der bei den Sitzungen der einflussreichen Händlergilden der Juwelenstädte gegen den König wetterte.

Palvirko lächelte nachsichtig. Viele Jahre lang war sie die wichtigste Meuchlerin von König Hasnem gewesen, Herrscher von Xivalbar, Gebieter der Juwelenstädte des Ostens und Beschützer aller Mysterien der Wüste. Den Dolch führte Palvirko schon lange nicht mehr, doch nannte man sie aus gutem Grund ehrfurchtsvoll die *Mutter des Todes*: Palvirko koordinierte die Meuchlerinnen und Meuchler des *Schwarzen Flüsterns*, die dem Thron dienten, versorgte sie mit Plänen und Giften, als wären die Jüngeren nun ihre verlängerten Arme.

»Mal überlegen«, ließ Palvirko sich auf Decanras makabres Gedankenspiel ein. »Da hätten wir natürlich deinen Vater, unseren verehrten König, möge das Licht ihn lange leiten. Dann all seine legitimen Söhne und Töchter und Enkel – und nicht nur die älteren, sondern auch die jüngeren, weil dein Anspruch auf den Thron als Bastard wesentlich schwächer ist, wie du weißt.«

»Weiß ich«, sagte Decanra fröhlich. Es störte sie nicht, ihre Stellung innerhalb von Familie, Thronfolge und Palast so schonungslos dargestellt zu bekommen. Unbekümmert zermalmte und vermischte sie weiterhin Sandzahngiftblase und Zitronenschalen, die den Geschmack des Gifts überdecken sollten.

Palvirko war aber noch nicht fertig. »Brüder und Schwestern des Königs nicht zu vergessen. Neffen und Nichten. Vettern und Basen. Onkel und Tanten. Andere nichteheliche Halbgeschwister. Und dann wären da noch jene außerhalb deiner Familie, die deine Herkunft nie anerkennen und dich bis aufs Blut bekämpfen würden, solltest du dem Thron auch nur einen Schritt zu nahe kommen. Also sagen wir einfach mal großzügig aufgerundet: Du müsstest *ziemlich viele* umbringen, Liebes.«

»Hm«, machte Decanra und roch vorsichtig an der Kupferschale. Es fehlte noch etwas Zitrone. »Ja. Ach. Nein. Scheint mir den Aufwand nicht wert.«

»Vermutlich nicht«, sagte Palvirko mit einem Lächeln, das früher so manchen Mann und manche Frau ins Verderben gelockt hatte.

Palvirko war eine eiskalte Mörderin gewesen – aber am Ende auch diejenige, die Decanra aufnahm, als diese nur aus großen Augen, spitzen Ellbogen und Knien und einer wilden, wirren Mähne bestanden hatte. Damals, als König Hasnem hatte entscheiden müssen, was mit der Tochter seiner einstigen Lieblingskonkubine passieren sollte, nachdem diese ihn verraten hatte. Seine vier Ehefrauen und vierzig Berater hatten auf Decanras Tod gedrängt, doch König Hasnem entschied, dass seine loyalste Meuchlerin, deren Laufbahn durch einen Sturz von einem Dach und eine kaputte Hüfte früher als gedacht beendet worden war, das Mädchen in den Schatten des Palasts verschwinden lassen und dort zu ihrer Schülerin machen sollte.

Es hatte Palvirko anfangs überhaupt nicht gefallen, die Verantwortung für ein junges Mädchen übertragen zu bekommen. Aber die treue Palvirko tat, wie ihr König befahl, nahm Decanra unter ihre Fittiche und vermittelte dem Mädchen ihr Wissen. Machte ihre Hände, ihren ganzen Körper und nicht zuletzt ihren Verstand zu einer Waffe. Im Herzen des *Schwarzen Flüsterns* lehrte Palvirko Decanra alles über den Tod und das Leben, und ließ Decanra von ihren besten Untergebenen in den Dingen unterweisen, die sie selbst ihr nicht mehr zeigen konnte, etwa im Umgang mit Säbel, Wurfmesser, Würgedraht und vielen anderen Tötungswerkzeugen.

Decanra indes nahm Palvirko mit ihrer Loyalität, ihrer Wissbegier, ihrer Gelehrsamkeit, ihrer Auffassungsgabe, ihrer Körperbeherrschung und ihrem Geschick schnell für sich ein. Die *Mutter des Todes*, die selbst nie Kinder gehabt hatte, war unerwartet zu einer Tochter gekommen. Sie war zur Stelle, als Decanra sich nach ihrem ersten eigenständigen Giftmord die Seele aus dem Leib heulte; half ihr mit Kräutern und Erklärungen durch ihre erste Monatsblutung; tröstete sie im Angesicht einer unvereinbaren, unerfüllbaren Liebe; und brachte Decanra den Unterschied zwischen gewissenhaftem

Meucheln und gewissenlosem Morden bei, der in ihrem Beruf wichtig für den Seelenfrieden war, falls es so etwas überhaupt für irgendwen gab.

Decanra liebte den Unterricht, besonders das Giftmischen. Manchmal streifte sie aber auch allein durch die weitläufigen, düsteren Geheimgänge des Palasts. Eines Abends landete sie im königlichen Schlafgemach ihres Vaters. In den darauffolgenden Nächten kam sie, anscheinend von einem inneren Zwang gelenkt, immer wieder und beobachtete König Hasnem heimlich dabei, wie er an einem kunstvoll geschnitzten Tisch mit zwei Stühlen über einer Partie *Karawane* brütete, die er, wie es aussah, gegen sich selbst spielte.

Decanra fragte sich, ob er deshalb stets gewann oder verlor.

Eines Nachts blickte der König nicht von den Figuren auf dem Brett auf, als er unversehens fragte: »Willst du mich nun umbringen, weil ich deine Mutter und diesen Soldaten, den sie angeblich liebte, zum Sterben in die Wüste geschickt habe? Oder kommst du weiter jede Nacht her und starrst mich nur wie ein Tier in seinem Gehege im Palastgarten an?«

»Ich bin nicht hier, um Euch umzubringen, Majestät«, sagte Decanra, die nicht den Hauch einer Ahnung hatte, wie der König sie hinter der Schrankwand mit den zwei schmalen Sehschlitzen knapp unterhalb eines Regalbodens bemerkt hatte. Geräuschlos schob sie das präparierte Möbelstück nach vorn und betrat das Zimmer. Sie ging sogar auf ein Knie, senkte den Kopf und flüsterte: »Vater.«

»Wie dramatisch.« Sein Blick ruhte noch immer auf den Figuren. »Kennst du die Regeln?«

Decanra nickte unsicher. Zwar war das Brett, auf dem sie und Palvirko spielten, nicht aus Gold und Elfenbein, doch sie spielten oft, da es dabei um Taktik und Geduld ging. Decanra war gut darin, eine kühle Strategin und doch risikofreudig, wenn es drauf ankam.

»Gut«, sagte der König. »Setz dich.«

Fortan spielten sie und ihr Vater in vielen Nächten, wobei sich ihre gelegentlichen Unterhaltungen darauf beschränkten, über einen Spielzug zu diskutieren. Decanra gefielen diese Stunden mit dem König, ohne dass sie sich irgendwelche Hoffnungen machte. Vielleicht gerade darum.

Palvirko fand es irgendwann heraus, weil sie alles herausfand, und sprach Decanra darauf an.

»Wir fühlen uns wohl in der Gesellschaft des anderen«, erklärte Decanra ihrer Ziehmutter. »Vermutlich weil wir beide ein vom Rest der Familie abgesondertes Leben hinter einer Fassade führen. Und er ist ein guter *Karawane*-Spieler. Ich lerne von seinen Zügen. Und ich glaube, er auch von meinen.«

Als es zum Putsch kam, war Decanra sechzehn und hatte inzwischen dreimal so viele Morde in den Juwelenstädten begangen. In jener für die funkelnden Metropolen am Rand der Wüste so verhängnisvollen Nacht riss Prinz Jevartil die Macht gewaltsam an sich. Jeder, der ihm den Thron irgendwie streitig machen könnte oder dessen Loyalität infrage stand, wurde von seinen bezahlten Söldnern und seinen Getreuen im Schlaf oder auf der Flucht niedergemetzelt.

Auch Decanra und Palvirko standen auf der Liste derer, die diese Nacht nicht überleben sollten. Die übrigen Mitglieder des *Schwarzen Flüsterns* waren mit einem fadenscheinigen Auftrag aus der Stadt geschickt worden – hinterher würden sie sich dem neuen König auf dem Thron schon beugen, erst recht, wenn Jevartil einen ehrgeizigen neuen *Vater des Todes* ernannte.

Decanra erwachte mitten in der Nacht und hatte sofort das Gefühl, dass etwas nicht stimmte. Selbst in ihrer abgelegenen Kammer im Reich der geheimen Korridore und verborgenen Zimmer fühlte sich etwas falsch an. Bedrohlich. Sie schlüpfte in ihre schwarzen Kleider und ihre weichen Stiefel, legte ihren Kapuzenmantel um und griff nach ihren Lieblingsmessern und ihrem Krummsäbel, den sie vor Jahren zu ihrer Waffe der Wahl für die schweren Rückzugsgefechte und hässlichen Sackgassen erkoren hatte.

Die erste Welle aus Chaos und Blut schwappte bereits durch den Palast. Decanra nutzte ein Guckloch, spähte in alle Flure und Räume, erfasste die Situation und eilte von einem Ende ihrer geheimen Welt zum anderen.

Palvirko war nicht in ihrem Gemach – es sah so aus, als wäre sie die ganze Nacht fort gewesen. Decanra vermutete schon seit einer Weile, dass ihre Mentorin einen neuen Liebhaber außerhalb des Palastes hatte. Dann war sie wenigstens außer Gefahr. Doch es gab noch jemand anderen, um den Decanra sich Sorgen machte. Leichtfüßig und lautlos rannte sie hinter den Wänden zu den Gemächern ihres Vaters.

Sie fand jedoch nur noch seine grässlich zugerichtete Leiche vor, halb aus dem Bett gezogen und in blinder Wut zerhackt. Decanras Blick fiel auf das von Blut bespritzte *Karawane*-Spielbrett mit der Partie, die sie in der Nacht zuvor nicht beendet hatten – und nun niemals beenden würden.

Palvirko hatte Decanra eingeschärft, dass ihre Gedanken in der Hitze der Juwelenstädte, der Wüste und des Kampfes stets kalt bleiben mussten. Trotzdem wurde Decanra nun von Rache- und Mordlust durch die Geheimgänge des Palasts getrieben, der um sie herum in Aufruhr, Gewalt und Leichen versank.

Der versteckte Korridor, der zum Thronsaal führte, endete an einem uralten Wandteppich, genau hinter dem Königssessel aus massivem Gold und mit riesigen Juwelen. Decanra konnte Jevartil sehen, der sich auf dem Thron fläzte, und viele der Söldner, deren Treue der Vatermörder gekauft hatte. Mehrere Höflinge kauerten ängstlich entlang der Wände auf den marmornen Fliesen. Lautlos wie ein Wüstenfuchs schob sich Decanra hinter dem Wandbehang hervor. Im Schutz der Lehne schlich sie sich an den Thron und schnitt mit einer schnellen Bewegung Jevartil die Kehle durch. Warmes Blut regnete auf die hellen Stufen des Podests.

Die ersten Söldner, die mit Säbeln und Speeren auf Decanra zurannten, wurden von Wurfmessern getroffen. Danach sprang Decanra von den roten Stufen und hielt sich die Krieger ihres röchelnden, sterbenden Halbbruders mit ihrem eigenen Säbel vom Leib. Sie schwang ihn voller Wut und Grimm, wobei sie trotz der Überzahl öfter attackierte denn parierte. Blutstropfen flogen wild umher.

»Tötet die Verräter!«, donnerte plötzlich die Stimme von Wesir Eofanci durch den Raum, einem der wichtigsten Berater ihres toten Vaters. Er betrat den Thronsaal mit einer Abteilung königlicher Gardisten. »Aber lasst das Mädchen leben!«

Erleichterung durchströmte Decanra, bis Eofanci rief: »Der Tod ist zu gnädig für sie. Sie hat nicht nur unseren König ermordet, sondern auch den Prinzen. Und sie hat diese Barbaren in den Palast gelassen.« Während die Soldaten auf Decanra zuschritten, fuhr Eofanci fort: »Sie hat Tod und Unheil in das Herz unseres funkelnden Traums gebracht. Doch wir werden ihr den Prozess machen, und jeder in den Juwelenstädten wird sehen, dass wir heute Nacht große Männer verloren haben, jedoch nicht unseren Sinn für Recht und Ordnung.« Der Wesir betrachtete die anderen Höflinge am Boden, die viel durchgemacht hatten. »Und natürlich werde ich Prinz Yedelbago, der das Blutbad den Göttern sei Dank überlebt hat, zur Seite stehen und in seinem Namen die Regierungsgeschäfte übernehmen, bis er alt genug ist, um selbst auf dem Thron Platz zu nehmen.«

Die Adeligen und Berater nickten unsicher, und die Soldaten griffen an. Es kam einer ironischen Wendung gleich, dass Decanra nun auf derselben Seite kämpfte wie die bewaffneten Fremden, die ihrem Bruder gedient hatten – gegen die Soldaten, die ihrer Familie treu ergeben waren und ihrerseits einem opportunistischen Lügner glaubten, dessen Stimme Gift verbreitete.

Decanra bleckte die Zähne, focht keuchend um ihr Leben. Das brachte sie durch blanken Zufall irgendwann in die Nähe von Eofanci, dessen Bewacher in diesem Moment von mehreren Söldnern niedergestreckt wurden. Decanra packte den Wesir am Kragen, um ihn als menschlichen Schutzschild vor sich zu zerren und den Säbel gegen seine Kehle zu drücken. »Sagt Euren Männern, dass sie mich gehen lassen sollen«, befahl Decanra, nun endlich wieder kalt und überlegt.

»Lasst sie gehen!«, wiederholte Eofanci krächzend ihre Worte, während Blut über seinen Hals rann und er sich vor Angst einpisste.

Die Augen der Soldaten und Höflinge waren auf Decanra gerichtet. Sie zerrte ihre Kapuze über den Kopf; rückwärts ging sie langsam aus dem Thronsaal und zog Eofanci mit sich. Auf der Schwelle verpasste sie ihm einen Arschtritt, der ihn auf den blutbeschmierten Marmor beförderte. Decanra fuhr herum und rannte zum nächsten Eingang in die geheime Welt, in der sie geformt worden war. Sie verschwand darin, bevor auch nur ein Soldat auf Eofancis wütendes Gebrüll hin die Verfolgung aufnahm.

Decanra erreichte das große Labor, wo sie und Palvirko zahlreiche alte und neue Gifte gebraut und viele schöne Stunden verbracht hatten, eine kleine Familie geworden waren.

Palvirko erwartete sie bereits und hielt ihren Lieblingsdolch in der Hand, ein persönliches Geschenk des Königs für einen besonders wichtigen Mord, wie Decanra wusste.

»Ich habe meinen Vater nicht umgebracht!«, sagte Decanra außer Atem.

»Also bitte! Als ob ich das nicht wüsste. Leider habe ich zu spät von Jevartils und Eofancis Plänen erfahren. Ich wäre wohl schon tot, hätte ich heute Abend nicht spontan einen Freund in der Stadt besucht.« Palvirko drehte den Dolch, damit Decanra ihn am Heft greifen konnte. »Ein Abschiedsgeschenk. Du musst so schnell wie möglich von hier fort.«

Decanra steckte den Dolch mit einem Nicken in eine Innentasche ihres Umhangs.

»Nimm den Ausgang in der Nähe der Stallungen«, sagte Palvirko. »Dort schnappst du dir das beste Pferd und reitest zum Stadttor – und immer weiter, bis in die Wüste. So hast du vielleicht eine Chance. Ich denke nicht, dass sie dich weit hinein verfolgen werden. Aber du musst die andere Seite der Wüste erreichen. Und du darfst nie zurückkehren. Am besten fängst du am anderen Ende der Welt ein neues Leben an und vergisst die Juwelenstädte. Ja, das klingt hart. Doch wenn das jemand schafft, dann du.«

Decanra verstand sofort, was diese Worte bedeuteten. »Du bleibst hier«, sagte sie enttäuscht.

»Ich bin zu alt, um durch die Wüste zu reiten. Nicht mit der Hüfte. Außerdem gelten meine Schwüre deinem Vater und seinem Thron. Und dein kleiner Halbbruder braucht jemanden, der ihn vor Eofanci und den anderen Aasgeiern beschützt.«

Decanras Gesicht verfinsterte sich. »Wir könnten den Wesir vom Brett nehmen.« Sie musste an das kostbare, blutbesudelte *Karawane*-Spiel in den Gemächern ihres Vaters denken. »Ganz einfach.«

»Du weißt, dass es immer einen wie ihn geben wird. Und seine Anschuldigungen gegen dich hat Eofanci bereits hervorgebracht. Diesen Geist bekommen wir nicht mehr zurück in die Flasche.«

Decanra sah sie an. Tränen schimmerten in ihren Augen. Palvirko breitete die Arme aus, und Decanra schmiegte sich an die Meistermörderin und atmete ihren vertrauten Duft ein.

Beide wussten, dass dies ihre letzte Umarmung war.

»Du bist das Beste, was mir je passiert ist, meine Tochter«, sagte die Meuchlerin mit mühsam beherrschter Stimme.

Decanra schluchzte an ihrem Hals. »Und du warst das Beste, was der kleinen Bastardtochter des Königs passieren konnte, Mutter.« Decanra wischte sich mit beiden Händen die Tränen von den Wangen. »Mist.«

»Ja, Mist«, schniefte Palvirko. »Du musst gehen«, sagte sie dann noch einmal mit Nachdruck und klang so zerrissen, wie Decanra sich fühlte. »Leb wohl, Decanra!«

Sie befolgte Palvirkos Plan, schlich nach draußen, sattelte geschwind Prinz Jevartils feurigsten Hengst im königlichen Stall und galoppierte durch die schlafende Stadt, die bald zum Geruch von Verrat, Tod und Umsturz aufwachen würde.

Decanra erreichte die Wüste mit so viel Vorsprung, dass die ihr folgenden Soldaten die Jagd tatsächlich abbrachen, nachdem sie die letzte Oase hinter sich gelassen hatte und ins sandige Niemandsland ritt.

Aber selbst ohne Häscher war die Wüste noch ein ernst zu nehmender Gegner, der einem nichts schenkte. Decanra verlor ihr Pferd, das am vierten Tag tot unter ihr zusammenbrach, sodass sie zu Fuß weitergehen musste. Einen schweren Schritt nach dem anderen durch den tags heißen, nachts kalten Sand, entfernte sie sich weiter von allem, was für sie Zuhause, Vertrautheit und Leben bedeutet hatte.

Ihr Wasserschlauch war viel zu früh leer. Sie aß Käfer, Skorpione und Schlangen. Geier kreisten hoffnungsvoll über ihr. Einmal biss sie beinah ein Sandzahn. Sie fühlte, dass ein großes Raubtier sie durch die Dünen verfolgte, und schlief zwei Tage und Nächte lang nicht. Doch Decanra schaffte es durch die Wüste.

Palvirko hatte ihr schließlich nicht nur das Töten beigebracht, sondern auch das Überleben.

NARVILA

Lirgodens Hauptstadt Dretvik wird belagert, als Narvila und die anderen eines der großen Stadttore erreichen. Nicht von einem Feind – von einer Hochzeit.

Prinzessin Filryns anstehende Heirat wirft ihren Schatten voraus. Hinter Dretviks Mauern herrscht ein unglaubliches Gedränge und Gewimmel. Ein buntes Durcheinander an Menschen, Tieren und Fuhrwerken, Hautfarben und Kleidungsstücken, Sprachen und Dialekten, Düften und Gerüchen, Lärm und Musik. Außerdem ist das Herz von König Miobans Reich bereits mit allerhand Blumengirlanden, Fahnen und Wimpeln geschmückt, die dem großen Ereignis vorauseilen.

Narvila weiß, dass die Hochzeit und die daran geknüpfte Entscheidung über ihre Zukunft sie nervös machen sollten, doch im Moment gibt sie sich ganz dem Ansturm der Eindrücke hin. Selbst Kleinigkeiten fesseln sie, wie Schmuck oder religiöse Symbole, die sie nicht kennt, oder ein wunderschön gemustertes Kopftuch. Hin und wieder erspäht sie allerdings eine ihr keineswegs unbekannte Tentakel-Krone, offen getragen auf einem Stück Stoff und einmal sogar an eine Mauer gemalt – die Farbe ist beim Malen wie Blut verlaufen.

Das lässt sie an Fleibers Gruppe denken. Narvila hält daraufhin förmlich Ausschau nach den vertrauten Wagen und Gesichtern, obwohl sie genau weiß, wie unwahrscheinlich es sein dürfte, die Theaterleute jetzt schon in Dretvik anzutreffen. Doch sie hat in letzter Zeit, als es nach der *Famosen Metzelei* so schwierig gewesen ist, ohnehin öfters bekümmert an Ilfyng gedacht, ihn in einigen Momenten vermisst, vielleicht auch nur als Bedürfnis, die Nähe zu jemandem, der sie so ansieht, sie so hält wie er – oder die wunderbare Leichtigkeit während der Wochen, da sie Fleibers Truppe begleitet haben.

Die *Prinzessinnen* reiten langsam durch die Menge, diese schiere Masse aus Leuten, Kutschen, Karren und Vieh. Aiby führt sie über breite Hauptstraßen aus Kopfsteinpflaster und schmale Nebenstraßen aus fest getrampelter Erde, gesäumt von mehrstöckigen Fachwerkhäusern mit roten Schindeln. Über Marktplätze und eine riesige Brücke, vorbei an Tempeln, Läden, Tavernen, Brunnen, Schmieden und üppigen Grünanlagen voller Wiesen und Bäume. Schließlich lässt Aiby sie vor einem Gasthaus anhalten, und Narvila erfährt zum ersten Mal, dass die *Prinzessinnen* immer im *Verwegenen Trommler* einkehren, wenn sie in Dretvik sind – seit sie den *Trommler* vor einigen Jahren von einer Gremlin-Plage befreit und sich auf ewig die Dankbarkeit der Wirtsfamilie gesichert haben.

Und in der Tat: Mef, Decanra, Cinn und Aiby werden wie Königinnen empfangen. Narvila, die sich einmal mehr selbst vorstellt, begrüßt man nicht minder herzlich. Die liebreizende Luma, ihr grummeliger Mann Orto und ihre fünf Kinder geben sich allergrößte Mühe, um den *Prinzessinnen* jeden Wunsch von den Augen abzulesen, kaum dass sie den Gasthof betreten haben. Luma hat so samtige Haut und so satte schwarze Haare wie Decanra und ein gütiges Lächeln, Orto ein stets gerötetes Gesicht und oberhalb der Sorgenfalten eine Glatze.

Infolge Filryns baldiger Trauung sind in allen Wirtshäusern die Zimmer knapp. Für die Heldinnen der Gremlin-Belagerung verprellen Luma und Orto aber gern eine Gruppe Kaufleute, die ab morgen gebucht hat.

Der *Trommler* ist ein geräumiges, sauberes Wirtshaus – zwischen Schankraum, Küchentür und dem Gang zur Treppe und dem Innenhof ist sogar ein Schrein für Urlondoz errichtet worden, in dem frische Blumen und Gefäße mit Räucherstäbchen stehen.

Zwei von Lumas Söhnen bringen das Gepäck der Söldnerinnen in ein großes, mit sechs Betten ausgestattetes Zimmer im ersten Stock, das den Eindruck von Sauberkeit später bestätigt. Narvila und die anderen folgen Luma und ihrer hübschen Tochter Harcyana, kaum älter als Narvila, nach einem kleinen Plausch am Tresen derweil in die Waschküche.

»Du erlebst gleich das Beste an diesem Leben«, verspricht Decanra Narvila.

In der Waschküche steht ein großer hölzerner Badezuber. Luma und Harcyana schöpfen eimerweise heißes Wasser aus einem großen, auf einem Herd beheizten Metallkessel hinein. Luma füllt überdies etwas aus einem kleinen Gefäß mit Deckel in den Zuber, woraufhin es in der Waschküche nach Rosen zu duften beginnt.

Unterdessen lehnen die *Prinzessinnen* ihre Waffen an eine Wand und entledigen sich ihrer Stiefel, Rüstungen, Hosen, Hemden, Bandagen und Unterwäsche.

Narvila lässt sich nach dem Ablegen ihres Harnischs Zeit mit dem Ausziehen. Sie hat sich schon von einem großen Teil ihrer Schüchternheit befreit und inzwischen reichlich Haut, Narben, Muttermale und Tätowierungen ihrer Gefährtinnen gesehen, und diesen seit Besgios genauso viel von sich gezeigt. Außerdem haben sie ihre Zofen früher ständig nackt gesehen, beim Baden oder Ankleiden.

Doch vor völlig Fremden muss Narvila sich nach wie vor überwinden.

Die anderen steigen bereits in das dampfende Wasser des Zubers, der ihnen allen mehr als genug Platz bietet. Wasser schwappt, und Narvilas Freundinnen geben Laute des Entzückens von sich. Sie selbst setzt sich zwischen Cinn und Aiby als Letzte ins heiße, duftende Wasser, und sofort entspannen sich ihre Muskeln, verschwinden Staub, Dreck, Blut und Kummer, lösen sich die Ritte und Kämpfe der letzten Monate im süßlichen Dampf auf.

Es tut so unglaublich gut.

Narvila murmelt etwas Unverständliches.

»Zu viel versprochen?«, fragt Decanra lächelnd.

»Nein.« Narvila grinst. »Es ist perfekt.«

»Mindestens.« Cinn taucht bis zum Kinn ins Wasser ein. Ihre blasse Haut ist schnell rot geworden, doch das scheint ihr egal zu sein.

»Wir machen das immer als Erstes, wenn wir hierherkommen«, sagt Decanra.

»Ein Ritual«, ergänzt Aiby versonnen.

»Ich liebe es jetzt schon«, sagt Narvila, die merkt, wie sie schläfrig wird.

»Der einzige Grund, wieso wir alles andere tun«, erklärt Mef, die durch halb geschlossene Augen Harcyana beobachtet.

»Versteh ich«, sagt Narvila, und danach schweigen sie, oder genießen vielmehr schweigend.

Sie muss wohl weggedöst sein, denn Aiby rüttelt sie irgendwann sanft am Knie. »Ich bin zu müde, um dich vorm Ertrinken zu retten«, sagt sie. »Nicht reinrutschen.«

»Bin wach«, beteuert Narvila.

»Harcyana ist groß geworden, oder?«, meint Mef unvermittelt. »Groß und hübsch.«

»Wag es ja nicht«, sagt Decanra, doch ihr gegenwärtiger Dämmerzustand nimmt den Worten die Schärfe.

Aiby schnaubt. »Wenn du Harcyana das Herz brichst, können wir uns hier nicht mehr blicken lassen. Das war's dann mit Gastfreundlichkeit und Zauberzuber.«

»Das geht nicht«, sagt Narvila sofort und richtet sich etwas auf. »Ich liebe diesen Zuber jetzt schon. Halt dich zurück, Mef.«

Cinn öffnet die Augen und sieht Mef an. »Wenn du ihr wehtust, tu ich dir weh.«

Mef lächelt wölfisch. »Harcyana ist alt genug, um selbst darüber zu entscheiden, mit wem sie …«

Der Rest ihrer Antwort geht in lautem Platschen unter, da die anderen *Prinzessinnen* Mef mit Wasser zum Schweigen bringen.

Als die Attacke endet und die Waschküche in wohlriechendem, nicht mehr ganz so sauberem Wasser schwimmt, ist Mef begossen wie ein Wassertroll und bedient. Das Haar hängt ihr in schweren, dunklen Strähnen vom Kopf. Sie streicht es sich prustend aus dem triefenden Gesicht.

»Ihr gönnt mir wirklich gar nichts, was?«

»Stell dich nie zwischen mich und diesen Zuber«, sagt Narvila.

Die Wirkung, die der Komfort im *Trommler* auf die *Prinzessinnen* hat, ist beachtlich. Narvilas sonst stets so wachsame Gefährtinnen sind auf einmal entspannt wie faule Raubkatzen.

Aiby preist Matratze und Kissen und verlässt das weiche Bett nur, um im Schankraum unten mit anderen Gästen zu zechen, Geschichten und Neuigkeiten auszutauschen. Decanra kampiert praktisch in der Küche und probiert von allem, was Luma kocht, und fachsimpelt, tratscht und lacht mit der Wirtin. Mef sprüht besonders in Harcyanas Nähe, die sich ständig wie zufällig ergibt, vor Charme und Witz. Cinn verzichtet auf ihre Waffenübungen mit Narvila und spielt mit Orto und dessen Söhnen lieber ein Spiel namens Zy-Fuw, bei dem dünne, mit Mustern bemalte Holztäfelchen aneinandergelegt werden.

Narvila kennt weder das Spiel noch die Regeln, und sie hat auch nicht gewusst, dass Cinn eine Vorliebe dafür hat.

Gerade wünscht sie sich, Cinn oder eine der anderen würden im Innenhof des *Trommlers* mit ihr kämpfen und arbeiten, denn der Übergang zur Ruhe fällt ihr ohne Ilfyng nicht leicht. Doch nichts dergleichen, alles ist auf einmal anders – und anscheinend hat nur Narvila mit dem unterschiedlichen Rhythmus zwischen Straße und Stadt zu kämpfen.

»Hast du den Brief an deine Eltern schon geschrieben?«, fragt Aiby an ihrem zweiten Tag im *Trommler.*

»Nein.« Narvila seufzt. »Ich dachte, ich warte, bis wir über mein Schicksal abgestimmt haben. Die Hochzeit ist ja bald.«

Aiby entgeht ihr Tonfall keineswegs. »Du Dramakönigin. So war es abgesprochen, oder?«

»Jaja. Aber als die *Metzelei* mich mitgenommen hat, klang das halt so, als wäre die Entscheidung, wie es mit mir als *Prinzessin* weitergeht, eigentlich schon gefallen.«

»Aye. Da waren wir alle ein bisschen ... gefühlsduselig. Lass uns an der ursprünglichen Abmachung festhalten. Auch das gehört dazu. Die Dinge richtig zu Ende bringen. Aber warte von mir aus mit dem Brief. Ich hoffe nur, dein Vater hat nicht noch jemanden auf uns angesetzt.«

»Das hoffe ich auch«, erwidert Narvila.

Nicht zuletzt, weil sich die Anwesenheit der *Prinzessinnen* in Dretvik allmählich herumzusprechen scheint. Nach dem Essen dauert es an diesem Abend nicht lange, bis die ersten potenziellen Auftraggeber aus den verschiedensten Vierteln und Schichten an ihren Tisch im Gastraum treten.

Narvila und ihre Gefährtinnen haben die freie Auswahl: eine archäologische Expedition in die verwunschenen Ruinen der Unterstadt begleiten; einen Werwolf in der Kanalisation jagen; ein Feen-Problem in einem Bordell lösen; ein paar Ghule vertreiben, die sich breitmachen, wo sie es nicht sollen; oder eine Vampir-Bande dingfest machen, die wohlhabenden Bürgern auf einen Schlag Reichtümer, Blut und Leben raubt.

»Ich bin für den Werwolf«, sagt Aiby. »Bringt am meisten.«

Decanra protestiert. »Den Gestank von da unten kriegen wir nicht mal nach einer Woche im Zuber wieder ab.«

»Obwohl eine Woche im Zuber echt nicht schlecht klingt«, überlegt Cinn.

»Wieso müssen wir überhaupt schon wieder ran?«, fragt Mef, die ihre Haare zu einem dicken Knoten zusammengebunden hat und Harcyana nicht aus den Augen lässt. »Ich dachte, Fleiber hat uns gut bezahlt.«

Aiby streicht sich die Zöpfe glatt. »Aye. Aber wir haben lang nicht mehr in Dretvik gearbeitet.«

»Es geht also darum, den Leuten etwas zu beweisen?«, fragt Narvila.

»Wir müssen niemandem was beweisen«, knurrt Cinn.

»Das nicht«, sagt Aiby. »Aber die Legende füttern.«

»Die Leute daran erinnern, wieso wir so großartig und so berühmt sind«, übersetzt Decanra.

Cinn winkt ab.

Auch Mef ist nicht begeistert. »Wenn's sein muss. Dann bin ich für das Bordell. Nackte Ärsche und perverse Lochfeen. Klingt nach einem Auftrag wie für uns gemacht.«

Narvila sieht sie an. »Nennt man die Lochfeen, weil sie ...?«

»Was denkst du denn?«, grinst Mef.

»Das sind Spanner«, sagt Aiby augenrollend. »Sie fliegen durch jedes Schlüsselloch und nerven einen mit ihrem Geflatter und Gekicher. Versaut die Stimmung.«

»Und sie schauen auch in jedes andere Loch«, beharrt Mef. »Das muss man mögen.«

Am Ende landen die *Prinzessinnen* trotz reiflicher Überlegung auf dem Friedhof.

»Wir sind echt bescheuert«, sagt Decanra.

»Ja, wir hätten die Feen im Bordell nehmen sollen«, stimmt Mef ihr zu.

Doch sie haben den Friedhof und die Ghule gewählt, da der Priester wirklich verzweifelt gewirkt hat.

Die *Prinzessinnen* warten mehrere Stunden im nächtlichen Dunkel des Friedhofs, der von einer hohen Steinmauer eingefasst ist. Sie warten und warten, bis endlich wildes Scharren, Graben, Knurren, Reißen und Schmatzen einsetzt, woraufhin Narvila und die anderen mit Waffen und Blendlaternen ihr

Versteck hinter dem Steinsockel einer großen geflügelten Statue verlassen.

Mehr als ein Dutzend Ghule, das sie beim Fressen einer ausgegrabenen Leiche stören, starrt sie aus milchigen Glupschaugen an. Dann gehen die Grabschänder knurrend auf die *Prinzessinnen* los. Einer hält sogar noch einen abgerissenen Arm in den Klauen. Die haarlosen Kreaturen, die nur aus Knochen, Gelenken und fahler gräulicher Haut bestehen, sind kaum größer als Kinder, sehen aber wie faltige Greise aus. Die Leichenfresser kratzen und schnappen, was das Zeug hält. Aiby hat Narvila eingeschärft, auf ihre Zähne aufzupassen, die sogar Knochen knacken können, und auf ihre dreckigen Krallen zu achten – Bisse oder Kratzer verursachen Wunden, die sich böse entzünden, womöglich sogar zum Tod führen.

»Aye«, sagt Aiby und zertrümmert den Schädel eines Ghuls mit ihrer Axt. Der faule Gestank der Verwesung, der den Bestien anhaftet, wird nur von dem ihrer Innereien übertroffen. »Wir sind echt dämlich. Mef, du hast einen Bordellauftrag gut bei mir.«

»Aber so was von!«, erwidert Mef, die Aibys Rücken deckt. »Hässliche Ficker«, sagt sie und hackt einem Ghul, der seine Krallen nach ihr ausstreckt, die Klauenfinger ab. Die Kreatur weicht heulend in die Dunkelheit zurück.

Decanra stößt einem Totenschänder ihren Säbel in die Brust. Als drei weitere Ghule auf sie zustürmen, schleudert sie ihnen in schneller Folge zwei Messer entgegen. Genauso viele Ghule brechen zusammen, und den, der durchkommt, erledigt sie mit ihrem Säbel, dessen geschwungene Klinge die Visage der Kreatur diagonal spaltet.

Cinn sieht sich zwei Ghulen gegenüber, die sie in ihrer unverständlichen Sprache verfluchen. Sie hebt überrascht eine weiße Augenbraue, als Narvila angestürmt kommt und einem der Kadaverficker die Schwertlanze durch den Körper treibt. Sie legt ihr ganzes Gewicht in den Stoß. Der andere Ghul fährt geifernd zu ihr herum, und Cinn erdolcht ihn von hinten, indem sie kaltes Metall in seinen dürren Hals stößt.

Mef enthauptet einen weiteren Leichenräuber, der sie anspringt, noch in der Luft. Sein Kopf rollt mehrere Gräber weiter. Aiby steht in einem Kreis erschlagener Friedhofsschrecken, wischt sich Ghul-Schmodder vom Brustpanzer und den nackten Armen.

Es sind bloß noch drei, vier Ghule übrig, und diese suchen ihr Heil in der Flucht. Sie schaffen es nicht. Cinn rennt neben ihnen her, springt auf eine Statue, schraubt sich in die Luft, landet vor den Ghulen und schlitzt sie so schnell auf, dass Narvila ihren schimmernden Dolchen selbst im Licht der beiden am Boden stehenden Laternen kaum zu folgen vermag. Sie und Mef, die Cinn zur Sicherheit nachgelaufen sind, bekommen eine ordentliche Ladung Ghul-Blut ab.

»Ich *hasse* Ghule«, sagt diesmal Narvila.

»Das ist sogar mir zu schlüpfrig.« Mef schüttelt Blut und Schlimmeres von ihrem Schwert und ihrem Unterarm. »Das waren alle, oder?«

Aiby schultert ihre ghulversiffte Axt. »Aye.«

Narvila schaudert vor Ekel, als sie an die Körpersäfte der Kreaturen denkt. »Ob uns Luma noch mal den Zuber für ein Mitternachtsbad herrichtet?«

»Mir gefällt, wie du denkst«, meint Cinn.

»Du lernst schnell«, sagt Decanra anerkennend.

»Ich kann Harcyana wecken«, bietet sich Mef an. »Hatte ich eh vor.«

Narvila, Cinn, Decanra wollen aufbrausen, doch da ertönt von jenseits des Laternenlichts eine schrille Stimme.

»Habt ihr meine Kinder gefunden?!«

Sofort fahren die *Prinzessinnen* wieder kampfbereit herum.

Eine große schlanke Frau betritt die Lichtkreise der Laternen. Der junge Priester, der sie im *Trommler* angeworben hat, eilt ihr hinterher. Wie die Frau hat er hellbraune Haut, dazu eine Halbglatze und ein paar Kilo zu viel auf den Rippen. Seine eigene Laterne wackelt bei jedem Schritt.

»Wer ist das, Priester, und was für Kinder sollen wir gefunden haben?«, verlangt Aiby zu wissen.

»Meine Jungs!«, sagt die Fremde schrill.

Der Geistliche legt ihr eine Hand auf die Schulter. »Das ist Enattea. Sie gehört zu meiner Gemeinde. Ihre Familie wohnt in einem der Häuser auf der anderen Seite der Mauer. Ihre drei Söhne spielen oft auf dem Friedhof.«

»Die Monster haben sie!«, schluchzt Enattea. »Diese Monster haben meine Kleinen!«

»Ich dachte, die fressen nur Leichen«, wundert sich Narvila.

»Sie jagen eigentlich keine Menschen.« Decanra setzt ihre Kapuze wieder auf. »Aber wenn sich die Gelegenheit ergibt ... sagen sie zu frischem Fleisch nicht Nein.«

Enattea schluchzt noch lauter.

Der Priester räuspert sich. »Seit diese Kreaturen ihr Unwesen auf dem Friedhof treiben, haben wir den Kindern eingeschärft, nach Sonnenuntergang auf keinen Fall mehr hier zu spielen. Aber Kinder sind nun mal Kinder. Wir fürchten, dass die Burschen den Bau dieser unheiligen Geschöpfe gefunden haben und hineingegangen sind. Es sind sehr ... abenteuerlustige Jungs, müsst Ihr wissen.«

»Abenteuerlustig.« Aibys Blick gleitet über die toten Ghule und die Reihen der Gräber. Dafür, dass der Friedhof mitten in der Stadt liegt, ist er ziemlich groß. Aiby sieht die Frau an.

»Wenn die Ghule sie in ihrem Bau erwischt haben, finden wir vielleicht bloß noch ihre Überreste. Das ist Euch klar?«

Mef grunzt. »Vielleicht? Ziemlich sicher sogar.«

Enattea weint nun völlig hemmungslos. Wieder übernimmt der Priester das Antworten. »Damit Oius ihnen Frieden schenken kann, müssten sie selbst in so einem Fall anständig begraben werden und durch mich seinen Segen erhalten«, sagt er feierlich.

»Klar«, meint Mef sarkastisch.

»Sie könnten aber auch noch leben«, murmelt Decanra.

Angesichts des Leuchtfeuers aus Hoffnung im Gesicht der Mutter fragt Mef: »Woher willst du das wissen?«

Decanra zuckt unter ihrem Umhang mit den Schultern. »Woher willst du wissen, dass sie tot sind?«

»Ich bin auch dafür, dass wir nachsehen«, sagt Aiby. »Cinn?«

»Sie sind tot«, erklärt die Nordländerin ruhig, woraufhin Enatteas Kehle ein schriller Laut entweicht, der kaum noch menschlich klingt.

»Also bist du auf Mefs Seite.« Aiby sieht Narvila an. »Was meinst du?«

Narvila zögert kaum merklich. »Wenn es eine Chance gibt, dass sie noch leben, dürfen wir sie nicht vorschnell abschreiben.«

Decanra nickt, Mef rollt mit den Augen, Cinns Gesichtsausdruck zeigt stoische Unergründlichkeit.

»Dann ist es entschieden«, sagt Aiby. »Wir suchen sie und bringen Euch, was immer wir finden.«

»Sicher einen Mordshaufen Ghul-Scheiße«, seufzt Mef.

Die *Prinzessinnen* suchen in der Richtung, in der die letzten Ghule zu verschwinden versucht haben, nach dem Eingang zum Unterschlupf der Kreaturen, wo diese normalerweise bis zur Nacht warten, damit sie sich ihren schaurigen Schmaus beschaffen können. Mef ist es, die ein paar Spuren findet, denen Cinn einen Hang hinab in einen anderen, älteren Teil des Friedhofs folgt. Wenig später stehen sie vor einer riesigen, halb zerfallenen Familiengruft, die dort neben anderen ähnlich fürstlichen Grabmalen steht. Mehrere Wände und Säulen sind eingestürzt, das Dach ist vor Langem herabgesackt. Cinn leuchtet die Trümmer und Schutthaufen mit einer Laterne ab. »Ich denke, ich sehe den Weg, den sie benutzen, um reinzukommen. Aber wahrscheinlich passen nur Narvila und ich durch.«

»Dann wärt ihr da drin bloß zu zweit«, sagt Aiby nachdenklich.

»Wir haben genug erwischt«, meint Cinn. »Es werden nicht mehr viele übrig sein.«

»Aye.« Aiby zögert. »Na schön. Dann geht. Aber seid vorsichtig.«

Mef klingt nicht so heiter wie beabsichtigt, als sie scherzt: »Damit will sie sagen, dass wir euch nicht retten können, falls ihr da drin jämmerlich um Hilfe schreit.«

Cinn blendet ihre Laterne ab und bedeutet Narvila, ihr zu folgen. Sie quetschen sich durch eine schmale Öffnung in den Trümmern. Narvila folgt Cinn kletternd und kriechend in die Gruft. Schließlich erreichen sie eine vom Schutt halb begrabene Treppe, die steil nach unten in die gähnende Finsternis führt. Cinn gibt Narvila mit einer Berührung zu verstehen, dass sie stehen bleiben soll.

Narvila lauscht, und da hört sie die schabenden Stimmen mehrerer Ghule – und das Weinen mindestens eines Kindes. Ein Hauch, der nach Ghul und Grab und frischem Blut riecht, wählt diesen Augenblick, um von unten in ihre Richtung zu wehen.

Cinn nimmt ihre Hand von Narvilas Schulter. Verstohlen schleichen sie durch die Dunkelheit nach unten, ertasten mit ihren Fersen die Stufen und die Trümmer – bis die Wände ringsum zurückweichen, Narvila und Cinn geradewegs in die Grabkammer stolpern. Cinn öffnet die Blende der Laterne, deren Licht einen Raum mit mehreren gemauerten Sarkophagen erhellt. Mindestens zehn Ghule drehen ihren hässlichen haarlosen Kopf in ihre Richtung und kneifen die Augen zusammen.

Selbst die, die mit blutverschmierter Fratze an der frischen Leiche eines Jungen zerren, dessen Brüder weinend und wimmernd aus einer Ecke der Gruft zusehen müssen.

Narvila geht mit ihrer Schwertlanze brüllend auf die Ghule los; Cinn stellt die Laterne hastig am Boden ab und stürzt sich mit ihren Dolchen lautlos, aber genauso wild auf die Bestien. Sie verstümmelt und tötet gnadenlos, und auch Narvila macht ihren Schnitt, während sie stößt, schlägt und tritt, zupackenden Krallen und zuschnappenden Kiefern ausweicht. Einen Ghul, den sie in die Ecke treibt, schlitzt Narvila von der Leiste, wo irgendwas Verschrumpeltes baumelt, bis zur schmalen Brust auf.

Unglücklicherweise verhakt sich die Klinge ihrer Waffe im Körper der sterbenden Kreatur an einem Knochen. Narvila zerrt und zerrt, bekommt ihre Waffe jedoch nicht heraus. Da sieht sie den Ghul, der einen weiten Bogen um Cinn schlägt und im Schutz zweier Sarkophage gebückt auf Narvila zurennt. Narvila wartet einen Augenblick zu lange damit, ihre Lanze loszulassen und nach Decanras Dolch an ihrem Gürtel zu greifen. Der Ghul springt sie an, bevor sie die Klinge gezückt hat. Narvila fällt auf den Rücken, schlägt sich den Hinterkopf am Steinboden auf und schreit vor Pein und Furcht, als sich die Zähne des Grabschänders durch das dicke Echsenleder in ihre Schulter graben.

Ob Wut, Todesangst, Instinkt oder alles zusammen: Mit dem Dolch, den sie nicht losgelassen hat, sticht sie immer und immer wieder von der Seite auf den Ghul ein, der sich in ihre Schulter verbissen hat. Sein Knurren geht in ein Gurgeln und Spritzen über. Der Leichenfresser bricht auf ihr zusammen. Sein Gestank und ihre Schmerzen vernebeln Narvila die Sinne. Alles dreht sich. Die Dunkelheit und das Licht aus der Laterne wirbeln vor ihren Augen umeinander, ineinander, durcheinander. Die Bisswunde pulsiert im Gleichtakt mit Narvilas Herzen.

Auf einmal ist Cinn da, wälzt den Ghul-Kadaver von Narvila herunter. »Hol die Laterne«, befiehlt sie jemandem, den Narvila nicht sehen kann, und kniet neben ihr nieder. »Ruhig«, sagt sie dann und greift nach Narvilas Hand. »Wir haben alle erwischt. Jetzt bringen wir dich hier raus und … Narvila. Bleib bei mir.« Cinn berührt ihr Gesicht. »Narvila.«

Sie will Cinn sagen, wie angenehm kühl sich ihre Finger anfühlen, weil ihr eigener Körper in Flammen zu stehen scheint. Doch sie kriegt kein Wort heraus. Der Wirbel aus Licht und Finsternis wird, genauso wie ihr Pulsschlag, immer schneller und wilder.

»*Narvila!*«, sagt Cinn beschwörend.

Es hilft nichts.

Cinn, das Licht und die Gruft lösen sich auf.

Alles wird schwarz.

EINST

Manchmal sollten die *Prinzessinnen* verhindern, dass eine Königstochter überhaupt erst in Gefahr geriet. Als Eskorte zu dienen, war für sie also nichts Ungewöhnliches.

Trotzdem war an diesem Auftrag einiges seltsam.

Das sah man schon an der schwarzen Kutsche, die von sechs genauso schwarzen Pferden gezogen wurde. Statt Vorhängen hatte das Gefährt massive hölzerne Fensterläden, die von innen verschlossen und niemals geöffnet wurden, schon gar nicht bei Tag und Sonnenschein.

Denn Aiby, Cinn, Decanra und Mef gaben einer Vampir-Prinzessin Geleitschutz.

Hier in Barundien hatten Menschen und Vampire gerade erst einen Friedenspakt ausgehandelt, da die Verluste auf beiden Seiten zu groß geworden waren. Die Vampire bekamen eine Grafschaft innerhalb des Königreichs und sollten sich mit Freiwilligen begnügen, die aus eigenem Antrieb kamen, den

Vampiren ihr süßes Blut und ihre Loyalität schenkten. Es gab ausreichend Menschen, die nichts lieber als das wollten – das Problem war meistens nur, dass viele Vampire nicht gern auf den Kitzel der Jagd verzichteten.

Hier in Barundien fortan schon. Prinzessin Wyskrid, die Tochter des Anführers der Vampire in dieser Region, hatte soeben die Verträge mit König Phlikip unterzeichnet. Jetzt war es die Aufgabe der *Prinzessinnen*, Wyskrid sicher nach Hause zu bringen, anstatt wie üblich Vampir-Köpfe von Schultern zu schlagen, Reißzähne zu ziehen oder untote Herzen zu pfählen.

Als Söldnertruppe musste man sich dem Wunsch des Auftraggebers fügen. Und Phlikip brauchte unabhängigen Schutz für seinen diplomatischen Gast, da der König seinen Leuten nicht trauen konnte – es gab viele in Barundien, die das Abkommen ablehnten und geschworen hatten, die untote Plage bis zum Letzten zu bekämpfen, völlig unabhängig davon, was auf einem Fetzen Papier stand, den ein verweichlichter König gegengezeichnet hatte.

Aiby und Decanra ritten zu beiden Seiten der fest verrammelten Vampir-Kutsche, Cinn und Mefs Pferd dahinter. Mef saß auf dem Kutschbock und hielt die Zügel. Bei längeren Rasten gesellte sie sich allerdings ins Innere des düsteren Gefährts zu Wyskrid, was die anderen *Prinzessinnen* mit einiger Sorge erfüllte.

Am dritten Abend nahm Aiby ihre Freundin zur Seite. Mef sah zwar zufrieden, aber erschöpft aus – und war fast so blass wie Cinn. »Lässt du dich beißen?«, fragte Aiby geradeheraus.

»Leck mich, Aiby«, gab Mef zurück. Sie wollte an ihr vorbeistolzieren und auf den Kutschbock klettern, doch Aiby hielt sie grob am Arm zurück. »Pass auf«, mahnte Mef.

Aiby lockerte ihren Griff nicht. »Ich versuch nur, auf *dich* aufzupassen.«

Mef riss sich los. »Auf mich muss niemand aufpassen.«

Sie starrten einander an. Decanra und Cinn beobachteten die beiden voller Unbehagen. »Kann sein«, sagte Aiby. »Ich tu's trotzdem. Tun wir doch immer, oder?«

Mef nickte brüsk. »Tun wir. Ist aber unnötig.«

»Sicher?«

Mef gelang eine ziemlich gute Imitation von Aibys üblichem Schnauben. »Sicher. Kann's jetzt endlich weitergehen?«

Am folgenden Nachmittag wurden sie nach einer schwer einzusehenden Kurve von Leuten angegriffen, die den Frieden zwischen Menschen und Vampiren ablehnten. Zwei brennende Heuwagen versperrten der Kutsche die Weiterfahrt. Die Wegelagerer, die nicht auf Beute aus waren, trugen blutrote Kapuzen, außerdem alte Schwerter, Mistgabeln, Spieße, Hacken und Fackeln.

»Wir sind die *Beschützer des Blutes*«, sagte eine der maskierten Gestalten, der Stimme nach ein Mann mittleren Alters. Der Verhüllte deutete mit einer Fackel, die er in einer Hand hielt, anklagend auf die schwarze Kutsche. »Übergebt uns die Untote, und Ihr könnt Eurer Wege ziehen. Wir wollen nur die Blutsäuferin.«

Aiby seufzte. »Gebt die Straße frei. Wir handeln im Auftrag Eures Königs. Die Kutsche und die Prinzessin stehen unter unserem Schutz.«

»Dann habt Ihr Eure Seite gewählt«, spie der Mann mit der sackartigen Kapuze und der Fackel angewidert aus. »Tötet sie alle. Bis zum letzten Tropfen!«

»*Bis zum letzten Tropfen!*«, wiederholten seine vermummten Gefährten und stürmten los.

Aiby und den anderen widerstrebte es, Menschen für das Wohl einer Vampirin zu verletzen oder gar zu töten, aber ihnen blieb keine Wahl. Es ging nun auch um ihr Leben, überdies war ihr Auftrag eindeutig, und auf lange Sicht würde der Frieden den Leuten in Barundien hoffentlich helfen.

Mef stand auf dem Kutschbock und kletterte sogar aufs Dach, um geworfene Fackeln mit dem Schwert abzuwehren, wegzutreten oder zurückzuschleudern. Aiby teilte aus dem Sattel Axthiebe aus. Decanra schleuderte Messer um Messer und zog schließlich ihren Säbel, mit dem sie einen Kapuzenträger niedermachte. Cinn stieg von ihrem Reittier und wirbelte mit kreisenden Dolchen durch die Angreifer, die vom eigenen Schwung in Cinns rotierende Klingen getrieben wurden. Als alle Fackeln erloschen waren, sprang Mef von der Kutsche und stürzte sich in den Nahkampf. Die *Beschützer des Blutes* waren den *Prinzessinnen* zahlenmäßig überlegen, den erfahrenen Söldnerinnen allerdings nicht gewachsen. Sobald die Hälfte der Männer verletzt, sterbend oder tot am Boden lag, zogen sich die übrigen zurück – bei *bis zum letzten Tropfen* hatten die meisten vergessen, dass damit am Ende auch *ihr* Blut gemeint gewesen war.

Aiby und Cinn sahen den Fliehenden kurz nach, dann schoben sie die brennenden Heuwagen zur Seite, damit die Kutsche durchkam.

»Mef hat's erwischt!«, rief Decanra plötzlich.

Cinn und Aiby eilten um die Kutsche, wo Decanra die am Boden liegende Mef untersuchte. »Keine Wunde«, sagte sie. »Sie ist anscheinend einfach zusammengebrochen. Aus Schwäche.«

»Na, so was«, knurrte Aiby und warf der schwarzen Kutsche einen Blick zu, als würde sie am liebsten mit der Axt ein Loch hineinhacken und die Sonne ihr Werk tun lassen.

Etwas hinter den geschlossenen Fensterläden schien zurückzustarren.

Zu Aibys Überraschung erklang zudem gedämpft Prinzessin Wyskrids Stimme: »Ich habe mich mit einer Decke verhüllt. Bringt Mef zu mir rein. Hier kann sie sich ausruhen.« Und mit einem Hauch Gedanken lesenden Sarkasmus: »Aber lasst die Tür nicht länger offen als nötig.«

»Versuchung und so«, murmelte Aiby, während sie Mef hochhob.

Als sie nach Sonnenuntergang die Grenze der frisch legitimierten Vampir-Grafschaft erreichten, wartete bereits eine Gruppe berittener Vasallen von Prinzessin Wyskrids Eltern auf sie – manche von ihnen menschlich, die meisten nicht. Große Fledermäuse flatterten zahlreich über ihren Köpfen.

»Idyllisch«, kommentierte Cinn.

Aiby klopfte halbherzig und öffnete die abweisende Tür der Kutsche. Mef lag der Länge nach auf einer der gepolsterten Sitzbänke. Wyskrid, die ein enges schwarzes Kleid mit Unmengen an Spitze trug, hatte Mefs Kopf in ihren Schoß gebettet und streichelte mit langen Fingern Schläfe und Hals der *Prinzessin.*

Unter den wachsamen Blicken der untoten Untertanen beugte sich Aiby in die Kutsche, um Mef aus der Liebkosung der Vampirin entgegenzunehmen und nach draußen zu heben.

Wyskrid folgte ihr bis zur Kutschentür. »Sagt ihr, dass es mir leidtut. Und dass ich an sie denken werde.«

Aiby setzte Mef, die etwas Unverständliches murmelte, vor Cinn in den Sattel, die den Arm um ihre schwache Gefährtin legte. Derweil kletterte Decanra vom Kutschbock, wo stattdessen ein bleicher Diener der Vampir-Prinzessin Platz nahm.

»Sie wird sich erholen«, versprach Wyskrid.

»Aber wird sie auch ganz die Alte sein?«, fragte Aiby mühsam beherrscht. Die Vampire spannten sich an, denn sie hörten den Unterton in ihrer Stimme. Cinn und Decanra machten sich ihrerseits bereit.

»Es sind keine Folgen zu befürchten«, antwortete Wyskrid ruhig. »Darum ging es mir nicht. Das mit ihr war ... etwas anderes. Lebt wohl! Ich werde euch nicht vergessen. Mefandrele am allerwenigsten.«

Die Tür der Kutsche wurde geschlossen, und Wyskrid und ihre neue, wesentlich passendere Eskorte setzten ihren Weg in die Grafschaft und eine Zukunft mit einem fragwürdigen Frieden fort. Eine Wolke aus Fledermäusen schien ihnen zu folgen.

Die *Prinzessinnen* sahen ihnen nach, bis die Nacht sie verschluckte.

Cinn veränderte ihren Griff um Mef, die an ihr lehnte und mittlerweile wieder fest schlief. »Sagen wir ihr, dass sie einer Vampirin das Herz gebrochen hat?«, fragte Cinn.

Decanra lenkte ihren Grauen neben Cinns Rappen und betrachtete Mef. »Lieber nicht. Sie ist schon selbstbewusst genug.«

»Verschwinden wir hier«, sagte Aiby. »Ich hab die Schnauze voll von Vampiren, denen ich nicht den Kopf abschlagen darf.«

NARVILA

Narvila kommt in einem hellen Raum und einem weichen Bett zu sich. Sonnenstrahlen scheinen durch ein geöffnetes Fenster, sie hört Vogelgezwitscher und die Geräusche einer geschäftigen Stadt. Sie genießt einen köstlich-friedlichen Moment wohligen Schwebens in der Sorglosigkeit – so, wie sie es vor gar nicht so langer Zeit an den meisten Morgen im Schloss ihrer Familie in Besgios getan hat.

Dann beißt die Realität zu wie ein Ghul.

Voller Panik schlägt Narvila die Augen auf.

»Na, du?«, sagt Mef, die mit übergeschlagenen Beinen auf einem Stuhl neben dem Bett lümmelt. Sie legt eine Hand auf die Bettdecke, da Narvila Anstalten macht, in hektische Bewegungen zu verfallen und sich schnell aufzusetzen. »Hey. Bleib liegen. Alles gut.«

Unter Mefs Berührung sinkt Narvila wieder zurück. Ihre Schulter ist steif, was hauptsächlich an einem Verband liegt. »Wie lange …?«

»Vier Tage.« Mefs Gesichtsausdruck verfinstert sich kurz. »Die erste Nacht war richtig übel. Wir wussten nicht, ob du es überstehst. Als die Heilerin dann endlich sagte, dass das Gröbste überstanden und das Gift so gut wie draußen ist, bist du zwischendurch immer mal wach geworden, hast ein paar Löffel Suppe geschlürft und wirres Zeug geredet. Eigentlich ganz süß. Aber daran kannst du dich wohl nicht erinnern.«

»Nicht so richtig.«

»Hast du Durst? Hunger? Irgendein anderes Bedürfnis, das ich befriedigen kann?«

Narvila stolpert durch ihre Erinnerungen an die Gruft. »Der Ghul ...«, flüstert sie rau.

»Ah. Ja. Du hast dich von einem Ghul küssen lassen. Richtig. Ganz tolle Idee übrigens. Mich verschmähst du, aber einen Ghul willst du ...?« Mef tut, als sei sie beleidigt. Schon ernster sagt sie: »Cinn hat dich zu uns zurückgeschleppt. Das heißt, geschleift.« Mef zögert kurz. »Sie macht sich große Vorwürfe.«

»Muss sie nicht. War meine eigene Schuld.« Die Erinnerung schmerzt Narvila auf mehr als eine Weise. »Hab die Lanze zu spät losgelassen.«

Vorsichtig betastet sie den Verband.

Mef liest ihre Gedanken. »Das gibt sicher eine Narbe.«

»Du sagst das, als wär es was Gutes.«

»Eine *Prinzessin* ohne Narbe ist keine *Prinzessin.* Und Narben sind köstliche erogene Zonen.« Mef grinst. »Soll ich dir meine liebste zeigen?«

»Im Moment nicht, danke.« Es bleibt vermutlich nicht bei einer oberflächlichen Narbe, fürchtet Narvila. Wenn sie die Augen schließt, sieht sie die hässliche Fratze des Ghuls, spürt sie sein Gewicht auf sich, schmeckt sie seinen widerlichen Atem und fühlt sie die stechende Pein, als sich seine Zähne in sie gegraben haben.

»Alles in Ordnung?«, fragt Mef besorgt.

Narvila nickt mit geschlossenen Augen. »Bleibst du bei mir?«

»Ich hatte nicht vor, irgendwohin zu gehen, Süße. Sonst noch was?«

»Mh. Erzähl mir was.«

»Was denn? Was ich letzte Nacht mit Harcyana getrieben habe?«

»Irgendwas.«

»Ich könnte dir davon erzählen, wie ich mal eine Vampir-Prinzessin verführt hab. Die anderen tun zwar so, als wäre das nie passiert, aber ... meine Schönheit war wie ein Pflock in ihrem Herzen.«

»Ich hör mir alles an«, sagt Narvila ehrlich.

»Hauptsache, es lenkt dich von Gedanken an deinen Ghul-Galan ab, was? Damit du heute Nacht nicht aus dem Fenster kletterst und mit ihm durchbrennst? Was denn? Zu früh?«

Narvila lächelt schwach. »Denkst du, es wird mich beeinträchtigen?«

»Die Schulter? Die ist in ein paar Tagen wieder heil.«

»Die Niederlage.«

Mef runzelt die Stirn. »Das war keine Niederlage.«

»Nein? Was denn dann?«

»Ein Kampf. Und wir haben gewonnen. Mit ein paar Kratzern, na schön, aber wir haben gewonnen. Manchmal geht es nicht ohne.«

Narvila seufzt. »Ich dachte wirklich, dass ich Fortschritte mache. Besser im Kampf, weniger Gekotze danach. Tja. Und dann reg ich mich erst über die Sache mit der *Metzelei* auf, und kurz darauf lass ich mich von einem Ghul beißen. Ihr müsst doch denken, dass ich dasselbe Dummchen wie am Anfang bin, als wir uns getroffen haben.«

»Ah!« Mef strahlt. »Das weiß ich noch, als wär's gestern gewesen! Du warst an einen Baum gefesselt und hattest dich gerade von oben bis unten vollgekotzt. Hm. Jetzt, wo ich drüber nachdenke, war Kotzen irgendwie schon immer dein Ding, oder?«

»Sehr witzig.«

»Nicht wahr?«

»Aber im Ernst, Mef. Ausgerechnet jetzt, so kurz vor Filryns Hochzeit und der Abstimmung, wie es mit mir weitergehen soll. Bei Aiby klang das neulich, als könnte ich es mir noch kurz vor dem Ziel versauen.«

»Mach dir deshalb mal keine Sorgen.« Mef tätschelt erneut die Bettdecke und Narvilas Bein darunter. »Meine Stimme hast du.«

»Im Ernst?«

»Klar. Und jetzt schlaf noch ne Runde. Du brauchst Ruhe.« Mef lehnt sich zurück. »Ich hoffe, du wachst das nächste Mal auf, wenn Cinn hier sitzt. Ihr zwei müsst dringend reden. Sie martert sich mit ihren Selbstvorwürfen ... sie redet noch weniger als sonst, kannst du dir das vorstellen?«

Narvila verändert ihre Position auf dem großen Kissen, was ihrer Schulter missfällt.

»Cinn sitzt auch hier?«

»Das tun wir alle. Wir wechseln uns ab. Eine muss ja aufpassen, dass du nicht stiften gehst, um deinen Ghul zu besuchen.« Mefs Lächeln ist voller Wärme und wunderschön, woran keine Narbe je etwas ändern wird. »Schlaf jetzt. Und wenn du irgendwann wieder Zuwendung brauchst, komm zu mir, und geh nicht wieder zu einem Leichenficker. Versprochen?« Mef fährt mit ihrer Hand über ihren Körper. »Ich meine, du könntest all das haben, und dich interessiert ein Ghul?« Das Lächeln wandelt sich in ein typisches Mef-Grinsen. »Was denn? Immer noch zu früh? Komm schon, sei nicht so zimperlich, sonst muss ich mir das mit meiner Stimme doch noch mal überlegen ...«

Nicht lange vor Prinzessin Filryns Traumhochzeit betritt Narvila, deren Schulter kaum noch Probleme macht und die sogar schon wieder mit ihrer Schwertlanze arbeiten kann, den Schankraum des an diesem Abend brummenden *Trommlers*. Das Publikum an den Tischen und am Tresen, zwischen denen sich Harcyana und drei andere Bedienungen hindurchschlängeln, ist bunt gemischt. Ob Kaufleute, Handwerker, Säufer, Aufreißer, Barden oder Freier: Alle reden über die Hochzeit, aber auch über zig andere Dinge, Preise für Rinder und Schafe, eine Hinrichtung, ein Feuer in einem Bordell mit einem Lochfeen-Problem, die Sichtung eines Drachen nur wenige Tagesritte von Dretvik entfernt und so weiter und so fort.

Narvila hält nach ihren Freundinnen Ausschau.

Cinn und Decanra hocken in einer Sitznische am Rand des Treibens und verputzen ein spätes Abendessen aus Obst und Käse. Mef, wie üblich von Bewunderern und Bewunderinnen umringt, macht Harcyana schöne Augen, wann immer diese mit ihrem Tablett vorbeikommt und sich selbst erfolglos ein Lächeln zu verkneifen versucht. Aiby trinkt, redet und lacht an einem Tisch in der Schankraummitte mit ein paar Kriegern, die sie aus ihrer Zeit bei einer anderen Söldnertruppe kennt. Die Männer haben eine Karawane nach Dretvik eskortiert und zechen seit ein paar Tagen zufälligerweise ebenfalls im *Trommler.* Von allen Gästen lachen und grölen Aiby und ihre alten Kumpane am lautesten.

»Weißt du noch, damals, der Satyr-Schamane, der sich nur als verwilderter alter Ziegenbock entpuppte?«, brüllt Aiby lachend und schlägt mit der flachen Hand mehrmals auf den Tisch.

»Hat dich aber nicht davon abgehalten, dich an ihn ranzuschmeißen!«, bellt ein glatzköpfiger Rauschebart neben Aiby.

»Aye!« Sie nimmt einen großen Schluck Wein, wischt sich den Mund mit dem Handrücken ab und grinst breit. »Kein Wunder, wenn man wochenlang mit euch hässlichen Fickern unterwegs ist! Da war er ein willkommener Anblick – und Geruch!«

Noch lauteres Gelächter und Geheule.

Narvila steuert die Nische an, in der Decanra und Cinn sitzen.

»Na, da schau her, was die Schattenkatze angeschleppt hat«, sagt Decanra. »Unsere kleine Ghul-Herzensbrecherin stürzt sich auch mal wieder ins Nachtleben. Bisschen Vorglühen, bevor es auf den Friedhof zu deinem Liebsten geht?«

»Sehr witzig.« Narvila schiebt sich neben Decanra auf die Bank. »Die Sprüche hat Mef alle schon vor Tagen gebracht.«

Decanra lächelt. »Alles gut?«

»Ja. Es juckt heute nur wie verrückt.«

»Wir sprechen noch immer von deiner Schulter, oder?«

»*Sehr witzig*«, wiederholt Narvila genervt.

Decanra zwinkert ihr zu. »Wenn es juckt, ist es ein Zeichen dafür, dass es heilt.«

»Ach! Ich dachte, du kennst dich vor allem damit aus, Leute umzubringen.« Narvila hört selbst, wie böse das klingt, und es ist ihr schnuppe. »Was weißt du von Heilung?«

»Man muss das eine kennen, um das andere zu können.«

»Faszinierend.«

»Nicht wahr?«

Cinn trinkt in einem Zug ihr Bier aus. »Bis später«, brummt sie, rutscht von der Bank und verlässt die Nische.

Narvila blickt ihr nach. »Da freut sich aber jemand, mich zu sehen.«

»Sie wär eh gegangen.« Decanra klaubt eine Traube von dem Teller, der vor ihr auf dem zernarbten Tisch steht. »Seit du verletzt wurdest, schleicht sie sich so gut wie jeden Abend irgendwann davon. Ich hab schon drauf gewartet, bevor du nur einen Fuß in den Schankraum gesetzt hast. Und dann war eh klar, dass sie nicht mehr lange bleibt.«

Narvila gibt einen Seufzer von sich. »Mef hat erwähnt, dass Cinn sich Vorwürfe macht. Weil es mich in der Gruft erwischt hat. Ich konnte leider noch nicht mit ihr allein reden, sonst hätte ich ihr längst versichert, dass sie nichts dafürkonnte. Doch wie du siehst, geht sie mir ja aus dem Weg.«

Noch eine Traube verschwindet in Decanras Mund. »Du weißt doch, wie Cinn ist.«

»Ja. Trotzdem. So kann das nicht weitergehen.« Narvila windet sich ebenfalls wieder aus der Sitznische. »Echt nicht. Das ging jetzt lange genug.«

»Was hast du vor?«

»Cinn und ich müssen das endlich klären, findest du nicht?«

»Nun. Schon.« Decanra betrachtet im Schein der Lampen die nächste Traube. »Aber ich glaub nicht, dass Cinn das auch so sieht …«

»Ganz ehrlich? Das ist mir verfickt egal.«

»Unter diesen Voraussetzungen«, sagt Decanra mit einem schiefen Grinsen, »wird das sicher ein fantastisches Gespräch. Schade, dass ich nicht dabei sein kann.«

»Und wenn schon«, nuschelt Narvila und folgt Cinn durch den Schankraum, was bei dem Gedränge nicht ohne Schieben, Knuffen, Stoßen und Drücken geht. Sie merkt, dass ihre Schulter kaum noch Probleme bereitet, höchstens wenn sie sich zu viele Gedanken macht und sie grundlos schont.

Aiby streckt einen Arm aus, als Narvila an dem Tisch vorbeiläuft, wo sie mit den anderen Söldnern bechert und labert, und zwar in genau dieser Reihenfolge.

»Narvila!« Aiby ist besoffen und laut, lauter noch, als es bei dem Getöse nötig wäre. »Solltest du nicht im Bett sein?«

»Sollte sie!«, ruft ein Söldner, der eine ärmellose Fellweste und dicke Lederarmbänder trägt. »Mit mir!«

Seine Kumpane lachen, nur Aiby und Narvila finden es nicht allzu komisch. »Narvila hat vor einer Weile erst einen Drachen mit einem riesigen Schwanz erledigt«, sagt Aiby und verschweigt, dass es ein kleiner Korndrache gewesen ist. »Sie steht nicht auf Würmer.«

Darüber müssen die Kerle noch heftiger lachen. Der Söldner, dem die Bemerkung gegolten hat, macht gute Miene zum bösen Spiel, grinst schief und prostet Narvila und Aiby entschuldigend bis anerkennend zu.

»Mir geht's gut«, sagt Narvila. »Keine Sorge. Ich hab mich lang genug ausgeruht.«

»Na dann! Willst du dich zu uns setzen? Die Mistkerle bellen alle nur, beißen aber nicht, versprochen.«

»Nur wenn du das willst«, lallt ein anderer Söldner.

Aiby schnaubt, und es klingt wie ein Grunzen. »Wir plaudern über die alten Zeiten. Vielleicht lernst du ja was? Und sei es nur, wie man es nicht macht, was, Jungs?«

»Danke, aber ich muss mit Cinn reden.«

»Cinn?« Aiby runzelt die Stirn bei dem Versuch, den Nebel aus Wein zu durchdringen. »Mh. Na dann viel Glück, schätz ich.«

»Danke. Bis später.« Narvila umschifft einen Pulk teuer gekleideter Kaufleute mit langen roten Gewändern, schwarzer Haut und rasierten Schädeln, die mit allerhand Gepäck am Tresen stehen, und durchquert mit einiger Mühe eine angetrunkene Gesellschaft, die sich auf dem Weg zur richtigen Tür verlaufen hat. Sie geht durch den Gang, der zur Treppe mit den vermieteten Zimmern führt. Harcyana sitzt auf der vorletzten Stufe.

»Suchst du Cinn? Sie ist hinten raus.«

»Danke. Lass Mef nicht sehen, dass du Pause machst, sonst hast du keine Ruhe.«

»Wer sagt denn, dass ich meine Ruhe vor Mef haben will?«, erwidert Harcyana lächelnd.

»Oh. Verzeih. Dann viel Spaß.«

Harcyanas Grinsen wird noch breiter. »Den werden wir haben.«

Narvila erreicht den düsteren Innenhof zwischen Gasthaus und Stallungen. Sie sieht gerade noch, wie Cinn durch das Tor im hohen Lattenzaun tritt und in der Nacht verschwindet. Narvila beschließt, Cinn nicht wie eine eifersüchtige Ehefrau nachzurufen und wahrscheinlich ignoriert zu werden, sondern ihr kurzerhand zu folgen. Auch, weil sie ein klein wenig neugierig ist, wohin Cinn geht und wieso es den anderen so egal zu sein scheint, wo eine der *Prinzessinnen* sich rumtreibt, wenn sie ständig auf eigene Faust loszieht.

Jedoch bereut Narvila es, ihren Harnisch und ihre Schwertlanze auf ihrem Zimmer gelassen zu haben, nun, da sie allein durch das nächtliche Dretvik gehen muss. Aber Cinn ist ja praktisch in Rufweite, und die anderen Nachtschwärmer scheren sich kaum um Narvila – und vielleicht, so hofft sie, ist nach diesen Monaten als *Prinzessin* längst etwas in ihrer Haltung und Ausstrahlung, das ihr den Ärger vom Leib hält, weil sie wie eine Frau aussieht, die eher Ärger *machen* kann.

Cinn führt sie allerdings in eine Gegend, in der bald schon kein Licht mehr aus den Fenstern hell erleuchteter Gasthäuser und Tavernen fällt, keine Stadtwächter mehr patrouillieren, immer weniger wohlanständige Bürger und Besucher Dretviks durch die Nacht flanieren, rufen, scherzen, lachen und schäkern. Da sonst kaum jemand in diesen Gassen unterwegs ist, muss sich Narvila relativ weit zurückfallen lassen, um Cinn nicht mit ihren Schritten zu alarmieren. Sie spürt Blicke auf sich ruhen, ohne ihre Beobachter in der Finsternis der Hinterhöfe, Keller, Treppen, Durchgänge und Gassen entdecken zu können. Aber ihre Sinne sind nicht mehr die einer verwöhnten, verweichlichten Prinzessin, die den ganzen Tag sicher im Schloss sitzt, sondern hellwach und aufmerksam.

Als Cinn am Ende einer Seitenstraße um eine Ecke gebogen ist, überrascht es Narvila daher nicht allzu sehr, dass vor ihr unversehens zwei Gestalten aus der Dunkelheit treten und ihr den Weg versperren.

»Wo willst du denn so spät hin, Prinzessin?«, fragt einer der Schatten – ein junger Mann, der eine verwirrend angenehme Stimme hat, trotz des bedrohlichen Untertons darin und seiner kaum missverständlichen Absichten.

»Und wie kommst du drauf, dass du keinen Wegzoll zahlen musst?«, sagt sein größerer, dickerer Begleiter, der eher unfreundlich brummt.

»Wir nehmen Münzen, aber auch Möse, falls du dir Sorgen machst, wie du bezahlen sollst«, ergänzt der Erste, und Narvila kann sein Grinsen geradezu hören.

Ihr Herz schlägt schneller, doch das tut es vor jeder Auseinandersetzung. Dennoch denkt sie daran, seit den Ghulen wenig gekämpft zu haben, schon gar nicht ernsthaft und bei vollem Einsatz, auf Leben und Tod.

Angst verspürt sie dennoch keine. Vielmehr ist sie wütend. Nicht nur, weil die Typen schuld daran sind, dass sie Cinn aus den Augen verloren hat. Sondern weil sie sich auch fragt, wie viele Frauen diese Arschgesichter schon nachts abgefangen und um etwas erleichtert haben, das sie ihnen niemals freiwillig gegeben hätten.

»Hat's dir die Sprache verschlagen, Schätzchen?«

»Nein«, erwidert Narvila, geht auf die beiden zu und tritt dem größeren Schwanzlurch schwungvoll zwischen die Beine, sodass er mit einem jämmerlichen Laut zusammenklappt.

»Du Fotze!«, sagt sein Kumpan, und der Honig in seiner Stimme gibt dem Wort einen bizarr liebevollen Klang.

Das Messer, das er zieht, verspricht keinerlei Sanftheit.

Narvila weicht seinem Angriff aus, schlägt seinen Arm zur Seite und rammt dem Kerl ihre Hand fest zwischen Kinn und Hals. Er torkelt würgend nach vorn; Narvilas nächster Schlag erwischt ihn so hinter dem Ohr, dass er auf seinen Freund fällt.

»Seid froh, dass ich keine Zeit hab, euch die Eier abzuschneiden«, knurrt Narvila. »Blöde Ficker«, fügt sie hinzu, steigt verächtlich über die beiden hinweg, tritt dabei noch auf ein paar Finger, die unter ihren Stiefelsohlen brechen, und eilt weiter.

Die Gasse mündet in einer Kreuzung, umgeben von weiteren gesichtslosen, heruntergekommenen Mietbaracken. Von Cinn keine Spur. Narvila lauscht, hört aber nicht mal mehr ferne Schritte. Einen Moment überlegt sie, es gut sein zu lassen, die Verfolgung abzubrechen und zum *Trommler* zurückzugehen.

Aber Aufgeben passt nicht mehr zu ihr.

Zu dem Anspruch, den sie an sich stellt.

Dem Bild, das sie von sich selbst hat und das die Welt von ihr haben soll.

Narvila blickt in beide Richtungen, lauscht auf Schritte und alles andere, hört allerdings lediglich ein fernes Murmeln. Da das gedämpfte Geräusch ihre einzige Spur ist, folgt sie ihm bis zu seiner Quelle. Sie kann nur vermuten, dass Cinns Ziel die Taverne im Erdgeschoss eines Hauses gewesen ist, deren Fensterläden verschlossen sind und hinter denen das Gemurmel hervordringt. Das Holzschild über der Tür hat die Form eines Fasses, der Name des Ladens ist aber verwittert und im Dunkeln unlesbar.

Narvila tritt ein und erfasst auf Anhieb die Kundschaft, die ganz anders aussieht als im *Trommler*: viel Leder und Metall, mehr offen getragene Waffen, härtere Blicke, grimmigere Mienen, fiesere Narben. Es riecht nach Schweiß, Alkohol und frischem Blut. Letzteres hat sicher mit dem großen Ring in der Mitte der Spelunke zu tun, dem Zentrum der allgemeinen Aufmerksamkeit – einem Rechteck, das von vier dicken Holzpfosten abgesteckt wird, doppelt so hoch wie Narvila und mit dazwischengespannten Fischernetzen. Auf einer Seite gibt es noch eine Tür, ein schlichter Holzrahmen mit noch mehr Netz.

Durch die wird gerade ein Bewusstloser – zumindest hofft Narvila, dass er bloß besinnungslos ist – geschleift. Sein

Gesicht ist blutüberströmt. Im Käfig lässt sich ein riesiger Hochländer mit Muskeln, Zöpfen, Bart und ähnlichen Ganzkörpertätowierungen wie Aiby von der Menge feiern. Lachend fegt er mit den Füßen ein paar zuvor ausgeschlagene Zähne seines Gegners aus dem Käfig.

Die von Alkohol und Gewalt berauschte Meute johlt und pfeift, klopft auf die Tische und stampft mit den Füßen. Der wohl erst kurz vor Narvilas Ankunft beendete Kampf wird diskutiert und Wetten werden ausgezahlt, was außerhalb des Käfigs zu weiteren Gewaltausbrüchen führt, die niemanden groß scheren. Falls es einen Rausschmeißer gibt, zeigt er sich nicht.

Narvilas Instinkte raten ihr, diesen Ort schnellstens zu verlassen. Das Ende des Kampfes mag ihre Ankunft überschattet haben, nun richten sich aber mehr und mehr abschätzende Blicke auf sie, und hier drinnen ist ihre neue Härte nicht ganz so viel wert, wie sie sich eingestehen muss, schon gar nicht ohne Rüstung und Lanze. Narvila hat die Hand bereits wieder so gut wie auf dem Türgriff liegen, da bemerkt sie Cinn, die sich durch die Menge der zumeist größeren Zecher, Zocker und Zuschauer dem Käfig nähert. Dort angekommen, legt Cinn das Geschirr mit ihren Dolchen ab, zieht ihren Harnisch aus und betritt in Hose und ärmellosem Unterhemd den Ring, was mit Rufen und Klatschen quittiert wird. Ein Kerl schließt die Tür hinter ihr.

Bei den erwartungsvollen Gesichtern der Meute wird Narvila klar, dass Cinn nicht zum ersten Mal in diesem Ring steht, man ihre Gefährtin in diesem Loch kennt. Statt die Taverne wie geplant zu verlassen, drängt Narvila sich deshalb näher an die vergitterte Arena heran, die nun von Neuem in den Mittelpunkt des Interesses rückt, was Narvila etwas beruhigt.

Was man von dem Paar im Käfig keineswegs sagen kann.

Es gibt keine Vorrede, keinerlei Zeremoniell und schon gar keinen Ringrichter. Die zierliche Cinn und der hünenhafte Hochländer nehmen einander gegenüber Aufstellung, heben die bandagierten Fäuste halb vors Gesicht, umkreisen sich lauernd – und gehen plötzlich mit Schlägen und Tritten aufeinander los. Cinn ist dabei ganz still, der Hochländer brüllt aus voller Kehle. Die Menge explodiert, buht und feuert an. Cinn weicht mehreren Hieben aus, die den Zuschauern ein ums andere Mal ein Raunen entlocken. Ihr viel größerer, viel schwererer Gegner springt dafür überraschend behände über Cinns Fußfeger hinweg und versucht, auf ihrem ausgestreckten Bein zu landen. Cinn rollt sich zur Seite, kommt schnell hoch, weicht ihrerseits einem Kniestoß aus und hat mit einem eingehakten Bein und einem Wurf Glück. Sie will nachsetzen, tritt nach dem Kopf ihres Kontrahenten, aber der bringt sich außer Reichweite und steht für seine kräftige Statur erneut erstaunlich flugs auf, wie Narvila anerkennen muss.

Jetzt umkreisen sie einander wieder. Als Cinn unter einem Ansturm aus Schlägen wegtaucht, kippt ein Arschloch an einem Tisch direkt am Käfig sein Bier durch eines der Fischernetze auf Cinn. Sie wischt sich hektisch das Gesicht ab, doch die Ablenkung und das Brennen in den Augen genügen: Cinns Widersacher trifft sie mit einem Faustschlag, der sie gegen den Käfig schleudert. Sie federt aus dem sich nach außen wölbenden Netz und läuft direkt in einen weiteren Schwinger, der sie diesmal von den Beinen holt. Blut spritzt aus Cinns Mund. Das Publikum rastet aus.

Aber Narvilas Freundin ist zäh. Während ihr Gegner aus Aibys geliebtem Hochland glaubt, sich feiern lassen zu können, und wie ein Gockel durch den Ring stolziert, dreht Cinn sich auf den Rücken – und empfängt den Kerl, sowie er sie weiter bearbeiten oder ihr den Rest geben will, mit einem bösen Tritt in die Eier.

Die Männer in der Spelunke teilen den Schmerz stöhnend, die wenigen Halsabschneiderinnen und Huren in der Menge applaudieren.

Narvila klatscht ebenfalls schadenfroh.

Doch der Hochländer kann seinerseits einstecken. Allerdings ist er nun stinkwütend. Cinn, die inzwischen eine aufgeplatzte Lippe und eine blutende Schläfe hat, nimmt die Deckung hoch. Sie lässt den Typen heranstürmen und duckt sich weg. Statt ihn anzugreifen, rennt sie an ihm vorbei auf die gegenüberliegende Seite des Rings, wo sie mit den Füßen voran gegen die Netzwand springt, die sich abermals nach außen biegt – und Cinn zurück in Richtung Ringmitte schleudert, wo sie auf den Hochländer prallt und dessen von umherwirbelnden Zöpfen gekrönten Schädel mit einem Armgriff und all ihrem Schwung brutal zur Seite dreht.

Das Knacken der Halswirbel lässt Narvila wie alle anderen in der Taverne zischend zusammenzucken und dann betreten verstummen.

Der Hüne und Cinn gehen zu Boden, aber nur die *Prinzessin* steht wieder auf. Sie posiert nicht, feiert nicht, spielt nicht mit dem Publikum. Ihre blutige Gesichtshälfte ignorierend, fixiert sie die Anwesenden, als wolle sie einen möglichen Herausforderer warnen, sich besser nicht mit ihr anzulegen. Narvila sieht, dass der Drecksack, der sein Bier auf Cinn gekippt hat, sich so unauffällig wie möglich aus dem Staub macht. Niemand nähert sich dem Ring. Cinn schleppt sich zur Käfigtür, die von außen wortlos geöffnet wird.

Narvila ist zur Stelle und stützt ihre Freundin. Cinn verliert kein Wort über Narvilas Anwesenheit und legt ihr nur einen Arm um die Schultern. Narvila nimmt ihren Harnisch, ihre Dolche und einen Sack Münzen entgegen, wohl Cinns Anteil an den Wetten auf ihren Kampf. Sie hält die Waffen ihrer Gefährtin wie ein Zepter vor sich und teilt damit auf dem Weg zur Tür der Kaschemme die Menge.

Während die meisten Zecher und Zocker noch immer auf den reglosen Hochländer mit dem zur Seite gedrehten Kopf im Käfig starren, verlassen Narvila und Cinn unbehelligt die verlotterte Taverne.

»Ich hätt nicht gedacht, dass du mir auch in das Drecksloch nachläufst«, sagt Cinn auf dem Rückweg zum *Trommler.*

»Du wusstest, dass ich dir folge?«

Das Geräusch, das Cinn entweicht, ist ein aus Belustigung und Schmerz geborenes Knurren.

»Wieso hast du nichts gesagt?«, fragt Narvila gekränkt.

»Keine Lust.«

»Hast du auch mitgekriegt, dass ich angegriffen wurde?«

»Die beiden Ficker zählen wohl kaum als Angriff.«

Narvila schnaubt wie Aiby. »Können wir jetzt reden?«

»Wir reden doch schon.«

»Du weißt, was ich meine.«

Cinn seufzt. »Sag einfach, was du zu sagen hast.«

»Wie du willst. Also: Wieso gehst du mir aus dem Weg? Weil du dir die Schuld an meiner Verletzung gibst?«

Cinn antwortet nicht.

»Du kannst mich jetzt nicht ignorieren, Cinn.«

»Nicht?«

»Nein.«

Cinn knurrt. »Ich hätte in der Gruft besser auf dich aufpassen müssen«, sagt sie anschließend leise. »Das hätte nicht passieren dürfen.«

Jetzt macht Narvila ein verärgertes Geräusch. »Du kannst nichts für meinen Fehler.«

»Ich hatte die Verantwortung für dich.«

»Hast du die auch, wenn Decanra oder Aiby verletzt werden? Oder Mef? Oder nur bei mir?«

»Ich …«

»Was siehst du in mir?«, fragt Narvila, plötzlich ziemlich aufgebracht. »Und das frag ich jetzt nicht wegen Filryns Hochzeit. Scheiß drauf! Was bin ich nach all der Zeit für dich? Eine echte *Prinzessin*? Oder nur ein lächerliches Anhängsel?«

Cinn atmet durch und zuckt zusammen, als der Schmerz kommt; Narvilas Mitleid hält sich gerade in Grenzen.

»Du bist eine *Prinzessin*«, antwortet Cinn schließlich.

»Na also. Da hast du's. Dann bin ich auch für meine eigenen Fehler verantwortlich. Und niemand sonst.«

Cinn sagt nichts, widerspricht allerdings auch nicht, und das genügt Narvila in diesem Fall.

Den Rest des Weges durch die Nacht bringen sie schweigend hinter sich.

»Muss mich kurz ausruhen«, presst Cinn im Innenhof des *Trommlers* hervor. Narvila hilft ihr, sich auf eine gemauerte Tränke zu setzen.

»Machst du das öfter?«, fragt sie. »Das mit dem Käfig, mein ich?«

»Manchmal. Wenn ich mich abreagieren muss und nichts anderes da ist. Kämpfen geht immer. Die Käfige reizen mich, seit mein Vater mich zum Zuschauen mit zu meinem ersten Kampf genommen hat.«

»Ich weiß eigentlich gar nichts über dich und deine Familie.«

Cinn dreht den Kopf zur Seite. Narvila braucht kein Licht, um die Intensität des Blicks zu spüren. »Ich erzähl dir jetzt nicht meine Lebensgeschichte«, sagt Cinn eisig.

»Schade. Dachte, das würdest du mir schulden, nachdem du mich praktisch an einen Ghul verfüttert hast.«

»Ha«, entfährt es Cinn. Sie zögert. »Ich wusste lange nicht, dass ich eine Prinzessin war, und als ich es erfuhr, war es schon zu spät und hatte mein Leben zerstört. Mehr gibt es dazu nicht zu sagen.«

»Na dann. Und jetzt denkst du, dass wir quitt sind?«

»Quitt?«

»Ein ganzes Stück Schulter gegen ein klitzekleines Stück Vergangenheit?«

»Du hängst zu viel mit Mef rum«, seufzt Cinn.

Sie gehen weiter. Bei jedem Schritt durch den Hof scheint die schmächtige, auf Narvila gestützte Cinn schwerer zu werden. Doch sie erreichen die Hintertür – wo Cinn anhält, wenngleich nicht aus Sorge um Narvilas Belastungsgrenze. »Hörst du das?«, sagt sie angespannt und wachsam. »Es ist viel zu still.« Cinn muss es erst aussprechen, damit Narvila ihrerseits auffällt, wie ruhig der *Trommler* daliegt: kein Getöse und Gelächter mehr. Der Gasthof ist beleuchtet, aber verdächtig still. »Gib mir meine Dolche.«

Narvila folgt Cinns Anweisung, zückt ihre eigene Klinge und reißt die Hintertür auf.

Der rothäutige Mann auf der anderen Seite, der Wappenrock, Halbrüstung und Helm der Stadtwache von Dretvik trägt, zuckt vor den zwei *Prinzessinnen* mit blankem Stahl in den Händen zurück.

Er richtet seine Hellebarde auf sie. »Hier sind noch zwei!«, ruft er zudem über die Schulter nach hinten, woraufhin das Stapfen schwerer Stiefel und das Scheppern diverser Rüstungsteile und Waffen herbeieilende Verstärkung ankünden: fünf weitere Soldaten mit Schwertern und Hellebarden.

»Was ist hier los?«, fragt Cinn wenig beeindruckt.

»Maul halten!«, bellt einer der hinzugekommenen Soldaten, dem Abzeichen auf seinem polierten Harnisch nach ein Feldwebel. Man versteht ihn schlecht, denn er drückt sich ein blutiges Tuch auf den ansonsten bleichen Unterkiefer und den Mund. Er klingt zudem, als spreche er mit weniger Zähnen und dickerer Lippe als noch vor Kurzem. »Wir stellen hier die Fragen! Und lasst die Waffen fallen!«

Narvila und Cinn senken langsam ihre Dolche, stecken sie jedoch nicht weg und werden sie ganz sicher nicht fallen lassen.

»Wir sind gerade erst zurückgekommen«, versucht sich Narvila im Tonfall der Vernunft an einer Erklärung. »Wir wissen nicht, was los ist oder worum es hier geht. Wir sind lediglich Gäste in diesem Haus. Könntet Ihr uns ...«

»Maul halten, hab ich gesagt!« Der Feldwebel sieht aus, als wolle er Narvila schlagen – allerdings macht er den Eindruck eines Mannes, der am liebsten die ganze Welt schlagen würde und dafür keinen triftigen Grund braucht. »Ihr wisst nicht, worum es hier geht? Dass ich nicht lache! Die da sieht ja sogar aus, als ob sie das Chaos drinnen ganz allein angezettelt hat!«

»Wir ...«, setzt Narvila an.

»Lass«, unterbricht Cinn sie. »Ist eh zwecklos.«

Cinn legt ihre Dolche auf den Boden. Narvila zögert, folgt dann jedoch ihrem Beispiel.

»Bringt sie zu den anderen«, weist der Feldwebel seine Untergebenen an.

Zwei der Soldaten, ein beleibter Weißer und ein schlanker, bärtiger Schwarzer, packen Narvila und Cinn grob an den Armen und zerren sie mit sich.

Als sie den Schankraum des *Trommlers* erreichen, traut Narvila ihren Augen kaum.

Die Verwüstung ist allgegenwärtig und allumfassend.

Stühle, Tische, Bänke und Hocker hat man ausnahmslos umgeworfen – und alles zerschlagen oder zerbrochen. Scherben, Essensreste, Stofffetzen und Waffen liegen kreuz und quer über die Dielen und Möbeltrümmer verstreut. Dazwischen Pfützen aus Bier, Schnaps, Erbrochenem und Blut.

Narvila tritt auf einen ausgeschlagenen Zahn und kommt sich vor wie in der Spelunke, in der Cinn vorhin gekämpft hat.

Selbst der Schrein von Urlondoz hat die Zerstörung nicht überstanden und liegt in Trümmern.

Noch mehr Soldaten der Stadtwache halten sich im Schankraum auf. Ein paar sitzen am Boden und lassen ihre Wunden von zwei Heilern versorgen.

»Hab noch nie gesehen, dass eine Kneipenschlägerei so aus dem Ruder läuft«, sagt einer der Soldaten gerade zu seinem Kameraden.

»Söldnerpack«, erwidert der geringschätzig. »Immer dasselbe.«

Orto, Luma, Harcyana und einer der Brüder – wegen einer Platzwunde, zu viel Blut und einem zugeschwollenen Auge kann Narvila nicht einmal sagen, welcher der Jungs – stehen mit fassungsloser Miene hinter dem Tresen. Orto blickt Narvila an, ohne sie wahrzunehmen, und Luma bricht vermutlich nicht zum ersten Mal in Tränen aus und wird von Harcyana getröstet.

Da bemerkt Narvila die große Axt, die genau vor der Familie im Schanktisch steckt und dadurch noch riesiger und zerstörerischer wirkt.

Nicht irgendeine Axt.

Aibys Axt.

Bevor Narvila etwas sagen oder fragen kann, zerren die Soldaten sie und Cinn aus dem *Trommler* und zurück in die Nacht, die auf dieser Seite des Gasthauses von Fackeln und Laternen erhellt wird.

Als Erstes nimmt Narvila die Ordnungshüter wahr, drei- oder viermal so viele wie drinnen. Die meisten bewachen die am Boden festgesetzten, an Händen und Füßen gefesselten Zecher, von denen Narvila einige von früher am Abend erkennt – etwa aus der Gruppe Söldner, mit der Aiby getrunken hat. Viele haben Kampfspuren, zerrissene Kleidung oder blutende Wunden davongetragen, doch um ihre Verletzungen kümmert sich niemand. Am Rand des Lichtscheins, wo weitere Soldaten stehen, tummeln sich Schaulustige, Anwohner, Passanten und Gäste aus anderen Wirtshäusern in der Nähe, die der Aufruhr angelockt hat.

Es wurmt Narvila, dass der besoffenste Gaffer vermutlich mehr über das weiß, was hier vorgefallen ist, als Cinn und sie. Ihr Blick wandert weiter und bleibt an ein paar blutbefleckten Säcken hängen, unter denen sich die Formen menschlicher Körper abzeichnen. Lediglich die Stiefel lugen hervor. Narvilas Herz hämmert auf einmal wie verrückt, derweil ihre Augen inmitten der Verhafteten und ihrer Bewacher noch dringlicher die anderen *Prinzessinnen* heraufzubeschwören versuchen. Lebendig, wie Narvila inständig hofft, und nicht nur ein Paar Stiefel unter einem blutbefleckten Fetzen Stoff.

Doch sie findet Aiby, Decanra und Mef nicht.

Neugierige, desinteressierte, geringschätzige, frustrierte, wütende, zerschlagene, sensationsgeile Gesichter, aber keines von denen, die sie sucht. Übelkeit steigt in ihr hoch, verdichtet sich zu Furcht und Panik, die ihr die Eingeweide verdrehen. Sie glaubt, dass sie gleich kotzen muss.

»Da drüben sind sie«, sagt Cinn jedoch plötzlich.

Ihre Worte sind wie eine Erlösung. Narvila sieht sofort in dieselbe Richtung wie ihre Freundin und entdeckt die anderen, die bisher von einem Wachmann verdeckt worden sind. Decanra, Mef und Aiby sitzen mit hinter dem Rücken festgebundenen Händen nebeneinander an einer Hauswand, rechts und links flankiert von zwei Wächtern. Mefs Haar befindet sich in wüster Unordnung, zwischen ihrer Nase und ihrer Oberlippe klebt getrocknetes Blut; Aiby und Decanra sehen mitgenommen und gereizt aus, scheinen so weit allerdings unverletzt. Sobald sie ihrerseits Narvila und Cinn entdecken, grinst Mef spöttisch, und Aiby nickt ihnen zu; Decanra trägt ihren Umhang nicht mehr, einer ihrer Hemdsärmel ist zerrissen, aber sie lässt immerhin kurz die Mundwickel zucken.

Dem Feldwebel, der Narvila und Cinn nach draußen geschickt hat und inzwischen ebenfalls nachgekommen ist, entgehen diese gegenseitigen Reaktionen der *Prinzessinnen* keineswegs.

»Wusst ich's doch«, sagt er selbstzufrieden. »Sie gehören zu den Miststücken. Fesselt sie und bringt sie alle ins Gefängnis! Dort werft ihr sie in die dunkelste Zelle, die wir haben.« Er sieht Narvila direkt in die Augen, als er hinzufügt: »Und meinetwegen könnt ihr den Schlüssel anschließend wegschmeißen.«

EINST

Decanra schlich mit der Geschmeidigkeit einer Schattenkatze durch die dunklen Flure der Villa. Wenn sich ein Wächter auf Rundgang näherte, verschmolz sie mit der Düsternis, kauerte sie hinter einer Vase oder Statue, den Umhang vors Gesicht gezogen. Ungesehen und ungehört erreichte sie so eine verzierte Tür, öffnete sie vorsichtig einen Spalt und betrat das luxuriös eingerichtete Schlafgemach dahinter, in dem es nach Blumen duftete. Im Mondlicht sah Decanra nur ein riesiges Himmelbett.

»Seid Ihr ein Dieb oder ein Mörder?«, erklang die Stimme einer jungen Frau aus dem Bett, halb neugierig, halb furchtsam.

»Ich war schon beides«, antwortete Decanra ehrlich. »Heute bin ich als Befreierin hier, Sezlym.« Decanra strich ihre Kapuze nach hinten. »Euer Hauslehrer hat uns Eure Nachricht überbracht.«

Die junge Frau wühlte sich unter einem Berg aus Decken und Kissen hervor. Sezlym war die einzige Tochter des einflussreichen Kaufmanns Queinear aus der freien Hafenstadt Jelnoka – und sehr schön, wie Decanra selbst im Mondlicht sehen konnte. Gut, dass sie und nicht Mef das Mädchen holen sollte.

»Seid Ihr wirklich hier, um mich zu retten?«, fragte Sezlym unsicher.

»Das bin ich. Wir müssen es nur aus dem Haus Eurer Familie schaffen. Meine Gefährtinnen warten hinter der Westmauer des Gartens mit Pferden. Wir bringen Euch umgehend aus der Stadt und zu einem Schiff, das in der Bucht wartet.«

»Dann muss ich nicht diesen Grobian heiraten, nur damit mein Vater und meine Brüder ein neues Handelsbündnis besiegeln können?«

Die Überraschung und die Hoffnung in Sezlyms Stimme schmerzten Decanra. »Das ist der Plan. Zieht Euch an. Schnell, aber leise. Am besten praktische Reisekleider. Und packt etwas Schmuck ein. Er wird Euch in Eurem neuen Leben gute Dienste leisten.« Decanra ergriff den Arm der Kaufmannstochter. »Ihr wisst, dass Ihr nie wieder nach Hause zurückkönnt, oder?«, fragte sie, denn manchmal war es schwierig, wenn ein Auftrag über mehrere Ecken zustande kam, man die Entschlossenheit einer Person erst mittendrin einschätzen konnte.

»Schon seit dem Tod meiner Mutter ist das hier kein Zuhause mehr«, sagte Sezlym und machte sich ohne Zögern daran, Kleidung und Schmuck zusammenzusuchen. Erfreut sah Decanra, dass die junge Schönheit auf Anhieb die richtigen Klamotten wählte, sich ungefragt Ersatz einpackte und ein gutes Auge für leicht zu verkaufende oder einzuschmelzende Schmuckstücke hatte.

»Seid Ihr so weit?«, fragte Decanra. »Gut. Dann verlasst Ihr nun Euer altes Leben.«

Sezlym nickte feierlich. »Ich kann es kaum erwarten.«

Da flog die Tür zu Sezlyms Gemächern auf und krachte gegen die Wand. »Schwester!«, rief einer der sechs Männer, die sich im Lichtschein einer Laterne drängten. »Was geht hier vor?«

»*Verzeiht*«, flüsterte Sezlym so leise, dass nur Decanra es hören konnte. »Bruder! Lhanebas sei Dank! Man will mich entführen!«, kreischte Queinears Tochter dann laut und in gespielter Panik. »Sie hat mich mit einem Dolch gezwungen, mich umzuziehen. Ich bin so froh, dass Ihr hier seid!«

»Schnappt sie!«, brüllte Sezlyms Bruder sogleich, und die mit Kurzschwertern bewaffneten Wachmänner rannten in das Schlafzimmer.

Decanra wusste nicht, wie sie ihr auf die Schliche gekommen waren, und es spielte auch keine Rolle. Sie nutzte ihren wirbelnden Umhang, um für Verwirrung bei den Angreifern zu sorgen, warf Messer, schlitzte und stach, teilte Tritte, Ellenbogenschläge und Fausthiebe aus. Doch es waren zu viele Gegner, und dem Aufruhr im Flur nach kamen noch mehr, weshalb Decanra ihren Säbel gar nicht erst zog, auf den Balkon hechtete und über dessen Balustrade in die Nacht sprang.

Platschend landete sie in einem der Teiche des großkotzigen Gartens, durch den sie sich dem Haus genähert hatte, und tauchte prustend aus dem kalten Wasser.

Oben ertönte die Stimme von Sezlyms Bruder: »Ihr! Mit den Armbrüsten! Hierher! Macht schon! Schießt!«

Bolzen zischten an Decanras Körper vorbei. Einen konnte sie am Oberschenkel entlangrauschen spüren. Sie schwamm und sprang abwechselnd durch den Teich, kletterte am anderen Ende aus dem Wasser und stand triefend auf dem gestutzten Rasen, derweil das ganze Haus zum Leben erwachte, überall Lampen und Laternen angezündet wurden, Männer und Frauen aufgeregt durcheinanderriefen, große Hunde bellten. Auch in den Häusern ringsum gingen Lichter an.

Decanra rannte so schnell und so leise, wie es das Quietschen ihrer nassen Sachen zuließ, durch den dunklen Garten. Aus vollem Lauf erklomm sie die Mauer, die das Anwesen umschloss, drehte sich auf der Kante und glitt auf der anderen Seite hinab.

Mit einem Schmatzen kam sie unten auf.

»Wo ist das Mädchen?«, wollte Mef sofort wissen.

»Bist du verletzt?«, fragte Aiby und schlug Mef mit dem Handrücken vor die Brust.

Cinn hielt ihre Pferde ruhig – und ein überzähliges Tier, das für Sezlym gedacht war.

»In ihrem Zimmer«, beantwortete Decanra zuerst Mefs Frage und danach Aibys: »Nein. Nur mein Stolz.«

»Ärger?«, bohrte Aiby weiter.

»Jede Menge. Sogar mit Armbrüsten.«

»Nicht meine liebsten Brüste«, sinnierte Mef.

Decanra presste die Lippen zusammen. »Sie hätten mich beinah erwischt. Keine schöne Vorstellung, im Gefängnis zu landen.«

»Wir hätten dich rausgeholt.« Mef klopfte nachdenklich mit dem Zeigefinger gegen ihre Narbe. »Vielleicht.«

»Gut zu wissen.« Decanra strich sich das nasse Haar aus dem Gesicht. Ihre triefend nasse Kapuze hing schwer nach hinten. »Sehen wir trotzdem zu, dass wir verschwinden. Dann muss ich es nicht drauf ankommen lassen.«

»Gefängnis«, schnaubte Aiby. »Das ist kein Ort für eine *Prinzessin.*«

NARVILA

Der Wagen, in dem sie sitzen, ist ein Eisenkäfig mit vier beschlagenen Rädern und wird von kräftigen Pferden gezogen. Die *Prinzessinnen* sagen die gesamte Fahrt über kein Wort. Auch der Anblick des trutzigen Gefängnisses im Südwesten von Dretvik entlockt ihnen keinen Mucks. Ihr Schweigen setzt sich hinter den Mauern auf ihrem von Wachsoldaten begleiteten und gesäumten Weg durch das Knastinnere fort. Keine grobe Behandlung oder Beschimpfung eines Wächters und kein noch so anzüglicher Spruch von den Insassen der vielen Zellen, die sie passieren, lockt Narvila oder eine der anderen aus der Reserve.

Nur einmal, als sich ein Arm zwischen eisernen Gitterstäben hindurchschiebt und hemmungslos zu grapschen versucht, packt Decanra diesen mit beiden Händen, als wäre er ein in den Weg ragender Ast, und bricht ihn mit einem Ruck – in einer Beiläufigkeit und Ruhe, die selbst die Soldaten lieber über den Vorfall hinwegsehen lässt. Danach fasst sie keiner mehr an.

Sie nehmen immer mehr Gänge und Treppen, die abwärtsführen. Schließlich erreichen sie eine der ganz unten gelegenen Zellen, wie der hämische Feldwebel sie Narvila in Aussicht gestellt hat.

Es ist ein stinkendes, dunkles, klammes Loch aus nacktem Stein, mit einem ekeligen Eimer für alle und alles, einem kleinen Haufen versifften Strohs in einer Ecke und der Aura der Verzweiflung in jeder Fuge und Steinpore. Durch das schmale Gitterfenster der Tür dringt nur wenig Fackelschein aus dem Gang in ihre Zelle, in der es garantiert keine Zuber und keine heißen Bäder gibt. Das Lebendigste hier unten sind die Ratten, die nicht davonhuschen und sie neugierig anstarren, als die *Prinzessinnen* ihr neues Quartier beziehen, die schwere Metalltür hinter ihnen zugeworfen und von außen fest verschlossen wird. Erst als Aiby knurrend auf die Ratten zustapft, huschen die Nager davon.

»Besser, ihr freundet euch mit ihnen an«, lacht einer der Gefängniswärter, ehe er und seine Kameraden wieder nach oben gehen und auf ihrem Weg viele schwere Türen zufallen lassen.

Narvila spricht als Erste. »Was war im *Trommler* los? Da sah es ja aus wie auf einem Schlachtfeld ...«

»Als ob du schon mal auf einem Schlachtfeld warst«, gibt Decanra mürrisch zurück.

»Und was habt ihr zwei getrieben?«, versetzt Aiby. »Ist ein ganz schöner Knutschfleck, den Cinn da hat.«

»Mir geht's gut«, brummt die Nordländerin, sinkt jedoch ein Stück neben dem Stroh erschöpft zu Boden. Eine Ratte huscht über ihre ausgestreckten Beine.

»Cinn hat sich im Käfig irgendeiner Spelunke geprügelt«, fasst Narvila ihre Seite des Abends so kurz wie möglich zusammen. »Sie hat aber gewonnen.«

»Du meinst, wir sollten den andern sehen?«, sagt Decanra und tritt die quiekende Ratte von Cinn runter.

»Genau. Und was ist nun im *Trommler* passiert?«

»Aiby ist passiert«, kichert Mef.

»Ich passier *dir* gleich«, sagt Aiby mit grollendem Unterton.

»Es kamen ein paar Kerle rein«, geht Decanra dazwischen. »Sie haben Streit mit Aibys Saufkumpanen angefangen. Die Sache wurde heftiger und hat wie ein Feuer um sich gegriffen, und plötzlich brannte der ganze Schankraum. Auf einmal hat jeder auf jeden eingeschlagen. Nachdem die Ersten ihre Waffe gezogen hatten, wurde es richtig hässlich.«

»Und dann hat Aiby ihre Axt geworfen«, sagt Mef. »Quer durch den Schankraum. *Wuuusch!*«

»Wieso hattest du überhaupt deine Axt zum Saufen dabei?«, fragt Decanra.

»Ich hab sie irgendwann im Lauf des Abends geholt«, sagt Aiby zerknirscht. »Die Jungs wollten mir nicht glauben, dass ich auch nach sechs Bechern Wein einem Kerl noch einhändig mit der Axt den Bartzipfel abrasieren kann. Also haben wir gewettet.«

»Zu viel Wein, ein Zipfel und eine Axt?« Mef fährt sich mit den Fingern durchs wirre Haar. »Da kam noch nie was Gutes bei raus.«

»Es wirkte, als hätten die Soldaten einen besonderen Brass auf alle *Prinzessinnen*«, sagt Narvila.

»Im Schankraum ging's wirklich übel zu, als die Stadtwache eingetroffen ist«, sagt Decanra. »Und Aiby war voll in Fahrt. Sie hat nicht zwischen Wichsern und Wächtern unterschieden. Und man konnte das auch nicht immer auseinanderhalten in dem Getümmel«, beeilt sie sich angesichts Aibys Grunzen hinzuzufügen.

»Und wir mussten unserer großen Anführerin natürlich beistehen«, fügt Mef sonnig hinzu. »Auch gegen die Männer im Dienst von Recht und Ordnung.«

»Ihr habt also Stadtwächter verdroschen«, resümiert Cinn.

»Deswegen die bevorzugte Behandlung durch die Soldaten und ihren Feldwebel«, folgert Narvila.

»Mef hat den Kerl vor seinen Untergebenen entwaffnet«, präzisiert Decanra.

Mef grinst. »Also ihn in seinen Augen entmannt.«

»Ja.« Decanra nickt. »Aber musstest du ihn auch noch mit deinem Schlagring umhauen?«

»Er hat's provoziert, weil er so ein unverschämter Ficker war.«

»Euch kann man echt nicht allein lassen«, stöhnt Cinn.

Aiby schnaubt. »Das musst du grad sagen.«

»Wegen mir sitzen wir jetzt aber nicht im Knast.«

»Was passiert nun mit uns?«, fragt Narvila. Das Gefühl, von offizieller Seite verhaftet und ins Gefängnis gesteckt worden zu sein, schüchtert sie ganz schön ein. Bei dem Kontrollverlust flattern ihre Nerven und krampft ihr Magen.

Doch sie wird auf keinen Fall in den widerlichen Eimer kotzen, da schluckt sie lieber runter, was hochschießen will.

»Kommt drauf an«, sagt Aiby und sieht Mef an. »Ob Orto, Luma und vor allem Harcyana ein gutes Wort für uns einlegen?«

»Der Schankraum sah *wirklich* nicht gut aus«, seufzt Narvila.

Aiby verzieht das Gesicht. »Was soll's? Sie lassen uns so oder so todsicher eine Weile schmoren.«

Narvila runzelt die Stirn. »Das heißt?«

»Kein Wasser, kein Essen, kein Eimerleeren«, zählt Decanra auf. »Dann nur abgestandenes Spülwasser und ein paar schimmelige Kanten Brot. Doch du bist so durstig und hungrig, dass du es runterwürgst. Davon kriegst du die Scheißerei, wenn du Pech hast, und musst kotzen. Wir alle dann, ausnahmsweise. Das kann ein paar Tage so gehen.«

»Ein paar *Tage*?«, wiederholt Narvila mit einem entgeisterten Blick auf den einzelnen, schon jetzt halb vollen Eimer des Grauens. »Verfickte Scheiße.«

»Jepp.« Mef tätschelt ihre Schulter. »Sei dankbar, dass Aiby heute Abend nichts von Lumas scharfem Linseneintopf gegessen hat.«

Sie können Aiby im Dunkeln seufzen hören.

»Aye, also eigentlich …«

Selbst hinter Gittern halten die *Prinzessinnen*, die sich gegen Kälte und Feuchtigkeit am Boden aneinanderschmiegen, an ihrer gewohnheitsgemäßen Nachtwache fest.

»Hältst du zwei Stunden länger durch?«, fragt Aiby Narvila leise. »Ich würd Cinn gern ein bisschen Ruhe gönnen.«

»Klar«, antwortet Narvila sofort. »Ich hab mich die letzten Wochen genug ausgeruht.«

»Ich kann euch hören«, knurrt Cinn schläfrig. »Ich brauch keine Sonderbehandlung.«

»Halt die Klappe und schlaf«, sagt Aiby.

Narvila verbringt einen Großteil ihrer Wache damit, in die Dunkelheit zu treten, um die Ratten von sich und den anderen fernzuhalten. Außerdem denkt sie darüber nach, was ihre Eltern dazu sagen würden, wenn sie wüssten, dass man ihre Tochter in eine Gefängniszelle von König Miobans Hauptstadt verfrachtet hat. Verwundert stellt Narvila fest, wie wenig Scham sie diesbezüglich empfindet. Viel wichtiger ist, dass sie mit Menschen in dieser Lage sitzt, mit denen sie durch dick und dünn zu gehen bereit ist. Mit denen sie sich jeder Gefahr, jedem Gegner, jeder Unwägbarkeit stellt, heute und in alle Ewigkeit – künftig aber lieber ohne überlaufende Eimer voll Pisse und Scheiße, wenn's geht.

Neben ihr auf dem Steinboden der Zelle raschelt etwas. Es ist keine Ratte, ausnahmsweise.

»Ich muss noch mal«, klagt Aiby, und Narvila hört es in Aibys Bauch glucksen. »Tut mir leid.«

Seufzend dreht sich Narvila mit dem Gesicht zur Wand.

Am liebsten würde sie sich auch die Ohren zuhalten.

Und die Nase und den Mund.

Man lässt sie nicht ansatzweise so lange schmoren wie befürchtet.

Aiby rüttelt Narvila und die anderen bereits vor Morgengrauen aus ihrem ohnehin nicht allzu tiefen Schlaf. Das Stapfen vieler Stiefel sowie das Krachen schwerer Türen, die geöffnet und geschlossen werden, kündigen späten oder vielmehr frühen Besuch an.

Als ihre Zellentür aufgesperrt wird, stehen die *Prinzessinnen* in einer Reihe nebeneinander und sind bereit, ihr Leben mit Händen, Füßen, Ellbogen, Zähnen und allem zu verteidigen, was sie haben. Selbst mit dem ekeligen Eimer, wenn es sein muss.

Im Schein knisternder Fackeln drängt sich ein Dutzend bewaffneter Gefängniswärter da draußen. Die Männer werden von dem unzugänglichen Offizier aus dem *Trommler* angeführt, dem Mefs Schlagring Zähne und Stolz gekostet hat.

Allerdings befolgt der Feldwebel diesmal Befehle von einem Mann mit grauem Umhang, dessen Gesicht durch eine Kapuze verborgen wird, als wolle er Decanra verspotten.

»Versucht etwas, und ihr werdet's bereuen«, sagt der Feldwebel schlecht gelaunt. »Meine Geduld kennt Grenzen.«

»Meine auch.« Die schneidende Stimme aus den Tiefen der Kapuze ist kultiviert, ein in Samt gehüllter Dolch. »Ihr habt Euer Geld bekommen – und Eure Anweisungen.«

Auf einen mürrischen Befehl des Feldwebels hin umfassen die Wärter ihre Waffen fester. Narvila und ihre Gefährtinnen kommen nacheinander aus der Zelle, wobei sie ebenso wachsam und misstrauisch dreinblicken wie die Soldaten. Narvila spürt, dass diese Entwicklungen, besonders der Mann mit dem Kapuzenumhang und die erwähnte Bestechung, den anderen Sorge bereiten. Sie übernimmt die Anspannung, während die Wächter die *Prinzessinnen* durch die Gänge und Stockwerke des Gefängnisses treiben. Sie erreichen einen Hof, in dem dichte Nebelschwaden wabern und eine alte Mietkutsche ohne Wappen für sie bereitsteht.

»Steigt ein«, sagt der Vermummte, der anscheinend ihre Freilassung erwirkt hat. Sie tun, was er ihnen befiehlt, weil eine fremde Kutsche besser ist als der fiese Knast.

Narvila würde auf einem Schwein oder einem Igel reiten, um dem Eimer zu entkommen.

»Nun, das ist ungewöhnlich.« Mef befühlt die Sitzbank, die schon bessere Zeiten gesehen hat und an der wohl Verwandte der Ratten aus der Zelle genagt haben. »Was denkt ihr?«

»Wohin sie uns bringen, meinst du?« Decanra vermisst sichtlich ihren Umhang, der wie ihre Waffen irgendwo zwischen den Trümmern im *Trommler* liegt. Sie schlingt die Arme um ihren Leib. »Oder ob wir bei nächstbester Gelegenheit aus der Kutsche springen und abhauen sollen?«

»Für eine Entführung oder eine Hinrichtung ist es zu viel Aufwand«, sagt Aiby. »Unser Retter hat dem Feldwebel gerade noch ein paar Münzen zugesteckt.«

»Es sei denn, jemand will es so richtig genießen«, meint Mef. »Dann würde er sich das schon was kosten lassen.«

»Was genießen?«, fragt Narvila voller Unbehagen.

»Manchmal werden Häftlinge verkauft«, überlegt Aiby laut.

»An wen?«

»Leute, die es sich leisten können, spurlos verschwundene Gefangene im privaten Rahmen kämpfen zu lassen. Gegen andere Menschen. Oder gegen irgendwelche Bestien.«

»Habt ihr von der Gräfin in Olondrien gehört, die Menschenjagden veranstaltet?«, fragt Decanra.

»Olondrien ist weit weg«, antwortet Cinn.

»Muss ja nicht Olondrien sein«, sagt Mef. »Gibt sicher auch hier in der Gegend reiche Ficker, denen ein Hirsch oder eine Schattenkatze nicht mehr genügen.«

Von ihrem Austausch gänzlich unbeeindruckt, setzt sich die heruntergekommene Kutsche nun endlich schaukelnd und quietschend in Bewegung.

Narvila kommt ein weiterer unschöner Gedanke. »Ob es mit der *Famosen Metzelei* zu tun hat?«

»Wie meinst du das?«, wundert sich Aiby.

»Vielleicht hat mein Vater jemandem erzählt, dass er sie angeheuert hat, um uns zu finden, und dann hat jemand ihre Leichen entdeckt ...«

Aiby schnaubt. »Das sollten die Aasfresser für uns erledigt haben. Oder die Oger, falls sie zurückgekommen sind. Mach dir keinen Kopf mehr deswegen. Wenn, dann hält dich dein Vater eher für tot, bis ihm Gerüchte über unsere nächsten glorreichen Taten zu Ohren kommen.«

»Oder wir dich zurückschicken«, witzelt Mef.

Narvila geht nicht darauf ein. Sie ist zu perplex ob der Vorstellung, dass ihre Familie sie für tot halten könnte. Jetzt wünschte sie, sie hätte einen Brief nach Hause geschickt.

Alle schweigen und grübeln, während die alte Kutsche durch den Nebel rumpelt, der so aussieht, als ob man seine Schwaden mit einer Klinge zerteilen könnte. Es ist unmöglich, Richtung oder Umgebung zu erkennen.

»Jedenfalls bringen sie uns nicht aus der Stadt raus«, stellt Cinn irgendwann fest.

»Woher weißt du das?«, fragt Narvila.

»Kopfsteinpflaster.«

»Oh. Klar.« Narvila schließt die Augen und konzentriert sich. Nun nimmt sie selbst die Steine und Schlaglöcher wahr, über die die Holzräder rumpeln, und das Echo, wenn sie vermutlich zwischen zwei dichter stehenden Hausreihen eine schmalere Straße entlangfahren.

Schließlich halten sie an. Wegen der Nebelsuppe reicht der Blick auf das Gebäude, in dessen Hof sie stehen geblieben sind, nicht aus, um irgendwie auf ihre Lage schließen zu können.

Ihr Befreier, dessen Gesicht im Nebel und in den Schatten seiner Kapuze ohnehin unsichtbar bleibt, öffnet eine der Seitentüren. »Alles aussteigen«, sagt er leise.

»Danke für die Mitfahrtgelegenheit«, versetzt Mef, als sie alle vor der Kutsche stehen. »Hier trennen sich unsere Wege dann wohl?«

»Ich hatte gehofft, meine Hilfe beim Verlassen Eurer vergitterten Unterkunft erkauft mir einen gewissen Vertrauensvorschuss«, sagt der Fremde. Wieder Samt, der ein Stilett verbirgt. »Zumindest einen kleinen.«

»Bedingt«, lenkt Aiby ein. »Was wollt Ihr von uns?«

»Ich soll Euch nur zu meinem Auftraggeber bringen, der dringend mit Euch reden will. Er hat für Eure Freilassung bezahlt. Euch wird nichts geschehen, wenn Ihr mit mir kommt. Ihr habt mein Wort.«

»Wir haben ja nicht mal Euren Namen«, sagt Narvila.

»Ihr könnt mich Lerdik nennen.«

»Aber ist das wirklich Euer Name?«

»Ah, sehr scharfsinnig, junge Dame. Nun, sagen wir, es ist einer meiner Namen. Ich würde darauf hören, wenn Ihr mich auf der Straße so ruft.« Noch immer verhindern Nebel, Dunkelheit und Kapuze, dass Narvila sein Gesicht sieht. »Euch geschieht nichts. Aber wir müssen uns beeilen.«

Vermutlich ist dieser Lerdik bewaffnet, doch für alle *Prinzessinnen* zusammen sollte er selbst mit diesem Vorteil zu überwältigen sein. Narvila behält Aiby genau im Auge. Sie kennt inzwischen viele der geheimen, scheinbar beiläufigen Zeichen, mit denen sie in Situationen wie diesen wortlos kommunizieren, während zumeist Mef mit ihrer provokanten Art für Ablenkung sorgt. Doch Aibys Daumen und Zeigefinger zwicken nicht kurz in ihren Nasenrücken, ihre Handkante streicht nicht flüchtig unter ihrem Kinn entlang. Es wird keinen Angriff geben. Vorerst. Aiby will wohl herausfinden, was sich hinter dieser Nacht-und-Nebel-Aktion verbirgt und wieso jemand Geld dafür ausgeben sollte, sie schon nach ein paar Stunden aus dem Gefängnis von Dretvik zu holen.

»Aye, also schön.«

»Hervorragend. Als Zeichen des guten Willens und gegenseitigen Vertrauens gehe ich voran. Bitte seht davon ab, mich zu erwürgen oder mir das Genick zu brechen.«

»Mir fielen auch noch andere Möglichkeiten ein«, sagt Decanra leichthin.

»Gut zu wissen«, entgegnet Lerdik und sperrt mit einem Schlüssel, den er an einer Kette um den Hals trägt, eine Haustür auf. Er entzündet eine bereitstehende Kerze, schirmt sie mit der Hand ab und führt die *Prinzessinnen* durch einen stickigen, modrigen Flur. Dann steigen sie eine knarzende Treppe hinab. Narvila zählt siebzehn Stufen. Unten angekommen, erleuchtet die Kerze einen Keller mit Lehmboden, der voller rechteckiger Holzkisten steht. Sie durchqueren den Lagerraum bis zur Rückwand, wo Lerdik sie hinter eine Reihe großer, bis zur Decke gestapelter Kisten treten lässt, die wie in einem Labyrinth etwas versetzt stehen und so einen Durchgang verbergen. Dahinter sperrt Lerdik eine grau gestrichene Holztür auf, die in der Steinwand nicht auffällt, sofern man nicht weiß, worauf man achten muss, schon gar nicht im Dunkeln oder bei Kerzenschein.

Lerdik öffnet die Tür und geht hindurch. Zögernd treten Narvila und ihre Begleiterinnen in einen engen gemauerten Tunnel, der stetig geradeaus führt. Lerdik schließt die Tür hinter ihnen wieder ab, dann führt er sie an. Der Geheimgang unter den Straßen und Häusern Dretviks weckt in Narvila ungute Erinnerungen an ihre Begegnung mit den Ghulen in der Gruft. Die Luft im Tunnel, der Feuchtigkeit und Kälte abstrahlt, ist schwer und muffig, als würde man die Vergangenheit einatmen. Narvila muss an die Menschen denken, die nötig gewesen sind, um diesen Gang zu graben – und an die Menge Erde und *Stadt*, die auf dem Tunnel lasten.

Ihr unterirdischer Weg in angespannter Beklommenheit endet nach einer Strecke, die Narvila auf fünfhundert Schritte schätzt, an einer Gittertür.

»Wärt Ihr so freundlich?« Lerdik reicht Narvila die Kerze, holt wieder den Schlüssel an der Kette um seinen Hals hervor, öffnet das Tor und erklimmt die Steinstufen dahinter. Sie führen nach oben zu einer Art hölzernen Röhre – wo er den Schlüssel in eine Öffnung im Holz steckt. Das setzt einen Mechanismus in Gang, der rasselt, schabt und rattert, bis wie von Geisterhand ein rundes Portal vor ihnen zur Seite aufschwingt.

Narvila staunt. Sie sind in einem Weinkeller, dessen Ausmaße weit über alles hinausgehen, was man unter Tavernen und Wirtshäusern findet. Jenseits des Kerzenscheins verlieren sich die Reihen mit mannshohen Fässern sowie mit Regalen voller Flaschen irgendwo in der Dunkelheit.

Von dieser Seite aus betrachtet erkennt Narvila obendrein, dass die Röhre und das Portal aus Holz zu einem Fass unter vielen zu gehören scheinen.

Lerdik streift seine Kapuze zurück, und Narvila ist ein klein wenig enttäuscht: In ihrer Fantasie hat er eine Augenklappe oder wenigstens ein verruchtes, zernarbtes Gesicht gehabt, doch in einer Menschenmenge würde sie ihn, seine glatte weiße Haut, seinen braunen Bart und seine schulterlangen Haare wohl nicht wiedererkennen. Zielsicher geht Lerdik zu einem Regal in der Nähe, tastet zwischen staubigen Flaschen herum und betätigt einen versteckten Hebel, woraufhin sich auch dieses Regal wie eine Tür öffnet.

Narvila, die als Kind gern die Dienstbotengänge im Schloss ihres Vaters unsicher gemacht und stets von echten Geheimgängen geträumt hat, ist fasziniert.

Decanra weniger. Genervt fragt sie: »Wollt Ihr uns beeindrucken? Denn dann muss ich Euch leider sagen, dass es nicht klappt.«

Lerdik verneigt sich knapp, mit einer Spur Ironie. »Wir sind gleich da. Dann werdet Ihr verstehen, wieso wir nicht den Haupteingang nehmen konnten. Habt noch etwas Geduld.«

Weil Aiby abermals kein Zeichen gibt, folgen die *Prinzessinnen* Lerdik auch in diesen zweiten verborgenen Korridor. Er ist breiter als der Tunnel und führt beständig nach oben, mit geraden, akkurat gemauerten Steinwänden und mehreren steilen Stiegen und Windungen. Narvila verliert bald schon jedwedes Orientierungsgefühl und verzählt sich bei den Kreuzungen und Abzweigungen, Treppen und Fluchten, die Lerdik nie zögern lassen. Als sie das nächste Mal stehen bleiben, drückt ihr Führer an gut geölten Scharnieren ein vermeintliches Stück Wand auf, das sich im Raum auf der anderen Seite als schweres Bücherregal entpuppt.

»Da wären wir.«

Sie betreten ein geräumiges, gut beleuchtetes und beheiztes Zimmer, dessen Wände von vielen solcher Bücherregale sowie einigen goldgerahmten Landschaftsgemälden gesäumt werden. Ein wuchtiger Schreibtisch, ein bequemer Sessel und mehrere Besucherstühle sehen kostspielig aus, außerdem hat Narvila noch nie so einen dicken, so weichen Teppich unter den Füßen gespürt.

»Wenigstens bringen sie uns hier sicher nicht um«, sagt Mef. »Auf so einem Teppich willst du keine Blutflecken.«

»Schön, dass er Euch gefällt«, sagt ein blasser Mann mit tiefen Augenringen, der im selben Moment das Studienzimmer betritt. Er trägt ein edles Gewand in Schwarz und Dunkelrot samt einem Umhang in der Farbe geronnenen Blutes. Seine braunen Haare und sein Vollbart zeigen erste graue Strähnen.

»Lord Aileros«, sagt Lerdik und verneigt sich mit einer Faust auf dem Herzen, mit dem Oberkörper allerdings nur ansatzweise.

Aileros nickt kaum merklich, wendet sich ab und bedeutet Lerdik und den *Prinzessinnen* mit einem Wink, ihm zu folgen.

Narvila tauscht mit ihren Gefährtinnen Blicke aus. Aibys Schulterzucken sagt eloquent: *Jetzt sind wir so weit gekommen, da können wir uns auch ansehen, was das alles soll und wer uns zu welchem Preis aus dem Knast geholt hat, oder?*

Das anschließende, noch größere Zimmer wird ebenfalls von Regalen eingenommen, in denen sich Bücher, Folianten, Schriftrollen und Mappen nur so stapeln. Ein Kamin und mehrere Lampen spenden Wärme und Licht. Im Zentrum des Raumes steht ein riesiger Kartentisch mit verschiedenen Figuren und Fähnchen darauf.

Beim Anblick des Mannes und der Frau, die an einer Seite des Tisches leise miteinander sprechen und sich nun zu ihnen umdrehen, sinken die anderen *Prinzessinnen* sofort aufs rechte Knie.

Aiby, die zudem unbewusst ihre Zöpfe glatt streicht, zieht Narvila mit sich nach unten.

»König Mioban«, sagt Aiby respektvoll zum Teppich, der nun bei Weitem nicht mehr das Eindrucksvollste im Raum ist. »Königin Ragialda. Es ist uns eine Ehre.«

EINST

Der rote Drache, der die *Prinzessinnen* in seiner Höhle oben auf dem Berg erwartete, war selbst so groß wie ein Hügel. »Meine Damen«, begrüßte das Ungetüm sie mit einer Stimme, die an das Donnern der Brandung erinnerte. »Ich hoffe, Ihr hattet eine angenehme Reise?«

»Hatten wir, danke«, sagte Aiby, die ihre Axt draußen gelassen hatte. »Heute Morgen hat es geregnet, aber sonst ...«

»Ja, diese Woche ist es sehr regnerisch«, erwiderte der Drache bekümmert. »Nun ja. Nach Regen kommt Sonne. Wollen wir dann zum Geschäftlichen übergehen?«

»Aye. Baron Udulesc hat uns bevollmächtigt, in seinem Namen über die Rückgabe seiner Tochter zu verhandeln. Für den Anfang würden wir uns gern davon überzeugen, dass es ihr gut geht, wenn Ihr gestattet.«

»Natürlich.« Die massige Bestie bewegte sich ein Stück, was die Höhle erbeben ließ. Der Drache hob einen Flügel von der Größe eines Segels, sodass die *Prinzessinnen* in den hinteren Teil seiner mit Teppichen und Fellen ausgelegten Behausung blicken konnten. Dort türmten sich Schätze aller Art zu einem Gebirge, aus Gold, Silber, Rubin, Smaragd und Diamant. Eine junge Frau, die aussah, als hätte sie sich mit ihrem Schicksal abgefunden, saß auf einem ziemlich deplatziert wirkenden Sofa. Sie unterbrach ihre Stickarbeit und winkte ihnen zaghaft zu.

»Geht es Euch gut?«, rief Aiby.

»Ja, danke. Ich kann nur kein verkohltes Hammelfleisch mehr sehen.«

»Wir tun unser Bestes.«

Doch wie befürchtet, gestalteten sich die Verhandlungen zäh. Der höfliche alte Drache wusste, was seine Geisel wert war, und so geschickt sich Aiby auch anstellte, sie kamen zu keiner Übereinkunft. Die Bestie blieb freundlich und würdevoll, ließ sich aber nicht weit herunterhandeln.

»Wollt Ihr noch einmal zu Eurem Auftraggeber gehen und bezüglich seiner monetären Kapazitäten Rücksprache halten?«, fragte der Drache.

»Ich fürchte, an denen wird sich nichts ändern«, gab Aiby ausnahmsweise ganz ungezwungen zurück.

»Verstehe«, sagte der Drache mit einem Grollen, das die *Prinzessinnen* als Vibration im Bauch spürten. »Hm. Nun ja. Ich könnte mir vorstellen, dass ein steter Fluss aus Schafen, die ich nicht selbst erlegen muss, über die nächsten ... sagen wir ... sechs Monate ... die bisher genannte Summe für mich attraktiv genug gestalten könnte. Nur so als Gedanke.«

»Wir wissen Euer Entgegenkommen zu schätzen und werden es dem Baron ausrichten.«

»Ich freue mich auf weitere Verhandlungen und wünsche Euch eine gute Reise.«

»Danke. Auf bald!«

»Grüßt meinen Vater von mir!«, rief die entführte Tochter des Barons hinter dem Drachen.

Die *Prinzessinnen* verließen die Höhle.

Sie sprachen erst, als sie ein ganzes Stück den Berg hinabgelaufen waren.

»*Würg!*«, machte Mef. »Wisst ihr noch, wie es war, schuppige Ficker wie den einfach zu zerhacken?«

»Einfach war das nie«, sagte Decanra. »Aber ja.«

»Meine Schwerthand hat da drin immerzu gezuckt«, empörte sich Mef.

»Andere Länder, andere Sitten«, sagte Aiby. »In Zanes-Ga sind Drachen nun mal heilig. Deshalb haben sie eigene Umgangsformen entwickelt. Sehr seltsame, verstörende Umgangsformen. Aber trotzdem. Letztlich geht es auch nur um diplomatische Verhandlungen.«

»Mit einem Drachen«, wandte Cinn ein.

»Der ein Mädchen entführt hat«, betonte Mef.

»Und wir sind nicht allzu diplomatisch«, sagte Decanra.

»Aye. Aber manchmal muss man eben so diplomatisch und subtil wie möglich vorgehen. Auch wenn's schwerfällt ...«

NARVILA

König Mioban von Lirgoden ist ein stattlicher Mann mit einer selbstbewussten Ausstrahlung, einem wachen Blick, einer Löwenmähne und einem gepflegten braunen Vollbart in der unteren Hälfte seines blassen Gesichts. Narvila fällt allerdings auf, dass er angespannt und gereizt wirkt und dass er keine Robe trägt, obwohl sein rotes Hemd und seine schwarzen Beinkleider aus teurem Stoff gewebt sind, und vor allem aber keine Krone.

Narvila erspäht die königliche Kopfbedeckung auf einem Sofa, neben einem wie achtlos hingeworfenen Pelzumhang liegend. Sie kennt das von ihrem Vater: Die wichtigsten Entscheidungen hat König Narvos oft ohne Schmuck und Zierde in seinen privaten Gemächern getroffen, manchmal im Nachthemd – im königlichen zwar, aber dennoch im Nachthemd. Um das Gewicht der Krone zu spüren, so Narvilas Vater, muss man sie nicht die ganze Zeit mit sich herumtragen.

Königin Ragialdas hochgewachsene Gestalt ist in einen roten Morgenmantel gehüllt. Mehrere silberne, juwelenbesetzte Spangen halten ihr gewelltes langes Haar, das an Rabenflügel erinnert. Kleidung und Schmuck bilden einen perfekten Kontrast zu ihrer schwarzen Haut. Die Königin ist ohne Zweifel einer der schönsten Menschen, die Narvila je gesehen hat. Doch die Anzeichen von Sorge und Kummer erkennt sie auch auf Ragialdas wie gemeißelt wirkendem Gesicht.

Lord Aileros, die einzige wirklich offiziell gekleidete Person im Raum, räuspert sich. »Mein König. Meine Königin. Die *Prinzessinnen.* Wie von Euch befohlen. Auch wenn ich immer noch nicht weiß, wie ein paar Söldnerinnen uns helfen sollen.«

»Dafür haben wir keine Zeit, Aileros.« König Mioban macht mit der rechten Hand eine unwirsche Geste. »Und wenn du mich in diesen Räumlichkeiten noch einmal *mein König* nennst, alter Freund, schicke ich dich zur Latrineninspektion ins Tal der Tränen. Und ihr erhebt euch ebenfalls«, sagt Mioban an Narvila und die anderen gewandt, die nach wie vor am Boden knien.

»Habt Dank, Majestät«, sagt Aiby ungewohnt förmlich. »Und verzeiht unseren Aufzug und unsere Verfassung. Wir wussten nicht, dass Ihr es seid, der uns erwartet, und hatten keine Gelegenheit, uns vorzeigbar zu machen zwischen ... hier und unserem vorherigen Aufenthaltsort.«

»Zwischen dem Gefängnis und meinem privaten Studienzimmer, meint ihr?« Wieder die Geste majestätischer Ungeduld, die jeden höflichen Einwand zur Seite wischt, ehe er ausgesprochen werden kann. »Mir ist bewusst, dass die Umstände dieses Treffens aus vielen Gründen ungewöhnlich sind.« Mioban sammelt sich kurz, dann deutet er auf den Kartentisch, der sein Reich und die umliegenden Nationen mit vielen Details maßstabsgetreu abbildet. »Ich will gleich auf den Punkt kommen. Wir stehen am Rande einer Katastrophe. Ihr seid womöglich die Einzigen, die einen Krieg zwischen Lirgoden und Valahmes verhindern können. Wenn nicht … begegnen sich unsere Armeen in Kürze wohl auf dem Schlachtfeld.«

»Verzeiht meine Offenheit, Majestät«, sagt Aiby. »Aber was ist mit der Hochzeit zwischen Eurer Tochter und Königin Zalarnts Sohn? Bereitet Ihr nicht seit Monaten das Fest vor, das die Reiche endlich in dauerhaftem Frieden verbinden soll? Die ganze Stadt ist geschmückt und scheint schon im Hochzeitsfieber …«

Mioban fährt sich durch den Bart und stößt einen Laut aus, der Knurren und Seufzen in einem ist. »Durch die Verlobung von Filryn mit Prinz Jurova schienen wir einer stabilen Zukunft entgegenzublicken, das ist richtig. Allem, was mein Vater, der des Blutvergießens überdrüssig war und mir das Versprechen abnahm, endlich für dauerhaften Frieden zu sorgen, sich immer erträumt hatte. Diese Hochzeit sollte alles ändern, den Frieden zwischen Lirgoden und Valahmes auf lange Zeit besiegeln.«

»Aber unsere Tochter wurde heute Nacht entführt«, platzt es aus Königin Ragialda heraus, in diesem Moment mehr Mutter als Monarchin.

Miobans Gesichtsausdruck verdüstert sich, allerdings nicht wegen seiner Gemahlin. Er nimmt ihre Hand, führt sie an die bärtigen Lippen und küsst sie – eine Geste nur für sie, nicht die anderen Anwesenden. An die *Prinzessinnen* gewandt sagt er, ohne Ragialdas Hand loszulassen: »Ja. Unsere Tochter wurde vor wenigen Stunden entführt. Das wissen bisher nur wir hier in diesem Raum, und dabei muss es unbedingt bleiben.

Denn wüsste Königin Zalarnt, dass Filryn verschwunden ist, würde sie denken, wir wollten die Vereinbarungen nicht einhalten und die Hochzeit platzen lassen. Deshalb auch der Aufwand, Euch ungesehen in den Palast zu bringen und dieses Treffen geheim zu halten. Es ist eine Fügung der Götter, die meine Familie in diesen Stunden gleichermaßen beschützen und prüfen, dass Lerdik durch Zufall von eurer Anwesenheit in Dretvik erfahren hat. Und von eurer ... Lage. Aber niemand darf mitkriegen, dass ihr nun hier seid. Zalarnt würde sofort von einer Verschwörung ausgehen.«

»Ihr müsst wissen«, sagt Lord Aileros, »dass es viele gab, die um Prinzessin Filryn geworben haben. Wenig überraschend. Sie ist klug, ehrlich, wunderschön und nicht zuletzt die einzige Erbin des größten Königreiches weit und breit. Sie ist *die* Prinzessin dieses Kontinents. Dieses Zeitalters.«

»Königin Zalarnt fürchtete lange, dass wir Filryn mit König Waledants Sohn vermählen könnten«, erklärt Mioban weiter. »Was Valahmes' Position deutlich geschwächt hätte. Darum wäre Filryns und Jurovas Trauung ein solcher Durchbruch für die Beziehung zwischen unseren Nationen. Wenn Zalarnt wüsste, dass die Hochzeit nun in Gefahr ist ... sie würde annehmen, dass wir sie mit dem Versprechen einer Hochzeit ködern wollen und insgeheim eine Invasion starten, während sie zur fingierten Trauung anreist. Oder etwas in der Art. Das denkt sie bei allem, was wir tun. Dass wir einen Einmarsch planen, sie hintergehen wollen. Es ist enervierend.«

»Wir werden sie hinhalten können«, sagt Ragialda. »Zumindest ein paar Tage oder sogar Wochen. Eine Krankheit vorschieben, eine Doppelgängerin einsetzen, spirituelle Hochzeitsvorbereitungen in einem abgeschiedenen Kloster ankündigen, die kurzfristig noch von einer Priesterin meines

Glaubens anberaumt wurden. Aber Zalarnt ist nicht dumm. Paranoid, ja, aber nicht dumm. Irgendwann wird sie misstrauisch werden und ahnen, dass etwas im Argen liegt, wir ihr etwas vorspielen.«

»Ihre Spione sind außerdem überall«, sagt Mioban. »Nicht wahr, Lerdik?«

»Leider spricht Eure Majestät die Wahrheit«, antwortet Lerdik, der sich ansonsten im Hintergrund hält, besonnen. »So viele Spitzel hatten wir noch nie in unseren Reihen. Und nicht wenige lassen sich von beiden Seiten bezahlen, wie es aussieht. Es ist gerade ... sehr unübersichtlich und schwierig.«

»Warum sagt Ihr Königin Zalarnt nicht einfach, dass Eure Tochter entführt wurde?«, fragt Mef. »Dann kann sie Euch nicht vorwerfen, etwas zu vertuschen oder zu planen.«

»Mef ...«, mahnt Aiby gepresst und blickt den König entschuldigend an. »Verzeiht, Majestät.«

Mef schert das wenig. »Was denn? Dann wäre auch der Vorwurf vom Tisch, dass irgendeine Vereinbarung gebrochen oder eine Invasion gestartet werden soll. So etwas nennt man Flucht nach vorn. Und der zukünftige Bräutigam tut sich bestimmt gern hervor, indem er die Prinzessin rettet ... Majestät.«

»Das wäre eine Option, hätten wir es mit jemand Vernünftigem zu tun«, sagt Mioban. Mefs vorlaute Art scheint ihn nicht zu stören. »Doch Zalarnt leidet unter grenzenlosem Verfolgungswahn und ist noch aufbrausender als ihr Vater. Sollte sie durch wen auch immer von Filryns Verschwinden erfahren, wittert sie unter Garantie sofort einen Verrat, egal was wir beteuern – oder was wahr ist. Sie liebt Verschwörungen, deshalb vermutet sie selbst bei jedem und hinter allem eine.«

»Einen gebrochenen Ehevertrag würde Zalarnt sofort als Kriegserklärung werten«, betont Königin Ragialda. »Vielleicht ist ihr ein Grund für einen Krieg am Ende sogar lieber als die Hochzeit und der Frieden.«

»Was sagen Eure Zauberer?«, fragt Aiby.

»Auch hier müssen wir vorsichtig sein«, sagt Lord Aileros. »Wie Ihr wisst, ist Magie seit den Zauberkriegen sowohl in Lirgoden als auch in Valahmes streng reglementiert. Damit sich so etwas wie die Verwüstung nicht noch einmal wiederholt. Im Palast gibt es nur Schutzzauber. Die Verträge, die damals unterzeichnet wurden, verbieten bis heute den Einsatz offensiver Magie, nicht nur auf dem Schlachtfeld.«

»Und würde man in Valahmes nun mitbekommen, dass Ihr in großem Stil Magie benutzt, um nach Filryn zu suchen, wäre das auch schon wieder ein Problem«, führt Decanra den Gedanken zu Ende.

»Richtig«, sagt Aileros frustriert.

»Wie wurde Eure Tochter entführt?«, will Aiby wissen.

Mioban sieht wütend und furchtsam zugleich aus. »Die Entführer müssen es irgendwie in den Palast geschafft haben. Alle Wachen vor Filryns Gemächern wurden erstochen, aber dazu muss jemand, den sie kannten, nahe an die Männer herangekommen sein. Das würde in diesem Teil des Palasts keinem Fremden gelingen, selbst wenn er sich Zutritt verschafft haben und so weit gekommen sein sollte. Nur fehlt kein Diener und auch sonst niemand aus der Belegschaft, alle sind noch im Palast, soweit wir das überblicken können.«

Aiby überlegt. »Ist in dieser Nacht im Palast oder der Umgebung sonst etwas Ungewöhnliches geschehen?«

»Nichts«, sagt Lord Aileros seufzend. »Alles war ruhig.«

»Es hat vielleicht nichts zu sagen«, ergreift Lerdik das Wort. »Es klingt sogar wie eine Nebensächlichkeit. Wie etwas, das sonst keine Fußnote im Bericht des Hauptmanns der Palastwache wert wäre. Ich konnte es auch noch nicht überprüfen, da ich auf dem Weg zum Gefängnis war, als man es mir mitteilte …«

»Nun sagt schon, Lerdik!«, drängt Ragialda.

Angesichts der Rüge seiner Königin nickt Lerdik. »Verzeiht. Einer meiner Männer bei der Nachtwache sagte mir, dass es in dem Teil des Palastgartens, der für alle zugänglich ist, heute Nacht einen Vorfall gegeben hat. Wie Ihr wisst, stehen dort derzeit viele Wohnwagen von Gauklern, Musikanten, Barden und Schauspielern, die anlässlich der Hochzeit in Dretvik weilen, da sie am Tag der Zeremonie im Palast oder an bestimmten Plätzen in der Stadt auftreten werden.«

»Wenn es jetzt noch eine Zeremonie geben sollte«, sagt Mioban düster. »Von was für einem Vorfall reden wir hier?«

»Ist das wichtig?«, fragt Aileros. »Fahrendes Volk. Da gibt es immer irgendeinen alten Streit oder neuen Radau.«

»Solange wird nichts anderes haben«, wischt Mioban Aileros' Einwand zur Seite. »Lerdik?«

»Noch weiß ich nichts Genaues, wie gesagt. Ich war zu sehr damit beschäftigt, die Leichen der Gardisten vor dem Gemach der Prinzessin verschwinden zu lassen und unsere Gäste hier in der Manier eines reichen Großkotzes aus dem Gefängnis zu holen … sonst hätte ich früher davon berichtet.«

»Jemand soll sich die Sache anschauen«, sagt Mioban. »Wir können es uns nicht leisten, etwas zu übersehen.«

»Aber auch nicht, gesehen zu werden«, ergänzt seine Frau. »Bei unseren Ermittlungen müssen wir ausgesprochen behutsam vorgehen. Damit unsere Vertuschung nicht von vornherein zum Scheitern verurteilt ist.«

»Du hast recht, wie immer.« Mioban lässt sich das Ganze kurz durch den Kopf gehen. »Am besten übernehmt ihr das«, sagt er dann zu den *Prinzessinnen.* »Deshalb seid ihr schließlich hier.«

Narvila und die anderen sehen ihn verblüfft an.

Der König von Lirgoden atmet tief durch. »Eine Kompanie meiner Soldaten, die Dretvik durchkämmt, oder selbst eine Handvoll von Lerdiks besten Spionen blieben Zalarnts Spitzeln auf keinen Fall verborgen. Ihr aber, die ihr keinerlei Verbindung zu meiner Familie oder dem Palast habt ... offiziell nie hier gewesen seid ... ihr könnt euch frei bewegen und umsehen, ohne einen Verdacht zu erregen.«

»Und ihr sollt die Besten sein, wenn es darum geht, eine entführte Prinzessin zu finden«, sagt Königin Ragialda mit quälerischer Hoffnung in der Stimme. »Eine Spur zu finden. Und die betroffene Prinzessin zu retten. Nicht wahr?«

Aiby, Decanra, Narvila und Cinn ringen sich ein steifes Nicken ab.

Mef ist weniger zurückhaltend. »Sind wir«, sagt sie forsch.

Mioban sieht sie der Reihe nach an. Narvila spürt, wie ihr Gesicht warm zu prickeln beginnt und ihre Ohren heiß werden. »Gut. Dann tut, wofür ihr berühmt seid. Bringt meine Tochter heil zu uns zurück – und was immer euch ins Gefängnis gebracht hat, ist vergessen.« Er tritt an ein Porträt, das eine junge Frau zeigt, die genauso schön ist wie Königin Ragialda, aber eindeutig Miobans Augen hat. Er streicht mit den Fingern sanft über die Ölfarbe. »Und ihr werdet natürlich reich für eure Dienste belohnt. Findet meine Tochter. Ich bitte euch, als König wie als Vater. Findet Filryn und bringt sie heil zu uns zurück. Vielleicht ist es für die Hochzeit und den Frieden noch nicht zu spät. Wir tun hier alles, um Zeit zu schinden.«

Trotz der Beteuerungen, dass es in diesem Moment nicht nötig ist, geht Aiby vor dem König und der Königin wieder aufs Knie; Narvila, Cinn, Decanra und Mef tun es ihr gleich.

»Wir werden alles tun, um Eure Tochter wohlbehalten zurückzubringen, Majestät«, verspricht Aiby.

»Werdet Ihr jetzt zu unserem Schatten?«, fragt Decanra Lerdik, der sie zurück in den Weinkeller und von dort aus erneut in den Tunnel führt.

»Würde Euch das gefallen?«, versetzt Lerdik.

»Ich glaub, er mag dich, Decanra«, flüstert Mef laut.

»Halt die Klappe, Mef«, sagt Decanra.

Im Kerzenschein sieht Narvila Miobans Meisterspion kurz lächeln. »Ich begleite Euch nur bis zum Versteck zurück«, erklärt dieser indessen. »Danach habe ich andere Aufgaben, wie Ihr gehört habt. Der König und die Königin sind davon überzeugt, dass Ihr der Sache gewachsen seid und Prinzessin Filryn retten werdet.«

»Was soll man da machen?«, meint Mef. »Wir haben eben einen Ruf.«

»Lord Aileros schien nicht so begeistert gewesen zu sein, uns zu sehen«, gibt Aiby zu bedenken.

Lerdik zuckt mit den Schultern. »Nun ja. Aileros ist der wichtigste Ratgeber Seiner Majestät. König Mioban und er kennen sich seit Kindheitstagen. Alte Freunde, die gemeinsam in die Rolle hineinwuchsen, das Land zu lenken und zu beschützen. Der eine auf dem Thron, der andere daneben. Er ist wie ein Bruder für den König und wie ein Onkel für Filryn. Aileros war der Meinung, wir sollten unsere besten Spione und Krieger entsenden und uns über Zalarnt keine Gedanken machen. Filryns Wohlergehen würde vorgehen. Aber wir müssen beides schützen, die Prinzessin wie den Frieden.«

»Und legt beider Schicksal in unsere Hände«, sagt Decanra düster.

»Auch ich würde mein Schicksal liebend gern in Eure Hände legen«, antwortet Lerdik leicht ironisch.

Mef lacht. »Sicher nicht nur Euer Schicksal.«

Inzwischen haben sie den Keller mit den Kisten erreicht, wo Lerdik die getarnte Holztür aufsperrt. Danach greift er unter seinen Umhang und drückt Aiby einen Beutel mit klirrendem Inhalt in die Hand.

»Für etwaige Auslagen. Ich wünsche Euch und uns alles Glück dieser Welt. Wir können es gebrauchen. Ein Krieg würde alles zunichtemachen, was der König und die Königin, aber auch die Prinzessin in den letzten Jahren vorangetrieben haben, um Lirgoden Frieden zu bringen.«

Draußen erwartet sie ein Morgen ohne Nebel. Nun sieht Narvila, dass das Haus über dem Tunnel zum Palast eine ältere, verwaist wirkende Stadtresidenz ist – als wäre es das Liebesnest eines Adeligen oder Kaufmanns, der nur für gewisse Stunden hierherkommt und die Fensterläden lieber geschlossen lässt.

Die *Prinzessinnen* gehen durch das morgendliche Dretvik, gähnen, reden nicht miteinander, sortieren ihre Gedanken, kaufen bei einem Bäcker ein paar mit gebratenem Ei und Speck gefüllte Teigtaschen, die sie im Gehen verschlingen, und sehnen sich nach einem heißen Bad und einer Mütze voll Schlaf. Lärm und Gedränge in den Straßen und Gassen nehmen zu. Niemand ahnt, in welcher Gefahr der Frieden und das Leben in Lirgoden schweben, sollte herauskommen, was im Palast geschehen ist. Dass aus einer Hochzeitsfeier dann zahlreiche Totenfeiern werden, sollte zwischen Lirgoden und Valahmes ein Krieg ausbrechen.

»Wir gehen zurück zum *Trommler*?«, fragt Narvila verwundert, während sie den Rest ihres Frühstücks verschlingt. Sie hat gedacht, sie würden alles daransetzen, sich schnellstmöglich an die Fersen der Entführer zu heften.

»Aye.« Aiby schleckt sich die Finger ab. »Die haben eh einen Vorsprung. Töten wollen sie die Prinzessin nicht, das hätten sie gleich im Palast getan. Das wird kein Sprint. Und es ist immer besser, die eigenen Waffen und Pferde zu nehmen. Dann ist man für den Moment, in dem es drauf ankommt, bestens gerüstet.«

Die Rückkehr in den *Trommler* fällt Narvila und ihren Freundinnen nicht leicht, und besonders angenehm fällt sie ebenfalls nicht aus.

Luma, Orto und ihre Kinder sind damit beschäftigt, die gewaltige Zerstörung im Schankraum zu beseitigen, die im Licht des Morgens noch schlimmer aussieht als letzte Nacht. Narvila erscheint es ein hoffnungsloses Unterfangen, hier aufräumen zu wollen – als würde die übermüdete, überforderte Wirtsfamilie nur Bruchstücke und Scherben von einer Ecke in die andere kehren, ohne an dem Chaos eigentlich etwas zu verändern.

»Solltet ihr nicht im Gefängnis sitzen?«, fragt Luma beim Eintreten der *Prinzessinnen* schneidend.

Decanra geht der Wirtin einen unsicheren Schritt entgegen. »Luma. Wir ...«

Aiby legt ihr eine Hand auf die Schulter, woraufhin Decanra stehen bleibt und verstummt. »Wir holen nur unsere Sachen«, sagt Aiby. »Dann sind wir weg.«

»Das überrascht mich inzwischen nicht mehr.« Wut und Enttäuschung streiten in Lumas Stimme. »Verantwortungslos bis ins Mark.«

»Es geht um das Leben einer jungen Frau«, sagt Decanra, die ihren geliebten Umhang in einer Ecke gefunden hat und den Staub abklopft. Das Blut daran ist nicht ihres.

»Decanra«, mahnt Cinn, bevor Aiby es tun kann.

»Sicher«, ätzt Luma, die ohnehin nicht darauf achtet. »Unser Leben habt ihr ja bereits zerstört. Einfach weiter zum nächsten.«

»Je eher ihr weg seid, desto besser«, murrt Orto, der sie nicht einmal anschauen will und auf seinen Besen starrt.

Aiby seufzt, geht zum Tresen und zieht ihre Axt aus dem Holz, an die sich bisher wohl niemand herangetraut hat. Anschließend legt sie Lerdiks Beutel auf den Schanktisch, ohne auch nur einen Blick hineingeworfen zu haben.

»Denkst du, damit unseren Respekt oder unsere Freundschaft zurückkaufen zu können?«, fragt Luma angeekelt. »Nach alldem hier?«

»Nein«, erwidert Aiby, immer noch vollkommen ruhig. Narvila bewundert sie für die Gelassenheit, denn wenn sie sich schon mies fühlt, wie muss es dann ihrer Freundin gehen, die Luma viel länger kennt? »Das ist für die gröbsten Reparaturen. Neue Möbel. Was auch immer. Und wenn wir zurückkommen, können wir vielleicht darüber reden, was vergangene Nacht vorgefallen ist.«

Luma lächelt höhnisch, regelrecht hasserfüllt. »Wenn es nach uns geht, braucht ihr nicht zurückzukommen. Nehmt euren Kram und lasst uns einfach in Frieden. Meine Familie ist ohne euch besser dran. Wahrscheinlich sind ganz Dretvik und Lirgoden ohne euch besser dran.«

»Das wird sich noch zeigen«, sagt Narvila.

Luma blickt sie an wie jemanden, den die Wirtin zum ersten Mal sieht.

»Aye«, bestätigt Aiby, schultert ihre Axt und geht den anderen voran durch den zerstörten Schankraum, um ihre Sachen einzusammeln.

Sie sagen so gut wie nichts, als sie oben ihre Rüstungen anlegen und ihre Habe zusammenpacken oder wenig später draußen ihre Pferde satteln. Mef geht los, um in einem Laden gegenüber Proviant einzukaufen, denn niemand will Luma fragen, ob sie sich wie früher selbstständig in Küche oder Vorratskammer bedienen dürfen. Narvila weiß, dass dieser grußlose Abschied voller Bitterkeit und Verachtung das unwürdige Ende einer langen, guten Freundschaft bedeutet. Einer Ära.

Aber nichtsdestoweniger ein Ende.

Mef gesellt sich bald wieder zu ihnen. Sie verstauen die Vorräte, füllen ihre Wasserflaschen und Trinkschläuche auf und führen ihre Pferde am Zügel aus Stall und Innenhof des *Trommlers*.

Da hören sie hinter sich schnelle Schritte aus Richtung Gasthof und drehen sich um.

Harcyana wirft sich Mef in die Arme.

Die beiden taumeln kurz, küssen sich aber bereits, halten einander, flüstern miteinander. Dann eilt Harcyana schluchzend und schniefend zurück ins Haus ihrer Familie.

»Kein Wort«, sagt Mef, während sie sich als Letzte ungewohnt steif in den Sattel schwingt und die Nase hochzieht.

»Hatte nicht vor, was zu sagen«, entgegnet Decanra und zupft ihre Kapuze tiefer ins Gesicht.

»Ich auch nicht«, murmelt Narvila.

Cinn klopft Mef dreimal hart auf die Schulter, schweigt aber.

Aiby schnalzt nur mit der Zunge. »Also dann. Auf geht's!«

EINST

»Ihr Name soll Cinnasceszi lauten«, verkündete König Rawanscann von Tiludkinz, als er seine gerade zur Welt gekommene Tochter zum ersten Mal im Arm hielt, deren Haut unter Röte, Blut und Schleim die Farbe von frisch gefallenem Schnee hatte.

»Ein starker Name für ein schwaches Kind«, brummte Konceyma, der alte Schamane mit dem langen Bart, dem Bärenfellumhang und dem knorrigen Holzstab. Er hatte sich während der Geburt im Hintergrund gehalten und die Frauen alles Nötige tun lassen, doch nun war der Moment gekommen, wieder nach vorn zu treten und seine Weisheit zum Besten zu geben.

»Was willst du damit sagen?«, verlangte König Rawanscann zu erfahren. Tiludkinz war ein kleines Königreich unter vielen im kalten Norden. Es wurde von Schnee und Eis beherrscht – und dem Willen gnadenloser Götter, die wie die raue Natur und ihre Raubtiere waren und die bekanntlich beide nur von den Schamanen gedeutet werden konnten.

»Sieh sie dir doch an«, sagte Konceyma, der schon Rawanscanns Vater als Ratgeber und Runenwerfer gedient hatte. »Sie ist klein und schwach.«

»Alle Neugeborenen sind klein und schwach«, widersprach der König, allerdings hörte man ihm seine Zweifel an.

»Dieses Kind ist schwächer als alle anderen, die ich je gesehen habe«, sagte der Schamane kalt und trat mit einem großen Schritt ganz nah an Vater und Tochter heran. Er beäugte das Kind mit den hellen blauen Augen, das sich kaum regte und nicht einmal schrie. Verachtung schimmerte im finsteren Blick des Schamanen. »Mickrig und erbärmlich. Mehr tot als lebendig.«

»Mein König«, wandte sich eine der Hebammen plötzlich besorgt an Rawanscann, wobei sie Konceyma absichtlich wie Luft behandelte. »Die Königin ... etwas stimmt nicht. Sie verliert zu viel Blut. Das Leben strömt nur so aus ihr heraus. Es hört nicht auf. Ich weiß nicht, was wir noch tun sollen, außer zu beten.«

»Die Götter wollen keine Gebete, sondern ein Opfer«, erklärte Konceyma selbstsicher. »Du musst dich entscheiden, wer diese Nacht überleben soll, Rawanscann. Wähle weise. Wähle Stärke. Wähle, was deiner Linie eine Zukunft garantiert.«

Der König von Tiludkinz machte sich die Entscheidung nicht so leicht, wie manch einer das später erzählen sollte, doch er traf nichtsdestotrotz seine Wahl.

Nach altem Brauch setzte man die winzige Prinzessin Cinnascesczi auf einem zugefrorenen See unweit des Schlosses in einem Korb aus, als Opfer für Yolsarc, den Gott der Winternacht und des einsamen Todes in der erbarmungslosen Kälte des Nordens.

Ein Jäger namens Olevz, der an diesem Tag im Schloss zugegen war und seine Felle verkaufen wollte, erfuhr von einigen tratschenden Dienstmädchen in der warmen Küche zufällig vom Schicksal der Prinzessin, und Mitgefühl ergriff ihn. Im Norden wurde es früh dunkel, und noch ehe die Wölfe oder andere von Yolsarcs Dienern kommen konnten, schlich Olevz auf den vereisten See hinaus und sah, dass die kleine Cinnascesczi trotz der Kälte noch lebte. Viel Leben war nicht mehr in ihr, doch sie atmete schwach, und Olevz kam es so vor, als weigerte sie sich, aufzugeben und das ihr zugedachte Schicksal zu akzeptieren.

So viel Kampfeswille verdiente eine Chance, fand er.

Kurz entschlossen hob Olevz die Prinzessin aus dem Korb, drückte sie unter seinem dicken Pelzüberwurf fest an seinen warmen Körper und nahm sie mit in den Wald, wo er mit seiner Frau Iancrid in einer schlichten Hütte lebte.

Die bis dahin kinderlosen Eheleute zogen Cinn auf, als wäre sie ihr eigenes Kind, fütterten sie, pflegten sie, erzogen sie, kleideten sie in Leder und Pelz – und liebten sie. Olevz brachte Cinn, sobald sie alt genug dafür war, zudem alles über das Spurenlesen, Fallenstellen und Jagen bei. Zeigte ihr, wie man mit einem Dolch und einem Jagdmesser umging, ein Fell abzog, Wild ausnahm und zerlegte, aber auch, wie man sein eigenes Leben gegen Tiere wie Menschen verteidigte.

Cinn entwickelte sich zu einem kleinen, schmächtigen und wortkargen, jedoch zähen Mädchen. Früh nahm Olevz sie mit auf seine Wanderungen in die Städte, Dörfer, Häfen, Burgen und Handelsposten, wo er Felle, Dörrfleisch oder Iancrids selbst genähte Kleidungsstücke feilbot – jedoch selbstverständlich nie zum Schloss des Königs. Cinn sah allerdings auch so genug von der Welt des Nordens und den rauen Gestalten, die sie bevölkerten. Besonders die brutalen Ring-, Gruben- und Käfigkämpfe, die in manchen Tavernen stattfanden, hatten es Cinn angetan. Olevz kannte sogar ein paar der Kämpfer und Kämpferinnen und stellte sie Cinn vor. Die Männer und Frauen lachten über ihr Interesse und ihre Fragen – bis sie merkten, wie entschlossen und stark das kleine weißhaarige Mädchen war, und Cinn ein paar Dinge beibrachten, die sie zu Hause im Wald später stundenlang übte. Nur in den Käfig selbst ließ Olevz sie nie steigen, egal wie sehr Cinn darum bettelte.

Vier Jahre nachdem Olevz und seine Frau Cinn als ihr Kind aufgenommen hatten, brachte Iancrid zur Überraschung der Eltern doch noch eine eigene Tochter zur Welt. Aber sie behandelten Cinn daraufhin nicht anders als die kleine Dratvi und zogen die beiden Mädchen wie echte Schwestern groß.

Dreizehn Jahre später war Olevz wieder einmal allein zum Schloss gegangen, und Iancrid verging wie jedes Mal vor Sorge, da sie fürchtete, seine Tat könnte nach all den Jahren doch noch ans Licht kommen. Dratvi wollte wissen, was ihre Mutter bedrückte, und Iancrid verriet ihrer jüngeren Tochter das Geheimnis von Cinns wahrer, königlicher Abstammung.

Dratvi nahm es nicht gut auf, gleichwohl sie ihre Gefühle mehrere Wochen lang vor ihrer Familie verbarg. Doch anders als ihre ältere Schwester, die ja gar nicht ihre *richtige* Schwester war, wie sie nun wusste, hasste Dratvi das Leben im Wald und als Tochter eines Jägers – sie sehnte sich nach Glanz und Gloria, Festen und Vergnügungen, Musik und Tanz und schönen Kleidern wie in den Märchen, die ihre Mutter ihnen erzählte, wenn die Winternächte vor dem Feuer endlos schienen.

Deshalb lief Dratvi beim nächsten Vollmond von zu Hause fort und wanderte entschlossen und hoffnungsvoll zu König Rawanscanns Schloss. Dratvi gab sich als seine Tochter

Cinnascesczi aus und behauptete, sie habe in jener Nacht vor vielen Jahren auf dem Eis überlebt und erst vor Kurzem von ihrem Stammbaum erfahren. Cinns *Schwester* war so blauäugig, auf ein Leben als Prinzessin in einem Schloss zu hoffen, wie sie es sich stets erträumt hatte.

Doch weil König Rawanscann in der schwärzesten Nacht seines Lebens damals seine Tochter, seine Königin und am Tag darauf durch seinen Zorn auch noch seinen Schamanen verloren hatte, war er ein bitterer, grausamer Mann geworden. An die Nacht, in der er ausnahmslos falsche Entscheidungen getroffen hatte, wollte er keinesfalls erinnert werden. Daher ließ er Dratvi, deren grüne Augen nicht einmal die richtige Farbe hatten, für ihre dreisten Behauptungen hinrichten. Allerdings hatte ihre Geschichte den König hellhörig werden lassen, weil zumindest Teile davon wahr und überzeugend geklungen hatten – nicht bloß wie das aus lauter Lügen zusammengesponnene Garn einer fantasievollen Betrügerin, die einen Vorteil für sich herausschlagen wollte. Darum schickte Rawanscann einen Trupp Soldaten los, der den Vater des Mädchens – diesen Jäger – für seinen Verrat oder eben seine Lügen bestrafen sollte.

Wofür am Ende, wollte Rawanscann gar nicht so genau wissen.

Cinn war gerade einen halben Tagesmarsch entfernt von der Hütte ihrer Familie allein auf der Jagd, als die Soldaten ihre Eltern fanden und sich auf Geheiß des Königs vornahmen. Bei ihrer Rückkehr fand sie Olevz schwer verletzt vor. Sie scheuchte die Krähen fort und hielt ihren sterbenden Vater in den Armen, während er ihr vor ihrer niederbrennenden Hütte im blutroten Schnee mit letzter Kraft erstmals die Wahrheit über ihre Herkunft enthüllte.

Cinn begrub ihre Eltern, zog sich noch tiefer in den Wald und in sich selbst zurück und bereitete sich auf die wichtigste Hatz ihres Lebens vor.

Als der König am Tag des Frostfestes im nächsten Jahr auf die traditionelle Elchjagd ging, lauerte Cinn ihm und seinen Begleitern auf wie jeder anderen Beute. Sie trug weiße Felle von Füchsen und Hermelinen am Leib, und so schnell, wie sie aus dem Schnee auftauchte, einen oder zwei Männer mit ihren blitzenden Jagdmessern aufschlitzte und wieder zwischen den Bäumen verschwand, dachten der König und seine Begleiter zunächst, ein Fuchsgeist oder Wintermar greife sie an.

Die Entschlossenheit der Jagdgesellschaft und der zu ihrem Schutz abgestellten Soldaten schwand mit jedem dampfenden Blutbad und jedem Todesröcheln im roten Schnee.

Cinn holte sich einen nach dem anderen.

König Rawanscann sah seine Jäger, seine Krieger, seine zweite Frau, seine Tochter und seine beiden Söhne sterben. Er blieb als Letzter übrig, verlor durch Cinns Klingen sein prächtiges Pferd und floh zu Fuß durch den Schnee zum Schloss. Er hinterließ Spuren aus dem Blut seiner Lieben. Cinn trieb ihn auf den gefrorenen See hinaus, auf dem sie als Neugeborenes hatte sterben sollen, wäre da nicht ein großherziger Jäger gewesen, der dafür am Ende teuer bezahlt hatte.

Mitten auf dem vereisten See brach Rawanscann ins kalte Wasser ein und kam aus eigener Kraft nicht mehr heraus.

»Hilf mir!«, rief der König. »Ich bin dein Vater! Die einzige Familie, die dir noch geblieben ist! *Hilf mir!*«

»Du bist ein Fremder, der meine Eltern abschlachten ließ«, sagte Cinn und sah dabei zu, wie der König versank. Ihre strahlend hellblauen Augen, die sie nicht abwandte, waren das Letzte, was Rawanscann erblickte, und er musste an jene verhängnisvolle Nacht denken, die ihn nun einholte.

Der Tod des Königs machte Cinn nichts aus, ihren wahren Vater hatte sie schließlich schon vor einem Jahr begraben.

Anschließend zog sie umher und verdiente mit Käfigkämpfen so viel Geld, dass sie ihre Heimat, die sie auf vielerlei Weise abgehärtet hatte, an Bord eines Walfängers in Richtung Süden verlassen konnte.

Nicht wegen der Kälte und Leere im Norden.

Sondern der in ihrem Inneren.

NARVILA

Im öffentlichen Teil des Palastgartens, in dem zahlreiche Wohnwagen stehen, werden mehrere Karren von einem Dutzend Soldaten praktisch abgeriegelt. Es sind nicht so viele Bewaffnete, dass es besonders auffällig wäre, aber ausreichend, um ihrer Aufgabe nachzukommen. Narvila und die anderen *Prinzessinnen* lässt man jedoch ohne viel Aufhebens durch.

Sie treffen ein paar alte Bekannte.

»Den Göttern sei Dank!«, ruft Fleiber und hebt in einer Bühnengeste die verschränkten Hände gen Himmel. »Sie haben Euch erneut geschickt, um uns zu retten!« Der Direktor der Theatergruppe, die sie so viele Wochen begleitet haben, sieht aus, als würde er Aiby am liebsten umarmen. Narvila lässt den Blick über die vertrauten Fuhrwerke und Gesichter gleiten – und bemerkt sofort, dass der Wohnwagen von Ilfyngs Familie fehlt. Ilfyng selbst ist hier. Er steht mit seinem Vater und anderen Mitgliedern der Truppe zusammen und macht ein finsteres Gesicht. Er wirkt mitgenommen, als hätte er geweint. Ob ihm die Trennung von Narvila so zusetzt? Oder seine Schuldgefühle, weil er sich wie der letzte Arsch aufgeführt hat?

Narvila schaut ihn einige Herzschläge lang ungerührt an – und dann mit zielgerichtetem Desinteresse weg, um sich auf Aibys und Fleibers Gespräch zu konzentrieren.

»Was ist hier los, Fleiber?«, fragt ihre Gefährtin gerade. »In was für einen Schlamassel seid Ihr da reingeraten?«

»Ich weiß es nicht!« Wieder wirft Fleiber die Hände in die Luft. Die Feder auf seinem Hut wippt wild auf und ab. »Letzte Nacht hat uns jemand überfallen und Beclisos Wohnwagen gestohlen. Ilfyng, die Zwillinge und er wurden aus dem Wagen geworfen. Doch die Diebe haben Aclarsi mitgenommen.«

Narvila schnappt nach Luft und fühlt einen Anflug von Schuldbewusstsein. Deshalb sieht Ilfyng so schlecht aus. Seine Schwester wurde entführt.

»Und anstatt die Diebe zu verfolgen oder uns zu ihren Vorgesetzten zu bringen, wie ich es seit heute Nacht in einem fort verlange, halten uns diese gerüsteten Trottel hier fest. Als wären wir die Übeltäter, die etwas getan haben. Ich versteh das nicht. Könnt Ihr uns helfen, Aiby?«

»Vielleicht.« Die Hochländerin fährt sich über die Zöpfe. »Hat jemand die Diebe gesehen? Oder ob sie noch jemanden bei sich hatten?«

»Es war dunkel und wir haben alle geschlafen. So nah am Palast, mitten in der Stadt und bei so vielen Wächtern überall, da wähnt man sich ja in Sicherheit. Aber die Soldaten schikanieren wohl lieber Künstler als Kriminelle.«

Narvila seufzt. Natürlich können sie der Truppe nicht sagen, was los ist.

»Wir sehen, was wir tun können«, verspricht Aiby lediglich. »Doch legt Euch nicht mit den Soldaten an. Das macht es nur schlimmer, und die befolgen eh nur Befehle.«

Die *Prinzessinnen* ziehen sich von den Wagen und den Wächtern zurück und besprechen sich leise.

»Willst du zu deinem Tischler?«, fragt Mef Narvila. »Wir haben keine Zeit, aber ein kurzer Kuss ist drin. Ilfyng kann's sicher gebrauchen.«

Narvila schüttelt den Kopf. »Denkt ihr, dass Filryns Entführer den Wagen gestohlen haben?«, fragt sie mit gesenkter Stimme.

»Vermutlich«, sagt Aiby.

»Ist kein schlechter Plan, wenn man weiß, dass hier so viele Karren von Schauspielern, Musikanten und Gauklern bereitstehen«, überlegt Decanra. »Mit jedem dieser Wagen kann man sich kurz vor der Hochzeit durch Dretvik bewegen, ohne Aufsehen zu erregen. Was man dabeihat, ist vor neugierigen Blicken geschützt, und niemand durchsucht einen solchen Karren, der die Stadt verlässt.«

»Aber wieso sollten die Entführer auch noch Aclarsi verschleppen?«, fragt Aiby. »Das ergibt keinen Sinn.«

»Weil sie einen sagenhaften Hintern hat?«, schlägt Mef vor.

»Sie hat einen festen Schlaf«, sagt Narvila. »Ilfyng und ich waren neben ihr mal sehr ... laut, und Aclarsi ist nicht aufgewacht. Hat sich unter ihrer Decke nicht mal gedreht.«

»Du meinst, die Entführer haben sie in der Dunkelheit nicht gesehen, nur die anderen, die sofort wach wurden und die sie dann aus dem Wagen geworfen haben?« Aiby versucht, es sich vorzustellen. »Und als sie mit dem gestohlenen Fuhrwerk losgefahren sind und Aclarsi irgendwann aufgewacht ist, war es schon zu spät?«

»Und um keinen Verdacht auf sich zu lenken, haben sie Aclarsi genauso gefesselt und geknebelt wie Filryn«, spinnt Narvila diesen Faden fort. »Besser, als ein Mädchen aus einem fahrenden Wagen zu werfen, wenn man sich in aller Heimlichkeit aus der Stadt stehlen will. An so was würden sich die Leute erinnern.«

Aiby nickt vor sich hin. »Dann suchen wir also den Wagen von Aclarsis Familie. Wenigstens wissen wir genau, wie der aussieht.«

»Und wie schwer kann der in einer riesigen Stadt im Hochzeitsfieber schon zu finden sein?«, fragt Mef sarkastisch.

Plötzlich entsteht Bewegung zwischen den Soldaten, die Fleibers Kompanie bewachen. Narvila sieht, dass Ilfyng versucht, sich durch die Wächter zu drängen, und rüde weggeschubst wird.

»Kümmerst du dich drum?«, fragt Aiby.

Narvila nickt und geht auf die Soldaten zu, die sie nach einem kurzen Wortwechsel zu Ilfyng lassen. Sie fragt sich nicht zum ersten Mal, wie die Anweisungen der Gardisten lauten, die sich nicht über die Söldnerinnen am Schauplatz eines Verbrechens wundern, sie sogar nach Lust und Laune gewähren lassen. Ob da jemand misstrauisch werden könnte? Aber vielleicht hilft es beim Verschleiern ihrer wahren Beweggründe und ihres eigentlichen Auftrags, wenn Fleiber später sicher herumposaunen wird, dass die *Prinzessinnen* alte Weggefährtinnen sind und ihnen helfen werden, den gestohlenen Wagen samt Aclarsi zu finden.

»Was gibt's?«, fragt Narvila Ilfyng und wundert sich selbst über die Kälte in ihrer Stimme.

Ilfyng sieht sie mit einer Mischung aus Trotz und Hoffnung an. »Ich kann euch helfen.«

»Aiby will dich garantiert nicht dabeihaben«, sagt Narvila. »Und ich ehrlich gesagt auch nicht.«

»Schon klar.« Er schluckt schwer. »Aber ich hab gesehen, in welche Richtung sie abgehauen sind.«

»Fleiber meinte, niemand hätte etwas gesehen.«

»Er ist so damit beschäftigt, sich über die Soldaten aufzuregen, dass er mir einfach nicht zuhört. Und mein Vater steht völlig neben sich.« Ilfyng presst die Lippen zusammen, zuckt mit den Schultern. »Ich wäre ihnen gestern Nacht selbst hinterher, aber die Wächter, die auf unsere Schreie hin angerannt kamen, haben uns sofort wie Verbrecher behandelt und keinen gehen lassen. Und sie wollten mir natürlich auch nicht zuhören.« Er sieht Narvila an. »Sie sind Richtung Norden gefahren.«

»Sicher?«

»Ganz sicher. Sie sind der Hauptstraße gefolgt und haben zielstrebig aufs nördliche Stadttor zugehalten.«

»Verstehe. Danke. Ich sag's den anderen.«

Damit will Narvila sich abwenden, doch Ilfyng hält sie am Arm fest. Ein Soldat verlagert sein Gewicht. Narvila sieht erst ihn mit leichtem Kopfschütteln und dann Ilfyng an.

»Bitte bring Aclarsi zurück!«, sagt dieser mit belegter Stimme, und Narvila muss daran denken, wie gleich alle Menschen klingen, wenn sie sich um ihre Liebsten sorgen. »Bitte! Egal was du für mich noch empfindest oder wie wütend du auf mich bist. Rette sie!«

»Das werden wir«, sagt sie zu Ilfyng. »Sie kann ja nichts dafür, dass ihr Bruder ein Arsch ist.«

Der Gardist grunzt amüsiert. Ilfyng verzieht das Gesicht.

Narvila begibt sich wieder zu ihren Gefährtinnen zurück.

Sie spürt Ilfyngs Blick im Rücken, dreht sich aber nicht noch einmal um.

Einer der müden Soldaten, die das nördliche Stadttor bewachen, wird bei Aibys Anblick immerhin halbwegs munter und redselig. Er bestätigt den *Prinzessinnen*, dass vor einigen Stunden, mitten in der Nacht, ein Wohnwagen durchgekommen ist.

»Blau war er. Blauer als wir, ha! Aufgemalte Sonnenblumen? Hab ich im Fackelschein keine gesehen. Der Kutscher sagte nur, dass seine Frau kurz vor der Niederkunft steht und sie ihr Kind lieber bei sich daheim bekommen will, wo ihre eigenen Schutzgeister über sie wachen.«

»Und das kam Euch nicht seltsam vor?«, fragt Aiby.

Der Soldat zuckt mit den Schultern. »Schwangere Frauen haben törichte Wünsche, und wir Männer müssen sie erfüllen«, erklärt er von oben herab. »So ist es schon immer gewesen, so wird es immer sein.«

»Aye«, sagt Aiby gedehnt. »Na klar. Cinn?«

Narvila und die anderen sehen zu, wie Cinn von ihrem Rappen steigt und ihr Ding macht, ohne auf die gaffenden Stadtwächter zu achten. Mit ihrer zierlichen bandagierten Hand wischt sie über den staubigen Grund.

Narvila weiß inzwischen: Der Boden spricht regelrecht zu Cinn und verrät ihr, was er gesehen und gefühlt hat, wenn sie ihm nur lange genug ihre Aufmerksamkeit schenkt. Irgendwann findet Cinn mit den Fingern, den Augen oder einem anderen Sinn, der Normalsterblichen wie Narvila fehlt, Dinge und Hinweise, von denen die meisten nicht einmal wissen, dass sie da sind und gefunden werden können.

Cinn betrachtet und streichelt die Straße – vor den Füßen der Wachsoldaten, unter dem steinernen Bogen des Tores und schließlich außerhalb von Dretviks dicken, hohen Mauern. Sie erhebt sich, läuft ein Stück weiter, sieht sich um, geht in die Hocke, blickt konzentriert die Straße entlang, reibt abermals über die Erde, verändert wieder ihre Position und ihren Blickwinkel. Das macht sie ein paarmal.

»Hab sie«, sagt Cinn nach einiger Zeit, würdigt die Soldaten weiterhin keines Blickes und zieht sich wieder auf den Sattel ihres ungeduldig schnaubenden Pferdes.

»Holen wir sie uns«, sagt Aiby schlicht, und die *Prinzessinnen* preschen los, Filryns und Aclarsis Entführern im Wohnwagen von deren Familie hinterher.

Sie reiten hart an der Schmerzgrenze von Mensch und Tier, strapazieren Beine und Becken, Hufe und Hintern. Angehalten wird nur, wenn Cinn an einer Straßenkreuzung oder Weggabelung den Boden von Neuem beschwört – häufig muss sie dazu nicht mal von ihrem Hengst steigen.

Hin und wieder fragen sie auch andere Reisende, denen sie begegnen oder die sie überholen, nach einem blauen Fuhrwerk mit Sonnenblumen, und viele Zungen lassen sich mit ein paar Münzen oder mit ihrer einschüchternden Erscheinung und ihren entschlossenen Gesichtern lockern.

Sie rasten lediglich, wenn ihre Pferde sich erholen, fressen oder saufen müssen, was ihnen die *Prinzessinnen* dann gleichtun. Ansonsten wird stramm geritten und so oft galoppiert, wie ihre Reittiere das hergeben. Die förmlich an ihnen vorbeifliegende Landschaft besteht hauptsächlich aus von Wäldern gesäumten Weiden, durch Hecken und Mäuerchen getrennten Feldern und einsamen Bauernhöfen. Die Entführer nutzen Wege, die sie nicht in die Nähe von Dörfern oder Städten bringen. Sie haben die Gegend demnach ausgekundschaftet und folgen einem Plan.

»Wir sind doch viel schneller. Wann holen wir sie endlich ein?«, fragt Narvila, als sie die Pferde zwischendurch gerade mal wieder etwas ruhiger gehen lassen.

»Sie haben einen Vorsprung von mehreren Stunden«, sagt Cinn, als würde das alles beantworten.

»Aye.« Aiby fährt sich über die Zöpfe. »Und wir können nicht durchgaloppieren. Sonst brechen die Pferde unter uns zusammen. Doch am Ende kriegen wir sie, verlass dich drauf.«

Es ist nicht nur die Sorge um Aclarsi, die Narvila antreibt, sondern auch der Gedanke, erstmals als *Prinzessin* dazu beizutragen, eine waschechte Königstochter zu retten. Und dann auch noch *die* Prinzessin, deren Traumhochzeit eigentlich ja sogar noch immer darüber entscheiden soll, ob Narvila auf dem eingeschlagenen Pfad bleiben darf.

Und jetzt entscheidet diese Hatz nach Miobans Tochter womöglich erst einmal über das Schicksal zweier Königreiche und vieler Menschen.

Der Anblick des halb ausgebrannten Wohnwagens, der ein Stück neben der Straße vor sich hin schwelt, verdrängt all diese Überlegungen aus Narvilas Kopf. Sofort denkt sie nur noch voller Sorge an Aclarsi. Eilig springt sie von ihrem Schimmel und rennt mit gezogener Schwertlanze auf die geschwärzten Überreste des Hauses auf Rädern zu, in dem sie einige schöne Stunden verbracht hat. Sie klettert in den schwer beschädigten Wagen, dessen Wrack sie kaum wiedererkennt und in dem es so stark nach Rauch riecht, dass sie husten muss und ihre Augen zu tränen anfangen.

Narvila sieht sich um. »Nichts!«, sagt sie krächzend, aber erleichtert, sowie sie die anderen hinter sich hört. »Keine Aclarsi. Keine Prinzessin Filryn. Keine Leichen.«

»Und keine Entführer«, ergänzt Mef trocken.

»Hier drüben sind Hufspuren«, ruft Cinn, die ein Stück am ruinierten Karren vorbeigegangen ist und den Boden befragt. »Sieht so aus, als hätten die aus dem Wagen sich mit einer Gruppe Reiter getroffen, die Pferde für sie dabeihatten. Anschließend sind sie gemeinsam weitergeritten.« Sie deutet gen Norden, wie Ilfyng am Morgen in Dretvik. »Weiter in die Richtung.«

Decanra blickt die Straße entlang. »Die Entführer der Prinzessin sind also noch immer auf der Flucht. Mit Freunden. Und schneller als zuvor.«

»Aye«, macht Aiby nachdenklich.

»Wieso haben sie den Wagen abgefackelt?«, überlegt Decanra. »Feuer und Rauch sind auffällig.«

»Vielleicht hat ihnen das Blumenmuster nicht gefallen«, spekuliert Mef. »Oder es sind zufällig ein paar Tentakel-Kronen-Deppen vorbeigekommen.« Sie verändert ihre Stimme. »Ach, seht mal, ein herrenloser Karren, der gehört bestimmt ein paar Künstlern, lasst ihn uns anstecken, das wird unserer dämlichen Gottheit gefallen.«

Aiby, Decanra und Narvila starren Mef an.

»Was denn? Fleiber hätte mich liebend gern in seiner Truppe aufgenommen! Ich hab Talent.«

»Hier waren auch ein paar Kobolde«, meldet sich Cinn da nochmals zu Wort.

»Haben sie vielleicht die Entführer angegriffen und das Feuer gelegt?«, fragt Narvila, klettert aus dem zerstörten Karren von Ilfyngs Familie und läuft zu Cinn.

Die zeigt umher. »Filryns Entführer haben den Wagen selber angezündet. Da, die Abdrücke der Kobolde in der Asche. Die Spitzohren kamen später, als der Wagen schon brannte. Waren vermutlich als Erste hier, weil sie der Rauch angelockt hat, und haben sich über die Reste hergemacht. Womöglich haben sie das Feuer sogar gelöscht. War aber nicht mehr zu retten.«

Narvila hat ein ungutes Gefühl. »Und was ist mit Aclarsi?«

Aiby schultert ihre Axt und blickt zum nahen Waldrand, dessen Schatten sie nicht ganz erreicht. »Ich hab schon die ganze Zeit befürchtet, dass wir über Aclarsis Leiche stolpern. Dass die, die Filryn verschleppt haben, sie einfach aus dem fahrenden Wagen schmeißen, sobald die Stadtmauern außer Sicht sind.«

»Und wieso haben sie's nicht getan?«, fragt Narvila.

»Vielleicht sind unter ihnen nicht nur herzlose Ficker«, mutmaßt Mef. »Oder sie wollten sich später noch mit ihr vergnügen.«

Narvila sieht Aiby an, die nur mit den Schultern zuckt. Diese Antwort ist so gut oder schlecht wie jede andere.

Decanra kratzt sich an ihrer Kapuze. »Wahrscheinlich haben sie Aclarsi einfach geknebelt und gefesselt neben dem brennenden Wagen zurückgelassen.«

»Besser, als bei lebendigem Leib zu verbrennen«, sagt Aiby.

»Nicht, wenn Kobolde dich so finden«, widerspricht Decanra.

Cinn geht auf die Bäume zu. »Die Kobold-Spuren führen wieder nach Westen. In den Wald. Und sie haben die Zugpferde eingefangen und mitgenommen.«

»Sind die nicht kleiner als du?«, fragt Mef. »Können die überhaupt auf Pferden reiten?« Cinn zeigt ihr den Mittelfinger; Mef grinst kurz. »Vielleicht wollen die Kobolde sie auch essen.«

»Die Hufspuren eines Pferdes sind tiefer«, sagt Cinn. »Wahrscheinlich haben sie Aclarsi quer auf das Tier geworfen.«

»Worauf warten wir eigentlich noch?«, fragt Narvila, rennt zu ihrem Reittier und zieht sich in den Sattel. »Wir müssen ihnen nach und Aclarsi retten!«

»Langsam«, sagt Aiby. »Es ist in Ordnung, dass Prinzessin Filryns Entführer ein paar Stunden Vorsprung haben. Aber wir dürfen sie nicht ganz davonziehen lassen. Schon gar nicht jetzt, wo sie die schnelleren Pferde reiten. Und was, wenn die Verfolgung der Kobolde nicht nur ein paar Stunden, sondern zwei Tage dauert? Dann ist die Spur von Filryns Entführern kalt. Cinn kann nicht zaubern.«

»Was soll das heißen?« Narvila blickt Aiby ungläubig an. »Überlassen wir Aclarsi den Kobolden? Was werden die mit ihr machen?«

»Prinzessin Filryn ist unser Auftrag«, sagt Aiby. »Es steht zu viel auf dem Spiel, Narvila. König Miobans Tochter hat oberste Priorität.« Damit geht sie zu ihrem Braunen zurück.

Narvila kann es nicht fassen. »Für mich nicht! Ich will Filryn auch retten. Aber ich werde Aclarsi nicht im Stich lassen. Das kannst du vergessen, Aiby.«

Aiby lenkt ihr Pferd nahe an Narvilas Reittier heran. »Wir folgen Filryns Entführern weiter. Ohne Verzögerungen und Ablenkungen. *Du* kannst den Kobolden natürlich nachjagen. Doch dann bist du ganz auf dich allein gestellt. Wir anderen werden nicht auf dich warten, und wir können dir auch keine Spur aus Brotkrumen hinterlassen. Deine Entscheidung.«

»Da gibt es nichts zu entscheiden«, sagt Narvila wütend. »Ich folge den Kobolden und Aclarsi.«

»Aye. Na dann« Aiby blickt die anderen an, die inzwischen wieder auf ihren Pferden sitzen, schnalzt mit der Zunge – und reitet gen Norden los.

Decanra, Cinn und Mef zögern kurz.

»Ich kann Aclarsi nicht aufgeben«, sagt Narvila zu ihnen.

»Ich weiß.« Cinn nickt mit einer Miene in Narvilas Richtung, die alles zwischen Abschied, Anerkennung und Bedauern bedeuten kann, und prescht mit ihrem Rappen Aibys Braunen nach.

»Du machst das schon, Süße«, meint Mef leichthin, wirft Narvila eine Kusshand zu und lässt ihren Falben den anderen hinterhertraben.

Narvila betrachtet mürrisch Decanra, die unter ihrer Kapuze zu verschwinden versucht. »Du musst nicht mit mir kommen«, sagt sie bitter, weil ihr die zwiegespaltene Freundin leidtut.

»Pass auf dich auf.« Decanra nickt, seufzt. »Und keine Sorge: Wir sehen uns wieder! Komm einfach, sobald du getan hast, was du tun musst.«

Narvila blickt Decanra nach, die ihren Grauen antreibt, um den Anschluss nicht zu verlieren. Ihre Gefährtinnen in einer Staubwolke verschwinden zu sehen, lässt Narvila an die Geschichte mit der *Famosen Metzelei* denken – und daran, ob nicht schon vor Filryns ungewissem Hochzeitstag gerade eine folgenschwere Entscheidung über ihre Zukunft als *Prinzessin* gefällt worden ist.

Schließlich reißt sie sich vom Anblick ihrer davonreitenden Gefährtinnen los und folgt der Kobold-Spur nach Westen. Der Wald hat etwas Verwunschenes: große Bäume, viel raschelndes Laub auf dem Boden, überall Lichtungen, Senken und regelrechte Hänge, in der Luft hängt der Geruch von Pilzen und Kräutern.

Sie verlangt sich und ihrem Schimmel erneut alles ab, wann immer der Untergrund es zulässt. Hinter dem Waldstück steigt das Gelände stetig an, beherrschen Hügel, Steilwände und

Kurven Narvilas Weg. Sie kann nie weit nach vorn sehen, oft nicht einmal um die nächste Biegung oder über den nächsten Hügel. Die Fährten auf dem Boden sind dafür leicht und gut zu erkennen, selbst wenn man nicht Cinn heißt.

Narvila erwischt die Kobolde kurz vor deren Überquerung eines Flusses, an dessen anderem Ufer ein weiteres Waldstück beginnt. Es sind knapp ein Dutzend grüne und graue Plünderer, von denen keiner größer als Narvila ist. Sie tragen schmutzige Westen aus Schafsfell und anderen Pelzen. Kobolde gelten als feige, jedoch auch gierig und wild. Fiese kleine Ficker, wie Mef sagen würde. Sie haben Keulen, gezackte Messer und Beile.

Wie von Cinn vorhergesagt, führen die spitzohrigen Opportunisten die Pferde mit sich, die den Wohnwagen von Ilfyngs Familie gezogen haben. Die Tiere sind mit ein paar angesengten Beutestücken beladen – und mit Aclarsi. Sie ist an Händen und Füßen gefesselt, hängt tatsächlich quer über einem Sattel und wirkt, als wäre sie bewusstlos.

Hoffentlich nur das.

Beim Klang des nahenden Pferdes fahren die Kobolde herum.

Das hilft nicht allen.

Mit einem wilden Schrei reitet Narvila den hintersten Kobold einfach über den Haufen. Ein Huf ihres Schimmels zertrümmert sein Gesicht. Den nächsten Plünderer köpft sie mit einem sensenhaften Schwung aus dem Sattel heraus. Sein Kopf fliegt wie ein Ball durch die Luft. Gelbes Blut spritzt umher.

Weil die Kobolde sich aufteilen und sie von drei Seiten bedrängen, springt Narvila auf den Boden, um sich und ihrer Schwertlanze mehr Bewegungsfreiheit zu verschaffen. Kaum berühren ihre Füße die Erde, verliert ein Kobold seinen rechten

Arm mitsamt Messerhand. Der Räuber wirbelt kreischend herum und fällt ins Gras. Narvila bemerkt nicht einmal ihr wildes Grinsen in dem Regen aus Kobold-Blut, der ihr Gesicht wie eine Maske benetzt. Sie pariert Stiche und Hiebe und teilt ihrerseits welche aus.

Gerade geht sie auf einen Kobold los, der mit seinem schartigen Metzgerbeil nach ihr hackt. Narvila dreht sich um die eigene Achse und treibt ihrem grünen Widersacher die Schwertlanze mit Schmackes in die Wampe. Der Kobold erstarrt, lässt das Hackbeil fallen, sieht Narvila und die Waffe in seinem Bauch überrascht an – und erschlafft wie ein aufgespießter Korndrache. Narvila zieht ihre Lanze aus seinem Körper und rammt sie einem anderen Kobold sogleich schmatzend durchs Auge ins Hirn, bevor er seine Keule auf ihre Schulter dreschen kann. Sein Kreischen übertönt für einen Moment alle anderen Geräusche.

Die verbliebenen Kobolde, die auf leichte Beute aus gewesen sind, haben genug. Sie flüchten durch den Fluss. Narvila folgt ihnen, weil sie die Pferde und somit Aclarsi mit sich zerren. Einer der Kobolde begreift, was Narvila will, und schubst Aclarsi vom Rücken des Tieres. Ilfyngs besinnungslose Schwester klatscht schlaff ins kalte Wasser. Sie wird ertrinken, wenn Narvila sie nicht rechtzeitig rauszieht.

Doch zwischen ihr und Aclarsi baut sich plötzlich ein einäugiger Kobold auf, um sie mit seinem Speer anzugreifen, damit seine Genossen unbehelligt im Wald verschwinden können.

Ein Held, ein Anführer?

Narvila weiß es nicht, und es schert sie einen Scheiß.

Ihre Waffen treffen immer und immer wieder klirrend aufeinander. Der Fluss verhindert, dass Narvila ihre Schnelligkeit ausspielen kann. Das Wasser macht sie langsamer, außerdem will sie nicht ausrutschen. Endlich gelingt es ihr, den Speer des Kobolds in den Strom zu drücken. Mit der folgenden Aufwärtsbewegung hämmert sie ihm den Schaft ihrer Lanze gegen den Mund. Krumme Kobold-Zähne segeln durch die Luft und in den Fluss. Im nächsten Augenblick bekommt der wütend schnatternde Kobold Narvilas Klinge in die Brust gerammt, umfasst sie mit beiden Händen. Narvila denkt an den Ghul und lässt ihre Lanze los. Der Kobold kippt rücklings ins Wasser. Nur der Schaft von Narvilas Waffe ragt noch wie ein Mast aus dem Fluss.

Narvila watet zu Aclarsi, reißt sie aus dem Wasser und zerrt sie ans Ufer. Ilfyngs Schwester ist blass und rührt sich nicht. Narvila glaubt, dass sie nicht einmal atmet, und legt ein Ohr an ihren Mund. »Komm schon«, sagt sie beschwörend und drückt mehrfach hintereinander beide Hände auf Aclarsis Brustbein, wie Decanra es ihr gezeigt hat. »Ich hab's versprochen. *Komm schon!*«

Erst tut sich nichts, und Narvila will schon verzweifeln. Aber dann spuckt Aclarsi hustend einen Schwall Wasser aus, richtet sich ruckartig auf und schnappt nach Luft.

»Ist gut«, sagt Narvila, und Aclarsi fällt ihr japsend und weinend um den Hals. Sie spürt Aclarsis nasses Gesicht und Haar an ihrer Haut, tätschelt ihr den Rücken. »Alles gut. Du bist in Sicherheit.«

Nach einer Weile zieht sie Aclarsi mit sich auf die Füße. Während Ilfyngs Schwester schaudernd die toten Kobolde angafft und mit ihrem unsicheren Blick besonders lange bei dem Plünderer ohne Kopf verweilt, geht Narvila zurück in den Fluss, wäscht sich kurz das Gesicht und zieht ihre Schwertlanze aus ihrem letzten Gegner, der sie wie vorwurfsvoll aus seinem verbliebenen Auge durch die Wasseroberfläche anstarrt. Danach hilft Aclarsi ihr dabei, eines der verschreckten Zugpferde einzufangen. Der vertraute Geruch des Mädchens macht es ihnen leicht. Bald reiten sie durch die Hügellandschaft und den Wald und zum ausgebrannten Wohnwagen zurück, dessen Anblick Aclarsi noch schwerer trifft als der des enthaupteten Kobolds.

Aufgeschreckt vom Hufdonnern, fliegt ein Schwarm Krähen davon. Narvila denkt unwillkürlich an den Bauernhof, den Riesen, die Scheune, die Fledermäuse und die Sense – daran, wie lange das her ist und wie sie sich inzwischen in dieser Welt voller Gefahren und Ungeheuer behauptet.

»Schaffst du es allein nach Dretvik?«, fragt sie die benommen wirkende Aclarsi. »Ich würd dich ja gern zurückbringen, aber ich muss Aiby und die anderen einholen. Halt dich immer auf der breitesten Straße. Die führen irgendwann alle in die Hauptstadt.«

»Ich schaff das«, sagt Aclarsi, wobei Narvila nicht sicher ist, ob sie mit diesen Worten an erster Stelle sie oder sich selbst überzeugen will.

»Du schaffst das«, bekräftigt Narvila, denn es ist das, was sie an Aclarsis Stelle früher hätte hören müssen. Einer Eingebung folgend, hält sie Aclarsi den Dolch hin, den Decanra ihr am Morgen ihres Aufbruchs in Besgios geschenkt hat. »Da. Zu deinem Schutz. Mir hat er immer Glück gebracht.«

Aclarsi nimmt die Waffe mit zitternden Händen und feierlicher Miene entgegen, schnieft und nickt weit selbstbewusster als gerade eben noch. »Danke, Narvila.«

Sie umarmen sich ein wenig unbeholfen von Pferd zu Pferd.

»Du schaffst das«, sagt Narvila hinterher noch einmal, wendet ihren Schimmel, winkt Aclarsi zum Abschied aufmunternd zu und reitet danach wie der Wind nordwärts.

Am Anfang kann Narvila den Hufspuren ohne Schwierigkeiten folgen – die Erde ist weich, das Licht noch gut. Dann aber wird der Boden immer steiniger, und als sich die Straße vor ihr mehrfach gabelt und höchstens noch Cinn ihre Geheimnisse preisgeben würde, fühlt sie sich ziemlich aufgeschmissen – und ziemlich verzweifelt.

Da sieht sie das Messer. Es steckt im Stamm eines Baums, der nach einer der Abzweigungen vielleicht fünf Schritt neben der Straße wächst.

Decanra.

Narvila stellt sich vor, wie ihre Freundin die Klinge im Reiten zielsicher geworfen haben muss, ohne langsamer zu werden, vielleicht sogar, ohne dass die anderen es bemerkt haben. »Danke«, flüstert Narvila, reitet zum Baum, zieht Decanras Wurfmesser aus dem Holz und treibt ihr Pferd wieder an.

Nun markieren regelmäßig Messer in Bäumen neben oder nahe der Straße ihren Weg. Narvila sammelt sie alle ein und folgt diesen persönlichen Wegweisern aus den Tiefen von Decanras Umhang. Langsam wird es dunkel. Sie fragt sich, ob sie die Messer auch im Mondlicht noch schimmern sehen würde. Narvila ist erleichtert, als sie die anderen kurz nach Einbruch der Nacht einholt, so kaputt wie ihr schweißnasses Pferd.

»Ich bin's«, ruft Narvila aus der Dunkelheit, damit sie kein Messer und keine Cinn abkriegt.

Ihre Freundinnen sitzen um ein Lagerfeuer, das von einer Felsformation und einem umgestürzten Baumstamm gut verborgen wird.

»Was ist mit Aclarsi?«, fragt Aiby als Erstes.

»Alles in Ordnung«, antwortet Narvila. »Das hat sie allerdings nicht dir zu verdanken.«

»Aye.« Im Feuerschein tanzen die Monster, Runen und Muster auf Aibys nackten Schultern und Armen, ihrem Hals und ihren Händen. »Aber ich wusste, dass wir uns auf dich verlassen können.«

»Wir?«

»Aclarsi. Ich. Die *Prinzessinnen.*«

Narvila nickt und lässt es gut sein.

Sie ist zu müde, um die Sache auszudiskutieren.

Bevor sie sich ausruhen und etwas essen kann, versorgt sie ihr Reittier, reibt es ab, lässt es trinken und fressen. Decanra folgt ihr, geht ihr zur Hand. »Danke«, nutzt Narvila die Gelegenheit und gibt Decanra ihre in so vielen Lebenslagen hilfreichen Messer zurück.

»Immer wieder gern. Geht's dir gut?«

»Waren doch nur Kobolde«, tut Narvila ab. »Aber ich musste vorhin daran denken, dass ich zum ersten Mal dabei helfe, eine andere Prinzessin zu retten.«

»Und das ... freut dich?«

»Ja. Nein. Na ja. Schon. Aber nicht nur. König Miobans Tochter tut mir leid. Ich weiß schließlich, wie es ist, entführt zu werden. Sich ständig zu fragen, was sie mit einem anstellen. Was man als Nächstes erdulden muss. Ob sie einen jetzt töten, weil man eine zu große Belastung für sie geworden ist oder keinen Wert mehr hat. Wenn sie einen nur anschauen oder auf einen zukommen, möchte man sich in Luft auflösen. Man hat immerzu Angst. Todesangst. Das ist schrecklich. Doch wenn ich mich entscheiden muss, Teil einer solchen *Geschichte* zu sein, dann lieber auf dieser Seite, verstehst du?«

»Ja. Und auf diese Seite gehörst du auch. Jetzt müssen wir nur noch die Hochzeit retten, damit wir es offiziell machen können, mh?«

Narvila lächelt breit. »Ich ...«

Da taucht Mef auf, um etwas aus einer der Satteltaschen zu holen. »Seht mal, was Aibys Gaul da gerade für Mengen rausdrückt!«, sagt sie beeindruckt. »Das ist ja krank ...« Mef sieht Narvila und Decanra an. »Was? Hab ich einen Moment kaputt gemacht?«

Der Spur einer großen berittenen Gruppe kann Cinn in den nächsten Tagen noch leichter folgen. Weil keine Abzweigung in Sicht ist, reiten Aiby, Decanra und Mef derzeit voraus, Narvila und Cinn ein Stück weiter hinten. Um die Pferde etwas zu schonen, halten sie eine Geschwindigkeit, bei der man sich unterhalten kann.

»Kommt dir Mef seit heute Morgen auch schweigsamer vor als sonst?«, fragt Narvila leise.

»Ja«, antwortet Cinn. »Sehr erholsam. Könntest du auch mal versuchen.«

Narvila kennt Cinn gut genug, um sich das nicht zu Herzen zu nehmen oder sich davon beeinflussen zu lassen. »Müssen wir uns Sorgen um sie machen?«

»Nein.« Cinns Blick ruht auf Mefs Rücken. »Aber die Spur der Entführer bringt uns in die Nähe der Verwüstung. Sie werden einen Bogen darum schlagen. Trotzdem, die Richtung ist im Moment dieselbe.«

Narvila kennt die Geschichte: Vor vielen Jahren hat ein magischer Krieg einen ganzen Landstrich verwüstet, alles menschliche, tierische und pflanzliche Leben darin vernichtet und größtenteils in eine Einöde verwandelt. »Was verbindet Mef mit der Verwüstung?«

»Sacipha«, antwortet Cinn kaum hörbar.

Narvila erinnert sich. »Decanra hat sie schon mal erwähnt.«

Cinn schweigt. »Sie war die Beste von uns«, sagt sie schließlich. »Sie und Mef waren außerdem ein Paar. Die große Liebe.« Cinn verzieht das Gesicht. »Wieso redest du nicht mit Decanra darüber?«

»Du bist gerade so in Fahrt. Was ist damals passiert?«

Cinn seufzt. »Ein dummer Auftrag. Hätten ihn nie annehmen dürfen. Wir sollten für einen Zauberer den Stab eines Erzmagiers aus der Verwüstung holen.«

»Und dann?«

»Dann ging alles schief.« Cinn schüttelt den Kopf, als müsse sie die Erinnerung vertreiben. »Wir vier schafften es aus der Verwüstung. Sacipha nicht.«

»Warum nicht?«

»Sie opferte sich, damit wir entkommen konnten.« Cinn knurrt und treibt ihren Rappen an. »Ich muss mal wieder nach der Fährte sehen …«

Cinns Vorhersage erweist sich als richtig. Prinzessin Filryns Entführer schlagen sich in den nächsten Tagen an der unförmigen Grenze der Verwüstung vorbei. Fast zwei Wochen reiten sie an der Längsseite der berüchtigten Einöde voller Monster entlang, ohne ihr näher als nötig zu kommen. Mef bleibt auffallend schweigsam, obgleich Narvila sich besonders Mühe gibt, sie in zweideutiges Geplänkel zu verwickeln. Doch Mef will nicht anbeißen, schenkt ihr nur ein müdes Grinsen. Auch die Stimmung der anderen ist gedämpft. Narvila würde gern mehr über Sacipha und das verhängnisvolle Abenteuer in der Verwüstung erfahren, allerdings ist das klar der falsche Zeitpunkt.

»Habt ihr schon mal jemanden so lange verfolgt?«, fragt Narvila stattdessen bei einer kurzen Rast.

Aiby beißt in eine dunkelgrüne Birne. »Aye. Auch schon mehrere Wochen. Die Welt ist groß. Aber solange man eine Spur hat und keine Leiche findet …«

»Was für eine erbauliche Aussicht«, sagt Narvila.

Apropos Aussicht. Wenn das Wetter es zulässt, taucht am fernen Horizont gelegentlich ein in Dunst und Wolken gehülltes Bergmassiv auf. Hin und wieder glaubt Narvila sogar, in den Wolkenbanken, zwischen felsigen Kämmen und Gipfeln, die Umrisse einiger Türme ausmachen zu können. Anstatt die anderen darauf anzusprechen, blinzelt sie, reibt sich die Augen, sieht woandershin und schimpft sich eine Närrin, weil sie sich von der Luft und ihrer Fantasie etwas vorgaukeln lässt.

Am nächsten Tag ihrer Verfolgung wäscht heftiger Regen, der ab dem Vormittag ohne Unterlass aus dunklen Wolkenbändern vom Himmel strömt, jede Spur in kurzer Zeit fort.

Nicht nur Narvila und Decanra haben Kapuzen auf, von denen es tropft. Die anderen legen ebenfalls Umhänge an.

»Werden wir sie verlieren?«, fragt Narvila, da sie gerade an einer Weggabelung angehalten haben und Cinn mit finsterer Miene den Schlamm und die Pfützen betrachtet.

»Nein«, sagt Decanra. »Das macht jetzt auch nichts mehr.«

Narvila runzelt die Stirn. »Hab ich was verpasst?«

»Wir können uns denken, wohin sie wollen.« Aibys Kopf deutet in Richtung des Bergmassivs, das momentan hinter dem Regenschleier und den Wolkengebilden verschwunden ist. »Da oben stehen die Ruinen einer uralten Stadt. Sie wurde nicht von Menschen erbaut und soll verflucht sein. Da lebt seit Ewigkeiten niemand. Das ist anscheinend ihr Ziel. Sonst gibt es in der Gegend nichts.«

Also hat sich Narvila die Schemen in den Wolken doch nicht eingebildet. »Wer lebte früher dort? Und wieso hat sich da keiner mehr niedergelassen?«

Aiby zuckt bloß mit den Schultern. »Böse Geister. Schlechte Schwingungen. Wen interessiert's?«

Narvila späht in den Regen. »Und was wollen sie dort oben mit Prinzessin Filryn?«

Aiby rotzt mit dem Zeigefinger an einem Nasenflügel in den Regen. »Tja. Das ist die Frage.«

»Gibt nur einen Weg, das rauszufinden«, sagt Decanra, und es klingt irgendwie unheilvoll.

Narvila wartet darauf, dass wie auf Stichwort Donner grollt, doch rauscht und prasselt lediglich der Regen um sie herum weiter.

EINST

Meine Frau klammerte sich stets an die Hoffnung, dass unsere Tochter lebt und noch immer irgendwo da draußen sein könnte«, sagte König Ltscho von Penohokda. »Sie wurde vor dreizehn Jahren entführt. Ich hörte nie auf, meine Leute in allen Himmelsrichtungen nach ihr suchen zu lassen. Doch erst vor Kurzem beichtete ein alter Diener auf dem Sterbebett, seinem Bruder damals dabei geholfen zu haben, unsere Tochter aus dem Schloss und in einen anderen Teil des Landes zu bringen. Besagter Bruder war ihr Reitlehrer. Er war am Tag ihres Verschwindens mit meiner Tochter unterwegs. Wir fanden nur ihre übel zugerichteten Pferde. Wir dachten, Oger oder Trolle hätten sie angegriffen.« König Ltscho strich sich über den Bart. »Anscheinend lagen wir falsch. Mit diesen neuen Erkenntnissen sollen nun die Besten der Besten nach unserer Tochter suchen. Und das seid Ihr, heißt es.«

Und so ritten die *Prinzessinnen* an die von dunklen Nadelwäldern beherrschte Grenze im Norden Penohokdas, wo eine

Gebirgskette eine natürliche Barriere bildete. Hierhin waren der Bruder des Dieners und die Tochter des Königs einst gegangen, um in einer einsamen Hütte im Wald zu leben, wie der Mann in der Stunde seines Todes gestanden hatte.

Die *Prinzessinnen* orientierten sich am Fluss Kelarwa, von dem der reumütige Diener kurz vor seinem Ende gesprochen hatte, und fragten Einheimische nach einem Mann, der vor gut zehn Jahren hergekommen war und seitdem mit einer jüngeren Frau zurückgezogen in der Wildnis wohnte.

Am Lauf des schnell fließenden Kelarwa und im Schatten des abweisenden Gebirges fanden sie eine Woche später die richtige Hütte. Sie war leer und zerfallen, und seit Längerem hausten nur noch Tiere darin, denen ihr maroder Zustand egal war.

Neben der Hütte befand sich ein nicht weiter gekennzeichnetes Grab, das sich die Natur bereits wieder zurückeroberte.

»Schau mal nach, ob in der Ruine da eine Schaufel zu finden ist«, sagte Aiby zu Mef, die wenig später mit einem rostigen Werkzeug zurückkehrte, das seinen Dienst aber noch tat.

Sie förderten zwei Skelette zutage: die Knochen einer Frau und eines Kleinkinds, das auf ihre Brust gebettet worden war. Schweigend starrten sie in das Loch und auf die Gebeine, höchstwahrscheinlich die einer Mutter und ihres Kindes. Aiby und die anderen wussten aus Erfahrung, dass das, was sie taten, nicht jedes Mal gut ausgehen konnte. Nicht immer brachten sie eine verschwundene Tochter gesund und munter zurück, manchmal lief etwas schief oder ein Kampf gegen die Entführer aus dem Ruder, kamen sie zu spät oder standen die Zeichen von Anfang an einfach gegen sie.

Wenigstens konnten sie König Ltscho und seiner Gemahlin in diesem Fall endlich Gewissheit verschaffen.

Keine Erleichterung, aber Erlösung.

Nachdem sie eine Weile um das geöffnete Grab gestanden hatten, räusperte sich Aiby.

»Aye. Also schön. Ziehen wir Strohhalme, wessen Decke wir nehmen, um die Knochen einzupacken, oder meldet sich jemand freiwillig?«

NARVILA

Die *Prinzessinnen* führen ihre Pferde mehrere Stunden lang achtsam über eine tückische Serpentinenstraße nach oben, rechnen die ganze Zeit mit Steinschlag oder einem Hinterhalt – oder beidem zusammen.

Die Stadt auf dem Berg, dessen ebene Oberseite wie ein Altar von mehreren Gipfeln umringt wird, ist zugleich eine Stadt in den Wolken. Sie erstreckt sich als wahres Labyrinth aus zyklopischen Steinklötzen und Ruinen auf dem größten Bergplateau im Zentrum des hohen Massivs. Narvila muss unwillkürlich an die Heimstatt irgendwelcher Götter denken, die über der Welt aufragt. Hier oben pfeift der eisige Wind. Er reißt an Haaren und Kleidung, schneidet gnadenlos in alles, was ihm unterkommt. Narvila tränen die Augen, und Mef bindet ihr Haar entnervt zu einem Zopf.

Mit ihren eigensinnigen Proportionen und Formen fasziniert die verlassene Stadt Narvila anfangs. Doch nach kürzester Zeit wecken die etwas zu großen Gebäude sowie die von unnatürlich vielen Ecken und Winkeln beherrschte Architektur eine Art Unwohlsein in ihr, kratzen sie an einem Teil ihrer Wahrnehmung oder ihres Verstandes, den sie nicht zu benennen vermag. Von Rundungen oder einfachen Vierecken scheinen die Erbauer nicht viel gehalten zu haben. Dafür fallen Narvila überall Reliefs mit weiteren anstrengenden geometrischen Mustern ins Auge. Selbst nach vielen Jahrhunderten vermitteln die vom Wind abgeschliffenen, vom Zahn der Zeit angenagten Ruinen ein Gefühl enormer Fremdartigkeit: jede umgefallene Säule, jede zusammengebrochene Mauer, jedes eingestürzte Dach, jede halb begrabene Treppe. Jahrhunderte der Erosion haben sich an den Gebäuderesten abgearbeitet, Moos, Flechten, Grünspan und nistende Vogelkolonien die Stadt auf dem Bergmassiv weiter verwandelt. Doch man erkennt noch viele Bauten und Straßen aus einstmals wohl dunkelgrauen Steinblöcken.

Über Rampen und Stufen erreicht man die größten Straßen, die an breite, ausgetrocknete Kanäle erinnern. Wie bei einem vielzackigen Stern führen diese Hauptadern strahlenförmig in die Mitte der monumentalen Metropole eines vergangenen Zeitalters, eines vergangenen und vergessenen Volkes. Im Herzen der Stadt ragt ein ebenso trutziger wie hoher Turm in den Himmel. Nicht zuletzt seinetwegen wirken die Ruine und die Berge ringsum zusammen wie eine elementare, fossile Krone, die vor ewigen Zeiten hier abgelegt worden ist und nur darauf wartet, dass jemand oder etwas sie aufhebt und aufsetzt, um über die Welt zu herrschen.

»Gruseliger Ort«, sagt Mef, während die *Prinzessinnen* die Hufe ihrer Reittiere mit Lappen umwickeln, damit deren Geklapper sie nicht schon von Weitem ankündigt.

»Kein Wunder, dass hier niemand mehr einziehen wollte«, stimmt Decanra Mef ausnahmsweise zu.

»Und ich dachte schon, es liegt an mir«, sagt Narvila.

»Nein.« Cinn sieht sich missmutig um. »Es ist dieser Ort. Hier stimmt etwas nicht.«

»Aye, ich will auch nicht länger bleiben als nötig«, bekräftigt Aiby. »Aber wie ihr euch vielleicht erinnern könnt, haben wir noch eine Aufgabe zu erledigen. Als Erstes müssen wir wissen, worauf wir uns einlassen. Cinn?«

Cinn nickt, wählt eine nahe Hausruine aus und klettert beherzt an einer Mauer und an etwas nach oben, das einst ein Schornstein gewesen sein mag und ebenfalls mehr als vier Ecken hat. Die anderen sehen Cinn nach, wie sie höher und höher kraxelt, Fugen, Kanten, Löcher und Risse als Haltegriffe nutzt und sich behände nach oben arbeitet, ohne ein einziges Mal nach unten zu sehen.

Narvila wird schon beim Zusehen schwindelig. »Was, wenn sie abrutscht oder danebengreift? Oder wenn ein starker Windstoß kommt? Hier oben zieht's wie sonst was.«

»Dann fängt Aiby sie auf«, sagt Decanra, die ihre Kapuze festhalten muss, damit sie nicht ständig zurückgeweht wird. »Wenn du so weitermachst, sag ich Cinn, dass du ihre Kletterkünste infrage gestellt hast.«

Cinn erreicht indessen das Ende des kaminartigen Dings, klammert sich daran fest und lässt den Blick über die Stadt schweifen, ehe sie sich wieder an den Abstieg macht. Das letzte Stück bringt sie hinter sich, indem sie auf den Boden springt und den Aufprall in den Knien abfedert. »Nichts und niemand zu sehen«, berichtet sie. »Nur ein paar Vögel.«

»Wo sind die nur alle?«, fragt Mef mit gespielter Naivität, doch sie klingt nicht so unbeschwert wie sonst. Die Nähe zur

Verwüstung hat Spuren bei ihr hinterlassen, weiß Narvila. Wenn das alles vorbei ist, will sie unbedingt einmal mit Mef über Sacipha reden.

»Im Turm in der Stadtmitte.« Cinn reibt sich Staub und Vogeldreck von den Händen. »Da drinnen brennen Feuer.«

»Gute Stellung«, überlegt Decanra laut. »Dann sehen sie, dass wir kommen. Warten wir bis zur Nacht?«

»Nein«, entscheidet Aiby nach kurzer Überlegung. »Wir nähern uns dem Turm auf direktem Weg. Bleibt wachsam. Vielleicht wollen sie uns nur in Sicherheit wiegen und lauern in einem der Häuser, an denen wir vorbeimüssen. Bringen wir das erst mal hinter uns. Wenn wir die Stadtmitte und den Turm erreicht haben, sehen wir weiter.«

Der Wind zerrt stärker denn je an Haaren, Kleidern und Nerven der *Prinzessinnen.* Irgendwo vor ihnen steigt mit lautem kollektivem Flügelschlag und Geschrei ein Vogelschwarm aus den Ruinen auf und dreht als dichte Formation einen Kreis. Kurz glaubt Narvila, darin ein grinsendes Gesicht zu erkennen, aber nach einem Blinzeln ist es verschwunden.

Sie reiten vorsichtig durch die verwaiste, wie versteinert wirkende Stadt. Als sie am Nistplatz der Vögel vorbeikommen, die sie beim Füttern und Brüten gestört haben, sehen die *Prinzessinnen*, was die Tiere angerichtet haben.

»Ein echt beschissener Ort«, fasst Aiby es treffend zusammen.

Immer wieder müssen sie ihren Weg zum Turm im Zentrum der Stadt anpassen, wenn irgendwelche verwitterten, vollgeschissenen Trümmer sie zwingen, zurückzugehen und eine andere Straße zu wählen, stets in der Hoffnung, dass es diesmal weitergeht, sich nicht wieder steile Haufen oder umgefallene Säulen wie Mauern vor ihnen auftun.

Angesichts der Fenster und Türen der leeren Häuser, an denen sie vorbeireiten, wird Narvila allmählich paranoid. Die Ruinen erinnern sie an traurige Lebewesen, die sie vorwurfsvoll anstarren. Bei dem Wind, der durch Löcher und Ritzen zieht, heulen manche Gebäude sogar klagend. Wenn sie ehrlich sein soll, hätte Narvila gegen ein paar schreiende Angreifer aus Fleisch und Blut, die man mit Stahl bekämpfen und zum Schweigen bringen könnte, gerade nichts einzuwenden.

»Wieso bringt man König Miobans Tochter ausgerechnet hierher?«, grübelt Narvila, als sie an einer zur Seite gekippten Steinsäule entlangziehen, die mehrere Häuser unter ihrem Gewicht zerstört hat und deren Umfang jeden Baumstamm neidisch machen würde.

»Es ist auf jeden Fall keine einfache Entführung, bei der es um Lösegeld oder Politik geht«, sagt Aiby. »Es gibt bessere Verstecke als dieses, und sie haben ja nicht mal Wachen zurückgelassen, obwohl so ein Berg an einem Engpass auf dem Weg nach oben viel leichter zu verteidigen ist. Das interessiert sie wohl nicht. Was sie interessiert, ist da vorn.« Damit meint Aiby den Turm. »Dort drin haben sie irgendetwas mit Filryn vor, und wir können Gift drauf nehmen, dass es nichts Gutes ist.«

»Sacipha hat mir mal erzählt, dass manche Orte über Jahrhunderte, sogar Jahrtausende hinweg ihre Macht behalten können«, sagt Mef tonlos. Es ist das erste Mal, dass sie die tote Zauberin der *Prinzessinnen* in Narvilas Beisein erwähnt. »Ihre Bedeutung. Auch ohne Bewohner. Ohne Leben.«

»Ja.« Decanra muss ihre Kapuze nach wie vor gegen den Wind verteidigen. »Doch diese Stadt wurde schon vor langer Zeit aufgegeben. Vor der Verwüstung.«

Vielleicht liegt es an der dicht aufeinander folgenden Erwähnung von Sacipha und der Verwüstung, vielleicht auch an der erdrückenden Präsenz des Turms, dem sie immer näher kommen: Jedenfalls bringen sie die restliche Strecke ohne viele Worte hinter sich. Nur hin und wieder verständigen sie sich per Handzeichen oder fluchen leise über den Wind oder ein Hindernis auf ihrem Weg.

Zwei, drei Hausreihen vom Turm entfernt stellen sie ihre Pferde in einem leeren Gebäude mit einigermaßen intaktem Flachdach unter. Unter seinem Schutz mustern sie abermals den Turm, der aus der Nähe noch eindrucksvoller wirkt. Er ist sieben, acht Stockwerke hoch, und wie alle Bauwerke an diesem Ort hat er mehr Ecken als nötig, findet Narvila. Zudem ist die komplette Fassade mit in den dunklen Stein gemeißelten Runen bedeckt.

Keine von ihnen kennt die Sprache.

»Ich sehe keine Wachen«, sagt Aiby. »Das gefällt mir immer weniger.«

»Aber wir gehen trotzdem rein«, vermutet Decanra. »Jetzt, da wir schon mal hier sind.«

Aiby mit ihrer Axt und Mef mit ihrem Schwert gehen voran und setzen als Erste einen Fuß auf die breiten, von Wind und Wetter glatt geschliffenen Treppenstufen, dahinter folgen Narvila mit ihrer Lanze und Cinn mit ihren Dolchen, Decanra bildet mit gezücktem Säbel und nach hinten gestreifter Kapuze die Nachhut. Sie betreten einen von vielkantigen Säulen und Bögen getragenen Vorhof, der unter einer hohen Steindecke wie eine Veranda einmal um den Turm führt. Scharten in der Außenmauer sorgen bei Tag für schummriges Zwielicht im Inneren; Fackeln oder Lampen sieht Narvila zumindest im Erdgeschoss keine. Cinn muss welche in den höheren Stockwerken ausgemacht haben oder auf einer anderen Seite als der des Eingangs.

Wie draußen in der Stadt führen mehrere Gänge sternförmig ins Innere des Turms, dem nicht zu übersehenden Zentrum von allem hier oben. In der Schicht aus Staub und Dreck auf den Fliesen erkennen sie sich kreuzende Stiefelabdrücke. Sie folgen ihnen durch einen schmalen Gang, der Narvila wegen der hohen Decke, der verhältnismäßig dicht beisammenstehenden Wände und der schwachen Lichtverhältnisse an eine Schlucht denken lässt.

Der Gang mündet im großen Hauptraum des Turms, der wieder zu viele Ecken hat, um sie zu zählen. Anders als im Eingangsbereich oder im Korridor gibt es keine Zwischendecke eines anderen Stockwerks, außerdem hat der Turm kein Dach, wie sie jetzt sehen. Nach oben hin ist er so offen wie ein Kelch – nicht weil Zeit und Elemente ihm seine Oberseite geraubt hätten, sondern weil es schon immer so gewesen, er schon immer dem Himmel zugewandt gewesen sein muss. Sie schreiten über einen Reliefboden, der sich sogar leicht wölbt, damit Regen- und Schmelzwasser in schmale Gitter ablaufen können.

In der Mitte des Raums stehen überdies sieben sternförmig angeordnete Steinklötze mit Ösen für Seile oder Ketten, und selbstverständlich haben auch diese Quader mehr als vier Ecken, wie Narvila wenig überrascht feststellt.

»Opferrituale«, knurrt Cinn angewidert, was Narvila die Gitter neu bewerten lässt.

»Und niemand zu Hause«, sagt Mef.

»Aye«, macht Aiby, derweil sie sich misstrauisch im Innersten und Allerheiligsten von Stadt und Turm umblickt.

Mef streicht über die Kante eines Steinklotzes, der ihr bis zur Brust reicht »Nicht wirklich verlockend«, urteilt sie. »Und ich hab es schon auf ganz ähnlichen Dingen getrieben.«

»Ich würde mich dennoch wohler fühlen, wenn Filryn auf einen dieser Steine gekettet wäre«, sagt Decanra. »Das hätte wenigstens etwas Vertrautes an sich.«

Cinns Dolche teilen schon gedankenverloren die kalte Luft im Altarraum des Turms. »Oder wenn wir spätestens jetzt bis zum Hals in Priestern und Dämonen stecken würden.«

»*Hilfe!*«

Irgendwo im Turm erschallt der panische Schrei einer jungen Frau, von vielen Wänden und Gängen zurückgeworfen, verzerrt und verstärkt.

Die *Prinzessinnen* stehen sogleich Rücken an Rücken, umfassen ihre Waffen mit neuer Konzentration, spähen grimmig in alle Richtungen, erwarten eine Horde Gegner, eine große Bestie, einen Feuerball, irgendetwas.

Doch nichts.

»War das Filryn?«, fragt Narvila.

»Wahrscheinlich«, vermutet Aiby.

Der Hilferuf ertönt erneut, schneidet wie eine Klinge in Narvilas Nerven.

Cinn deutet mit einem ihrer Dolche auf eines von mehreren eckigen Portalen, die aus dem Hauptraum des Turms führen. »Das kommt aus dem Gang da drüben.«

»Dann gehen wir da jetzt wohl hin, schätz ich«, sagt Mef.

»Aye«, macht Aiby. »Und du gehst mit Narvila voran.«

»Ich und meine große Klappe.«

Narvila und Mef, die Waffen zum Zuschlagen bereit, schieben sich auf den Durchgang zu, hinter dem nur Düsternis wartet. Aiby, Decanra und Cinn sichern sie nach hinten.

Argwöhnisch treten die *Prinzessinnen* durch das Portal. Es führt in einen weiteren dunklen Korridor, dessen Decke man in der Finsternis nicht sehen kann – was jedoch genauso gut an der Dunkelheit liegen könnte und nicht zwingend mit ihrer Höhe zu tun haben muss.

Narvila und die anderen halten inne, warten, lauschen, sind zu allem bereit, aber auch hier – kein Angreifer weit und breit.

»*Hilfe!*«

Der Schrei hallt lauter denn je.

»Hier sind wir richtig«, sagt Aiby. »Vorwärts!«

Als sie zwei, drei Dutzend Schritte ins Dunkel des Ganges gemacht haben, kracht hinter ihnen eine Steinplatte wie ein Torgatter herab, woraufhin der ganze Korridor erzittert. Die *Prinzessinnen* fahren herum – und hören im selben Moment, dass irgendwo in ihrer ursprünglichen Richtung eine zweite Platte mit einem Rums nach unten rauscht, was ein weiteres Beben zur Folge hat.

Sie sind eingesperrt. Selbst Narvila, die noch keine Erfahrung mit Tempeln oder Schatzkammern gesammelt hat, rechnet mit Pfeilen, Spießen, Steinen, auf einmal knirschend näher rückenden Wänden oder damit, dass der Boden verschwindet und sie in eine Grube voller Pfähle, Krokodile, Giftspinnen, Schattenkatzen, Aale oder Schlangen fallen. Stattdessen kratzt über ihnen, in der undurchdringlichen Finsternis, Stein auf Stein. Licht dringt plötzlich in den versperrten Gang, und in diesem hellen Schein fallen schwarze Blütenblätter wie verrußter Schnee auf sie herab.

»Was zum …?«, macht Mef und wischt verwirrt durch den Blütenregen.

Die Blüten, die einen süßlichen Geruch verströmen, landen auf ihren Gesichtern, überall.

Der schwarze Schnee fällt immer dichter.

Narvila blinzelt ins Licht, doch da ist nichts als blendende Helligkeit und die darin tanzenden Blütenblätter – die sich bewegenden Schatten darüber kann sie sich wohl bloß einbilden.

Decanra schnuppert vorsichtig an ein paar Blumenflocken auf ihrer Handfläche, zuckt zurück und zerrt hastig ihren Umhang vors Gesicht. »Das ist Schwarzer Lotus! Ihr müsst dafür sorgen, dass ihr nicht …« Aber sie taumelt bereits nach hinten und gegen die nächste Wand, da sie schon zu viel des süßlichen Dufts eingeatmet hat. Mef stützt sich schwer an der Mauer ab, die Spitze ihres Schwerts schleift über den Boden. Cinn geht in die Knie, ihre Dolche entgleiten ihren Händen. Aiby schüttelt störrisch den Kopf, als müsse sie ihn nach zu viel Wein wieder klarkriegen.

Narvila fühlt ebenfalls, dass eine große Müdigkeit nach ihr greift, wie eine Welle über ihr zusammenbricht. Ihre Glieder werden schwerer und schwerer, alles ist zu viel und gleichzeitig egal. Die Lanze fest zu packen oder sich selbst aufrecht zu halten, kommt ihr wie ein einziger, sinnloser Kraftakt vor. Als ihre Augen trotz letzter Gegenwehr zufallen, werden die schwarzen Blütenblätter und die Schwärze vor ihrem Gesichtsfeld zu einer unwiderstehlichen, unausweichlichen Finsternis. Narvila hört ein Scheppern und realisiert nicht einmal, dass es ihre Lanze ist, die sie fallen gelassen hat.

Mef und Cinn liegen ausgestreckt auf dem Steinboden. Decanra hat sich hingesetzt, lehnt mit dem Rücken an der Wand und greift schwach nach dem Umhangstoff vor ihrem Gesicht, doch ihre Bewegungen werden fahriger und langsamer. Aiby kämpft noch immer, weigert sich umzufallen, verliert aber mit jeder Blüte, die ihr Gesicht küsst, an Standfestigkeit. Unbeholfen legt sie ihre Axt ab, weil sie die schwere Waffe nicht mehr länger halten kann.

Narvila bekommt nicht mit, dass sie selbst umfällt und sich den Kopf anschlägt.

Wie aus weiter Ferne glaubt sie bruchstückhaft wahrzunehmen, dass die schweren Tore aus Stein langsam und schabend wieder nach oben rucken und daraufhin mehrere Gestalten mit Tüchern vor den Gesichtern in den Gang kommen, Narvila und ihre wehrlosen Gefährtinnen packen.

Eine Erinnerung an ein Dorf voller Untoter wankt durch ihre trägen, dunklen Gedanken.

»Was machen wir mit der da?«, fragt einer der Verhüllten und zieht Narvila hoch. »Das ist keine der vier, oder? Die Colyak lebendig wollte und wegen denen wir den Aufwand mit den Blüten betreiben mussten?«

»Nein, die ist nur Beifang«, antwortet jemand. »Bringt sie zu den anderen, die wir für später aufgehoben haben.«

»Beifang«, grunzt der, der Narvila gepackt hat, verächtlich.

Es ist das Letzte, was sie hört, bevor sie komplett das Bewusstsein verliert.

EINST

Das Dorf an der Küste war im Begriff auszubluten. Immer mehr Fischer ruderten hinaus in die Bucht, und entweder wurden sie nie wiedergesehen und nur ihre leeren Boote an den Kiesstrand gespült, oder ihre fahlen, von allerhand Meeresbewohnern angefressenen und ausgehöhlten Leichen.

Die *Prinzessinnen* sollten herausfinden, was den Fischern widerfuhr, und dieses Was töten. Mit einem kleinen Boot segelte Mef sie lange vor Sonnenaufgang in die Bucht hinaus. Als sie den Strand ein gutes Stück hinter sich gelassen hatten, holten sie das Segel ein und warteten.

Das Wasser lag ruhig da – das träge Schwappen der Wellen in der Nacht erweckte den Eindruck, als würde selbst das Meer noch schlafen.

»Die See ist nicht gerade unser Hoheitsgebiet«, sagte Decanra.

»Monster ist Monster«, meinte Cinn lapidar.

»Nicht, wenn wir alle ins Wasser fallen. Wie soll Aiby da ihre Axt schwingen?« Decanra fummelte nervös an ihrer Kapuze herum. »Was denkt ihr, womit haben wir es zu tun?«

»Könnte ein Krake sein«, sagte Mef. »Schnappt sich die Fischer mit einem Fangarm und zieht sie unter Wasser. Ich hab schon mal gegen einen richtig großen gekämpft.«

»Gut, dass wir in so einer Nussschale unterwegs sind«, murmelte Decanra.

Aiby war von der Kraken-Theorie nicht überzeugt. »Wenn es ein Krake ist, wieso tauchen die Leichen dann wieder auf?«

»Gutes Argument«, gab Mef zu. »Dann vielleicht Unterwasser-Vampire. Die saugen ihre Beute nur aus.«

»Ob ein Krake mit Fangarmen oder ein Vampir-Kopf mit Fangzähnen«, sagte Aiby. »Kann man beides abhacken.«

»Bis man ins Wasser fällt«, unkte Decanra.

»Das Meer ist tief«, scherzte Mef fröhlich. »Da gibt es noch ganz andere Sachen.«

»Bitte zähl sie jetzt nicht alle auf«, bat Decanra.

»Hab ewig keinen Drachen-Barsch mehr gesehen. Ob es hier Dämonen-Delfine gibt?«

»Dämonen-Delfine?«

Mef schien das jetzt zu genießen. »Delfine, die von Meeres-Dämonen übernommen werden.«

»Oh. Wundervoll.«

»Die haben wenigstens keine Fangarme.«

»Hört ihr das auch?«, fragte Cinn plötzlich ruhig, aber konzentriert.

Die anderen lauschten.

»Ich hör nur das Meer«, sagte Decanra.

»Nur die Wellen«, bestätigte Mef.

»Aye«, machte Aiby. »Ich auch. Was meinst du, Cinn?«

Diese erhob sich ruckartig, was das Boot bei ihrer zierlichen Statur kaum ins Schaukeln brachte, und horchte mit steifer Haltung in die Nacht. »Klingt, als würde jemand singen.« Unvermittelt ließ sie ihre Dolche einfach fallen und fügte leise hinzu: »Es ist wunderschön.«

»Äh, Cinn?«, fragte Decanra nervös.

»Oh nein.« Mef erhob sich alarmiert. »Haltet sie fest! Schnell!«

Doch da war Cinn schon über Bord gesprungen.

»*Cinn!*«, riefen Aiby und Decanra entsetzt.

Dann sah es so aus, als würden sich ein paar menschliche Arme geradezu liebevoll um Cinn legen und sie ins dunkle Wasser ziehen. Kurz war ein schillernder Fischschwanz zu sehen, ehe das Meer wieder zu seiner Ruhe zurückkehrte.

»Verfickter Sirenenzauber!«, knurrte Mef, legte ihr Schwert ab, zog eilig ihren Harnisch über den Kopf, zerrte die Stiefel von ihren Füßen, nahm einen von Cinns Dolchen und sprang ins Wasser, um hinterherzutauchen.

Decanra und Aiby beobachteten sorgenvoll die Wasseroberfläche, die wie etwas Fremdes und Unwirkliches wirkte.

Schließlich tauchte Mef prustend wieder auf. »Ich kann sie nicht sehen! Zu dunkel!«

»Sie ist schon lange unter Wasser«, sagte Aiby matt.

Mef sparte sich eine Antwort und tauchte erneut. Nach einiger Zeit kam sie wieder allein hoch, spuckte und fluchte. »Nichts, verfickt noch mal!«

Aiby und Decanra konnten die Verzweiflung in ihrer Stimme hören, empfanden sie selbst.

Ein Stück links des Bootes platschte und blubberte es. Mef schwamm sofort hin. Cinn trieb mit dem Gesicht nach unten reglos im Wasser. Mef drehte sie um und schleppte sie rückwärts schwimmend zum Boot, in das Aiby und Decanra erst Cinn und danach Mef hievten. Decanra drückte stoßweise von oben auf Cinns Brust, Aiby hielt ihr die Nase zu und atmete Luft in ihren Mund.

Nichts tat sich.

»Verdammt, Cinn!«, sagte Aiby.

Endlich spuckte Cinn Wasser und rührte sich.

»Gut so«, sagte Decanra. »Raus damit.« Hustend setzte sich Cinn auf. Decanra zog ihren Umhang aus und legte ihn ihr um die Schultern. »Erinnerst du dich an etwas?«

»Nur an ... Gesang? Dann an nichts mehr, bis eben.« Mit düsterem Gesicht fragte Cinn: »Eine Sirene, oder?«

»Aye«, bestätigte Aiby.

»Dachte, die schnappen sich nur Männer«, murmelte Decanra grüblerisch.

»Ihr Gesang soll vor allem Männer anlocken«, erklärte Mef. »Manchmal erreicht er aber auch andere, besonders einsame Herzen.«

»Ich bin nicht einsam«, sagte Cinn mit klappernden Zähnen.

»Jaja, und Herz hast du auch keines, schon klar«, grinste Mef ihrerseits bibbernd und rieb sich die Oberarme. »Die Sirene hat ganz schön lange gebraucht, bis sie erkannt hat, dass du kein Kerl bist. Du weißt schon. Weil du ...«

»Kleine Titten«, schlotterte Cinn. »Schon klar. Echt witzig, Mef.«

»Sind Sirenen wirklich so wählerisch?«, fragte Aiby. »Fressen nur Männer und verzichten auf das Fleisch einer Frau?«

»Geht nicht ums Fressen.« Mef zuckte mit den Schultern, was ihr vor lauter Zittern gründlich misslang. »Sondern wie immer ums Ficken. Sirenen wollen einen Mann. Es ist sozusagen der Fluch ihrer Existenz, dass sie ihre Auserwählten auf den Meeresgrund ziehen, wo sie in Unterwasserhöhlen leben, und die meisten Männer auf dem Weg dorthin ertrinken.«

Cinn raffte Decanras Umhang enger um sich und blickte über das trügerisch ruhige Meer. »Heute kommt sie vermutlich nicht wieder. Aber morgen Nacht schnappen wir sie uns.«

»Ach ja?«, machte Aiby.

»Ja. Wir bringen einen hübschen Fischerjungen als Köder mit. Binden ihm ein Seil um. Warten. Und wenn die Sirene ihn mit ihrem Gesang ins Wasser gelockt hat und auftaucht, haltet ihr das Seil fest, und ich spring rein und filetier das Miststück.«

Mef grinste. »Du nimmst das ziemlich persönlich, dass sie dich verschmäht hat, was?«

NARVILA

Narvila rennt durch einen Kanal in der fremdartigen Stadt hoch oben auf dem Berg. Die anderen *Prinzessinnen* sind nicht bei ihr. Sie hält ihre Schwertlanze umklammert. Ihr Atem geht schnell, die kalte Luft sticht. Beim klickenden Geräusch von Krallen auf Stein blickt Narvila über die Schulter, ohne einen Deut langsamer zu werden.

Mindestens zwanzig Ghule hetzen sie wie ein Rudel Wölfe ein Reh. Narvila sieht wieder nach vorn, läuft so schnell wie nie zuvor in ihrem Leben. Doch am Klicken und Knurren kann sie hören, dass die Ghule immer weiter aufholen. Dass Rennen keinen Sinn mehr hat.

Also fährt sie herum und schwingt die Lanze sofort in einer von Lafehz' liebsten Angriffsfiguren. Aber da sind keine Ghule mehr, die sie erstechen und erschlagen, durchbohren und aufschlitzen könnte. Die Schwertlanze zerteilt die raue Bergluft, die das gleichmütig hinnimmt. Sonst nichts.

Irritiert blinzelt Narvila in die Leere des Kanals.

Plötzliches Grunzen, Zerren, Knurren, Schlingen und Reißen lassen sie abermals herumfahren.

Sie kann sich nicht erklären, wie, aber jetzt sind die Ghule vor ihr – und sie machen sich gierig über irgendetwas am Grund des steinernen Kanals her. Als Narvila einen geflochtenen roten Zopf sieht, der aus dem Knäuel fressender Ghule ragt, spurtet sie vom Neuem los. Voller Hass stößt sie ihre Schwertlanze in einen der Leichenschänder. Narvila zieht sie mit einem Schrei heraus und versenkt sie brüllend im nächsten Ghul. Ihre Klinge trifft Ziel um Ziel, bohrt, schlitzt, öffnet, schneidet, zerfetzt, sticht, durchtrennt, blendet. Die Krallen und Zähne der Bestien erreichen sie nicht, und wenn doch, ignoriert Narvila es.

Schließlich sind alle Leichenfresser tot.

Erst beim Anblick der verstümmelten, blutigen Kadaver der Ghule wird der schwer schnaufenden Narvila etwas klar.

Leichenfresser.

Aiby, Cinn, Decanra und Mef liegen reglos auf dem von menschlichen und ghulischen Körpersäften verschmierten Stein. Ihre Eingeweide und Knochen schauen heraus. Cinn fehlt ein Auge, Aiby die Zunge. Die Ghule haben sogar ihre Gesichter angefressen.

In Narvila steckt ein weiterer Schrei, der jedoch nicht herauskommt.

Auf einmal fallen schwarze, süßlich duftende Blütenblätter vom Himmel und vermengen sich mit den Tränen auf Narvilas Gesicht.

»Zu spät«, flüstert sie und sackt am Schaft ihrer Lanze entlang nach unten auf die Knie.

Immer mehr Blüten regnen herab und verdecken alles: die Kadaver der Ghule, die Leichen ihrer Freundinnen, ihre Tränen, den Kanal, die ganze Welt.

Bis nichts mehr da ist, alles schwarz wird.

Auf einmal hat Narvila das Gefühl zu fallen.

Bei diesem Sturz ins Nichts zieht es sogar in ihrem Bauch.

Narvila schreckt hoch.

Sie liegt in einer kargen Zelle aus dunklem Stein, und verwirrt glaubt sie für einen Augenblick, im Gefängnis von Dretvik zu sein. Aber die vier jungen Frauen, die sie skeptisch beobachten, sind nicht die anderen *Prinzessinnen*.

Die unbekannten Mädchen tragen einstmals feine und bunte, nun jedoch verschmutzte und zerrissene Kleider. Zwei von ihnen, die etwa in Narvilas Alter sein müssen, sehen wie Schwestern aus, haben das gleiche rundliche fahle Gesicht und die gleichen hellen Haare. Auch der freizügige Schnitt ihrer roten Kleider ähnelt sich. Das dritte Mädchen trägt ein grünes Gewand, das obenrum etwas zahmer wirkt, hat tiefbraune Haut und eine nachtschwarze Mähne wie Decanra. Die vierte junge Frau ist blass, ihr wallendes rotes Haar strähnig.

Narvila blickt sich in der Zelle um. Es gibt nur eine massive, mit Metallbändern verstärkte Holztür und ein schmales Gitterfenster in der Außenwand, durch das sie gerade mal ihren Arm stecken könnte. Draußen herrscht finsterste Nacht, Kälte und Wind wehen herein. Auf dem rauen Steinboden stehen zudem möglichst weit auseinander zwei Eimer: einer enthält Wasser, der andere Scheiße und Pisse, nach denen es in der ganzen Zelle stinkt.

»Gibt wohl überall so einen verfickten Eimer«, sagt Narvila, setzt sich halb auf und hält sich den pochenden Kopf. »Wie lange ...?«

»Ein paar Stunden«, sagt ihre Zellengenossin mit den fettigen roten Haaren. »Ich bin übrigens Ranraski. Du kannst mich Ranra nennen. Wie heißt du? Und was machst du hier? Du siehst nicht wie eine von uns aus.«

Wie eine Prinzessin, meint sie damit wohl.

»Narvila. Ich bin eine Söldnerin und wollte mit meinen Gefährtinnen eine Prinzessin befreien, die man entführt und an diesen Ort gebracht hat.«

»Scheint nicht so gut zu laufen«, meint Ranra.

Narvila reibt sich übers Gesicht und versucht, ihre Gedanken zu ordnen.

»Wer seid *ihr*? Und was macht ihr hier?«

»Ist das nicht offensichtlich?« Ranra zupft an ihrem früher mal sehr edlen, sehr gelben Kleid. »Wir sind alle Prinzessinnen. Und uns alle hat man von zu Hause entführt. In den Zellen müssen zwanzig, dreißig von uns sein. Von überallher. Diese Gestörten, die uns verschleppt haben, wollten uns an irgendeine Gottheit verfüttern. Jede von uns lag schon auf einem Steinaltar. Doch wie es scheint, waren wir nicht nach dem Geschmack ihrer Gottheit. Ließ sich nicht blicken, egal wie viele von uns sie anboten, wie laut ihr Priester betete und wie oft sie ihren Namen riefen.«

Die linke Zwillingsschwester schnieft. »Einer der Wächter sagte, dass sie uns als Appetithäppchen für später aufheben. Dann lachte er dreckig.«

»Sei froh, dass er nichts Dreckigeres mit dir gemacht hat«, sagt die Prinzessin, deren Akzent dem von Decanra ähnelt.

Beifang.

Das Wort erklingt plötzlich in Narvilas Kopf, und sie erinnert sich an den Altarraum, den Schrei, den Gang und die Blüten.

»Kannst du uns helfen?«, fragt der andere Zwilling Narvila plötzlich aufgeregt. »Wenn du eh Prinzessinnen rettest?«

Ihre Schwester ist von der Idee begeistert. »Ja, bitte, hol uns hier raus!«

»Lahvessa! Lahnitara!«, rügt Ranra die beiden. »Ihr seht doch, dass sie noch mitgenommen ist! Holt lieber mal den Wassereimer und lasst sie einen Schluck trinken.« An Narvila gewandt sagt sie: »Du musst deine Hände zum Schöpfen nehmen, tut mir leid.« Dieses Festhalten an zivilisierten Gepflogenheiten aus Burg oder Schloss entlockt Narvila beinah ein knöchernes Grinsen.

Weil die Schwestern sich nicht rühren, steht das Mädchen mit dem grünen Kleid auf und schleppt den Eimer heran. »Hier. Bitte.«

Narvila trinkt gierig, obwohl das Wasser abgestanden schmeckt, und spritzt sich etwas davon ins Gesicht, was gegen ihre Kopfschmerzen und ihre Benommenheit hilft. »Danke, ...?«

»Tiocme.«

»Danke, Tiocme.« Nach einem weiteren Schluck fragt Narvila: »Habt Ihr mitgekriegt, wohin sie meine Begleiterinnen gebracht haben? Vier Kriegerinnen, ähnlich gekleidet wie ich?«

»Leider nicht. Sie haben nur dich zu uns reingeworfen.« Ranra deutet auf die nächste Wand. »Doch wie gesagt, hier unten gibt es viele Zellen. Allerdings sind die eigentlich für Prinzessinnen reserviert. Aber du bist ja auch hier, von daher ...«

»Ich war selbst mal eine Prinzessin«, sagt Narvila.

»Niemals!«, ruft Lahnitara überrascht.

»Du lügst«, pflichtet Lahvessa ihrer Schwester bei.

»Veralberst du uns?«, fragt Ranra nicht mehr ganz so freundlich.

Narvila sieht sie an. »Nein. Ich war eine Prinzessin. Dann bin ich von ein paar Scheißkerlen entführt worden, wurde von einer Gruppe Söldnerinnen befreit, lief von daheim fort und habe mich meinen Retterinnen angeschlossen. Oh, und meine Gefährtinnen waren früher auch alle Prinzessinnen. Sie ... Wir nennen uns sogar so. Die *Prinzessinnen.*«

»Sie veralbert uns«, sagt Tiocme. »Oder redet wirres Zeug. Hat sie vielleicht Fieber? Oder eine Kopfwunde, die wir nicht bemerkt haben?«

Die Schwestern nicken zustimmend. Ranra kneift die Augen zusammen. Tiocme sieht sie fragend an.

Narvila zuckt mit den Schultern. »Glaubt mir oder lasst es bleiben. Ist mir egal. Ich werde uns trotzdem hier rausholen.«

»Und wie willst du das anstellen, *Prinzessin*?«, fragt Ranra.

Narvila lässt sich nicht provozieren. »Wie oft kommt der Wächter, der euch Wasser und was zu essen bringt und den ekeligen Eimer leert?«

»Ein-, zweimal am Tag«, sagt Ranra. »Wenn wir Glück haben.«

Tiocme schaudert. »Den Eimer leert er aber nicht so oft.«

Narvila nickt. »Kommt er heute noch mal?«

»Vermutlich.«

»Dann müssen wir bereit sein.«

»Wozu?«

»Ihn zu überwältigen.«

Die anderen Prinzessinnen starren Narvila an.

»Wie sollen wir das denn machen?«, fragt Tiocme schließlich.

»*Wir*?«, echoen Lahvessa und Lahnitara simultan.

In der Hoffnung, ihre Kopfschmerzen restlos vertreiben zu können, knetet Narvila ihren Nacken. »Auch wenn ihr das vielleicht nicht glauben wollt: Ich war vor gar nicht so langer Zeit genau wie ihr. Ich lebte als Tochter eines Königs in einem Schloss, hatte Diener, Zofen und alles, was ich mir wünschen konnte. Oder was ich dachte, mir zu wünschen. Dass mein Haar perfekt saß und ich das richtige Kleid anhatte, war meine größte Sorge.« Die Schwestern sehen aus, als wollten sie empört widersprechen, trauen sich aber nicht. Also fährt Narvila fort: »Die Bälle nicht zu vergessen. Ich fand das gut. Bis mir klar wurde, dass ich nichts in meinem Leben alleine entschied, nie selbst über mich bestimmte. Dass ich nur dazu da war, für Lösegeld entführt oder letzten Endes an einen alten Sack oder jungen Trottel verheiratet zu werden, um irgendeinen Zoll für meinen Vater zu senken.« Narvila klopft mehrmals hintereinander auf ihren Brustpanzer aus Echsenleder. Die Harpyien-Krallenspuren kommen ihr gerade wie ein Abzeichen vor. »Die Prinzessin, die ich einst war, seht ihr nicht mehr, weil ich eine andere wurde. Eine *Prinzessin.* Eine Söldnerin. Eine Kriegerin. Wie meine Freundinnen. Wir kämpfen. Immer.« Narvila hört den Stolz in ihrer Stimme. Die Worte geben ihr jene Kraft zurück, die der Lotus geraubt hat. »Ich erwarte nicht von euch, dass ihr mir glaubt. Oder dass ihr mir nichts, dir nichts zu Kriegerinnen werdet und euch an meiner Seite in die Freiheit kämpft. Aber ich brauch ein wenig Unterstützung, um uns aus dieser Zelle zu kriegen und meine Freundinnen zu suchen.«

»Hübsche Rede«, sagt Ranra. »Und ich glaube dir. Das kann sich ja niemand ausdenken. Ich denke sogar, dass du die besten Absichten hast und uns wirklich helfen willst. Doch was sollst du ... was sollen *wir* schon ausrichten? Die Wärter haben Waffen, und selbst wenn sie die nicht hätten, sind sie noch immer viel größer und stärker als wir.«

»Außerdem läuft dir die Zeit davon«, sagt Lahnitara von oben herab. »Ich habe gehört, wie zwei der Wachen sich auf dem Gang unterhalten haben.«

»Wann?«, will ihre Schwester misstrauisch wissen.

»Als sie uns das Mittagessen gebracht haben. Ihr habt euch gleich drauf gestürzt. Aber ich hatte keinen Hunger.« Lahnitara errötet und blickt die anderen nicht an. »Wegen meiner ... Magenverstimmung.«

»Wir alle wissen, dass du Dünnpfiff hast«, sagt Tiocme. »War nicht zu überhören. Oder zu *überriechen.*«

Lahnitara beginnt zu schluchzen. Lahvessa nimmt sie tröstend in den Arm. Ranra rollt mit den Augen. Tiocme lächelt böse.

Narvila berührt Lahnitara an der Schulter. »Was meinst du damit, dass mir die Zeit davonläuft?«

Lahnitara wischt sich wenig damenhaft mit der Hand unter der Nase entlang und zieht Rotz hoch. »Der eine Wärter meinte, dass sie jetzt garantiert die richtigen Prinzessinnen haben. Er sagte etwas von der einen Überprinzessin und den vier Söldnerprinzessinnen. Das hab ich erst nicht verstanden, bis du uns das gerade erzählt hast.« Noch ein Schniefen. »Und er sagte, dass der Priester diese fünf Prinzessinnen schon heute Nacht ihrer Göttin darbieten wird und dass es diesmal definitiv klappt. Und wie du sehen kannst, wenn du aus dem Fenster guckst, ist es bereits dunkel. Deshalb sagte ich, dass dir die Zeit davonläuft ...«

Narvila weiß, dass es jetzt darum geht, alles zu zeigen, was sie in den letzten Monaten gelernt hat – ohne die

Rückversicherung der anderen, dafür umso entfesselter und entschlossener.

Es kommt nun ganz auf sie an.

Das Leben von Aiby, Decanra, Cinn und Mef steht auf dem Spiel, und natürlich Filryns, an dem wiederum die Schicksale zweier großer Nationen hängen.

Dies ist der Moment, in dem Narvila sich und den anderen beweisen muss, dass es richtig gewesen ist, sie an jenem Morgen in Besgios in ihren Kreis aufzunehmen, und dass sie sich ihren Platz bei den *Prinzessinnen* verdient hat.

Dass es nicht nur alle für eine, sondern auch eine für alle heißt, sofern es hart auf hart kommt.

»Macht euch bereit«, flüstert Narvila, als auf dem Gang vor ihrer Zelle schwere Schritte sowie das metallische Rasseln eines Schlüsselbunds zu hören sind.

Sie verdrängt die Sorgen um ihre Gefährtinnen, die vielleicht schon auf irgendeinem Altar liegen. Versucht, das Ziehen in ihrem Magen und das Flattern in ihrer Brust zu ignorieren, die sie vor einem Kampf stets verspürt. Postiert sich so, wie Decanra und Cinn es ihr oft gezeigt haben, wie sie es im Grunde schon unterbewusst tut. Besinnt sich einzig und allein auf das, was vor ihr liegt.

Die Aufgabe. Das Ziel. Den Gegner.

Die bevorstehende Gewaltexplosion.

Dann wird die Tür aufgesperrt, und alles geht ganz schnell. Herein kommt ein Mann, ähnlich gekleidet wie Narvila, vermutlich ein Krieger oder gar ein Söldner. Der Kerl hält eine große Holzschüssel mit dampfendem Haferbrei in den Händen.

Ranra und Tiocme, die wie von Narvila instruiert unweit der Tür auf dem Boden kauern, stehen ruckartig auf und prallen von unten gegen die Schüssel, woraufhin sich klebriger heißer Brei über die Brust des Wärters ergießt und sein Kinn bespritzt. »Verdammt, ihr bumsblöden Schnepfen!«, flucht er, lässt die Schüssel fallen und fährt sich hektisch über Gesicht und Lederharnisch.

Eine bessere Ablenkung wird Narvila nicht kriegen. Sie springt nach vorn und schlägt zu. Ihr Handkantenschlag trifft den Adamsapfel des zeternden Mannes. Der überrumpelte Wärter greift sich an den Hals. Sein unflätiges Gefluche wird zu einem erschrockenen Würgen, während er röchelnd nach Luft schnappt. Entschlossen packt Narvila mit beiden Händen seine Haare, zieht ihn ein Stück nach unten und hämmert seinen Kopf so lange gegen die nächste Steinwand, bis Blut aus Nase und Ohren des Typen läuft und er in ihrem Griff erschlafft. Sowie sie loslässt, gleitet er ihr praktisch aus den Fingern.

An Wand und Boden bleiben verschmierte Blutschlieren zurück. Lahnitara und Lahvessa, die sich geweigert haben, ihr zu helfen, kreischen wie von Sinnen. Verstört drängen sich die Schwestern mit dem Rücken in eine Ecke der Zelle. Doch damit hat Narvila gerechnet. Auch damit, dass das Kreischen der Mädchen Aufmerksamkeit auf sich ziehen wird.

Als ein zweiter Wärter kommt, hat Narvila bereits den Dolch aus dem Gürtel des ersten Kerls gezogen und treibt dem Neuankömmling die Klinge mit einer Bewegung von unten durchs Kinn in den Kopf. Blut spritzt. Lahnitara und Lahvessa rasten nun völlig aus, da der gurgelnde Wärter wie ein gefällter Baum in ihre Richtung fällt und sie warme rote Spritzer abbekommen. Nicht so viele wie Narvila, aber genug.

»Sorgt dafür, dass sie still sind«, sagt Narvila jetzt zu Ranra und Tiocme, während sie sich mit dem Handrücken über die Augen fährt. Die beiden nicken eingeschüchtert, kriechen um die blutigen Körper am Boden herum und halten jeweils einer Schwester den Mund zu. Narvila tritt kampfbereit auf den Gang, wo jedoch bloß ein Holzgestell mit Rädern steht, auf dem weitere Schüsseln mit Haferbrei warten. Sie huscht zurück in die Zelle und nimmt dem zweiten Wärter seinen Dolch ab. »Kannst du damit umgehen?«, fragt sie Ranra.

»Mein Bruder hat es geliebt, mich zum Jagen mitzunehmen«, sagt Ranra zögernd. Sie wirkt, als müsse sie gleich kotzen. Narvila erinnert sich noch sehr gut daran, wie das gewesen ist. »Er wusste, dass ich es hasse, und quälte mich damit, Rehe und Hasen ausweiden zu müssen.«

»Du kannst ihm später danken«, sagt Narvila und reicht Ranra die Waffe mit dem blutbesudelten Heft voran. »Und du? Bist du dabei?«, fragt sie Tiocme.

»Ja.«

»Gut.« Narvila nestelt den Schlüsselbund vom Gürtel des Wächters los. Sie sieht die weinenden Schwestern an, die sich zitternd aneinanderklammern. »Kommt mit oder bleibt hier, ist mir egal. Aber haltet die Klappe.«

Draußen geht Narvila hastig von Zelle zu Zelle, öffnet Tür um Tür, findet Prinzessin um Prinzessin. »Ihr müsst darauf achten, dass sie leise sind«, schärft Narvila Ranra und Tiocme ein, die ihr dichtauf gefolgt sind, während die Anzahl der befreiten Königstöchter auf dem Gang beständig wächst. »Keine Fragen, kein Schreien, kein Kreischen, kein Weinen. Und sie müssen tun, was ich oder ihr zwei ihnen sagt. Das gilt besonders für die beiden.« Damit meint Narvila Lahnitara und Lahvessa, die sich ihnen wimmernd angeschlossen haben, weil sie es trotz ihrer Furcht vorziehen, nicht mit zwei Leichen in der Zelle allein zu bleiben, die nun nach Scheiße *und* Blut stinkt.

Narvila befreit mehr als fünfundzwanzig Prinzessinnen, allerdings befindet sich darunter keine einzige *Prinzessin.*

Narvilas Enttäuschung, Sorgen und Gedanken stolpern in ihrem Kopf durcheinander. Mühsam ringt sie darum, sich auf die nächsten Schritte und das auszurichten, was nun zu tun ist, wohin sie als Nächstes muss, wie sie es am besten anstellen soll.

»Man wird bald merken, dass die beiden Ficker nicht zurückkommen«, sagt Narvila. »Meine Freundinnen sind außerdem nicht hier. Wisst ihr, wie man zum Altarraum kommt? Dem großen Raum ohne Dach? Der mit den Steinblöcken? Vermutlich hat man sie schon dorthin gebracht.«

»Da lang, glaub ich«, sagt Tiocme und deutet in eine Richtung.

»Sie hat recht«, bestätigt eine stämmige Prinzessin mit Haut und Augen wie Cinn und Haaren wie Mef, die Narvila als eine der Letzten aus einer Zelle befreit hat. »Aber da vorn ist auch die Wachstube. An der müssen wir auf dem Weg vorbei.«

»Guter Hinweis.« Narvila nickt der Königstochter zu. »Danke.«

»Was hast du vor?«, fragt Ranra. »Wo eine Wachstube ist, sind meistens noch mehr Wächter, oder?«

»Aye«, sagt Narvila und lässt den Dolch kreisen – nicht um anzugeben, sondern um die fremde Waffe besser kennenzulernen. »Bleibt immer hinter mir …«

Narvila tritt einfach in die Wachstube. Die Augen hat sie weit aufgerissen – erschrockene, sorgenvolle, peinlich berührte, kümmerliche Unschuld.

So etwas erwarten die meisten Kerle.

Den Dolch versteckt sie in einer Hand hinter dem Rücken.

Drei Wärter, ähnlich gekleidet wie die beiden von ihr erledigten Männer in der Zelle, sitzen an einem Tisch in der Mitte der Steinkammer und spielen Zy-Fuw, kommentieren die Züge der anderen hämisch oder herausfordernd. Sie ahnen nicht, was am anderen Ende des Korridors passiert ist, dass Haferbrei und ihre Kameraden gleichzeitig kalt werden. Ihr Spiel lässt Narvila an Cinn denken – daran, in welcher Gefahr ihre Freundinnen wahrscheinlich gerade schweben. Es macht Narvila noch wütender.

Noch entschlossener, und damit noch gefährlicher.

»Wer bist du denn, Mäuschen?«, fragt der feiste Wachmann verblüfft, der Narvila als Erster bemerkt. »Hat Vesciv, der alte Windhund, dich rausgelassen und hergeschickt, damit wir alle ein bisschen Spaß zusammen haben? Keine schlechte Idee eigentlich. Sollen die sich da oben doch an ihren Gebeten aufgeilen. Wir machen was anderes, genauso Geiles. Komm ruhig rein!«

»Willst du mit uns *spielen*?«, fragt der dürre Wärter neben ihm, und alle Männer lachen und grinsen.

»Na komm, setz dich zu uns«, lockt der bärtige Kerl, der dem Eingang zur Wachstube am nächsten sitzt. »Kannst dich auch auf meinen Schoß setzen, wenn du willst. Nur keine Scheu, Prinzessin.«

Narvila geht auf ihn zu, bewegt ihren Arm.

»*Prinzessin*«, sagt sie kalt, »nicht Prinzessin.«

Der Dolch dringt durch die Schläfe des Mannes in dessen Kopf ein.

Dass Narvila die Klinge in seinem Schädel stecken lässt, anstatt ihn herauszuziehen, hat einen guten Grund: An der

Rückwand der Wachstube lehnt ihre Schwertlanze, die irgendwer achtlos neben ein paar inventarmäßige Schwerter und Hellebarden gestellt haben muss, als man die bewusstlose Narvila in den Zellentrakt gebracht hat.

Während die beiden verbliebenen Wächter heftig vom Tisch abrücken, ihren blutenden, tot zusammengebrochenen Kameraden anstarren und umständlich ihre Schwerter ziehen, springt und rollt Narvila über den Tisch, kommt auf der anderen Seite mit den Füßen auf, greift sich ihre Lanze, stößt sich mit den Füßen von der Wand ab, wie Cinn es im Käfig in Dretvik getan hat, und schwingt ihre Waffe noch in derselben Bewegung um die eigene Achse nach hinten. Die zwei Männer, die mit ihren Klingen zum Schlag ausholen, wissen nicht einmal genau, wie ihnen geschieht, bis sie mit ihren glitschigen Gedärmen in den Händen umfallen. Ihre Schwerter fallen klirrend auf den Steinboden.

Narvila, die auch den Wärter mit dem Dolch im Kopf vom Stuhl tritt, sticht allen dreien noch einmal senkrecht von oben in den Hals. Sie darf sich jetzt kein Zaudern und keinen Fehler erlauben.

»Heilige Scheiße!« Ranra, die wie eine Katze um den Türrahmen späht, klingt ehrfurchtsvoll und angeekelt zugleich. Eine andere, größere Prinzessin, die über ihre Schulter schaut, wendet sich ab und kübelt in den Gang. »Pscht!«, macht jemand, es klingt nach Tiocme.

»Erinner mich dran, mich nie mit dir anzulegen«, sagt Ranra.

»An Gegnern wird es heute wohl nicht mangeln«, erwidert Narvila. »Los, zum Altarraum.«

Eine Spur toter Wächter säumt den Weg der befreiten Prinzessinnen, die von Narvila durch den Turm geführt werden. Die Wächter in den verwinkelten Korridoren, die nicht mit einer *Prinzessin* rechnen und oft genug gelangweilt tagträumen, erhalten keine Gelegenheit, Alarm zu schlagen. Narvila fragt sich nicht, wo die Bewaffneten bei der Ankunft der *Prinzessinnen* im Tempel gewesen sind und wieso man sie anscheinend ins Innere des Turms hat locken wollen. Jetzt überfällt sie einfach laut- und gnadenlos die Männer, schlägt aus der Düsternis zu oder überrumpelt sie mit Geschwindigkeit, Wucht und Brutalität. Zwei-, dreimal setzt sie auch Ranra oder Tiocme als Lockvogel ein und springt hinter einer Säule hervor, um ihr blutiges, tödliches Werk zu vollenden.

Die Prinzessinnen folgen Narvila erstaunlich schweigsam in einer Zweierreihe, obwohl einige schwer schlucken, heftig schnaufen oder gar die Augen schließen, wann immer sie über einen Sterbenden, einen Toten, einen abgetrennten Arm oder eine sich schnell vergrößernde Blutlache steigen müssen. Allerdings folgen auch mehr Prinzessinnen als gedacht Narvilas leisem Befehl, sich einen Speer, ein Kurzschwert oder einen Dolch zu schnappen, die von ihren früheren Besitzern nicht länger gebraucht werden, nachdem Narvila mit ihnen fertig ist.

Ein längerer Korridor mit wie üblich zu vielen Ecken mündet in einem Tor, aus dem grelles grünes Licht sowie die Geräuschkulisse einer großen Menschenansammlung dringen – und eine einzelne laute, dominante Männerstimme, die vorbetet, skandiert, anruft und lobpreist, worauf die Menge mit gruseligem Versatz einheitlich antwortet, wie ein geistloses Echo.

Tiocme lockt die beiden Wächter, die das Tor zum Altarraum flankieren, tiefer in den Gang. Dort kauert Narvila in den Schatten und schaltet die Kerle geräuschlos aus, wobei sie ihre Lanze in einem Streich durch zwei Hälse jagt. Sie weist die Prinzessinnen an, im Korridor zu warten, und schleicht geduckt an der Wand entlang allein zum Durchgang, wo sie vorsichtig in den Tempel lugt.

Was sie sieht, brennt wie der Biss eines Ghuls.

Im Altarraum, der vorhin noch verwaist gewesen ist, haben sich jetzt mindestens fünfzig, sechzig Menschen in grünen Gewändern versammelt. An den restlichen Eingängen stehen noch mal gut zwanzig weitere Wächter mit Schwertern, Spießen und Hellebarden. Auf vielen Gewändern und Harnischen, aber auch Gesichtern sieht Narvila die Tentakel-Krone, die Fleiber und den Theaterleuten auf dem Weg nach Dretvik wochenlang so viel Angst eingeflößt hat und die Narvila schließlich auch in der Hauptstadt ein paarmal aufgefallen ist.

Aber das ist noch nicht das Schlimmste.

Das sind zweifellos Prinzessin Filryn von Lirgoden und die vier anderen *Prinzessinnen*, die man mit dicken Stricken auf den Steinaltären festgebunden hat.

Die Taue führen durch die eckigen Ösen, die man wahrscheinlich schon vor Jahrhunderten in die Opfertische gemeißelt hat. Aibys Axt, Mefs Schwert, Decanras Säbel und Cinns Dolche liegen wie Grabbeigaben neben Narvilas Gefährtinnen, nah und doch unerreichbar. Die steinernen Kanten der Altäre glühen zudem in einem gespenstischen Grün, das den ganzen Raum beleuchtet.

Im Zentrum der sternförmigen Altarkonstellation steht ein Mann mit Glatze, Hakennase, struppigem Bart, einer Tentakel-Kronen-Tätowierung im Gesicht und erhobenen Armen. »Endlich ist es so weit, meine Freunde!«, ruft er. Narvila erkennt die Stimme, die sie von draußen schon gehört hat. Er ist also wohl so etwas wie der Hohepriester hier. »Nach vielen

Fehlschlägen haben wir die richtigen Prinzessinnen gefunden! Die größte, mächtigste und wichtigste Prinzessin ihrer Generation! Und vier Prinzessinnen, die ihre eigene Legende schrieben! Dank unserer Verbündeten in Dretvik konnten wir uns auf ihre Ankunft vorbereiten und sie lebend gefangen nehmen. Zusammen geben diese fünf sicher ein würdiges Opfer für Belre-Ka. Ich versichere euch, meine Brüder und Schwestern: Diese Gaben wird die PRINZESSIN diesmal nicht verschmähen! Das Tor wird sich öffnen, und Ashgul-Ras prächtigste und zerstörerischste Tochter in unsere Welt kommen und sie für uns von den Ungläubigen zurückerobern! Und nach dieser Befreiung, dieser Reinigung, beginnt in der Finsternis ein neues Zeitalter der Magie, und wir werden diese Stadt wieder mit Leben füllen, und von hier aus die ganze Welt mit der ewigen Schönheit von Ashgul-Ra!«

Entzückte Hochrufe antworten ihm.

»Als Erstes wird unsere herbeigesehnte PRINZESSIN die Heere von Lirgoden und Valahmes verschlingen, die bereits auf dem Weg in die Schlacht sind. Die Armeen der Ungläubigen sind unser zweites großes Opfer an die PRINZESSIN der Dunkelheit, die Bringerin einer besseren Welt!«

Die vielen Männer und wenigen Frauen jubeln und rufen ihre so großspurig angekündigte Gottheit in freudiger Erwartung und Erregung an. Das grüne Glühen der Altäre verstärkt sich im selben Maß, in dem sich das Toben der Menge steigert.

»Belre-Ka!«, brüllt der Priester und wendet sein Gesicht mit der tätowierten Krone dem schwarzen Nachthimmel über dem Turm und dem Berg zu. Durch sein Gewand sieht er aus, als hätte er Flügel. »Belre-Ka! Erhöre unser Rufen und Flehen und nimm unsere Gaben an, o PRINZESSIN der gerechten Vernichtung und der furiosen Finsternis! Labe dich an fünf der legendärsten Prinzessinnen unserer Welt und erweise uns im Gegenzug die Gunst deiner Präsenz, deiner Macht, deiner Erhabenheit und deiner Zerstörungswut! Säubere und erobere diese Welt für deine ergebenen Diener! Bring uns die wunderbare Dunkelheit von Ashgul-Ra, nach der wir uns so sehr sehnen! Führe uns in die Finsternis und von dort aus in ein neues Zeitalter der Magie! Belre-Ka! *Belre-Ka!*«

Die Meute nimmt den Namen auf und skandiert ihn frenetisch.

»*Belre-Ka! Belre-Ka! Belre-Ka!*«

Es ist, als würden die Worte im Einklang mit Narvilas Herz pochen – und direkt in ihrem Kopf.

Das grüne Leuchten, das bisher auf die Altäre begrenzt gewesen ist, breitet sich nun außerdem wie ein Lauffeuer von Steintisch zu Steintisch aus. Von dort folgt es den Fugen der großen Bodenfliesen. Schließlich kommen die grünen Ströme aus Richtung aller Altäre in der Raummitte zusammen, wo der Priester steht. Der Bärtige seinerseits leuchtet jetzt förmlich, während er die dünnen Arme und die gespreizten knochigen Finger nach oben reckt.

»*Belre-Ka! Belre-Ka! Belre-Ka!*«

Wieder und wieder reißt der Priester die Arme hoch – bis irgendwann ein gebündelter Strahl grüner Energie aus seinem Mund, seiner Nase und seinen Augen schießt, direkt in den Nachthimmel über dem Turm, der Stadt und dem gesamten Bergmassiv.

»*Belre-Ka! Belre-Ka! Belre-Ka!*«

Es ist, als würde der Strahl das Firmament selbst aufbohren und nach und nach eine Öffnung in die Wand zwischen dieser Welt und dem brennen, was dahinterliegen mag: Unmengen an Schwärze, in der sich jedoch vage, riesige Formen bewegen, wie Narvila voller Entsetzen erkennt. Aber sie hat keinen Sinn mehr für das Schauspiel am Nachthimmel, da sich Aiby und die anderen auf den Altären trotz ihrer Fesseln qualvoll winden und laut zu schreien beginnen.

In diesem Moment wird Narvila klar, dass das Leuchten von Filryn und ihren Freundinnen, das in den Priester und von diesem gen Himmel weitergeleitet wird, Lebenskraft sein muss.

Um damit den Durchgang für die finstere Gottheit dieser Verrückten zu öffnen.

In dem gezackten, glühenden Riss zwischen den Welten, Universen oder Dimensionen drängen sich mittlerweile mehrere riesige Tentakel, die sich in Narvilas Wirklichkeit schieben und ihrerseits in diesem unwirklichen Grün pulsieren, derweil sie die Wunde im Kosmos vergrößern.

Der schreiende, ekstatisch zuckende Priester brennt wie eine Fackel. Die Menge ist nun völlig aus dem Häuschen. Und je weiter sich die Tentakel in diese Realität schieben, desto massiver und grüner werden sie – und umso mehr erinnern sie Narvila an Ranken oder Wurzeln.

»*Belre-Ka! Belre-Ka! Belre-Ka!*«

»*Belre-Ka! Belre-Ka! Belre-Ka!*«

»*Belre-Ka! Belre-Ka! Belre-Ka!*«

Schließlich erreicht der erste grüne Tentakel, der den Durchmesser mehrerer mächtiger Bäume hat, den Boden des Tempels. Mit einem lauten Krachen und schwerfälliger Wucht zertrümmert er mühelos die Steinplatten und wühlt sich gierig in die Erde, als wolle er den Berg und die Welt selbst aussaugen – oder hier Wurzeln schlagen, schießt es Narvila durch den Kopf.

Der ganze Turm erzittert und bebt.

Narvila dämmert, dass die Bezeichnung *Tentakel-Krone* die ganze Zeit irreführend gewesen ist, Fleiber und andere es wohl nicht besser gewusst haben. Dass es wirklich um Wurzeln geht. Vielleicht werden selbst der Priester und die übrigen Kultisten von der aus dem Himmel drängenden Wahrheit überrascht. Sind die Götter auf der anderen Seite, in diesem Wo-auch-immer jenseits des Risses, am Ende kolossale Pflanzenwesen oder gar nur fremdartige Pflanzen? Oder ist ihr Kosmos so anders, dass Narvila ihre Maßstäbe nicht auf diese Wesenheiten anwenden darf?

So oder so: Wann hat eine Prinzessin je gute Erfahrungen mit riesigen Ranken, monströsen Wurzeln, tentakelbewehrten Göttern und dergleichen gemacht?

Aibys Schrei sorgt dafür, dass Narvila den Blick von den Wurzeln losreißt, die aus dem Himmel ranken und sich in den Turm graben, und in den Korridor zurückweicht.

Die Rufe der Fanatiker verfolgen sie.

»*Belre-Ka! Belre-Ka! Belre-Ka!*«

»Was ist da drin los?«, will Tiocme flüsternd wissen.

»Wir haben keine Zeit mehr«, erklärt Narvila den verängstigten Mädchen im Gang, von denen über die Hälfte mittlerweile bewaffnet ist.

»Sag ich doch«, murmelt Lahnitara, die sich an einen Dolch klammert, dessen Spitze wenig vielversprechend nach unten deutet, und ihrer Schwester nicht von der Seite weicht.

Narvila sieht der Reihe nach so viele Prinzessinnen wie möglich an und versucht, mehr zu sehen als bunte Kleider und schöne Frisuren, die in Unordnung geraten sind – vielleicht das, was Decanra, Aiby, Mef und Cinn damals, an jenem Morgen in Besgios, in Narvila gesehen haben.

»Ich werd sie ablenken. Aber ihr müsst meine Freundinnen befreien. Die Stricke durchtrennen, die sie auf den Altären halten. Nur mit ihnen kommen wir hier raus. Und ohne sie würde ich auch nicht gehen wollen.«

»Was, wenn sie zu schwach zum Kämpfen sind?«, fragt Tiocme.

»Echte *Prinzessinnen* kämpfen immer, schon vergessen? Sie sind die beste Chance, die wir haben, glaubt mir. Ihr denkt, ich bin brutal? Sie sind noch brutaler. Also. Kriegt ihr das hin?«

»*Belre-Ka! Belre-Ka! Belre-Ka!*«

Viele Prinzessinnen senken den Blick, schütteln beschämt den Kopf. Manche kämpfen gegen den Drang zu heulen an, andere weinen lautlos. Doch ein paar schieben trotzig das Kinn vor, nicken beherzt und mustern grimmig die ungewohnten Waffen in ihren vor Kurzem noch perfekt gepflegten Händen, mit denen sie musiziert, gestickt oder feine Teetassen an die Lippen gehoben haben.

»Ich weiß, dass ihr Angst habt.« Narvila nimmt mit vielen der jungen Frauen Blickkontakt auf. »Niemand sagt, dass man keine Angst haben darf. Aber habt ihr es nicht satt, Maiden in Nöten, politisches Pfand oder Futter für Götter, Drachen und anderen Scheiß zu sein? Wenn ihr noch nie eine Gelegenheit hattet, euch gegen das alles aufzulehnen – hier ist nun eure verfickte Gelegenheit. Jetzt oder nie.«

»*Belre-Ka! Belre-Ka! Belre-Ka!*«

Als Narvila schon fürchtet, dass keine der anderen ihr folgen wird, sagt Ranra als Erste leise: »Jetzt oder nie.«

»Jetzt oder nie«, wispert daraufhin Tiocme fest.

»Jetzt oder nie«, wiederholt die Prinzessin mit den hellblauen Augen, die als Einzige eine Hellebarde hält und sogar so aussieht, als könnte sie den einen oder anderen Treffer damit landen.

Weitere Prinzessinnen sagen Narvila ihre Hilfe zu, und danach will keine zurückstecken oder zurückbleiben, weshalb schließlich alle zustimmen, ob bewaffnet oder nicht. Narvila hofft, dass sie sich zumindest auf die erste, entschlossene Gruppe um Ranra und Tiocme verlassen kann.

»Dann folgt mir«, sagt sie. Festen Schrittes läuft sie auf den Altarraum zu und wird unterwegs immer schneller, bis sie rennt. Sie merkt gar nicht, dass sie einen wütenden Kampfschrei ausstößt, als sie mit erhobener Schwertlanze in das Allerheiligste, das grüne Glühen und das Ritual platzt, eine genauso laut brüllende Horde verdreckter, müder, wütender, waffenstarrender Prinzessinnen auf den Fersen.

Die Anhänger der Prinzessin sind wie entrückt. Auch die Wachen an den Zugängen folgen gebannt dem Schauspiel der gigantischen Wurzeln, die sich aus einer anderen Wirklichkeit in diese ranken und am Boden des Turms in diese Welt dringen. Die letzte freie *Prinzessin* und die befreiten Prinzessinnen treffen die Kultisten und ihre Krieger daher völlig unvorbereitet.

Narvila rennt zwischen den leuchtenden Steinblöcken hindurch und rammt ihre Schwertlanze in den grün brennenden Leib des Priesters.

Daraufhin bekommt der grelle Strahl aus Lebenskraft, der durch den Körper des Mannes in den Himmel geworfen wird, erst stotternde Aussetzer, bevor er ganz erlischt. Ein tiefes und schiefes, dröhnendes Trompeten am Himmel kündet vom Unmut der Prinzessin auf der anderen Seite. Die Wurzeln im Riss zucken wütend umher. Die in der Luft und am Boden fangen an wie Peitschen niederzufahren und werfen mehrere

Kultisten nieder, was die anderen Anhänger der Göttin in ihrer Begeisterung jedoch nicht bremst.

»*Belre-Ka! Belre-Ka! Belre-Ka!*«

Narvila zerrt ihre Schwertlanze aus den priesterlichen Gedärmen.

»Ketzer«, haucht der Bärtige mit der Kronen-Tätowierung im Gesicht, dann bricht er zusammen.

Narvila fährt herum und mäht mit Schwüngen, Stichen, Stößen, Hieben und Tritten die erste Welle Gläubiger nieder, die inzwischen dann doch begriffen haben, was hier passiert, und auf sie und die Prinzessinnen losgehen.

Narvilas blutgetränkte Waffe hält kein einziges Mal inne und zieht eine Spur aus rotem Lebenssaft hinter sich her. Sie wehrt Fäuste, Stiefel und Dolche ab, und als die ersten Wächter angerannt kommen, auch Schwerter, Speere und Hellebarden.

Ranra, Tiocme und ein paar andere Königstöchter machen sich mit ihren Waffen wie besprochen an den Stricken zu schaffen, die Aiby, Mef, Decanra, Cinn und Filryn festhalten. Die restlichen entführten Mädchen, die sich fürs Kämpfen entschieden haben, stellen sich den Fanatikern – mit dem Mut der Verzweiflung und der Selbstüberschätzung jener, die zum ersten Mal eine Waffe in den Händen halten. Einige wenige können mit den erbeuteten Dolchen und Speeren zumindest gegen die oft unbewaffneten Anhänger der PRINZESSIN bestehen, solang noch nicht zu viele Krieger mit der Krone auf dem Harnisch ins Kampfgeschehen eingreifen – ironischerweise werden die Wächter von dem Meer aus verklärten oder aufgebrachten Kultisten aufgehalten.

Als mehrere Krieger von der anderen Seite des Raums nun aber der Gruppe von Ranra und Tiocme zu nahe kommen, die sich noch an den Stricken zu schaffen machen und gerade Aiby loszuschneiden versuchen, wirft sich Narvila im letzten Moment zwischen die jungen Prinzessinnen und die Männer im Zeichen der Krone, stößt sie gleich eine Handvoll auf einmal mit der ganzen Breite ihres Lanzenschafts zurück.

Die erfahrenen, diesmal auf einen Kampf vorbereiteten Männer sind keine so leichten Gegner mehr, zumal sie ihre Überzahl nutzen, um erheblichen Druck auf Narvila aufzubauen, die eine Lücke im Verbund der hohen Steinaltäre verteidigt. Narvila gelingt es, sie vor Aibys und Mefs Opfertischen so lange zu beschäftigen, dass weitere Taue durchtrennt werden können. Aber es dauert zu lange. Narvilas Arme brennen schon. Schweiß läuft ihr in die Augen. Sie hat eine Stichwunde am Oberschenkel, einen blutigen Kratzer an der Wange und eine aufgeschlagene Lippe. Dennoch hält sie stand.

Nur weiß sie nicht, wie lange noch.

Außerdem graben sich um sie herum immer mehr Riesenwurzeln, die sich aus dem Himmel winden, in den Turm – und zermalmen gleichgültig Kultisten wie Königstöchter.

Die dem Kerker entkommenen Prinzessinnen, die sich in den Kampf gestürzt haben, verlieren immer mehr an Boden. Zu viele junge Mädchen in kaputten, verdreckten Kleidern werden überwältigt und von der wütenden Meute bestraft, förmlich zerrissen, totgeschlagen, erwürgt oder niedergetrampelt. Narvila sieht auch zwei, drei junge Adelige unter gnadenlosen Schwert- und Speerhieben der Gerüsteten fallen. Außerdem sind die gewaltigen Wurzeln, die weder Feind noch Freund kennen, in ihren abwärts gerichteten Bewegungen völlig unberechenbar.

Narvila würde den Mädchen zu gern helfen, kann hier jedoch auf keinen Fall weg. Mit größter Mühe behauptet sie ihre Position zwischen den Steinklötzen. Allerdings kommen weitere Anhänger und Krieger mit Krone, weshalb Narvila gar nicht mehr weiß, wie sie wirbeln, stoßen, parieren und treten soll. Ihre Lanze ist glitschig vor Schweiß und Blut, ihre Muskeln protestieren bei jeder weiteren Parade, jedem weiteren Angriff; sie ringt schwer nach Atem, und ihre schmerzenden Beine und müden Füße verlieren an Standfestigkeit. Gleichzeitig werden es nicht weniger, sondern immer mehr Gegner.

Eine riesige Wurzel streicht so dicht über ihren Köpfen hinweg, dass Narvila und ihre Widersacher sich gleichermaßen ducken, was ihr eine kurze Atempause sowie die Möglichkeit verschafft, ihre Lanze wieder mit festem Griff zu fassen. Lange wird sie das trotzdem nicht mehr durchhalten, obschon sie so leidenschaftlich und gut kämpft wie noch nie. Halbschritt um Halbschritt, Hieb um Hieb muss sie zurückweichen. Vielleicht noch eineinhalb Schritte, und die Fanatiker und Wächter werden sie überrennen, in die Lücke zwischen den riesigen Altären drängen und sie alle niedermachen.

»Etwas Hilfe gefällig?«, sagt da auf einmal Aiby, die neben Narvila auftaucht und mit ungenauen, aber kraftvollen Axthieben sofort für Entlastung sorgt. Sie wirkt angeschlagen, doch selbst in diesem Zustand sind Aiby und ihre Axt eine Naturgewalt, vor der jeder mit einem Rest Verstand zurückweicht.

»So nicht, du Ficker!«, knurrt Mef indes wutentbrannt, die auf Narvilas anderer Seite erscheint und mit ihrem Schwert eine Hellebarde blockt, die ansonsten Narvilas Kopf getroffen hätte. Mef treibt dem Krieger, der die Waffe führt, ihre Klinge in die Brust und schließt nicht einmal die Augen, als er ihr Blut ins Gesicht spuckt. »Dich kann man auch schon nicht mehr alleine lassen, wie's aussieht?«

Narvila muss wölfisch grinsen. »Hab von den Besten gelernt«, keucht sie und fällt einen Speerträger, indem sie ihn praktisch kastriert. Ein rascher Schulterblick zeigt ihr, dass Cinn und Decanra ihre Fesseln ebenfalls los sind, zwischen zwei weiteren Steinklötzen ihre Gegner niedermachen und so viele Prinzessinnen wie möglich hinter sich in Sicherheit bringen.

Mit den *Prinzessinnen*, die in den Kampf eingreifen, verschiebt sich dessen Gleichgewicht sofort. Die Krieger des Kults geben ihr Bestes, aber Narvila, Cinn, Mef, Decanra und Aiby sind gemeinsam eine andere Nummer als Narvila allein mit einer Horde planloser Mädchen.

Zudem fliehen immer mehr Kronen-Anhänger aus dem Altarraum. Das liegt nicht bloß am Verlauf des Kampfes. Über dem Turm und dem Berg zieht sich der nicht länger von Lebenskraft gespeiste Riss zusammen. Von wütenden Fanfarenstößen begleitet, werden viele Wurzeltentakel der göttlich-finsteren PRINZESSIN glatt durchtrennt, als sich das Portal zwischen den Welten nach und nach schließt. Die riesigen Wurzelstücke stürzen vom Himmel, schlagen krachend im Tempel ein, reißen Teile des Turms mit sich in die Tiefe und fallen neben den Trümmern zu Boden. Weitere Bodenplatten zerbersten unter ihrem Gewicht, sogar ein Altar wird lautstark pulverisiert. Mehrere Anhänger der Göttin, aber auch einige Prinzessinnen werden von den wild zuckenden grünen Wurzelabschnitten erschlagen. Dichte Staubwolken steigen auf. Menschen schreien in blankem Entsetzen. Blut und Gedärme spritzen und fließen überallhin.

Ein Steinbrocken von einem Stück Tempelwand weiter oben verfehlt Aiby nur knapp und lässt sie heftig fluchen. Heller Staub bedeckt sie inzwischen allesamt wie eine Patina.

»Wir müssen hier raus!«, brüllt Aiby und spaltet einem der Krieger im Zeichen der Krone, der in seiner Panik oder seinem Wahn genau auf sie zurennt, wie nebenbei das Gesicht und den Hals bis zur Brust.

»Sammelt die Prinzessinnen ein!«, ruft Narvila.

Doch das ist leichter gesagt als getan.

Im Tempel regiert das blanke Chaos, während ringsherum der Turm einstürzt. Auch, weil die abgetrennten Gliedmaßen der PRINZESSIN nicht einfach leblos auf dem Steinboden des verwüsteten Altarraums liegen bleiben, wenn sie erst einmal eingeschlagen sind. Zwar hören sie auf zu zucken, aber sie treiben so schnell Seitenwurzeln aus, dass man ihnen beim Wachsen zuschauen kann. Die sind so dick wie Narvilas Handgelenk, lösen sich von den großen Wurzelarmen und beginnen ein schlangenhaftes, aalartiges Eigenleben: Manche versuchen, sich in die Erde einzugraben, andere gleiten los, schnellen vom Boden und umschlingen Füße, Beine, Arme, Hände, Hälse und Gesichter, bis Knochen knacken, Augen platzen, Lungen die Luft wegbleibt. Sie dringen in Münder, Ohren, Nasenlöcher, Augenhöhlen ein, achten nicht auf Blut oder Schreie, suchen nur Leben, an dem sie sich laben können, ob von Königstochter, Kultist oder Krieger.

Aiby und Narvila hauen und hacken, was das Zeug hält. Hinter ihnen treiben Decanra und Cinn die staub- und blutbesudelten Prinzessinnen zusammen, die noch am Leben sind, und schirmen sie ab. Mef beschützt explizit Prinzessin Filryn, die ihrerseits ein Kurzschwert aufgehoben hat und neben ihrer neuen Leibwächterin auf die Wurzelableger einschlägt.

Narvilas Schwertlanze trennt eine Wurzelspitze ab, die sich um das Fußgelenk einer angsterfüllt kreischenden Prinzessin geschlungen hat. Narvila hilft dem Mädchen hoch und sieht, dass es Lahnitara ist, das Gesicht von Staub, Blut und Rotz bedeckt.

»Wo ist deine Schwester?«, fragt Narvila atemlos. Doch Lahnitara nimmt sie gar nicht wahr, stiert apathisch durch sie hindurch. Narvila packt ihren Unterarm, zerrt sie zu Cinns und Decanras Gruppe und übergibt Lahnitara an Tiocme, die mit dem Dolch des vorhin getöteten Wächters die Wurzeltentakel ebenfalls in Schach zu halten versucht.

Gerade als Narvila sich umdrehen und Aiby weiter dabei helfen will, eine Schneise für ihre Flucht aus dem Turm zu schaffen, hält Tiocme sie an der Schulter zurück. »Hast du Ranra gesehen?«

Narvila schüttelt den Kopf. »Ich finde sie«, sagt sie und macht sich inmitten des Staubs und der Schreie auf die Suche. Überall peitschen große und kleine Wurzeln umher; weinende, verletzte oder sterbende Menschen kriechen über geborstene Bodenplatten oder liegen halb unter Trümmern begraben; von Steinen, Wurzeln oder Klingen Getötete stapeln sich kreuz und quer im ganzen Altarraum. Ein paar verrückt gewordene Kultisten schlagen auf alles ein, was sich bewegt, sogar aufeinander.

Trotz dieses Albtraums um sie herum trifft der Anblick von Ranras leblosem Körper Narvila schwer. Eine einzelne Wurzel hat das Leben aus ihr gedrückt. Sie reißt das Ding, das noch immer um Ranras Hals geschlungen ist, mit einem Schrei aus Wut, Trauer und Frustration fort.

Aiby kämpft sich zu Narvila durch. Sie atmet schwer – dass sie nach dem Ritual, das ihr die Lebenskraft ausgesaugt hat, gleich in solch ein Gefecht und solchen Wahnsinn gezogen worden ist, zeigt immer deutlicher Spuren. »Sie gehörte zu denen, die mich befreit haben, oder? Verdammt.«

»Ja.« Tränen rinnen über Narvilas schmutzige Wangen. »Ohne sie hätt ich's nicht geschafft.«

»Ohne *dich* hätten es heute viele nicht geschafft.« Aibys Axt durchtrennt eine dickere Wurzel und danach eine dünnere. »Aber du kannst nicht alle retten. Das weißt du. Komm, wir müssen die anderen rausschaffen. Wahrscheinlich stürzt der Turm gleich ein.« Aiby stößt einen durchdringenden Pfiff aus, auf den Mef, Cinn und Decanra reagieren, indem sie Prinzessin Filryn und die übrigen Königstöchter in Aibys Richtung drängen.

»Hast es ja ganz schön krachen lassen«, sagt Decanra, die erstmals in Narvilas Hörweite aufkreuzt und mit ihrem Säbel Anhänger und Ableger der PRINZESSIN auf Distanz hält. Cinn, Mef, Filryn und die von Narvila befreite Prinzessin mit der Hellebarde zerhacken weitere Wurzeln, die ihrer Gruppe auf die Pelle rücken. Mit letzter Kraft decken Narvila und ihre Gefährtinnen ihren Rückzug aus dem Altarraum, dann rennen alle *Prinzessinnen* und Prinzessinnen durch den Turm. Sie folgen ein paar Kronen-Anhängern, die sie unwissentlich zum Ausgang führen – und anschließend von Narvila und ihren Gefährtinnen von hinten niedergemacht werden.

Endlich sind sie draußen, in der kalten Luft, im Freien.

Der Turm hinter ihnen ächzt und schwankt und zittert, als wolle er jeden Moment zusammenbrechen. Narvila, über und über mit Blut, Staub, Wurzelteilen und widerwärtigem Glibber bedeckt, fühlt sich genauso.

»Da rüber«, sagt Aiby, und sie scheuchen die Prinzessinnen weiter weg vom Tempel, zwischen die Gebäuderuinen.

Am Himmel über dem Turm schließt sich indessen mit einem letzten grünen Blitz der Riss. Der Wind scheint daraufhin heftiger denn je über das Plateau zu wehen.

Narvila hat das Gefühl, erstmals wieder richtig durchatmen zu können.

Nicht nur sie, wie es scheint. Alle ringen heftig nach Atem.

Manche Prinzessinnen sinken einfach an Ort und Stelle zu Boden.

»Könnte mir bitte mal jemand sagen, was hier gerade passiert ist?«, verlangt Prinzessin Filryn zu wissen. Sie sieht momentan nicht so aus wie auf dem Bild im Studienzimmer von König Mioban, mit all dem Blut und Staub und dem gehetzten Ausdruck auf ihrem Gesicht, dem zerschlitzten Gewand, den wirren Haaren. »Wo sind wir hier? Was war das gerade? Wer seid ihr? Und wer sind all diese Mädchen?«

»Hoheit«, sagt Aiby. »Euer Vater schickt uns. Wir …«

Was auch immer sie noch erklären will, geht in einem lauten Tosen, Krachen und Reißen unter, als der Turm kollabiert.

Der ganze Berg erbebt und wird in eine riesige Staubwolke gehüllt.

EINST

Die *Prinzessinnen* froren sich den Arsch ab.

Die vielen Schichten aus Wolle und Pelz, die sie unter und über ihren Rüstungsteilen trugen, schienen die Kälte eher anzuziehen, als sie abzuhalten. Selbst Cinn, im hohen Norden geboren und aufgewachsen, spürte hier im Frostklauengebirge den Biss des unerbittlichen Windes, hatte eine rote, ständig laufende Nase. Nicht dass Cinn sich deswegen beklagt hätte.

Anders Mef, die unter ihrer Wolfsfellkapuze jammerte und zeterte, wann immer der Schneesturm es zuließ. »Unseren nächsten Auftrag wähl ich aus. Dünenwürmer am Strand von Palgant jagen vielleicht. Oder Feueratmer aus einem heiligen Hain im Süden von Jevechmi vertreiben. Etwas in der Art.«

»Auf die Schnelle war nix Besseres zu kriegen«, rechtfertigte sich Aiby, die ihre Zöpfe unter eine weite Bärenpelzkappe gestopft hatte und den Rest des Fells als Mantel trug. Sie stemmte sich allen voran gegen Wind und Schnee, die anderen folgten ihr im Gänsemarsch – so viel zum Thema: die Freuden des Anführens. »Und darf ich dich daran erinnern, dass *du* die Schlägerei im *Tanzenden Troll* angezettelt hast und wir deshalb hier oben sind, weil unsere Kasse nach dem Schmiergeld für die Stadtwache leer war?«

»Ich hab gar nix angezettelt. Kann ich was dafür, dass alle für ein Stück von mir morden würden?«

Aiby schnaubte. Sie fand es auch nicht toll, dass sie im Frostklauengebirge für den reichen Magiekundigen Colyak aus Fascanz, der größten Stadt in Sichtweite der zerklüfteten Berge, einen vom Himmel gefallenen Stein bergen sollten. »Aus der Finsternis kommt die Antwort auf unsere Fragen und Sehnsüchte«, hatte Colyak gesagt. »Unsere Reinigung und Erlösung. Ein neues Zeitalter der Magie.«

Ihr Auftraggeber war weit davon entfernt, auch nur ein zweitklassiger Zauberer zu sein. Er brachte die meiste Zeit damit zu, den Nachthimmel und die Sterne durch ein Teleskop zu beobachten, auf der Suche nach alten Geheimnissen, kosmischen Göttern – wer wusste das schon so genau? Diesmal hatte er Glück gehabt und tatsächlich etwas entdeckt, das vom Himmel gefallen und im schwer zugänglichen Gebirge gelandet war. Colyak, so pathetisch er auch sein mochte, hatte eine Karte genommen, anhand von Eintrittswinkel und Geschwindigkeit das Absturzgebiet eingegrenzt und die *Prinzessinnen* angeheuert, ihm den Himmelsstein zu bringen.

»Ist es noch weit?«, fragte Aiby Decanra, die ihr Ziel mit einer steif gefrorenen Karte genauso fand wie mit einem Messer.

»Nein«, erwiderte Decanra bibbernd. »Hinter der nächsten Anhöhe, wenn Colyaks Berechnungen stimmen.«

»Noch mehr Rumgerutsche«, sagte Mef. »Na danke.«

»Nur für dich.«

Mef schniefte lautstark. »Miststück.«

Decanra zog ihrerseits die Nase hoch. »Stets zu Diensten.«

»Weniger labern, mehr laufen.« Auch Aiby wischte sich gefrorenen Rotz von der Oberlippe. »Ich will, dass wir den Stein haben, bevor es dunkel wird.«

»Bevor die Wölfe kommen, meinst du«, verbesserte Mef, als trüge sie keinen Wolfspelz. »Oder die Schneevipern.«

»Was auch immer«, sagte Aiby und sehnte sich nach einem prallen Weinschlauch oder einem heißen Grog.

Von der Anhöhe aus sahen sie endlich den Stein. Der vom Himmel gestürzte Brocken, so groß wie ein Fass, lag inmitten einer leuchtend weißen Ebene in einem Krater. Mit Atemwolken vor den kalten Gesichtern staksten und schlitterten die *Prinzessinnen* ihm entgegen.

Der Schnee war tief und fest. Doch als sie der Einschlagstelle zu nahe kamen, fing das Weiß um sie herum an zu brodeln – und explodierte auf einmal. Zwischen ihnen und dem Krater materialisierten sich sechs Wesen aus Schnee, doppelt so hoch und dreimal so breit wie ein Mensch, wenngleich nur von rudimentär humanoider Form. Die Schneekreaturen griffen mit lawinenartiger Wucht an, wobei ihre nicht allzu schnellen Bewegungen vom Ächzen des Schnees begleitet wurden, zu dem sie wie Wasserelementare nie die Verbindung verloren.

»Sind das ... *Schneemänner*?«, fragte Mef und wich einer gigantischen Schneefaust aus, die auf den Boden krachte. »Ich seh aber keine Schneepimmel!«

»Oder Schneegolems?«, rief Aiby, die einem Angreifer mit ihrer Axt dem Unterarm abtrennte – aber das massige Wesen tauchte die Reste seiner Extremität einfach in den Schnee, und

Arm und Hand wuchsen auf der Stelle nach. »Riesenscheiße!«, knurrte Aiby.

»Was wollen die?«, fragte Mef, während ihr Schwert in einen Schneebauch eindrang, ohne irgendwelchen Schaden anzurichten. Dafür entging sie nur knapp einem Rückhandschlag.

»Scheinen den Stein zu bewachen«, sagte Cinn, die einem der Schneekolosse mit ihren wirbelnden Dolchen die Finger, die Hand und den Unterarm absäbelte, die sich allerdings direkt wieder neu aus dem allgegenwärtigen Weiß bildeten.

»Aber wieso?«, fragte Mef.

Die massigen Kreaturen waren so langsam, dass sie für eine kurze taktische Besprechung zusammenzufinden konnten.

Decanra, die schon fünf ihrer Messer an die alles absorbierenden Schneeleiber verloren hatte, sagte: »Entweder hat sie ein anderer Zauberer beschworen, um den Stein für ihn zu bewachen, oder sie sind aus einer Mine in der Gegend abgehauen und finden den Stein einfach so anziehend.«

»Wie bekämpft man Schnee?«, fragte Mef.

»Nicht mit Klingen«, sagte Decanra. »Magie wäre ganz gut. Ein paar Feuerbälle. Flammenstöße. Eine Hitzewand.«

Mef bleckte die Zähne. »Willst du damit sagen, ich bin nicht die Einzige, die Sacipha gerade noch mehr vermisst als sonst?«

»Wir alle vermissen sie«, sagte Cinn. »Immer.«

»Ich finde …«, begann Mef, kam aber nicht weit.

»Achtung!«, rief Aiby, und die *Prinzessinnen* sprangen auseinander, um den Schneewesen auszuweichen, die sie erreicht hatten und auf sie niedergingen.

Decanra bot sich als Ziel dar, damit Aiby einer der Kreaturen von hinten die Beine wegschlagen konnte. Ihr Gegner kippte wie ein gefällter Baum nach vorn, verschmolz mit dem Schnee – und formte sich von Neuem. Er erhob sich in einer gespenstisch flüssigen Wellenbewegung und war sogleich wieder kampfbereit.

»Das hat keinen Sinn«, rief Mef, die mit Cinn ein ähnliches Manöver vollführt hatte und ebenfalls nicht belohnt worden war.

Aiby köpfte den wiederhergestellten Schneegolem. Der erstarrte kurz, ehe seine Hände anfingen, zwischen seinen Schultern herumzutasten und einen neuen Kopf zu modellieren. Aiby fluchte abermals. »Rückzug!«, brüllte sie über das Knarzen des Schnees sowie den stärker werdenden Wind hinweg.

»Was ist mit dem Stein?«, fragte Cinn.

»Wir kommen hier ohne Magie nicht weiter«, sagte Aiby.

»Ich sterbe für keinen beschissenen Stein«, mokierte Mef.

»Außerdem kriegen wir den nie bis nach Fascanz«, meinte Decanra. »Denkt mal an die Hängebrücke. Oder den Pass. Der Rückweg wird schon ohne einen riesigen Stein kein Zuckerschlecken. Ich hab mir das Ding viel kleiner vorgestellt.«

»Vergesst den verfickten Stein«, sagte Aiby. »Weg hier.«

So schnell der zähe Tiefschnee es zuließ, rannten – hüpften – sie zurück zum Hang. Die Schneegolems stapften ihnen hinterher, gaben aber die Verfolgung auf, als Aiby und die anderen die Anhöhe erklommen. Die Kreaturen drehten sich um und kehrten zur Einschlagstelle zurück, wo sie wieder im Schnee versanken. Die *Prinzessinnen* blieben oben stehen und rangen nach Atem. Die kalte Luft stach und brannte ihnen in den Lungen.

»Sie interessiert wirklich nur der Stein«, sagte Decanra.

»Schön für sie«, keuchte Mef.

»Jeder braucht einen Fetisch«, schnaufte Aiby.

»Ich kann keinen Schnee mehr sehen«, sagte ausgerechnet Cinn, und als die anderen sie anstarrten: »Was?«

Auf dem Rückweg bekamen ein paar Kobolde und ein Rudel riesiger, mannshoher Wölfe den Frust der *Prinzessinnen* ab.

Zurück in Fascanz, suchten sie geradewegs Colyak in seiner Villa auf. »Habt Ihr ihn?«, fragte der Magiekundige zweiter Klasse begierig, kaum dass einer seiner Diener die Söldnerinnen in ein mit zu vielen Artefakten und Antiquitäten vollgestopftes Arbeitszimmer gebracht hatte.

Aiby musterte den kahlköpfigen Mann mit der Hakennase, dem Bart und dem weiten Gewand, der alles dafür tat, als Zauberer wahrgenommen zu werden, obwohl er nicht einmal einen Hauch magischer Ausstrahlung oder Macht besaß. Nur ein fettes Erbe. Es gab einiges, was Aiby sagen wollte, allerdings beschränkte sie sich auf ein schlichtes: »Wir haben ihn.«

Damit ließ sie einen ausgebeulten Rucksack von ihren Schultern gleiten und stellte ihn vor sich auf die Dielen. Wie ein Kind ging Colyak auf die Knie. Er wühlte sich förmlich in den Rucksack und holte einen unförmigen, kantigen Stein von der Größe eines Kopfes hervor, dessen mattes Grau mit Adern und Punkten durchzogen war, die im Licht silbern und blau glitzerten. »Unfassbar schön«, murmelte Colyak versonnen und drehte den Stein hin und her. »Ein Stück Kosmos. Direkt aus der Finsternis.«

Aiby räusperte sich. Colyak blickte auf, jetzt wieder um Würde bemüht. »Ihr habt Eure Sache gut gemacht«, sagte er gönnerhaft. Mit unbewegter Miene strichen die *Prinzessinnen* die Bezahlung ein, über die dankenswerterweise nicht nachverhandelt wurde, und verließen Colyaks Domizil.

Sie rissen sich zusammen, bis sie drei Straßenkreuzungen weiter waren. Dann lachten Aiby, Decanra, Cinn und Mef aus vollem Hals, sodass sich die Leute nach ihnen umdrehten.

»Ich hätte nicht gedacht, dass er drauf reinfällt«, sagte Aiby prustend. »Das war eine geniale Idee, Decanra.«

»Wir wussten doch, wie sehr er einen Stein wollte«, grinste Decanra. »Und dass er nur ein Scharlatan mit zu viel Kohle ist, der einen Himmelsstein nicht von einem Stein aus einer Höhle im Gebirge unterscheiden kann.«

»Und da wir es zumindest ehrlich versucht haben, war auch dem Kodex Genüge getan«, sagte Cinn.

»Wir haben einen Kodex?«, fragte Mef verblüfft. »Seit wann?«

Aiby legte Decanra einen Arm um die Schultern. »Wie wär's, wenn wir den Rest des Tages im Badehaus verbringen?«

»Ein Tag im heißen Wasser klingt verlockend«, antwortete Decanra.

»Zwei Tage«, sagte Cinn sofort.

»Spinnt ihr?«, empörte sich Mef. »Eine Woche!«

NARVILA

Die zerstörerischen Wurzeln aus einer anderen Welt liegen unter den Trümmern des eingestürzten Turms begraben, die meisten Wahnsinnigen auch. Die paar Fanatiker, die noch auf dem Berg umherirren, eliminieren Narvila und die anderen, als sie zu ihren Pferden unterwegs sind. Sie wollen diesen Ort so schnell wie möglich verlassen. Allerdings ist es unmöglich, die gefährlichen Serpentinen nach unten mit einer so großen und so erschöpften Gruppe junger Frauen bei Nacht in Angriff zu nehmen. Aus diesem Grund schlagen sie in einem zerfallenen Gebäude, das allen Platz und Schutz bietet und sich im Ernstfall einigermaßen gut verteidigen lässt, ihr Lager auf. Decanra, Narvila und Cinn versorgen, so gut es geht, die schlimmsten Wunden der *Prinzessinnen* und einiger Prinzessinnen. Alle haben Hunger und Durst, sind jedoch zu müde, um sich zu beschweren, und schlafen vor Erschöpfung schnell ein. Viele schreien im Schlaf oder schrecken aus quälenden Albträumen hoch.

Die *Prinzessinnen* sind auf ihre Weise mitgenommen, halten aber allen Strapazen zum Trotz wie gewohnt reihum vor dem Gebäude Wache, diesmal sogar paarweise. Narvila schläft zwei traumlose Stunden, dann lösen sie und Decanra draußen Cinn und Mef ab, die sich neben Aiby und Filryn hinlegen. Narvila und Decanra treten in die zugige Nacht hinaus, wo über ihren Köpfen schnell dahinziehende Wolken die Sterne verbergen. Narvila ist ganz froh, zur Abwechslung mal nichts am Nachthimmel erblicken zu müssen. Sie nehmen auf einem glatt geschliffenen Steinquader vor der Tür Platz, und beide tun so, als würde er sie nicht an einen Opferaltar erinnern.

»Das war selbst für unsere Verhältnisse wild«, sagt Decanra nach einiger Zeit leise, obwohl die anderen tief und fest schlafen, manche sogar schnarchen.

»Ich bin auch echt kaputt«, antwortet Narvila.

»Und sonst?«

»Geht. Schein mich langsam dran zu gewöhnen.«

»An den Wahnsinn, den wir wie magisch anziehen?«

»Auch. Ich meinte jetzt aber das Aufschlitzen irgendwelcher Ficker.« Narvila reibt über ihren verbundenen Oberschenkel. »Ich kotz nicht mehr bei Kobolden, auch nicht bei Menschen und anscheinend nicht mal bei kosmischen Wurzelgottheiten.«

»Meine Hochachtung.« Man hört Decanras Lächeln. Durch die Straße, in der das zerfallende Steingebäude steht, pfeift der Wind. »Hab ich eigentlich schon Danke gesagt?«

»Weiß nicht.« Narvila bewegt sich unbehaglich. »Musst du aber auch nicht.«

»Trotzdem: Danke.« Decanra legt einen Arm um Narvila, zieht sie an sich, küsst sie auf den Kopf und hält sie fest. »Das hast du verfickt gut gemacht, *Prinzessin.*«

Im Morgenlicht sehen die befreiten Königstöchter noch mitgenommener aus als bei Nacht. Hunger, Durst, Wind und das Erlebte lasten schwer auf ihnen, sorgen für schlechte Stimmung. Sie alle starren den Trümmerhaufen an, bei dem es sich einmal um den Turm gehandelt hat. Zwischen den aufeinandergefallenen Steinen ragt nicht einmal mehr ein einzelner Wurzelfangarm der PRINZESSIN von jenseits dieser Welt hervor. Allem Anschein nach haben sich die Wurzeln in zähflüssig grünen Schleim aufgelöst, der vermischt mit Blut und Dreck unter den Trümmern hervorquillt. Es stinkt ekelerregend.

»Kotz!«, kommentiert es Mef so einfach wie treffend.

Cinn, Decanra und drei Prinzessinnen, die sich nicht ganz so hängen lassen wie die anderen oder einfach nur besonders schnell vom Berg runterwollen, fangen mehrere Pferde ein, die teilweise freiwillig in die Nähe der Menschen kommen. Anscheinend hat ein Tierfreund unter den Kultisten sie freigelassen, bevor der Turm eingekracht ist. Während die Pferde beruhigt und mit provisorischem Zaumzeug versehen werden, behalten Aiby und Narvila das Gelände im Auge, denn wie immer gilt: Sicher ist sicher. Wer kann schon sagen, ob die Fanatiker die einzigen Monster hier oben sind und nicht noch ganz andere Überraschungen in den Ruinen lauern?

»Ich bin stolz auf dich«, sagt Aiby plötzlich.

»Danke. Aber das habt alles ihr mir beigebracht.« Narvila macht eine Kunstpause. »Na ja, ein bisschen was zumindest.«

Aiby schnaubt. »Nicht überheblich werden«, antwortet sie, muss aber ebenso wie Narvila grinsen.

Sie haben nicht genug Pferde für alle, weshalb sich mehrere Königstöchter ein Reittier teilen müssen. So macht sich die ungewöhnliche Prozession aus ramponierten Prinzessinnen und

Prinzessinnen, die aus allen Ecken des Kontinents stammen, an den Abstieg vom Berg, auf dem sie so viel Irrsinn und so viel Vernichtung erlebt haben. Die einzigen Kultisten, die ihnen noch begegnen, falls man das denn so nennen kann, liegen tot auf Felsvorsprüngen oder den Serpentinen selbst, weil sie in Nacht und Panik über den Rand des Plateaus gerannt oder gesprungen sind.

»Strafe muss sein«, sagt Mef zu Narvila, die den Abschluss der Kolonne bilden und darauf achten, dass ihnen niemand in den Rücken fällt und keine zurückbleibt. Mef trägt die schmutzigen, staubigen Haare zu einem wirren Pferdeschwanz gebunden. Sie alle könnten ein Bad gebrauchen, und eine Woche Schlaf. »Du bist ab jetzt übrigens meine Lieblings*prinzessin*«, eröffnet Mef Narvila.

»Ach ja?«

»Aber hallo! Du hast mich davor gerettet, einer Göttin mit zig grünen Schwänzen geopfert zu werden, *und* mir einen Harem beschafft.«

»Dir ist aber klar, dass wir sie wahrscheinlich nicht behalten können, oder?«

Mef tut, als würde sie das deprimieren, dann lässt ein Grinsen ihre Narbe tanzen. »Ein paar werde ich bis dahin sicher verderben können.«

»Bestimmt«, schmunzelt Narvila, und zwar vor allem deshalb, weil es seit Passieren der Verwüstung das erste Mal ist, dass Mef wieder wie sie selbst klingt.

Sieht man davon ab, dass eine der erschöpften, hungrigen Prinzessinnen ohnmächtig vom Pferd fällt, kehren sie ohne Zwischenfälle auf den Erdboden zurück. Aiby lässt sie noch ein ganzes Stück gen Süden reiten. Der Präsenz des Bergmassivs entkommen sie aber nicht so schnell. Auf Aibys Zeichen hin macht die Gruppe schließlich halt. Die *Prinzessinnen* erkunden das Gelände, dann wird an einem Fluss ausgiebig getrunken und gebadet. Narvila und Cinn gehen außerdem in ein nahes Waldstück und hoffen auf einen Hirsch oder anderes Wild, das sie alle satt machen wird. Narvila ist diejenige, die einen Rehbock mit ihrer Lanze erwischt, obwohl es sich eher wie ein Glückstreffer anfühlt.

»Wie's aussieht, hast du gerade einen Lauf«, sagt Cinn, nickt ihr respektvoll zu und klopft ihr im Vorbeigehen auf die Schulter. Mehr wird Narvila anscheinend nicht von ihr kriegen, doch das ist in Ordnung. Sie weiden das Reh aus und kehren ins Lager zurück, das von tratschenden, jammernden Königstöchtern beherrscht wird. Der Duft von gebratenem Wild lässt sie nach und nach verstummen. Und ob *Prinzessin* oder Prinzessin: Tischmanieren sind gerade allen herzlich egal, als sie sich über den mit Axt und Dolch zerteilten Bock hermachen. Gieriges Schmatzen, wildes Schlingen und hemmungsloses Fingerabschlecken lassen die Pferde zwischendurch irritiert den Kopf heben.

Prinzessin Filryn von Lirgoden, die nach einem Bad im Fluss genauso schön ist wie ihre Mutter und dieselbe Ausstrahlung hat wie ihr Vater, haut wie alle anderen rein und leckt sogar die Knochen blitzblank.

Nach der Mahlzeit ist endlich Zeit für ein ausführlicheres Gespräch mit Miobans Tochter, für das sich Filryn und die *Prinzessinnen* etwas von den übrigen adeligen Mädchen und jungen Frauen zurückziehen und die Stimmen senken.

Filryn sieht den Söldnerinnen einer nach der anderen in die Augen.

»Ich verdanke euch mein Leben. Das tun wir alle hier. Die Zeit für mehr Speis und Trank wird kommen, und für den

Dank, der euch gebührt. Doch jetzt, fürchte ich, müssen wir Dringliches und Offensichtliches bereden.« Diese kurze Rede imponiert Narvila. Filryn ist wohl wirklich *die* Prinzessin dieses Zeitalters. »Ich war etwas abgelenkt, als man versucht hat, mir das Leben auszusaugen«, fährt Filryn betont locker fort, doch Narvila kann hören, wie sehr sie das Erlebte beeindruckt hat. »Aber für mich klang es, als hätte es zum Plan dieser Gestörten gehört, die Armeen von Lirgoden und Valahmes aufeinanderzuhetzen, damit ihre Göttin sie fressen kann?«

Aiby erklärt Filryn, was sie in Dretvik erfahren haben. »Bei unserer Abreise befürchteten Euer Vater, Eure Mutter und Lord Aileros bereits einen Krieg, sollte Königin Zalarnt von Eurer Entführung erfahren. Und wie Ihr richtig sagt, gehörte es wohl zum Plan unserer Freunde auf dem Berg, aus Eurer Entführung irgendwann keinen Hehl mehr zu machen, um einen Krieg anzuzetteln – damit sich ihre Gottheit nach der Begrüßung zwei gewaltige Armeen einverleiben könnte. Es klang leider wirklich, als hätten sie das Schlachtfeld ... das Schlachtfest ... bereits für sie angerichtet. Wir müssen also davon ausgehen, dass Lirgoden und Valahmes sich inzwischen im Krieg miteinander befinden.«

»Tausende sterben in solch einem Krieg«, sagt Filryn niedergeschmettert und mit Tränen in den Augen. »Ich darf gar nicht daran denken. Und das nur, weil ich nicht da bin, wo ich sein sollte.«

»Ihr seid ja nicht freiwillig gegangen«, sagt Narvila.

Filryn reibt sich die Augen, nickt Narvila dankbar zu. »Wie lange brauchen wir zurück?«

»Mindestens zwölf Tage«, antwortet Aiby. »Mit *ihnen* sowieso.«

Miobans Tochter versteht sofort, was damit gemeint ist. »Ich werde die anderen Prinzessinnen, die Ihr gerettet habt, mit meinem Siegel zu König Rumgaar schicken. Die Grenze zu seinem Reich müsste unweit von hier im Westen verlaufen, wenn ich mich nicht täusche. Er ist ein Freund und Verbündeter meiner Familie und wird sich darum kümmern, dass die Prinzessinnen versorgt werden und alle wieder nach Hause kommen.«

»Klingt nach einem guten Plan, Hoheit«, sagt Aiby.

»Aber das ändert nichts daran, dass in der Zwischenzeit viele Menschen aus Lirgoden und Valahmes auf dem Schlachtfeld sterben werden. Krieg ist immer sinnlos, doch dieser ganz besonders.«

»Könnte König Rumgaar keinen Botenvogel schicken?«, fragt Decanra. »Oder eine magische Nachricht?«

Die Prinzessin von Lirgoden zögert. »Meine Eltern haben recht, was Königin Zalarnt angeht. Sollte sie erst einmal von meinem Verschwinden erfahren haben, wird sie nur dann an meine Rückkehr glauben, wenn ich in Fleisch und Blut vor ihr – und Jurova – stehe. Versiegelte Briefe und selbst magische Botschaften kann man fälschen, das würde ihr nicht reichen. Außerdem sind die magischen Barrieren, wenn Krieg herrscht, auf beiden Seiten sicher verstärkt worden. Auch wenn zu Kriegs- und Angriffszwecken keine Magie eingesetzt wird, sichern sich alle ab. Und ein Botenvogel kann leicht abgefangen werden.« Filryn sieht verzweifelt aus. »Nichtsdestotrotz ... Menschenleben sind ein hoher Preis für die Abwesenheit einer einzelnen Prinzessin, die Paranoia einer alten Königin und die verdrehten Wünsche einiger Wahnsinniger.«

Daraufhin herrscht zwischen ihnen kurzes Schweigen. Nur die anderen aus dem Turm geretteten Königstöchter unterhalten sich, nicht ahnend, was für Dinge neben ihnen besprochen werden.

»Wir könnten durch die Verwüstung abkürzen«, sagt Cinn schließlich mit einem Seitenblick auf Mef.

Narvila sieht, dass Mef kurz erstarrt, dann so tut, als wäre nichts, und demonstrativ ihren Zopf neu bindet.

»Spinnst du?«, sagt Decanra an ihrer statt ungewohnt heftig und schneidet eine Grimasse, vielleicht genau deshalb. »Wenn es einen Ort gibt, mit dem wir durch sind, dann die Verwüstung«, setzt sie trotzdem nach.

Cinn zuckt mit den Schultern. »Es wäre der schnellste Weg. Spart mindestens sechs Tage.«

»Die Verwüstung?« Auch Filryn sieht Cinn erstaunt an. »Geht das überhaupt?«

»Es gibt leichtere Wege«, sagt Aiby. »Und viele mit besseren Überlebenschancen. Aber keiner ist kürzer, als wenn wir genau die schmalste Stelle der Verwüstung passieren. Das ist leider wahr.«

»Ich habe gesehen, wie ihr auf dem Berg gekämpft habt«, sagt Prinzessin Filryn. »Wenn ich mit jemandem in die Verwüstung reite, dann mit euch. Falls ihr also an meiner Seite sein werdet und die Verwüstung unsere beste Chance ist, so schnell wie möglich den Krieg und das Sterben um meinetwillen zu beenden, dann bin ich bereit, dieses Risiko einzugehen. Jeder Tag, den wir sparen, rettet Leben.«

»Wenn wir überleben«, murrt Decanra.

»Die Verwüstung«, sagt Aiby nachdenklich. »Hmm.«

Sie, Narvila, Cinn und Decanra sehen Mef an.

Filryn weiß nicht genau, was vorgeht, erkennt jedoch, dass Mefs Stimme in dieser Sache schwer wiegt, und erwartet angespannt, was sie zu sagen hat.

Mef erwidert die Blicke. Ihr Gesicht wirkt steinern, ihre Narbe zuckt kaum merklich.

»Die verfickte Verwüstung kann mich mal«, sagt sie dann fest, doch Narvila kann ihre Anspannung hören, und ihren Schmerz.

»Das ist ein Fehler«, beharrt Decanra.

»Wenn ich es kann, kannst du es auch!«, schnappt Mef.

»Ich bin ebenfalls nicht überzeugt«, sagt Aiby. »Narvila? Zwei zu zwei. Deine Stimme entscheidet.«

Die Entscheidung fällt Narvila nicht schwer. »Ich bin bei Mef«, sagt sie, denn das ist, was sie denkt und fühlt.

Sie wird an Mefs Seite sein und ihr beistehen, egal wo.

»Dann ist es beschlossen«, seufzt Aiby. »Wir reiten durch die Verwüstung.«

Narvila und Cinn nicken knapp, Decanra schüttelt den Kopf, Aiby streicht sich über ihre Zöpfe, Mefs Blick wandert in die Ferne.

»Ich danke euch«, sagt Miobans Tochter. »Lirgoden dankt euch.«

»Darf ich Euch noch etwas fragen, Hoheit?«, wendet sich Narvila an Filryn.

»Alles«, erwidert die mächtigste aller Prinzessinnen ernst. »Jederzeit.«

Narvila neigt leicht das Haupt. »Im Tempel sagte der Priester zu seinen Leuten, dass Freunde in Dretvik sie vor unserer Ankunft gewarnt hätten. Doch nicht viele wussten von unserem Wirken in dieser Angelegenheit, auch wenn Königin Zalarnt überall ihre Spione haben soll, wie man uns sagte.«

Bevor Narvila ihren Gedanken zu Ende führen kann, meldet sich Aiby zu Wort. »Da ist noch was, wenn du's schon ansprichst. Ich hab jemanden im Tempel erkannt. Nicht irgendwen, sondern den Oberpriester. Lange her. Vor deiner Zeit, Narvila.« An die anderen gewandt, sagt sie: »Erinnert ihr euch an Colyak? Den reichen Möchtegernmagier aus Fascanz? Wir haben mal abgelehnt, ein Einhorn für ihn zu jagen. Und später haben wir ihm diesen Himmelsstein aus dem Frostklauengebirge holen sollen. Und ihm am Ende nur irgendeinen Felsbrocken angedreht.«

»Ich erinner mich«, sagt Decanra.

»Er war der Priester da oben.« Aiby ballt die Faust. »Bin mir sicher. Mehr Falten, längerer Bart und mit einer Tentakel-Krone im Gesicht, schon klar ... aber das war der Scheißkerl.«

»Jetzt, wo du's sagst«, staunt Mef. »Da hätte uns der unmagische alte Sack nach all der Zeit fast noch drangekriegt.«

»Fast«, betont Cinn grimmig.

Narvila räuspert sich. »Was ich Prinzessin Filryn eigentlich fragen wollte, bevor ihr angefangen habt, in Erinnerungen zu schwelgen ...« Sie blickt König Miobans Tochter an. »Wisst Ihr, wen der Priester – also dieser Colyak – gemeint hat, als er davon sprach, dass jemand in Dretvik ihre Sache unterstützt? Wer ihnen dabei geholfen hat, Euch zu entführen, sie vor uns zu warnen und so weiter?«

Hass, Ekel und Wut gleiten über Filryns hübsches Gesicht. »Oh ja«, sagt sie. »Das weiß ich ganz genau. Noch ein Grund, wieso ich so schnell wie möglich zu meinen Eltern muss ...«

Es ist nicht so, dass sie ohne Vorwarnung von einer blühenden Wiese oder aus einem lichtdurchfluteten Märchenwald in ein albtraumhaftes Ödland reiten würden. Zwischen der Verwüstung und dem Rest der Welt gibt es durchaus einen

Übergang. Eine Vorwarnung und die Möglichkeit, es sich doch lieber anders zu überlegen und umzukehren. Mit jeder Meile, die sie sich der Verwüstung nähern, bemerkt Narvila, wie sich das Leben nach und nach zurückzieht. Wild, Vögel und sogar Insekten werden merklich weniger, ebenso Dörfer, Gehöfte, Weiden und Felder. Blumen, Sträucher und Gräser verlieren zuerst ihre Farbe und verschwinden kurz darauf ganz. Die Bäume, die zwischen den vielen Felsen und Steinen ausharren, sind karg, krumm und knorrig.

»Das ist wirklich trostlos«, spricht Filryn ihrer aller Gedanken einmal aus, ansonsten reden sie im selben Maße weniger, wie die Gegend um sie herum rauer wird und Mef sich immer weiter in sich zurückzieht. Das letzte Stück ihres Weges in die Verwüstung besteht nur noch aus nackter, dunkler Erde, ein paar Baumgerippen und grauen Felsen.

Und dann stehen sie am Rand der surrealen schwarzen Einöde, die sich in ihrer gesamten Trostlosigkeit und Unwirklichkeit vor ihnen erstreckt. Der Wind zerrt wie auf dem Berg an ihnen, während sie den Blick beeindruckt über die Dünen aus schwarzem Sand und erstarrter schwarzer Lava schweifen lassen. Über die bizarren Stacheln und Formationen aus gezacktem schwarzen Glas, die aus dem Sand ragen. Über die brutalen Spalten und Risse im zerklüfteten Boden. Über mit dunkler Schlacke verkrustete Gebilde, von denen niemand sagen kann, was früher einmal an ihrer Stelle gestanden hat oder was genau sie gewesen sind, ehe gewaltige magische Energien sie geschliffen haben. Und über den dunklen Himmel, der all das überschattet und die Sonne zu einer fahlen Scheibe verblassen lässt, als würde sie durch eine dicke Eisschicht oder ein rußiges Fenster scheinen.

»Was ist mit dem Himmel los?«, fragt Filryn verwundert.

»Hängt davon ab, wen man fragt«, sagt Decanra und streichelt ihrem Grauen den Hals. So nahe an der Verwüstung sind alle Pferde unruhig, zucken mit den Ohren, blähen die Nüstern, tänzeln mehr als üblich. »Manche sind der Ansicht, dass die Götter nicht auf diesen menschengemachten Schandfleck schauen wollten und den Himmel darüber deshalb verdunkelten. Andere sagen, die Magie, die das Land zerstörte, habe auch den Himmel an dieser Stelle für immer verbrannt. Wieder andere behaupten, dass sich in der Luft ständig Wolken aus schwarzem Sand und Staub sammeln und sie die Sonne verdecken.«

Filryn nickt. »Was erscheint euch am plausibelsten?«

Mef antwortet vor Decanra. »Die Götter, die den verfickten Anblick nicht ertragen«, sagt sie in einem Ton, der jedes weitere Wort zu diesem Thema verhindert.

Daher widmen sie sich wieder schweigend der Betrachtung dieser schwarzen, spröden und bizarren Landschaft.

»Wenigstens müssen wir uns dann keine Sorgen um noch mehr Gottheiten machen, die uns ans Leder wollen«, sagt Narvila nach einer Weile.

»Nur um alles andere«, versetzt Aiby, lenkt ihren widerwilligen Braunen mit Nachdruck vorwärts und führt sie über den abfallenden Boden in die Verwüstung hinein.

Wo die *Prinzessinnen* schon einmal ins Verderben gerannt sind und eine der Ihren verloren haben, was Narvila gerade mehr als bewusst ist.

Sie will lieber nicht daran denken, wie das Schicksal für gewöhnlich reagiert, wenn man es erneut herausfordert.

Filryn hält sich in der Mitte ihrer von Aiby und Decanra angeführten Formation. An den Seiten sichern Narvila und Cinn ab. Hinter ihnen reitet Mef, gehüllt in eine Wolke aus Schweigen und Brüten.

Es fühlt sich an, als wären sie ganz allein in dieser Weite der Verdammnis – aber wo sind die ganzen Verdammten?

»Gibt es hier denn überhaupt Leben?«, fragt Filryn, während sie sich den ersten schwarzen Dünen nähern. Die Einöde verändert ihre Gestalt, je tiefer sie in die Verwüstung vordringen.

»Aye«, antwortet Aiby. »Hier leben Wesen, die es sonst nirgends gibt.«

»Und was fressen die, wenn hier alles verseucht ist?«

»Meistens einander. Uns, wenn wir nicht aufpassen.«

»Diese Kreaturen sind die Albträume der Wüste in meiner Heimat«, sagt Decanra.

Das erste albtraumhafte Monstrum der Verwüstung, das sie sozusagen willkommen heißt, erinnert Narvila an eine schwarzgraue Schimäre aus Keiler, Bär und Stachelschwein. Die massige Bestie rennt auf vier kräftigen Beinen um eine Düne herum und hält mit lautem Brüllen auf sie zu. Das Vieh ist so groß wie zwei der Eisbären, von denen Cinn ihnen manchmal erzählt. Es hat gebogene Hauer im Maul, einen Schweinerüssel, mächtige, in langen Krallen endende Pranken und von den Schultern bis zum Schwanz einen Kamm schräg abstehender Stacheln aus schwarzem Glas.

Decanra schleudert mehrere Wurfmesser auf das Biest, um sein Angriffstempo zu bremsen. Die Kreatur hält an und schüttelt sich kräftig, dennoch bleiben zwei, drei Klingen in ihrem Fleisch stecken.

»Das fängt ja gut an«, seufzt Aiby, als sie von ihren Pferden gleiten. Cinn bleibt zurück, um Prinzessin Filryn und die Tiere zu bewachen und darauf zu achten, dass keine Artgenossen des Untiers von hinten angreifen, falls sie in Rudeln jagen.

Narvila, Aiby, Decanra und Mef heizen dem Monstrum indes von zwei Seiten ein. Das Ungetüm lässt sich aber nicht abschrecken und wirbelt bei jedem Zurückweichen und Vorstoßen schwarzen Sand auf, spritzt stinkenden Sabber aus seinem Rüssel und seinem Maul in ihre Richtung und schlägt mit seinen Pranken nach ihnen.

Schließlich rennen Aiby und Mef beiderseits um das Monstrum herum, während Narvila und Decanra es weiter frontal ablenken. Als Mef und Aiby an den Hinterläufen der Kreatur zuschlagen und diese für einen Moment nicht weiß, in welche Richtung sie ihre Wut und Kraft richten soll, bietet sie Narvila eine Blöße. Die nutzt sie dazu, die Spitze ihrer Schwertlanze mit einer Wucht und Genauigkeit, die Lafehz stolz gemacht hätten, in die Brust des Ungeheuers zu stoßen. Der Gigant aus der Verwüstung brüllt wie von Sinnen und zuckt so heftig zurück, dass es Narvila beinah nicht gelingt, ihre Waffe aus dem Fleisch der Bestie zu zerren, ehe diese ihr Heil in der Flucht sucht.

»Ich denk nicht, dass das Vieh zurückkommt«, sagt Narvila schwer schnaufend und betrachtet das dunkle, zischende Blut an der Klinge ihrer Lanze, die sie daraufhin schnell im Sand abwischt.

»Bleiben nur noch tausend andere«, sagt Aiby.

Unter dem düsteren Himmel kommt es Narvila vor, als würden sie durch ewiges Zwielicht ziehen. In der Verwüstung sind Tag und Abend dadurch kaum voneinander zu unterscheiden, zumal es ohne lange Dämmerung plötzlich stockfinster wird.

In ihrer ersten Nacht lagern sie im Schutz mehrerer baumhoher Zacken aus schwarzem Glas, die einen groben Halbkreis bilden. Narvila und Cinn versorgen die Pferde, die anderen teilen Essen und Wasser aus, wobei alle Rationen für Mensch und Tier knapp bemessen sind. Selbst wenn sie in der Verwüstung etwas zum Schöpfen, Jagen oder Pflücken finden sollten, dürften sie es nicht zu sich nehmen oder ihren Pferden geben.

Narvila und Mef haben die erste Wache. Ohne Holz kann man an diesem unwirtlichen Ort nicht mal ein Lagerfeuer entzünden, weshalb sie in der Finsternis auf jedes verdächtige Rieseln des Sands horchen und noch mehr als sonst auf die Reaktionen ihrer Rösser achten, deren Sinne sich um einiges besser dafür eignen, Raubtiere in der Dunkelheit rechtzeitig wahrzunehmen.

Nicht dass es für Narvila ein Problem wäre, in die Nacht zu lauschen, so still, wie Mef ist. Narvila ringt lange mit sich, ob sie ihre Freundin endlich auf Sacipha ansprechen soll.

Mef nimmt ihr die Entscheidung etwa nach der Hälfte ihrer Schicht ab.

»Nun frag schon.«

»Sicher?«

»Hast du dir verdient.«

»Du musst nicht …«

»Frag einfach. Bevor ich's mir doch wieder anders überleg.«

»Na gut.« Narvila holt Luft. »Wie war sie so?«

»*Das* willst du wissen? Nicht, wie wir uns kennenlernten? Wieso sie ausgerechnet jemanden wie mich geliebt hat? Was ihr mächtigster Zauber war? Oder wie sie in diesem Drecksloch starb, damit wir anderen weiterleben konnten? Damit *ich* weiterleben muss, ohne sie?«

»Nein. Ich will einfach wissen, wie sie so gewesen ist.«

»Sacipha hätte dich *wirklich* gemocht.« Mef macht ein komisches Geräusch. »Sie war großartig. Sanftmütig. Aufmerksam. Klug. Witzig. Mutig. Wunderschön. Und sie hat gerochen und geschmeckt wie nichts und niemand sonst.« Mef klopft nachdenklich auf ihr Schwert, das sie über die Knie gelegt hat. »Die Klinge hat sie mir geschenkt. Aber weißt du was? Ich kann bis heute nicht sagen, ob Sacipha das Schwert wirklich verzaubert hat oder ob das nur neckisches Liebesgeflüster war.«

»Was für einen Zauber denn?«

»Laut Sacipha steckt in der Klinge ein einzelner magischer Streich, damit mich ihre Liebe in meiner finstersten Stunde beschützt. Aber wenn es den Zauber wirklich gäbe, hätte ich sie damals retten können, oder? Und seitdem gab es auch schon ein paar Gelegenheiten, wo so ein Zauber praktisch gewesen wäre. In diesem verfickten Turm zum Beispiel.«

Ohne prasselndes, knisterndes Lagerfeuer füllt lediglich die Stille der nächtlichen Verwüstung Mefs folgende Pause. Schließlich redet sie weiter und klingt dabei versonnener als zuvor, als würde sie gar nicht Narvila ansprechen.

»Seit wir uns auf dem Weg zum Berg der Verwüstung genähert haben, um die wir all die Jahre einen Bogen gemacht haben, muss ich ständig an das denken, was Sacipha mir an einem unserer letzten Abende gesagt hat.« Mef schluckt. »Wir lagen in irgendeiner schäbigen Herberge zusammen im Bett. Die Matratze war beschissen, das Zimmer stank nach Rattenpisse, unten im Schankraum grölte Aiby besoffen ein Lied, und neben uns trieb es ein Kaufmann mit einer Hure, die wie ein Schwein quiekte. Oder vielleicht war es auch umgekehrt, keine Ahnung. Unser Bett, das an der Wand stand, hat sogar gewackelt. Bei uns war der schwitzige Teil fürs Erste vorbei, wir lagen zufrieden beisammen. Und es fühlte sich so perfekt an, das mit ihr und mir.« Wieder eine Pause. »Ich fragte Sacipha deshalb, ob sie einen Zauber kennt, der diesen Moment für immer bewahren könnte. Ja, sag nichts, ich weiß, wie das klingt und dass ich mich sonst über jeden lustig mache, der so was laut ausspricht.« Mefs Finger trommeln auf ihr Schwert. »Sacipha antwortete mir nicht, sondern fragte zurück, was mir denn gerade besonders erhaltenswert vorkommen würde: Aibys Lied über die Frau, die sechs Ehemänner auf fünf Schiffen hat, die Hure und ihr Freier nebenan oder die Ratten, die uns auf die Titten glotzen. Und ich weiß noch, dass ich ihren Duft in der Nase hatte, ihren Hals küsste und ihr sagte, dass es mir nur um uns, nur um sie geht. Das, was wir haben. Dass mir alles andere verfickt egal ist, solang ich mit ihr zusammen bin, und nur immer so glücklich wie in diesem Augenblick sein will.« Mefs Stimme ist kurz davor zu brechen. »Daraufhin erklärte Sacipha mir, dass wir keinen Zauber brauchen, der uns diesen Augenblick bewahrt, weil wir noch viele solcher Momente zusammen haben werden. Drei Tage später ritten wir in die Verwüstung und …«

Jetzt geht es nicht mehr, versagt Mef die Stimme.

Narvila und die Verwüstung schweigen betreten.

Mef richtet sich mithilfe ihres Schwertes auf. »Ich muss pissen«, murmelt sie und verschwindet mit langen Schritten in der Dunkelheit, wo Pferdehufe im Sand scharren.

Narvila wartet, bis Mef ein Stück weggegangen ist.

Dann schnieft sie laut, wischt sie sich die Augen trocken.

»Verfickte Scheiße«, flüstert sie außerdem ergriffen.

Die Verwüstung schont sie nicht.

Noch vor ihrem Aufbruch am nächsten Tag, der unter dem dunklen Himmel höchstens die Andeutung einer Morgendämmerung kennt, werden sie attackiert. Ihre Angreifer erscheinen Narvila der Größe und Form nach menschlich – und haben gleichzeitig kein bisschen Menschlichkeit an sich, wie sie schnell bemerkt. Erstens bestehen sie aus verdichtetem, gehärtetem schwarzen Sand, zweitens haben sie zwar einen breiten Mund, aber keine Augen und keine Nase. Sie sehen wie Gestalt gewordene Schatten aus, nur dass sie aus dem Stoff der Verwüstung selbst gemacht sind.

Zwanzig dieser Wesen nähern sich ihnen über den Sand, aus dem die schlimmsten Formen der Magie sie gebildet haben.

»Verwüstete«, sagt Cinn, als die *Prinzessinnen* unter den Glastürmen Stellung beziehen und sich für den Kampf bereit machen.

»Waren das einst Menschen?«, fragt Filryn bange, die mit den Pferden hinter Narvila und den anderen steht.

»Sie sind Ausgeburten der Verwüstung selbst«, sagt Aiby, ihre Axt mit beiden Händen haltend.

»Wie ...?«, fragt Filryn und starrt die Erscheinungen an, die mit dem Geräusch abrutschenden Sandes auf sie zurauschen.

»Magie, Seelen und andere Überreste des Lebens, die diesen Ort nie verlassen haben«, erläutert Decanra. »Lebendig gewordene Verwüstung. Nur dass lebendig nicht wörtlich zu nehmen ist und nicht das bedeutet, was wir darunter verstehen.«

Die Verwüsteten haben schlanke Körper sowie lange Arme, Finger und Krallen, außerdem zu viele und zu spitze schwarze Zähne. Darüber hinaus verfügen sie über eine hohe

Widerstandsfähigkeit – hart und doch nachgiebig, fest und doch biegsam. Schwer und doch schnell. Es ist alles andere als einfach, die Wesen aus Sand endgültig dem Vergessen zu übergeben, obwohl die Verwüsteten bei jedem Treffer einer Klinge, die in sie eindringt, kurz innehalten, ehe sie weitermachen. Am besten trennt man ihnen ganze Teile ab oder pulverisiert sie – oder schlägt ihnen gleich den Kopf ab, woraufhin sie in sich zusammenfallen und zu Staub werden.

Narvila spürt kaum noch die Verletzung am Oberschenkel, die sie sich im Tempel zugezogen hat, und führt ihre Lanze so sicher und fest wie Aiby ihre Axt. Cinn wirbelt zwischen den Verwüsteten umher, tritt und sticht mit emotionsloser Präzision zu. Decanra tanzt leichtfüßig über den Sand, wirft mit einer Hand Messer aus der Drehung und reißt dann den Säbel in der anderen Faust zur Verteidigung oder zum entscheidenden Schlag hoch. Mef kämpft so wild, wie Narvila es noch nie erlebt hat. Sonst verkörpert Mef schrecklich-schöne Eleganz und viel Technik, heute ist sie nur Wut, Hass und Kraft.

»Die sind fast so schlimm wie Schneegolems«, knurrt Aiby neben Narvila.

»Schneegolems?«, fragt Narvila, derweil ihre Schwertlanze einen ihrer Angreifer aus zusammengepresstem Sand den Kopf abtrennt, der daraufhin umfällt, auf gewisse Weise zu platzen oder zu explodieren scheint und vom Wind verweht wird.

»Erzähl. Ich. Dir. Ein. Anderes. Mal«, antwortet Aiby, wobei jedes Wort von einem Schlag ihrer Axt zerhackt wird, mit der sie auf einen Verwüsteten eindrischt.

Eine der Kreaturen, die während des Kampfes auf die Glasfelsen geklettert ist, landet mit dem Knirschen von Sand auf Sand neben Filryn. Miobans Tochter stößt einen erschrockenen Schrei aus und schlägt vergebens mit ihrem Kurzschwert nach dem Wesen, das die Krallenhände nach ihr ausstreckt.

»*Narvila!*«, ruft Decanra. »*Runter!*«

Narvila wirft sich, ohne nachzudenken, flach auf den rauen Boden. Decanra rammt ihren Säbel in den Sand, zieht zwei Wurfmesser aus ihrem Umhang und wirft sie kraftvoll. Die flachen Klingen zischen über Narvila hinweg und bohren sich in den sandigen Leib der Kreatur, die gerade Prinzessin Filryn bedrängt. Der Verwüstete verharrt mit zwei Messern im Körper, was ihn lange genug ablenkt und aufhält, damit Cinn zu ihm rennen und den Hals des unnatürlichen Sandwesens mit beiden Dolchen durchtrennen kann, sodass es zusammenbricht.

Narvila springt indes wieder auf die Beine und tritt einen anderen Verwüsteten in Mefs Richtung, die ihm mit einem brutalen Hieb den Kopf abschlägt. Es bleibt nur eine Wolke aus Sand und Staub übrig. Narvila selbst trennt einer der menschlich-unmenschlichen Gestalten beide Arme ab, bevor sie die Sandkreatur in der Mitte zerteilt und diesmal endgültig zu einem Teil der Einöde macht.

Es dauert, nervt und erschöpft, aber irgendwann sind alle Verwüsteten fort und haben sich wieder mit dem Sand am Boden vermischt.

Narvila, Mef und Cinn versuchen, die Pferde zu beruhigen.

»So will man keinen Tag beginnen«, sagt Filryn, der man den Schrecken noch deutlich ansieht.

»Aye«, erwidert Aiby. »Und dieser Tag ist noch lang …«

Als Nächstes werden sie von einer scheinbar ebenso intelligenten wie hungrigen Windhose aus schwarzem Sand verfolgt, die sie nur dank ihrer so früh am Morgen einigermaßen ausgeruhten Rösser abhängen, obwohl die Tiere in der Verwüstung langsamer vorankommen und sicher mehr Futter und Wasser vertragen könnten.

Das gilt für sie alle, denkt Narvila, die wieder einmal mit Erstaunen feststellt, wie sehr ihr Körper sich an Entbehrungen gewöhnt zu haben scheint – und dass Prinzessin Filryn sich kein einziges Mal beschwert, wenngleich sie ziemlich erschöpft aussieht. Wenigstens ist es in der Verwüstung nicht heiß. Narvila fühlt sich eher an das Bergmassiv erinnert: rau und windig, spröde und scharfkantig.

Dann versucht es die Schimäre aus Keiler, Bär und Stachelschwein vom Vortag noch einmal. Dass es dasselbe Biest ist, zeigen Decanras Messer, die noch in seinem Leib stecken. Anscheinend hat das Untier mit den Hauern ihre Spur verfolgt. Narvila vermutet, dass Menschen und Pferde in der Verwüstung als Delikatesse gelten, für die es sich anzustrengen lohnt.

Während Decanra diesmal Filryn und die Pferde bewacht, beschäftigen Narvila, Aiby und Mef das Monstrum. Damit verschaffen sie Cinn die Gelegenheit, hinter einer niedrigen Düne einen Bogen um ihren wilden Angreifer zu schlagen, mit Anlauf auf den Nacken des Kolosses zu springen und ihre Dolche zwischen Kopf und Stachelkamm zu rammen. Narvila kann sehen, wie das Licht in den Augen der Kreatur erlischt. Das hartnäckige Raubtier fällt mit einem Krachen und einer schwarzen Staubwolke in den Sand, Cinn rollt sich nach vorn ab und kommt geschmeidig auf die Füße.

»Der Tag wird besser«, kommentiert sie.

Wenig später begegnen sie einem glänzenden schwarzen Käfer mit eindrucksvollen Kneifzangen, der so groß wie ein Haus ist und sich einfach vor ihnen aus dem Sand gräbt. Ihre Waffen prallen wirkungslos vom Panzer des gewaltigen

Krabbeltiers ab. Am Ende entscheidet Decanra, Filryns Pferd zu opfern, und schickt es durch einen Klaps auf den Hintern buchstäblich in die Wüste – der Käfer reagiert auf die Beute, die sich schnell von der Gruppe entfernt, krabbelt der angstvoll wiehernden Stute erschreckend flink hinterher und holt sie bald ein. Es ist kein schöner Anblick, wie er das Pferd tötet und verschlingt, aber es ermöglicht ihnen ein sicheres Weiterziehen. Filryn reitet danach abwechselnd hinter Narvila oder Cinn. Vorerst bleibt es ihre einzige direkte Konfrontation mit einem solchen Riesenkäfer. An einem noch größeren Exemplar, das in seiner Senke gerade irgendeinen anderen unglückseligen Bewohner der Einöde frisst, schleichen sie sich in respektvollem Abstand vorbei und nehmen dafür den Umweg um eine hohe, lange Düne in Kauf.

Sie wissen, dass sie durch die Verwüstung fast eine Woche herausschinden und am Ende hoffentlich viele Leben retten. Allerdings müssen sie dafür erst einmal selbst überleben, und das gestaltet sich an diesem Ort voller Gefahren, Mutanten, Bestien und Monster alles andere denn leicht. Nichts ist, was es auf den ersten Blick zu sein vorgibt, alles könnte eine Falle sein, und selbst wenn das schwarze Sandmeer ruhig und friedlich daliegt, kann es sich jederzeit auftun und ein Ungeheuer ausspucken. Obendrein besteht ständig die Gefahr, sich zu verlaufen, die Richtung und Orientierung zu verlieren, und dann hätte sich das mit der Zeitersparnis und so dem Retten von Menschenleben im Krieg ebenfalls erledigt.

Zwei weitere Horden Verwüsteter sowie eine Riesenechse mit sechs Beinen, Stachelrücken und einem Skorpionschwanz halten sie am nächsten Tag weiter auf Trab. Die Echse erwischt Decanra mit ihrem Schwanz. Zum Glück nicht mit dem Giftstachel, aber sie bleibt trotzdem reglos im schwarzen Sand liegen, und Narvila rutscht das Herz in die Hose. Aiby und Cinn zerren Decanra fort, um sie in Sicherheit zu bringen, derweil Narvila und Mef mit ihren Klingen auf die Echse eindreschen. Filryn kümmert sich um Decanra, die den Kampf wie durch ein Wunder ohne Knochenbrüche überstanden hat, und die übrigen *Prinzessinnen* gehen mit neu entfachter Wut und Vehemenz gegen die Skorpionechse vor. Am Ende erledigen sie das fauchende Ungetüm dank Aiby, die einen Zackenfelsen aus schwarzem Stein mit ihrer Axt und Kraft fällt, der umstürzt und das Reptil erschlägt.

»Igitt!«, sagt Filryn zu der Sauerei aus lilafarbenem Blut und dunklem Sand.

Die Begegnungen mit den Verwüsteten erscheinen Narvila indes von Mal zu Mal härter, selbst wenn es letztlich nur darum geht, die beharrliche Übermacht nach und nach zu dezimieren und wieder mit dem Sand zu vereinen.

Nicht einmal nachts haben sie ihre Ruhe. Ein über den Boden gleitender Pfuhl aus schwarzem Treibsand schiebt sich lautlos an ihr Lager zwischen mehrere Felsen heran und kostet sie beinah Aibys Braunen. Sie können das Tier nur gemeinsam in letzter Sekunde mit Schlingen und Seilen aus dem gefräßigen Sand ziehen, bevor sie schnell hoch zu Ross flüchten. In dieser Nacht findet keine von ihnen mehr Schlaf.

Der folgende Tag wird nicht viel besser. Immer wieder reiten sie an riesigen, halb aus dem Sand ragenden Skeletten vorbei – wahren Kathedralen aus Rippenbögen und Wirbelsäulen, von denen sie sich weder vorstellen können, wie die Lebewesen einmal ausgesehen haben, noch, was für Kreaturen oder *Dinge* sie getötet haben mögen. Einmal kommen sie der Antwort näher, als ihnen lieb ist, denn irgendeine Kreatur mit riesiger, angefressen wirkender schwarzer Rückenflosse, die aus dem Sand ragt, verfolgt sie unterirdisch. Narvila und die anderen können sich mit ihren Pferden gerade noch so auf eine erhöhte Insel aus Lavagestein retten. Bis auf ihre unheimliche Finne lässt sich die Kreatur im Sandmeer nie blicken, umkreist geduldig die Steininsel.

»Das war verfickt knapp«, sagt Narvila.

»Aye.« Aiby lässt die Rückenflosse, die größer ist als sie selbst, nicht aus den Augen. »Zu knapp für meinen Geschmack.«

»Wie groß das Biest wohl ist?«, überlegt Cinn, die immerhin schon auf Walfängern gereist ist.

»Ist das wichtig?«, fragt Filryn voller Unbehagen.

Cinn zuckt mit den Schultern. »In meiner Heimat rammen manche Wale von unten die Eisschollen, um an ihre Beute ranzukommen.«

»Wie massiv ist diese Insel?«, will Filryn daraufhin wissen.

Sie erhält keine Antwort.

Als die Rückenflosse nach drei Stunden des nimmermüden Umkreisens im Sand verschwindet und nicht wieder auftaucht, sind alle erleichtert, warten aber noch etwas länger ab, falls es eine List sein sollte.

Größe und Angriffsrichtung ändern sich, doch die Bedrohungen reißen nicht ab. Auf einen Schwarm faustgroßer Wespen aus schwarzem Glas schlagen die *Prinzessinnen* so lange ein, bis sie nur noch über knirschende Scherben gehen. Außerdem müssen sie einander schwarze Stacheln aus dem Fleisch ziehen, und Narvila glaubt, nie wieder ihre Schwertlanze heben zu können, so müde ist sie.

Um eine Attacke mehrerer undefinierbarer Raubvögel mit Augen und Krallen aus dem allgegenwärtigen schwarzen Glas der Verwüstung abzuwehren, wenden sie dieselbe Taktik an wie bei den Insekten. Fast vermisst Narvila ein paar schnöde

Harpyien. Aiby trägt eine Risswunde am Oberarm davon, und Narvila muss ihre Nähkünste in einer Situation und einer Umgebung unter Beweis stellen, die noch vor einem Jahr unvorstellbar gewesen wären.

In der nächsten Nacht hören sie ein Flüstern, das sie in die Einöde zu locken scheint und dessen Richtung sich mit dem Wind verändert, der in der Verwüstung keinen Naturgesetzen folgt.

Als ihre Vorräte beinah ganz aufgebracht sind und sie kaum noch Wasser haben, trennt sie nach Decanras Einschätzung nur noch ein halber Tagesritt vom gegenüberliegenden Rand der Verwüstung.

Genau da erwischt sie einer der gefürchteten Sandstürme, von denen sie so sehr gehofft haben, verschont zu bleiben. Eine endlos breite, hoch aufgetürmte Wand aus verdichtetem schwarzen Sand rast wie eine Monsterwelle durch die Verwüstung, nähert sich ihnen mit unfassbarer Geschwindigkeit. Als sie das Brüllen und Beben sowie die Unruhe ihrer Pferde bemerken, ist ihnen der Sandsturm schon viel zu nahe, um ihm noch entkommen zu können.

»*Da vorn!*«, schreit Cinn. »*Die Felsen!*«

Sie holen das Letzte aus ihren ausgelaugten Pferden heraus, um das Rennen auf Leben und Tod zu einer Felsformation zu gewinnen. Es ist knapp, das Fauchen und Brüllen wird immer lauter, der Wind drückt sie nieder, Sand prasselt auf sie herab, die Einöde zittert und wirbelt um sie, die Welt ist nur noch Zerren und Brausen und Dröhnen, doch sie schaffen es.

»*Alle auf den Boden!*«, ruft Decanra über das Tosen der Flutwelle aus grobkörniger Finsternis hinweg, die unaufhaltsam durch die Verwüstung pflügt. Die Pferde kreischen in Todesangst. »*Haltet euch und die Tiere fest. Ihr müsst vor …*«

Was Decanra sonst noch sagt oder sagen will, geht im Tumult des Sandsturms unter, der sie jetzt erreicht hat.

Die Welt wird zu Schwärze und Schmerzen.

Narvila schließt die Augen und hält hinter einem Tuch, das Mund und Nase bedeckt, die Luft an. Sie drückt Filryn, die bei ihr mitgeritten ist, an sich und zerrt das Zaumzeug ihres Schimmels auf den zitternden Boden, zwingt ihr Tier so zu sich und Filryn auf die Knie. Das Pferd wiehert panisch und ist dennoch kaum zu hören, weil der Sturm so heftig tobt. Der Sand peitscht gnadenlos auf Narvila ein, reißt an ihr, kratzt über ihre Kleidung und Haut, will sie anscheinend bis auf die Knochen abschmirgeln. Filryn und sie klammern sich aneinander. Narvila verliert jedwedes Zeitgefühl und ringt mit der Angst, zu ersticken oder zerrieben, fortgerissen und lebendig begraben zu werden.

Wahrscheinlich ist der rasende schwarze Sturm schnell vorübergezogen, doch es kommt Narvila wie eine Ewigkeit vor.

Und dann ist es vorbei, das Monstrum gänzlich anderer Art fort.

Sie spucken Sand, reiben sich die Augen, schnäuzen sich mit den Fingern, verfluchen die Verwüstung und blicken sich erstaunt um, da die Dünen und die Landschaft völlig anders aussehen als gerade eben noch, vor dem Sturm. Sogar die Felsen, hinter denen sie Schutz gesucht haben, sind nun halb im schwarzen Sand vergraben. Aber sie haben es überstanden, nichts und niemanden verloren.

Bis zum Rand der Einöde ist es nicht mehr weit.

Das Schlimmste, denkt Narvila, haben sie hinter sich.

Dann hört sie die fremde, wohlklingende Frauenstimme.

»Und ich dachte schon, ihr würdet gar nicht mehr nach mir suchen«, sagt sie.

Die *Prinzessinnen* wirbeln sofort herum, ihre gezückten Waffen in den Händen.

Narvila starrt die hübsche Frau mit den dunklen Haaren und der hellbraunen Haut an, die im aufgewühlten, verwandelten Sandmeer steht, als hätte der Sturm sie als Geschenk dagelassen oder als hätte sie ihrerseits den Sturm wie einen verhexten Hengst geritten.

»*Sacipha*«, sagt Mef völlig entgeistert, und Narvilas Nackenhaare stellen sich bei dem Gefühlsregen in Mefs Stimme und dem Namen aus ihrem Mund auf.

»Mef«, sagt Sacipha mit genauso viel Gefühl und kommt auf sie zu. »Endlich! Endlich bist du hier …«

EINST

Weil der Schnee zu hoch war, um sich weiter durch die Wildnis zu quälen, blieben die *Prinzessinnen* eine Weile in Loradmas, einem kleinen, von einem Eichenwald umringten Dorf. Zufällig kamen die Söldnerinnen zum Beginn des Wintermarkts dort an, einer alljährlichen Tradition, auf die sich jeder in Loradmas und den umliegenden Dörfern freute – während des mehrtägigen Festes wurden sogar manche Ehe beschlossen und manches Kind gezeugt. An gezimmerten Buden, zwischen denen junge Burschen mit Schneeschaufeln die Pfade frei hielten, gab es Bratwürste, Zuckerschnecken, Gewürzkuchen, heiße Makronen, frittierte Kartoffelstäbchen, Glühwein, Tee mit und ohne Schuss, im Ofen getrocknete Apfelringe, Dunkelbier und vieles mehr. Außerdem boten die Dörfler sowie zwei, drei fahrende Händler, die trotz des Schnees eingetroffen waren, geschnitzte Spielsachen, Kerzen, Strickwaren und anderes feil. Überall brannten Feuer, und Musiker spielten nicht nur im *Bockigen*

Hirsch auf, dem einzigen Wirtshaus des Dorfes, sondern sogar draußen in der Kälte, bis ihre Lippen, Beine und Finger taub wurden.

Mef und Sacipha schlenderten jedoch als einzige *Prinzessinnen* über den Wintermarkt. Die anderen blieben lieber im *Hirsch*.

Cinn hatte kein Problem mit der Kälte, sehr wohl aber mit dem fröhlichen Treiben der Dörfler, weshalb sie im ruhigen Wirtshaus mit ein paar wortkargen Greisen Zy-Fuw spielte. Decanra, die seit zwei Wochen eine Erkältung mit sich herumschleppte, blieb sogar in dem kleinen Zimmer, das sie sich mit Cinn teilte, schlürfte Kräutertee und Suppe und schlief viel. Auch die sonst so gesellige Aiby ließ Schankstube und Wintermarkt sausen und vergnügte sich seit zwei Tagen in einem eigenen Zimmer mit einem breit gebauten, laut lachenden Holzfäller.

Mef trotzte der Kälte in ihrem Umhang aus Wolfsfell samt Kapuze, Sacipha in einem pelzbesetzten Mantel und einer gestrickten Wollmütze. Ihre Nasenspitzen und Wangen waren gerötet, und sie hielten Händchen, soweit das eben mit ihren gefütterten Lederhandschuhen ging.

Sacipha verbarg hinter ihrer Faust ein Gähnen.

»Müde, meine süße Magierin?«, fragte Mef grinsend.

»Aibys Holzfäller hat mich wach gehalten.«

»Ach ja? Dann muss ich ihn wohl zum Duell fordern ...«

Sacipha lachte. Ihr Atem bildete Wölkchen vor ihrem Gesicht. »Du weißt, was ich meine.«

»Zu meinem Bedauern tue ich das.«

»Er stöhnt wie ein notgeiler Minotaurus.«

Mef tat irritiert. »Woher weißt du, wie ein notgeiler Mino...«

Sacipha schlug ihr im Spaß mit der Rückhand gegen die Schulter, hakte sich bei Mef unter und schmiegte sich im Laufen an sie.

»Wonach ist dir?«, fragte Mef, als sie vor einer Reihe Buden und Ständen hielten. »Kartoffelstäbchen, heiß und fettig? Oder lieber ein Holzfällerstab? Dann müssen wir aber wieder zurück, und ich muss Aiby irgendwie ablenken.«

»Du bist so ekelig.«

»Ja«, sagte Mef. »Und du liebst mich trotzdem.«

»Zu meinem Bedauern tue ich das.« Sacipha schmunzelte, und sie küssten sich.

»Ich will was Süßes«, sagte Sacipha.

»Hm. Also doch den Holzfäller, ja?«

»Du bist nicht nur ekelig, sondern auch doof.«

Mef grinste, ihre Narbe zuckte.

Gerade als sie an den Stand mit den Gewürzkuchen herantreten wollten, stellten sich ihnen mehrere Männer aus Loradmas in den Weg, die alles andere denn glücklich aussahen.

»Ich glaube, ich war zuerst hier«, sagte Mef gut gelaunt. »Niemand mag Drängler.«

»Und wir mögen solche wie euch nicht in unserem Dorf«, sagte der Rädelsführer, der fast wie Aibys Holzfäller gebaut war.

Mef nickte. »Ah, so ein Gespräch wird das, verstehe. Was meint ihr mit *solche wie uns*?«

»Sag's ihnen, Barlio!«, schnarrte einer der Männer des Rudels.

»Das wisst ihr ganz genau«, knurrte Barlio.

»Gehen wir davon aus, wir wissen es nicht.« Mef streifte ihre Wolfsfellkapuze nach hinten und öffnete ihren Mantel.

»Mef«, sagte Sacipha. »Das ist es nicht wert.«

Ihre Freundin ignorierte sie. »Nun?«

»Magier, Zauberinnen, Hexen und ihre Freunde«, spuckte Barlio hervor. »Das ist *unnatürlich.*«

»Hm.« Mef tat, als müsste sie darüber nachdenken. »Nein. Unnatürlich ist nur, wenn du dein Lieblingsschaf fickst.«

»Mef!«, versuchte Sacipha es noch einmal.

»Was hast du gerade gesagt?«, japste Barlio. Er wurde knallrot, glühte in der verschneiten Umgebung geradezu.

Die vier, fünf Kerle hinter ihm murmelten Gehässigkeiten und stachelten Barlio in seinem rechtschaffenen Zorn weiter an.

»Das lassen wir uns nicht bieten, oder, Barlio?«

»Dreckiges Zauberinnenflittchen!«

»Zeig's ihr, Alter!«

Immer mehr Köpfe drehten sich zu ihnen um.

»*Zauberinnenflittchen*, hörst du?«, witzelte Mef.

»Mef«, mahnte Sacipha abermals. »Lass gut sein. Bitte.«

Doch Mef löste sich von Sacipha und trat den Männern aus dem Dorf entgegen. »Du hast mich schon richtig verstanden, du Schafsficker. Ich geb dir jetzt genau eine Gelegenheit, dich zu verpissen, und am besten nimmst du deine hohlen Kumpels gleich mit, zum nächsten Schafstall oder wohin auch immer, das ist mir egal. Sonst reiß ich dir und jedem, der es noch braucht, den Arsch auf.«

Für Barlio war die Zeit des Redens damit vorbei – er hatte es ja wohl im Guten versucht, oder? Mit einem wütenden Schrei, der als heiße Wolke in der kalten Luft schwebte, stürzte er sich auf Mef. Doch die war darauf vorbereitet und wich seinem ungestümen Angriff mühelos aus.

Als die anderen Kerle ebenfalls auf Mef losgehen wollten, seufzte Sacipha, zog ihre Handschuhe aus und bewegte die flache Hand in einer komplizierten und doch schneidigen Geste. Daraufhin wehte aus ihrer Richtung ein frostiger Sturmwind mit harten Eiskristallen, der den Dorftrotteln ins Gesicht schnitt und sie nach hinten weichen ließ.

»Ihr solltet Euch raushalten«, empfahl Sacipha den Männern, die sich mit noch mehr Abscheu, aber nun auch Furcht im Blick in den Schutz der Menschentraube zurückzogen, die sich inzwischen um sie gebildet hatte.

Mef und Barlio umkreisten sich unterdessen.

»Hör auf, Mef!«, sagte Sacipha streng.

»Gleich«, antwortete Mef.

Barlio präsentierte ihr sein langes Jagdmesser und grinste gemein. »Hilft auch gegen Zauberinnen.«

Mef zog ihr Schwert, dessen Klinge in der kalten Luft unwirklich schimmerte und sirrte, und lächelte nicht. »Hilft auch gegen dämliche Ficker.«

Ein Raunen ging durch die Menge.

»*Mef*«, sagte Sacipha mit Nachdruck, »dafür hab ich dir das Schwert nicht geschenkt!«

Doch Mef konzentrierte sich auf Barlio. »Überleg's dir besser noch mal. Du hast mir bereits genug Gründe geliefert.« Barlios Grinsen wurde wie mit Schnee weggewischt. Er blieb stehen und nahm den Arm mit dem Messer langsam runter. »Dacht ich mir«, sagte Mef.

»Widerliche Schlampen!«, knurrte Barlio, steckte das Messer weg, drehte sich auf dem Absatz um und stapfte wütend davon, wobei er sich rüde einen Weg durch die Schaulustigen bahnte, die er seinem Ego zuliebe zur Seite rempelte.

»Grüß dein Schaf von mir!«, rief Mef ihm nach, schob ihr Schwert zurück in die Scheide und winkte den verunsicherten Dorfbewohnern zu, die aufgeregt miteinander tuschelten. Mef zuckte mit den Schultern, ging nun endlich zum Stand mit den Süßigkeiten, als wäre nichts vorgefallen, und ließ sich von der alten Verkäuferin eine Waffel voll mit kleinen Backwaren geben.

»Grobiane, und dann auch noch besonders blöde«, sagte die weißhaarige Bäckerin. »Tut mir leid. Wir sind nich alle so.«

Mef lächelte sie an. »Ich weiß.«

Die alte Frau geizte nicht mit Gebäck und plauderte mit Mef noch etwas über ihre Familienrezepte, deren Ergebnisse seit vier Generationen Gaumen erfreuten. Als Mef sich mit ihrer Waffel voll duftender Leckereien umdrehte, hatte sich ein Großteil der Menge zerstreut, nahm der um eine Legende reichere Wintermarkt seinen gewohnten Gang.

Außerdem hatte es leicht zu schneien begonnen.

Und Sacipha war verschwunden.

Mef folgte im Schnee ihrer Fußspur, die über den Wintermarkt hinaus an den Dorfrand führte. Dort saß die Zauberin mit dem Rücken zum Treiben auf einem umgefallenen Baumstamm und blickte in die kalte Dämmerung und den weißen Wald.

Mef wischte neben Sacipha Schnee vom Stamm, wobei sie die Waffel geschickt in einer Hand balancierte, und setzte sich ebenfalls.

»Gewürzkuchen?«, fragte sie.

»Nein, danke«, antwortete Sacipha kühl.

»Marmeladenwürfel?«

»Nein.«

»Apfelring?«

»Nein.«

»Kuss?«

»Gerade nicht.«

»Holzfäller?«

»Verdammt, Mef!« Saciphas Kopf ruckte herum. »Auch wenn du's locker nimmst, das ist alles nicht lustig.«

Mef klaubte einen mit Marmelade gefüllten Würfel aus der Waffel und schob ihn sich in den Mund. »Wer sagt, dass ich's lustig finde?«, fragte sie kauend.

Sacipha überhörte diesen Einwand. »Wegen genau so einer Scheiße musste ich damals meine Familie verlassen. Weil die auch nicht mit meinen Fähigkeiten klarkam. Eine junge Frau aus gutem Hause, die *zaubern* kann, und das gar nicht mal so schlecht und nur mithilfe weniger Artefakte? Mögen die Götter uns beistehen! Entweder oder. Beides? Unmöglich! Abartig! Dämonisch! Holt einen Priester!«

»Zum Glück«, sagte Mef und leckte sich die Finger ab, die sie schon am Bäckerstand von den Handschuhen befreit hatte, um unterwegs zu naschen. »Sonst hätten wir uns nicht getroffen.«

»Argh!« Sacipha warf ihre Hände, beide wieder in Leder gehüllt, nach oben. Ihr Atem dampfte vor ihrem Gesicht. »Ja, zum Glück. Aber trotzdem, ich ...«

»Ich weiß«, sagte Mef, lehnte sich zur Seite und küsste Sacipha sanft.

Die Zauberin erwiderte den Kuss seufzend und entspannte sich etwas.

»Willst du jetzt was Süßes?«, fragte Mef hinterher.

Sacipha versuchte sich an einem Lächeln. »Hatte ich doch gerade schon.«

»Cinn würde dich hauen, wenn du so was in ihrem Beisein sagst.«

»Ich kann sie nirgends sehen. Du Zauberinnenflittchen.«

»Aber hallo!«

Wieder küssten sie sich.

Eine Weile kümmerten sie sich schweigend um den mal süßen, mal würzigen Inhalt der Waffel, lehnten sich aneinander, lauschten dem Trubel des Wintermarkts hinter sich, knutschten und sahen der Dunkelheit dabei zu, wie sie scheinbar aus dem Wald auf das Dorf zukroch.

Irgendwann fragte Sacipha unaufgeregt: »Du siehst sie auch, oder?«

»Natürlich. Was machen wir?«

»Wie viele sind es, was meinst du?«

»Schwer zu sagen. Waldschrate halten nie still. Ein Dutzend, vielleicht mehr?«

»Hätte ich auch gesagt.«

»Mit denen werden wir fertig.«

»Das stand nie zur Debatte. Doch dem Wintermarkt würde es sicher einen Dämpfer verpassen.«

»Den hätten diese Landeier verdient.«

»Es waren nur ein paar faule Äpfel, Mef. Die anderen haben uns gut behandelt.«

»Pfft! Vermutlich wussten sie, dass Kälte und Hunger die Waldschrate zwischen den Bäumen hervortreiben, und wollten sich mit den Söldnerinnen gut stellen.«

»So zynisch bist du doch sonst nicht.«

»Man sagt mir sonst ja auch eher selten, dass ich Unzucht mit Zauberinnen treibe.«

»Und das kannst du sogar richtig gut«, sagte Sacipha liebevoll. »Also, was machen wir mit unseren Gästen aus dem Wald? Sie sind auch nur verzweifelt. Ich möchte ihnen eigentlich nicht wehtun. Waldschrate sind normalerweise harmlos und bleiben für sich, wenn man sie in Ruhe lässt.«

»Bis sie ein Menschendorf überfallen.«

»Dazu müssen wir es ja nicht kommen lassen. Bitte?«

»Grmpf.« Mef knabberte missmutig an der leeren Waffel. »Kannst du dafür sorgen, dass sie noch ein bisschen länger im Wald bleiben?«

Sacipha zog erneut ihre Handschuhe aus und strich abwechselnd mit den Fingern der einen Hand über die Innenseite der anderen. Es erinnerte Mef an kämpfende Krähen. Ein kleiner Ball aus blauem Feuer tauchte zwischen Saciphas Händen auf und verharrte in der Luft; das wiederholte sie, bis fünf flammende Kugeln vor ihr schwebten, die in der Kälte leicht flirrten und rauchten.

»Angeberin«, sagte Mef, küsste Sacipha auf die Stirn und stiefelte zum Markt zurück.

Bei ihrer Rückkehr hatte sie einen großen Korb dabei, der mit Bratwürsten und anderen Fressalien vom Markt gefüllt war. Mef schleppte den Korb am Baumstamm vorbei, ehe sie ihn in einigem Abstand zum Waldrand in den Schnee stellte.

»Das ist für euch«, erklärte sie dem Wald und der Dunkelheit und den Augen darin. »Aber lasst das Dorf in Ruhe. Sonst kriegt ihr mehr, als ihr kauen könnt.« Sie sah die schneebedeckten Bäume und Sträucher herausfordernd an. »Das Dorf steht unter unserem Schutz.«

Sie zog sich ohne Hast zum Baumstamm zurück, wo Sacipha die Feuerbälle mit einer Handgelenkdrehung verschwinden ließ, die besagte: Genauso schnell kann ich sie auch wieder herholen.

Obwohl sie die Blicke mehrerer Augenpaare im Rücken spürten, drehten sie sich auf dem Weg ins erleuchtete Dorf nicht noch einmal zum Wald um. Mefs kalte und Saciphas magisch erwärmte Finger suchten, fanden und verschränkten sich.

Hand in Hand spazierten die beiden *Prinzessinnen* zu den Lichtern und dem Lachen des Wintermarkts zurück.

NARVILA

Die Verwüstung ist ein Ort vieler Schrecken, wo Teile der Vergangenheit auf oftmals überraschende Weise zusammengeführt werden.

Doch mit Sacipha hat niemand gerechnet.

Narvila kann es an den Gesichtern der anderen ablesen: Unglaube, Entsetzen, Hoffnung, Freude, Misstrauen, Schrecken, Angst.

»Wer ist das?«, fragt Prinzessin Filryn verunsichert, denn sie spürt die Irritation ihrer Beschützerinnen.

»Sacipha. Sie gehörte früher zu uns«, sagt Aiby nur oberflächlich gefasst. »Sie ... sie starb vor einiger Zeit. Hier. In der Verwüstung. Jedenfalls dachten wir, dass sie gestorben ist.«

»Wie viele Jahre ist das nun her?«, fragt Sacipha, als ginge es um ein lange zurückliegendes Treffen auf einem sommerlichen Ball in einem Schloss. »Ihr müsst verzeihen, aber an diesem Ort verliert man leicht das Zeitgefühl. Und für mich hat es sich eh wie eine Ewigkeit angefühlt.«

Mef steht einfach nur da und starrt.

»Sacipha …«, sagt sie, und Narvila kann heraushören, was für ein Gefühlschaos in ihrer Freundin tobt – und dass Mefs Skepsis mit dem Drang ringt, loszurennen und Sacipha zu umarmen.

Narvila sucht den Blick der anderen, doch Aiby, Decanra und Cinn schauen genauso unentschlossen drein wie Mef.

»Du kannst nicht echt sein«, sagt Aiby schließlich tonlos, klingt allerdings kein bisschen überzeugt, von ihren Worten genauso wenig wie von dem, was sie sieht, denkt, fühlt.

»Ach, Aiby! Misstrauisch wie immer. Die große Anführerin. Wie hab ich dich vermisst. Euch alle. Und … oh, *Mef.*« Ein zaghaftes Lächeln. »Mit jeder Faser meines Körpers hab ich mich nach dir gesehnt. Nach dir verzehrt.«

Auch in Mefs Gesicht arbeitet es nun.

»Wenn du überlebt hast«, fragt Decanra unterdessen, »wieso hast du uns in all den Jahren dann nie gerufen?«

»Die Verwüstung folgt eigenen Gesetzen«, erklärt Sacipha bedauernd. »Es gibt Möglichkeiten, und es gibt Grenzen.« Sie macht einen Schritt in Richtung ihrer früheren Geliebten. »Mef?«

Weil niemand sonst Anstalten macht, schiebt sich Narvila schützend vor Filryn. Am liebsten würde sie sich auch vor Mef stellen. Sie denkt daran, wie oft Lafehz und die anderen *Prinzessinnen* ihr in der Vergangenheit geraten haben, ihren Instinkten zu vertrauen. Narvila nimmt eine Grundstellung ein, von der aus sie blitzschnell in verschiedene Figuren zur Verteidigung, aber auch zum Angriff übergehen könnte.

Sacipha bemerkt es und bleibt stehen. Ihr flatterndes freudiges Lächeln geht in einen traurigen Gesichtsausdruck über.

Oder blickt sie, überlegt Narvila, sogar verächtlich?

»Wie ich sehe, habt ihr die Zeit gut genutzt und Ersatz für mich gefunden«, sagt Sacipha.

»Niemand könnt dich je ersetzen«, presst Mef mit zittriger Stimme hervor, und obwohl Narvila versteht, was gerade in ihrer Freundin vorgeht und was sie damit zum Ausdruck bringen möchte, treffen die Worte Narvila dennoch tief in ihrem Inneren, hinterlassen sie wie Harpyien-Krallen tiefe Kratzer auf ihrem Ego und, noch schlimmer und schmerzhafter, auf ihrem Herzen.

Saciphas Lächeln wird wieder frohlockender und breiter, schwingt sich zu einem Grinsen auf. »Jetzt komm endlich her«, sagt sie zärtlich und rauchig, voller Sehnsucht und Begehren – und zu Narvilas Entsetzen steckt Mef ihr Schwert weg und geht durch den schwarzen Sand auf die tot geglaubte Zauberin der *Prinzessinnen* zu. Sacipha legt energisch die Arme um Mefs Hals, und die beiden küssen sich, als bräuchten sie einander zum Atmen.

»Sind wir in Gefahr?«, fragt Filryn, nach wie vor verwirrt, Narvila leise.

»Bin mir nicht sicher«, antwortet sie ratlos. »Aiby?«

»Ich weiß es auch nicht«, gibt Aiby flach zurück, derweil sie die leidenschaftliche Wiedervereinigung von Mef und Sacipha beobachtet. »Dieser Ort ist gnadenlos und tödlich. Andererseits ... Sacipha war immer etwas Besonderes. Und die Magie hier soll unberechenbar, aber stark sein. Ich ... ich weiß es nicht«, schließt Aiby flüsternd.

»Als Zauberin ist Sacipha mächtiger gewesen, als sie es sich selbst eingestehen wollte«, meint Decanra. »Vielleicht hat sie den Ansturm der Horde damals wirklich überlebt.«

Cinn sagt gar nichts, doch in ihrem sonst so festen Blick flackern im ständigen Wechsel Freude und Skepsis – und keinerlei Sicherheit, keinerlei Gewissheit.

Narvila runzelt die Stirn. »So mächtig, dass sie was auch immer überstanden hat, aber nicht mächtig genug, um euch die frohe Kunde zukommen zu lassen? Klingt seltsam, oder?«

Sacipha unterbricht das Knutschen und Schmusen mit Mef.

Ihr Lächeln gefällt Narvila weniger und weniger.

Andererseits: Wer würde bei einem so lange herbeigesehnten Wiedersehen nicht übertrieben glücklich und breit lächeln? Ist es am Ende vielleicht bloß Narvilas eigene Eifersucht und Unsicherheit? Weil ihre Vorgängerin zurückgekehrt ist, bereit, ihren alten Platz in der Mitte ihrer Freundinnen einzunehmen? Den Narvila sich hart verdient hat und nicht herzugeben bereit ist? Aber wäre sie dann nicht ein fürchterlicher Mensch?

»Die Neue ist ja fast so misstrauisch wie Aiby«, meint Sacipha amüsiert.

Mef küsst sie erneut. »Narvila ist in Ordnung«, sagt sie dann und legt ihre Hand an Saciphas Wange.

Narvila verspürt eine gewisse Erleichterung, ihr Misstrauen verfliegt aber nicht so leicht.

Sacipha schmiegt ihr Gesicht in Mefs Hand. »Wenn du das sagst.« Noch ein langer, genießerischer Kuss, dann wendet die Zauberin sich Narvila zu. »Narvila, ja? Also, Narvila. Ich konnte hier nicht weg und keine Botschaft schicken, weil ich meine Zauberkraft im Moment meines Todes mit der Magie der Verwüstung selbst verschmelzen ließ. Nur so konnte ich … bleiben. Die Grenzen der Verwüstung sind seitdem die Grenzen meiner Magie, und damit meines Lebens.«

»Moment deines Todes?« Mef sieht Sacipha kummervoll in die Augen. Ihre Stimme kratzt. »Du bist also doch gestorben?«

»Nur ein bisschen, oder zumindest nicht ganz«, sagt Sacipha tapfer lächelnd, ehe sie die Lippen zu einem schmalen

Strich zusammenpresst. »Nicht ganz, aber genug, um es zu spüren. Ich musste mich der verdrehten, wilden Magie dieses Ortes hingeben, um zu verhindern, dass ich *ganz* sterbe. Es war der schwerste Zauber, den ich jemals gewoben habe. Doch ich hatte Erfolg, wie man sieht.« Sacipha sieht ihre früheren Gefährtinnen an, mit denen sie viel erlebt hat. »Deshalb hat es so wehgetan, jeden Tag vergebens darauf zu hoffen, dass ihr zurückkommt und nach mir sucht. Und mich findet. Wir uns wiederfinden, Mef. Ich hab so lange gewartet.«

»Wir konnten nicht ahnen, dass du überlebt hast«, sagt Decanra reumütig.

»Sonst wären wir sofort gekommen«, beteuert auch Aiby. »Das weißt du.«

»Wir hätten nie gehen sollen«, murmelt Cinn.

Mef drückt ihre Nase gegen Saciphas Hals, ihr Gesicht und ihr Haar. »Ich war mir sicher, dich für immer verloren zu haben. Es hat so wehgetan.«

»Ich hab dir doch gesagt, dass wir noch viele glückliche Momente zusammen haben werden.« Sacipha lächelt. »Wieso hast du mir nicht einfach geglaubt?«

Statt einer Antwort küsst Mef sie wie eine Ertrinkende, die noch einmal unerwartet an die Wasseroberfläche taucht und köstliche Luft einsaugen darf.

»Aber jetzt haben wir uns ja wieder«, sagt Sacipha hinterher, und als wäre das ein Signal, legen nun auch Aiby, Decanra und Cinn ihr letztes Misstrauen ab, packen ihre Waffen fort und gehen zu Sacipha und Mef. Es entsteht ein Knäuel aus einander in die Arme fallenden *Prinzessinnen.*

Narvila fühlt sich ausgeschlossener denn zuvor, wie sie so neben Filryn und den Pferden steht und den fünf bei der Wiedervereinigung zusieht.

Der Originalbesetzung.

»Ich kann es immer noch nicht glauben«, sagt Aiby, die Sacipha umschlingt und hochhebt, bis die Füße der Zauberin in der Luft strampeln.

»Glaub es ruhig«, grinst Sacipha. »Die Narbe an deinem Hals ist neu, oder?«

»Ein Greif. Aber wir haben die Prinzessin, die er entführt hat, gerettet.«

»Nur mich habt ihr nicht gerettet«, sagt Sacipha, und Aibys Fröhlichkeit fällt ihr praktisch aus dem Gesicht.

»Hey.« Sacipha hüstelt. »Ich will dich nur ärgern.«

Danach ist Decanra dran, Sacipha fest in die Arme zu schließen. Wie eine verlorene Schwester, schießt es Narvila durch den Kopf. »Verzeih«, sagt Decanra schlicht. »Wir hätten damals bleiben und neben dir kämpfen müssen. Mef hatte recht.«

»Lass sie das nicht hören. Und es war meine Entscheidung, euch wegzuschicken, schon vergessen?«

Zu guter Letzt dreht sich Sacipha zu Cinn um. »Komm her, du Eiskönigin«, sagt sie und kriegt im Gegenzug eine feste und harte, aber auch so innige Umarmung, wie Narvila sie nicht oft von Cinn erhalten hat. Sie kommt sich in ihrem anhaltenden Misstrauen und, schlimmer noch, ihrer glühenden Eifersucht kindisch vor, kann jedoch nicht über ihren Schatten springen.

Sacipha macht indessen große Augen, als sie erfährt, wer Filryn wirklich ist, und knickst sogar formvollendet.

»Bitte, das ist nicht nötig«, sagt König Miobans Tochter. »Hier sind wir außerdem doch eh alle nur Beute.«

»Gut gesprochen«, stimmt Sacipha zu und kommt nun zu Narvila, die ein finsteres Gesicht macht. »Es freut mich, dich kennenzulernen. Woher kommst du?«

»Besgios«, sagt Narvila schnippisch und abweisend, obwohl sie gar nicht so klingen will.

»Ich hab noch nie von Besgios gehört«, antwortet Sacipha ungerührt, während sie Narvila überraschend herzlich umarmt. »Aber ich danke dir dafür, dass du in den letzten Monaten anscheinend gut auf den Haufen aufgepasst hast. Sie brauchen jemanden, der sie an die Leine nimmt.«

»Es war mir eine Ehre«, sagt Narvila steif und schämt sich angesichts von Saciphas Herzlichkeit für ihre ablehnende und misstrauische Haltung.

»Und du passt auch jetzt noch auf sie auf, wie ich deinem Blick entnehme.« Sacipha zwinkert ihr zu, und Narvila lässt ein zaghaftes Lächeln aufblitzen, damit sie nicht wie die letzte Arschkuh dasteht. »Mef hat recht. Gefällt mir, die Kleine«, verkündet Sacipha währenddessen.

»Sag ich doch.« Mef legt von hinten einen Arm um die Zauberin und küsst sie auf die Schulter, inhaliert ihren Duft.

Genießerisch schließt Sacipha kurz die Augen. »Na schön«, sagt sie anschließend. »Wollt ihr mir nun bitte mal erzählen, was ihr mit König Miobans Tochter in der Verwüstung macht, wenn ihr schon nicht eigens gekommen seid, um mich wiederzusehen?«

Sacipha sitzt vor Mef im Sattel und dreht zum Austausch von Zärtlichkeiten immer wieder den Kopf zur Seite. Die Magierin hat natürlich sofort verstanden, dass unter den gegebenen Umständen Eile geboten ist und viele Leben auf dem Spiel stehen. Sacipha führt sie trotz der vom Sandsturm veränderten Verwüstung ohne Zögern zum Rand der Einöde. Narvila fragt sich, ob es an der Zauberin liegt, dass sie auf den letzten Meilen von keiner Kreatur und sonst keiner Unannehmlichkeit mehr belästigt werden.

Das bringt sie zu der Frage, wie tief Saciphas Verbindung zur Verwüstung inzwischen wirklich reicht. Doch sogleich rügt Narvila sich erneut wegen ihrer hartnäckigen Skepsis und unreifen Ablehnung, anstatt sich für die anderen zu freuen, allen voran Mef – oder auch nur darüber, die Verwüstung durchquert und überlebt zu haben.

Keine vier Stunden nach dem ungnädigen Sandsturm und der unerwarteten Wiedervereinigung mit Sacipha steigt der schwarze Boden der Ödnis immer stärker an: Der gegenüberliegende Rand kommt in Sichtweite. Sie gehen neben ihren Pferden her, führen sie über den rissigen, wenig vertrauenerweckenden Untergrund. Schließlich bleibt Sacipha ohne erkennbaren Grund stehen.

»Da vorn könnt ihr die Verwüstung verlassen«, sagt sie.

»Ihr?«, wiederholt Mef sofort wachsam.

»Mef. Ich hab euch doch gesagt, dass ich allein durch die Magie der Verwüstung überlebt habe. Ich bin an sie gebunden. Gehe ich, sterbe ich. Diesmal wirklich. Endgültig.« Mef will etwas sagen, aber Sacipha lässt sie nicht zu Wort kommen. »Aber das ist in Ordnung.« Sie lächelt wieder. »Ich hab inzwischen meinen Frieden mit dieser Grenze meiner Existenz gemacht. Und jetzt, da wir wieder zusammen sind, ist es mir völlig egal. Du warst alles, was ich je wollte und mir gefehlt hat.«

Narvila beschleicht ein noch mieseres Gefühl als die ganze Zeit schon. Cinn, Decanra und Aiby, die in der Vergangenheit sicher schon das eine oder andere Drama zwischen Mef und Sacipha erlebt haben, zögern und schweigen lediglich betroffen; Filryn blickt gar ungeduldig in die entgegengesetzte Richtung, kann es gar nicht erwarten, die Verwüstung abzuhaken und dem Krieg zwischen Lirgoden und Valahmes schleunigst Einhalt zu gebieten.

Mef seufzt nur. »Ja, du hast recht. Solange wir uns haben. Ich werd dich so oft besuchen, wie ich kann. Gleich nachdem wir Filryn sicher zurückgebracht haben, komm ich wieder und bleib eine Zeit lang bei dir – und wir holen nach, was wir die letzten Jahre verpasst haben.«

Saciphas Lächeln stirbt. »Du willst mich wieder allein lassen? Ich dachte, du bleibst bei mir, Mef. Ohne Aufschub. Ohne Ausflüchte. Du und ich für immer, erinnerst du dich?« Sie klingt enttäuscht und, nicht nur das, auch verletzt und wütend. »Oder wie hast du dir das vorgestellt? Du kommst für einen gelegentlichen Fick im Sand vorbei und dann lässt du mich wieder monatelang darben und auf deine Rückkehr warten?«

»So mein ich das doch gar nicht«, sagt Mef. »Aber erwartest du, dass wir hier leben?«

»Ich hab keine Wahl, Mef. Und das Drumherum war uns doch immer egal, solange wir nur uns hatten, oder? Jedenfalls hast du das immer behauptet, und ich hab genau das gefühlt. Ich ging fest davon aus, dass du bei mir bleiben willst.«

»Das *will* ich«, sagt Mef gequält. »Aber wahrscheinlich könnte ich ohne die Magie der Verwüstung hier auf Dauer gar nicht überleben, oder?«

»Stimmt. Aber das können wir leicht ändern, Liebste.« Auf einmal hält Sacipha einen gewundenen Dolch aus schwarzem Glas in der Hand, von dem Narvila nicht sagen könnte, wie er dorthin gelangt ist, und der wie ein abgebrochener Zacken von einem der gläsernen Felsen aussieht. Wie ein Stück der Verwüstung selbst. »Du hast mir mal gesagt, dass du für mich sterben würdest, Mef. Aiby musste dich sogar bewusstlos schlagen, damit du genau das nicht tust. Jetzt müsstest du nur ein bisschen für mich sterben. Für uns. Gerade genug, damit wir endlich wieder vereint sein können. Dieses Mal für immer.«

»Mef«, sagt Aiby, und ihre Stimme klingt eigenartig gepresst. »Das …«

»Das geht nur Mef und mich etwas an, Aiby«, fällt ihr Sacipha ins Wort und wirft den anderen einen Blick zu, auf den hin sie sich schier versteifen, erstarren und mit abwesenden, gläsernen Augen in die Ferne schauen. Sie sieht auch Narvila an, aber die spürt nichts – hat es Saciphas Magie bei ihr nicht so leicht, weil sie keine so lange, tiefe Verbindung zueinander haben? »Haltet euch da raus. Ich tue nichts, was sie nicht will. Aber du willst es, nicht wahr, Liebste? Für immer mit mir zusammen sein?« Jetzt lächelt Sacipha wieder wärmer, verlockender. »Das ist alles, was wir immer gewollt haben.«

»Ist es«, murmelt Mef, die unter einem anderen, eigenen Bann steht.

»Halt!« Narvila macht einen Schritt auf Mef und Sacipha zu. »Ich freu mich, dass ihr euch wiedergefunden habt. Doch was du von Mef verlangst, ist nicht gerecht.«

»*Gerecht?*« Sacipha spuckt das Wort aus wie einen Schwall Sand. »War es *gerecht*, hier für irgendein Artefakt zu sterben? War es *gerecht*, hier jahrelang zwischen Leben und Tod gefangen zu sein und mich immerzu nach meiner großen Liebe zu verzehren? War es *gerecht*, hier allein zu verkümmern, nur mit Monstern und Verwüsteten als Gesellschaft? Oder ist es *gerecht*, dass du meinen Platz eingenommen hast, Narvila?«

»Nein«, sagt Narvila. »Aber wenn du Mef wirklich so sehr liebst, dann verlangst du das trotzdem nicht von ihr.«

»Was weißt du schon von Liebe, Kleine?« Jetzt ist Saciphas Lächeln gemein und wölfisch. »Wünschst du dir vielleicht, dass Mef *dir* zeigt, was Liebe ist? Dass sie dir gibt, was sie mir geschenkt hat? Bist du deshalb so aufgebracht? So eifersüchtig? Oh ja, ich sehe es. Schon die ganze Zeit. Wie du brodelst, weil ich wieder da bin. Deinen Platz bedrohe.«

»Ich will nur, dass es Mef gut geht«, sagt Narvila mühsam beherrscht. Sie weiß, dass sie nicht so wütend klingen darf, wie sie ist. »Dass sie glücklich ist. Gern mit dir. Sie und ich, wir sind nur Freundinnen. Nein. Schwestern. Sie verdient alles Glück der Welt. Aber das wird sie an diesem Ort nicht finden, oder? Hier wäre sie nur eine weitere Gefangene der Verwüstung. Ist das etwa *dein* Verständnis von Liebe?«

»Aber für mich ist's hier gut genug, wie?«, sagt Sacipha schneidend. »Lasst die blöde Schlampe ruhig im Sand zurück, wie beim letzten Mal?« Die Zauberin lacht kopfschüttelnd. »Was diskutier ich überhaupt mit dir? Das geht wirklich nur Mef und mich etwas an, wie ich schon sagte. Also halt dich gefälligst raus.«

Narvila sieht Decanra, Cinn und Aiby an, die wie angewurzelt dastehen. Bleibt noch Mef, deren Blick auf Sacipha ruht und irgendwie auch durch sie hindurchgeht. Narvila will es dennoch versuchen. »Mef. Die Sacipha, von der du mir erzählt hast, würde niemals verlangen, dass du dich für sie der Verwüstung opferst.«

»Liebe heißt manchmal Verwüstung«, flüstert Mef, und wüsste Narvila es nicht besser, würde sie denken, ihre Freundin stünde unter Drogen.

»Aiby! Cinn! Decanra! Sagt doch was, verfickt noch mal!«, fleht Narvila, nur dringt sie nicht zu den anderen *Prinzessinnen* durch.

»Ich fang an, mir Sorgen zu machen«, merkt Filryn in Narvilas Rücken an.

»Zu Recht«, knurrt Narvila. »Bleibt hinter mir.«

»Mef«, säuselt Sacipha in der Zwischenzeit. »Hör mir zu. Wir können wieder zusammen sein. Auf ewig. Ein kleiner Schnitt, ein kurzer Schmerz, und nichts wird uns je wieder trennen. Nie mehr. Nur du und ich. Für immer. Wie wir es stets wollten.« Sie hebt den Dolch. »Was sagst du, Liebste?«

Niemand wird je erfahren, wie Mef darauf geantwortet hätte, denn Narvila hat genug. Sie springt nach vorn und schlägt Sacipha mit dem Schaft ihrer Schwertlanze den gezackten Dolch aus der Hand.

Beide sehen zu, wie er auf dem schwarzen Boden landet.

»Und du denkst, das war jetzt deine große Heldentat, ja?«, fragt Sacipha.

Ihre Fingerspitzen werden zu schwarzem Sand, der in einen neuen Dolch fließt, welcher vor ihrer aller Augen ersteht und den sie dann mit ihren wieder menschlichen Fingern umschließt.

»Du bist nicht Sacipha«, sagt Narvila voller Gewissheit.

Das ist auf keinen Fall Sacipha, Mefs große Liebe, die beste der *Prinzessinnen*, sondern ein Phantom der Verwüstung, eine komplexere Version der Verwüsteten. Etwas, das Mef mit dem lockt, was diese am meisten vermisst und begehrt; etwas, das Mef ihren Gefährtinnen entreißen und sie dann auf Ewigkeiten hier an diesem Ort quälen will – und sie alle mit einem Verlust, der durch Herz und Seele schneidet.

Möglicherweise existiert in diesem Trugbild ein winziger Rest von Sacipha, aber vor allem besteht es aus Verwüstung, und das bedeutet Leid, Finsternis und Bösartigkeit.

»Du bist so was wie die Verwüsteten«, fährt Narvila fort. »Vielleicht etwas ausgeklügelter. Vielleicht etwas hübscher.

Etwas überzeugender. Aber dennoch. Lass sie gehen! Sie alle! Ich sag's nur einmal.«

»Stell dich nicht zwischen Mef und mich!«, sagt Sacipha – wer oder was auch immer sie ist – drohend. »Verschwinde mit den anderen, lass mich und Mef glücklich werden, und alles ist gut. Und das sag ich nur *einmal.*« Plötzlich erfährt Saciphas Stimme einen erstaunlichen Wandel, wird sie sanft und beschwichtigend. »Vergessen wir diesen kleinen Disput einfach, mh? Ich verstehe, dass einen dieser Ort ganz kirre machen kann. Wenn nicht ich, wer dann? Und wie gesagt, es beruhigt mich, dass du so gut auf sie aufpasst. Immer wachsam bleibst. Aber wir sind doch alle *Prinzessinnen*, Narvila. Freundinnen. Schwestern. Ob alt oder neu. Oder nicht? Und ihr könnt uns natürlich jederzeit besuchen und sicherstellen, dass es Mef gut geht. Wir verabreden uns am Rand der Verwüstung. Das würde uns freuen. Nicht wahr, Mef?«

»*Ja*«, haucht Mef, doch sie scheint ganz woanders zu sein.

»Netter Versuch«, knurrt Narvila – und greift an.

Seltsamerweise verspürt sie trotz der offenkundigen Macht ihrer Gegnerin keine Furcht. Ihr Drang, die anderen zu beschützen, lodert heller als die Angst vor der Finsternis der Verwüstung, die diese Sacipha hervorgebracht hat. Narvila zielt mit ihrer Waffe nach dem Kopf der Zauberin. Mef sagt ihr wie aus weiter Ferne, dass sie aufhören soll, aber da trifft Narvilas Lanze bereits Saciphas Gesicht – und gleitet einfach durch schwarzen Sand, der für die Dauer eines Lidschlags an die Stelle von Saciphas Augen, Mund, Nase, Haut, Fleisch, Knochen, Blut tritt.

Ihr Lächeln bleibt davon, dass es kurz aus Sand besteht, unbeeindruckt. Dann ist alles wieder an seinem Platz. Außerdem schleudert Sacipha den zweiten Glasdolch auf Narvila. Das dient jedoch nur der Ablenkung. Denn kaum dass Narvila ausweicht, streckt Sacipha den Arm aus und entfacht aus ihrer Handfläche einen kleinen Sandsturm, der Narvila brutal zu Boden drückt.

Narvila kommt hart auf dem Lavagestein auf, hustet und spuckt heftiger als vorhin.

Erleichterung erfasst sie, als sie durch die Tränen in ihren Augen sieht, dass Aiby, Decanra und Cinn endlich ihre unnatürliche Lethargie überwinden und auf einmal mit gezückten Waffen vor Narvila stehen.

»Das reicht, Sacipha!«, sagt Aiby und schüttelt den Kopf, um ihn klarzukriegen. »Lass uns in Ruhe über die Sache reden.«

»Reden? Es gibt nichts mehr zu reden! Mef bleibt bei mir, weil wir uns lieben. Und ihr beendet euren Krieg oder wonach euch sonst der Sinn steht. Hauptsache, ihr zieht erst mal ab. Mehr gibt es im Moment nicht zu bereden, Aiby. Also verschwindet!«

»Sacipha!«, fleht Decanra. »Wir ...«

Doch die Zauberin reißt beide Arme hoch, entfesselt noch mehr von ihrer düsteren Sandsturmmacht und richtet sie gegen die *Prinzessinnen.* Auch Aiby, Decanra und Cinn werden jeweils von einer kleinen Windhose umgeworfen und auf den Boden gedrückt. Selbst Filryn muss diese grobe Behandlung über sich ergehen lassen, obwohl sie nicht mal ansatzweise versucht hat einzugreifen.

Narvila langt hustend nach ihrer Schwertlanze und geht noch während des Aufstehens auf Sacipha los, die abgelenkt ist, da sie sich schwer ins Zeug legen muss, um Aibys Kraft und Kampfgeist am Boden zu halten. Narvila sticht zu, doch abermals gleitet ihre Waffe nur durch Sand – ansonsten hätte sie Saciphas Leibesmitte durchbohrt und diesem neuerlichen Spuk der Verwüstung ein Ende bereitet.

»*Sacipha*«, murmelt Mef, die steif und mit glasigem Blick dasteht.

Narvila fragt sich, was sie von alldem mitbekommt.

Welche Version sie davon wahrnimmt.

»Gleich, Schatz«, knurrt Sacipha und reißt mit ihrer Sturmkraft erst die Schwertlanze aus Narvilas Händen und presst sie selbst danach abermals gnadenlos auf den Grund der Verwüstung. Narvilas Rücken und Hinterkopf kommen schmerzhaft auf, derweil der Druck eines Wüstensturms sie mit ausgestreckten Armen und Beinen fesselt, ihr den Atem raubt.

Sie glaubt, gleich zu ersticken oder zerdrückt zu werden. Sacipha ragt zudem über ihr auf und hält in einer Hand einen neuen Dolch, bereit, ihn Narvila in die Brust zu stoßen.

»Wir brauchen nur uns, Liebste«, sagt die Magierin zu Mef. »Uns. Niemanden sonst. Ich werd es dir beweisen.«

Die vom Sandsturm gefangene Narvila blickt genau auf die Spitze des Dolches, die sich ihr gleich ins Herz bohren wird.

»Du hast nie dazugehört«, sagt Sacipha, jetzt unverhohlen herablassend. »Betrachte es als Erlösung. Das Ende einer Illusion. Du hast es versucht, aber es hat nicht gereicht. Dafür musst du nicht mit der Schande weiterleben.«

Da gibt Mef ein Geräusch von sich, das tief aus ihrem Inneren zu kommen scheint und sich zu einem gepeinigten, wütenden, verzweifelten Schrei steigert. Sie schüttelt sich wie ein nasser Hund, reißt die Augen auf, zieht wieder ihr Schwert, stürzt auf Sacipha und Narvila zu – und rammt der Zauberin die lange Klinge von der Seite in den Leib. Sacipha erstarrt und lässt den Dolch fallen. In ihrem Körper und ihrem Kopf blitzt irgendetwas auf. Danach wird Haut wieder zu Sand, Sand wieder zu Haut, und das in immer schnellerer, unkontrollierter Abfolge.

Die Macht, die Narvila, Aiby und die anderen gehalten hat, versiegt urplötzlich.

Mef lässt ihr Schwert los, bevor Sacipha stürzt. Sie fängt Saciphas zwischen zwei Zuständen wechselnden Körper im Fallen auf. Am Boden kauernd, hält sie ihre große Liebe in den Armen.

»Dafür hab ich dir das Schwert nicht geschenkt«, flüstert Sacipha mit einem schwachen Lächeln, ehe sich ihr gesamter Körper in einer Wellenbewegung von unten nach oben ein letztes Mal in dunklen Sand verwandelt, zerfällt und von einem schrill heulenden Windstoß aus Mefs Armen geweht wird – zurück in die Verwüstung, die so gut wie hinter ihnen liegt.

Sand und Wind sind schon lange fort, doch Narvila hört noch immer das schreckliche Heulen.

Da begreift sie, dass der gequälte Laut von Mef kommt, durch deren Hände schwarze Sandkörner und bittere Tränen rinnen.

EINST

In der Ruine auf der Hügelkuppe lagen sechs tote Werwölfe. Im Sterben hatten sich manche von ihnen ansatzweise zurückverwandelt und boten nun einen verstörenden Anblick: zu viele Haare oder gar zotteliges Fell, wo nur Haut sein sollte, dazwischen grotesk überstreckte Muskeln, Knochen, Sehnen, Adern, Zähne, Nasen, Ohren, Lippen, Finger, Krallen, Zungen, Schwänze.

Die *Prinzessinnen* hatten den Kampf mit dem Rudel klar gewonnen. Aiby untersuchte Decanra dennoch ein zweites Mal auf Kratzspuren an Rücken und Schultern, doch die Krallen hatten lediglich Decanras Kapuzenumhang zerfetzt – der Lederharnisch darunter war nicht einmal angekratzt worden, bevor Decanra der Wölfin ihren Säbel zu fressen gegeben hatte.

»Und jetzt?«, fragte Mef, die ihr Schwert am Pelz eines von ihr enthaupteten Wolfsmenschen abwischte.

»Jetzt warten wir«, sagte Sacipha, deren magisches Feuer im Kampf eine Menge Fell und Fleisch versengt hatte und die von der ganzen Anstrengung sichtlich mitgenommen war. »Bis zum Morgengrauen.«

Also warteten sie. Es machte ihnen nichts aus, weder das Warten noch die toten Werwölfe oder der Geruch der Kadaver. Die *Prinzessinnen* kauerten sich in der am wenigsten blutigen Ecke der Ruine zusammen, durch die der Wind passenderweise wie ein Wolfsrudel heulte, und hielten abwechselnd Wache, während die anderen dösten. Mef und Sacipha kuschelten sich aneinander.

Cinn weckte ihre Gefährtinnen bei Sonnenaufgang, als die Krähen sich krächzend auf den Mauerbruchstücken versammelten und mit Gier in den Augen ihr hergerichtetes Frühstück aus totem Werwolf betrachteten.

Gemeinsam stiegen Sacipha, Mef, Aiby, Decanra und Cinn ins steinerne Kellergewölbe der Ruine, das relativ gut erhalten war, sah man einmal von den Wasserschäden, den Pfützen, dem allgegenwärtigen Schimmel und den Unmengen an Moos ab. Sacipha sorgte mit einem schwebenden blauen Lichtball für Helligkeit. Aiby und Decanra hoben den schweren metallenen Riegel fort, mit dem sie das eiserne Tor einer Kerkerzelle verbarrikadiert hatten. Das Metall war nach außen gewölbt, als hätte in der Nacht jemand oder etwas Gewaltiges von innen dagegen geschlagen und getreten, sich dagegen geworfen.

Sicher nicht der schlanke nackte Jüngling, der in der Zelle zusammengerollt auf dem Steinboden lag und schlotterte. Decanra warf ihm ihren zerrissenen Umhang zu.

»Wer ... wo ...?«, fragte der Bursche, der bald schon ein Mann sein würde.

Es war nicht diese Verwandlung, die Anlass zur Sorge gab.

Aiby musterte ihn. »Ihr seid aus dem Käfig entkommen, in dem Ihr bisher immer Eure wilden Vollmondnächte zugebracht habt. Ja, wir wissen Bescheid, und nein, wir werden Euer Geheimnis niemandem verraten.«

Der Jüngling nickte knapp, unsicher. »Wurde …« Er räusperte sich, kämpfte um seine Stimme. »Wurde jemand getötet?«

»Niemand, auf den es ankommt«, sagte Cinn.

Aiby warf ihr einen Blick zu. »Ihr habt Euren Bruder verwundet, der Euch bewacht hat und mit einem Knüppel aufhalten wollte.«

»*Trottel*«, hustete Mef.

»Doch er wird es überstehen«, schloss Aiby. »Gerade so.«

»Die Mädchen werden ihn aber nicht mehr so mögen«, ergänzte Mef dafür. »Doch …«

Sacipha streifte ihre Hand, und Mef verstummte.

Der Junge starrte die *Prinzessinnen* an, während er die Reste von Decanras Umhang wie eine Decke um sich raffte, so gut das eben noch ging. »Wieso seid Ihr ausgerechnet heute Nacht zugegen gewesen?«

Aiby fuhr sich mit der Hand über ihre Zöpfe. »Zufall«, sagte sie und erklärte ihre Anwesenheit.

Die *Prinzessinnen* waren auf der Suche nach einem Schlafplatz am Gut der Familie des Jungen vorbeigekommen. Man wollte sie nicht abweisen, das hätte den Gerüchten der Nachbarn nur Nahrung gegeben. Nach Mitternacht wurden sie von einem Aufruhr geweckt – und um Hilfe gebeten.

»Eure Großmutter war sich sicher, dass Ihr den Anführer des Werwolfsrudels hier oben herausfordern wollt. Euer Vater hat das wohl auch getan in der Nacht seines Todes? Wir sollten sicherstellen, dass wenigstens Ihr heil nach Hause zurückkehrt. Als wir hier angekommen sind, habt Ihr Eure Herausforderung dummerweise bereits in den Wind geheult.

Wir mussten Euch außerdem in Eurer Wolfsgestalt überwältigen.«

»Wundert Euch nicht, falls Ihr die nächsten Tage Blut pisst«, sagte Decanra. »Wir haben uns, so gut es geht, zurückgehalten, aber ihr wolltet einfach nicht hören.«

»Aye«, fuhr Aiby fort. »Dann sperrten wir Euch hier unten ein, bevor die anderen Wölfe kamen, die Ihr gerufen habt.«

»Und dann sorgten wir dafür, dass Euch der große Oberwolf und sein Rudel nicht zerfleischen konnten, wie sie es vorhatten«, schloss Mef. »Gern geschehen.«

»Ich wünschte, Ihr hättet sie nicht davon abgehalten«, murmelte der blasse Jüngling.

»Dann wärt Ihr jetzt tot«, sagte Cinn.

Er sieht seine Retterinnen an.

»Es gibt Schlimmeres als den Tod ...«

NARVILA

Sie verlassen die Verwüstung, doch wie nicht anders zu erwarten, folgt der Ort ihnen. Wenigstens gibt es in der anfangs noch immer kargen Welt jenseits der Einöde endlich wieder eine echte Abenddämmerung sowie erste Anzeichen vertrauter Vegetation. Schweigend reiten die moralisch angeschlagenen *Prinzessinnen* mit der erschöpften Filryn sowie der völlig neben sich stehenden Mef in ihrer Mitte noch so lange, bis um sie herum wieder Gräser, Sträucher und Bäume auftauchen.

Auf einem eher gelben als grünen Hügel schlagen sie ihr Lager auf. Narvila geht in die Hocke, befühlt mit den Fingern das herrliche Gras, die Blumen, das Unkraut. An einem Bach haben sie so dankbar und ausgiebig wie ihre Pferde getrunken, die Narvila und Aiby nun weiter versorgen, derweil Cinn und Decanra in einem nahen Gehölz etwas zum Abendessen fangen wollen. Filryn ist bei Mef, soll auf sie aufpassen und rufen, falls sie etwas Verdächtiges tun sollte, wenngleich keine von ihnen konkret benennen will, was genau das sein könnte, obwohl sie alle dasselbe befürchten. Aber Mef sitzt nur da und starrt ins Nichts, auch wenn es eine andere Art von Stieren ist als zum Schluss in der Verwüstung.

»Wird sie's überstehen?«, fragt Narvila flüsternd.

»Sie muss«, antwortet Aiby, die Cinns Rappen den Staub der Verwüstung aus der Mähne klopft. »Es bleibt ihr gar nichts anderes übrig. Uns allen. Du hast uns übrigens schon wieder den Arsch gerettet.«

»Ich weiß.«

Aiby schnaubt. »Diesmal ist allerdings *mir* nach Kotzen zumute.«

»Kann ich verstehen.«

»Was für eine Riesenscheiße. Sacipha hat uns allen viel bedeutet.«

»Schon klar.«

»Aye, und schau nicht so. Das war nie ein Wettstreit zwischen euch. Sie war sie, du bist du.«

Cinn und Decanra kehren mit zwei Waldmurmeltieren zurück, an denen nicht viel dran ist, die ihnen nach einiger Zeit über dem Feuer trotzdem wie ein Festtagsschmaus vorkommen. Sie verschlingen sie ohne große Worte. Alle sind müde und traurig, können das, was in der Verwüstung geschehen ist, nur schwer abschütteln. Nach dem Essen verteilen sie sich ums Feuer, das Narvila lange nicht so geschätzt hat wie heute. Sie wickeln sich in ihre Decken und lauschen den Geräuschen der Nacht außerhalb der Verwüstung. Sicher, hier können immer auch eine Schattenkatze, ein paar Kobolde oder ein Troll umherschleichen, doch wenn man gerade erst aus der Verwüstung kommt, verschiebt sich die Perspektive vorübergehend, wie Narvila feststellt.

Nachlässig werden sie trotzdem nicht. Cinn hat die erste Wache. Filryn liegt zwischen Aiby und Decanra; auf der anderen Seite der Flammen haben Narvila und Mef ihre Lager. Narvila ist erschöpft – jedoch ist es die Art Erschöpfung, die einen vor Überanstrengung und Überforderung nicht zur Ruhe kommen und einfach keinen Schlaf finden lässt, obwohl Körper und Geist sich danach sehnen, im Grunde längst nicht mehr können. Aber immer dann, wenn sie gerade wegdämmern will, überkommt sie eine Erinnerung an die Verwüstung und *Sacipha*, und Narvila schreckt hoch und ist wieder hellwach, mit klopfendem Herzen und schweren Gedanken.

Sie nimmt an, dass es Mef noch viel schlimmer geht, und wünschte, dass sie ihr helfen könnte.

Narvila denkt an ihre dunkelsten Stunden in den Monaten, seit sie Besgios verlassen und sich den *Prinzessinnen* angeschlossen hat, und ihr wird klar, dass es sehr wohl etwas gibt, das sie für Mef tun kann.

Also robbt sie von ihrem Lager zu Mefs, schlüpft unter deren Decke, rutscht an ihre Freundin heran und legt den Arm um sie – genauso wie Mef damals, nachdem Narvila das erste Mal zwei Menschen getötet und nicht gewusst hat, wie sie damit zurechtkommen, wie sie die Nacht überstehen soll. Erst jetzt realisiert Narvila, dass Mef lautlos in sich hineinweint.

»Ich bin da«, sagt Narvila leise und drückt Mef.

Sie hält die weinende Mef, bis sie beide irgendwann eingeschlafen sind.

Mitten in der Nacht erwacht Narvila, weil Decanra einen Ast ins Feuer wirft, der laut in den Flammen knackt. Der Vollmond leuchtet am wolkenlosen Himmel, was Narvila in der Anderswelt der Verwüstung mit ihrem ewig dunklen Himmel gar nicht aufgefallen ist.

Dass Mef nicht mehr unter der Decke liegt, die sie die letzten Stunden geteilt haben, bemerkt Narvila dafür sofort. Sie steht auf und geht zu Decanra hinüber. Die hat ihre Kapuze tief ins Gesicht gezogen und hält sich wach, indem sie eines ihrer Wurfmesser nach einem bestimmten Muster über und durch ihre Finger wandern lässt, das sich nur Decanra selbst erschließt.

»Mef?«, fragt Narvila leise.

»Zwischen den Bäumen verschwunden. Hm. Schon vor einer Weile, wenn ich's recht bedenke. Schaust du nach ihr?«

»Aye«, antwortet Narvila, und in jeder anderen Nacht hätte sie darüber gelächelt, dass sie in manchen Momenten immer öfter wie Aiby klingt.

Sie findet Mef auf der Hügelkuppe, die auf einer Seite wie eine Klippe steil abfällt. »Ich bin's«, sagt sie, um Mef nicht zu erschrecken, die mit gezogenem Schwert am Rand des Abgrunds steht – und das in mehr als einer Hinsicht, fürchtet Narvila. Sie tritt neben Mef und schaut nach unten. In der Dunkelheit vermag sie nicht mal den Boden auszumachen.

»Ich kann mich nicht entscheiden«, sagt Mef nach ein paar Augenblicken von sich aus. Ihre Stimme klingt rau.

»Was musst du denn entscheiden?«, fragt Narvila sanft. »Du solltest lieber schlafen.«

Mef überhört den Vorschlag. »Ob ich nur das Schwert hineinwerfen soll oder mich dazu.« Es klingt nicht nach einer flapsigen Bemerkung, wie Mef sie vor ihrem Ritt durch die Verwüstung gemacht hätte.

»Weder noch, wenn du mich fragst«, erwidert Narvila daher ernst.

»Wieso nicht?« Mef starrt in die Nacht und die Tiefe, die sich zu ihren Füßen auftut. »Das Schwert ist jetzt nutzlos.

Und Sacipha ist tot. Endgültig tot. Von mir getötet. Ich weiß nicht, ob ich das ertragen kann, Narvila. Sie ein zweites Mal zu verlieren …« Mefs Worte fallen in den Abgrund. »Sie wieder nicht gerettet zu haben. Sie diesmal sogar selbst …«

Narvila hat auf einmal den Geschmack von schwarzem Sand im Mund und Mefs Heulen aus der Verwüstung im Ohr.

»Sacipha ist schon lange tot, Mef«, sagt sie mit Bedachtsamkeit und Anteilnahme, und doch auch Überzeugung. »Du weißt, dass es die Verwüstung war. Eine Täuschung.«

»Aber sie hat sich so echt angefühlt.«

»Das tun die besten Täuschungen immer«, zitiert Narvila ihre Mutter. »Vor allem, wenn man sich täuschen lassen will.« Sie weiß, dass sie unbedingt die richtigen Worte finden muss, um Mef von allen Abgründen wegzubekommen. »Es kann schon sein, dass die Verwüstung ein Stück der echten Sacipha genutzt hat. Eine Erinnerung, um die herum das Trugbild aufgebaut wurde. Damit kenn ich mich nicht aus. Aber selbst wenn, dann hast du dieses letzte Fragment von Sacipha nur endlich befreit und erlöst. Und das Schwert, das sie dir geschenkt und das dir dabei geholfen hat, mit oder ohne Zauber … also, ich würde dieses Schwert auf keinen Fall wegwerfen. Im Gegenteil. Es muss in Ehren gehalten werden, als Andenken an Sacipha, an eure gemeinsame Liebe und Zeit. Und wer könnte das besser als du? Aber dazu musst du weitermachen.« Narvila wendet sich von der Klippe ab und macht sich auf den Weg zurück zum Feuer, das zwischen den Bäumen zu sehen ist. Im Vorbeigehen legt sie kurz eine Hand auf Mefs Rücken. »Ich weiß, dass du das schaffst. Bis gleich.«

Decanra sitzt unverändert da, lässt das Messer durch ihre Finger wandern. »Ich hab nicht alles verstanden, doch du hast ihr das Richtige gesagt.«

»Lauscherin.«

»Immer.« Das Messer verharrt, deutet zwischen zwei Fingerknöcheln hervor auf Narvila. »Du bist eine echte Stütze geworden, weißt du das?«

Narvila verbirgt ihre Verlegenheit hinter einem Gähnen. »Eine *Prinzessin* tut, was sie kann.«

»Richtig. Aber du *weißt* inzwischen eben auch genau, was du tust.«

»Ihr habt mich zu dem gemacht.«

»Wir haben nur hervorgeholt, was schon immer da war.«

»Danke. Das bedeutet mir viel.«

»Wenn Cinn uns hört, haut sie uns eine rein.« Decanra lächelt leicht. »Leg dich noch etwas hin. Nach mir ist erst mal Aiby dran. Sie weckt dich dann zu deiner Wache.«

Narvila kriecht wieder unter die Decke ihrer Freundin und stemmt sich gegen die Müdigkeit, um nach Mefs Schritten zu horchen. Sie hofft, dass sie keinen Fehler gemacht hat, Mef allein gelassen zu haben. Aber sie muss wissen, dass Narvila ihr vertraut. Sonst steht Mef in der nächsten Nacht gleich wieder an einem Abgrund.

Als Narvila gerade wegdämmert und sich kaum noch wach halten kann, kommt Mef ins Lager, wechselt zwei, drei Worte mit Decanra, legt ihr Schwert auf den Boden und schlüpft zu Narvila.

Narvila schläft beruhigt ein, träumt allerdings von der Verwüstung, in der sie von einer riesenhaften Sacipha aus schwarzem Sand verfolgt wird. Nach einer Weile reißt ein leuchtend grüner Riss den dunklen Himmel über der Einöde auf und ranken sich enorme glühende Wurzeln der Verwüstung entgegen, die nach Narvila und Sacipha grapschen.

Sie ist froh, als Aiby sie zu ihrer Wache weckt.

Je näher sie Dretvik kommen, desto mehr Flüchtlinge begegnen ihnen auf der Straße: Menschen, die sich, ihre Familien und ihre kostbarsten beweglichen Besitztümer vor einem Krieg in Sicherheit bringen wollen, der vielleicht nicht an der Grenze bleiben wird. Das tun die Leute zu Fuß, mit Säcken, Handkarren und Lastentieren oder auf den unterschiedlichsten Fuhrwerken. Es sind aber wohl vor allem Menschen, die nicht aus Lirgoden stammen, und generell nicht so viele, wie Narvila erwartet hat.

»Viele bleiben noch in Dretvik und warten ab«, erklärt ihnen ein alter Kesselflicker von seinem kastenförmigen Wagen herab, der Narvila an Fleiber, Ilfyng, Aclarsi und den Rest der Theatertruppe denken lässt. »Falls die Armee von Königin Zalarnt im Tal der Tränen die Oberhand gewinnt, wird sich das schnell ändern, und dann ist das Gedränge auf den Straßen groß. Dacht mir deshalb, ich fahr, bevor der Trubel losgeht.«

»Tal der Tränen?«, fragt Narvila, als sie dem davonrumpelnden Wagen des Mannes nachsehen. Sie erinnert sich vage, den Namen schon einmal in Miobans Studienzimmer gehört zu haben.

»Ein weites Tal an der Grenze von Lirgoden und Valahmes«, sagt Filryn. »Dort fanden in den letzten fünfhundert Jahren viele der blutigsten Schlachten zwischen unseren Ländern statt. Es heißt schon sehr lange so, und das leider aus triftigem Grund.«

»Wie einladend«, versetzt Decanra, weil Mef es nicht tut.

»Und doch möchte ich euch bitten, mich dorthin zu bringen«, sagt Filryn todernst. Als Aiby widersprechen will, beeilt sich die Prinzessin hinzuzufügen: »Mir ist bewusst, dass ihr bereits viel für mich getan, viel für mich durchlitten und in Kauf genommen habt. Dass es genügen müsste, mich in Dretvik abzuliefern und eure Belohnung zu kassieren.« Ein flüchtiger, schuldbewusster Blick, vor allem in Richtung Mef, die sich nichts anmerken lässt. »Doch wenn all das einen Sinn haben soll, dann muss ich Königin Zalarnt so bald wie möglich davon überzeugen, diesen Krieg zu beenden. Und das wird, wie wir leider schon festgestellt haben, nur gehen, wenn ich in Fleisch und Blut vor ihr und meinem künftigen Gemahl stehe.«

»Eure Eltern haben uns den Auftrag erteilt, Euch sicher zu ihnen zurückzubringen«, gibt Aiby zu bedenken. Narvila sieht, dass Filryn diese Idee ganz und gar nicht gefällt. »Um nicht zu sagen, den königlichen Befehl. Was würden sie davon halten, wenn wir Euch nicht in die Sicherheit Eurer gut befestigten Hauptstadt, sondern an die Front geleiten? Wir sollten Euch direkt zu ihnen bringen.«

»Ein Grund mehr, an Dretvik vorbei und von hier aus geradewegs ins Tal zu reiten«, sagt Filryn in der Manier einer meisterhaften Politikerin. »Meine Eltern werden schon im Tal sein. Mein Vater befehligt die Truppen vor Ort, wie ich ihn kenne, und meine Mutter ist eine seiner wichtigsten Ratgeberinnen, auch im Krieg.«

»Ich glaub trotzdem nicht, dass sie damit einverstanden wären«, widerspricht Aiby und streicht unterbewusst über ihre Zöpfe.

»Es geht nicht anders, Aiby«, sagt zur allgemeinen Überraschung ausgerechnet Mef. »Wenn wir das jetzt nicht tun, war alles andere umsonst, wie sie richtig sagt. *Alles.*«

Jede von ihnen weiß, was Mef damit meint.

Sie schweigen, bis der Karren des Kesselflickers ganz außer Sicht ist.

»Aye«, gibt Aiby sich schließlich geschlagen. »Dann auf ins Tal der Tränen.«

»Danke«, sagt Filryn zu ihr, zu Mef, zu Narvila, zu ihnen allen. »Lirgoden und auch Valahmes werden auf ewig in eurer Schuld stehen, wenn es uns gelingt, diesen Krieg zu beenden.«

Für den Moment erweist es sich erst einmal als Herausforderung, Filryn ein neues Pferd zu besorgen, das für einen Gewaltritt an die Grenze taugt – sie kann nicht länger hinten bei Narvila oder Cinn mitreiten, das macht sie zu langsam. Doch aufgrund des Krieges schießen die Preise für alle Dinge in die Höhe, besonders für Pferde und andere Tiere, die man reiten kann oder die etwas ziehen können. Aiby muss all ihr Verhandlungsgeschick aufbringen, bis sie für einen annehmbaren Fuchshengst einen akzeptablen Preis erreicht, den sie dennoch nur mit dem Rest von Narvilas Schmuck und dem eisernen Münzvorrat der *Prinzessinnen* aus Decanras Obhut erübrigen können.

Filryn ist nicht nur eine exzellente Reiterin, sie kennt sich auch im Königreich ihrer Familie gut aus – besser, als Narvila sich in Besgios ausgekannt hat, wie sie gestehen muss. Die Prinzessin von Lirgoden reitet an der Spitze ihrer Formation zwischen Aiby und Decanra und führt sie auf dem schnellsten Weg zum Tal der Tränen. Narvila hält sich meistens neben Mef, und wenn nicht, dann sind Decanra oder Cinn an Mefs Seite, ohne dass sie das absprechen. Mit jeder Meile, die sie zwischen ihre Gruppe und die Verwüstung bringen, scheint es Mef aber etwas besser zu gehen, selbst wenn das bedeutet, sich dafür einem geschichtsträchtigen, seit jeher blutgetränkten Schlachtfeld zu nähern, in dem zwei der größten Armeen der Welt gegeneinander Krieg führen.

Unterwegs kommen ihnen weiterhin Flüchtlinge entgegen, die den Ausgang der Kämpfe an der Grenze nicht abwarten wollen. Auf den Feldern holen manche Bauern sogar schon die Ernte ein, selbst wenn noch einige Wochen Zeit sind. Zu groß ist die Angst davor, dass ein Rekrutierungsoffizier der Armee auftaucht, Väter und Söhne an die Front schickt und das Getreide dann verdirbt, weil es keiner mehr ernten kann – oder dass später, sollte es für die Armee von Filryns Vater schlecht ausgehen, feindliche Soldaten oder marodierende Söldner hier durchziehen und alles vernichten.

»Nicht alle benehmen sich wie *Prinzessinnen*«, erklärt Aiby lapidar.

Sie kriegen auch Truppenbewegungen mit und müssen mehrmals Soldatenkolonnen überholen oder einem mit Pferden und Planwagen ausgestatteten Tross Platz machen: König Mioban zieht die meisten seiner Streitkräfte aus dem Norden und Osten ab, um sich voll auf die Schlacht im Tal der Tränen zu konzentrieren.

»Mit unseren anderen Nachbarn pflegen wir seit Langem einen stabilen Frieden«, führt Filryn aus, als sie mehrere Einheiten Lanzenträger und Bogenschützen vorbeilassen. »Vermutlich würden sie uns auch gegen Valahmes unterstützen. Doch diese Karte wollen Vater und Mutter sicher nicht ausspielen, ehe es nicht unbedingt nötig ist. Es würde nur Königin Zalarnts Raserei steigern und sie weiter in ihre eigenen Verschwörungstheorien treiben – und letztlich noch mehr Leben fordern. Außerdem mag es kein Herrscher, fremde Soldaten über sein Land marschieren zu wissen.«

Bei einer Rast am Straßenrand verblüfft Filryn die *Prinzessinnen* mit der Bitte, ihr beizubringen, wie man richtig zuschlägt. »Ich will die Zeit nutzen«, sagt Miobans Tochter.

»Und es lenkt mich ab, während die Pferde sich ausruhen. Keine Sorge, ich erwarte nicht, dass ihr mich zu einer der euren macht wie Narvila. Aber ein paar Grundlagen …?«

Cinn übernimmt diese Aufgabe. In den nächsten Tagen zeigt sie Filryn mit ihrer üblichen Sachlichkeit und Härte, wie man sich richtig hinstellt und bewegt und einen Schlag platziert. Fast muss Narvila darüber lächeln, nicht mehr diejenige zu sein, die unterwegs zu Übungszwecken mit Cinn kämpfen muss. Trotzdem geht sie ein wenig abseits allein ein paar von Lafehz' Schwertlanzenfiguren durch. Irgendwann kommt Prinzessin Filryn, lehnt sich schwitzend an einen Baumstamm und sieht ihr zu. Narvila beendet ihren Wirbel besonders spektakulär und geht zu Filryn hinüber.

»Alles in Ordnung, Hoheit?«

»Ja. Mir tun nur die Finger weh.« Die Prinzessin von Lirgoden verzieht das Gesicht. »Aber Cinn ist eine gute Lehrerin.«

»Das ist sie«, bestätigt Narvila. »Ich hatte früher auch ständig Schrammen. Hab ich jetzt noch, wenn ich's recht bedenke.«

Filryn mustert Narvilas Rüstung, die Krallenspuren, die Lanze in ihrer Faust. »Ist es schwer, sein Leben so zu verändern? Von der Prinzessin zur *Prinzessin* zu werden?«

»Wollt Ihr wechseln?«

»Nein, nein. Ich bin nur neugierig.«

»Ach so.« Narvila will Filryn nicht anlügen. »Die Umstellung war am Anfang groß. Und schwierig. Ich hatte eine Heidenangst. Dass ich einen Fehler gemacht hab, aber auch, dass ich es nicht hinbekomm. Inzwischen ist es einfach mein Leben. Ich könnte es mir nicht mehr anders vorstellen.«

»Keine Reue?«

»Nicht mehr.«

»Ich verstehe.« Filryn nickt. »Und was war bisher am verrücktesten daran, eine Söldnerin zu sein?«

»Hm«, macht Narvila. »Die größte Prinzessin des Kontinents davor zu retten, einer finsteren Göttin aus einer anderen Welt geopfert zu werden, und im Anschluss die Verwüstung zu durchqueren, um einen Krieg zu beenden, würde ich sagen.«

Filryn lächelt dünn, und der Ernst des Krieges, den sie beenden wollen, holt sie schnell wieder ein.

»Ich kann natürlich nicht für die anderen sprechen«, sagt Narvila, die das Bedürfnis verspürt, Filryn wenigstens noch für einen Moment abzulenken. »Mir haben sie außerdem mal erzählt, das Verrückteste, was sie je getan haben, hätte mit einer Bergziegen-Prinzessin zu tun gehabt. Aber sie haben geschworen, nie mehr darüber zu reden. Ich weiß bis heute nicht, ob sie mich auf den Arm genommen haben, gehe aber schwer davon aus.«

»Sprich nicht über die Bergziegen-Prinzessin«, sagt Cinn, die geräuschlos an sie herangetreten ist. »Bereit für die nächste Runde, Hoheit? Einmal können wir noch, bevor es weitergeht. Wenn Ihr das möchtet.«

»Das möchte ich«, sagt Filryn grimmig.

Öfter denn je begegnen ihnen große Truppenverbände, die denselben Weg nehmen. Die Straßen, von unzähligen Stiefeln, Hufen und Rädern malträtiert, bestehen nur noch aus Furchen und Löchern. Sie halten ihre kleine, entschlossen voranreitende Gruppe allerdings nicht auf.

Schließlich erreichen sie Miobans Heerlager auf der Ostseite des Tals der Tränen.

Es scheint sich endlos zu erstrecken und besteht aus vielen kleinen und großen, rot-schwarz gestreiften Zelten; aus Wagen, Kochfeuern, Koppeln und hölzernen Kriegsmaschinen.

Dazwischen wimmelt es von Männern in Rüstung und mit Waffen. Dazu kommen Pferde, Hunde, Rinder, Hühner, Schweine, Ziegen und Gänse. Und überall erspäht Narvila Fahnen und Schilde mit König Miobans Wappen, dem zweiköpfigen Hirsch.

Auch auf den roten, mit zwei schwarzen Streifen versehenen Wappenröcken der Soldaten, die ihnen den Zugang zum Lager verwehren.

»Keine Söldner«, sagt der jüngere Soldat, der Aibys Statur, Cinns Blässe und Mefs Haarfarbe hat, mit geringschätzigem Blick auf die ledernen Harnische der *Prinzessinnen.* Filryn sieht nach allem, was hinter ihnen liegt, in ihren Augen auch nicht besser aus, vermutet Narvila. »In dieser Armee herrscht Ordnung. Wir brauchen keine undisziplinierten Haufen, die in der Schlacht nur Chaos stiften.«

»So schaut's aus«, sagt sein kleinerer, etwas älterer Kamerad, der seine Hellebarde recht lässig hält und dem Narvila sein überhebliches Grinsen am liebsten aus dem teigigen Gesicht dreschen würde. »Also verschwindet. Es sei denn, ihr wollt euch den Huren anschließen. Für die haben wir im Lager immer Verwendung.«

Cinns eisiger Blick schneidet ihm buchstäblich die Zunge ab, denn er verstummt.

»Danke für das Angebot«, nutzt Prinzessin Filryn das Schweigen. »Vorher müsst ihr mir aber noch eure Namen verraten.«

»Wieso, Mädel?«, fragt der jüngere Soldat lachend. »Damit du sie nachher laut rufen kannst, wenn du kommst?«

Filryns eigenes Lächeln ist unergründlich. »Damit ich meinem Vater König Mioban später sagen kann, wer seine Tochter daran gehindert hat, zu ihm zu gelangen und diesen Krieg zu beenden – und ihr stattdessen anbot, sich als Hure zu verdingen.«

Narvila sieht erstaunt, dass Filryn mit einem Mal größer und autoritärer wirkt, obwohl ihre Haltung scheinbar unverändert ist. Dass in ihrer Stimme nun viel Macht und Selbstsicherheit mitschwingen. Von einem Augenblick auf den anderen ist Filryn eine Frau, die genau weiß, wie man mit Untergebenen redet, und zwar von einem Thron herab.

Filryn fährt derweil fort: »Es wäre natürlich auch denkbar, dass ich meinem Vater sage, wie wachsam seine Soldaten gewesen sind, ehe sie seine Tochter respektvoll begrüßt haben, sobald sie sich Ihnen gegenüber zu erkennen gegeben hat, und sie und ihre Gefährtinnen daraufhin ohne weiteren Aufschub zum königlichen Zelt eskortiert haben.«

Die beiden Soldaten starren die Prinzessin, die nicht wie eine Prinzessin aussieht und in Begleitung von fünf Söldnerinnen hier aufgetaucht ist, misstrauisch an. Allein Filryns Selbstbewusstsein bewirkt, dass sie ihr nicht ins Gesicht lachen, sondern sie zweifelnd von Kopf bis Fuß mustern.

»Ich hol einen Offizier«, entscheidet der größere der beiden Männer schließlich. »Das übersteigt unsere Soldklasse.«

»Wieso habt Ihr das nicht schon früher gemacht?«, fragt Narvila Miobans Tochter. »Dann hätten wir mit einem Regiment den Rest des Weges zurücklegen können.«

»Aiby und ich sind darin übereingekommen, dass wir als kleine Truppe zu Pferd schneller sind«, antwortet Filryn. »Ich habe außerdem kein vertrautes Gesicht unter den Offizieren gesehen. Und wenn es ganz schlecht gelaufen wäre, hätte man uns als Hochstaplerinnen verhaftet, festgehalten und uns das somit noch mehr Zeit gekostet.«

»Das könnt auch jetzt noch passieren«, sagt der Soldat, der sie bewacht, heiter. »Ich hab bisher keinen Siegelring gesehen, der mich überzeugt hätte.«

»Den habe ich weggegeben, um anderen Prinzessinnen zu helfen, die man ebenso entführt hat wie mich«, sagt Filryn frostig. »Als Beweis könnte ich ein Muttermal vorzeigen, das meine königliche Herkunft bestätigt. Es befindet sich allerdings auf der Innenseite meines linken Oberschenkels. Mein Vater würde hinterher also jeden köpfen lassen müssen, der es sehen wollte. Aber falls es nicht anders geht, werde ich das gerne tun, solange wir nur endlich vorankommen …«

»Warten wir lieber auf Verstärkung«, sagt der Soldat mit einem unsicheren Grinsen, nicht jedoch ohne auf Filryns Schritt zu blicken.

»Augen hoch, Soldat!«, sagt Decanra drohend. »Weiter!«, fügt sie genervt hinzu, weil er nur bis zu Filryns Brüsten kommt.

Sein kräftiger Kamerad kehrt zunächst mit einem wortkargen Hauptmann zurück, der sich aber auch vor der Verantwortung drückt. Das passiert noch zwei weitere Male, wobei mit jedem Neuankömmling mehr Abzeichen und Fragen folgen – und Filryn in ihrem Gebaren immer ungeduldiger und hoheitlicher wird. Am Ende steht ein General mit schwarzem Kinnbart, rotem Umhang, dunkelbrauner Haut und reich verziertem Schwertheft vor ihnen.

»Wehe, ihr verschwendet meine Zeit!«, sagt er gerade zu dem Untergebenen, der ihn geholt hat. »Dann könnt ihr Gänse rupfen und Scheißpötte leeren, bis ihr alt und grau seid.«

Bei Filryns Anblick reißt der General jedoch die Augen auf und sinkt sofort aufs Knie.

Die anderen Männer, vor allem die beiden einfachen Soldaten vom Anfang, erbleichen – und folgen seinem Beispiel.

Alle starren ein Loch in den Boden.

»General Martifgus«, sagt Filryn zum ranghöchsten Offizier, der beim Klang seines Namens aus dem Mund der Prinzessin ein wenig zusammenzuckt.

Martifgus schluckt schwer, um seinen Hals freizubekommen. »Hoheit. Es wärmt mein Herz, Euch gesund hier vor mir zu sehen. Wir ... wir haben uns alle große Sorgen gemacht.«

»Keine Zeit für Geplänkel, General. Ich bin allerdings ebenfalls froh, ein mir bekanntes Gesicht zu sehen. Stellt Euch vor, ich müsste mich nun einem jungen Offizier erklären, der noch nie im Palast gewesen ist und mich noch nie gesehen hat. Haben wir beide nicht sogar einmal miteinander getanzt, General? Vor zwei Jahren? Beim Thronjubiläum meines Vaters?«

Martifgus schluckt erneut vernehmlich. »Das haben wir, Hoheit. Als ob ich das je vergessen könnte. Es erfüllt mich mit Stolz, dass Ihr Euch daran erinnert.«

»Ihr seid ein guter Tänzer, General. Bringt Ihr mich und meine Retterinnen nun zu meinen Eltern? Sie werden sich bestimmt freuen, mich zu sehen. Außerdem will ich diesem Krieg Einhalt gebieten.«

»Auf der Stelle, Hoheit. Wie Ihr wünscht.«

»Sehr schön. Dazu müsstet Ihr Euch nun aber erheben.«

»Natürlich, Hoheit.« Martifgus nickt, wartet noch kurz, holt Luft, steht dann umständlich auf, tritt zur Seite, macht eine Verbeugung und eine einladende Bewegung: »Bitte.«

»Hoheit«, sagt der jüngere Soldat, der ihnen so frech gekommen ist, da unterwürfig. Er hebt nach wie vor nicht den Blick. »Vergebt mir und meinem Freund. Die Lage ist angespannt, wir haben unsere Befehle, und wir konnten doch nicht damit rechnen, Euch hier anzutreffen. Vergebt uns«, wiederholt er beschämt und noch weit besorgter. »Bitte verzeiht unsere Übereifrigkeit und dass mein Freund einen schlechten

Scherz machte. Hier im Lager geht es rau zu, da gewöhnt man sich gute Manieren schnell ab. Es wäre uns eine Ehre, Euch, General Martifgus und Eure Begleiterinnen zum Zelt des Königs eskortieren zu dürfen. Dann wüssten wir auch, dass Ihr uns nichts nachtragt.«

»Worauf wartet ihr dann noch?«, fragt Filryn leicht belustigt.

Narvila und die anderen grinsen, Cinn schmunzelt immerhin.

»Ich hätt mir das Muttermal zeigen lassen«, sagt Mef, als sie endlich das Lager betreten und sich ihren Weg durch das Gewimmel aus Mensch und Tier bahnen.

Prinzessin Filryn rauscht ins königliche Zelt, das die Größe eines Speisezimmers im Schloss von Narvilas Vater hat und mit Teppichen, Holzmöbeln, einem Himmelbett, einem Ofen und anderem Luxus aufwartet. Außerdem sieht Narvila eine leichtere Version des Kartentisches aus dem Palast in Dretvik. Dieser hier zeigt die Grenze, das Tal und die Umgebung – und zwei farbig gekennzeichnete Armeen, deren Bestandteile sich verschieben lassen.

König Mioban ist nirgends im Zelt zu sehen, dafür sind Königin Ragialda, Lord Aileros, Lerdik und fünf ranghohe Offiziere um den Tisch versammelt. Als Filryn und die *Prinzessinnen* in das Zelt stürmen, schauen alle stirnrunzelnd zum Eingang. Königin Ragialda, die auch in Kriegszeiten und einer silbern glänzenden, goldverzierten Rüstung eine unglaubliche Schönheit ist, entweicht ein ungläubiger Freudenschrei.

»Filryn! Den Göttern sei Dank!«

Die Königin eilt um den Kartentisch herum, damit sie ihre Tochter endlich wieder in die Arme schließen kann.

Doch Filryn ignoriert ihre Mutter, geht schnurstracks an ihr vorbei. Die Königin hält inne, als hätte man sie geohrfeigt, und Narvila fragt sich, ob sie das könnte, ihre Mutter einfach stehen lassen, wenn diese sich so über ein Wiedersehen freut. Aber Narvila weiß natürlich, wieso Filryn das tut – schließlich ist sie dabei gewesen, als die Prinzessin sich Mefs Schlagring geborgt hat.

Genau diesen Schlagring rammt Filryn nun in einem perfekt ausgeführten Hieb, der Cinns nickende Zustimmung erhält, Lord Aileros brutal ins Gesicht. Sein Kopf ruckt herum, und sein überraschtes Netter-Onkel-Lächeln verwandelt sich in eine Fontäne aus Blut und Zähnen, die sich über den Kartentisch und die Miniaturen darauf ergießt. Die Wucht des Schlags wirft den Berater halb auf den Tisch. Sowie er zurückrutscht und sein Oberkörper sich wieder etwas aufrichtet, schlägt Filryn noch einmal zu und zertrümmert Aileros die Nase. Noch mehr Rot spritzt durchs Zelt. Zwei der Generäle treten hastig zurück.

»*Filryn!*«, ruft Königin Ragialda entsetzt. »Was soll das? Was ist hier los? Bist du übergeschnappt?«

»Bin ich nicht, Mutter«, sagt Filryn bebend. Sie zieht den blutigen Schlagring ab, reibt und schüttelt ihre schmerzende Hand. »Aileros steckt hinter meiner Entführung. Dieser elende Verräter hat mich mitten in der Nacht aus meinen Gemächern geholt. Er sagte, dass es Vater nicht gut gehe und ich schnell kommen solle. Dann hat er mich seinen wartenden Mitverschwörern übergeben, die mich geknebelt und verschleppt haben.«

»Wieso hätte er das tun sollen, Liebes?«, fragt die Königin stirnrunzelnd und blickt zwischen ihrer aufgebrachten Tochter und dem blutbesudelten Aileros hin und her.

Der liegt mittlerweile am Boden und gurgelt zu seiner Verteidigung blutigen Rotz. Filryn sieht so aus, als wolle sie ihn treten.

Narvila würde es ihr nicht verübeln, wenn sie daran denkt, wie knapp die Sache im Turm ausgegangen ist.

Filryn antwortet ihrer Mutter: »Weil er und seine Fanatikerfreunde eine finstere Gottheit beschwören wollten. Mit meiner Lebenskraft und der der *Prinzessinnen* öffneten sie ein Portal am Himmel und in eine fremde Realität. Fast hätten sie Erfolg gehabt, und dann wäre Verderben über unsere Welt gekommen. Selbst dieser Krieg ist ihr Werk.« Jetzt tritt Filryn wirklich zu. Aileros stöhnt und windet sich in seinem Blut. »Die Armeen von Lirgoden und Valahmes sollten ein weiteres Opfer für ihre Gottheit sein, die ihnen im Gegenzug Magie und Macht verleihen sollte. Um in einem neuen Zeitalter der Zauberei zu herrschen.«

Aileros spuckt Blut, zersplitterte Zähne und roten Schleim. »Was für eine abenteuerliche Geschichte«, sagt er kaum verständlich und unter großen Schmerzen. Sein herablassendes Lächeln missglückt ihm gründlich, wird zur Grimasse. »Haben diese Söldnerinnen dich angestiftet, das zu sagen? Niemand glaubt dir so ein Märchen, Kind.«

Narvila fürchtet, dass er recht haben könnte. Ihr eigener Vater hat sich nie für ihre Meinung interessiert, und sie kann sich in etwa vorstellen, wie er auf solche Anschuldigungen seiner Tochter gegen einen seiner Vertrauten reagieren würde.

»Ich glaube ihr«, ertönt da jedoch die Stimme von König Mioban, der wohl schon etwas länger im Eingang des Zeltes steht. Er trägt eine prächtige, silbern glänzende Rüstung, auf deren Brustpanzer sich der zweiköpfige Hirsch seiner Familie als goldenes Ornament erhebt. An der Seite hängt das Schwert seiner Ahnen, auf dem Kopf sitzt die Krone über einer Kettenhaube. »Ich schon, alter Freund«, betont Mioban, bedächtig und traurig.

»Mein Freund ...«, blubbert Aileros.

Mioban lässt ihn mit einer Handbewegung verstummen. »Ich habe gespürt, dass du dich in den letzten Jahren verändert hast, Aileros. Du wurdest ... düsterer. Ich schob es auf das Alter, auf unser aller Zweifel und Sorgen. Doch ich hätte nie gedacht, dass es *darauf* hinauslaufen würde. Wir sind ... wir waren wie Brüder. Meine eigene Tochter. *Meine eigene Tochter.* Und dann dieser Krieg. Dieses Abschlachten.« Mioban sieht tief getroffen aus, doch die Trauer in seinem Gesicht weicht der Wut. »Schafft mir diesen fehlgeleiteten Narren aus den Augen und legt ihn in Ketten. Es gibt nun Wichtigeres zu tun. Mit ihm befassen wir uns später.«

Narvila hat selten vernichtendere, verächtlichere Worte gehört, die ein Schicksal so fest besiegelt haben.

»Ich weiß nicht, was hier los ist«, gurgelt Aileros verzweifelt. »Man will mir das anhängen, Mioban! Bitte, alter Freund! Du musst ...«

Filryn bringt ihn mit einem weiteren Tritt zum Schweigen, dann zerrt Lerdik den Berater grob auf die Füße und nach draußen.

Mioban würdigt Aileros keines Blickes mehr. Stattdessen öffnet er die Arme, damit seine Tochter sich hineinwerfen kann. Ragialda kommt hinzu, und Königin, König und Prinzessin bilden ein Dreieck aus Erleichterung und Glück.

»Ihr habt sie wohlbehalten zurückgebracht«, sagt die Königin anschließend zu den *Prinzessinnen.* »Ich danke euch von ganzem Herzen.«

»Wie versprochen, Eure Majestät.« Aiby neigt das Haupt. »Und dennoch herrscht nun Krieg«, fügt sie düster hinzu.

Der König verzieht das Gesicht. »Am vierten Tag nach eurer Abreise erfuhr Zalarnt von Filryns Verschwinden – und nun wissen wir ja auch, wieso das so schnell passieren konnte. Dieser Scheißkerl!« Mioban fährt sich durch den Bart. »Mein bester Freund. Ich kann es noch immer nicht fassen.«

»Es tut mir leid, Vater«, sagt Filryn, als wäre es ihre Schuld, doch Mioban legt ihr nur den Arm um die Schultern und drückt sie noch einmal an sich.

»Ich hätte es früher sehen müssen«, sagt der König. »Aber ich habe die Augen vor der Kluft verschlossen, die sich zwischen ihm und mir aufgetan hat. Weil ich sie nicht sehen wollte.«

Ragialda schildert den *Prinzessinnen* indes, was in ihrer Abwesenheit geschehen ist: »Wie befürchtet, erklärte Königin Zalarnt Lirgoden umgehend den Krieg. Seit dem ersten Zusammenprall ihrer und unserer grenznahen Truppen schickten beide Seiten Regiment um Regiment ins Tal. Wenn ihr genau hinhört, könnt ihr das Toben der Schlacht bis hierher vernehmen. Als wäre das alles, was dieser Ort will und auch bekommt, egal was wir tun, um es zu verhindern.«

»Ich habe das Gespräch mit der Königin und dem Prinzen bereits mehrfach gesucht«, sagt Mioban. Er sieht seine Tochter nachdenklich an. »Und obwohl sich Jurova ernsthafte Sorgen um dich zu machen scheint und wohl zur Waffenruhe bereit wäre, wird seine Mutter nicht so schnell einlenken, nur weil wir ihr mitteilen, dass du zurück bist. Sie würde wohl wieder nur eine List vermuten. Selbst wenn wir deinen Besuch ankündigen.«

»Das dachte ich mir schon«, sagt Filryn. »Du weißt, dass ich Jurova mag, aber gegen seine Mutter kommt er nicht an.«

»Noch nicht – er braucht nur die richtige Frau«, sagt Ragialda. »Dann schafft er das schon bald.«

»Das hilft uns jetzt aber nicht weiter«, seufzt Filryn. »Wir müssen diesem Krieg ein Ende setzen.«

»Wäre ein Teleportationszauber eine Möglichkeit?«, fragt Aiby. »Um die Prinzessin von hier aus direkt vor Königin Zalarnt zu bringen, so schnell und so gefahrlos wie möglich?«

Mioban schüttelt den Kopf. »Wenn in der Nähe des Schlachtfelds mehr als ein Schutzzauber gesprochen wird, gerät alles aus den Fugen. Die alten Abkommen in Bezug auf Magie zu brechen und allein solch einen Zauber vorzubereiten, der Zalarnts Abwehr durchdringen könnte, würde diesen Ort vorher in die nächste Verwüstung verwandeln.«

»Gut, dass es im Krieg hier so gesittet zugeht«, sagt Mef, vermutlich nur, um zu zeigen, dass sie nicht zusammenklappt, bloß weil jemand die Verwüstung oder Magie erwähnt.

»Das Risiko, bei einer Teleportation unterwegs halbiert zu werden, wäre außerdem zu groß«, fügt Ragialda an.

»Ich muss also wirklich das Schlachtfeld durchqueren und Zalarnt ins Gesicht blicken«, sagt Filryn. »Nur dann wird sie einlenken.«

»Das ist viel zu gefährlich«, protestiert Mioban sofort.

»Wahrscheinlich«, stimmt Filryn ihrem Vater zu. »Doch wie lange soll diese Schlacht andernfalls dauern?«

»Wir müssen den Krieg schleunigst beenden.« Ragialda legt ihrem Gatten eine Hand auf den gepanzerten Oberarm – Narvila hätte nicht damit gerechnet, dass die Königin dem Plan ihrer Tochter als Erste zustimmen, ihn sogar unterstützen würde, egal was Filryn über die Bedeutung ihrer Mutter als Ratgeberin gesagt hat. »Wir geben Filryn die besten Krieger mit, die wir haben und die einzig und allein den Auftrag haben werden, sie zu beschützen. Und die Reiterei und eine Kolonne Schildträger sollen einen breiten Korridor schaffen, in dem sie so sicher wie möglich ist. Ein Keil und ein oder zwei Ringe darin, um sie zu schützen. Von unseren Reihen bis auf die andere Seite zu Zalarnt, die dort auf ihrem Hügel steht und die Schlacht lenkt. Blutrünstige alte Schachtel.« Ragialda blickt zum Kartentisch, der gleichsam in die Kategorie blutig fällt. »Das wird noch einmal weitere Leben kosten, keine Frage, doch wenn es hilft, diesem Wahnsinn ein Ende zu setzen …«

»Es ist meine Pflicht als Prinzessin, Vater«, sagt Filryn eindringlich. »Es muss getan werden. *Ich* muss es tun.«

»Du bist so kühn wie deine Mutter«, sagt König Mioban zwischen Stolz und Bedauern, und damit ist es entschieden.

Filryn wendet sich allerdings noch einmal an die *Prinzessinnen.*

»Ich weiß, dass ihr bereits mehr als genug getan habt und es viel verlangt ist. Doch würdet ihr mich ein weiteres Mal beschützen und dorthin bringen, wo ich gebraucht werde?«

Aiby sieht nicht allzu glücklich aus, aber sie sinkt demütig auf ihr rechtes Knie. Narvila, Cinn, Decanra und Mef tun es ihr gleich.

Dies ist nicht mehr die Verwüstung oder irgendeine Straße, wo Überleben und Kameradschaft vor Etikette gehen.

»Euer Vertrauen ehrt uns, Hoheit«, sagt Aiby geschliffen. »Meine Gefährtinnen und ich werden auf dem Schlachtfeld nicht von Eurer Seite weichen.«

Filryn nickt dankbar. »Gesprochen wie eine wahre *Prinzessin …*«

Früher hat Narvila ständig in den Spiegel gesehen, eine neue Haarspange oder ein neues Kleid bewundert. Das ist lange her.

Jetzt würde sie sich allerdings gern selbst betrachten.

Die *Prinzessinnen* halten sich in einem der Zelte auf, die Miobans Armee als Rüst- und Waffenkammern dienen. Hier dürfen sie sich alles nehmen, was sie ihrer Meinung nach brauchen, um auf dem Schlachtfeld Filryns Sicherheit zu gewährleisten.

Narvila fühlt sich etwas überfordert und denkt an Carameks Laden in Sawlinesk, wo sie damals ihre Schwertlanze und ihren Schuppenpanzer bekommen hat.

»Nicht zu viel«, sagt Cinn, weil Narvila gerade wie bei der Anprobe eines Ballkleids ein Kettenhemd vor sich hält. »Aiby kann das tragen. Wir zwei könnten mit so einem Ding nicht mal mehr laufen.«

»Egal was du anziehst«, ergänzt Decanra, »du bist immer noch du. Und du musst so kämpfen können wie sonst. Panzerung ist gut, Beweglichkeit aber genauso wichtig. Wenn es sich zu fremd anfühlt oder du dich nicht mal mehr drehen kannst, bringt es dir nicht viel.«

Letztlich entscheidet sich Narvila für metallene Armschoner, durch mehrere Eisenplatten verstärkte Handschuhe und einen Helm mit Nacken- und Nasenschutz. Die Panzerhandschuhe sind ungewohnt, ihre Arme schwerer als sonst, und auch der Helm fühlt sich eigenartig an und behindert ihre Sicht etwas, aber es wird gehen.

»Ich mag den Helm nicht«, murrt sie dennoch. »Ich sehe Decanra nicht mehr, und sie steht direkt neben mir.«

»In einer Schlacht dieser Größenordnung kämpfen nur Angeber ohne Helm«, sagt Aiby. Sie trägt das von Cinn angesprochene Kettenhemd, Handschuhe derselben Machart und einen großen rundlichen Helm, unter dem ihre platt gedrückten Zöpfe hervorschauen.

Cinn wählt im Großen und Ganzen das Gleiche wie Narvila, verzichtet nur auf die Handschuhe und bleibt bei ihren Bandagen, die sie neu und stramm wickelt. Ihr Helm hat noch einen Kettenschleier, um ihren Mund zu schützen, auf ihren Schultern ragen Metallstacheln empor.

Decanra setzt auf einen leichten Harnisch aus Metall, Armschoner und eine Haube aus fein gearbeiteten Kettengliedern – und natürlich ihren treuen, ramponierten Umhang.

Mef trägt einen filigranen metallenen Brustpanzer, der aus derselben Schmiede stammen könnte wie Königin Ragialdas Rüstung, dazu Armschützer, Panzerhandschuhe und einen länglichen Helm mit Flügeln an den Seiten.

»Wir brauchen auch noch Schilde«, sagt Mef gerade.

»Ich hasse Schilde«, knurrt diesmal Aiby.

»Wenn Zalarnts Bogenschützen einen Pfeilhagel auf uns niederregnen lassen, wirst du für den Schild dankbar sein«, meint Mef.

»Werden sie uns schwer unter Beschuss nehmen?«

»Nur, bis wir ihnen Aug in Aug gegenüberstehen.«

»Das macht es nicht besser, Mef.«

»Nicht?«

Narvila schüttelt den Kopf. »Ich hab noch nie mit einem Schild gekämpft«, sagt sie außerdem.

»Schräg über deinen Kopf halten, wenn der Himmel schwarz vor Pfeilen wird.« Cinn zuckt mit ihren stachelbewehrten Schultern. »Keine große Kunst.«

Die aufgerüsteten *Prinzessinnen* verlassen das Zelt, vor dem ihre bereits ähnlich gepanzerten Pferde schon auf sie warten.

Für ihren Einsatz als Filryns Leibwache auf dem Schlachtfeld werden sie kräftigere Streitrösser reiten. Ihre eigenen, erschöpften Tiere erholen sich auf einer Koppel im Heerlager.

Das Aufsitzen fällt Narvila schwerer als üblich, weil sie mehr Gewicht mit sich herumschleppt und ihr dunkelbraunes Schlachtross größer ist als ihr Schimmel.

»Vor einer Weile hast du gesagt, dass man immer auf seinem eigenen Pferd in den Kampf reiten soll«, sagt Narvila in Aibys Richtung, die auf dem Rücken eines riesigen Rappen thront.

»Aye. Aber nicht, wenn dein Pferd völlig kaputt ist oder noch nie auf dem Schlachtfeld war.«

»Hm.« Narvila kaut auf ihrer Unterlippe. »Ich war auch noch nie auf einem Schlachtfeld, wie du dich vielleicht erinnerst.«

»Nach dem, was ich im Turm gesehen hab, bist du für alles bereit.« Narvila will ihr gerade danken, da fügt Aiby hinzu: »Außerdem ist niemand je wirklich für eine Schlacht *bereit*. Denk nicht zu viel drüber nach. Das ist der größte Fehler, den man machen kann.«

»Zu spät«, sagt Narvila.

Doch Aiby lacht nur, weil sie es für einen Scherz hält. Sie will sich über ihre Zöpfe fahren und hält inne, als sie den Helm ertastet.

Narvila ruckt an ihrem eigenen Kopfschutz herum. »Vielleicht wär jetzt ein guter Moment, um mir die Geschichte der Bergziegen-Prinzessin zu erzählen? Falls wir hiernach keine Gelegenheit mehr dazu haben sollten, du weißt schon.«

»Vergiss es. Die Geschichte nehmen wir mit ins Grab.«

»Hoffentlich nicht heute«, murmelt Narvila.

Filryn reitet auf einer großen Schimmelstute zu ihnen. Die Rüstung der Prinzessin sieht wie die ihrer Mutter aus. Dazu trägt sie ein Schwert, das vielleicht nur Symbolcharakter hat, einen großen, an ihren Arm geschnallten Schild, was sicher eine gute Idee ist, und einen Helm, dessen verziertes Visier noch heruntergeklappt werden muss.

Wie in der Verwüstung nehmen die *Prinzessinnen* Miobans Tochter in die Mitte. Ihre Gruppe wiederum wird von fünfzig Soldaten der königlichen Leibgarde beschützt. Den nächsten Kreis ihrer Formation bilden in drei Reihen hundert Schild- und Speerträger. Vor alldem reitet in Keilformation eine eindrucksvolle Abteilung der gepanzerten Ritter von Lirgodens Kavallerie – gewissermaßen die Spitze ihres Speeres, den sie tief in Valahmes' Linien rammen müssen, um auf die andere Seite des Schlachtfeldes und des Tals zu kommen.

Dass sie aller Wahrscheinlichkeit nach viele Leben werden opfern und nehmen müssen, um am Ende noch mehr Leben zu retten, verdeutlicht in Narvilas Augen nur den Wahnsinn des Krieges.

Ihr ist klar, dass all die Menschen, Tiere, Waffen und Rüstungen, die sie und Filryn Schicht für Schicht, Ring für Ring umgeben, auf Sicherheit abzielen. Doch ehrlich gesagt fühlt sie sich lediglich wie damals, umringt von der *Famosen Metzelei* – als würde es für sie keinen Ausweg mehr geben. Ihre Nerven flattern, ihr Magen und ihr Arsch ziehen sich krampfhaft zusammen, dabei sind sie noch im Heerlager auf Lirgodens Seite, wird noch kein Druck auf sie ausgeübt.

Versucht noch niemand, sie zu töten.

Trotzdem speit Narvila plötzlich einen bitteren Schwall Galle vom Rücken ihres Schlachtrosses auf den Boden.

Niemand sagt etwas, obschon sie die verächtlichen Blicke einiger Soldaten bemerkt und Decanra mitfühlend die Lippen zusammenpresst.

»Dachte, das hätt ich hinter mir«, sagt Narvila und spuckt aus.

»Mir geht's genauso«, erwidert Prinzessin Filryn. »Ich habe Angst, dass ich in meinen Helm kotze, wenn ich das Visier runterklappe.«

Narvila weiß diese Worte zu schätzen, ist jedoch trotzdem genervt, dass sie vom Rücken eines fremden Pferdes kübelt. Sie kommt sich seit Längerem erstmals wieder wie eine blutige Anfängerin vor. Sogar noch schlimmer, denn jetzt weiß sie ja, wozu sie fähig ist.

»Bleib ruhig«, sagt Mef, die auf Filryns anderer Seite kerzengerade im Sattel sitzt und mit ihrem Flügelhelm wie eine Kriegerkönigin aus vergangenen Zeiten aussieht.

»Geht schon wieder.« Narvila wischt sich über den Mund, schmeckt das kalte Metall und zieht tief die Luft ein, selbst wenn die nach Pferd, Rauch, Mist und anderem riecht – die Lazarette und die nächsten Latrinen sind zum Glück weit genug weg, und der Wind steht günstig.

Mef sieht Narvila verwirrt an. »Ich hab mit deinem Gaul geredet, Süße. Um dich mach ich mir überhaupt keine Sorgen.«

Das ringt Narvila dann doch ein knöchernes Grinsen ab.

Fürs Erste beziehen sie auf einer der letzten großen Anhöhen über dem Tal Aufstellung. Unter ihnen breitet sich wie ein wogendes Meer das Schlachtfeld aus. In der Ferne erkennt Narvila die gegenüberliegenden Hügel und dahinter Valahmes' Feldlager. Dazwischen herrscht ein einziges Gewimmel, kämpfen die rot-schwarz gekleideten Krieger mit dem Hirsch-Doppelkopf von Filryns Familie gegen Zalarnts Soldaten in Lila-Gelb und mit der stilisierten dornigen Rose auf ihren Waffenröcken. Beide Wappen sind auf unzähligen Fahnen, Bannern und Standarten zu sehen.

Narvila versucht die Schlacht zu lesen, ihre Struktur und ihren Stand: Die am Kartentisch ausgebrüteten taktischen Manöver und die vielen kleinen individuellen Konflikte innerhalb der vermeintlichen Schlachtordnung – die plötzlich entstehenden Situationen, die für die Krieger im Getümmel ein brutaler, chaotischer Kampf ums nackte Überleben sind. In diesen Momenten verkommen die besten Strategien wahrscheinlich zu Wunschvorstellungen der Befehlshabenden, die nicht lange in der Wirklichkeit des Gemetzels an der gekrümmten Frontlinie überdauern.

Und so oder so sterben dort unten viele Menschen.

»Hauen und Stechen«, sagt Narvila kopfschüttelnd. Ihr Magen meldet sich wieder. »Sicher, dass wir uns da reinstürzen sollen?«

»Zum Umkehren ist es jetzt zu spät«, grinst Mef humorlos, und Narvila versucht den Gedanken zu verdrängen, wie es mittlerweile wohl um Mefs Todessehnsucht stehen mag.

Ihr Plan sieht vor, dass zwei andere Abteilungen von Lirgodens Kavallerie sowie eine stattliche Anzahl Schwertkämpfer, Lanzenträger und Bogenschützen von Südwesten her Valahmes' linke Flanke angreifen. So will man die Aufmerksamkeit des Gegners auf eine Seite ziehen, sodass Filryns Gruppe bei ihrem ungewöhnlichen, konzentrierten Vorstoß auf weniger Widerstand trifft.

Das Ablenkungsmanöver ist bereits in vollem Gange. Signale werden per Flagge und Horn weitergegeben und von den Hauptleuten und Soldaten auf dem Schlachtfeld umgesetzt.

Mit bekümmerter Faszination folgt Narvila den so angestoßenen Bewegungen beider Armeen, die wie Wellen durch ihre jeweiligen Reihen laufen, den Rhythmus und das Muster des Kampfes im Tal sichtlich verändern.

Dann setzten sie sich auf eines der Signale hin endlich ebenfalls in Bewegung. Schwungvoll reiten sie den Hügel hinab auf die Ebene, wo sie durch eine Gasse aus Rot und Schwarz donnern, die ihre Mitstreiter ihnen geöffnet haben.

Narvilas Sinne werden von den intensiven Eindrücken geflutet. Diese jüngste Schlacht im Tal der Tränen ist ein Albtraum aus zu vielen Leuten, Pferden, Waffen und Kriegsmaschinen, aber auch aus Hufgetrampel, Fanfarenstößen, Gebrüll, Wiehern, Klirren, Scheppern sowie durchdringenden Schreien. Sie kann das, was sie sieht, hört, riecht und fühlt, gar nicht richtig verarbeiten, so viel ist es.

Nur wenige Pfeile werden in ihre Richtung geschossen, da die Bogenschützen von Valahmes noch woanders im Einsatz sind. Die Pfeile, die sich aus dem Himmel auf sie herabsenken, bohren sich ploppend in emporgereckte Schilde. Narvilas Arm protestiert gegen den Aufprall eines Pfeils im metallverstärkten Holz.

»*Geschoss!*«, ruft plötzlich jemand, und andere greifen es auf.

Narvila sieht sich hektisch um, dann schaut sie nach oben und erblickt den großen Felsbrocken, der aus dem Himmel geflogen kommt – und eine todbringende Schneise in Miobans Truppen reißt.

»*Geschoss!*«

Ein weiterer Stein aus einem Katapult auf Valahmes' Seite sorgt für noch mehr Sterben und Unordnung.

Narvila überlegt grimmig, dass sie sich um Steine und Pfeile wenigstens keine Gedanken mehr machen müssen, wenn sie nahe genug am Feind sind, da Zalarnt wohl kaum ihre eigenen Leute beschießen dürfte.

Es dauert nicht mehr lange, bis sie diese Theorie überprüfen kann.

Am Ende des Korridors in den eigenen Reihen bahnt ihnen Miobans schwere Reiterei mit ungebrochener Geschwindigkeit gewaltsam einen Weg nach vorn – mitten durch die vorderste Linie von Königin Zalarnts überrumpelter Armee, die mit so viel Druck auf dieser Seite der Schlacht, dieser Stellung nicht gerechnet hat. Die Durchschlagskraft der Ritter ist enorm. Die Schildträger und Speerkämpfer, die zu Fuß hinter den Berittenen herrennen, sichern die Stück für Stück verlängerte Gasse, in der sich Filryn und ihre Leibgarde vorwärtsbewegen.

Eine Weile kommen sie besser voran als erwartet.

Allerdings verlangsamt sich ihr überraschender Vorstoß, der parallel zum Angriff auf der anderen Flanke stattfindet, sobald Zalarnt und ihre Offiziere darauf reagieren, dass die Gegner eine Schneise durch ihre Infanterie schlagen. Der Fortschritt von Filryns Truppe wird stetig geringer, ihr Raumgewinn merklich kleiner.

Dann gehen Valahmes' Soldaten aus drei Richtungen auf sie los. An der Spitze ihrer Keilformation, die Prinzessin Filryn ans andere Ende des wogenden Schlachtfelds bringen soll, bemühen sich Lirgodens Ritter nach Kräften weiter, mehr hufzertrampelten, blutgetränkten Boden zu erobern. Doch der Druck auf die Schild- und Speerträger an den Seiten nimmt mit jeder Attacke im Rücken der Reiterei zu. Auch hinter ihnen wird gekämpft, droht der Korridor eingedrückt und vom Rest ihrer Armee abgeschnitten zu werden. Schließlich dringen auf mehreren Seiten die ersten Soldaten in blutigem, dreckigem Lila-Gelb durch die äußerste Reihe ihres Schutzwalls um Lirgodens

Prinzessin. Die Kämpfer von Filryns Garde empfangen sie mit Schwertern, Lanzen, Speeren und Schilden. Doch immer mehr feindliche Soldaten gelangen hinein.

»*Jetzt wird's ernst!*«, brüllt Aiby, und kaum dass die Worte ihren Mund verlassen haben, bricht auf Decanras Seite der zweite Wall um Filryn ein, dringen die ersten Krieger von Zalarnt zur Prinzessin und den *Prinzessinnen* vor.

Fast zeitgleich passiert dasselbe auf Narvilas Seite.

Narvila und ihre Gefährtinnen, die Filryn stets in ihrer Mitte halten, bereiten den Angreifern einen gebührenden Empfang. Sie hacken, stechen, treten, stoßen und hauen aus erhöhter Position auf alles ein, was sich ihnen und Miobans Tochter nähert und dabei nicht Rot-Schwarz oder einen Hirsch im Wappen trägt.

Aiby, deren Axt in alle Richtungen pendelt, scheint wie gemacht für diese Schlacht, in der sie buchstäblich Köpfe rollen lässt. Decanras überallhin austeilender Krummsäbel wetteifert mit Aibys Axt. Mefs Schwert, von Wut und Kummer getrieben, hebt und senkt sich unermüdlich, hüllt sie in einen Sprühregen aus Blut. Einmal sieht Narvila eine Darmschlinge daran baumeln. Während Cinn mit den Schenkeln ihr Pferd lenkt, blitzen ihre roten Dolche so schnell hin und her, dass sie verschwimmen, ernten sie Leben, als wären die Männer Ähren.

Auch Narvila hat ihre Nervosität im Griff und lässt ihre Schwertlanze sicher ins Ziel treffen, mäht Gegner um Gegner nieder, stößt in Augen und Hälse, Nacken, Bäuche und Schultern. Sie folgt sogar Cinns Beispiel und entledigt sich trotz Aibys Mahnungen vorhin im Zelt ihres Schilds, um beide Hände frei zu haben, was ihre Effizienz und ihre Selbstsicherheit umgehend steigert.

Nach einer Weile gelingt es Filryns Leibwache, die Lücken in ihrem Wall vorerst wieder zu schließen, während die Ritter vorn ein paar weitere hart umkämpfte Pferdelängen gutmachen. Allerdings häufen sich daraufhin die Durchbrüche, und Narvila und ihre Freundinnen werden ohne Unterlass in Kämpfe verwickelt – und sie sind noch ein ganzes Stück von der Anhöhe entfernt, auf der Königin Zalarnt mit ihrem Sohn und ihren Generälen die Schlacht orchestriert.

Dann wird das Pferd eines Ritters von König Mioban trotz Panzerung von einer Lanze durchbohrt. Das mächtige Tier bäumt sich laut wiehernd auf und fällt in Narvilas Hengst hinein, der zwar zur Seite tänzelt, jedoch letztlich ebenfalls stürzt. Narvila, die wenigstens rechtzeitig aus den Steigbügeln kommt, kriecht schleunigst von den verkeilten, wild ausschlagenden Rössern fort, kommt auf die Beine und lässt aus purem Instinkt ihre Schwertlanze herumwirbeln – und schaltet einen Gegner in Lila-Gelb aus, der seinen Streitkolben schon auf ihren Kopf schmettern will.

Gehetzt blickt sich Narvila um. Hier am Boden sind das Gemetzel und das Chaos noch größer, noch einschüchternder.

Noch unberechenbarer.

Der Gestank von Blut, Scheiße und Tod liegt wie Rauch in der Luft, der Hauch von Verderben hüllt sie ein. Narvila hat das Gefühl, jeden Augenblick und aus jeder beliebigen Richtung einen fatalen Treffer kassieren zu können. Nach ein paar Zusammenstößen und regelrechten Duellen mit Soldaten der Gegenseite scheint sie außerdem immer weiter vom Zentrum ihrer Formation abgedrängt.

Wo sind die anderen, verfickt noch mal?

Kurz sieht sie Aibys mächtige rote Axt über einem Pulk Soldaten aufragen, aber dann verdichtet sich das Meer aus

Leibern, Waffen, Standarten und Pferden zwischen ihnen, und Narvila ist allein im Gewühl. Sie hat alle Hände voll damit zu tun, am Leben zu bleiben. Um sie herum sterben Soldaten wie die Fliegen, und sie muss alles aufbringen, damit sie nicht ebenfalls ein Opfer dieser Schlacht wird. Blut und Eingeweide spritzen und machen den schlammigen Boden noch rutschiger.

Einmal stolpert Narvila über einen abgetrennten Kopf, der noch im Helm steckt. Ein anderes Mal entgeht sie einem Schwertstich nur, weil ihre Stiefel in einer Blutpfütze den Halt verlieren und sie beim Versuch, das Gleichgewicht zu wahren, eine ruckartige Bewegung macht. Die überrascht sie selbst genauso wie den gegnerischen Schwertkämpfer, dessen Schlag ins Leere geht und dem Narvila dafür mit ihrer Lanze den Hals durchstößt.

Narvila steht in einem Schauer aus Blut, blinzelt, wischt sich über die Augen und hat nun vollends die Orientierung verloren. Sie weiß nicht mal mehr genau, in welche Richtung sie eigentlich gehen muss – geschweige denn, wo die anderen *Prinzessinnen* sein könnten oder wohin sie sich wenden soll, um sich wieder mit ihnen zu vereinen.

Die Schlacht – das Schlachten – hat keinen Anfang und kein Ende, kein Hier und kein Dort mehr, lediglich ein einziges wahnsinniges, lebensverschlingendes, panisches und chaotisches Mittendrin. Beim Gedanken, hier allein und anonym in einer kriegerischen Begegnung zweier fremder Länder zu sterben und als eine unter vielen auf oder unter einem Leichenberg zu landen, schaudert Narvila.

Manche Kämpfer in ihrer Nähe sind so mit Blut, Kotze, Schlamm und anderem bespritzt, dass Narvila nicht sofort erkennt, auf welcher Seite der unbekannte Soldat steht. Im Bruchteil eines Gedankens muss Narvila daher erfassen, ob eine vor ihr im Gemetzel auftauchende Gestalt Freund oder Feind ist, welche Bedrohung am nächsten, welcher Widersacher am ehesten ihren Tod bedeuten könnte oder wen sie vielleicht gerade im Augenwinkel fast übersehen hätte.

Bald schon kämpft Narvila nicht länger mit dem Kopf, sondern allein mit ihren Instinkten. Irgendwann ist der Schaft ihrer Lanze so glitschig, dass sie das Risiko eingehen und die Panzerhandschuhe ausziehen muss, um wieder einen festeren Griff um ihre Waffe zu erlangen. Dass Aiby Narvilas Lanze unterwegs nach Dretvik einmal mit Schweinefett eingeschmiert hat, scheint ein lustiger, kindlicher Traum aus einem anderen Leben zu sein.

Ein erfahrener Soldat aus Valahmes wählt genau den Augenblick, da Narvila einen ihrer Handschuhe abstreift und ihre Waffe zwischen Schulter und Hals eingeklemmt hält, um auf sie loszugehen. Narvila schmettert ihm kurzerhand die verbliebene stählerne Faust ins Gesicht, und der Mann prallt zurück. Als er blutspuckend zu ihr herumfährt und sein Schwert auf sie niedersausen lassen will, hat Narvila den Handschuh abgeschüttelt und ihre Lanze wieder mit beiden Händen gepackt. Sie pariert den Hieb, nur um mit einem Schrei zurückzuschlagen und dem Soldaten die Leiste bis hoch in den Unterbauch aufzuschlitzen, als sei er ein Ghul. Blut spritzt aus einer geöffneten Ader.

Einen Kameraden des Mannes, der dessen Stelle im Getümmel einnimmt, streckt sie mit einem Hieb nieder, der praktisch schon im sterbenden Schwertkämpfer seinen Anfang genommen hat – und diesem zweiten Krieger den Arm abtrennt. Wieder regnet Blut auf Narvilas Gesicht. Trotzdem erkennt sie, dass es immer weniger rot-schwarze und immer mehr lila-gelbe Waffenröcke um sie herum werden. Sie muss sich so vieler Feinde erwehren wie noch nie, manchmal dreier oder vierer zugleich. Ihre Lanze hält nie still. Wahrscheinlich dauert es nicht mehr lange, bis sie eine Speerspitze oder eine Schwertklinge erwischt. Ein Streich aus dem Sturm des Gemetzels, den sie nicht einmal kommen sieht, während sie sich gerade einem anderen Gegner und einer anderen Waffe stellt.

Narvila bleckt die Zähne. So endet dann also das Leben dieser jungen, dummen Prinzessin aus dem beschaulichen Besgios, die über sich selbst hat bestimmen wollen.

Nun findet sie ihre Bestimmung inmitten eines widerlichen Eintopfes aus Schlamm, Blut, Leichen, Tränen, Pisse und Scheiße.

Narvilas Lanze verschwindet gerade im Leib eines Soldaten aus Valahmes, als sie den Speerstoß eines anderen Angreifers von der Seite eher erahnt denn wirklich spürt.

So oder so hat sie ihm nichts entgegenzusetzen.

Sie schreit in Erwartung des tödlichen Stichs und des feurigen Schmerzes.

Doch der Speerstoß und der Schmerz bleiben aus.

Decanra, die eine heftig blutende Schnittwunde über dem Auge hat, schlägt den Speer mit ihrem Säbel zu Boden, und im nächsten Moment spaltet ihre Waffe den Oberkörper des Soldaten beinah mittig.

Und da sind auch Aiby, Mef, Cinn und Filryn, die auf ihren Pferden sitzen, sowie eine erfreulich große Anzahl Soldaten aus Miobans Armee, die auf einmal um Narvila ausschwärmen und ihr etwas Luft verschaffen. Selbst mehrere der Ritter hoch zu Ross, die ihren Angriff angeführt haben, formieren sich neu um sie.

»Narvila! Du bist zu weit vorausgeeilt!«, ruft Aiby wütend, als sie neben ihr ankommen. »Bleib bei uns, verdammt!«

Narvila nickt keuchend, unfähig, etwas zu sagen.

Sie schnappt sich ein herrenloses ritterliches Ross und sitzt wieder auf.

Lirgodens Kavallerie schiebt ihren Vorstoß von Neuem an.

Hinterher kann Narvila nicht sagen, wie viele Gegner noch unter ihrer Schwertlanze fallen, wie viele Männer sie noch sterben sieht. Wie oft die *Prinzessinnen* einander noch das Leben retten oder Filryn hinter ihrem riesigen Schild im letzten Moment vor einem Angreifer bewahren, der ihre Linie durchbrochen hat.

Aber sie gelangen, trotz aller Verluste und allen Wahnsinns, ans andere Ende des Tals.

Nun ist eine letzte Anstrengung nötig.

Im Kielwasser der besten Ritter aus König Miobans Armee kämpfen sie sich Schritt für Schritt, Pferdelänge um Pferdelänge bis zu der Anhöhe durch, von der aus Königin Zalarnt, ihr Sohn und ihre Berater die Schlacht verfolgen und lenken.

»Das Banner!«, befiehlt Filryn schreiend, als sie am Fuß des Hügels angekommen sind und der Widerstand der dicht gedrängten Gegner endgültig zu groß ist, um auch nur eine Schwertspitze weiterzukommen.

Ein Soldat holt ein Stück glänzenden Stoff aus dem Rucksack eines Mitstreiters, bindet es an eine Lanze und reckt diese empor – und auf einmal schwenkt er ein riesiges, strahlendes Banner über ihnen hin und her, das für Prinzessin Filryn und ihre Ehe mit Prinz Jurova steht: zwei einander zugeneigte Hirschköpfe mit einer Rose ohne Dornen zwischen sich, in Rot, Schwarz und Gelb.

Außerdem nimmt Filryn jetzt, da sie dicht genug an Zalarnts und Jurovas Stellung herangekommen sind, ihren Helm ab und blickt zum Hügel empor. Wer sie und ihre Schönheit kennt, kann aus dieser Nähe unmöglich glauben, einer Doppelgängerin und einer Kriegslist auf den Leim zu gehen. Deshalb haben sie das Banner auch nicht vorher entrollt. Filryn und das Banner zusammen sind aus dieser Nähe unübersehbar – und vor allem unverwechselbar.

Der Teil von Narvila, der solche Geschichten früher geliebt hat, würde gern glauben, dass es Prinz Jurova persönlich ist, der seine Verlobte unter ihrem gemeinsamen Banner erblickt und daraufhin befiehlt, den erbitterten Angriff auf die Soldaten, Ritter und Söldnerinnen einzustellen, die sich zusammen mit Filryn so tief in diese Seite des Schlachtfelds gebohrt haben.

Und womöglich ist es genau so geschehen, denn der von seiner eigenen Leibwache umgebene Jurova reitet sogar ein Stück die Anhöhe hinab, seiner verloren geglaubten Braut entgegen.

Sie reden kurz miteinander, woraufhin der Prinz Filryn und ihre *Prinzessinnen*-Leibgarde höchstpersönlich zurück nach oben führt. Nun öffnet ihnen die Armee von Valahmes freiwillig einen Korridor. Ritter und Fußsoldaten bleiben zurück, das Schlimmste fürchtend, das Beste hoffend, wie Narvila auch.

Königin Zalarnt, die auf einem blitzsauberen Schimmel sitzt und das Spektakel mit unbewegtem Gesicht beobachtet, erwartet sie bereits. Unter den wachsamen Blicken Hunderter Soldaten schwingen sich Filryn, Narvila, Aiby, Cinn, Decanra und Mef aus dem Sattel und folgen dem ebenfalls abgestiegenen Prinzen sowie dessen Eskorte.

»Ein echter Prinz«, spöttelt Mef. »Seht nur, wie nobel er aussieht, während er die Prinzessin in Nöten rettet.«

»Mef«, mahnt Aiby erschöpft.

»Ist doch wahr. Wir haben sie hierhergebracht. Nicht er.«

»Darum geht's nicht.« Aiby nimmt ihren Helm ab, fährt sich über ihre zerdrückten Zöpfe. »Wir haben unseren Teil erfüllt. Also halt die Klappe. Sei froh, dass er gekommen ist. Wir hätten uns nicht durch noch mehr Gegner pflügen können.«

Inzwischen haben sie angehalten. Filryn steht direkt vor Königin Zalarnt, die zu Narvilas Erstaunen keineswegs wie eine mordlüsterne böse alte Hexenkönigin aussieht, sondern trotz der Rüstung, der Kettenhaube unter ihrer Krone und ihrer versteinerten Miene wie eine nette ältere Dame adliger Abstammung wirkt, die großen Wert auf Manieren legt.

Filryn dagegen, den Helm unter den Arm geklemmt, das Haar schwer zerzaust, ist wie Narvila und die anderen über und über mit dem Blut und dem Dreck des Schlachtfeldes besudelt.

Dennoch tritt Filryn an der Seite ihres Verlobten hocherhobenen Hauptes vor dessen Mutter.

»Seid gegrüßt, Majestät!«, sagt Filryn zu Königin Zalarnt, und der Irrsinn der Schlacht und die Erleichterung darüber, ihn überlebt zu haben, bahnen sich mit einem wilden Grinsen einen Weg auf ihr junges, schönes Gesicht. »Oder noch besser und richtiger: Seid gegrüßt, verehrte Schwiegermutter!«

Königin Zalarnts schmales Gesicht ist eine regungslose Maske, ihr durchdringender Blick auf Filryn gerichtet.

Selbst Cinn könnte von diesem Starren noch etwas lernen.

Filryn sagt davon unbeeindruckt: »Die Gerüchte über mein Verschwinden sind übertrieben, wie Ihr sehen könnt. Ich bitte Euch, das sinnlose Abschlachten tapferer Männer aus unser beider Länder zu beenden und wie geplant mit den Hochzeitsvorbereitungen fortzufahren, um unsere Nationen in Frieden zu vereinen. Alle Verträge sind gewahrt, alle Vereinbarungen gültig. Um Euch dies zu sagen, habe ich ein Schlachtfeld überquert und stehe nun in Fleisch und Blut vor Euch, damit Ihr keinen Zweifel an den Absichten Lirgodens mehr hegen müsst.« Sie schnappt sich die Hand ihres beeindruckt schweigenden Verlobten. »Wir wollen diese Verbindung. Wir wollen Frieden.«

Zalarnt mustert ihre künftige Schwiegertochter einige Momente lang schweigend – und gibt ihren Generälen schließlich einen Wink, woraufhin Flaggen geschwenkt und Signalhörner geblasen werden.

Prinzessin Filryn und Prinz Jurova drehen sich um.

Jurova küsst Filryns Finger zwischen den seinen, dann hebt er den Arm seiner Braut in die Höhe.

Die Soldaten aus Valahmes und Lirgoden jubeln laut.

Narvila realisiert erst gar nicht, dass sie ebenfalls ihre Erleichterung in die Welt hinausschreit.

Aiby, Decanra und Mef umarmen einander.

Narvila zieht die überraschte Cinn an sich. »Wir haben's geschafft!«, sagt Narvila glücklich.

»Pass auf die Stacheln auf«, sagt Cinn. »Und ja, der Rückweg dürfte erheblich leichter werden.«

EINST

Wieso spionieren wir noch gleich einem verfickten Riesen hinterher?«, fragte Mef, während sich die Nacht über das Tal senkte.

Die *Prinzessinnen* saßen auf einem Berg, dessen schwer zugänglicher Gipfel über ihnen in der Dunkelheit verschwand. Sie hockten hinter ein paar großen Felsbrocken und warteten darauf, dass etwas passierte.

»Ich hab den Grund dafür schon wieder erfolgreich verdrängt«, schloss Mef unbekümmert.

»Weil wir herausfinden müssen, was mit diesem Riesen los ist«, erläuterte Sacipha geduldig. »Wieso er jede Nacht diese Wanderung durchs Tal macht. Und dabei so viel zerstört. Die Menschen der Gegend bezahlen uns dafür, dass wir dem einen Riegel vorschieben.«

»Ich häng wie immer an deinen reizenden Lippen und sauge jedes deiner honigsüßen Worte auf, Geliebte«, versetzte Mef. »Doch der Sinn des Ganzen erschließt sich mir leider immer noch nicht.«

»Wir beobachten den Scheißriesen, weil ich das so entschieden hab.« Aiby schnaubte. »Vielleicht erschließt sich dir das ja eher.«

»Geht so«, meinte Mef grinsend.

Der Riese, dessentwegen sie hier waren, kam angeblich auf zig Manneslängen – eine Formulierung, die Mef sehr erheitert hatte. Zwar griff er auf seinem nächtlichen Spaziergang durch das Tal keine Menschen an, beschädigte in seiner trampelnden Unachtsamkeit aber ständig Straßen, Felder, Weiden, Häuser und Tempel. Allerdings sollten Aiby, Sacipha und die anderen ihn nicht verletzen oder gar töten, da er der Neffe eines Riesenhäuptlings aus den Hügeln auf der anderen Seite des Tals war und es uralte Vereinbarungen zwischen Menschen und Riesen gab, bei denen ein Rinder-Tribut sowie Staudämme gegen das Frühlingshochwasser eine Rolle spielten. Darum war es besser, wenn der unachtsame Gigant gar nicht erst erfuhr, dass die Bewohner des Tals ihn als Problem betrachteten.

Die *Prinzessinnen* hatten herausgefunden, dass seine verhängnisvollen Streifzüge jede Nacht zu einem bestimmten Berg und ferner einem ganz bestimmten Felsüberhang führten, an dem er sich mehrere Stunden aufhielt, bevor er seinen genauso zerstörerischen Rückweg antrat. Was er an dieser Klippe trieb, die wie ein Steg ins Nichts und in das Tal ragte, hatten die Söldnerinnen von unten nicht sehen können.

Deshalb lagen sie nun hier oben auf der Lauer und behielten den Überhang aus ihrem Versteck heraus auf Augenhöhe im Blick.

Sie hörten den Riesen schon von Weitem – das Stapfen und Dröhnen seiner Schritte, das Reißen und Krachen umstürzender Bäume, das panische Blöken flüchtender Schafe und Rinder, die den Riesen erstaunlicherweise keinen Deut scherten, obwohl sie für ihn ein Mitternachtshappen auf vier Beinen waren. Der Koloss erreichte die Klippe, die ihm bis zur Brust ging, verschränkte die Arme auf der Kante, bettete das Kinn auf seine Unterarme und wartete.

Die *Prinzessinnen* taten es ihm gleich.

Irgendwann ließ sie Hufschlag hinter ihnen am Berg aufhorchen.

Eine schneeweiße Bergziege, deren Fell im Mondschein förmlich leuchtete, kam aus der Dunkelheit angerannt. Sie galoppierte meckernd am Versteck der Söldnerinnen vorbei, eigenartigerweise genau auf den Rand der Klippe und den Riesen zu.

»Essenszeit«, raunte Mef, und Sacipha knuffte sie leicht.

Zu ihrer aller Erstaunen lächelte der Riese jedoch. Die Bergziege erreichte das Ende des langen Felsstegs und schmiegte sich an die haarigen Arme und das grobe, bärtige Gesicht des Riesen; er streichelte sie vorsichtig mit einem Fingerknöchel und seiner Nase.

»Du hast mir gefehlt, mein Zicklein«, sagte der Riese, so sanft er konnte.

»Du mir auch, Großer«, antwortete die Ziege in der Sprache von Menschen und Riesen. »Aber gestern konnte ich mich nicht davonstehlen, tut mir leid.«

»Ich glaub, mich tritt ne Kuh«, brummte Aiby leise. »Die Ziege kann sprechen.«

»*Das* ist es, was dir seltsam vorkommt?«, fragte Mef etwas zu laut.

Die Ohren der Bergziege zuckten. Sie drehte sich um und starrte zu den Felsen, hinter denen die *Prinzessinnen* kauerten.

»Wir sind nicht allein«, sagte sie zu ihrem Riesen.

»Kommt raus!«, befahl dieser donnernd.

»Wir wollen nur reden«, rief Aiby, die als Erste aufstand und ihre Axt bewusst außer Sicht ließ. Nach und nach erhoben sich auch die anderen.

Der Riese hielt schützend eine flache Hand vor die Bergziege, die daraufhin wie hinter einer Mauer verschwand.

»Jetzt kann ich nichts mehr sehen«, beschwerte sie sich prompt.

»'tschuldige«, sagte der Riese und nahm die Hand wieder hoch.

»Was soll das Versteckspiel?«, fragte die Ziege. »Was wollt ihr hier?«

»Wir wollten nur wissen, wieso jede Nacht ein Riese hierherkommt«, sagte Aiby, und das war ja nicht einmal gelogen.

»Geheimnis gelüftet«, sagte die Ziege. »Jetzt verpisst euch!«

»Reg dich nicht auf, Schatz«, bat der Riese.

»Denkst du denn, die sind nur aus Neugierde hier?«

»Vermutlich nicht. Doch was sollen sie uns schon tun? Ich kann sie jederzeit zerquetschen oder vom Berg fegen. Wie du willst.«

Der Riese würde mindestens ein paar Finger und ein Auge verlieren, sollte er das versuchen.

Aibys Stimme blieb neutral, als sie fragte: »Wieso lebt ihr beide nicht zusammen auf einem Berg? Es scheint mir etwas seltsam, Nacht für Nacht das ganze Tal zu durchqueren ...«

»Subtil«, hustete Mef hinter ihrer Faust.

»Ich weiß zwar nicht, was euch das angeht, aber: Ich gehöre einem Zauberer«, erklärte die Ziege mürrisch. »Er wohnt da oben auf dem Gipfel in einer Höhle. Er lässt mich nicht auf die andere Seite des Tals ziehen. Er sagt, wenn ich gehe, laufen all seine Ziegen fort, weil ich das Leittier bin.«

»Sozusagen die Bergziegen-Prinzessin, was?«, entfuhr es Mef, deren Mundwinkel und Narbe zuckten. »Also genau unser Fachgebiet, Aiby.«

»Sei still!«, zischte Sacipha.

Cinn verpasste Mef sogar einen Faustschlag auf die Schulter.

»Der alte Mistkerl weiß, dass ich nicht an den Gipfel rankomm«, donnerte der Riese, vorübergehend bar jeder Sanftheit. »Es ist zu steil, und ich bin zu schwer. Und wenn ich Steine oder Stämme werfe, könnte das den ganzen Berg ins Rutschen bringen. Sonst würde der Zauberscheißer sich das nicht trauen.«

»Wie wär's mit Weglaufen?«, schlug Mef der Ziege vor.

»Dass ich da nicht selbst drauf gekommen bin!« Die Ziege starrte Mef an, und es folgte ein Duell der Blicke, das keine für sich entscheiden konnte. »Der alte Magier hat mich verzaubert«, blökte die Ziege schließlich. »Verlass ich den Berg, sterb ich.«

»Ist das möglich?«, wollte Aiby von Sacipha wissen.

»Es gibt Zauber, die an Orte, Punkte oder Grenzen gebunden sind«, antwortete Sacipha. »Wie magische Wächter. Oder Sprengfallen.«

»Dann müssen wir mit dem Zauberer verhandeln«, sagte Decanra leise zu ihren Gefährtinnen. »Die Ziege muss vom Berg, damit der Riese nicht jede Nacht durchs Tal trampelt. Sonst können wir unseren Auftrag nicht erledigen. Und werden nicht bezahlt.«

»Wir können den Riesen immer noch umbringen und es wie einen Unfall aussehen lassen«, schlug Cinn leise vor.

»Mir gefällt keine dieser Ideen«, sagte Aiby, die weder mit diesem Giganten kämpfen wollte noch erpicht darauf war, einem Magier zu begegnen, der in einer Höhle auf einem unzugänglichen Berggipfel lediglich in der Gesellschaft einiger Ziegen hauste – und über den ihre Auftraggeber im Tal *zufälligerweise* kein Sterbenswörtchen verloren hatten.

»Nicht so schnell.« Sacipha trat hinter ihrer Deckung hervor. »Ich kenne mich mit Magie aus. Darf ich dich untersuchen?« Sacipha behandelte aus Prinzip alle Lebewesen mit Respekt. Für sie war nichts dabei, zu einer Ziege höflich zu sein. »Vielleicht finde ich etwas, das uns weiterhilft.«

Die Bergziegen-Prinzessin zögerte.

»Lass sie nachsehen«, drängte der Riese. »Ich pass auf dich auf.«

»Na schön«, stimmte die Ziege zu. »Aber nur du, Zauberin, klar?«

»Vergiss es«, sagte Mef, die auf einmal neben Sacipha stand, eine Hand auf dem Weg zum Schwertgriff und bereit, dem Riesen die Nase zu zerhacken oder die Ziege als Geisel zu nehmen, sollte Sacipha in Gefahr geraten.

»Mef«, sagte Sacipha ähnlich sanft wie der Riese. »Ist schon gut. Bleib hier. Du bist ja in der Nähe.«

Damit ging sie allein los, um die Bergziege unter den wachsamen Augen von Mef und dem Riesen zu untersuchen. Dazu strich Sacipha mit der Hand mehrfach langsam über das helle Fell des Tieres, wobei die Zauberin die Augen geschlossen hielt und auf etwas achtete, das niemand außer ihr wahrnehmen konnte.

»Da ist nichts«, sagte Sacipha nach einer Weile mit zusammengezogenen Brauen.

»Was soll das heißen, da ist nichts?«, blökte die Ziege und schüttelte sich.

»Es gibt keinen Zauber«, sagte Sacipha. »Sicher, du kannst sprechen, und das hat mit Magie zu tun. Doch vermutlich nur mit dem Gras auf dem Gipfel, das im Laufe der Zeit magisch verstrahlt wurde. Ansonsten … kannst du diesen Berg jederzeit verlassen. Dich hält kein Bann, keine Falle, nichts.«

»Sicher?«, fragte die Ziege und scharrte mit den Hufen.

»Ganz sicher«, garantierte Sacipha ihr. »Kein Zauber. Nur eine effektive Lüge.«

»Dieser *Wichser*!«, donnerte der Riese so heftig, dass sich am Steilhang über ihnen mehrere Steinbrocken lösten und herunterrollten. Wütend richtete der Koloss sich auf und drohte dem Gipfel mit der Faust.

Die Ziege drehte sich zu ihm um, galoppierte los und sprang, ohne zu zaudern, von der Klippe. Der Riese fing sie spielend leicht in seinen aneinandergelegten Händen auf und führte sie an seinen Mund, um sie mit gespitzten Lippen aufs Haupt zu küssen.

»Jetzt bleiben wir für immer zusammen«, sagte die Ziege und rieb ihren Kopf am Bart ihres Geliebten.

»Dann gibt es jetzt keinen Grund mehr, nachts durchs Tal zu wandern, oder?«, fragte Aiby den riesigen Kavalier.

»Nee. Wieso auch? Jetzt hab ich ja alles, was ich brauch, auf meiner Seite.«

»Aye. Sehr schön. Das freut uns.«

»War uns ein Riesenvergnügen«, sagte Mef, doch Sacipha griff nach ihrer Hand, damit sie es dabei bewenden ließ.

Der Riese nickte ihnen zu, drehte sich um und stapfte mit seiner Herzensziege auf einer Handfläche vor sich in die Nacht – diesen einen Gang musste das Tal noch aushalten.

Die *Prinzessinnen* traten auf den Felsüberhang und blickten dem Paar hinterher.

»Das war … ungewöhnlich«, ergriff Decanra als Erste das Wort.

»Weiß nicht.« Aiby hatte ihre Axt geschultert. »Ich kannte mal einen Söldner, der Schafe liebte. Obwohl, ich würde es nicht *Liebe* nennen. Und es beruhte sicher nicht auf Gegenseitigkeit.«

»Wie die beiden das wohl machen?« Mef stieg bereitwillig darauf ein. »Vielleicht reibt sie ihre Hörner an sein…«

»Mef«, sagte Sacipha. »Sag's nicht. Bitte!«

»Nur, wenn du heute Nacht für mich meckerst«, grinste Mef.

»Wir erzählen vermutlich besser niemandem, dass wir eine Bergziegen-Prinzessin gerettet haben, oder?«, fragte Decanra.

»Es sei denn, wir wollen das bis ans Ende aller Tage hören, sobald wir irgendwo eine Taverne betreten«, sagte Cinn.

»Diese Geschichte verlässt diesen Berg nicht«, entschied Aiby. »Verstanden?«

»Ihr seid so unromantisch«, rügte Sacipha die anderen.

Sie schauten in die Nacht, wo die Ziege noch eine Weile im Dunkeln leuchtete, als würde sie über dem Tal schweben.

»*Rohe rabiate Riesen reiben sich pausenlos an prächtig zotteligen zahmen Bergziegen-Prinzessinnen*«, gab Mef plötzlich einen Zungenbrecher zum Besten. »Sagt den ein paarmal schnell hintereinander. Ich wette, ihr schafft's nicht.«

»Wieso bist du gleich noch mal mit Mef zusammen?«, fragte Decanra Sacipha.

»Wo die Liebe eben hinfällt«, meinte die Zauberin schulterzuckend.

»Muss dich am Kopf getroffen haben«, sagte Cinn.

NARVILA

Für die Hochzeit der Hochzeiten hat Filryn maßgeschneiderte Paradeuniformen in das Gästequartier der *Prinzessinnen* im Palast schicken lassen. Eine nette Geste, wenn man bedenkt, dass sie als Braut so kurz vor der Trauung sicher genug zu tun, sicher anderes im Kopf haben dürfte.

Jetzt tragen Narvila und ihre Gefährtinnen feine Hosen, Hemden und Offiziersjacken in Schwarz und Rot, dazu hohe Stiefel sowie Umhänge mit Filryns neuem Wappen.

»Ich würd lieber meine Sachen anziehen«, murrt Cinn.

Decanra nickt. »Der Umhang hat nicht mal ne Kapuze.«

»Wenigstens sind es keine Kleider«, sagt Mef. »Obwohl. Schade eigentlich. Hab ewig kein Kleid getragen. Würd aber sicher spektakulär aussehen.«

»Das würdest du«, bestätigt Narvila, die sich über jeden Moment freut, in dem Mef wieder ihre gewohnt selbstbewusste Art aufblitzen lässt.

»Ob ich meine Axt mit in die Tempel nehmen darf?«, sinniert Aiby.

Darf sie natürlich nicht.

Die Hochzeit von Prinzessin Filryn und Prinz Jurova ist ein rauschendes Fest – die stadtweite Feierlichkeit, der Dretvik monatelang entgegengefiebert hat und die nach einem kurzen, aber heftigen Krieg noch viel ausschweifender zelebriert wird, als es ohnehin der Fall gewesen wäre. Während die Hochzeitsgesellschaft von der Größe einer kleinen Armee von Tempel zu Tempel zieht, damit alle Priester, Priesterinnen und Gottheiten dem Brautpaar ihren Segen geben können, feiern die einfachen Menschen in den Straßen und Tavernen der geschmückten Hauptstadt. Dretvik hat sich in einen bunten Jahrmarkt verwandelt, und selbst jene, die nur ein Freibier oder einen Kurzen schmarotzen wollen, werden willkommen geheißen und jubeln am Ende mit der glücklichen Menge.

Die *Prinzessinnen* sind als Filryns Retterinnen Teil der winkenden Prozession, die sich zu den Hochrufen und dem Beifall der Bürger sowie in einem diesmal harmlosen Blütenregen langsam durch die Straßen wälzt. Schließlich, nach viel Nähe zu den Göttern und noch mehr Nähe zum ausgelassen feiernden, jubilierenden Volk, erreichen sie den Palast, der seinerseits geradezu erstrahlt.

In seinen zahlreichen Festsälen wird die Hochzeitsgesellschaft allerdings wie Schlachtvieh sortiert und getrennt. Adel, Politik, Macht und Geld bestimmen, wer ganz vorn sitzt. Selbst dekorierte Söldnerinnen, die hoch in Miobans, Ragialdas und Filryns Gunst stehen, sind am Ende nur Söldnerinnen – vor ihnen kommen eine Menge Würdenträger aus dem In- und Ausland. Die *Prinzessinnen* sitzen daher in einer der hinteren Hallen auf Bänken in einer ganzen Reihe schlichter Tafeln an einem langen Tisch. Das von Gold und Juwelen schier erdrückte Brautpaar sehen Narvila und ihre Gefährtinnen nur einmal aus weiter Ferne, und vielleicht ist das Schimmern und Funkeln zwischen all den Hochwohlgeborenen auch nur eine optische Täuschung oder ein angeberisches Hochzeitsgeschenk.

»So ist das eben«, sagt Aiby schulterzuckend, als Narvila es ein wenig enttäuscht anspricht. »Wir sind alle, was wir sind.«

»Gerade auf uns trifft das eigentlich nicht zu«, widerspricht Narvila.

Aiby überlegt kurz. »Darauf trink ich«, sagt sie dann und leert ihren Weinpokal.

Wenigstens stört es in dieser Halle mit niederem Adel und nicht ganz so hohen Würden niemanden, wenn Aiby sich hemmungslos mit den feinsten Tropfen aus Miobans Weinkeller, den sie vor Kurzem noch aus ungewohnter Richtung betreten haben, volllaufen lässt; wenn Cinn besonders maulfaul ist und vor allem die unter den Tischen umherstreunenden Hunde streichelt und füttert; wenn Decanra gelangweilt ihr Messer zwischen den Fingern wandern lässt oder Äpfeln grinsende Gesichter schnitzt; oder wenn Mef die Stiefel auf den Tisch legt, gedankenverloren ins Nichts starrt und bemüht lächelt, wann immer Narvila sie ansieht.

Oder wenn Narvila so viel isst, dass sie das Gefühl hat, gleich platzen zu müssen. »Ich dreh mal ne Runde zur Verdauung«, sagt sie zu Mef, klopft sich auf den gewölbten Bauch, steht auf und geht los, um durch die Festsäle zu schlendern und sich so ein bisschen Bewegung zu verschaffen.

Letztlich betritt sie den ebenfalls aufwendig geschmückten Palastgarten. Auch hier herrscht unter Girlanden, Lampions und Wimpeln großes Gedränge und wird fröhlich getrunken, geplaudert, gescherzt und gelacht. Außerdem ist hier eine Bühne aufgebaut, auf der eine Narvila nicht unbekannte Gruppe Theaterleute ein hochaktuelles Stück über Prinzessin Filryns Rettung inszeniert. Narvila schaut sich den Rest des Bühnendramas an, rollt an ein paar besonders unrealistischen Stellen mit den Augen, lacht an anderen und freut sich vor allem über die gebannte Haltung und den tosenden Applaus des Publikums.

Nach der Vorstellung geht sie hinter die Bühne. Aclarsi, Goscenna und Goscian entdecken sie als Erste und rennen ihr kreischend entgegen. Die Zwillinge klammern sich an ihre Beine, und Aclarsi umarmt Narvila fest über die beiden hinweg.

»Ich hatte gehofft, dass wir uns wiedersehen!« Aclarsi strahlt. »Ich hab deinen Dolch in meinem Gepäck. Willst du ihn wieder?«

»Nein. Geschenkt ist geschenkt.«

»Bist du sicher?«

»Aye. Er gehört dir.«

Daraufhin umarmt Aclarsi sie gleich noch mal.

Da kommt der gut gelaunte Fleiber dazu und begrüßt Narvila genauso herzlich. Er grinst über beide Ohren.

Narvila lächelt. »Wie ich sehe, habt Ihr doch noch Euren großen Auftritt bei der Hochzeit bekommen.«

Fleiber verneigt sich übertrieben. »Eine kleine Entschädigung dafür, dass wir in der Nacht, in der Prinzessin Filryn entführt wurde, so schlecht behandelt wurden. Nach diesem Auftritt können wir es uns aussuchen, an welchem Hof wir als Nächstes spielen.« Er räuspert sich. »Und? Das Stück? Gut, oder?«

»Ich wusste gar nicht, dass ich so eine Heldin bin«, sagt Narvila bescheiden, muss aber schmunzeln.

Fleiber hebt einen Finger. »Die Kunst imitiert nicht – sie spiegelt das Leben wider.«

»Wer bin ich, einem Meister des Dramas zu widersprechen?«

In diesem Moment sieht Narvila Ilfyng, der eine Kulisse von der Bühne getragen hat und in ihre Richtung läuft.

Fleiber ruft dummerweise nach ihm, bevor Narvila ihn davon abhalten kann. »Ich lass euch mal allein«, sagt der Direktor großherzig. »Es war mir mehr denn je eine Ehre, Narvila. Kommt, Kinder, die beiden sollen einen Moment für sich haben.«

Aclarsi umarmt sie noch einmal. »Sei nicht zu hart zu ihm«, flüstert sie Narvila ins Ohr. »Er hat dich vermisst.«

»Selber schuld«, sagt Narvila und drückt Aclarsi an sich.

»Wird das jetzt eine Knutschszene?«, fragt Goscenna im Weggehen.

»Wenn er sich nicht dämlich anstellt«, hört Narvila Fleiber antworten.

Ilfyng kratzt sich am Hinterkopf und sieht Narvila abwechselnd auf den Hals und die Stiefelspitzen. »Danke, dass du Aclarsi gerettet hast.«

Ein Grinsen zuckt um Narvilas Lippen, von dem sie selbst nicht weiß, woher es kommt. »Jetzt hab ich alle in deiner Familie mindestens einmal durch.«

Ilfyng lächelt ebenfalls zaghaft. »Tut mir leid, was ich damals gesagt hab.«

»Hm.« Narvila lässt ihn kurz zappeln. »Schon gut.«

Ilfyngs Erleichterung entzündet ein Feuer in seinen Augen, und nicht nur da, wie es scheint: »Wollen wir uns ein ruhiges Plätzchen suchen, um unser Wiedersehen und unsere Versöhnung zu fei…«

»Nein«, unterbricht Narvila ihn. Sie ist froh, dass es kein böses Blut mehr zwischen ihnen gibt, aber das war's auch. Mehr will sie nicht mehr von Ilfyng. Sie tritt an ihn heran und küsst ihn auf die Wange. Er riecht noch so, wie sie es in Erinnerung hat, und sie wird beinah schwach. Aber dann erinnert sie sich an das, was er an ihrem letzten Abend gesagt hat. »Leb wohl! Pass gut auf dich und deine Familie auf.«

Sein Blick verdüstert sich sogleich wieder. Er setzt dazu an, etwas zu sagen, überlegt es sich anders und meint schließlich: »Das werd ich. Danke für alles, Narvila.« Und wie Fleiber sagt er mit einer Verneigung: »Es war mir eine Ehre. *Prinzessin.*«

Es tut gut, das zu hören, reicht aber nicht, um das Vorgefallene wiedergutzumachen. Sie muss trotzdem erneut lächeln.

Er deutet es prompt falsch. »Wollen wir um der alten Zeiten willen nicht doch zum Abschied noch mal …«

»Mach's gut, Ilf!«, sagt Narvila mit Nachdruck, verlässt den Bühnenbereich und tritt wieder in den Garten hinaus.

Sie bahnt sich ihren Weg durch die Hochzeitsgäste, die in Gruppen zusammenstehen oder an Tischen sitzen. Sie erreicht die Terrasse und will zu ihren Freundinnen ins Palastinnere zurück, als sich eine Hand schwer auf ihre Schulter legt.

Sie rechnet mit Ilfyng, der es einfach nicht kapieren will, oder einem betrunkenen Gast.

Ruckartig dreht sie sich um – und reißt die Augen auf, denn da stehen König Narvos und Königin Hesavil von Besgios vor ihr.

Ihre Eltern.

Narvila und ihr Vater mustern einander mit regloser Skepsis.

»Götter des Waldes!«, sagt ihre Mutter nach ein paar Augenblicken entnervt, tritt vor und erstickt Narvila fast mit einer Umarmung, die im höfischen Protokoll garantiert nichts verloren hat. »Mein Schätzchen«, sagt sie und tupft sich hinterher mit einem Leinentaschentuch die Tränen von den Wangen. »Es ist so schön, dich wiederzusehen. Aber was hast du mit deinen Haaren gemacht, Kind?«

Mütter bleiben wohl immer Mütter, denkt Narvila.

»Wir haben von deinen Taten gehört«, bemerkt König Narvos derweil düster. Echte Freude oder wahrer Stolz klingen anders.

»Deinen *Helden*taten«, betont Narvilas Mutter dafür. »Meine mutige Tochter. Es hat mir das Herz gebrochen, als du uns verlassen hast, und nichts würde mich glücklicher machen, als dich wieder zu Hause in unserer Mitte willkommen zu heißen. Aber ich bin stolz auf dich. *Wir* sind stolz auf dich.«

»Ach ja?«, fragt Narvila und sieht ihren Vater an.

Der grunzt lediglich etwas in seinen Bart.

»Wirst du mit uns zurückkommen?«, fragt Königin Hesavil hoffnungsvoll, doch ihre Augen lassen erkennen, dass sie die Antwort bereits kennt, als Mutter aber einfach fragen muss.

Narvila greift nach ihren Händen. »Das ist nun mein Leben, Mutter. Aber ich komme Euch besuchen, wenn wir mal in der Nähe sind. Versprochen.« Sie sieht ihren Vater an. »Ich muss zurück an die Ehrentafel«, trägt sie etwas dick auf, aber scheiß drauf! »Wollt Ihr mir noch etwas sagen, Vater?«

König Narvos gibt ein unbehagliches Knurren von sich. »Jetzt, da du das Ohr der Prinzessin und des Königs hast ... könntest du mich mit König Mioban oder einem seiner Minister bekannt machen? Lirgoden wäre ein guter Abnehmer für unser Holz. Das könnte unser Königreich aus der Krise führen. Die Frühjahrsstürme haben uns böse zugesetzt.«

»Kommt drauf an«, sagt Narvila.

Ihr Vater mustert sie misstrauisch. »Und worauf, Tochter?«

»Schickt Ihr weiterhin Söldner, damit sie mich und meine Gefährtinnen bedrohen und erfolglos versuchen, mich nach Besgios zurückzuschleppen?«

»Davon werde ich in Zukunft absehen«, sagt ihr Vater bedächtig.

Narvila nickt zufrieden. »Dann werde ich sehen, was ich tun kann.«

Sie bleibt doch noch eine Weile bei ihren Eltern, lässt sich das Neueste aus Besgios und von der Familie erzählen. Galmwa ist wieder schwanger und hat gefragt, ob sie ihr Kind nach ihr nennen darf, weil sie gern wieder eine *Narvila* in ihrem Leben hätte, und da muss Narvila dann doch heulen.

Beim Abschied schniefen also sowohl sie als auch ihre Mutter.

Bevor Narvila sich wieder von ihren Eltern trennt, umfasst sie spontan ihren Vater, und er schließt sofort die Arme um sie und legt sein Kinn auf ihren Kopf.

»Gib auf dich acht«, sagt er. »Deine Mutter würde es nicht ertragen, wenn dir etwas passiert.«

»Keine Sorge, Vater. Ich weiß inzwischen, wie man sich verteidigt.«

Narvila winkt ein letztes Mal und geht wieder nach drinnen. Sie fühlt sich benommen, als hätte sie zu viel Wein getrunken.

Mit brennenden, geröteten Augen kehrt sie an den Tisch der *Prinzessinnen* zurück.

»Was ist passiert?«, fragt Decanra sofort.

Narvila wischt sich übers Gesicht. »Fleibers Truppe hat ihre Bühne im Palastgarten aufgebaut. Sie führen ein Stück auf, in dem Prinzessin Filryn und wir die Hauptrolle spielen. Ich hab Aclarsi und die anderen getroffen.«

»Ilfyng?«

»Ja. Und danach noch meine Eltern.«

Decanra schnappt nach Luft. »Nein!«

Mef, Cinn und Aiby lauschen nun ebenfalls gespannt.

»Doch.« Narvila nimmt einen Schluck Wein und fasst die Begegnung kurz zusammen. »Ein Stück weit hab ich damit gerechnet, dass sie hier sein könnten. Auch wenn ich mir einreden wollte, dass der Holzkönig aus Besgios zu unbedeutend ist, um zu Filryns Traumhochzeit geladen zu werden. Tja.«

»Geht's dir gut?«, will Mef wissen, die keinerlei Interesse an den hübschen Dienerinnen zeigt, die auftragen und abräumen.

Narvila legt ihr einen Arm um die Schultern. »Ich bin bei euch. Natürlich geht's mir gut. Und ich bin froh, dass das Wiedersehen mit meinen Eltern keine allzu peinliche Szene wurde, im Großen und Ganzen.«

Mef grinst und drückt ihre Schläfe gegen Narvilas.

»Warum hätte das peinlich werden sollen?« Aiby kippt sich noch mehr Wein hinter die Binde, dabei spricht sie bereits mit schwerer Zunge. »Du hast dich doch richtig gut gemacht, wenn man bedenkt, in was für einem Zustand wir dich übernommen haben.«

»Na danke.«

»Das hast du aber wirklich«, sagt Decanra.

»Und wie«, bestätigt Mef.

»Stimmt«, sagt auch Cinn, auf deren Oberschenkel die Schnauze eines riesigen Hundes ruht, der mehr nach einem Werwolf aussieht und den sie trotzdem furchtlos hinter den Ohren krault, obwohl er ihre Hand mit einem Biss abtrennen könnte.

»Ich hab mich gemacht, ja«, wiederholt Narvila. Sie denkt an Ficker, Monster, Fanatiker, Gottheiten, Verwüstete und das

Schlachtfeld. »Aber ich wurde etwas völlig anderes, als meine Eltern für mich im Sinn hatten. Als die Welt für mich im Sinn hatte.«

»Zum Glück«, lallt Aiby.

Narvila stimmt ihr nickend zu. »Da fällt mir ein: Jetzt hab ich euch allen das Leben gerettet und Prinzessin Filryns Hochzeit praktisch im Alleingang ermöglicht ... und obwohl wir immer gesagt haben, dass wir am Tag der großen Hochzeit über meine Zukunft als *Prinzessin* entscheiden, hat noch keine von euch ein Wort gesagt.« Sie tut empört. »Was, bitte schön, soll ich davon halten? Muss ich mit meinen Eltern zurück nach Besgios? Sie würden mich sicher gern in ihrer Kutsche mitnehmen. Auch wenn meine Mutter meine neue Frisur nicht mag, glaub ich.«

Cinn hebt eine Augenbraue. »Was sollen wir denn noch sagen? Dein Ego reicht ja bereits für drei *Prinzessinnen.*«

»Und ich hab dir schon vor einer Ewigkeit deutlich gemacht, dass ich dich nicht mehr hergeb«, meint Mef. »Daran hat sich seitdem nichts geändert.«

»Du gehörst schon lange zu uns«, sagt Decanra, streckt den Arm über den Tisch aus und drückt Narvilas Hand. »Das müssen wir nicht mehr aussprechen.«

Narvila schmunzelt. »Was aber, wenn ich's gern hören würde?«

»Ich bin stolz auf dich«, sagt Aiby, ohne zu ahnen, dass sie fast wie Narvilas Mutter klingt. Sie schielt misstrauisch in ihren verdächtig leeren Weinpokal. »Du hast es allen gezeigt. Dir. Uns. Deinen Eltern. Jedem Monster. Einer Göttin. Also hör gut zu: Du bist eine verfickte *Prinzessin*!«

Narvila ist entschlossen, diesen Moment voll auszukosten. »Dann ist das also nicht bloß Filryns große Hochzeit, sondern auch meine große Krönung, ja? Obwohl, dann wär ich ja eine Königin, keine *Prinzessin.*«

»Man krönt sich selbst zu dem, was man sein will«, sagt Cinn.

»Genau. Du hast dich auf mehr als einem Schlachtfeld eigenhändig zur *Prinzessin* gekrönt«, sagt Decanra.

»Auf Narvilas verfickte *Prinzessinnen*-Krönung!«, ruft Aiby da in Schankraumlautstärke und hebt ihren Becher. Die Blicke der Hochzeitsgäste und Bediensteten ringsum scheren sie kein bisschen.

»*Auf Narvilas verfickte* Prinzessinnen-*Krönung!*«, bestätigen Decanra, Cinn und Mef genauso lautstark und unbekümmert.

Narvila folgt ihrem Beispiel, hebt Arm und Becher. »Auf meine verfickte *Prinzessinnen*-Krönung!«

Sie stoßen an und trinken.

»Ich bin froh, dass ich damals entführt wurde und *ihr* mich gerettet habt«, sagt Narvila anschließend leiser und gönnt sich einen Moment, um an jenen Tag auf der Lichtung zurückzudenken.

»Wir auch«, lacht Decanra.

»Und wie«, sagt Mef.

»Beste Entführung aller Zeiten!«, ruft Aiby.

»Hochzeiten machen euch immer gefühlsduselig.« Cinn scheucht den Wolfshund fort und steht auf. »Wir sollten Aiby aufs Zimmer bringen, solange sie noch aus eigener Kraft gehen kann. Sie zu tragen wird anstrengender, und davon trennen uns höchstens noch zwei Becher. Mioban serviert heute nur das gute Zeug.«

Aiby findet das nicht witzig. »Ich bin eure Anführerin und sage, wir bleiben und feiern – und trinken! Ich will Narvila endlich erzählen, wie wir uns damals kennengelernt haben. Das ist eine würdige Geschichte für so einen Tag.«

»Ein andermal«, sagt Decanra. Sie greift nach Aibys Oberarm. »Cinn hat recht. Und morgen müssen wir früh raus.«

»Wieso?«, verlangt Aiby zu wissen.

»Ja, wieso?« Narvila legt den Kopf schief. »Sollten wir nicht meine Krönung feiern, bis alle unter dem Tisch liegen?«

»Sollten wir.« Decanra sieht sie entschuldigend an. »Aber wir haben hier in Dretvik noch eine Rechnung offen, die zu begleichen wir schon viel zu lange vor uns herschieben ...«

Am Tag nach der Hochzeit sind Dretviks Straßen voller abgefallener Blütenblätter und Wimpel, Müll und Besoffener.

Im Vergleich dazu sieht der Schankraum des *Verwegenen Trommlers* wie in seinen besten Tagen aus, obwohl das freilich keineswegs der Wahrheit entspricht.

Wie früher wird es hier nie wieder sein, vermutet Narvila.

Luma und Orto werfen sie wenigstens nicht sofort raus.

Stattdessen reden sie miteinander, voller Scham und Zurückhaltung, mit Sorge um die noch nicht verheilten Wunden, in der Hoffnung auf Versöhnung.

Narvila weiß, dass bei ihrem letzten Aufenthalt hier etwas unwiderruflich kaputtgegangen ist; etwas, das sich weder mit Geld oder Handwerkskunst noch mit Worten wiederherstellen lässt, höchstens mit Zeit. König Miobans offizielles Schreiben, das die *Prinzessinnen* in Hinblick auf die Tavernenschlägerei *nach Abschluss der Ermittlungen durch die Stadtwache von jeder Anstiftung und Schuld freispricht*, hilft aber definitiv dabei, die Wogen zu glätten.

Luma umarmt Aiby und Decanra sogar, Orto klopft Cinn unbeholfen auf den Rücken, doch es wirkt alles noch verkrampft und unsicher.

Einzig Harcyana und Mef scheren sich einen Dreck um alles, fallen einander in die Arme und küssen sich immer leidenschaftlicher, als wären sie allein im Schankraum. Auf dem Weg hierher hat sich Narvila gefragt, was Sacipha und die Verwüstung für Mefs Gefühle gegenüber Harcyana bedeuten mögen. Aber die beiden blenden die Welt um sich herum aus, bis die anderen ihrerseits sie nicht mehr ignorieren können, unbehaglich dastehen und nicht wissen, ob sie hinschauen oder lieber wegsehen sollen. Einmal will Orto anscheinend etwas sagen, aber Luma legt ihm eine Hand auf den Arm und schüttelt sanft den Kopf.

»Wie wär's mit einem heißen Bad?«, fragt sie die übrigen *Prinzessinnen* lächelnd. »Wie in alten Zeiten?«

»*Ahh!*« Decanra gleitet neben Narvila in den großen Holzzuber voll dampfendem, nach Rosen duftendem Wasser, von dem etwas über den Rand schwappt. Bis auf Mef sitzen nun alle *Prinzessinnen* im Zuber in der Waschküche des *Trommlers.* »Eine Zeit lang dachte ich wirklich, dass wir das für immer verloren haben«, gesteht Decanra.

»Aye«, murmelt Aiby, die beide Arme auf den breiten Rand des Zubers gelegt hat. Ihr tätowierter Körper glänzt vor Nässe. »Das ist besser als jede königliche Hochzeit.«

Cinn bekundet schnurrend ihre Zustimmung und taucht bis zur Unterlippe ins Wasser – ihre Haut wird, wie immer, schnell rot.

Narvila fühlt sich ebenfalls entspannt wie lange nicht, lässt die Wärme und den Dampf, den lieblichen Duft und die allgemeine Zufriedenheit ihren ganzen Körper durchdringen.

»Sollen wir Mef nicht doch holen?«, fragt sie schläfrig.

»Keine von uns wird diesen Bottich in nächster Zeit verlassen«, sagt Cinn entschieden.

»Außerdem ist Mef bei Harcyana«, wendet Decanra ein. »Die beiden wollen wahrscheinlich gar nicht gestört werden. Und haben es auf ihre Weise genauso heiß wie wir. Habt ihr eigentlich gesehen, wie Harcyanas Bruder Narvila angesehen hat? Scheinst ihm den Kopf verdreht zu haben.«

»Wir wollten uns doch entspannen«, sagt Narvila seufzend.

Decanra macht unter Wasser eine fahrige Handbewegung, die wohl Zustimmung ausdrücken soll.

»Mach dir keine Sorgen um Mef«, bekräftigt Aiby indessen. »Harcyana wird ihr helfen, über die Sache hinwegzukommen.«

»Das hoffe ich«, sagt Narvila und fragt sich, wie lange es dauert, ein Herz zu heilen, das noch nicht einmal vom ersten Mal genesen und wegen derselben Person erneut gebrochen ist.

Falls das überhaupt möglich sein sollte.

Für eine Weile genießen sie nur das Bad. Sie bewegen sich so wenig wie möglich, reden so gut wie nichts. Luma schaut zweimal vorbei, um heißes Wasser nachzuschütten, sagt aber auch nichts.

Danach muss Narvila weggedämmert sein, denn sie fährt erschrocken hoch, als jemand neben ihr platschend in den Zuber eintaucht.

»Ihr hättet ruhig auf mich warten können«, beschwert sich Mef. »Außerdem ist das Wasser nur noch lauwarm. Und schmutzig.«

»Wir dachten, du hättest Besseres zu tun«, gibt Decanra träge zurück. »Heißeres, Glitschigeres und Schmutzigeres.«

»Du kennst mich.« Wie ihr Verhältnis zu Luma und ihrer Familie hat auch Mefs Grinsen etwas verloren, das die Zeit eines Tages wiederbringen mag oder auch nicht. »Ich lass kein Vergnügen aus. Außerdem muss Harcyana ihrer Mutter dabei helfen, vom Brunnen am Ende der Straße Wasser für ein paar *Prinzessinnen* zu holen, die sich in der Waschküche ihres Gasthauses verbarrikadiert haben.«

»Verwöhntes Pack«, murmelt Cinn.

»Es ist herrlich hier«, seufzt Decanra.

»Aye«, brummt Aiby.

»Ja, gibt Schlechteres«, sagt Mef lächelnd.

Narvila sieht ihre Freundinnen der Reihe nach an.

Sie denkt über alte und neue Narben nach; über den Weg, der hinter ihr und hinter ihnen liegt; darüber, wie fest die Bande zwischen ihnen geworden sind; und wie viel stärker und widerstandsfähiger sie selbst im Vergleich zu früher ist – und wie hungrig auf ihr neues Leben, solang nicht allzu viele kosmische Gottheiten oder epische Schlachten dazugehören.

Obwohl, mit diesen vier an ihrer Seite würde sie sich jedem und allem stellen.

Und sosehr Narvila gerade die Sicherheit und Behaglichkeit zu schätzen weiß und so wenig sie den Zuber verlassen möchte, spürt sie bei dem Gedanken daran, dass sie bald wieder losreiten, um sich neuen Abenteuern und Gefahren zu stellen, doch bereits den Sog der Straße und ein aufgeregtes Kribbeln.

Ist es das, was eine *echte Prinzessin* fühlt?

Und nur am Anfang oder für immer?

»Wie lange bleibt das so?«, fragt sich Narvila nuschelnd.

Aiby hat keinen Einblick in Narvilas Überlegungen und denkt gerade nicht über den Rand des Zubers hinaus – oder vielleicht ja doch.

»Wenn wir Glück haben, für immer«, antwortet sie nämlich.

»Damit kann ich leben«, sagt Narvila.

EINST

Der *Gestrandete Wal* war nicht die schlimmste Taverne im Hafenviertel von Falyok, aber mit Sicherheit unter den aussichtsreichsten Kandidaten. Männer waren hier, wie so oft, in der Überzahl. Zwischen Seeleuten, Hafenarbeitern, Säufern, Buchmachern, Spielern, Halunken und Strichern sah man nur wenige Diebinnen und Huren, und natürlich die Kellnerinnen.

Aiby hatte vor gerade mal zwei Wochen im *Wal* als Rausschmeißerin angefangen – vor allem deshalb, weil sie nach dem jüngsten Fiasko mit einer Söldnertruppe für falsche Kameradschaften keinen Nerv mehr hatte, fürs Erste lieber besoffene Idioten windelweich klopfte und auf die Straße setzte.

Mef trug als aufreizend gekleidete Bedienung bereits den dritten Monat im *Wal* Tabletts durch den Schankraum, wehrte grapschende Hände ab und fragte sich, ob die schimmelige kleine Kammer in einem Mietshaus ein paar Straßen weiter das wert war. Andererseits hatte sie keine große Wahl, da niemand für ihre Dienste als Schwertkämpferin zahlen wollte, wenn er genauso gut einen Mann am Heft bekommen konnte.

Aiby und Mef hatten im allabendlichen Getümmel zwischen Tür und Tresen noch keine fünf Sätze miteinander gewechselt.

Cinn war an diesem Abend sogar zum ersten Mal im *Wal*, hatte jedoch schon in anderen, ähnlich *heimeligen* Tavernen Falyoks zur Unterhaltung der Meute gekämpft, für gewöhnlich gegen Kerle. Hier im *Wal* hatten sie nicht mal einen Käfig, bloß eine krumme, mit altem Stroh und Blut bedeckte Grube in der Schankraummitte. Doch Cinn war es einerlei, wo sie anderen die Scheiße aus dem Leib prügelte.

Auch Decanra schlug an jenem Abend zum ersten Mal im *Gestrandeten Wal* auf. Wenn man es recht betrachtete, war sie selbst gestrandet. Hinter ihr lagen einige gute Monate in einer Diebesbande, mit deren Anführer sie zusammengekommen war und der all seine Geheimnisse mit ihr geteilt hatte – ihre Trennung war ziemlich hässlich ausgefallen, und hinterher verzichtete Decanra auf den freien Posten an der Spitze der Bande. Ihre Ratlosigkeit, was ihren Platz in der Welt anging, ertränkte sie seit einigen Stunden mit der Plörre, die sie im *Wal* als Bier verkauften.

Hinterher konnten weder Decanra noch Cinn, Mef oder Aiby sagen, wie das, was folgte, genau angefangen hatte.

Cinn, die nur Hose und Unterhemd trug, bearbeitete ihren wie üblich viel größeren und schwereren Gegner mit nackten Füßen und bandagierten Fäusten. Je mehr Schweiß und Blut in der Grube spritzten, desto aggressiver wurden die zechenden und zockenden Zuschauer, die sich oben am Rand drängten. Schließlich wirbelte Cinn mit einem Tritt um die eigene Achse, der das Kinn ihres Widersachers traf und ihn niederstreckte.

Das gefiel einigen Typen, die auf ihren Gegner gewettet hatten oder zu seinem Lager gehörten, gar nicht. Sie buhten und schütteten Cinn Bier, Wein und Schnaps über den Kopf. Einer von ihnen, der in der ersten Reihe stand, holte sogar seinen Schwanz raus und wollte sie anpissen, was für Gelächter sorgte. Cinn schnellte empor, packte den Pisser an den Eiern und zog ihn zu sich in die Grube, wo sie sich auf seine Brust setzte und ihm von beiden Seiten Fausthiebe ins Gesicht verpasste, bis seine Visage nur noch ein blutiger Klumpen war. Zwei Freunde des Pissers hüpften mutig in die Arena, doch Cinn fertigte auch sie ab: den einen mit einem Tritt zwischen die Beine; den anderen, indem sie ihn ansprang und noch vor der gemeinsamen Landung seinen Arm zwischen ihren Beinen versteifte und verdrehte, bis es laut knackte und der Kerl wie von Sinnen brüllend durchs Stroh rollte.

Die Horde oben teilte sich nun in zwei Gruppen: diejenigen, die schleunigst woandershin wollten und sich grob von der Grube wegschoben, und diejenigen, die auf noch mehr Gewalt aus waren und Cinn zum Ziel erkoren hatten. Anders als die meisten ihrer Gegner hatte sie keine Betreuer – nicht mal jemanden, der sie nach einem Kampf aus dem Ring zog, sollte es schlecht laufen. Also musste sie noch zwei, drei Suffköpfe, die sie beschimpften und mit allen möglichen Dingen nach ihr warfen, in die Grube hineinholen und ins Land der Träume befördern, ehe sie aus ihren gestapelten Leibern eine Rampe bauen und so aus dem Loch steigen konnte. Die Männer wichen vor Cinn wie vor einem Raubtier zurück, das plötzlich frei war und sich nun richtig wehren konnte. Einige waren aber schlicht zu dicht oder verkommen und gingen auf Cinn los. Sie landeten ebenfalls in der Arena, allerdings hatte Cinn einen harten Zweikampf hinter sich und wurde mit jedem Angreifer etwas langsamer, ihre Schläge etwas schwächer.

Eigentlich wäre es Aibys Aufgabe gewesen, Cinn und die Gäste zu trennen und im *Wal* wieder für Ordnung zu sorgen, doch Aiby hatte ihre eigenen Probleme. Mehrere sturzbesoffene Matrosen waren nach reichlich Ermahnungen inzwischen nur noch auf Krawall aus und hatten sich auf sie eingeschossen. Das Gerangel zwischen ihnen und Aiby, die sie aus dem *Wal* bugsieren wollte, wurde ruppiger und ruppiger. Schließlich flogen die Fäuste, und zwei Seemänner packten sie und katapultierten sie förmlich über den Tresen, wo Flaschen, Krüge und anderes zu Bruch gingen. Auch in Aiby brach etwas. Keine Knochen, das nicht, doch ihre Geduld mit der Welt und insbesondere der Gattung männliches Vollarschloch. Aiby holte ihre Axt unter dem Tresen hervor, die sie vor jeder Schicht dort deponierte, ignorierte die Scherben auf ihrer blutenden Haut und rollte sich über die Holzplatte des Schanktisches zurück auf die Seite der Gäste.

Sie spuckte den Seeleuten vor die Füße, hob ihre Waffe und brüllte: »*Mir reicht's, ihr sackblöden Ficker!*«

Noch ehe Aiby die Matrosen mit ihrer Axt aus dem Schankraum jagte und Cinn sich aus der Grube kämpfte, erhielt Decanra mehr Aufmerksamkeit, als sie wollte. Sie trank allein mit ihrem Schmerz, ihren trüben Gedanken und ihrem Heimweh. Dazu hatte sie sich in eine Sitznische und unter ihren Kapuzenumhang zurückgezogen. Die üblichen Anmachen, die bei Desinteresse flugs in Pöbeleien umschlugen, ignorierte sie einfach. Aber ein besonders großer, besonders abgefüllter Idiot, der ihre Düsternis nicht einmal im Ansatz erkannte, packte Decanra schließlich am Arm und zog sie grob aus ihrer Nische, weil er einen Tanz wollte, wie er ihr, seinen

Kumpels und wen es sonst interessierte, dröhnend verkündete. Für jemanden mit Decanras Fähigkeiten war es ein Leichtes, sich aus dem Griff des blassen, pockennarbigen Widerlings zu lösen, ihm den Arm zu verdrehen und ihn mit einem Handkantenschlag gegen den Kehlkopf zu Boden zu schicken, wo er würgend liegen blieb. Jetzt gingen allerdings seine Freunde auf Decanra los. Sie hielt sich die Kerle mit Tritten, Augenstechern und Schlägen vom Leib. Doch immer mehr Männer mischten sich ein – teils Arschlöcher, die sie früher hatte abblitzen lassen, teils Penner, die vermutlich den kollektiven männlichen Stolz oder etwas in der Art bewahren wollten.

Aber Decanra kam klar, selbst als der Erste einen Dolch zog. Decanra brach ihm das Handgelenk und nagelte seine nutzlos herumbaumelnde Hand mit seiner eigenen Klinge auf den nächsten Tisch. Das verschaffte ihr etwas Luft, weil daraufhin keiner als Nächster angreifen wollte.

»*Macht die Hure fertig!*«, rief nach mehreren gebannten Herzschlägen, die laut in Decanras Kopf widerhallten, aber jemand von weiter hinten, und die Männer stürmten von Neuem auf sie ein. Nun hatten die meisten blanken Stahl in der Hand, manche auch zerbrochene Flaschen. Decanra streifte die Kapuze nach hinten und zog ihren Säbel. »Wie ihr wollt«, sagte sie und schlug zurück.

Mef hatte ebenfalls keinen guten Abend. Sie war das immerwährende Gefummel und Gegrapsche endgültig leid und nicht länger bereit, es für ein paar Münzen bei jedem Gang durch den Schankraum wegzulächeln. Daher zog sie dem Ficker, der im Sitzen überraschend einen Arm um sie legte und seine Hängebacken zwischen ihren Brüsten vergrub, das Tablett über den Kopf. Hängebackes Freunde fanden das erst ungeheuer witzig, doch da Mef immer und immer wieder zuschlug, Zähne und Blut im Sägemehl landeten und der Lustmolch am Ende in voller Länge nach hinten kippte, wechselte ihre Stimmung, und sie nahmen Mef in die Zange. Die kämpfte so wild wie Cinn, aber es waren zu viele, und ihr fehlte das Schwert.

Während der Schankraum an mehreren Ecken in Tumult versank und sich aus den einzelnen Konflikten und der aufgeheizten Stimmung eine Massenschlägerei entwickelte, gelang es Hängebackes Kumpels, Mef an Armen und Beinen festzuhalten und sie brutal auf einen Tisch zu wuchten. Einer drängte sich zwischen ihre gewaltsam gespreizten Beine, schob ihren Rock hoch und nestelte an seinem Gürtel herum.

»So grob hätt das nich werden müssen«, sagte er zu Mef, als wäre es ihre Schuld, und schlug ihr ins Gesicht. »Haste jetzt davon, Hure.«

Es war das Letzte, was er sagte, weil Cinn sich inzwischen von der Grube aus zufällig zu dem Tisch durchgekämpft hatte, auf dem Mef in Schwierigkeiten steckte. Mit einem angewiderten Blick erfasste Cinn die Situation und ließ ihre vor Blut starrenden Fäuste auf Ohren, Kiefer und Nasenbeine krachen. Damit verhalf sie Mef zu so viel Bewegungsfreiheit, dass nichts und niemand mehr sie halten konnte. Mef zog das Schwert von Hängebacke, der noch immer bewusstlos am Boden lag. Hass und Abscheu loderten in ihren Augen.

»Wer von euch Fickern will *jetzt* der Erste sein?«

Jeder sah, dass Mef mit der langen Klinge umgehen konnte, so, wie sie das Schwert herumwirbelte. Natürlich nahmen die Drecksäcke Reißaus und ließen Hängebacke an Ort und Stelle zurück.

Mef wollte etwas zu Cinn sagen und sich bedanken, aber in genau diesem Moment krachten Decanra und ihre Gegner in die beiden, und ohne Absprache taten sich Decanra, Cinn und Mef gegen die tollwütigen Kerle zusammen, die das Blut einer Frau sehen wollten, wobei es ihnen inzwischen egal war, von welcher genau. Decanra bemerkte, dass die zierliche Nordländerin zwar ordentlich austeilte, ohne Waffe jedoch im Nachteil war. Deshalb reichte sie ihr aus den Tiefen ihres Mantels einen Dolch. Cinn nickte knapp und warf sich mit noch mehr Zerstörungswut denn zuvor in den Pulk.

Weitere Männer rotteten sich gegen die drei Frauen zusammen. Der Druck auf sie wurde langsam zu groß. Da kehrte Aiby, die ihre Seemänner ein Stück die Straße runter bis ins Hafenbecken gejagt hatte, in den *Wal* zurück. Sie sah sich verdutzt um, erkannte die Lage von Cinn, Mef und Decanra und stürzte sich mit ihrer Axt ins Getümmel. Trotz ihrer Wut schlug sie nur mit dem Schaft und der flachen Seite zu.

Inzwischen hatten sich jedoch so gut wie alle Männer, die noch in der Spelunke waren, gegen die vier Schulter an Schulter stehenden Frauen eingeschworen und sie umzingelt. Es sah nicht gut aus.

In diesem Augenblick betrat Sacipha den *Gestrandeten Wal*. Die Zauberin war in einem ganz anderen, nobleren Teil der Stadt gerade von ihrer Familie verstoßen worden und hatte eigentlich ein Schiff besteigen wollen, das sie ganz weit weg vom Verrat ihrer Eltern und Geschwister brachte. Aber der Kapitän, der eine viel zu hohe Anzahlung verlangt hatte, war ohne sie abgefahren. Stundenlang hatte Sacipha vergeblich versucht, eine andere Passage zu ergattern, doch da in ihrer Börse kaum noch Geld übrig war, wollten alle Seemänner etwas anderes. Nach Einbruch der Nacht hielten die meisten sie ohnehin für eine Dirne. Sie hoffte nun, sich mit ihren letzten Münzen im heruntergekommenen *Wal* ein Zimmer nehmen zu können, um am nächsten Morgen weiterzusehen.

Wenige Blicke genügten ihr nun, um die Vorgänge im Schankraum einzuschätzen. Sie murmelte einige Silben in einer fremden Sprache und bewegte den Arm, woraufhin sechs der Männer, die sich vor Mef, Decanra, Cinn und Aiby aufgebaut hatten, von einem Windstoß fortgerissen und in die Kampfgrube geweht wurden. Ein paar besonders wagemutige Kerle wollten Sacipha angreifen, allerdings wiederholte sie ihren Windzauber und fegte sie damit ebenfalls in die Grube, deutlich heftiger als die Männer davor. Daraufhin steckten viele der schlagartig wieder nüchternen Typen ihre Waffen weg, schoben sich mit erhobenen Armen und Händen an der Magierin vorbei und machten sich aus dem Staub. Die, die blieben und weiterkämpften, wurden von Sacipha in die Grube befördert – oder von Mef, Cinn, Decanra und Aiby umgehauen. Aiby packte sogar einen Zecher, stemmte ihn mit ihren beiden muskulösen Armen hoch und schleuderte ihn zu den anderen in die Arena.

Schließlich standen nur noch die fünf Frauen, wenn auch nicht mehr lange: Sacipha war nach dem schrecklichen Tag und dem Einsatz von so viel Magie erschöpft, und auch die anderen waren fix und fertig. Sie hatten selbst einiges abbekommen, wenngleich keine schwereren Verletzungen. Der Schankraum und ihre Gegner sahen in jedem Fall schlimmer aus. Die Stadtwache würde dennoch nicht anrücken. Was im Hafen von Falyok passierte, scherte niemanden, solange es dort blieb.

»Ich kündige«, sagte Mef.

»Aye, ich auch«, knurrte Aiby.

Cinn und Decanra schwiegen und schienen sich davonmachen zu wollen. Decanra setzte ihre Kapuze wieder auf; Cinn gab ihr mit einem gemurmelten Dank den Dolch zurück. Doch Mef legte ihnen je einen Arm um den Nacken, damit sie sich nicht verdünnisierten, und ignorierte, wie Cinn und Decanra sich unter ihrer Berührung versteiften. Mefs Blick ruhte auf Sacipha, die sie gar nicht mehr aus den Augen lassen wollte, was auf Gegenseitigkeit zu beruhen schien. Aiby sah sich mürrisch und angewidert im *Wal* um.

»Wir können jetzt alle was zu trinken vertragen, würd ich sagen«, meinte Mef. »Getränke gehen den Rest des Abends aufs Haus.« Der feige Wirt war schon zu Beginn des Tumults durch die Küche geflohen, sodass Mef sich hinter dem Tresen bedienen konnte, wie sie wollte.

Die fünf setzten sich zusammen um einen Tisch, der nicht zerbrochen war und den sie nur aufrichten und mit Stühlen bestücken mussten. Sie tranken und redeten – und verstummten, wann immer ein Kerl stöhnend auf die Beine kam und unter ihren finsteren, drohenden Blicken wie ein geprügelter Hund aus dem Schankraum humpelte.

»Ich hasse Männer«, sagte Mef, die mit Aiby gerade eine neue Runde Bier und Wein geholt hatte.

Keine von ihnen konnte mehr sagen, die wievielte es war.

Aiby trank einen großen Schluck Wein, wischte sich mit dem Handrücken über den Mund und erklärte mit bereits ziemlich schwerer Zunge: »Manchmal sind ein paar Zoll von ihnen für kurze Zeit ganz brauchbar, aber im Großen und Ganzen ...«

»Nicht mal dafür«, sagte Mef verächtlich.

»Am allerwenigstens dafür«, stimmte Sacipha mit ein, und wieder sahen die beiden einander an, als wollten sie nichts voreinander verbergen.

Mef blinzelte. »Wollt ihr was wissen? Ich bin eine der besten Schwertkämpferinnen dies- und jenseits des Meeres. Und das sage ich nicht, um anzugeben. Ich bin einfach verfickt gut.«

»Klingt nicht wie Angabe«, lallte Aiby.

»Danke. Also, ich bin verfickt gut, ja? Aber denkt ihr, jemand würde mich anheuern, sich die Dienste meiner Klinge sichern? Nix da. Stattdessen muss ich in so einem Loch kellnern. Nicht, dass Kellnern schlecht wäre. Aber ich kann was anderes besser.«

»Und ich kann besser kämpfen als die meisten Söldner, an deren Seite ich in den letzten Jahren geritten bin«, sagte Aiby bitter. »Aber tja. Ich arbeite als Rausschmeißerin im selben Loch wie du.« Sie rülpste so laut, dass einer der Männer am Boden davon aufwachte. »Arbeite*te*. Wir haben ja gerade gekündigt.«

»Ich hab nicht mal Arbeit«, sagte Decanra. »Oder einen Ort zum Schlafen. Dabei habe ich selbst gewisse Talente.«

»Hat man gesehen«, bestätigte Aiby und streckte die Faust über den Tisch, damit Decanra mit ihrer dagegenstoßen konnte.

»Talente hab ich auch«, sagte Sacipha. »Die haben meiner Familie allerdings gar nicht gefallen. Mein Vater ist das Oberhaupt der Kaufmannsgilde. Er und seine Freunde haben mich immer als Prinzessin der Gilde bezeichnet. Doch ich war in keiner Beziehung das, was meine Eltern sich erhofft haben.«

»Idioten!«, sagte Mef, wofür sie ein hinreißendes Lächeln erntete. »Und was ist mit dir, Eisprinzessin?«, fragte sie Cinn. »Wieso kämpfst du zur Belustigung dieser verblödeten Ficker?«

Cinn fixierte Mef mit ihren hellblauen Augen. »Woher weißt du, dass ich eine Prinzessin bin?«, verlangte sie misstrauisch zu wissen.

»War eigentlich nur so dahingesagt«, sagte Mef, der das Starren nichts ausmachte. »Du bist echt eine Prinzessin? Witzig, ich auch. Vielleicht erkennen Prinzessinnen einander ja auf den ersten Blick.«

»Du bist ne Prinzessin?«, fragte Aiby erstaunt.

»Ich war mal eine«, antwortete Mef. »In einem anderen Leben.«

»Wie ich«, sagte Aiby und schenkte sich Wein nach. »Tochter des Häuptlings aller Häuptlinge des Hochlands.«

Mef pfiff leise durch die Zähne. »Nicht schlecht. Bei mir war's nur ein kleines Königreich an der Küste.«

Das Bier sprach aus Decanra, die sonst nicht viel über sich preisgab, als sie einwarf: »Mein Vater war ein König. Meine Mutter aber nur eine Konkubine.«

»Mein königlicher Vater hat mich zum Sterben auf einem zugefrorenen See ausgesetzt«, sagte Cinn regungslos. »Da war ich noch keinen Tag alt. Später hat er die zwei Menschen töten lassen, die mir jahrelang Mutter und Vater waren, und ich habe ihn auf dem See von damals erledigt.«

Daraufhin schwiegen und tranken sie erst mal.

»Verfickte Scheiße, Süße«, sagte Mef, die als Erste ihre Sprache wiederfand. »Du weißt *wirklich*, wie man ein Gespräch abmurkst.«

»Ich mag dich trotzdem«, sagte Aiby weinselig. »Euch alle.« Da hellte sich ihr Gesicht auf. »Hey! Wir sollten uns zusammentun!«

Mef zog eine Augenbraue nach oben. »Falls jemand Kleinholz aus seiner Kneipe gemacht haben will?«

»Riesenscheiße!« Aiby wedelte mit einem Finger vor Mefs Gesicht. Klare Gedanken waren nach dem ganzen Wein nicht mehr so ihr Ding, doch diesen einen verfolgte sie konzentriert weiter. »Ich mit meiner Axt. Du mit deinem Schwert. Sie mit ihrer Magie. Und die beiden mit ihren Fäusten, Dolchen und … was sie sonst noch haben. Wir könnten uns als Söldner verdingen. *Söldnerinnen.* Eine eigene Truppe gründen.«

Mef lachte. »Mich heuert doch jetzt schon keiner an. Meistens genau deshalb, weil ich eine Frau bin. Und jetzt willst du diesen Leuten eine ganze Truppe von uns vor die Nase setzen?«

Aiby zuckte mit den Schultern, ließ die gestochenen Zeichen und Monster hüpfen. »Kann schon sein, dass wir am Anfang echten Scheiß erledigen müssen. Das, was niemand sonst tun will. Aber wir können uns hocharbeiten. Wenn wir erst mal einen Ruf haben …« Aiby knallte ihren Becher auf den Tisch. »Alles ist besser, als so weiterzumachen. Zeigen wir's den Scheißkerlen dieser Welt endlich!«

»Was soll's?«, sagte Mef fröhlich. »Kann kaum schlechter sein als das, was ich in letzter Zeit gemacht hab. Und wir haben immerhin gesehen, dass wir zusammen kämpfen können. Ich bin also dabei, Aiby. Was ist mit euch?«

»Ich spüre eine Verbindung zwischen uns«, sagte Sacipha, den Blick wieder auf Mef gerichtet, die katzenhaft grinste. Die Zauberin räusperte sich: »Ich meine, zwischen uns allen.«

»Spür ich auch«, brummte Aiby.

Decanra zögerte, jedoch nicht lange. »Einen Versuch ist es wert. Hab gerade kein besseres Angebot.«

Die Blicke richteten sich nun auf Cinn.

»Ich hab auch keine Lust mehr darauf, Idioten zu verprügeln und mich von den Buchmachern abzocken zu lassen«, sagte sie. »Fürs Erste mach ich mit. Aber geht mir bloß nicht auf den Geist, sonst bin ich weg.«

»Auf uns!«, rief Aiby und hob ihren Becher. Sie verstummte abrupt, als einige Kerle, die zu sich kamen, wieder wortlos verscheucht werden mussten. »Behaltet diesen Moment gut in Erinnerung«, fuhr Aiby danach fort. »Das ist die Geburtsstunde der härtesten Truppe aller Zeiten! Über uns werden sie Lieder singen und Geschichten schreiben!«

»Und wie nennen wir uns?«, fragte Mef schmunzelnd. »Die *Fiesen Fünf*? Die *Dämonischen Damen*? Die *Wilden Weiber*? Die *Königlichen Kriegerinnen*?«

»Warum nicht gleich die *Prinzessinnen*?«, meinte Cinn sarkastisch, und sie alle lachten über diesen Vorschlag.

NARVILA

Prinzessin Vialupa kauert vor der Hütte und starrt fassungslos auf die übel zugerichteten Körper der Männer, die im blutgetränkten, mit Eingeweiden übersäten Gras der Waldlichtung liegen. Zwischendurch wirft Vialupa den *Prinzessinnen* entsetzte Blicke zu.

Narvila weiß genau, was die schöne junge Königstochter gerade sieht, denkt und fühlt.

»Wieso habt Ihr das getan?«, fragt Vialupa erschüttert. Tränen rinnen über ihre hellbraunen Wangen und ihr zartes Kinn, als sie neben einem der sterbenden Kerle auf die Knie sackt, um seinen Kopf in ihrem Schoß zu betten und ihm das Haar aus der Stirn zu streichen.

Er will etwas sagen, doch aus seinem Mund schwappt lediglich ein Schwall Blut.

Wenigstens hat er noch einen Kopf, denkt Narvila, was zeigt, wie lange sie nun schon eine *Prinzessin* ist.

Mef, Cinn und sie geben den Halunken den Rest und kontrollieren die windschiefe Hütte; Decanra sammelt ihre Wurfmesser ein.

»Euer Vater schickt uns, Hoheit.« Aiby schultert ihre Axt, die eben mühelos Fleisch, Knochen und Sehnen durchtrennt hat. »Um Euch zu befreien und sicher nach Hause zu bringen.«

»Wieso befreien?«, schnappt Vialupa schrill. »Ihr tut ja gerade so, als hätte man mich entführt!«

Aiby tut verwundert. »Hat man das denn nicht?«

»Nein!«, kreischt Vialupa. »Ich bin freiwillig hier! Piweandro und ich wollten heiraten!«

Sie bricht über ihrem Liebhaber zusammen, dem Narvilas Schwertlanze den Bauch aufgeschlitzt hat und der mit einem letzten Seufzer sein Leben aushaucht.

»Armes Ding«, sagt Decanra, als sie, Narvila und die anderen sich wieder zu Aiby gesellen.

»Dummheit gehört bestraft«, widerspricht Cinn hart.

»Mitleid aus der Sandwüste, Herzlosigkeit aus der Eiswüste.« Mef grinst fast so wie vor all den Monaten, vor der Verwüstung. »Wer bietet mehr?«

»Ich vertraue Aibys Hochland-Einfühlsamkeit«, sagt Narvila.

Aiby schnaubt. »Hoheit. Wieso, denkt Ihr, haben Euch diese Männer in eine abgelegene Hütte im Wald gebracht?«

»Aus Liebe!«, jammert Prinzessin Vialupa. »Mein Vater hätte nie zugelassen, dass ich einen verwegenen Abenteurer wie Piweandro heirate. Wir mussten zusammen durchbrennen.«

»*Verwegenen Abenteurer*«, wiederholt Mef kichernd, »nicht schlecht.«

Vialupa ignoriert sie. »Als ich mich vor vier Nächten aus dem Schloss gestohlen habe, hat mich Piweandro erwartet und in den Wald zu seinen Männern geführt. Er sagte, dass wir nur eine Woche in diesem Versteck ausharren müssen und dann aus dem Königreich verschwinden und ein neues Leben beginnen.«

»Haben sie Euch gut behandelt?«, will Narvila wissen.

»Natürlich!«, faucht Vialupa. »Piweandro und ich sind ineinander verliebt!« Sie blickt auf den Toten hinab. »Waren«, flüstert sie heiser und beginnt von Neuem zu weinen. Die Tränen sehen heiß und groß aus.

»Wusstet Ihr von der Lösegeldforderung?«, fragt Aiby nüchtern.

Vialupa schaut auf. Sie zieht Rotz hoch, wischt sich die Nase am Handrücken ab. »Das denkt Ihr Euch aus! Es gab keine Lösegeldforderung. Niemals!« In Vialupas verheultem Gesicht arbeitet es. »*Vielleicht* dachte Piweandro, dass wir für unser neues Leben etwas Kapital brauchen könnten, und wollte mich nicht damit belasten«, räumt sie schließlich ein. »Das heißt jedoch nicht, dass er mich nicht geliebt hat oder mich hintergehen wollte! Unsere Liebe war echt!«

Die letzten Worte brüllt sie so laut, dass die Krähen, die sich bereits in den Tannen um die Lichtung versammelt haben, krächzend davonflattern.

»Ich weiß, dass Ihr das denken wollt«, erwidert Aiby sanft.

»So wie die vier Prinzessinnen vor Euch«, sagt Mef genüsslich. »Die, die es jetzt nicht mehr bereuen können. Weil sie tot sind.«

»Was? Ihr lügt!«, ereifert sich Vialupa. »Er hat nur mich geliebt! Mich allein! Piweandro hätte nie …«

»*Das* ist Eure größte Sorge?« Mef lacht.

Cinn rollt mit den Augen – ob wegen Mef oder Vialupa oder beiden, vermag Narvila nicht zu sagen.

»Das hat er zu allen gesagt, die vor Euch kamen«, erklärt Aiby unterdessen sachlich. »Und sobald er sein Lösegeld hatte, ließ er sie mit durchgeschnittener Kehle zurück und zog ein paar Königreiche weiter, um mit seinem guten Aussehen, seiner charmanten Art und seiner flinken Zunge die nächste Prinzessin zu betören – und mit so wenig Aufwand und Risiko wie möglich zu entführen. Das war seine Masche, Hoheit.«

»Hütet euch vor flinken Zungen«, doziert Mef. »Obwohl ich selber mal wieder eine vertragen könnte.«

»Was war denn mit der Schankmaid in der Herberge vor ein paar Tagen?«, fragt Decanra.

»Sie war hübsch und nett, und sie hat sich Mühe gegeben. Aber leider hatte sie keinerlei Erfahrung, und ganz miese Instinkte. Sie hat ihre Zunge so gebraucht wie Narvila ein Schwert, wisst ihr noch?«

»Meine Lehrmeisterin war Mist«, versetzt Narvila.

Mef schüttelt den Kopf. »Nicht nur untalentiert, sondern auch noch undankbar und frech. Wieso haben wir dich noch gleich behalten?«

»Ich glaube Euch nicht«, sagt Vialupa indes und erhebt sich. Sie sieht verzweifelt aus, aber auch wütend. »Kein Wort.«

Aiby zuckt mit den Schultern, als läge auf einer davon keine schwere Streitaxt. »Was hätten wir davon, Euch Märchen aufzutischen? Wir sagen Euch die Wahrheit, Hoheit. Er und seine Bande waren keine Abenteurer, sondern Halunken. Gesetzlose.«

Narvila sieht den Zweifel in Vialupas Augen, die nachdenklich den Mann betrachtet, den zu kennen und zu lieben sie die letzten Wochen geglaubt hat.

»Ich wünschte, Ihr hättet es mir nicht gesagt.« Vialupa seufzt. »Egal ob es wahr ist oder nicht.«

»Tja.« Aiby spuckt aus. »Manchmal gehört die hässliche Wahrheit zum Retten von Prinzessinnen dazu. Kommt Ihr oder wollt Ihr auf die Wölfe und die Schattenkatzen warten?«

Sie wendet sich ab; Cinn, Decanra und Mef folgen ihr.

Narvila wartet als Einzige, bis Prinzessin Vialupa, die sich auf dem kurzen Weg mehrmals zu den Leichen umdreht, den Waldrand erreicht.

»Ich hätte lieber ohne diese Wahrheit gelebt«, wiederholt die Prinzessin leise und traurig.

»Wichtig ist, dass Ihr das Beste daraus macht«, sagt Narvila mitfühlend und legt Vialupa eine Hand auf den Rücken, damit sie weitergeht. »Für Eure Zukunft.«

»Bis gerade eben dachte ich, *er* wäre meine Zukunft.«

Narvila nickt. »Manchmal muss man ein paar Schritte auf dem falschen Weg gehen, um den richtigen zu erkennen.«

Vialupa sieht sie gereizt an und zieht erneut die Nase hoch. »War's das dann mit hässlichen Wahrheiten?«

»Das war's fürs Erste«, schmunzelt Narvila, die gar nicht merkt, dass ihre Schwertlanze eine Spur aus Blutstropfen hinter sich herzieht.

DANKSAGUNG

Ich danke Narvila, Aiby, Cinn, Decanra, Mef und Sacipha, denn die *Prinzessinnen* waren nie bereit, einfach aufzugeben. Unbeugsam kämpften sie sich ihren Weg durch all meine anderen Geschichten, Texte und Deadlines, alltägliche Sorgen, diverse Überarbeitungen und Fassungen – und durch eine seit 2020 immer mehr aus den Fugen geratene Welt.

Wenn Figuren so entschlossen sind, hat man als Autor gar keine andere Wahl und muss einfach weitermachen.

Das ist man ihnen dann nämlich schuldig.

Außerdem hatte ich Angst, dass Cinn mich aufmischt, sollte ich es nicht tun – oder vermasseln.

Darüber hinaus danke ich allen, die mit Gesprächen, Telefonaten, Mails, Input, Feedback, Anmerkungen und anderem geholfen haben, oder einfach nur mit einer hohen Toleranzgrenze gegenüber wirren Monologen, seltsamen Nachrichten, ogerhaftem Sozialverhalten und wenig *prinzessinnen*mäßigem Gejammer.

Allen voran Timo Kümmel, Volkan Baga, Gerd Eibach aus Hermkes Romanboutique, Heide Franck, Michael Vogt, Daniela Knor, Bernd Kronsbein, Max Schlegel, Horst Illmer, Ken Liu, meiner Familie und allen, die wissen, dass sie eigentlich hier stehen sollten, mir aber nicht ganz so viel Angst einjagen wie Cinn.

Überdies gilt mein Dank Markus Rohde und der Truppe bei Cross Cult, die sich dazu entschieden hat, zusammen mit mir und den *Prinzessinnen* in die Schlacht zu ziehen, sowie Lektorin Karen Eifler und Cover-Künstlerin Alice Claire Coleman, die dazu beigetragen haben, dieses Buch real werden zu lassen.

Und natürlich allen, die diesem Autor, diesen Söldnerinnen und dieser Geschichte eine Chance gegeben, den Roman als Lektüre auserkoren haben. Ich hoffe, es hat euch beim Lesen genauso viel Spaß gemacht wie mir beim Schreiben.

Bis zum nächsten Abenteuer!